战友小宝

漠北狼 著

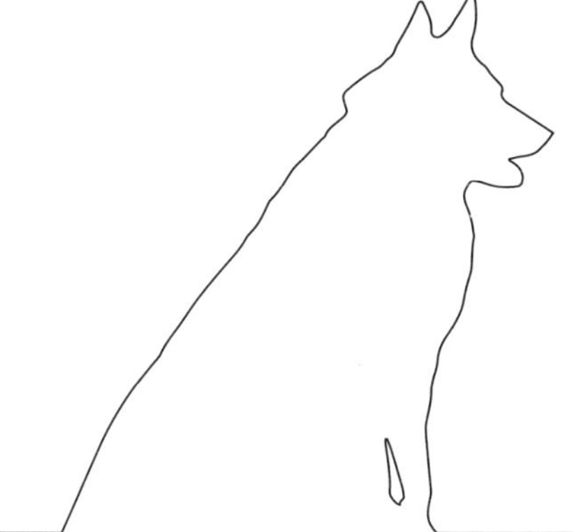

浙江文艺出版社
Zhejiang Literature & Art Publishing House

目　录

第一章

军 营

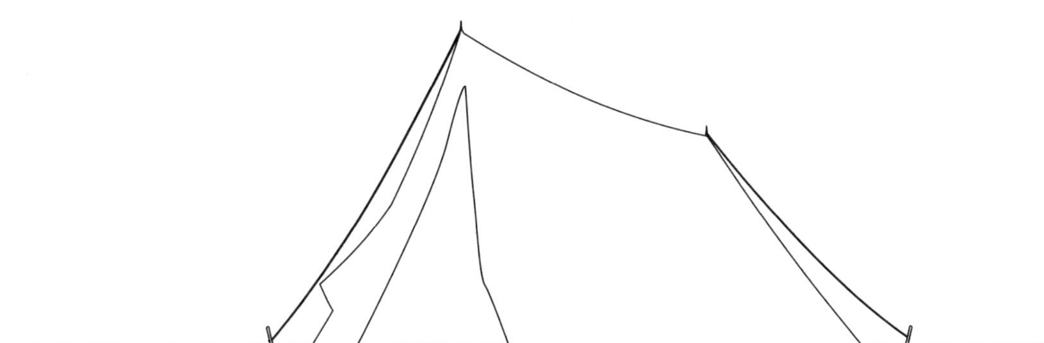

一

深夜，朦胧细雨随风飘入军犬训练队沉睡的营区。

军犬克虎从雨雾中钻出来，跑到繁育分队的宿舍楼门口，睥睨对它视而不见的自卫哨哨兵，然后跑去了一班。

为方便紧急集合，士兵宿舍的房门不允许反锁。克虎用大头挤开虚掩的房门，走到下士夏阳的床边，伸出舌头舔舔他的脸颊。夏阳翻身面对着墙，还扯过被子蒙上了头。克虎用大嘴拉开被子，前爪踩着床边人立起来，探头看看双目紧闭的夏阳，伸出舌头舔了两下，见夏阳还是毫无反应，就在他耳朵上轻咬了一口。夏阳咬牙忍着不吭声，克虎有些不耐烦地低吠了一声，像是威胁又像是规劝，见夏阳还在“挺尸”，跑去门口，前爪踩着墙壁人立起来，用大嘴按下了电灯开关。

士兵们醒了，用手挡着刺眼的灯光，眯眼看着扬扬得意的克虎。

班长蔡远威问：“虎爷，别闹，我们明天还要提前起床给小犬配餐……”

克虎对着还在装睡的夏阳低吠了一声。

蔡远威火了：“赶紧起，跟克虎去看看它要干啥？”

夏阳不满地起身，磨磨蹭蹭地穿衣服，克虎急得前足乱踏，呜呜低吼。

蔡远威担心克虎突然吠叫，影响其他班休息，威胁说：“夏阳，我看你紧急集合不达标啊……”

夏阳不满地白了蔡远威一眼，利索地蹬上裤子跳下床，趿拉着鞋跑出宿舍。

蔡远威指着电灯开关说：“虎爷，麻烦你了！”

克虎人立起来，用大嘴关了灯，跑出宿舍，还知道用嘴叼着门把手掩好房门。

克虎是一条昆明犬。这个犬种，是犬队根据我国地域环境特点，花了几十年的时间专门培育的，优点颇多，但智商并不是强项。克虎的出现却打破了这一定律，军犬队专门请动物科研所的专家给它做过测试，克虎的脑容量是正常犬的 1.5 倍，智商相当于十三岁的人类。军犬队为之欣喜若狂，认为可以繁育新的犬种。但专家的反应很平淡，认为克虎是特例，就像人类偶然会出现一位爱因斯坦，具有偶发性和不可复制性，但也认为克虎有研究价值和繁育种群的价值。

有着超常智商的克虎是军犬界的一朵“奇葩”，军犬训练的基础科目、应用科目对它来说是小菜一碟，即使是高难科目，用不了三遍也就能学会。但克虎两头冒尖，视纪律如无物，偷奸耍滑，装病卖乖，服役经历更是劣迹斑斑。因其智商高，第一次服役被送至某管控难度较大的边境地区，开始表现还算优秀，接二连三地完成几次难度很高的任务，协助边防 C 团打掉了猖狂已久的跨境贩毒组织。边防 C 团专门致函感谢军犬队给他们送去了一条神犬。天下太平，神犬却郁郁寡欢、食欲不振，很快就形容枯槁、毛色枯黄，几乎走不了路。边防 C 团在当地遍寻名医医治无效，无奈之下，由副参谋长罗启明带队把奄奄一息的神犬送到军犬队医治。军犬队的犬医会同专家进行远程会诊，都没有查出病因，认为神犬得了怪病，时日无多。罗启明怀着极为愧疚、惋惜和悲伤的心情，带着哭得一塌糊涂的训导员接了一条新犬刚刚离去，神犬立刻食欲大开，变得活蹦乱跳。犬医还以为是回光返照，直到神犬抖着一身油光锃亮的皮毛去撩惹母犬，这才明白神犬是在装病。

调皮的军犬会装病逃避训练，但从没有像克虎这样装得惟妙惟肖，差点把自己活活饿死的，所以军犬队上下一致佩服克虎逃避训练执勤的毅力。

克虎是军犬，有军籍，必须服役。为避免给边防部队添麻烦，队里把它送到某装备仓库担任警戒犬。神犬再展神威，下车伊始就开始绝食，不到一个星期就奄奄一息地被送了回来。从此，只要有陌生面孔的训导员与它套近乎，神犬立马绝食。队里为神犬的服役单位头疼了一段时间，发现重新恢复健康的神犬喜欢撩惹母犬，这才想起专家给神犬的另一定义——有繁育种群的价值，决定把神犬留在犬队，专司繁育种群。

留在犬队的克虎很快就闯出了名头，绰号“花花太岁”。“花花”是指克虎的工作；“太岁”说的是克虎的行为，什么一日生活制度，什么定时进餐，什么按时游散，对所有纪律一概无视。克虎继承了昆明犬领地意识强的优点，认为军犬队的营区都是它的领地，领地上的所有动物包括军人及其家属都是它的子民，每天早中晚三次巡视领地接见子民，尽职尽责，风雨无阻。队长、政委的办公室想去就去，管你正在干啥。

某位管理员试图阻挠，锁了克虎犬舍的门，这货直接绝食，被送去军犬医院输葡萄糖，它自己会用嘴拔针头，誓要以死明志。管理员无奈退了一步，其他地方听之任之，把队长、政委办公室的门锁把手由长条形换成圆形。克虎深感开门不便，直接把把手咬烂叼走，然后嗅着换锁士兵留下的气息，找去宿舍舔该士兵的牙刷，拉开其被子，还曾把管理员的帽子丢到厕所的小便池。管理员无奈，只好认输，换上了长条状的门把手，克虎这才罢休。部分官兵哭笑不得，部分官兵认为应该把克虎人道毁灭。

队长高泽石、政委王存伟集合官兵，重申为便于科研所研究克虎的动物行为，为培育新犬种做足准备，我们必须满足克虎的一切所需，为其提供充分展示动物行为的环境。我们的目光要长远，希望要放在克虎的下一代上。

克虎从此超然物外、过上了神仙般的生活。这货认得军衔，似乎知道军官能决定它的命运，对军官敬而远之，也不怎么招惹老兵，却喜欢戏弄新兵，尤其喜欢找夏阳的麻烦。

夏阳是大学生士官，动物科学系毕业，高泽石专门请求上级为繁育新犬种储备的人才。军犬队兵员少，新兵由其他单位代训，高泽石派训导分队分队长韩哲去给夏阳上课，讲解犬队纪律、基本训导知识以及犬的习性等。夏阳新训结束后来犬队报到，正碰上克虎巡视领地。一般新兵因对部队缺乏了解，显得傻乎乎的，即使大学生士官也不例外。夏阳知道非散放时间军犬不准私自离开犬舍，所以自作主张地想抓住克虎送回犬舍。神犬那天心情好，决定带着夏阳跑步，始终与他保持看似能抓到但永远都差那么一点的距离。老兵们也坏，双手抱在胸前围观夏阳追犬。众目睽睽之下，很想给老兵留下好印象的夏阳拼了老命，累得几乎要口吐白沫，才被闻讯赶来的蔡远威制止。夏阳被克虎当众戏弄，对这条恶犬怀恨在心；克虎也记住了这个冒犯它威严的新兵，乐此不疲地找夏阳的麻烦。夏阳上厕所，被抢走过手纸；洗澡时被叼走过衣服；负责的卫生区里，不停出现饮料瓶等方便叼取的垃圾；刚买的名牌播放器也被叼去丢进了蹲便器。

夏阳被犬欺负得怒不可遏，声称要收拾克虎。蔡远威劝夏阳委曲求全，向卫生区里丢垃圾只是玩笑，惹恼了太岁，当心舔你牙刷！夏阳知道犬没有“恶心”这个概念，但想到太岁闻着味，找到他的牙刷就像吃饭一样简单，结合太岁之前的行为，抱着宁可信其有的想法，暂时放下自尊，去陪太岁玩溜溜球，试图讨好它。谁知这种令汪星人疯狂的运动，这货竟不屑一顾，并拒绝一切讨好行为，持之以恒地找夏阳的麻烦。

克虎步履匆匆，带着夏阳向成年犬生活区跑去。在夏阳印象中，作为军犬队这块领地上自封的国王，克虎很注重仪态，即使戏弄夏阳被狂追的时候，脚步也是淡定从容，如此失态还是第一次。犬队有规定，沿营区道路行进，严禁抄近路。克虎却不讲规矩斜穿操场，看到夏阳站在操场边犹豫，立刻不满地大叫一声。一犬吠，百犬跟，所以军犬夜间严禁吠叫，夏阳吓得一路小跑追了上去。

克虎跑进成年犬生活区，军犬们闻声跑出卧室，站在用栅栏围住的活动区内观察。几条垂涎克虎美色的母犬用前爪扒着栅栏门站立起来，摇尾献媚。克虎目不斜视，一掠而过——身为“花花太岁”，正常情况下它至少也会上前“调戏”一番。夏阳有些疑惑地侧耳细听，隐约听到母犬生产时的呻吟声，猛然想起母犬莎莎怀的是克虎的后代，生产期就在这几天，心跳不禁加速。他之前听老兵说过，克虎认识自己的老婆和部分后代，母犬生产的时候除非特殊情况，一般都要亲临现场。但夏阳大学学的是动物科学专业，被知识武装起来的大脑坚定地认为，公犬绝对不会认识自己的后代，对老兵们的言论暗中嗤之以鼻。

夏阳满腹疑惑跟在克虎身后走到莎莎犬舍门口，心里惊呼：我去，这不科学！

克虎见栅栏门上了锁，回头看着夏阳，用前爪挠栅栏门，示意夏阳叫门。犬生活区中犬不许吠叫，更何况是人。

夏阳压低声音喊：“有人吗？”

夏阳的声音太小，克虎不满地对着犬舍吼了一声。犬舍门立刻被推开一道缝隙，韩哲裹着灯光挤出来。克虎似乎很怕韩哲，闭上嘴，溜达到夏阳身后。

韩哲低吼：“熊兵，控制好你的犬！”

多次被戏弄，夏阳对克虎多少有些了解，知道它最讨厌被人控制。但作为新兵，他不敢违抗命令，小心翼翼地试着去抓克虎的项圈。果不其然，克虎摆头躲开，皱起嘴唇露出雪亮的狗牙，呜呜低吼着以示威胁。

韩哲听出是克虎的声音，走到活动区的栅栏门后低声说："躲什么躲？"

克虎乖乖地从夏阳身后走出来，它不敢与韩哲对视，垂在身后的大尾巴一贯硬得像拖了把军刀，现在竟然以很大的幅度摇晃着。夏阳惊愕不已，印象中"花花太岁"就没有听过谁的命令，更别说摇尾巴了。

韩哲板着脸问："它喊你来的？"

被公犬喊来看母犬生产，夏阳的感觉非常不好，犹豫一下说："算是吧！"

"是就是，不是就不是，什么叫算是？"韩哲低头问克虎："你带他来的？"

夏阳撇嘴腹诽：克虎听不懂汉语，你应该汪汪叫着说汪星语。克虎却靠着夏阳的左腿坐下，臊眉耷眼地低叫一声。

夏阳被惊得目瞪口呆，指着克虎问韩哲："韩分队长，它……它能听懂这么长的句子……"

"既然来了，那就来帮忙。"韩哲打断夏阳，掏出钥匙打开栅栏门，转身向犬舍走去。

"是！"夏阳有些困惑地低头打量克虎，克虎斜着一双狗眼与他对视，全然没有刚才的谦卑、温顺。夏阳心头火起，挤出一脸的笑，低声说："虎爷，没想到您这样的汪星界豪杰，竟然也会摇尾巴！"

克虎有些尴尬，不敢与夏阳对视，把头扭向一边。

夏阳赶紧打落水狗，得意地低声问："虎爷，您不会是欺软怕硬吧？我看就是，就您这熊德行，估计没少挨揍……"

克虎突然挺胸抬头目视前方，坐姿端正得无可挑剔。夏阳心头一跳，回头看去，果不其然，韩哲拿着把酒精喷壶出现在犬舍门口："你在磨蹭什么，动作快！"

"死狗，又给我挖坑。"夏阳腹诽着赶紧跑了过去，接过酒精喷壶往身上喷洒消毒。韩哲板着脸一声不吭，夏阳感觉气氛尴尬，想调节一下气氛，没话找话地问："韩分队，克虎为什么听你的命令，还向你摇尾巴？"

韩哲面显愠色，拧眉瞪眼地盯着夏阳的眼睛，确认没有戏谑、讥讽的意思，从衣袋中掏出一个口罩摔在夏阳怀里，气哼哼地去了犬舍卧室。

“我晕，这是怎么了？”夏阳茫然地挠挠头，戴好口罩。

母犬生产怕风，夏阳拉开一道门缝挤进犬舍，赶紧关好房门，刺鼻的气味穿透口罩冲进鼻孔，令人窒息。夏阳本能地想掩住鼻孔，见韩哲正盯着他，手掠过鼻孔在头顶上挠了两下，屏住呼吸打量狭小的犬舍。

莎莎性子柔弱，身体半躺在板床上，头扎在训导员陈梁的怀里哼哼唧唧地撒娇。估计是第一次当妈，还不会咬胎衣、脐带，犬医何雨晟正蹲在它身后忙活，看到夏阳，扬扬下巴算是打招呼，夏阳也扬扬下巴当作回应。两人是同学，同校不同专业，何雨晟也是大学生士官，比夏阳早入伍两年，入伍前并不认识，入伍后因有着同学这层关系走得很近。

高泽石坐在犬舍一角，反复审视着面前小犬筐里的五只小犬。韩哲附耳说了两句什么，高泽石就抬头盯着夏阳看。母犬受惊后易发难产，夏阳不敢高声，立正低声问好。高泽石点点头，指指放在门侧地板上的脸盆，低头继续审视小犬。

夏阳在何雨晟的出诊箱中没有找到医用橡胶手套，只找到一副淡蓝色的丁腈手套，拿着手套对何雨晟晃了晃，何雨晟低声说：“不知道你要来，你将就一下。”

夏阳反复检查手套，确认没有漏洞，这才仔细戴好，忍着干呕在那小半盆黄澄澄的散发着刺鼻气味的液体里洗了手。脸盆里是莎莎的尿液，用尿液洗手是防止小犬身上沾染了其他气味被母犬拒养。

夏阳溜到何雨晟身旁蹲下，低声问：“队长怎么来了？”

何雨晟说：“只要是太岁的种，队长都要来，盼着再出一条。”

夏阳顿感无语，瞄见高泽石没有注意他们，压低声音说：“队长就不怕有七八十条太岁轮番去他办公室巡视？”

“真要是这样，队长做梦都会笑醒！”何雨晟扭头看一眼皱眉审视小犬的高泽石，低声说：“克虎的崽儿前后生了六窝，没有一条智商超过平均水平的，就更别说太岁那样的妖孽了。”

夏阳撇嘴说：“太岁这种情况，本来就是突变，根本不具备可复制性。”

“有胆儿，去跟队长说。”又一条小犬滑出产道，何雨晟利索地剪胎衣、断脐带，用纱布把小犬身上的黏液清理干净，然后交给夏阳说："送过去，告诉队长，肚子里还有最后一条。"

拿犬有着严格规定，初生小犬器官娇嫩，严禁触碰鼻子、耳朵、眼睛等部位。夏阳用四根手指托着小犬的腹部，一手护着，小心翼翼地走过去和其他五个小肉球放在一起，低声说："队长，何医生说还有一条。"

高泽石盯着挤成一团吱吱尖叫的小肉球点点头，韩哲不耐烦地摆手示意夏阳赶紧回去。

夏阳一脸晦气地挨着何雨晟蹲下。

何雨晟问："你招惹韩分队了？"

夏阳低声说："我只是奇怪克虎为什么听他的命令，他就黑脸了。"

何雨晟翘起拇指说："你真是一把得罪人的好手！"

夏阳惊愕："怎么啦？"

何雨晟说："怎么拉？！幸亏你在繁育分队，要是你在训导分队，你只能躺着拉了。"

夏阳作势欲打，听到身后传来韩哲的低咳，立刻老实蹲好，低声说："师兄，你不能见死不救啊！"

莎莎突然哼哼唧唧地呻吟，何雨晟检查一下产道说："最后一条小犬进产道了。"

陈梁如释重负般松了口气，抚摸着莎莎的头说："总算看到曙光了，莎莎加油！"

夏阳挠挠头，低声哀求："师兄……"

何雨晟低声说："陈老兵，我要接生，你给夏阳醒醒盹。"

陈梁偷眼看看韩哲，见他没有注意他们，才用下巴偷偷指指门外，低声说："韩分队前后带了十几条犬，条条都是功勋犬，最后碰上了太岁……一世英名全毁了，没人敢当面提这个事儿。"

夏阳无奈叹气："我哪知道这儿有雷，我就想拍拍马屁，哪想拍在了马腿上……"

莎莎突然挣脱陈梁的怀抱，咆哮着跳起来，猛地向门口转身，产道中的小犬被甩了出来，摔在地上吱吱惨叫。夏阳惊愕回头，发现克虎不知什么时候挤开门缝把头伸进了犬舍。自然界中，雄性动物有时会杀死幼崽迫使雌性提前发情，雌性动物出于母性的本能会拼死阻止。莎莎颈毛都奓了起来，皱起嘴唇露出雪亮的牙齿，嘶吼着扑向克虎。

陈梁死死抓住项圈控制住发狂的莎莎，对着克虎下口令："去！去！"

克虎充耳不闻，看看地上惨叫的小犬，又抬头看看夏阳，样子很得意，像显摆它有了孩子。

夏阳气得大吼："把孩子都摔了，你得意个屁啊！你认得孩子，莎莎可不认得你，出去！去！"

克虎似乎听懂了夏阳的话，留恋地看一眼地上惨叫的小犬，老实地退了出去。克虎竟然会听夏阳的命令，韩哲有些惊愕，又有些不解，扭头看高泽石，发现他也是一脸的困惑。

陈梁拉着莎莎趴下，尽力安抚，何雨晟赶紧捡起摔在地上的小犬。

夏阳锁好门，跑回来，指着被摔伤的小犬问："小宝伤得重吗？"

何雨晟一怔，白了夏阳一眼，偷眼见高泽石、韩哲没有斥责的意思，才说："鼻子摔出血了，嗅觉可能会出问题，这条犬待报废。"

韩哲火了，阴沉着脸，大步向外走。夏阳巴不得借机出口恶气，很有跳起来帮韩哲开门的冲动。

高泽石摆摆手说："算了算了，小犬不一定有问题，等复查后再说。"

"是！"韩哲停住脚步，一个劲儿地喘粗气，看样子很生气。

夏阳正暗中翻着白眼，腹诽韩哲故作姿态、就坡下驴，冷不丁被何雨晟弹了一个"脑崩儿"。

夏阳看眼何雨晟满是血污的手套，急了："你……你有病啊？！"

"你才有病！"何雨晟把夏阳叫到一边，低声说，"懂不懂规矩？不是你的犬，乱起什么名字？"

夏阳摘下手套，掏出一包纸巾，用力擦着被弹过"脑崩儿"的头发："临时叫着方便，又不录入军犬档案。"

何雨晟警告说："规矩就是规矩，别给自己惹麻烦。"

夏阳满不在乎，随口应付说："知道了，知道了，标志绳呢？"

何雨晟从衣袋中掏出一小把各色的细绒绳，夏阳抽出一根白色的，像戴项圈一样小心翼翼地系在小宝的脖子上。白绳是待报废犬的标志，四个月后复查，如果嗅觉有问题，小宝会被送去繁育队饲养，一辈子吃喝玩乐，唯一的工作就是配种。

夏阳叹口气，用指肚轻轻抚摸着小宝的头顶，低声说："可怜的，谁让你摊上个没溜儿的爹呢！"

韩哲看一眼时间，问何雨晟："莎莎还生产吗？"

"已经结束了。"何雨晟说完，赶紧收拾东西。高泽石闻声，拔腿向外走："我去保育室看看。"

陈梁说："分队长，你把克虎带开，我送莎莎去保育室。"

韩哲点点头，转身看着夏阳。夏阳一脸茫然，抱着小宝与他对视。何雨晟见韩哲开始蹙眉，赶紧背好出诊箱，接过小宝放进小犬筐，拉着夏阳跑出犬舍。克虎在栅栏门外焦躁踱步，看到夏阳、何雨晟出门，小跑过来，看样子想趁机溜进犬舍。何雨晟无视克虎的龇牙咧嘴，关好栅栏门，拉着夏阳拔腿就走。

夏阳不解地问："你慌啥？"

"玄幻活动，闲人回避。"

"啥？！"

"韩分队长会带克虎去看小犬。"

夏阳愕然："还看？！他就不担心太岁杀了小犬？"

何雨晟斜了夏阳一眼："新兵蛋子，太岁认识自己的后代，这是咱队的常识。"

夏阳说："这不科学，公犬不会认识自己的后代。即使太岁不杀小犬，也不能证明它能认识后代，它表现出来的得意、喜悦，或许只是类似发现了新玩具的一种行为……"

"太岁就是汪星来的妖孽，能用科学解释？再说了，队长都不管，你算老几？"

夏阳哑然，回头张望，果然看到韩哲开门把克虎放进了犬舍。

何雨晟刻意压低声音，神神秘秘地说："听说，韩分队长会让克虎选犬。"

"选什么？"

何雨晟说："犬！和克虎一样高智商的犬。"

夏阳突然站住，转身注视莎莎的犬舍，目光灼灼。

何雨晟问："你想去证明是否科学？"

夏阳点点头："一起去？"

"no zuo no die，祝你长命百岁！"何雨晟说完，拔腿就走。夏阳低声道："脚步重点儿，掩护我！"

何雨晟头也不回地摆摆手，"吧唧吧唧"地用力踩着积水走了。

夏阳屈身藏在用来固定犬舍栅栏的矮墙后，高抬腿慢落地，一点点地蹭到莎莎的犬舍外，扒着墙头探头看去。犬舍卧室门大开，克虎站在小犬筐旁，一双狗眼盯着小犬烁烁放光，拖在身后的大尾巴兴奋地晃来晃去。

韩哲站在一旁，用父亲教训儿子的口吻说："你都八岁了，黄土埋半截身子的年纪，还这么没溜儿……"

克虎盯着小犬，不满地哼哼了两声。

韩哲说："还顶嘴，你这点智商全他妈长歪了，看看你现在的鬼样子，拈花惹草、骚扰营区，白瞎了老天给你的好脑袋！"

克虎似乎被戳中痛点，扭头看着韩哲，不满地大声哼哼着反驳。韩哲似乎怒了，站起来直奔克虎。偷窥的夏阳立刻兴奋起来，心说，棍棒底下出孝子，上！但韩哲却让他极其失望，只是推开克虎，准备给小犬筐苫上雨布搬去保育室。克虎似乎还没看够，伸出一只前爪按在筐上阻拦，嘴里哼哼唧唧。

韩哲说："没有中意的就赶紧让开，你孩子还等着吃奶呢！"

夏阳连连撇嘴，这哪是教训，这分明是纵容。难怪克虎这么横行霸道、肆无忌惮，要是再妖孽点儿，估计早拍着胸脯满世界喊它爸是韩哲了。

克虎的耳朵突然抖了两下，抬头看眼韩哲，头转向它的八点方向。韩哲眉头一皱，快步向犬舍外走来。

夏阳吓了一跳，心说：我去，示警不发声，用眼神交流，你们这一对儿"父子"也太有默契了！如果被韩哲发现他在偷窥，而且还看到了他们"父子情深"的一幕，用脚指头想想都能知道没好果子吃。夏阳不顾地上满是积水，无声卧倒，屏住呼吸躲在混凝土矮墙下。

韩哲走出犬舍，低声问："谁？"

保育室方向传来高泽石的声音："我！"

夏阳先是庆幸没被发现，但听到高泽石的脚步声越来越近，肠子都要悔青了。被队长、分队长两级领导发现他"偷窥"，最简单的惩罚也会是难以承受之痛。夏阳决定冒险溜走，手扒矮墙露头观察，见人、犬都在看着保育室方向，自以为无声地迈出一步，克虎立刻扭过来盯着他。夏阳立刻僵住，心中哀叹：完了，这次太岁给我挖了个大坑！出乎意料，克虎只是扫了他一眼，又若无其事地把头扭了回去。夏阳试着走了一步，克虎的耳朵抖了一下，显然听到了，但没有示警的意思，再走一步，克虎索性连耳朵也不抖了。夏阳虽然感到奇怪，但高泽石的脚步声越来越近，也顾不上多想，悄无声息地屈身跑走，丝毫没有注意，他沾满泥水的双手在矮墙上留下两个清晰的手印。

高泽石在莎莎犬舍门口停住脚步问："克虎什么反应？"

韩哲有些失望地说："还是老样子，没有特别关注哪条小犬，只是哼哼唧唧地不愿意离开。"

高泽石说："不急，克虎还年轻，当爸爸的机会还多。"

韩哲无奈苦笑："也就剩下这点儿价值了。"

克虎似乎听懂了，愤怒地把头扭向一边，不想搭理韩哲。

高泽石对克虎的反应见怪不怪，笑了笑准备离去，无意中看到矮墙上的手印，按亮手电筒仔细观察。手印在矮墙的棱部，只有手扒着墙头才能印出这样的手印，这么矮的墙，手扒墙头只能蹲着。

高泽石说："新鲜手印，有人偷窥犬舍。"

韩哲跑出来，见手印在细密雨丝的冲刷下正在变淡，回头把克虎喊过来，指指手印说："嗅！"

克虎没嗅，跑去犬舍卧室叼来一只淡蓝色的丁腈手套。

韩哲说："是夏阳！"

高泽石问："克虎没示警？"

韩哲点点头，低头训斥克虎："你是军犬，有警不报，白吃军粮吗？"

克虎不耐烦了，转身跑回犬舍。

韩哲火更大了，低吼："什么态度，你给我出来！"

克虎在犬舍中咿咿呜呜地嚎叫。

高泽石笑问：“这是在反驳？”

“这畜生在骂我。”韩哲苦笑摇头，“软硬不吃，油盐不进，由着性子胡来，要不是有纪律，我真想收拾它一顿。”

“克虎给我们提供了研究犬类行为学的范本，不要刻意约束。”高泽石对犬舍卧室扬扬下巴说，“克虎听夏阳的命令，刻意掩护他，会不会把夏阳当成训导员了？”

韩哲想了想，摇头说：“不会，如果重认训导员，听到声音会跑出去迎接。我听说克虎喜欢捉弄夏阳，估计是把他当成玩伴了。”

高泽石笑了：“竟然找了个士官当玩伴儿，克虎越来越妖孽了。”

韩哲叹口气，担心地说：“我行我素，目无尊长，再妖孽下去，我担心它会变成祸害。”

高泽石说：“你不必担心。克虎这种情况极为特殊，史料中偶有记载，但并没有说清楚其成因、结果。学术界也没有定论，只能用奇迹来形容。既然是奇迹，普通军犬的纪律就不适用于克虎，我们乐见它再妖孽一些。”

韩哲无奈点头：“希望我们的付出、纵容，能帮助科研所尽快完善犬类行为学。”

二

小犬小宝不翼而飞了。

莎莎第一次当妈，产道有撕裂伤，陈梁心疼得比他自己有撕裂伤还要难受，有卫生员不用，亲自抱着莎莎去医院打消炎针，前后不过半个小时，小宝就不见了。

陈梁把保育室翻了个底朝天，就连下水道都掏了一遍，仍未发现小宝的踪迹，急得思维判断上都出了问题，恍惚记得打针前他去给莎莎熬过小米粥，回来后好像小宝就不见了。想到有的母犬受惊后会吃掉小犬，陈梁掰开莎莎的嘴检查了半天，没有发现一丝毛发、血迹，莎莎反而被搞得莫名其妙，连小米粥也不肯喝了。

陈梁无奈之下只好上报。丢犬算是大事故，韩哲虽暴跳如雷，狠狠把陈梁训了一通，心里其实没太当回事儿——如果能在军犬队偷走犬，军犬队也就没有存在的必要了。韩哲调了几条犬，围着保育室嗅探一番，事情很快有了结果。

夏阳几乎忙了一夜，补个觉都补不安生，被摇醒的时候很不高兴，不耐烦地睁开眼睛，看到高泽石、韩哲还有诸多军官、老兵虎视眈眈地看着他，一下子就醒了盹，手忙脚乱地想跳起来。

高泽石、韩哲齐声喊："别动，千万别动！"

夏阳当场僵住，这才感觉被窝里有个毛茸茸的东西在蠕动。

"我去，耗子！"这是夏阳的第一反应。第二反应是被窝里都招了耗子，会被别人误会自己有多不讲卫生，传扬出去可怎么见人。夏阳不顾被子上明显的凸凹蠕动，死死按着被角，盘算着怎么把耗子弄走。

高泽石说："掀开被子！"

夏阳强忍被耗子咬到的恐惧，赔笑说："队长，你们能不能回避一下，我穿衣服。"

高泽石摇头。

夏阳还想哀求，韩哲上前一把掀开被子，夏阳低头看了一眼，"嗷"地怪叫一声，从床上蹦下来，指着被窝中闭眼蠕动的小宝说："这……这……这是怎么回事？"

高泽石与韩哲对视一眼，微微点头，看样子像是在确认偷犬嫌疑犯。

夏阳立马慌了，表现得更像个偷犬嫌疑犯，几乎癫狂地喊叫着："队长，不是我，我没偷，我也不知是怎么回事……谁呀，谁把小宝塞我被窝了，有这么坑人的吗？队长，真不是我，哦，对了，调犬，犬会证明我的清白。"

高泽石说："没有犬帮忙，我们找不来这里。"

夏阳这才看清站在高泽石身后的那几位老兵都是军犬训导员。事实胜于雄辩，夏阳急得快哭了。

失去温暖的怀抱，小宝哀怨地叫了两声，没有得到回应，开始自力更生，奋力踢动着四条小腿，想钻进残存着夏阳体温的被窝。

"哦，小家伙的腿脚很有力量！"高泽石饶有兴致地看着小宝，夏阳有些哀怨："队长，真不是我……"

高泽石看着小宝说："立正，保持安静！"

夏阳立正，可怜巴巴地看着众人。一人与众人对视，时间变得难熬，不到五分钟的时间，夏阳大汗淋漓，样子更像心虚的嫌疑犯。蔡远威几乎相信了，面有愠色，眼睛越瞪越大，嘴唇颤动，随时可能破口大骂。夏阳就像个受气的小媳妇，满脸的哀怨，看着蔡远威不停地摇头否认。

门外一阵急促的脚步声，陈梁一头闯了进来。

高泽石劈头问："确认了？"

陈梁说："确认了，我们用小宝的味道给两条犬做嗅源，两条犬从这里一路追到了克虎的犬舍。"

韩哲问："克虎什么反应？"

陈梁挠挠头说："样子有点得意，但很配合，趴着没动，两条犬嗅了它的嘴之后都卧倒了。"

夏阳就像抓到了救命稻草，连声喊叫："是克虎栽赃我，它嘴上有小宝的气味，犬才会卧倒示警，它叼过小宝……"

韩哲厉声喝道："立正！你是士兵，随时都要上战场，这点压力都承受不住，怎么打仗？"

夏阳立正，不满腹诽：偷军犬啊，这他妈的是重罪，要开除军籍判徒刑的，我一个大学生士官莫名其妙地成了囚犯，能不慌吗？

众人解散，该干吗干吗。陈梁抱回小宝，夏阳被高泽石叫去了他的办公室。夏阳第一次走进军犬队最高首长的办公室，并且与队长隔桌相望，坐在椅子上腰背挺得笔直，就像后背里插了根拖把杆。

背后房门声响，夏阳心想不喊报告、不敲门，推门就进队长办公室，来人肯定是首长，立刻从椅子上弹起来站得笔直。

高泽石满脸笑意地摆摆手，示意他坐下，扭头俯视说："克虎，来了。"

竟然给犬立正，夏阳臊出一脑门子汗。克虎却不想放过他，两只前爪放在桌子上，人立起来，眯着一双狗眼盯着夏阳看。

高泽石问："你跟克虎关系不错？"

夏阳口是心非，心说：我恨不得杀之后快，嘴上却说："报告，我不清楚克虎与其他战友的关系，不好判断关系好坏，但克虎偶尔会来找我。”

“找你干什么？”

夏阳瞬间脸色通红，总不能说被克虎戏弄吧？高泽石耐心等着夏阳开口，房间里安静下来，克虎感觉无聊，围着办公室转了一圈，拖着大尾巴走了。

高泽石关上门，回到夏阳对面坐下说：“不要有顾虑。克虎的存在，无法用科学解释，有些超出想象的行为也属正常。我的办公室它想来就来，门锁也咬坏过好几次。没什么不好意思的，说吧，越详细越好，这对我们掌握克虎的行为方式，找到它为什么把小犬送给你的原因，很有帮助。”

夏阳心想，自己被克虎戏弄的事儿都成了军犬队士兵们茶余饭后的重要谈资，队长可能也多少听到一点儿，索性来了个竹筒倒豆子，细说恶犬克虎的斑斑劣迹。

高泽石听得兴致勃勃，饶有兴致地问：“克虎是喜欢跟新兵玩耍，但时间都不会长，你训斥过它？”

夏阳心中呐喊：玩耍？！是我被玩儿，是我被耍，好不好？你担心克虎被训斥，怎么不问问播放器多少钱呢？名牌啊！名牌啊！

高泽石偏袒恶犬，夏阳察言观色，确认他没有批评的意思，才说：“私下里吼过它，但它声音比我还大，我吼一句，它要吼三句。我觉得应该说吵架更确切一些，每次我都落下风，声音没它大。而且，不管输赢，只要吵架，克虎就会回来报复。”

跟犬吵架，普通人肯定觉得是笑话。但高泽石是军犬队队长不是普通人，在他眼里，犬是不会说话的士兵，所以点点头，认可了“吵架”这个词。

“你们经常吵架？”高泽石露出神往的表情，看样子很渴望与克虎吵一架。夏阳说：“也没经常，有过几次。”

高泽石又问：“每次吵架后，克虎马上来报复，还是等一段时间？”

夏阳说：“马上就来。不过，我有了准备，再没有被抢走过贵重物品。”

夏阳把重音落在“贵重”二字上，希望能引起高泽石的注意，赔偿他的名牌播放器。

高泽石充耳不闻，或者根本没留意夏阳的重音，起身踱步思考：“不对啊！对待玩伴儿不应该有抢夺物品的行为。”

夏阳再次强调说：“幸亏我早有准备，再没有让它抢走贵重物品。”

高泽石沉思着，边踱步边点头自语：“明白了，我明白了！”

明白就好！夏阳狂喜。

高泽石叫：“夏阳！”

“到！”夏阳心中想着播放器，兴奋地起立立正。高泽石说：“克虎把你当成了它的父亲！”

如同五雷轰顶，夏阳双腿一软跌坐在椅子上，端详一下高泽石的脸色，确认没有开玩笑的意思，心中狂喊：狗爹？！这是老天对我当单身狗太久的惩罚吗？

高泽石根本没留意夏阳的反应，兴致勃勃地说：“如果是玩伴，应该共享玩具，而不是抢夺丢弃。”

夏阳腹诽：没错，克虎在共享我的一切东西，它的东西我好像没见过。

“克虎抢走你的东西，然后丢弃，显然不是为了玩耍，而是求关注！”

夏阳腹诽：我不知道克虎是否成功，但我因被恶犬戏弄，正在被全队关注，如果部队允许玩微博，我能吸不少粉。而且这种抢别人东西，不被追究，不用赔偿，还能让最高领导兴致勃勃的求关注方式，能不能也让我尝试个十年五十年的？

夏阳脸色涨红，嘴唇蠕动。

高泽石问：“你有不同看法？”

夏阳内心的呐喊已经沸腾，担心喷薄而出，闭紧嘴巴连连摇头。

高泽石进一步阐述他的想法，引导夏阳说：“你试想一下，克虎的行为像不像一个淘气的孩子？”

夏阳闭着嘴腹诽：没见过，当今中国社会，有着完善的教育体制，这种奇葩熊孩子只能在犬队这块沃土上才能生长出来。

高泽石自问自答：“孩子为什么淘气？家长溺爱是主要原因！”

夏阳心说：可不是嘛！士兵打犬要挨处分，呵斥犬要被批评。克虎抢我东西，你高兴得不得了，有你和韩哲这样的好家长在背后撑腰，克虎不上天才怪！

高泽石似乎找到了克虎戏弄夏阳的原因，很兴奋地说：“这就像淘气的孩子，在永远不会惩罚他的父亲面前撒娇！希望父亲关注他的一举一动，发现父亲的目光不在他身上，就要想尽一切办法重新把父亲的目光拉回来。”

夏阳腹诽：撒娇？如果所有的熊孩子都这样撒娇，人类早就灭绝了。你家孩子为了求关注把你手机丢厕所里，你会这么兴奋？

高泽石猛地蹿到办公桌对面，夏阳被吓了一跳，抬眼看看双手扶桌探身，虎视眈眈地盯着他的高泽石。他努力挤出一丝笑容，感觉队长站着，他坐着，有些不礼貌，想要站起来。

高泽石说：“我决定，由你管理克虎！”

夏阳腿软了，软得站都站不起来，瘫坐在椅子上瞠目结舌，大脑中一片空白，结结巴巴地说：“克虎不听我命令，韩分队长是克虎的训导员，克虎只认他。”

高泽石说：“不一样，克虎对你们有着不同的认知：你是慈祥的父亲；韩哲是威严的头领，就像狮群中的狮王，克虎只是俯首称臣，对他并不亲近。”

夏阳双眼发直，拼命深呼吸，促使大脑运转寻找新的推托理由。

高泽石却不给他机会，直接说：“这是命令！”

军人以服从命令为天职，夏阳无奈站起来，悲愤大吼：“是！”

高泽石满意点头说：“士气不错！”

夏阳腹诽着：我这是悲愤！悲愤！猛然想起韩哲那张永远不晴朗的脸，他不想再次悲愤，小心翼翼地问：“队长，我要调去训导分队？”

高泽石说：“不用，你只负责管理，训导由韩哲分队长负责。”

夏阳松了口气：“我具体干什么？”

高泽石沉吟片刻说：“尽可能多地与克虎接触，掌握分析它的行为，争取为我们打开一扇了解犬类的大门。”

高泽石表面意思是要委以科研重任，但动物行为学在国际上尚属高新学科，国内研究还在起步阶段，在军犬队搞这样的学科研究纯粹是说笑。想到另一层意思，夏阳耳边就阴风嗖嗖了：不搞科研，还要与克虎多接触，他的定位只能是智能玩具。

夏阳走出队部办公楼，克虎不知从哪儿钻出来，兴奋地以他为轴心跑圈。夏阳记得在一本小说中看过，狼群捕获丰厚的猎物后，会围着猎物跑圈感谢长生天的恩赐。太岁大概也是这个意思，夏阳虽不能吃，但能拥有这么大一个，而且是两条腿走路的智能玩具，的确值得高兴。夏阳欲哭无泪，明明阳光明媚，可在他看来却是昏天黑地大雪纷飞朔风嘶吼，如果克虎头上再有两只恶魔的弯角，那就再应景不过了。

夏阳失魂落魄地回到班里，蔡远威率众老兵列队相迎。夏阳惊愕之余，看到他们目光中浓浓的怜悯，感觉头顶上乌云翻滚，颤声问："班长，怎么了？"

蔡远威指指夏阳的床，夏阳扭头看去，如同闪电蹿出乌云"咔嚓"一声劈下来：他的军帽倒扣在床上成了摇篮，小宝趴在帽兜里昂着头四处乱嗅，寻找着奶源。

夏阳几乎崩溃，带着哭腔喊："谁干的？"

蔡远威指指跑进来的克虎："喏，它来了。"

军犬有着严格的纪律，进士兵宿舍前，要在门外低吠一声喊"报告"，得到允许后才能进入宿舍，对熟识的士兵可以摇尾巴打招呼，不太熟的士兵要立起来"敬礼"。克虎自封为王，根本无视纪律，大摇大摆地溜达进来，对蔡远威等人视而不见，得意扬扬地看着夏阳。

夏阳翻翻白眼，无力地说："班长，请两小时假，我要静静。"

蔡远威说："可以，但先把小宝送回去吃奶！"

夏阳崩溃了，喊道："为什么是我，我都这样了，你们就不能帮帮我？"

蔡远威不满地说："喊什么喊，你都哪样了？"

夏阳说："队长命令由我管理克虎。"

老兵目光中的怜悯更浓了。

"夏阳，不是我们不帮你，是不能帮。"蔡远威向夏阳的床走了两步，克虎立刻蹿过去拦住去路，嚣张地亮出牙齿，一副老子有牙靠近就咬你的架势。

夏阳说："班长，军犬咬了人会怎样？"

蔡远威说："你来犬队的第一天就应该知道，军犬咬人，咬了白咬！"

夏阳说："我说是自己人。"

蔡远威警告说："这房间里哪个是敌人？我说的就是自己人，哪个训导员没被犬咬过？我警告你，不要打歪主意，更不能给克虎下套，明白吗？"

夏阳看一眼克虎，咬牙切齿地说："明白！"

伴着一阵急促的脚步声，陈梁急慌慌跑进来，劈头就问：“小宝是不是在这儿？”

夏阳顿时爆发了，吼道：“一天之内同一只小犬被偷走了两次，你怎么带的犬，带不了就不要带！”

陈梁虽然军衔与夏阳一样是下士，但他入伍三年是老兵。被一个入伍刚半年的新兵吼，陈梁脸上挂不住，脸色阴沉，眼看就要发火。

蔡远威赶紧上前耳语说明情况，陈梁怒气顿消，看夏阳的目光里全是怜悯：“我的错，全是我的错！”

陈梁急慌慌跑去抱小犬，克虎照样拦住去路亮牙齿。

陈梁无奈，看着夏阳说：“小宝饿了。”

小宝很配合地开始吱吱尖叫，克虎扭头看着夏阳，满眼的焦急。

蔡远威说：“夏阳，克虎是克虎，小宝是小宝，跑一趟吧？”

小宝嗷嗷待哺，夏阳心软了，用军帽端着它回去吃奶。克虎似乎很看重小宝，一路尾随监督，目送夏阳、陈梁进了保育室的门，才放心离去。

小宝身上不知沾染了多少种气味，放进小犬筐就被莎莎叼出来。饥饿的小宝嗅到乳汁的气味，急得高声尖叫。陈梁只好把莎莎的头抱在怀里，蒙住它的眼睛，夏阳赶紧把小宝放进小犬筐。小宝霸道地拱开其他小犬，含住一个乳头拼命吮吸。吃光一个，就近拱开身边的小犬接着吮吸，丝毫没有兄弟姐妹之间的谦让之风。小犬们委屈哀叫，小宝却挠动着还无法撑起身体的小腿，继续拱翻它们拼命吃奶，小肚子眼看着就胀起来。

莎莎不安地挣扎着，奋力想撑起前腿摆脱控制。陈梁轻轻地抚摸着它，低声细语安慰，看到小宝已经吃圆了肚皮才松开手。莎莎扭头就把小宝拱到一边，小宝吃饱喝足不以为意，蜷缩起来闭眼酣睡。

夏阳说：“横行霸道，脸皮够厚，有你爹的风范。”

陈梁担心小宝冷，给它盖上一块小毯子，莎莎不满地扯过来盖在其他小犬身上。陈梁重新拿了一块给小宝盖上，莎莎还想扯。

陈梁说：“莎莎，非！”

莎莎哼哼唧唧，用大嘴又把小宝拱远一点儿，以示不满。

夏阳怜悯地给小宝盖好毯子，说：“可怜的，连亲妈都嫌你有残疾。”

陈梁说："莎莎是嫌弃小宝身上有克虎和陌生人的气味，尤其是克虎，公犬在哺乳的母犬眼里就是敌人。"

夏阳郁闷地说："克虎都成全民公敌了，怎么就没人管管呢？"

陈梁说："我觉得政委说得对，克虎的行为，很多超出我们对犬的认知，每一个行为都有可能成为打开犬类行为学大门的钥匙，帮助我们更好地了解和训练军犬。所以我们对克虎不加约束不是纵容，是要更好地让克虎展示动物行为。"

夏阳苦笑着摇摇头说："看来我这个智能大玩具，又多了一个促使克虎展示更多动物行为的功能。"

陈梁拍拍夏阳的肩膀安慰说："别跟克虎一般见识，就把它当成人来疯的熊孩子。"

夏阳点点头，立正敬礼说："陈老兵，刚才我没能控制好情绪，向你道歉，对不起。"

陈梁还礼说："理解，这事儿谁碰上谁头大。欢迎你常来看小宝。"

夏阳说："一定，我挺喜欢这个小家伙。"

三

夏阳遇到什么烦心事喜欢去后山的背阴面，那里很荒凉，杂草灌木丛生，人迹罕至。一般情况下，夏阳会扮演战区司令员、政委之类的高级将领，大喊大叫痛骂惹到他的人，骂完了，心中的怨气也就消了，回去就能继续当个好兵。

俗称"干休所"的退役犬犬舍就在后山向阳面的山腰上，是去后山背阴面的必经之路。在各部队服役的军犬，年满八岁就会返回这里颐养天年，有训导员伺候它们吃喝玩乐，身体条件允许的还可以去撩惹母犬，寿终正寝的军犬会安葬在干休所内的军犬墓地。

或许是对军犬墓地的忌惮，或许是即将寿终正寝的老犬身上散发着死亡的气息，克虎宁死不来干休所。韩哲曾担心它整天吊儿郎当东游西逛的带坏其他犬，下决心把它送进干休所。克虎先是装病，接着绝食，两大法宝没起作用，就放了自残的大招，撕咬铁栅栏，弄得满嘴鲜血。牙齿的好坏与犬的寿命成正比，韩哲无奈之下把克虎带回犬舍，就此绝了送克虎去干休所的心思。

夏阳从干休所门口路过，一条退役犬听到动静，从犬舍的栅栏空当中伸出头对着他乱吠，吠叫声无力而嘶哑。这条犬很老了，胡子雪白，牙齿磨损得也很厉害。

夏阳不满地嘟囔："你再老也是军犬，太没规矩了！"

老犬似乎听懂了，尴尬地瞥眼夏阳，转身跑去了卧室。

翻过山顶，随风送来一阵凄厉的"狼嚎"，夏阳循声看去，夕阳余晖下，克虎坐在一块孤立的巨石上，望着远方仰头嚎叫，画风有点凄凉。

装什么深沉？每天吃喝玩乐，戏弄人，你能有什么烦心事？夏阳被抢了地盘，很不爽地喊："该死的，怎么哪儿都有你！"

克虎回头看了一眼，慌慌张张跳下孤立的巨石，撒腿就跑。

"我去，这是英雄偷偷舔伤被撞破的那一幕吗？你也太能装了！"夏阳乐了，扯着嗓子大喊："克虎别跑啊！同是江湖挨刀的，一起聊聊呗！"

克虎跑得更快了，就像只被猎犬追的兔子，慌慌张张地差点撞在树上。夏阳有些惊了，他第一次看到克虎如此慌张，而且这种情绪、反应，不应该出现在犬的身上。

夏阳没了扮演司令员的心思，挠着头，困惑地原地转了几圈，似乎找到了答案，急匆匆返回班里，向蔡远威汇报：综合各种情况，他判断可能有个倒霉蛋穿越的时候不小心穿到了克虎的身上。

蔡远威的反应很强烈，认为夏阳闲得蛋疼，先让夏阳背《军犬工作规定》，觉得不足以表达他愤怒的情绪，又甩了两大本军犬训练讲义给夏阳，命令他一字不差地背下来。

夏阳昏天黑地地背了一个星期，总算完成了背诵任务，突然想起这一个星期克虎没来找过他麻烦，想到自己还有管理克虎的名头，万一克虎摔伤了、失足坠崖了，哪怕他心里高兴，也不好向上级交代。

夏阳围着营区转了一圈，在保育室门口找到了克虎，它正用一只前爪专注挠门，听到夏阳的脚步声，人立起来，用前爪扒拉着门把手，示意夏阳替它开门。被管理者对管理者呼来唤去成何体统，夏阳不想自掉身价，站着没动。克虎扭过头来，一脸哀怨，目光中满是哀求，顺带以两三厘米的幅度轻轻晃了晃尾巴尖。夏阳惊得揉揉眼睛，确认克虎是在向他摇尾巴。记忆中，除了韩哲，好像他是第一个受到如此高规格待遇的人。夏阳受宠若惊，对克虎好感大增，甚至觉得克虎爹当得还不错，慌忙上前敲门，没听到回应声，扒着窗户看去，怒气陡然而生。小宝竟然被分群了，单独睡在一个小犬筐里，正用两条前腿撑起身体对着莎莎哀怨尖叫。莎莎充耳不闻，对着夏阳皱起嘴唇亮出牙齿，摆出准备战斗的姿势，护着身后犬筐里的六条小犬。

难怪克虎会挠门！莎莎不懂事也就罢了，陈梁你也不懂事，还比不上克虎！

夏阳怒气冲冲直奔训导分队，准备去找陈梁算账。克虎兴冲冲跟了上来，出了犬生活区，一口咬住夏阳袖口，拖着他向繁育分队走。

夏阳说："松开，我要去找陈梁替你儿子讨个公道。"

克虎松嘴，跑去前面，回头看着夏阳，摆出带路的架势。

人随着情绪变化，身体会产生不同的气味，夏阳相信克虎能嗅出他身上散发出来的怒气，但坚决不信克虎知道他是要去找陈梁。本想拒绝，但想到克虎时不时妖孽一把，秀秀它超常的智商，于是决定相信克虎一次，跟在它身后一路回到班里，果然找到了陈梁。

克虎龇牙咧嘴地把陈梁逼进墙角，夏阳赶紧人仗狗势地愤怒指责陈梁待犬不公。克虎对夏阳的表现非常满意，紧贴他左腿站着，呜呜低吼着助威。

这个动作在军犬训练条令中称为"靠"，是训导员带犬的基本动作。克虎竟然给了他训导员的待遇，夏阳又一次受宠若惊，忘记斥责陈梁，大着胆子摸犬头。克虎歪头避开，对陈梁吠了一声，警告夏阳不要借机揩油，赶紧干正事儿！

除了韩哲和母犬，"花花太岁"从来没跟其他生物这么亲近。一群老兵被惊得瞠目结舌。陈梁听到克虎吠叫才反应过来，连声道歉，反复解释。夏阳这才明白，克虎之所以没来骚扰他，是因为找到了新的乐趣。

克虎数次趁莎莎散放试图偷窃小宝，均被陈梁挫败后，就改变了战术，神出鬼没地围着保育室转圈，隔三岔五就是一声惨嚎。莎莎出于母犬本能，担心克虎杀小犬，听到动静就跳起来保护小犬，嘶吼威胁着让克虎滚开。

母犬受惊过度会断奶，甚至会吞吃小犬。陈梁赶不走克虎，只好向韩哲求援。克虎听到韩哲的脚步声立刻远遁，但韩哲前脚走，它后脚就回来继续惨嚎。莎莎被骚扰得神经紧绷，有点风吹草动就跳起来嘶吼着准备战斗，而且对小宝愈发敌视，拒绝喂奶，甚至不允许小宝靠近它。

陈梁担心莎莎发狂吞吃小犬，无奈打背包住进保育室。克虎随之换了招数，白天打盹睡小觉，醒了就去保育室嚎两嗓子，然后回去继续补觉。晚上吹过熄灯号，它就去保育室挠门，一挠挠到吹起床号，搅得陈梁、莎莎日夜不得安宁。

眼看着莎莎双眼通红有发狂的迹象，陈梁无奈之下只好来向夏阳求援。夏阳对陈梁、莎莎的遭遇深表同情，但表示被管理者是否服从管理，完全看被管理者的心情，他对此无能为力。

陈梁没有奢望“花花太岁”服从夏阳的管理，而是认为，它无休止骚扰的目的，是迫使他把小宝送给夏阳抚养，今天它带夏阳来与他理论就是明证。

繁育分队全称繁殖保育分队，饲养小犬是重要职责之一。夏阳不反对饲养小宝，但对陈梁的论点啼笑皆非，他不相信克虎具备部分人类的情感因素。蔡远威却很支持陈梁的论点，为了七条小生命，为了军犬队的发展与未来，为了急需用犬的兄弟部队，一切办法都值得尝试！

几顶大帽子扣下来，夏阳只能配合尝试，跟着陈梁去了保育室，从陈梁手里接过小宝。克虎立刻撒欢，先是围着保育室狂奔几圈，然后跑到夏阳面前，用前爪蹬着夏阳的身体人立起来，欣喜地端详着小宝，还伸出舌头爱抚了几下。陈梁、蔡远威如释重负，夏阳却是目瞪口呆，克虎的行为又一次颠覆了他对犬的认知。

克虎拉着夏阳的衣襟，示意夏阳跟它走。夏阳急需对犬重新认知，陈梁、蔡远威也很想知道克虎要干什么。三人跟在克虎身后回到繁育分队一班，克虎叼起夏阳的帽子倒扣在床上，吠叫催促夏阳把小宝放进帽兜，显然是希望小宝住在夏阳床上。

夏阳哭笑不得，蔡远威却开始挠头。条例规定严禁在兵舍饲养军犬，事关重大，蔡远威逐级汇报上去，高泽石带着韩哲赶到一班。克虎立刻闪到夏阳身后，不时偷眼看看对他怒目以示的韩哲。高泽石很高兴，表扬夏阳与克虎处得不错。夏阳并不认同队长的表扬，他之所以委曲求全，完全是因为克虎仗势欺人。当然这个“势”是谁不能说，只能在心里指责，或者等去后山扮演司令员的时候再严厉斥责。

小宝出生不到两周，正是最易夭折的时段，夏阳从来没照顾过这么小的犬，很想推掉克虎给他找的大麻烦，努力挤出几丝微笑回应表扬，字斟句酌地委婉表达他遇到了大问题。高泽石认为这都不是事儿，下令小宝入住繁育分队一班宿舍，陈梁协助夏阳喂养，繁育分队、军犬医院无条件配合，出了问题集体处分。临走的时候，还明确表示，既然夏阳给小宝取了名字，今后小宝就是夏阳的犬。还拍着肩膀鼓励他，努力与克虎好好相处，细心喂养小宝，认真学习训导讲义，尽快成为科（动物科学及行为学）、繁（育）、饲（养）、训（导）一体的训导专家。夏阳嘴上说着保证完成任务，心里却表示不堪重负，巴不得队长早点死了这条心。

夏阳、陈梁去领育犬用品，克虎也跟着去帮忙，主动叼着小犬筐。两人一犬，把小犬筐、电烤灯、热水袋、小犬奶粉、奶瓶、葡萄糖等等一大堆东西搬回宿舍。蔡远威等老兵一起动手，小宝很快就在夏阳的床边安了家。小犬怕冷，蔡远威支好取暖用的电烤灯，用厚毯子挡住刺眼的灯光，顺便教会了夏阳如何用电烤灯保持奶的温度。

小宝要满两周龄才能睁开眼睛，满三周龄才能看清东西，耳道也要在两周龄时才能开通。虽然又聋又瞎，但小宝仍然感觉到了环境的陌生，一刻不停地嗷嗷哀叫。莎莎的怀抱要比犬筐里温暖舒适，兄弟姐妹挤成一团带来的是无尽的安全感，听不见兄弟姐妹的回应，也得不到母亲温暖舌头的爱抚，小宝不断提高嗓门，稚嫩的叫声只有一高一低两个音节，单调刺耳。

蔡远威很惊奇小宝充沛的体力，不到两周龄，尖叫了十多分钟还没有停止的意思，同龄小犬叫不上五分钟就会累得昏睡过去。蔡远威惋惜，多好的一条犬，怎么就摔了鼻子呢？其他老兵则愁眉苦脸相视无言，小犬会因思念母犬整夜哭叫，夏阳每隔两小时就要起床热奶、喂食，今后很长一段时间内，完整的睡眠会成为奢侈的享受。

如老兵们所料，小宝持续哭叫着找母犬，熄灯后，无法休息的老兵们重重翻身表达不满。夏阳束手无策，试着把手伸进小犬筐，用指肚轻轻抚摸小宝的头。尖叫声消失了，小宝愉快地哼哼两声，沉沉睡去。宿舍内响起老兵如释重负的吐气声。夏阳轻舒一口气，手指刚离开，小宝立刻尖叫起来，夏阳无奈，只好继续抚摸。

饲养员、训导员长期与幼犬生活，可以替代母犬，但刚刚接触就能安抚住幼犬的情况并不多见。小宝是克虎的后代，蔡远威认为可能有科研价值，下床找了一个笔记本，要夏阳写喂养日记，诸如抚摸后停止寻母哭叫等等情况要详细记录。

夏阳左手抚摸着小宝，嘴里叼着手电筒写完日记，累得双臂酸痛，试着抬手，小宝立刻惊醒，哼哼唧唧准备尖叫。夏阳不想整夜抚摸，试着把小宝拿进被窝放在胸口上，小宝舒服地哼哼两声，摊开四肢沉沉睡去。夏阳苦笑不已：有窝不睡非要睡在人身上，你才多大就知道欺负人，真是有其父必有其子！

深夜，感觉刚刚闭上眼睛的夏阳被震动的电子闹钟唤醒，打着呵欠抱着小宝下床，刚把热在电烤灯上的奶瓶拿下来，克虎挤开宿舍门无声溜进来，目光灼灼地看着小宝。夏阳正纳闷克虎哪来的时间感，它已经伸出舌头对着小宝一通乱舔，肚皮、爪子、头脸，就像一个粗鲁的父亲不知如何才能表达对幼子的爱意。小宝不领情地尖叫，夏阳担心惊醒老兵，推开克虎的大头，做了个“非”的手势。可能是因为小宝的尖叫，克虎竟然服从了，退后一步坐下，看着夏阳给小宝喂奶。

夏阳按照规定摇匀奶水，先把奶瓶贴在脸颊上试试温度，又在手腕内侧滴了一滴，感觉奶水温热适口，把奶嘴递给小宝。闻到奶香，小宝兴奋地低低尖叫一声，叼住奶嘴大口吮吸。

等小宝吃饱喝足，夏阳把它放回小犬筐，先用干净毛巾轻轻擦去它脸上的乳汁，再抚摸着它尚未立起的皮毛，轻轻擦洗肛门刺激排便。等排过便，又轻揉它的肚皮，帮助消化，防止呛奶。小宝仿佛回到了莎莎的怀抱，四脚朝天，裸露着粉红色的肚皮，舒服地哼哼唧唧回应着夏阳的按摩，很快打了一个长长的奶嗝。这套标准程序夏阳做得还算流畅，克虎很满意地对他微微摇摇尾巴。夏阳虽认为这是他该得的，但还是很有礼貌地点点头，算是说了“不客气”，抱着小宝爬上床，很快昏睡过去。

这一夜，老兵们睡得很安稳，看夏阳的目光有些欣赏，但更多的是疑惑。小犬哭喊尖叫是给寻找它的母犬发信号，这是生存本能，人力不可变，像夏阳这样当晚就把小犬摆弄服帖的实属少见。韩哲闻讯赶来，仔细翻看日记，狐疑地打量了夏阳一番，伸手要过小宝，小宝尖叫不止，还给夏阳就停止尖叫，舒服地哼唧着。韩哲又打量了夏阳一番，招手示意跟他走。小宝离开夏阳的怀抱立刻尖叫，夏阳犹豫着想把小宝带上。

韩哲变了脸色，训斥说：“它是军犬，是特殊战斗员，不是你家的宠物！”

夏阳赶紧把小宝放回犬筐，听着嗷嗷哀叫，满脸的不舍。蔡远威暗中摆手，示意赶紧跟韩哲走，他会照顾好小宝。

犬队后山东侧有一条小溪流经营区，战士们挨着小溪挖了池塘蓄满溪水，夏季炎热的时候，常有训导员带犬来洗澡。时间久了，约定俗成，池塘被命名为“华清池”。

韩哲坐在华清池边上，盯着水面抽了半个小时的烟。训犬是个耐心活，急不得，恼不得，一天天重复着诱导、强迫、禁止、奖励等几个简单方法，所以带犬的人普遍没什么脾气。但韩哲属于另类，整天阴沉着脸，对人、对犬都没好气，像座随时都会喷发的火山。夏阳有点怵韩哲，老老实实在他身后立正了半个小时。

韩哲盯着水面说：“小宝很聪明，感知能力很强，它已经认同了你，把你当成了母亲。这种情况百里有一极为少见，对于训导员更是可遇不可求的机会。母亲训练儿子，有母子亲和力这条纽带，带出一条好犬不是难事。夏阳，你很幸运！”

夏阳暗中撇嘴，心说：队长说克虎把我当成了父亲，你说小宝把我当成了妈，小宝又是克虎的儿子。你们这对克虎的靠山，背后就没商议一下，我的定位具体是什么？

韩哲说：“你性子软，不适合干训导，我个人反对把克虎和小宝交给你，并向队长反映过我的意见。但我是训导分队分队长，必须服从组织决定，所以今天找你来谈谈心。训导员、饲养员爱犬要有度，温室里长不出参天大树，我们带的是军犬，是特殊战斗员，不是宠物。诱导、强迫、禁止、奖励等训导方法，总结起来就是四个字——恩威并济，只有恩没有威带不出好犬。饲养员很少能把自己养大的小犬训练好，知道为什么吗？”

韩哲回头盯着沉默不语的夏阳，夏阳赶紧配合地问：“为什么？”

韩哲起身面对夏阳说：“慈母多败儿，犬很聪明，训练的时候会哭叫、哀求，把你训练它的决心打碎。如果你想带好小宝，就要把自己定位成小宝的指挥员，而不是母亲。”

夏阳困惑地挠挠头问：“小宝还小，需要照顾，这个度该怎么把握？”

韩哲言简意赅地说：“饲养员是母，训导员是父，饲训员是慈母加严父。无微不至地照顾，一丝不苟地训练。你肩膀上的担子很重，希望你别带出一条废犬。从今天开始，你参加训导分队的军犬训练课。”

韩哲说完，也不给夏阳说话的机会，大步流星地走了。

夏阳差点被满肚子的话憋死。他很想对韩哲说：你的鼓励方式很奇特，让人无法接受还倍感压力，我现在就有崩溃的迹象。还想说：我已经背过了全本军犬训导讲义，能不能不去面对你永远不晴朗的脸？更想问问，克虎算不算废犬？还有，你一共见过我几面，我都不知道自己性子软，你是怎么知道的？但这些话，夏阳只敢想想，别说对韩哲说，对任何人他都不敢说，传到韩哲耳朵里，唯一的后果就是火山爆发。

夏阳惆怅地盯着水面发了一会儿呆，克虎跑来找他回去给小宝喂奶。

夏阳很认真地问：“克虎，你现在这个德行，应该是被他鼓励的吧？”

克虎像是听懂了，微摇尾巴。

夏阳说：“我猜就是！难怪你的名字这么 low。什么年代了，还玩棍棒底下出孝子？咱们走自己的路，不听他的！”

克虎很赞同地微摇尾巴。

四

凌晨四点半，天际刚刚有点鱼肚白，训导员打开犬舍门放军犬去散放场排便。夏阳怀揣酣睡的小宝，呵欠连天地走上操场，第一次参加训导队的训练。他不知该干什么，无所事事地跑去散放场看军犬撒欢。克虎还是老习惯，坐在犬舍门口监督韩哲打扫卫生。克虎对夏阳的脚步声很敏感，看一眼埋头打扫卫生的韩哲，犹豫了一下，放轻脚步偷偷溜走。韩哲暗中观察着克虎，见它直奔夏阳，多少有些失落地咂咂嘴。

克虎有着超高的智商和很多让人不可思议的人性化行为，训导分队的训导员私下认为克虎是一条神犬。尽管他们认为克虎的行为与军犬不符，给它起了一个“花花太岁”的外号，但训导员一致认为这是神犬必须具备的行为，如果跟普通军犬一样循规蹈矩，怎么能称之为神犬？训导员为训导分队拥有克虎这样的神犬而自豪，跟女友或准女友吹牛的时候就多了很多话题，克虎的“神迹”引得姑娘们卖萌撒娇地央求要来队看克虎。训导员们心中就乐开了花，军犬队就是犬多，小犬、育成犬、成年犬，萌的，二的，威风凛凛的，身怀绝技的，有这些“红娘”穿针引线，十有八九能把心仪的姑娘拿下。即使谈不成，至少姑娘来过队，在战友老乡面前也多了些吹嘘自己多么风流倜傥的资本。

“花花太岁”不知道它还兼有“月老”的功能，在给夏阳拉“仇恨”。夏阳更不知道他无意中抢了众人的蛋糕，见克虎昂头目光灼灼地看着他，还蛮有乐趣地逗克虎：“虎爷，您老人家是来找我，还是来看小宝？我那么辛苦，您总要有所表示吧？”

克虎的尾巴尖真就微微摇了摇。夏阳很满意，敞开衣襟让克虎看酣睡的小宝。

月老被抢走，也就罢了，反正克虎从来没有主动牵线搭桥。但克虎向夏阳摇尾巴，却让暗中注视的训导员们妒火中烧——克虎从来没向他们摇过尾巴。尤其是韩哲在打扫犬舍，夏阳这个新兵蛋子竟然熟视无睹，是可忍孰不可忍！

训导员们愤怒了，去散放场带犬的时候纷纷横眉冷对。夏阳开始还莫名其妙地赔笑，但很快撑不住劲儿了，跑回去找蔡远威问计，被狠狠训斥了一通，才怀着惶恐的心情，当着全体训导员的面向韩哲认错，承诺从现在开始，肩负起管理克虎的全部责任，包括打扫犬舍。韩哲一口回绝，说他还是克虎的训导员，在上级没有明确把克虎交给夏阳以前，他必须履行训导员的职责。夏阳受不了训导员们各种白眼和如剑如刀的目光，再次恳求。韩哲带夏阳去了克虎的犬舍，别说打扫卫生，克虎根本不让夏阳进它的犬舍，拦在门口龇牙咧嘴地威胁。克虎根本不认同夏阳，只是把他当成了智能玩具和小宝的奶妈。智能玩具和奶妈属于仆人，离可以命令部下在枪林弹雨中冲锋陷阵的指挥员差着十万八千里。

夏阳为他在克虎心中的定位很沮丧，暗中围观的训导员们却是心情愉悦：月老还在，而且不会找他们的麻烦，这的确值得高兴。

韩哲没理会夏阳的沮丧，毫不留情地批评他把小宝揣在怀里是溺爱，是想把特殊战斗员当宠物养，这是损害军队的利益，损害部队战斗力。夏阳觉得自己很悲催，小宝把他当成了电热毯，离开怀抱就尖叫，吵得所有人无法休息；它爹把他当成智能玩具，如此悲剧的人生竟然还要被指责损害部队战斗力。

夏阳委婉表达了他的委屈和无奈：训导分队与繁育分队的作息制度不同，训导分队 4 点 20 分起床带犬出操，出操早收操也早，中午有两个小时的午休时间；繁育分队 6 点起床，正常收操，午休时间也短。言外之意，如果不怀揣小宝，该特殊战斗员会很有战斗力地让所有人倾听它的尖叫。韩哲勉强同意早操可以带着小宝，其他时间坚决不允许。

夏阳坚决执行韩哲的命令，怀揣小宝不舒服且不说，他很担心小宝会在怀中便溺。但克虎却无视命令，很坚决地打了韩哲的脸。

上午，训导分队在俱乐部上训导理论课，韩哲理论联系实践的授课，与死记硬背讲义完全是两个概念。夏阳正听得入神，隐约听到小宝的尖叫，循声看去，克虎叼着小宝挤开门溜达进来。韩哲恼火地喝令克虎出去，克虎犹豫了一下，径直把小宝送到夏阳怀里，才小跑着离去。

众目睽睽之下，克虎公然抗命，韩哲脸上有些挂不住，把怒火倾泻在夏阳头上，中心论点是记不住哺乳时间，公然扰乱操课秩序。夏阳很委屈，训导员们很开心，交头接耳指指点点，一致认为韩分队长骂得对，这股公然扰乱操课秩序的歪风必须刹住。韩哲怒火未熄，克虎就第二次打脸，它去而复返给小宝叼来了奶瓶，看着小宝吃完了奶，就卧在夏阳身边，看样子是等着下课一起返回。

“一家三口”其乐融融，训导员愤怒了，或者说是妒火中烧，他们想跟克虎拍张照都难如登天，夏阳一个新兵蛋子连犬都没带过，凭什么享受这样的待遇！训导员不敢招惹“花花太岁”，矛头一致指向夏阳，冷嘲热讽有之，厉声呵斥有之，谆谆教导亦之。智能玩具加小宝的奶妈被围攻，克虎却表现得很冷漠，坐在一边很认真地挨个端详围攻夏阳的训导员。夏阳没能人仗犬势，训导员们越发猖狂，把夏阳委屈得想要以死明志。

下午两点，训导分队带犬操课。夏阳没有犬，韩哲命令他，观摩并学习训导员的手势命令。操场上龙腾虎跃，口令声、犬吠声鼎沸；操场边上，夏阳对着想象中的军犬比画着命令手势，傻乎乎的，像个木偶。

克虎没去巡视领地，一直坐在操场边上看训练，看到训导分队的通信员喊走了韩哲，起身跑上操场，立刻引来训导员的关注。自从第二次服役失败被退回军犬队，克虎就没上过操场。不训练，不代表没有战斗力，军犬训练的那些科目，对智商超群的克虎来说只是小菜一碟。赶上韩哲和克虎都很高兴的时候，一人一犬会给训导分队做示范，那动作漂亮的，如果哪条军犬能做到，那条军犬的训导员一定能从梦中笑醒。

克虎以标准的姿势，靠坐在夏阳身体左侧。训导员们哗然了，看夏阳的目光越发不善。夏阳心里这个苦啊，哀求克虎说：“虎爷，看在小宝的分上，不挖坑了行不？”

克虎充耳不闻，很威严地环视操场，直到所有训导员都在注视着它，才箭一般蹿了出去。

操场上顿时人仰犬翻，克虎疯狂撕咬它的臣民，下口极重。军犬要么躺在地上亮出肚皮以示臣服，要么不顾训导员的呼唤夹着尾巴远远跑开。队里刚引进了两条为高寒山地部队训练的高加索犬，自恃身高体壮，上前迎击克虎。无奈，智商是硬伤，一条被克虎带着跳跃壕沟，身壮体重加上弹跳力不足，摔进深壕嗷嗷惨叫；另一条被克虎带着在高架桥下围着桥桩跑“S”跑晕了头，被克虎一口叼住咽喉，立刻倒地亮出肚皮以示臣服。

高泽石对克虎最近的行为有些想不通，尤其是克虎对夏阳的亲近更让他困惑。他把韩哲喊到办公室，两人就此探讨了没五分钟，就接到克虎大闹操场的消息。两人匆忙赶到操场，克虎早就溜得不见踪影，犬被咬伤的训导员们正义愤填膺、同仇敌忾地围攻夏阳。夏阳一脸的无辜，很认真地扮演缩头乌龟。

高泽石认为克虎发疯与夏阳无关，批评了围攻夏阳的训导员，又派人把何雨晟喊来给受伤的军犬疗伤、包扎。克虎下口虽重，但有分寸，军犬们伤得不重，养上几天就会痊愈。揪着心的训导员们松了口气，这才感觉克虎行为反常。

克虎虽自封为王，但除了那两条刚来的高加索犬，其他军犬早已表示臣服。如果想立威应该直奔高加索犬，为什么扑咬其他犬？训导员们思来想去，感觉这事儿还真跟夏阳有关，所有被咬军犬的训导员都曾针对过他。

高泽石、韩哲再看夏阳，目光中就充满了疑惑和探究。训导员们的目光中除了愤怒、无奈，还多了些畏惧。军犬队有纪律严禁殴打军犬，克虎咬了他们的犬，他们不能报复，又不敢惹韩哲，只能找夏阳撒气。但现在夏阳有克虎护着，有气没处撒的训导员们给夏阳起了个“二太岁”的外号。

高泽石背着手，在夏阳面前踱来踱去，边思考边反复询问，夏阳是如何与克虎交往的，他做了什么。夏阳腹诽：明明是克虎在戏弄他，今天咬犬保不齐憋着什么坏，想给他挖什么坑呢。夏阳用“逆来顺受”回答了高泽石的问话，顺便表达怨气。高泽石很自然地忽略了怨气，扭头与韩哲探讨了一番逆来顺受，一致认为克虎今天的行为符合高泽石之前的分析，它把夏阳当成了父亲，自然要维护父亲的权威。

对克虎的行为分析有了定论，高泽石很愉快，认为找到了克虎动物行为的心理依托点。夏阳也有一点点高兴，不管克虎是不是给他挖坑，但就当前来说的确给他出了口恶气，“父亲”二字听来也没有那么刺耳了。夏阳连女朋友都没有，之前对“父亲”这个词很反感，尤其是军犬的父亲，让他很是腻歪。唯独韩哲很生气，军犬斗殴算是事故，他作为训导员必须要负责，虽然高泽石明确表示不追究，但他还是认为克虎需要教育，跑去犬舍等克虎。

夏阳回到班里，蔡远威先是警告他不要人仗犬势，得到明确保证后，才让他看小宝。出生第十天的小宝睁眼了，虽有厚厚的眼膜，眼球也像一个充满乌黑液体的小球，但小宝已经能模模糊糊地看见物体，看见一片巨大黑影压过来，恐惧地哼叫着一屁股坐倒，嗅到夏阳的气味立刻安静下来，撒娇般地哼哼着，嘴角微微上翘，像是在笑。

夏阳双手捧着小宝，凑到眼前仔细看那双乌黑的眼睛，皱起鼻子轻轻蹭蹭小宝湿漉漉的鼻头说："班长，小宝在笑！小宝，小宝，快给班长笑一个！"

小宝没有笑，只是热烈地摇着尾巴回应主人的亲昵。

蔡远威掀开小宝软软的耳朵，看了一眼耳道，说："别喊了，小宝耳道没通，听不到你说什么。"

夏阳知道这些犬类的基本知识，与小宝聊天只是为小宝的变化高兴，依旧喊着小宝与它亲昵。这年头，士兵的个性一个比一个强，动手能力一个比一个差，别说照顾小犬，能把自己收拾利落的都不多，像夏阳这样性子平和而且能带小犬的更不多见。蔡远威很欣赏夏阳，善意提醒了一句："爱犬要有度，军犬不是宠物。"也就看着夏阳跟小宝亲昵。

小宝吃完奶，排过便，克虎还没有出现，夏阳不禁有些担心。克虎一般会准时来看小宝吃奶，除非发生诸如有土狗、陌生人擅闯领地，子民中的人类往外搬东西之类需要密切关注的大事。夏阳担心韩哲严惩路见不平亮牙相助的克虎，便溜去犬舍，见韩哲一脸愠色坐在犬舍门口，地上丢着几个烟头，看样子克虎在躲着他没有回来。夏阳苦思冥想一番，才想起克虎与他的共同爱好，于是回宿舍揣上熟睡的小宝，又带上一包他爱吃的原味牛肉干，跑去后山背阴面。

翻过山脊，果然看到克虎坐在孤立的巨石上望着远方，夕阳辉映下，样子有些落寞。克虎听到夏阳的脚步声，回头看了一眼，站起来准备走。夏阳喊了一声，把克虎的视线拉回来，从怀里拿出小宝。克虎犹豫了一下，重新坐下。

夏阳跑过去，反复端详，确认克虎的眼神里没有恶意，小心翼翼地把小宝递过去。克虎立刻兴奋起来，前爪不停踢踏着地面，伸出舌头粗鲁地舔小宝的肚皮、爪子、头脸，沉睡中的小宝不满地尖叫。夏阳赶紧把小宝放回怀里，拿出牛肉干，扯开包装放在克虎面前。克虎不屑地扭过头去，它在恪守军犬纪律，除训导员外不吃任何人投喂的食物。

夏阳拿了一块牛肉干丢进自己嘴里，又拿了一块放在克虎面前说："虎爷，感谢你今天仗义亮牙，虽然你经常让我狼狈不堪，但我觉得你比人强，够意思够朋友。吃吧，这是咱们朋友之间的小友谊，不算违反纪律。"

克虎似乎听懂了，低头审视片刻，叼起牛肉干嚼了两下，吞进肚里。

如果军犬吃另一个训导员投喂的食物，意味着军犬重新认主。夏阳很惊诧，试着又把一块牛肉干放在克虎面前。或许是已经吃过一块，没了心理负担，或许是饿了，克虎飞快地把牛肉干吞下肚。

夏阳开始心慌意乱了。俗话说打狗看主人，韩哲是军官，又是训导方面的专家，克虎惹了什么麻烦，没人敢对他怎样。夏阳没有韩哲的地位、能力，克虎"花花太岁"的绰号也不是白来的，惹麻烦肯定是常态，老兵不敢把克虎怎么样，对他这个新兵可就不好说了。夏阳决定把这件事烂在心里，心虚地看看四周，见左右无人，这才松了口气。

夏阳把整包牛肉干放在克虎面前，看着克虎埋头大吃，不由得百爪挠心。心说：既然认我是指挥员，我抚摸一下应该没问题吧？夏阳鼓足勇气战战兢兢地伸出手去，克虎眼睛余光看到夏阳的手伸向它的头部，立刻全身紧绷，喉咙中发出呜呜低吼。

拼了！夏阳咬牙闭眼把手伸过去，没有牙齿入肉的刺痛，指尖触到一片有点扎手的毛发。克虎两只眼睛成了斗鸡眼，盯着放在它大嘴上的手，怔了怔，气急败坏地"嗷"一声低吼，皱起嘴唇亮出雪亮的牙齿，俯身弓腰准备攻击。

夏阳顿时僵住，吓得眼都不敢睁开，指尖清晰感觉到克虎大嘴上皱起的皮毛正因愤怒而打颤。夏阳为自己的愚蠢行为懊悔不已，他学过训犬讲义，对犬的习性有所了解，知道此时任何轻微动作都会被当作进攻行为，会引来致命攻击。时间一秒秒过去，长时间平举的胳膊开始打颤，夏阳头上冷汗直冒，很想用另一只手护住自己的喉咙，又担心会引来克虎的攻击。正犹豫着，小宝从怀里伸出头，对着克虎愤怒吠叫，叫声清脆尖厉，很有些怒气冲冲的意思。克虎的低吼声消失了，放松了皱起的嘴唇，盖住了雪亮的尖牙。

夏阳睁开一只眼睛，又睁开另一只眼睛，惊愕地看看愤怒吠叫的小宝，又看了看满目不甘怒视他的克虎，想了想，决定得寸进尺。克虎又成了斗鸡眼，盯着顺着它大嘴一点点滑向额头的手指，简直要气炸了，颈毛钢针一样奓立起来，喉咙中发出闷雷般的咆哮声。

小宝似乎嗅到了危险的气息，奋力从夏阳怀里钻出来，站在夏阳大腿上，皱起嘴唇亮出尖细的乳牙，对着克虎大声尖叫。克虎无奈地呜呜两声，直立的颈毛慢慢平顺，但盯着夏阳的目光中充满了威严被侵犯的恼怒。夏阳看一眼小宝，有恃无恐，手指滑上克虎的额头轻轻抚摸。克虎很恼火，看一眼坐在夏阳大腿上奋力用两条前腿撑起身体，虎视眈眈看着它的小宝，无奈地闭上眼睛忍受蹂躏。

克虎以为厄运到此结束，但没想到夏阳竟然是个无赖，从此以后有事没事总想摸它两把。克虎数次把夏阳追得哭爹喊娘，狂奔着跑去找小宝寻求保护。但长则两天，短则半天，夏阳就故态复萌。克虎无奈，虽尽量躲避，但总要去监督夏阳给小宝喂奶，这个无赖总能找到机会摸它两把。

夏阳自认与克虎之间的关系进了一大步，但并不满足，为了进一步了解克虎，买来《动物行为学》自学了一番，在书中找到了支持他想法的理论。克虎心中，除了韩哲，军犬队所有的人和犬都是它的臣民，众人、犬面前，它需要维护王者的尊严，所以不让随意抚摸。

夏阳决定去践行理论，换上轻便的跑鞋，热了身，做好狂奔的一切准备后，趁着周边无人无犬，抚摸了克虎两把。克虎很厌烦地哼哼两声，闭上眼睛忍受了。夏阳成功了，很兴奋，自然要百尺竿头更进一步，从两把到三五把，直至两三分钟；以致到后来，连挠痒、梳毛、挠肚皮克虎也接受了，牛肉干之类的零食也从不拒绝。夏阳没有为沦落成犬奴感到丝毫悲催，反而很得意——克虎对他亮过肚皮！虽然只是为了方便夏阳给它挠痒，但不管克虎怎么想，在人类看来这就是臣服的表现。更何况，除了韩哲以外，别说抚摸，能碰碰克虎，都会让全队官兵刮目相看。

韩哲并不知道克虎身上的浮毛已经被夏阳梳理干净，依旧每天强行给克虎梳毛，还不满地呵斥克虎不讲卫生。克虎口不能言，只能闭上眼睛忍受蹂躏。以往换毛季，每天都能梳下拳头大小的一团毛，但现在连续几天，都没梳下多少浮毛，韩哲不禁有些担心，见克虎精神很好，鼻头湿润，舌头鲜红，不像生病。想到克虎超常的智商，认为克虎是基因突变的产物，或许会快速进入老龄化，怕冷才不脱毛。韩哲忧心忡忡，不顾克虎还要巡视领地，强行拖去军犬医院检查身体。

克虎在韩哲严厉目光的逼视下，不情愿地接受何雨晟的摸摸捏捏。何雨晟占便宜没够，趁机在克虎头上撸了一把，这才给出结论，克虎已经换完毛了，而且身体健康，正值壮年，再活上五六年都没问题。

百思不得其解的韩哲，很快从陈梁那里找到了原因。陈梁无意中远远看到夏阳给克虎梳毛，好像还在喂零食，因离得远看不清楚，不能确定是梳毛和喂零食，但坚定地认为，从夏阳的动作上看，他至少是在抚摸克虎，而且克虎没有反抗，样子还很享受。

夏阳奉命跑步赶到高泽石办公室，接受了高泽石、韩哲二人足足三分钟的审视，心中小鼓乱敲，大脑高速运转，思索最近是否干过人神共愤的大事。高泽石抬腕看一眼时间，然后把目光投向房门。克虎是军犬，是特殊战斗员，与军人一样有着很强的时间观念，它按时来高泽石的办公室巡视，推开房门看到韩哲，扭头想走。韩哲喊住克虎，高泽石拿出一包牛肉干，示意夏阳给克虎喂食。

克虎对夏阳投喂的零食视而不见，高泽石与韩哲疑惑地对视一眼，又命令夏阳给克虎下口令，克虎也充耳不闻。高泽石摆手示意夏阳可以走了，韩哲也给克虎下达了解除禁止的口令。夏阳如蒙大赦拔腿就走，克虎巡视了高泽石的办公室后，才不慌不忙地离去。

高泽石认为，陈梁可能看花眼了。韩哲却认为，克虎有用假象掩护夏阳的智商，他会暗中观察，如果发现克虎认同夏阳，希望高泽石同意把克虎移交夏阳，并批准他转业到家乡的警犬训练基地工作——家中妻子病重，老人年迈，急需他这个独子照顾。

韩哲面临的家庭困难持续多年，组织上尽其所能进行了帮扶。家庭困难只是韩哲请求转业的托词，服役年限期满提升无望也不足以让韩哲下定决心向后转。真正的原因是克虎，一条注定军史留名的军犬，变成了“花花太岁”。韩哲认为他难辞其咎，辜负了上级和组织的期望，无颜面对军犬队官兵，更把克虎当成了他训犬生涯中的耻辱。克虎一天三遍巡视领地，就如同一天三次鞭打他心中的伤口，让他备受煎熬。他对克虎无能为力，唯一的选择就是躲避。

高泽石明白面前的这条汉子已经被深深挫伤。自从克虎第二次服役失败被部队退回，向来活泼开朗的韩哲变得沉默寡言，五年来从未开心笑过。高泽石去找政委王存伟商议，王存伟认为，如今的部队也讲人性化，不能一味强求奉献，这么好的训犬人才，不能就这么颓废下去，到了新的环境肯定能养好伤口重新开始。再说，军警用犬训练科目大同小异，韩哲去警犬基地工作，充分发挥才能的同时，也算为军犬队多打开了一扇交流训导技术的大门。政委定了调，高泽石虽舍不得韩哲这个优秀训导人才，但考虑一阵后，还是答应了他的请求。

韩哲暗中观察，很快发现克虎允许夏阳抚摸，接受零食，但不会听从夏阳的任何命令。夏阳与克虎的关系不像父子，更像亲密的伙伴，又像是在玩一物降一物的游戏，夏阳降服小宝，小宝降服克虎，克虎又能收拾夏阳，就像一个循环的三角。

五

四周龄的小犬还在蹒跚学步，同龄的小宝已经能满世界乱跑了。它像克虎一样有着很强的领地意识，刚刚能步履蹒跚地溜达几步，就把夏阳的床下划为神圣不可欺犯的领地，除了夏阳和克虎，不允许任何人靠近。随着腿脚逐渐强壮，小宝的领地范围也越来越大，从宿舍延展到楼道、其他班的宿舍，不管白天黑夜频繁巡视，发现“入侵者”就要吠叫警告，时常扰人清梦，每次夏阳都要跑去认真道歉。繁育分队的老兵不以为意，他们很喜欢憨态可掬的小宝，也想抱一抱抚摸一番。但小宝根本不给面子，每次都会亮出纤细的乳牙，低声咆哮着“吓退”不怀好意的老兵才罢休。

夏阳担心小宝的嗅觉，试着与小宝玩捉迷藏进行测试，小宝每次都能闻着味道找到他。蔡远威认为小宝的嗅觉基本没有问题。夏阳仍不放心，又把韩哲请来看测试。韩哲也认为问题不大，暂时可以按军犬培养，等四月龄再进行正式测试。

夏阳决定首先培养小宝的纪律性，提前给它戴上了项圈。脖子上多了个东西，小宝非常不习惯，倒退着想挣脱束缚，却发现脖子上的项圈随着它倒退。小宝惊恐地使劲甩头，用力向后跳跃，使劲儿回头扑咬，在地上滚得像个皮球，想尽办法也咬不到。它用爪子挠，挠得指甲生疼，那条该死的带子还是牢牢地赖在脖子上。

小宝尖叫、哀嚎抗议，夏阳硬起心肠不理不睬。小宝向克虎求援，克虎只是把它拱翻，胡乱舔了一通以示安慰。足足过了三天，小宝折腾得筋疲力尽，才勉强接受戴上项圈的命运。夏阳马上又把一条拴在床腿上的细绳系在了项圈上，这条细绳严重限制了小宝的活动范围，只能在宿舍里打转，不能自由巡视领地。小宝愤怒了，用尖而锐利的乳牙去咬绳子，硌得牙齿生疼，绳子却安然无恙。

小宝又是哀嚎尖叫了三天，终于学会了遵守纪律，明白每天只能在固定时间巡视领地，其他时间只能在宿舍驻扎。从此，小宝视细绳如仇寇，没事就撕咬泄愤。

按规定，四周龄的小犬要补充流食为断奶做准备。夏阳抱着一堆小犬专用食品回到班里，小宝从领地中蹿出来，很得意地站在有它排泄物的废报纸旁摇着尾巴邀功。夏阳托着小宝的胳肢窝举到眼前，亲昵地碰碰鼻头。

小宝高兴地咧着嘴，眼睛里满是笑意。它喜欢夏阳这样的举动，明白这是奖励，伸出小舌头回应着舔舔夏阳的鼻尖。

犬有以便溺划地盘的天性，但军犬任务的特殊性，决定它们只能在固定时间和训导员指定位置排便，以免在执行任务过程中暴露目标。天性如此很难纠正，小犬的排便训练很让一些训导员头疼，但小宝的排便训练却很顺利。夏阳把小宝的排泄物打扫到报纸上，克虎用大嘴把小宝拱过去闻了闻，小宝就学会了在铺好的废报纸上排便。

克虎推开门溜达进宿舍，舔舔摇着尾巴打招呼的小宝，耸耸鼻子，循着气味把大嘴伸进小犬饲料袋中嗅了嗅，感觉味道不是很好，抬头严肃地看着夏阳。

夏阳也有点担心小宝不肯吃饲料，配餐前先让小宝闻了闻，小宝很开心地摇着尾巴，舔舔夏阳的手腕，明确表示它饿了想吃饭。夏阳将信将疑，冲好小犬饲料倒进餐盆，又加入几滴防止大便燥结的葵花子油，对等候的小宝招招手。小宝一头扎进餐盆狼吞虎咽，很满意地哼哼着。

克虎见小宝吃得很香，原地卧下眯眼养神，等着给小宝按摩肚子助消化。克虎很喜欢这项工作，按摩得仔细认真，小宝也很喜欢被舔时温热潮湿的感觉，每次都会舒服地眯起眼睛，嘴里哼哼唧唧地撒娇。夏阳乐得清闲，索性把饭后揉肚子助消化的工作交给了克虎。

按照军犬一日生活制度，下午三点到五点要进行散放。成年犬由各自的训导员梳理皮毛整理卫生，一起玩耍做游戏，然后准备开饭。成年犬一日一餐，训导员要保证军犬有一个好胃口。如果没有爱寻衅滋事的公犬，保育员也会让母犬带着小犬以及育成犬去散放场，由母犬教授小犬扑咬、嗅探等犬类的基本技能。

夏阳把小宝顶在头上去了散放场，它不会扑咬、嗅探，只能带着小宝疯跑撒欢。看到莎莎带着六条小犬慢悠悠地跑进散放场，小宝立刻安静下来，羡慕地看着同龄犬在妈妈身边嬉戏。小宝很想过去与它们一起打闹，也想立起来去叼散发着乳香的奶头，它绕着圈子，颠着碎步，试探着靠近嬉戏的小犬，莎莎立刻凶巴巴地呜呜警告。小宝使劲儿摇尾巴讨好，莎莎仍不为所动。

这是什么妈？怎么不认自己的孩子！夏阳很生气，想把小宝的爸唤过来助阵。克虎对这种意气之争不感兴趣，坐在操场边上注视着它的臣民，对夏阳的呼唤充耳不闻。

夏阳想满足小宝与同龄犬嬉戏的愿望，但不确定莎莎对待小宝的态度，把小宝顶在头上找陈梁询问。这个动作引起小犬们的羡慕，跑来围着夏阳打转。小宝顿时得意起来，昂头呜呜地学着狼叫。莎莎不满地吠了一声，喊回小犬用舌头爱抚安慰。小宝见状，立刻郁闷地闭上了嘴巴。

没有母乳喂养，小宝却比它的兄弟姐妹强壮，陈梁称赞夏阳喂养得精心。夏阳却认为这是出于礼貌的恭维，他第一次独自带小犬，没有任何经验，完全按照育犬手册喂养，谈不上精心，只能说中规中矩。

小宝远超同龄犬的强壮，应该是源于动物本能，没有母亲的关爱照顾与保护，潜意识中有生存危机，所以珍惜每一口食物，只有尽快长大变得强壮，才能对抗捕食者。

陈梁陪着夏阳把小宝带到莎莎身旁，对警惕低吼的莎莎下了禁止命令。小宝试探着，兜着圈子靠近莎莎，目光灼灼地盯着乳头，刚想凑上去，立刻被莎莎用大嘴挑起来扔出去好远。小宝眼馋地看一眼乳头，回头向夏阳求援。夏阳无奈地摇摇头，指指小犬们。小宝试着跑过去，小犬们并不排斥小宝，嬉戏扑咬，滚成一团。小宝比兄弟姐妹强壮，玩得嗨了，冲撞、下口就没了轻重，只要小犬摔倒或负痛尖叫，莎莎立刻咆哮狂吠。小宝很快就兴趣索然，跑去一边观望，小犬跑过去找它，小宝傲娇地扭头就走。

那两条为高寒部队代训的高加索犬张牙舞爪地冲上散放场，跑过来向莎莎摇尾献媚，被莎莎厉声呵斥后，盯着小犬们转眼珠，立刻又被陈梁呵斥。两条高加索犬羞愤交加，冷不丁地冲向孤零零的小宝。

小宝毫不畏惧，龇牙咧嘴伏低身体准备迎战，丝毫没想到它小小的身躯，还不够人家塞牙缝。夏阳一把将小宝抱在怀里，两条高加索犬丝毫没有罢休的意思，围着夏阳狂吠，跳跃扑咬。高加索犬体形高大，人立起来几乎与夏阳一样高。夏阳担心小宝被咬到，高高地把愤怒嘶吼的小宝举到空中。

远远观望的克虎听到小宝嘶嚎，闪电般蹿进操场，两条恶犬吓得转身就逃。克虎雄狮捕猎一样跃起，从后方用前爪扑倒一条高加索犬，那条高加索犬立刻亮出肚皮哀叫着以示臣服。另一条高加索犬猛地转身，龇牙咧嘴伏下身体，呜呜吼叫着准备迎战。克虎急速冲向右侧，高加索犬本能地侧身防守右翼，克虎却猛然转向，从正面直奔过去，一口咬住高加索犬的喉咙，把它扑倒在地。高加索犬哀嚎求饶，克虎却没有松口的意思，持续发力。

高加索犬嘶嚎声越来越低，双眼翻白，眼看着要被咬死。训导员们慌了，喊叫着跑去找韩哲。狂奔而来的高加索犬训导员腿都软了，声嘶力竭地喊夏阳救命。夏阳不确定克虎是否会听他的命令，试着喊了两声“非”，克虎微微松口，能重新呼吸的高加索犬缓过劲儿来，露出肚皮哀叫求饶。克虎却没继续松口，含着高加索犬的喉咙，呜呜低吼警告训导员不要靠近，扭头看着夏阳。

夏阳感觉克虎像是要他过去，抱着小宝小心翼翼地走过去。克虎松开口，低吼一声，夹着尾巴准备逃走的高加索犬和急着查看伤情的训导员立刻僵住。

克虎又对夏阳吼了一声，夏阳不懂犬语，一脸茫然。克虎不耐烦地蹬着夏阳的身体，想要叼正在威风凛凛对高加索犬大吼的小宝。夏阳茫然地放下小宝，用手指钩住项圈，不让它去扑咬高加索犬。克虎很粗鲁地舔了舔小宝，对高加索犬吼了一声，高加索犬立刻对小宝俯低前身以示尊敬。

克虎在宣告小宝受它保护！夏阳瞠目结舌，向训导员请教克虎的这种行为是否超出了犬类的意识水平。训导员答非所问，絮絮叨叨责怪夏阳没有看好小宝引起军犬斗殴，如果高加索犬出了什么问题，要夏阳负责。

鉴于对方是老兵，夏阳放弃据理力争的打算，把小宝顶在头上去华清池玩耍。小宝第一次看见池塘，很快忘记了不快，玩得不亦乐乎，对着它水中的倒影大声吠叫连连扑咬，搞得水花四溅。夏阳担心小宝失足落水，不顾它尖叫反对，强行把它抱在怀里。

韩哲不知从哪儿冒出来，厉声说：“把它放下！”

夏阳被吓了一跳，差点把小宝扔出去，羞恼回头，见是韩哲，赶紧把小宝放下。小宝立刻尖叫着，风一样地冲到池塘边玩耍。

韩哲挥挥手示意夏阳跟他走，见夏阳担忧地盯着小宝，放缓语气说：“小犬需要不断学习才能长大，你的职责是监督引导，不要过分干预。”

韩哲找了张长椅坐下，示意夏阳也坐，然后盯着水面像是在找话题，长时间的沉默让夏阳如坐针毡。在池塘边搞了一身水的小宝跑来，歪头看看塑像一样的韩哲、夏阳，用力抖动毛皮甩了两人一脸水，蹦跳着去追飞舞的蝴蝶。

韩哲笑了，抹去脸上的水，终于开口说话：“不要总把犬抱在怀里，小宝是战士不是宠物。”

夏阳明白溺爱会把军犬带成宠物，不好意思地挠挠头说：“小宝太可爱了，又萌，有时候忍不住会抱它。”

“萌？！”韩哲扭头盯着夏阳说，“我希望这是最后一次让我听到你用这个字形容军犬。”

“是！”夏阳吓得跳起来立正。

韩哲摆摆手示意他坐下，盯着水面沉默了一会儿说：“六年时间，克虎一共繁育了七十一条小犬。目前看，小宝身上克虎的基因可能最多，是一条很有潜力的犬。”

小宝除了强壮一些，没见哪里特殊。夏阳疑惑地挠挠头。

韩哲解释说："克虎出生就被母犬抛弃，由我抚养长大。22 天学会走路，有着很强的领地意识，我的床下是它的第一块领地，很小的时候就具备高傲、不畏强敌的个性。小宝的经历、特点几乎与克虎一模一样。"

夏阳不想过早定义小宝，希望小宝有一个愉快的童年，小心翼翼地说："或许只是无意识的行为，证明不了什么。"

"识犬带犬，我比你有经验。好好带小宝，不要让它成了第二条克虎。"韩哲站起来说，"四周龄的小犬已经有了记忆力，小宝这个名字不适合军犬，尽快换个名字。"

韩哲言简意赅说了他的想法或者说是命令，没给夏阳表达意见的机会，直接走了。夏阳不想给小宝改名字，认为名字再威风也只是个代号，克虎不可能克制老虎。但上级的命令必须执行，而且小犬必须有证明血统的出生编号和名字，才能入档获得军籍成为正式军犬。夏阳苦思冥想了好一会，决定打个擦边球，把"小宝"换成了"七郎"。

"郎"与"狼"谐音，蔡远威认为"七狼"这个名字很一般，勉强能上台面，建议夏阳去征询韩哲的意见。夏阳没去，给小宝换名字，已经是迫于上下级关系做出了让步，韩哲又不是小宝的训导员，为什么要去征询他的意见？

小宝对自己的名字抱着无所谓的态度，夏阳在喂食的时候喊过几次七郎，小宝就明白它有了新名字，很没节操地接受了。

六

六周龄的七郎，身长超过四十厘米，两只耳朵半竖起来，半球一样的额头弧度越来越小，两条前腿粗如儿臂，爪子足有夏阳的半个拳头大小，细密的胎毛虽然还未褪去，但一些硬硬的长毛已经长了出来，原来像条猪尾巴一样光滑的尾巴如今也蓬松起来，显得粗了许多。身强体壮的七郎天性流露，很快用实际行动证明了韩哲对它的判断。

自从散放场上遭到冷遇之后，七郎拒绝与基地小犬玩耍，通过与克虎嬉戏学习犬类的基本生存、战斗技能。七郎自恃身高体壮，又有克虎这位名师传授技能，每次小犬散放，都要在小犬散放场上跑马圈地划定领地。不管进入领地的小犬是一条还是一群，七郎都会主动发起攻击，甚至不惧与护崽的母犬发生冲突。其他小犬有母犬教授技能，有兄弟姐妹当陪练，而且一窝的小犬都明白兄弟齐心其利断金的浅显道理，战斗持续不了多久，七郎就会被围攻，所以负多胜少。但七郎屡败屡战，通过实战不断修正战斗技能，并把克虎当成了陪练，时常假戏真做把克虎咬急了眼，被叼住后颈凌空甩出去。七郎被摔得嗷嗷惨叫，有时疼得全身打颤，但只要缓过劲儿来，就会再次扑向克虎。七郎的战斗技能迅猛提高，时间不长，战绩就有了大逆转，没有母犬的保护，小犬再不敢踏入它划定的领地。

母犬“闪电”个性乖张而且护犊子，频繁护着小犬闯入七郎的领地。七郎试着去挑战闪电，结果被追得像兔子一样。不知是克虎教授的，还是七郎的本能，它果断调整了战术。一连三天，七郎都在观察闪电一家的活动规律，即使擅闯领地它也不闻不问。

第四天，小犬散放的时候，七郎没有跑马圈地，而是溜达一般围着散放场跑了一圈，确认闪电一家还没来，就跑去一角的深草地中打滚，蹭了满身的草汁，然后缩在深草中隐蔽起来。夏阳初以为七郎在学习狩猎，直到闪电带着小犬们跑上散放场直奔深草地，这才意识到大事不妙。闪电是受过严格训练的军犬，七郎再强壮也不是它的对手。夏阳担心七郎吃亏，一边喊叫闪电的训导员帮忙，一边向深草地飞奔。闪电的训导员或许是想看笑话，或许认为闪电毕竟是母犬不会对小犬下死手，或许兼而有之，反正站在原地没什么反应。

七郎的皮毛被草汁染得斑驳，就像裹了一身迷彩，草汁浓烈的青草气味覆盖了它的气息。闪电毫无察觉，带着小犬跑进深草地，七郎突然从隐蔽点蹿出来，避开坚硬的项圈死死咬住闪电柔软的喉咙，两条后腿蹬住闪电的胸膛，吊在闪电的脖子下面。闪电咬不到，前爪挠不到，被气疯了，撒腿狂奔，边跑边拼命甩头。七郎明白闪电想甩飞它，伴着喉咙中呜呜的发力声，尖牙穿透了闪电厚实的皮毛，鲜血涌出来，一滴滴落下。闪电的训导员顿时慌了，跟在夏阳身后，喊叫着拼命追赶狂奔的闪电。

闪电的奔跑就如它的名字，快如闪电，眨眼间就跑没了影儿。等夏阳和闪电的训导员顺着血滴找到闪电时，它已经跑脱了力，伏在地上哀嚎着剧烈喘息，七郎像狼崽子一样仍死死咬着闪电的喉咙。夏阳怕伤了闪电的喉咙不敢硬扯，好一番抚摸，七郎才顺了毛松开了口。

夏阳担心闪电反扑，赶紧把七郎抱起来顶在头上。闪电却只是哀怨地哼哼着，根本无力起身。训导员个个爱犬如命，闪电的训导员含着满眶的眼泪，查看了闪电的伤势确认并无大碍，立刻跳起来指着夏阳的鼻子破口大骂。

这段时间，七郎没少打架，经常有饲养员、训导员找上门来。夏阳严守新兵本分，表现低调，处理得当，不管对方说什么，一概赔笑道歉。伸手不打笑脸人，对方说上几句也就消了火。等对方走了，夏阳转身就会喂七郎牛肉干以示奖励。

今天这一招却不太灵，闪电的训导员越说越气，撸起袖子想要动手。

夏阳心头火一下蹿上了脑门，冷冷地说："受过严格训练的军犬被小犬打趴下了，你这么暴跳如雷的有意思吗？"

训导员被激怒了，刚举起拳头，克虎不知从哪儿钻出来，坐在夏阳身边，目光冰冷地打量着闪电。训导员不怕挨咬，但担心克虎对闪电下手，立刻偃旗息鼓跑过去护着闪电。

夏阳仍很有礼貌地再次说了对不起，顶着七郎带着克虎回到宿舍，仔细检查确认七郎毫发无伤，一次性奖励了七郎小半袋牛肉干。以弱胜强，小犬打败了军犬，虽然是伏击偷袭，但这也是大胜，并足以证明七郎有勇有谋。

七郎一战成名，小犬、母犬再也不敢踏入它划定的领地。偶尔有母犬看不惯嚣张跋扈的七郎，但没等母犬动手教训，就会被训导员制止。七郎不好惹，更何况它背后还有个更不好惹的"花花太岁"。

夏阳第一次带犬，就碰上了威风八面的七郎，得意之余不免有些小膨胀，走路都微微昂着下巴。韩哲却是兜头一盆冷水，他告诉夏阳，克虎差不多也是在六七周龄时战胜过成年母犬，并坚定地认为七郎是克虎二世，甚至有过之而无不及。

夏阳没信心把克虎二世带成一条合格军犬，足足忧虑了两个小时，就给自己找到了心理依托。韩哲作为训导专家都没把克虎带出来，他一名毫无带犬经验的新兵遇上了有过之而无不及的克虎二世，只能尽力而为，做到问心无愧就好。

小犬六周龄断奶后到十六周龄，属于发育期，这十周的时间决定小犬的身高体重能不能符合军犬的体型标准。队里会为小犬配发牛羊肉、牛奶、鸡蛋、大米、蔬菜、鱼肝油、骨粉，由小犬配餐室根据不同的周龄，按照食谱为小犬熬肉粥，保障小犬发育所需要的蛋白质、脂肪、糖、矿物质和维生素。

配餐室熬的粥清汤寡水没有黏度，米粒全部是潜水员，肉丁大的像糖块，蔬菜大的像核桃，七郎吃一顿饭要十分钟，中间还要休息片刻。夏阳心疼坏了，有心给七郎开小灶亲自熬肉粥，试着与配餐班班长商量。班长拉着脸横眉立目地打量了他半天，转身回了操作间，“咣”一声摔上了门。夏阳再去给七郎打肉粥，分量没错，但总感觉肉丁似乎少了。

夏阳不敢再招惹配餐班的“最高长官”，跑去向韩哲求援。“最高长官”没给韩哲面子，理由无可辩驳，“配餐室有严格的卫生制度，闲人免进”。韩哲转身去了队部，高泽石想都没想就答应了。七郎比吃母乳的小犬还壮实，足见夏阳细心、爱犬，对这样的兵破破例也是应该的。再说，其他小犬觉得粥不好吃还可以补充母乳，七郎可没这样的条件。

配餐员们义愤填膺，小犬吃的都是大锅饭，个个都长得壮实，也没见哪条小犬出问题。给七郎开小灶也就开了，凭什么让一个新兵蛋子自由出入配餐室！这是乱规矩、越俎代庖、挑战权威、对配餐班班集体的不信任。配餐班班长看到夏阳，脸上就写满了不高兴，皱眉咬牙地运气。夏阳为了七郎，只好忍气吞声地赔笑脸。

小灶要精工细作，夏阳每次都要把牛肉剁馅、蔬菜切丝、鸡蛋打散，下在熬成蓉的大米粥里煮熟煮透，才会给七郎吃。

为了让七郎在身强力壮方面持续领先，巩固小犬王的地位，夏阳绞尽脑汁想办法。想到高中同学家里是开种犬场的，连忙打电话过去，与同学探讨交流了一番育犬经。又打电话就食材品性咨询了家乡熟识的老中医，这才让同学帮忙网购食材，准备实施七郎强壮计划。

小犬十二周龄之前，一天要吃四顿饭。配餐班也要训练，早晚两餐会多做一些，加热后就是小犬的午饭和宵夜。训练时间，配餐室没人，夏阳让七郎守在门口当哨兵，他溜进操作间做强身餐。

夏阳熬上小米粥，在恒温柜中取了牛肉扔在案板上，双手各拿一把菜刀剁成肉馅，用盆装了准备下到小米粥里，一转身，吓得一哆嗦，差点把肉盆扔了。高泽石、韩哲不知什么时候来了操作间，两人正掀开锅盖认真端详着锅里的粥。

一定是剁肉的声音太大，没能听到他们的脚步声，可七郎呢？夏阳向门口看去，哨兵早就溜号了，正在散放场上追得其他小犬四散奔逃。擅自改动小犬食谱算是责任事故，严重的要挨处分。夏阳有些慌，盘算着怎么认错。

韩哲用饭勺舀着点粥，尝尝滋味，与高泽石对视一眼，厉声问夏阳："粥里放了什么？"

夏阳努力哭丧着脸，装作可怜巴巴的样子说："一点点盐、黄油、钙片、食盆里还有半支葡萄糖酸钙。"

韩哲又问："哪来的小米？"

夏阳说："我托同学买的绿色食品。队长，韩分队长，我错了，我保证以后一定按照饲料配方配餐……"

七郎得胜回朝，摇头摆尾地跑到门口，感觉气氛不对，蹿进操作间对着高泽石、韩哲龇牙咧嘴，呜呜低吼着威胁。夏阳赶紧把它推出去，拍胸抚毛安抚得它顺了毛，低头回到操作间等着挨批。

"为什么用小米？"高泽石语气温和，似乎没有责怪的意思。

夏阳赶紧抓住机会说："报告队长，我家乡把小米粥叫'代参汤'，老人、小孩、产妇都用它滋补身体。我查过资料，小米的营养价值比大米高。我还打电话问过家乡有名的老中医，他说小米有防止消化不良、滋阴养血的作用，味甘咸，有清热解渴、健胃除湿、和胃安眠等等功效。七郎几乎没有吃过母乳，所以……"

夏阳口舌生花把普普通通的小米描述成了仙丹，韩哲不耐烦地打断他："油嘴滑舌，给我闭嘴！"

高泽石说："小米的营养价值并不比大米高。小米蛋白质氨基酸的构成不好，赖氨酸过低亮氨酸过高，给小犬当主食要加入适量大米。犬是特殊战斗员，是我们的战友，我们有责任照顾好犬。你可以根据七郎的生长状况调整饲料配方，但必须报请上级批准后才能实施。念你初犯，这次我不追究，下不为例，明白吗？”

夏阳赶紧吼：“明白！”

送走了高泽石、韩哲，夏阳回头就去找“哨兵”算账。七郎很无赖，察觉苗头不妙，躺在地上亮出肚皮撒娇，嘴里哼哼唧唧，黑亮的眼睛看到夏阳嘴角露出一丝笑意，立刻跳起来摇头摆尾地撒欢，人立起来跳跃着求抱抱。夏阳立刻没了脾气，随口批评了两句，就满足了七郎的要求。

八周龄的七郎腿脚更加利索，活动范围越来越大，趁着夏阳不注意，就跑出去在营区中四处乱逛。七郎的爹也没溜儿，不仅带着七郎去高泽石的办公室视察，还教了七郎一身臭脾气，或者说是教会了七郎如何保持太子爷的威严。七郎走路昂着头，自尊心特强，谁看它的眼神不对或者脸色稍微难看一点，就会引来它的威胁声，就连高泽石也不给面子，经常性地对他咆哮。

七郎快要变成没规矩的野狗，蔡远威几次提醒夏阳约束七郎，最好让七郎住犬舍，在严格管理和训练中成长。但夏阳觉得七郎还小，不急着去住犬舍，只是加强了对七郎的约束，严格执行一日生活制度，除散放时间外一概用牵引绳把七郎拴在床头。

七郎狂吠抗议夏阳限制它的犬身自由，夏阳置之不理，克虎却心疼了。部队操课、学习的时候，宿舍里没人，克虎就溜进来用牙齿解开牵引绳的绳结。一来二去，七郎也学会了解绳结，隔三岔五就偷跑出去乱逛，很快把自己送进了犬舍。

那天政委王存伟集合全队进行政治教育，被拴在床头的七郎解开绳结偷跑去巡视小犬生活区，隔着栅栏看到一条十周龄的小犬在它的犬舍里玩网球。七郎很喜欢那个黄澄澄的球，威严地吠了两声，那条小犬就乖乖地叼起网球，从栅栏空当中丢出犬舍。七郎喜欢球但不喜欢球上其他犬的味道，叼着网球去俱乐部找夏阳，准备让他按样子搞一个新的。

王存伟口才极好，在台上滔滔不绝。台下，官兵们坐在马扎上埋头做笔记。突然间，台上没了声，夏阳纳闷地抬起头，立刻臊得脸通红。七郎叼着网球，用身体挤开俱乐部的门，钻进来东张西望。

王存伟习惯性地挥挥手，军犬都明白这个手势，会离开会场在门口等候训导员。但七郎还没经过训练，不懂手势的意思，反而坐下瞪着黑亮的眼睛，纳闷地看着王存伟，好像不明白为什么只有他一个人坐在台上。

王存伟指指门外，开玩笑说：“迷路了？网球场出门左转。”

七郎是来找夏阳的，没找到怎么能走？七郎忘了嘴里还叼着球，不满地对王存伟吠了半声，就赶紧追咬四处乱蹦的网球。

官兵们使劲忍笑，王存伟却憋不住大笑起来。七郎第一次听到百十号人齐声大笑，吓得转身逃出俱乐部。

王存伟很大度地说：“训导员要管理好自己的犬，今天就不点名批评了，继续上课。”

话音未落，俱乐部的门被挤开一道缝隙，七郎探头进来，眼珠乱转寻找它的网球，官兵们忍不住再次笑起来。

王存伟问：“谁的犬？”

“报告！”

夏阳涨红着脸站起来说：“七郎，出去！”

终于找到目标的七郎，立刻叼了网球扑过来，把球放在夏阳面前连连吠叫，又蹦又跳。

一堂好好的政治课被搞得一塌糊涂，王存伟虽然没有批评，但夏阳终于下定决心，当晚就把七郎送进了犬舍。刚被关进犬舍，七郎还以为在做游戏，趴在门后准备吓夏阳一跳。直到部队吹哨集合，准备晚点名，七郎一下跳起来。它在兵舍中长大，熟悉士兵的一日生活制度，晚点名后很快就会熄灯就寝，士兵不能擅离兵舍。七郎有些慌了，人立起来，前爪扒着栅栏门，努力左右张望，根本没有看到夏阳的影子，仰头嗅探也没有夏阳的气息。七郎很受伤，感觉它被抛弃了，失魂落魄地蜷缩成一团，不时哀怨地呜呜哭喊。

克虎溜达过来，七郎赶紧爬起来，双爪扒着栅栏门哀叫求援，神情惊恐，像被抛弃的孩子。克虎没打算放七郎出来，只是把大嘴伸进栅栏门的空当，舔舔它的头以示安抚，然后隔着栅栏门卧下，看样子是想陪着七郎过夜。躲在下风头暗中偷窥的夏阳见七郎有克虎陪伴，这才失魂落魄地回去。

晚点名过后，士兵们洗漱，准备就寝。这段时间，是七郎固定的耍宝时间，叼鞋子、抢毛巾、大呼小叫，玩儿不尽的花样，人笑犬吠搞得班里异常热闹。

夏阳触景生情，想到七郎孤零零地在犬舍中哀鸣，表情凄苦地坐在床边发呆。犬满四月龄就要移交训导员接受训练，老兵们都尝过与小犬分别的滋味，很理解夏阳，尽量放轻脚步不打扰他。

蔡远威挠挠头说：“夏阳，你有两个选择：第一，让七郎独自适应新环境；第二，你去陪着七郎。”

“我去陪七郎！”夏阳激动地跳起来想拥抱蔡远威，被厉声喝止，转身抱了被子拔腿就走。

克虎趴在地上，大嘴从栅栏门的空当伸进犬舍，七郎趴着用前爪抱着它爹的嘴，戚戚然哀叫着诉说无尽的委屈。夏阳远远飞奔而来，七郎听到脚步声，立刻停止哀鸣，跳起来着急地踏着碎步使劲撞门。

夏阳打开一道门缝，用腿挡住想冲出来的七郎，挤进犬舍把七郎抱在怀里，拍胸抚毛安抚它：“好了，好了，不哭了，我来陪你了。”

七郎狂摇尾巴，伸长舌头一个劲儿舔夏阳的脸颊。克虎很不屑七郎谄媚的样子，一声不吭地转身向它的犬舍走去。

夏阳抓着铁栏杆喊：“克虎，谢谢你陪着七郎。”

克虎脚步停了停，头也不回地走了。

夏阳在犬舍里住了几天，其间带着七郎参观了其他小犬的犬舍，克虎也带着七郎去参观了它的犬舍。七郎似乎明白独居是长大的标志，接受了现实，在犬舍中蹭满它的味道，正式把犬舍纳入了领地范围。

满两月龄，学会独立居住的小犬，相当于完成幼儿园的结业考试，按规定要进入“小犬培训期”，就像幼儿园的小朋友升入小学一年级。人类小学生的一年级课程不算难，汪星人的也一样，主要是为了磨性子、活动腿脚，顺便学点简单的知识、纪律，为下一步的训练做准备。

刚刚走到室外的小犬，对广阔的天地不了解，往往产生害怕、恐惧的心理，不喜欢外出，需要母犬或训导员带领、陪护，逐步认识新世界。七郎在人堆里长大，克虎也经常带着它四处巡视，所以对室外活动没有畏惧感，经常傲娇地昂着头在畏畏缩缩的小犬面前跑过，犬迹罕至的地方也敢去。

在一次驱逐野猫的行动中，七郎误入废弃犬舍，没有找到野猫却发现一个硕大的野蜂巢。七郎对未经允许就在它的领地中筑巢的野蜂很是不满，大声吠叫警告，野蜂群却置若罔闻。先是被野猫戏弄，接着又被野蜂无视，身为太子爷必须维护自身的尊严，七郎愤怒地对野蜂巢发起了攻击。

结果可想而知，七郎被蜇得头大如斗，眼皮肿得封住了眼睛。夏阳循着惨嚎声赶到时，克虎已经先一步赶到，正用身体当软垫防止乱窜的七郎一头撞死在墙上。夏阳连声呼喊，七郎疼昏了头充耳不闻，继续疯狂乱窜。新闻中，壮年人被野蜂蜇死的报道屡见不鲜，更何况是两个月多一点的七郎。夏阳追不上七郎，喊叫着让克虎帮忙阻拦。克虎再聪明也不能理解大段的人类语言，一时间很茫然。急了眼的夏阳对着克虎破口大骂，气得克虎对着他汪汪大吼一通，夏阳这才明白过来，指着七郎喊："袭！"

"袭"是攻击口令。克虎微微一怔，立刻明白夏阳的目的，冲过去一头撞翻狂奔的七郎。夏阳赶紧扑上去抱住，疼昏头的七郎一口叼在他手腕上，尖尖的乳牙深入皮肉，鲜血一下蹿了出来。夏阳"嗷"地怪叫一声，熟悉的声音和陌生的血腥气，让七郎清醒过来，赶紧松嘴用舌头给夏阳舔伤，喉咙中呜呜悲鸣，像是道歉又像是疼得惨嚎。

克虎狂叫着前头开路，夏阳抱着已经昏迷的七郎以百米冲刺的速度冲向军犬医院。这种场景，军犬队多年未见，整个营区都被搅动了。

何雨晟接过七郎冲进抢救室，不一会儿就跑出来，说让夏阳有个思想准备。夏阳就疯了，哭喊着要冲进抢救室陪七郎最后一程。克虎见何雨晟推搡夏阳也跟着发疯，龇牙咧嘴的颈毛都奓立起来。何雨晟很果断，一脚把夏阳踹出抢救室，关门上锁。

高泽石、王存伟、韩哲等一干大小军官赶到急救室，克虎看到韩哲，立刻冷静下来，老老实实跑去一边安静等待。夏阳继续发疯，守在急救室门口，一把鼻涕一把泪地拍打着房门要进去。

韩哲本来还想问问夏阳怎么看护的犬，见他濒临崩溃，就命令他向克虎学学保持冷静。各级领导都在，夏阳不敢再疯，抽抽搭搭地哭，说七郎要是有个三长两短，他要以死谢罪。高泽石连连摇头，说夏阳的性子太软了，这么容易崩溃，怎么上战场打仗？

何雨晟从急救室出来，夏阳目无尊长地冲了上去，被韩哲呵斥了一声，才退后一步把领先的位置让给高泽石和王存伟。按部队约定俗成的规矩，夏阳应该再退两步，退到所有军官的身后去。但夏阳已经顾不得许多了，拔脖子瞪眼地听到何雨晟说七郎已经过了危险期，就忘乎所以地欢呼起来，惹得众军官皱眉侧目，这才老实站好。何雨晟接着报告，七郎的鼻子被蜇了两下，嗅觉神经有可能受损。

高泽石等顿时沉默了。从目前看，七郎的行为与幼年克虎的行为很接近，极有可能成为第二条克虎。军犬嗅觉出了问题，等于丧失了90%的战斗力，只能充当种犬。军官们有些失望，夏阳反倒觉得无所谓，七郎能活着比什么都强。

驱逐野蜂行动的失败对七郎打击巨大，从胆大包天变成胆小如鼠，怕风、怕雨、怕打雷、怕水沟，总之惧怕一切室外活动。在室内则惧怕经常用针扎它的犬医，惧怕同样穿着白大褂的炊事员。出院后，总想躲在犬舍里，散放排完便就赶紧跑回犬舍。训练的时候哼哼唧唧不愿出来，挂上牵引索就拼命挣扎，被强行带上操场，找到机会就跑回犬舍，摆出一副掩耳盗铃的样子，对来找它的夏阳视而不见。

夏阳把七郎抱上操场，它趴在地上耍赖。夏阳批评，它就会亮出肚皮认错，但丝毫没有起来训练的意思。等夏阳真生气了，它又凑过去摇尾乞怜，转着圈咬自己尾巴，花样百出把夏阳逗笑。

蔡远威开始还觉得挺有趣，七郎就像会察言观色又会撒娇的聪明孩子，他还宽慰夏阳，说七郎在依恋性方面已经超过了其他小犬。等其他的小犬跟着饲养员、训导员去跳高、跨栏、玩骨头，“长途跋涉”到后山去探险的时候，夏阳、七郎还在犬舍与操场之间往返。蔡远威认为问题严重了，很严肃地要求夏阳严格训练七郎。

夏阳挠挠头说：“七郎的鼻子被野蜂蜇了，嗅觉可能出了问题，早晚是当种犬的命，我想让七郎快快乐乐地度过童年。”

蔡远威火了，拍了桌子，警告夏阳说：“我不知道七郎的嗅觉是否有问题，但我知道队长和韩分队长不会看着七郎变成第二条克虎，你再这么搞下去，七郎会成为别人的犬。”

夏阳不想失去七郎，更不想七郎变成克虎第二，狠狠心把七郎拖出来带到一米高台上。

夏阳说：“七郎，好孩子，下！”

七郎侧身趴下摆出一副“我就不”的样子，还像它爹一样昂头眺望远山。

夏阳严厉地说：“七郎！我生气了！”

七郎斜眼偷窥，见夏阳真拉下脸来，哼哼两声把嘴放在前爪上，眨着眼想对策。

夏阳大吼：“七郎，立！”

从未有过的严厉呵斥声，让七郎一下子站起来，看到夏阳面若寒霜，目光中没有一丝笑意，而且还嗅到了夏阳发怒时才有的气息，七郎有些慌，不知如何是好，只好狂摇尾巴讨好。

夏阳指着台下厉声：“下！”

七郎低头看着“深渊”，吓得四爪乱踏浑身发抖连连后退，呜呜咽咽地哀叫着乞求。

夏阳狠狠心用力抖着牵引索，加重语气喝道：“七郎，下！”

七郎四腿发颤地跳下高台，摔了个嘴啃泥，感觉身上不太疼，一骨碌爬起来，抬头看看高台又扭头看看地面，感觉似乎没什么难度，兴奋地摇着尾巴，用前腿扒着高台站起来，准备测量一下平台高度。

夏阳已经兴高采烈地把它举起来，连声夸奖说：“七郎！好样的！好孩子！”

七郎没想到从高台上跳下来就能让夏阳欣喜若狂，挣脱搂抱跑上高台，跳下来又跃上高台。

“七郎，听我口令！”夏阳抱住七郎的脖子，让它站好，然后指着台下说，“七郎，下！”

七郎轻盈落地，夏阳拍着七郎的胸脯夸奖了一通，指着台面说：“七郎，上！”

七郎很聪明，不用夏阳用带索暗示，“噌”一下蹿上平台。

不到半小时，七郎就学会了上下高台，按照夏阳的口令蹿上跳下，就像久经训练的军犬。夏阳觉得不可思议，带着七郎跑了一圈又做了一会儿游戏，换了一个台子再试，七郎并没有忘记动作，一丝不苟地按照口令完成了上下高台。

夏阳兴奋得忘乎所以，抱住七郎的头“吧叽、吧叽”一通乱亲，七郎也兴奋地伸出舌头舔了夏阳一脸口水。仿佛是捅破了一层窗户纸，聪明的七郎在极短的时间内，就对口令形成条件反射，不到一星期就学会了“来、去、上、下、坐、立”六个口令。

繁育分队的老兵们有一句口头禅，“公犬好一坡，母犬好一窝”。意思是好犬的智商、性格、才能靠老爸，血统纯度靠老妈。犬爸几乎每天都有可能给好犬带来未来的兄弟姐妹，而犬妈一生顶多只能给好犬添上十窝手足。夏阳越来越觉得这句话简直就是真理！

汪星人的小学课程不难，在它们八月龄之前，只要在规定时间内学会“好、坐、卧、立、来、去、叫、非、嗅嗅、衔、吐、跳、上、下”等十四个口令，再去练练胆量增强一下体质，基本上都能通过小犬有生以来的第一次考核，进入下一步训练。

七郎还不到三月龄已经学会了六个口令，虽然一天不练，就有那么一两个口令被它送到哮天犬那里去，但学习进度已经远超其他小犬。

韩哲看过七郎的汇报表演，对训练不置可否，反而问：“七郎按口令完成动作后，你为什么不奖励？”

夏阳很得意拍拍胸脯说：“我的微笑就是最好的奖励。”

韩哲的脸色多云转阴，接着问：“七郎是你的犬吗？”

夏阳茫然反问：“不是吗？”

韩哲就电闪雷鸣了，大吼：“七郎是军队的军犬，是配属给你指挥的特殊战斗员。”

夏阳这才明白，韩哲是要他把七郎对他的依恋转移到奖励品上去，新的训导员就会用同样的奖励品逐步获得七郎的依恋，进而能指挥七郎。

夏阳心里泛酸，但毕竟穿了大半年的军装，明白军人的职责，不情不愿地说：“七郎和我一样，喜欢吃原味的牛肉干。以后，我会用牛肉干作为奖励。”

韩哲这才阴着脸说：“要给七郎练胆，在七郎玩得忘乎所以的时候，引导它突破恐惧心理。只要突破一点，七郎就会重拾信心，自己调整心态克服恐惧心理。”

夏阳挠着头想了半天，才决定从最容易做到的一点进行突破，带着七郎跳跃深壕。

夏阳先用网球逗引七郎，等七郎兴奋起来，立刻拿着网球跳过壕沟。七郎根本不上当，直接绕路。夏阳想让七郎明白跃壕没什么可怕，准备抱着七郎跃过深壕，还没走到壕边，七郎就夹着尾巴拼命尖叫，就像是要送它上断头台。

克虎听到七郎惨叫小跑过来，看看尖叫的七郎，又看看深壕，叼起网球就跑。心爱的玩具被叼跑了，七郎不满地大叫，使劲儿挣扎着要去追赶。夏阳见克虎边跑边回头，似乎明白了什么，赶紧放下七郎。

七郎拼命追赶，眼见越追越近，兴奋地连声大叫。等克虎一跃而过，七郎这才发现克虎带着它绕了个圈子，又回到了壕沟边。七郎吓得颈毛直立，身体后坐，蹬直的小腿在地上犁出四条浅浅的沟，仍未抵消狂奔带来的冲力。眼看着就要掉进壕沟，七郎吓得大叫一声拼命一跃，腾空跃过壕沟。

四脚落地，并没有摔疼的感觉，七郎不相信它竟然跳过来了，回头看看对岸，尾巴立刻得意地舞动起来。克虎叼着网球跑过来，用大嘴把七郎往沟边拱。七郎多少还有点畏惧，哼哼唧唧地转圈，不敢靠近壕沟。

我的天，这不科学，克虎竟然在训练七郎！夏阳惊得目瞪口呆，直到克虎不满地对他大吼一声，这才醒过盹来，赶紧配合克虎隔着壕沟拍手呼唤七郎。七郎有些信心不足，前爪碎踏，犹豫不决。

克虎对着七郎吠了一声，轻松跳过壕沟，就像是在做示范。

夏阳拍手喊："七郎，好孩子，来，来！"

七郎终于鼓足勇气，加速助跑，凌空越过深壕，回头看看壕沟，立刻嗨了，围着操场狂奔一圈，一头撞进夏阳怀里。

夏阳轻拍七郎胸部，夸奖了一通，摸出一块牛肉干塞进七郎嘴里，又扔给克虎一块，克虎傲娇地扭过头去。

"虎爷，对不起，我的错，我的错！"夏阳重新拿了一块牛肉干递到克虎嘴边，克虎这才勉强吃了。

收操后，夏阳跑去向韩哲详细报告。韩哲踱步想了想，告诉夏阳，散放时，如果克虎来带七郎，夏阳不要干预。再散放，克虎果然带着七郎四处"探险"。七郎逐渐重拾自信，很快又开始高昂着头在小犬面前跑过，独自去"探险"了。

七

小犬满四月龄，要进行第一次分犬。由犬医检查身体，不适合服役无遗传疾病的由繁育分队继续喂养，满一周岁后适时充任种犬。适合服役的按需分配至训导分队和培训分队进行训练。分配到训导分队的犬完成训练后，小部分用来补充用犬部队所需，大部分会留在军犬队服役。培训分队是各部队选送来学习训导技术的士兵学员，分配给他们的小犬既是配发至该部的军犬，也是学习工具，学员边学边训，与小犬朝夕相处充分建立感情，结业后带犬回部队服役。

小犬一年出生两批，每批犬出生时间前后相差一至两个月，所以很难成批体检。何雨晟等犬医穿着白大褂开始出入小犬生活区给四月龄小犬体检的时候，克虎常咬住项圈拖着畏惧白大褂的七郎去旁观。

训导分队的训导员、培训分队的训导学员一般在小犬散放的时候来带犬，他们先在饲养员的陪同下与小犬玩耍、嬉戏，等与小犬熟识了，饲养员会悄悄离去，由训导员、训导学员把小犬带去育成犬生活区的新犬舍。

饲养员抚养小犬长大，人和犬都是感情动物，分犬的时候人哭犬吠，场面很伤感。夏阳从未想过与七郎分别，再想到如果七郎被分给训导学员，他与七郎可能此生不能再见，不禁戚戚然。七郎看到小犬与饲养员分别，又嗅到夏阳身上散发着悲离气息，变得精神萎靡，目光中满是哀怨，经常戚戚然地蹭夏阳的腿，仿佛永别就在眼前。

蔡远威认真地与夏阳谈了一次心，没能排解夏阳的不良情绪，反而被夏阳的忧伤话语带入愁绪弥漫的氛围，想起他带过的很多条小犬，此生不能再见，不由得跟着悲伤了一番，还红了眼圈。

男儿有泪不轻弹，醒过盹来的蔡远威觉得不仅失了领导的尊严，连男儿的面子也丢了，本想骂夏阳一顿，但看着夏阳通红的双眼，实在张不开嘴，决定把矛盾上交。

晚上，韩哲把夏阳叫到华清池边上，看着他一声不吭抽了半个小时的烟。

夏阳知道韩哲为什么叫他来，更明白七郎是特殊战斗员，必须去履行职责，踌躇着认错。

韩哲看着水面问："能哭出来吗？"

夏阳有些蒙，摇了摇头。

韩哲说："别不好意思，我与克虎分别了两次，理解你的心情。"

夏阳瞬间觉得韩哲内心不像他外表那样冰冷，但毕竟不好意思在人前大哭，所以有些尴尬地挠挠头。

韩哲说："不要小看了克虎，这段时间尽量不要让它与七郎单独相处，我担心克虎带坏了七郎。"

夏阳眼睛一下亮了，韩哲兜头一盆凉水："别打小算盘，我会留意监督，七郎是特殊战斗员，必须履行职责。"

夏阳的眼睛重新暗淡下来，韩哲说："别让你的不良情绪影响犬的训练，哭完了该干啥干啥去。"

韩哲把烟头捡进空烟盒，善解人意地走了。夏阳觉得有必要排解一下不良情绪，酝酿了一会儿，眼圈刚有点发红，就听到下风头灌木枝叶窸窸窣窣地响，扭头看去，见克虎从灌木丛中钻出来，迎风扇动鼻翼嗅着什么。

夏阳好不容易酝酿的情绪烟消云散，恼火地吼："你还能没溜儿点儿吗？"

克虎喉咙中呜呜了两声，转身走了，呜呜声有些失望，又像是嘲讽。

夏阳再也酝酿不来情绪，猛然想起克虎向小犬生活区去了，又想起韩哲的话，赶紧跑去查看。犬舍门大开，克虎果然把七郎带走了。

"七郎！"夏阳扯着嗓子吼了一声，引来一阵小犬的吠叫，吠叫声中混杂了七郎的声音。夏阳又吼了一声，听清七郎拖长声音的叫声，似乎很悲伤，赶紧循声跑去。

克虎把七郎带去了育成犬生活区，看那些刚搬来的四月龄小犬哀嚎，听到夏阳的脚步声，丢下七郎颠儿颠儿地跑了，脚步轻快，看样子很高兴。

夏阳瞪了克虎的背影一眼说："七郎，走了，回去睡觉。"

七郎没动，夏阳走到它身旁，歪头看去，见它眼中满是忧伤、哀怨，怔怔看着扒着舍门哀嚎的小犬们。

夏阳心头一酸，蹲下抚摸七郎的头："再有两周，你就有军籍是战士了，要勇敢。”

七郎一声不吭，前爪扒着夏阳的膝盖，把头埋进夏阳怀里。夏阳怔了怔，使劲儿把七郎搂在怀里，眼泪哗哗地流下来。

夏阳和七郎在担忧中度过难熬的两周，等待裁决的日子终于来了，军犬医院院长以及所有犬医集体来给七郎做健康检查。夏阳心情纠结，他不想与七郎分别，希望七郎的嗅觉真有问题，但又痛恨自己的自私。

七郎长得虎虎有生气，额头像成年犬一样向上斜平，双耳直立只剩耳尖微垂，耳窝向前，总感觉它在警惕什么。胸脯阔平，两条粗壮的前腿把胸毛挤成一个好看的“旋儿”，爪子大得就像是穿上了战靴。众犬医对七郎的体态啧啧称赞，毫不吝惜地夸奖夏阳带犬用心。

七郎认为穿白大褂的人一定会用针扎它，拒绝犬医靠近，弓起后背绷紧四腿，皱起嘴唇半张着嘴让犬医看牙，还大声咆哮恐吓。夏阳只好把七郎的头抱在怀里，先让众犬医摸摸捏捏地检查身体，然后骑跨在七郎身上，双手握住七郎的大嘴，让犬医检查鼻子。

众多白大褂竟然敢凑到嘴边，七郎出离愤怒，颈毛奓了起来，喉咙中呜呜吼叫着，使劲儿挣扎着想要咬掉白大褂的鼻子。经过检查，犬医们一致认为，七郎发育正常，鼻子外观未见明显伤痕，只要能通过嗅觉测试，就是一条优秀的育成犬。

七郎的嗅觉测试场面更大，高泽石、王存伟到场观看，韩哲亲自主持。七郎“克虎二世”的名头响亮，很多训导员跑来围观，期待七郎能干出什么神奇的事情。操场上人头攒动，正在巡视领地的克虎也被惊动，特意跑来看热闹。

测试过程很简单：助训员藏在气味源众多的某个地点，取出密封罐中经消毒除味处理的毛巾，夹在腋下 30 秒钟后重新装入密封罐作为嗅源，由专人送交夏阳命令七郎“嗅嗅”，七郎嗅探沿途气味，找到助训员即为测试合格。

刚开始测试，七郎似乎对气味很敏感，扇动鼻翼嗅嗅空气就开始小跑前进。四月龄的小犬大部分只能勉强完成“嗅嗅”科目，几乎没有能小跑前进的。众人惊奇尾随，克虎似乎对七郎的表现很不屑，哼哼着从七郎面前横穿跑过。众人都在关注七郎，只有韩哲盯着克虎远去的背影皱了皱眉。七郎接下来的表现就让人失望了，它停止前进，扇动鼻翼茫然地四处乱嗅。夏阳按照韩哲的命令，再次让七郎嗅了嗅源。七郎乱嗅一通，回头看着夏阳，示意它找不到气味痕迹。

克虎充当种犬以来，前后共计繁育七十一条小犬，只有七郎能媲美克虎，嗅觉却出了问题。高泽石等人很失望，但克虎日渐老迈，繁育高智商犬种的任务就落在了七郎身上。为此，高泽石宣布，七郎与军犬同等待遇，仍由夏阳负责饲养，成年后适时充任种犬。

军犬每天有一百多元的伙食费，终生免费医疗，还有很多普通战士都没有的物质待遇。七郎端上了铁饭碗，夏阳很开心，兴冲冲带着七郎去队部办理军籍登记。

众多训导员、准训导员带着各自的小犬在楼道中排队等候，相互低声探讨着带犬经验，看到夏阳带着七郎走来，楼道内立刻冷场，训导员、准训导员避之唯恐不及地闪到一边，一脸鄙夷地看着夏阳。

胖胖的管理员长得慈眉善目见人三分笑，今天也不知哪根神经搭错了，横眉立目地问："名字？"

夏阳说："夏阳。"

管理员把笔拍在桌子上吼："我问你了吗？我问的是犬！"

夏阳被吼得大脑短路，茫然看着七郎，难道七郎真的会说话，还背着他跟管理员聊过天？

管理员吼："我问你呢？你看犬干吗？"

夏阳这才明白是问犬的名字，连忙说："七郎。"

管理员耷拉着脸吼："什么鬼名字，七郎？还太郎呢！中国军犬，起个日本名字，你居心何在，想投敌叛国啊？"

夏阳有点晕菜，眨着眼想对策。七郎不高兴了，皱起嘴唇呜呜低吼着让管理员看它的牙齿。管理员虽是后勤军官从未带过犬，但也知道军犬队的规矩，被犬咬了白咬，神色紧张地站起来，回头看一眼身后大开的窗户，摆出一副随时准备撤退的架势。

夏阳赶紧搂住七郎的脖子说："管理员，郎是杨六郎的郎，杨七郎的郎，杨六郎、杨七郎都是英雄。"

管理员说："这是部队，不是杨家将的营寨。"

夏阳赔笑说："反正是种犬，名字不用太讲究，您就给登记了吧！"

管理员脸色铁青，一巴掌拍在桌子上吼："好好的一条军犬，被你带成了种犬，你还有脸说？"

夏阳这才明白管理员以及训导员们的怒火从何而来，一时不知该说什么。七郎怒不可遏地立起来，前爪扒着桌子，对着管理员咆哮。

管理员脸色发白："看看你带的犬，一点规矩都没有！"

"对不起，对不起！"夏阳赶紧把七郎拖下来抚毛安抚，探头见管理员把"七郎"写成了"七狼"，小心翼翼地提醒说："管理员，是郎，不是狼。"

管理员撩起眼皮，盯着夏阳说："军犬命名三原则：第一，威武；第二，根据军犬特性；第三，对军犬的期望。"

夏阳说："我期望七郎成为民族英雄。"

"七狼是什么民族？"管理员见夏阳还想分辩，指指门口说，"想让你的犬落籍，马上在我面前消失！"

第一条犬就被夺走了命名权，而且名字还很 low。夏阳有些郁闷，带着拼命想在管理员身上试牙的七郎离开队部，试着喊了几声，感觉"郎"与"狼"的发音相同，七郎也不排斥。

夏阳就抱着七郎的脖子问："我没办法去改你的军籍档案，只能将错就错，以后你大名叫七狼，小名叫七郎，可以不？"

七郎没有反对，从夏阳怀里挣脱出来，一溜小跑回到犬舍，坐在门口等着夏阳给它刷去身上的草叶、尘土，应付差事似的胡乱抖顺皮毛，跑进犬舍把小食盆叼出来。

夏阳不满地嘟囔："小吃货，被改了名字，你就没一点异议？"

七郎丢下食盆，前爪踩着夏阳的膝头舔他的下巴，汪汪叫了两声，声明吃饭很重要！

群犬生活，内部等级森严，有些犬无力与其他犬争斗，会拿小犬撒气，所以大、小犬不同区。七郎跑出育成犬生活区，在路口停住脚步，扭头看着成年犬生活区，看样子是想邀请克虎共同进餐。

成年犬一日一餐，擅自加餐虽不违纪，但有些违规。夏阳有些犹豫，七郎放下食盆咬住他的裤脚，摇着尾巴往成年犬生活区拖。

夏阳说："好吧，好吧，下不为例！"

夏阳跟在七郎身后横穿成年犬生活区，一路上成年犬闻声而动，站在栅栏门后，喉咙中发出各种威胁声。七郎熟视无睹，跑到克虎犬舍外，放下食盆摇着尾巴汪汪叫了两声。克虎从"卧室"中走出来，用鼻梁挑掉弯成倒"U"形挂在锁扣中充当门锁的铁丝，用身体推开栅栏门，走出犬舍低吼一声，周围各种威胁声立刻消失。

七郎兴奋地冲上去嬉戏，克虎昂头避开，拱倒七郎，用舌头粗鲁地爱抚一番，转身回了犬舍。七郎叫了一声，叼起食盆，示意跟它去吃饭。克虎没理会，叼住拴在栅栏门上的旧牵引绳准备关门。军犬的牙齿好坏与寿命长短挂等号，牵引绳应该是韩哲担心克虎伤牙帮它拴的。

夏阳上前帮克虎关好栅栏门，挂上充当门锁的铁丝。七郎放下食盆，对夏阳低吠两声表达不满。

夏阳说："你爹不想去，你吼我，有意思吗？"

七郎扭头对着克虎吠，克虎不搭理，头也不回地走进卧室。七郎不甘心，又叫了两声，见克虎不出来，叼起食盆跟着夏阳去了食堂。

七郎有了军籍就可以吃配发的军用成品犬粮。夏阳按定量把犬粮倒进食盆，浓浓的奶香混合着肉香扑鼻而来。七郎歪头看着犬粮满脸的疑惑，它从没吃过颗粒犬粮，不明白这是什么东西。

夏阳往嘴里丢了一颗犬粮，尝了尝，指指食盆说："味道不错，来！"

七郎疑惑，嗅嗅犬粮，叼了几颗品味道。

夏阳说："这可是好东西，贵着呢！"

七郎把嘴里的犬粮吐到食盆里，坐下抬头看着夏阳。七郎之前一直吃流食，夏阳以为犬粮太干，端来一盆清水。七郎还是不吃，扒着夏阳的膝盖伸舌头舔他的下巴，表示它很饿。夏阳不敢再次擅改七郎食谱配方，喊了声"定"，让七郎看住食盆，跑去请示韩哲。

韩哲没有午休，在会议室中奋笔疾书，听夏阳说七郎不肯吃标准犬粮，就指示在原饲料配方中加入少量标准军用犬粮，等七郎习惯后再逐渐加量。夏阳得到明确指示，转身想走，韩哲指指他对面的椅子，示意夏阳坐下。

夏阳按军人的坐姿挺胸抬头坐了半个小时，韩哲埋头写字一声不吭。七郎还在等着吃饭，夏阳就像坐在热锅上，不停地扭来扭去。韩哲听到动静，撩起眼皮冷冷盯着夏阳。

夏阳紧张地说："韩分队长，七郎还没吃饭。"

韩哲说："等。"

夏阳挺胸抬头不到五分钟，又开始扭屁股。

韩哲头也不抬，边写字边说："不改了你心软的毛病，我不会让你继续带七郎。"

夏阳立刻挺胸抬头，咬牙熬了十分钟。韩哲总算写完了，慢条斯理地收拾好文具，抬头看着如坐针毡的夏阳说："操场上多流汗，战场上少流血，这句话也适用于特殊战斗员。残酷的训练不仅是让军犬掌握战斗技能，更是在锤炼军犬的意志，明白吗？"

"明白！"夏阳立正大吼，心里却在腹诽：种犬的基本任务就是吃喝玩乐生孩子，锤炼什么意志？

韩哲继续絮叨："还有你的心态、意志也需要锤炼。七郎守着犬粮，饿了自然会吃，你慌什么？"

夏阳并不认同，但为了早点结束谈话，大吼："报告韩分队长，在以后训练、生活中，我会用实际行动锤炼自己和七郎的意志。"

韩哲听出夏阳在应付，咧嘴笑笑，把笔记本递给夏阳说："这是我带犬、训犬的经验、心得。"

夏阳茫然扫了一眼笔记本，端详韩哲，试图从表情中弄清他的意图。

韩哲说："送你了。"

夏阳立刻蒙了，十分激动，又十分恐慌。韩哲是训导军犬的大拿，能得到他的指点、教导，收获不言而喻。但七郎是种犬，暂时不需要什么训导军犬的经验。夏阳不由自主地想到了"花花太岁"，那货根本不认他是"管理者"，看在七郎的面子上才与他友好相处，夏阳从未想过去训练它。

韩哲晃晃笔记本，惊醒发蒙的夏阳，问："怎么，看不上？"

"看得上！看得上！"夏阳伸手想接笔记本，感觉不对，缩回手立正敬礼，然后郑重地用双手接过笔记本说，"我激动得都蒙了，这对我来说，就像得到了《葵花宝典》。”

夏阳的激动让韩哲很满意，他笑道：“我可不是太监，你要是想请自便。”

夏阳又蒙了，不知该如何解释，急得直眨眼。

韩哲说：“开玩笑的，别紧张，去看看七郎。”

夏阳如释重负，把笔记本宝贝似的揣进怀里后直奔配餐室，手忙脚乱地熬好粥，在风扇下吹得温度适口，混上一些标准犬粮端给七郎。七郎一通唏里呼噜，意犹未尽地抬起头，盆底铺了一层标准犬粮，它一通狂吃，竟然没有吃进去一粒。夏阳无奈，又是抚毛喊“乖，好孩子”，又是拿出网球逗引，七郎勉强吃完标准犬粮，抢过网球，用前爪抱着使劲地啃。

七郎要换牙了，喜欢咬东西，夏阳想起配餐室备有给小犬磨牙的磨牙棒，堆在桌上随意取用，赶紧跑去给七郎拿了一根。磨牙棒制作粗糙，用几条牛筋拧成骨头的样子，七郎不喜欢，抱着咬了几口就丢在一边，继续啃网球。夏阳也担心牛筋间隙太大卡住七郎的牙，想到明天就是周末，可以请假外出去市里的宠物商店给七郎买几根精致的磨牙棒。

军犬队的营区在半山腰上，要徒步走到山脚的公路旁才能搭上通往市区的公交车。夏阳担心蔡远威弄不好七郎的午饭，甩开一同外出的战友一路飞奔下山，搭上公交车赶到市区，先去超市买了几包他与七郎、克虎爱吃的牛肉干，又跑了几家宠物商店买到了心仪的磨牙棒，连喜爱的咖啡都没喝一杯，搭上公交车就往回赶。

夏阳下了公交车，看表还不到十一点，心急火燎地顺着公路往山上跑，想在蔡远威下手之前返回营区亲手给七郎做午饭。临近中午，阳光炽热，夏阳跑得口干舌燥。脚下的公路，一头是营区，另一头连着通往市区的公路，除了军犬队的官兵，很少有人来，所以路边连个摆摊的小贩也没有。夏阳正后悔没在市区买瓶水，路边灌木丛后突然闪出一名戴着黑头套的歹徒。夏阳先是认为见义勇为的机会来了，回头看身后，除了他再没有行人，而且路边又闪出一名同样戴着头套的歹徒，手里还提着一把刀，夏阳这才明白歹徒的目标是他。

夏阳低头看看身上价值 35 元的 T 恤、70 元裤子以及不明价格但绝对不会超过 100 块的军用挎包，不禁心头发慌，歹徒如此饥不择食，说不定是越狱的重犯。抬头看距离营区还远，即使喊破喉咙哨兵也听不到，心头就更慌了。等面前的歹徒一声不吭，撩起衣襟，拔出斜插在腰带上的五四式手枪，夏阳就吓得心若擂鼓，双腿发软了。

八

训导分队外出的士兵在路边捡到一个军用挎包，里面有夏阳购买的东西以及他的士兵证和外出证，以为是夏阳不慎遗失的，带回队里送交蔡远威保管。等到夜幕降临，夏阳仍未归队，蔡远威意识到事态严重，赶紧上报。

队值班员分析认为，不像是出车祸，路上没有血迹。另外，肇事车主如果想隐瞒车祸，不会带走夏阳而丢下挎包。蔡远威想过夏阳可能被绑架，但很快又否掉了这个想法。夏阳一个军犬训导员，没钱也没掌握什么军事机密，绑架他没有任何价值。队值班员反复询问夏阳最近的表现以及思想情况，言外之意是怀疑夏阳逃离部队。这第一是对夏阳的不尊重，第二是质疑蔡远威的能力。

蔡远威不满地反驳说："夏阳先去市里买了东西，跑回来丢在半山腰，然后再逃跑，这不是有病吗？"

队值班员觉得言之有理，两人商议不出结果，决定上报队部。高泽石认为不管哪种情况，士兵失踪就意味着事态严重，下令集合作战值班分队，由韩哲带犬队最优秀的军犬克虎协助搜寻。

韩哲自作主张地把七郎带出来，又吼了两声喊来正在夜巡领地的克虎。七郎看见克虎很兴奋，不知愁地扑上去各种扑咬。克虎一边躲避，一边按照韩哲的口令嗅挎包。克虎嗅出是夏阳的气味，有些疑惑地看着韩哲。

韩哲就像在对士兵下令，严肃地说："夏阳失踪，可能有危险。"

克虎像是听懂了，一头拱开捣乱的七郎，仔细嗅了挎包后拔腿就走。七郎以为要去玩耍，欢天喜地跟了上去。因为要出营区，韩哲赶紧给克虎戴上牵引绳，并示意蔡远威也给七郎戴上牵引绳。七郎与蔡远威在一个房顶下住了一个多月，并不是很抗拒，只是不满地呜呜了两声。

克虎嗅着气息，一路走到捡到夏阳挎包的位置。尾随玩耍的七郎扇动鼻翼嗅嗅空气，突然卧倒，低声呜呜叫着示警。韩哲与高泽石对视了一眼，命令蔡远威解下牵引绳，七郎立刻蹿了出去，克虎紧随其后。高泽石一挥手，带着作战值班分队跟了上去。

七郎行进路线曲折，但目标性明显，而且前进速度很快。最令人惊奇的是，七郎竟然一声不吭闷声前进。大部分军犬发现目标后，都会兴奋吠叫，只有少数经验丰富而且智商很高的军犬才会一声不吭地前进。

蔡远威惊愕不已，盯着七郎不停低声说着“我去，我去！”，韩哲连瞪了他两三眼都没察觉，直到韩哲忍不住低声呵斥，再说“我去”就让他回去，这才闭紧嘴巴。

时间已经过去七八个小时，有些便于空气流通的开阔地带气味已经消失。每当七郎停止前进，茫然昂头嗅着空气的时候，克虎就开始以七郎为中心进行螺旋状搜索，逐步扩大搜索范围，找到踪迹就低声呜呜示警，七郎跑过去嗅探一番，很快就能找到气味源继续前进。

除了韩哲、高泽石，其他人第一次见识克虎的真实战斗力，这才明白为什么克虎被它曾服役过的部队官兵称为神犬。克虎找的不是气味源，而是被踩倒的草叶、碰断的灌木嫩枝之类的踪迹，这种寻踪能力只有经验丰富的侦察兵、特种兵才能具备。

七郎扇动鼻翼嗅嗅空气，突然站住，回头看着众人。高泽石竖起手掌，众人停止前进，屈身隐蔽。七郎对着十一点方向卧倒示警，高泽石一挥手，众人屈身向所示方向前进。七郎闻声回头，焦急地看着高泽石，喉咙中发出低低的呜呜声。高泽石是带犬老手，明白七郎的意思，立刻竖起手掌，众人停止前进，带犬训导员轻声发出“非”的命令防止军犬吠叫。

七郎嗅嗅空气，无师自通地向下风头缓慢匍匐前进。高泽石很惊讶，饶有兴致地看着七郎。韩哲碰碰高泽石，指指树冠。高泽石先是一脸的震惊，接着就是狂喜了。七郎竟然会利用自然界的声音隐蔽前进，微风拂过树叶哗哗作响，七郎立刻匍匐前进，风停，立刻停止前进。军犬和士兵一样，过着群体生活，七郎可能看过军犬训练，无意中学会了匍匐前进。但利用自然界的声音，只能用智商高来解释，这种技能，普通的军犬无论如何训练都不可能掌握。

七郎接下来的表现，再一次令高泽石、韩哲狂喜。七郎匍匐到一点钟的位置，反复嗅探空气后扭头看着韩哲，尾巴轻轻摇动。这不是军犬的标准动作，韩哲还在猜测七郎想干什么，克虎已经轻轻挣绳。韩哲松开牵引绳，七郎移动身体向十一点方向卧倒，指挥克虎向所示方向匍匐前进。

韩哲惊得目瞪口呆，一把抓住高泽石的胳膊，低声说："队长，队长，队长，七郎在指挥，它在指挥。"

高泽石呼哧呼哧地喘着粗气说："冷静，冷静，必须冷静。快快，七郎看你了。"

韩哲见七郎死死盯着十二点方向，扭头看看左右带犬的训导员，对陈梁做出出击手势。克虎、七郎的行为已经超出韩哲对犬类行为的理解，或许一家人，不，一家犬上阵配合会更加默契。

莎莎是七郎的妈，陈梁很渴望莎莎有技惊四座的表现，松开牵引绳，指指十二点方向，做出匍匐前进的手势。但莎莎的表现令人失望，它根本不会利用自然界的声音隐蔽前进，陈梁只好带着莎莎匍匐行进。

七郎看着莎莎运动到位，立刻站起来大声吠叫，吸引注意力，克虎一声不吭蹿向十二点方向。在克虎、七郎的衬托下，莎莎就像个傻瓜，汪汪叫着去追克虎。急得陈梁指着十二点方向，连声喊"袭"，莎莎这才有些茫然地改变了攻击方向。克虎、莎莎蹿入树林，身影刚刚消失，七郎立刻停止吠叫，一声不吭地冲了进去。

树林深处传出克虎、莎莎的咆哮声和歹徒的喊叫声，听声音歹徒应该被咬住了。其他军犬兴奋起来，汪汪叫着使劲挣绳，训导员们抓住项圈控制住军犬，等着韩哲下令。

韩哲却跳起来对着高泽石大喊："声东击西，七郎会用战术！"

高泽石说："冷静，冷静，让我冷静冷静。"

蔡远威蹿上来，不满地喊："夏阳生死不明，队长、韩分队长，你们能等会儿再讨论吗？"

高泽石一挥手带着部队走进树林，两名"歹徒"都穿着防护服、戴着头盔，其中一名"歹徒"盘腿坐在地上，无奈地看着莎莎疯狂扑咬另一名"歹徒"。

夏阳被蒙眼堵嘴，反绑在树上，克虎、七郎正在咬捆绑夏阳的绳子。

高泽石很兴奋，边走边说："说说，赶紧说说，越详细越好。"

十一点方向的那名"歹徒"起立，准备立正答话，克虎一下蹿了过去。

"歹徒"赶紧盘腿坐下说："韩分队长，克虎不让我起来，它来真的，咬喉咙。"

韩哲赶紧把克虎喊回去，陈梁跟着命令莎莎停止攻击，莎莎意犹未尽地咬了"歹徒"两口，才昂着头跑回来。

"歹徒"说："克虎、莎莎分头攻击我们两个，七郎偷偷跑去咬绑绳解救夏阳。"

高泽石、韩哲又开始惊喜对视，蔡远威很不满地跑去给夏阳松绑。

夏阳扯下蒙眼布，看到两名"歹徒"穿着防护服，立刻抱怨演习不打招呼，真刀实枪的，吓了他一跳。

韩哲笑说："不把你的恐怖气息吓出来，七郎会继续装病。"

"装病？"夏阳惊愕回头，把东张西望坚决不与他对视的七郎拖过来，盯着它眼睛说："连我也骗，回去跟你算账！"

七郎似乎听懂了，立刻开始耍赖，躺在地上露出肚皮使劲儿摇着尾巴。

回到队里，高泽石、王存伟、韩哲直接把夏阳叫去队部，从七郎的饮食一直问到挠痒的动作，事无巨细，询问了一个多小时。高泽石认为，七郎会装病，会战术，会指挥，很多战术动作未经训练无师自通，比如解救训导员，比如利用自然界声响隐蔽前进——这些情况充分说明七郎智商超群，有 90% 的希望会成为第二条克虎。王存伟、韩哲很认同高泽石的分析，虽然只有 1/71 的概率，但三人依然抑制不住兴奋，热情洋溢地展望犬队的未来，坚定相信，未来会有越来越多的七郎，极有可能繁育出一个智商超群的新犬种。高泽石甚至迫不及待地准备用驻地的名字给新犬种命名。

队长、政委以及训导分队主官如此重视七郎，夏阳心里发慌，他资历浅，带犬经验不足，七郎极有可能会被别人带走。等三人的展望告一段落，夏阳赶紧探口风，郑重承诺带好七郎，他可以写血书，立军令状。三人勉励夏阳，相信他能带好七郎。

夏阳心中石头落地，再没兴趣听他们展望未来，赶紧跑去找七郎。路上，遇到几名训导员幼稚地对着他喊：“龙生龙，凤生凤，克虎的儿子准没溜儿。”

都是成年人，还这么幼稚，夏阳认为这是极度羡慕嫉妒恨所致，索性也幼稚了一把，就像七郎一样刻意昂着头从他们面前跑过，气得几名训导员扯着嗓子在他背后喊“二太岁”。

克虎坐在犬舍门外，隔着栅栏门焦急地看着蜷缩成一团的七郎，听到夏阳的脚步声，赶紧扒着栅栏门立起来，用嘴挑开充当门锁的搭扣拉开门。七郎萎靡不振，像是生病了，但它耳朵不烫，鼻头湿润，肚子也不胀，不像是常见的感冒和消化不良。夏阳抱着七郎去了军犬医院，何雨晟仔细检查后，确认七郎没有生病，之所以萎靡不振可能是有什么心事。夏阳心一下子沉了下去，眼窝有点潮。七郎只是一条四月龄的小犬，除了不想与夏阳分开，夏阳想不出它能有什么心事。

夏阳刻意压制着不良情绪，减少了七郎的训练时间、强度，尽量陪着它游戏、玩耍。七郎就像忘性比记性大的小孩子，渐渐忘掉了心事，重新振奋起来。

九

枯燥训练产生的劳累、厌烦等不良情绪会抑制军犬的兴奋度，尤其是小犬，兴奋度更容易被抑制，所以下午的操课时间一般不进行训练。午休后，训导员按一日生活制度带犬散放，军犬可以自由活动，训导员也可以陪着做做游戏，增加人犬之间的感情。

夏阳打开犬舍门，七郎欢蹦乱跳地蹿出来，摇着尾巴要磨牙棒。夏阳拍拍口袋，七郎扒着他的腿站起来，大嘴伸进口袋叼出牛筋缠绕成骨头样子的磨牙棒。这是夏阳高价买来的精品，缠绕紧密耐啃不卡牙，用力一咬还会发出吱吱的叫声，全队独一无二，七郎经常趾高气扬地叼着磨牙棒在其他小犬面前显摆。

七郎叼着磨牙棒跑上散放场，看到克虎跑去巡视成年犬散放场，扭头用目光向夏阳请示，它想去找克虎。七郎出生没几天就被莎莎抛弃，缺少母犬的言传身教，所以胆大包天、野性十足，无视犬群内部等级，对成年犬缺乏基本的尊敬，还跟克虎学了不少臭毛病，高傲、自由散漫、喜欢挑衅同龄小公犬。夏阳不想七郎变成第二条克虎，决定加强管理，摇头拒绝。七郎不满地哼哼着把磨牙棒按到地上咬得吱哇乱叫，不时偷眼看着克虎的身影。

高泽石、王存伟陪着几名军地人员走上散放场。夏阳听韩哲介绍说，这些人是军犬训练基地、科研所以及地方相关单位的专家，专门为七郎而来。夏阳联想到这些人会带走七郎，在它身上做各种实验，看专家的目光中饱含着愤恨和无奈。高泽石对夏阳的反应很讶异，对韩哲丢个眼色，韩哲就把夏阳叫去一边询问。

夏阳把专家描述成了外星人，七郎成了人类，被掳上外星飞船进行各种惨绝人寰的实验。韩哲被夏阳丰富的想象力雷得无语，夏阳以为被他猜中了，很激动地挥舞着胳膊。韩哲喊了声“立正”，夏阳立刻闭嘴，站得笔挺。韩哲很严肃地警告夏阳，端正态度，好好回答专家问话。又告诫夏阳，想象力太丰富会害人害己，有空多看看训导讲义，少看些乌七八糟的小说。另外，军犬是军队的特殊战斗员，不是个人的宠物，七郎的去向由上级决定。

韩哲打掉夏阳的嚣张气焰，把他带到专家们面前。几名专家态度很和蔼，询问了一些常规问题，诸如七郎的体重、食量、喜好，需要重复多少次才能记住一个新口令等等，又让夏阳拿来育犬日记轮流翻看了一下，然后集体表扬夏阳犬养得不错。

专家的问话基本属于标准程序，夏阳没有得到他想要的任何信息，不顾高泽石、韩哲瞪眼，询问为首的专家会不会带走七郎。专家回答得很含混，说是开会商议再做决定。

夏阳认为专家是在敷衍，他与七郎分别的日子就在眼前，于是很忧伤地带着七郎去了僻静的华清池呆坐。七郎嗅到夏阳身上散发出忧伤的气息，丢下磨牙棒，趴在夏阳身边，把头埋进他怀里呜呜咽咽。

看朝阳让人振奋，看夕阳容易让人伤感，夏阳看着漫天红霞，鼻子发酸，哑着嗓子开导七郎：“特殊战斗员也是军人，必须服从命令。到了新单位，我和克虎都不在你身边，没人护着你，一定要遵守纪律，不能再由着性子胡来。休假的时候，我一定会去看你……”

七郎突然停止呜咽竖起耳朵，抬头看夏阳身后。夏阳回头看去，克虎从灌木丛后跑出来，跑到七郎身旁坐下。韩哲、蔡远威跟着从灌木后走出来，两人显然听到了夏阳的倾述，严肃的神情中包含着一些尴尬，韩哲的目光中还多了些赞赏。

夏阳哑着嗓子问："决定了？"

韩哲说："决定了。"

"什么时候走？"

韩哲说："明天早上。"

"我能去送吗？"

韩哲说："可以送到营区门口。"

夏阳回头看着夕阳说："知道了，我想跟七郎多待一会。"

夕阳西下，余晖给池边的一人两犬镀上金色的轮廓，场景有点凄凉。韩哲莫名地叹口气，对蔡远威点点头。

蔡远威说："七郎离队前，你可以陪着它。"

夏阳头也不回地说："谢谢。"

克虎陪着夏阳看夕阳，没有走的意思，韩哲就没喊它，与蔡远威快步离去，把空间留给夏阳和七郎。

训导分队与繁育分队的宿舍不在一栋楼里，走到宿舍楼门口的时候，蔡远威终于忍不住问韩哲："七郎必须走吗？"

"专家们如获至宝。"

蔡远威无奈地叹了口气："夏阳很伤心，没想到他这么爱犬。"

"这或许是克虎把七郎交给夏阳的原因。"

蔡远威不知该怎么回答，摘下帽子用力挠挠头。

韩哲说："我只是猜测，不是神化。克虎的很多行为，暂时无法用现有理论解释。"

蔡远威赶紧说："我不是那个意思，我觉得，不，应该是全队都觉得克虎和七郎挺神……挺神奇的。"

"希望专家通过研究七郎尽快为我们解惑。"韩哲点点头，算是说了再见，抬腿走了。

蔡远威叹口气，低声嘟囔：“可怜的夏阳，还有七郎。”

午夜时分，夏阳还没有回宿舍。蔡远威有些担心，跑去七郎的犬舍查看，远远看到韩哲带着克虎站在门口。克虎听到脚步声，用嘴碰碰韩哲的腿，韩哲对蔡远威摆摆手，示意不要说话。蔡远威放轻脚步走到门口，犬舍内的情景让他鼻子一酸。夏阳背向门口盘腿坐在地上，把七郎抱在怀里，轻轻抚摸着，用家乡方言哼着一首曲调忧伤的摇篮曲：“睡吧，睡吧，娘的宝宝，梦中翘嘴角……”

韩哲指指散放场方向，示意蔡远威跟他走。克虎不想走，看着韩哲，轻轻摇尾巴请求留下。见韩哲点了头，便走进犬舍卧在夏阳身旁，把大嘴放在前爪上，静静地听夏阳哼歌。

韩哲心情似乎不好，一声不吭地围着散放场走了一圈，才停住脚步问：“夏阳为什么哼摇篮曲？”

“可能是曲调忧伤，夏阳的心情不好。”作为班长必须了解战士的思想动态以及家庭情况，蔡远威答非所问，韩哲不满地瞪了他一眼。蔡远威视而不见，继续抱怨说：“韩分队长，夏阳很爱犬，一把屎一把尿地把七郎拉扯大，为什么要让专家们带走？”

韩哲欲言又止，点上烟，狠狠抽了一口，吐出一股浓浓的烟柱。

蔡远威很清楚韩哲无法也不能阻止专家带走七郎，挠挠头说：“韩分队长，我有些激动，失态了，对不起。”

韩哲说：“该道歉的是我，如果我能训好克虎，七郎也许就不用走了。”

蔡远威说：“专家说，克虎有自主意识。你不用自责。”

韩哲摇摇头说：“现在的七郎与克虎小时候很像，夏阳带犬比我当年要好得多。现在看来，当年我心态有问题，只把克虎当成了一条犬。”

蔡远威试着理解韩哲的话。人与动物最大的区别是人会制作和利用工具，克虎很聪明，有一定的自主意识，可它不会制作工具，总不能把它划入人类的范畴。蔡远威想到一身毛的克虎，人立着跟他聊天，不由得怪异地笑了起来。

韩哲奇怪地看了他一眼，蔡远威连忙解释说：“我在想，如果克虎能说话，第一句话会说什么？”

韩哲笑了，摇摇头提醒说：“蔡班长，你跑题很久了。”

蔡远威连忙说：“夏阳对他的家庭情况三缄其口，我只知道，夏阳年幼时父母离婚，他由父亲抚养长大。我猜测，夏阳触景生情，想起当年与妈妈分别的场景，才会哼唱摇篮曲。”

韩哲似乎想通了什么，很赞同地点点头问：“有夏阳父亲的联系方式吗？”

蔡远威拿出小本子，扯下一页，写了电话、通信地址，交给韩哲。

吹起床号的时候，韩哲去了七郎的犬舍。克虎两次下部队服役，明白分别的时刻到了，耷拉着脸出了犬舍，对韩哲视而不见，埋头向外走。

韩哲问：“你去哪儿？！”

克虎不理会，耷拉着脸继续走。

“靠！”韩哲口气严厉，克虎停住脚步，头也不回地站在那儿犹豫。韩哲严厉地说：“你是军犬，不是野狗，给我过来！”

克虎只得服从命令，用行动表示不满，慢腾腾回来坐在韩哲左腿旁，扭头看着一边。

韩哲瞪了克虎一眼，看着夏阳的背影说：“夏阳，跟我走！”

夏阳清楚地知道，目睹专家带走七郎，他的情绪一定会失控，于是揉揉麻木的双腿站起来。七郎似乎明白要分别了，叼住他的衣角，满眼的哀怨、乞求。夏阳的泪水涌了出来，在七郎的头上用力亲了亲，咬着牙夺过衣角，跑出犬舍，带上栅栏门，头也不回地跑了。七郎呜呜悲鸣，扒着门站起来，不眨眼地目送夏阳远去。

专家颇费了一番周折才把七郎带上卡车。它缩在墙角，用墙壁护住身体侧后，防止有人从背后偷袭，然后哀怨嚎叫着以死相拼，疯狂扑咬所有靠近的人。高泽石无奈，下令动用 U 形抓捕叉锁住七郎的脖子，才把它推入军犬航空箱，抬上皮卡车。七郎大声哀嚎，透过箱门上的孔洞在人群中寻找夏阳和克虎。

韩哲带着夏阳、克虎躲在下风头的僻静处，以免七郎嗅到气息会更加疯狂。皮卡车徐徐起步，夏阳终于控制不住情绪，有些迷乱地想冲出去，被韩哲一把抓住。

“七郎的磨牙棒！”夏阳用力挣扎着说，“我给七郎送磨牙棒。”

韩哲从夏阳口袋中翻出磨牙棒，喊过克虎，指指七郎。没想到克虎竟然不服从他的命令，反而扭头看着夏阳，韩哲不由得一怔。

夏阳心思全部在七郎身上，丝毫没察觉韩哲神色异样，急慌慌地说：“克虎，快送过去！”

克虎从韩哲手里抢过磨牙棒，追上起步的皮卡，直接蹿上货厢。七郎鼻子顶在箱门的透气孔上，嗷嗷嚎叫着求援。克虎放下磨牙棒，舔舔七郎的鼻尖，转身跳下货厢，对着高泽石吼了两声，直接跑回了犬舍。

高泽石等克虎跑远，七郎不再剧烈挣扎，打开喂食的小门把磨牙棒送进航空箱。七郎嗅到磨牙棒上有夏阳的气息，安静下来，用前爪抱住磨牙棒，大颗大颗的眼泪滚落下来滴在磨牙棒上。

高泽石跳下皮卡车，擦擦眼角，叹了口气说：“我带犬小三十年了，第一次看到犬哭。”

科研所的专家笑着说：“高队长，我是研究动物行为学的，科学证明，狗是不会因为感情哭的。”

高泽石语气不善地说：“第一，如果科学能说明一切，你们就不会带走七郎。第二，军犬是特殊战斗员，与我们军人一样，日夜操练，随时准备为祖国流血牺牲，请你对它们保持必要的尊重，称呼它们犬。”

专家有些不屑，本想说犬是狗的学名，不是尊称，但看到高泽石耷拉着脸，就把话咽回肚子，自我解嘲地笑了笑，转身上了车。

七郎走了，夏阳回到班里，用被子蒙住头，不吃不喝压了两天的床板，起床后，就变得沉默寡言，不喜欢参加集体活动，有空就独自跑去后山呆坐。同班的几名老兵有些不满：在犬队人犬分别的时候多了，雷打不动的一年就有三次，老兵退役、军犬移交用犬部队、小犬分犬，都像夏阳一样，犬队就不用训犬了。

几名老兵刻意在蔡远威面前絮叨，言外之意，蔡远威该动用班长的权力管管夏阳。蔡远威却劈头盖脸地呵斥说：“少阴阳怪气，能把犬带得为你们流泪，再来评价夏阳。”

克虎按照它的一日生活规律，该吃吃该喝喝，按时巡视领地，但不搭理韩哲，不再去高泽石和王存伟的办公室巡视。

韩哲找机会把克虎堵在犬舍里，情真意切地说：“虎子，我们也不想把七郎送走，但我们都是吃军粮的，必须为犬队的长远发展着想，为繁育优秀的军犬种群努力。”

克虎不想听官话套话，转身用屁股对着韩哲。

韩哲有些生气，口气严厉地说：“克虎，你是特殊战斗员，不是无组织无纪律的宠物。转过来，我命令你转过来！”

克虎转过身，偷瞄着门口。韩哲赶紧去堵门，克虎却纵身一跃从窗口跑了。韩哲气急败坏地追出犬舍，看到克虎绕过扬手对它打招呼的高泽石，颠儿颠儿地向后山跑去。克虎目无领导，身为训导员的韩哲脸上有些挂不住，连吼几声“站住”，克虎却充耳不闻。

高泽石问：“谈崩了？”

韩哲神色黯然地点点头。

高泽石又问：“它去后山干吗？”

韩哲说：“还能干吗！发泄对我不满。”

“有点意思，我们去看看？”高泽石见韩哲一怔，担心他误会，解释说，“克虎有日子没去我那儿了，我想跟它聊聊！”

韩哲揶揄说：“队长，七郎走了才两天。”

“习惯了克虎按时巡视，一天不去，我就感觉一日生活制度出了问题。”高泽石自我解嘲地笑笑。

两人跟在克虎身后去了后山，走上山脊，看到夏阳独自坐在孤立的巨石上看夕阳，样子有些落寞。克虎径直跑过去，轻车熟路地跳上岩石。夏阳抬手摸摸它的头，克虎顺势卧下，把大嘴放在前爪上，一副很享受的样子。

韩哲有些吃味儿，神色黯然地转身原路返回。高泽石也是训导员出身，理解韩哲此刻的心情，自己带的犬跑去找别的训导员，那种感觉就像是深爱的老婆跟人私奔了一样。

高泽石追上韩哲宽慰说：“克虎妖孽，说不定是在气你。”

韩哲犹豫一下说：“队长，我想再留一年。”

军犬满十岁，身体条件不适合继续服役且解除军籍后，可由训导员收养。高泽石明白韩哲的想法，叹口气说：“克虎不是普通军犬，即使身体条件不适合服役，也还有科研价值，不会解除军籍。”

韩哲没吭声，不舍地回头看后山，仿佛他的视线能穿透山脊看到克虎。

高泽石说："铁打的营盘流水的兵，该走就走吧！"

韩哲点点头说："队长，我准备把克虎移交给夏阳。"

高泽石说："夏阳是个不错的人选，但他几乎没有带犬经验，估计难以降服克虎。"

韩哲坚持说："我相信夏阳，他给犬的是母爱，一定能感化克虎。"

高泽石没回应，他曾把夏阳定位成克虎的父亲，现在又多了母亲的定位，心里觉得太过多样化。

韩哲解释说："我给夏阳的父亲打过电话，哼了夏阳唱给七郎的摇篮曲。夏叔叔哭了，说他离异后因工作忙，对夏阳缺乏关爱，现在才明白夏阳小时候为什么喜欢偷偷看带着小朋友的妈妈，为什么喜欢养小动物，还要扮成小动物的妈妈。"

高泽石问："你是说夏阳把他对母爱的渴望，投射到七郎和克虎身上？"

韩哲说："或者说同病相怜。七郎被莎莎抛弃，我与夏阳谈心的时候，告诉过他，克虎也是从小被母犬抛弃。"

高泽石点点头说："明白了，难怪他会溺爱七郎。"

韩哲说："夏阳带犬没问题，我现在唯一担心的是他带犬定位不准，潜意识里把自己当成母亲。"

高泽石想了想说："熊孩子也是妈妈的宝贝，夏阳心理定位方面的问题，我会帮他纠正。把克虎交给他吧！用冷移交。"

犬队移交军犬，会使用两种方法。一种是热移交也称暴力移交，老训导员在军犬吃饭的时候狠狠给军犬一脚，然后转身就走。军犬不知为什么挨打，一般情况下会因愤怒、伤心而绝食，迫使训导员认错道歉与它重修旧好。老训导员则避免与军犬见面，由新训导员进行安抚，只要能把军犬哄吃饭，十有八九就能把犬接过去。这种移交方法，军犬与新训导员的关系不够牢固，一般用于准备回收犬队担任种犬的军犬，时间久了，军犬会忘记挨打，只记得老训导员的好，便于老训导员重新接犬。另一种就是冷移交或称冷暴力移交，老训导员利用各种方法冷淡军犬，搞得军犬莫名其妙，新训导员趁机献殷勤博取军犬的欢心与认同。军犬与老训导员逐渐疏离，最终会被新训导员带走。这种方法军犬与新训导员的关系牢固，一般用在老训导员退役，或不准备回收的军犬身上。

韩哲怔了怔，有些失落地说：“是！”

熬过了五天，夏阳基本恢复正常，只是偶尔看到七郎曾用过的东西，心情会有些低落。克虎与韩哲的关系却越来越糟糕，先是当着韩哲的面把它的网球交给夏阳以示威胁，见韩哲毫无悔意，变本加厉地继续打官腔，再开饭的时候就叼着它的食盆去找夏阳了。众目睽睽之下，克虎用行动宣告，彻底与韩哲画清了界线。

官兵们很惊诧，夏阳很愧疚，跑去向韩哲道歉。韩哲却表现得很无所谓，说夏阳本来就是克虎的管理员。夏阳心里就有些翻腾，认为韩哲对犬没感情，但又感觉哪儿有些不对劲儿，具体是哪儿又说不出来。

克虎打定主意跟夏阳混了，夏阳不去找它，它就跑来找夏阳。在全队官兵的心目中，克虎基本等同于汪星人的杰出代表“哮天犬”，神犬抛弃二郎神另认新主，官兵们哗然，一致认为狗忠诚，经过严格训练的军犬无比忠诚！夏阳一定动用了他们所不知的非正当手段勾引神犬弃主。即使神犬另认新主，至少要找他们这些老兵，怎么能去找军龄不满一年而且没有真正带过一条犬的新兵蛋子！

夏阳自知分辩等于暴露目标，会引来老兵们的集火攻击，索性闭嘴当起了缩头乌龟。老兵们有火没处发，憋得就像快要被吹炸的气球。韩哲再次找克虎谈心，围绕“你可以想尽办法气我，但不要坑夏阳”的主题展开，口干舌燥地说了半个小时。克虎始终用屁股对着他，一动不动地装死狗，韩哲前脚刚走，它后脚颠儿颠儿地跑去找夏阳。老兵们羡慕嫉妒恨，拿克虎没招儿，不约而同地迁怒于夏阳。事态发展越发对夏阳不利。有纪律压着，老兵们明面上不敢打压夏阳，但暗地里小动作不断。夏阳负责的卫生区永远都打扫不干净，纠察满营区里游荡，目标只有一个，那就是夏阳。

韩哲跑去找高泽石，认为夏阳一个新兵，不应该承受这样的压力，是不是换一种方式移交克虎。高泽石盯着韩哲足足一分钟没吭声。

韩哲茫然问：“怎么了？”

高泽石说：“难怪克虎去找夏阳，它觉得夏阳比你有担当，用行动指责你不是男人！”

韩哲怔了怔，说了脏话：“我 ×，它是兵，好不好？”

高泽石又盯着韩哲看。

韩哲说：“我知道克虎特立独行，就像是身怀盖世武功的大侠，超然世外，活得飘逸潇洒，可它毕竟还是个兵。”

高泽石问：“这些年，你一直把克虎当兵带？就没换位思考一下？就没跟克虎交交心？难怪克虎去找夏阳！”

韩哲脸色发灰，高泽石指指韩哲的嘴，韩哲就把到了嘴边的脏话咽回去问：“我现在醒悟，不算晚吧？”

高泽石说：“不晚，我们都不晚，我也在自我检讨。我也是观察克虎这几天的行为刚刚想通的，如果克虎早点碰到夏阳就好了。”

韩哲悲、喜、沮丧、懊悔等等各种心情交织，怔了半晌，又说了脏话。

两天后，老兵们蕴藏怒气的气球没炸，夏阳先炸了。

那天，克虎巡视完领地跑去一班宿舍，夏阳不在，克虎嗅到有牛肉干的气味，就人立起来，用嘴叼着把手拉开橱柜门，叼了一袋牛肉干去后山找夏阳。

夏阳以为克虎想吃牛肉干，扯开包装，丢自己嘴里一块，又给了克虎一块。克虎没吃，用大嘴把牛肉干拱到它与夏阳中间的位置。这个位置曾属于七郎，夏阳想起他与七郎、克虎分享牛肉干的温馨情景，一下红了眼圈。就在气氛悲切的时候，队部通信员急慌慌跑来，通知夏阳赶紧去队部向高泽石报到，研究所打来电话，七郎好像不行了。夏阳一下就疯了，瞪着血红的双眼跑去队部，连报告也没喊就冲进了高泽石的办公室。高泽石不顾王存伟的不满，安慰夏阳不要着急，七郎只是在绝食，队里已经订好了火车票，夏阳明天下午就可以赶到科研所。

夏阳喊：“我要坐飞机！”

王存伟呵斥说：“只有紧急情况，士官才能乘坐飞机。”

夏阳红着眼反问：“七郎都要死了，还不是紧急情况？”

高泽石提醒说：“七郎只是在绝食。”

夏阳很蛮横地说：“我不管，我就要坐飞机！”

王存伟火了，拍了桌子。

夏阳立刻蔫了：“我自己买机票，不要队里报销。”

因公出差，自己买机票，王存伟不好再说什么，等夏阳走了，他火气很大地批评高泽石纵容夏阳。高泽石的态度很诚恳，说先让夏阳去救命，等他回来，再好好收拾他。王存伟也就消了火，鉴于夏阳情绪不稳，建议派韩哲陪同。高泽石喊来韩哲说明情况，韩哲二话没说，在手机上给自己和夏阳订了当晚的机票。

第二天凌晨，韩哲、夏阳赶到了科研所，这才知道七郎一路上两次逃跑，要不是专家以命相护，七郎已经死在了军用机场。

所长、专家带着七郎准备搭乘一架转场的军用运输机返回科研所。从军犬队驻地到军用机场，不到一百公里的路程，聪明的七郎已经研究透了航空箱门上的门锁，趁众人办理手续无暇顾及的时候，悄悄打开门准备溜走。专家发现后，用绑扎带绑死了箱门。七郎不死心，趁没人注意就偷偷地啃咬绑扎带。军犬牙齿的好坏与寿命长短成正比，专家担心七郎咬坏了牙齿，坐在航空箱前一路守着，七郎无奈放弃啃咬，屁股对着箱门趴下打瞌睡。

飞机降落后，专家反复呼喊，七郎却毫无反应。专家疑惑地把手指伸进箱门的孔洞，碰碰七郎的后腿，感觉已经僵硬了。专家哪知道七郎是绷紧后腿肌肉装死，吓得赶紧打开箱门，把七郎拖出航空箱。它撒腿蹿出机舱，跑得没了影儿。

机场场站的站长坚称育成犬不是军犬，即使是军犬也不能影响飞行安全，必须按规定执行，言外之意是要击毙七郎。所长反复重申七郎的科研价值，站长才派出部队协助搜寻，但几次发现七郎都被它逃脱。眼见夜幕降临，机场当晚有夜飞训练，站长态度趋于强硬，荷枪实弹准备击毙七郎。专家红了眼，声称想击毙七郎，先打死他！站长认为专家爱犬心切失去了理智，口头上答应，心里却仍想着击毙七郎。专家猜到站长不怀好意，不知从哪里摸出一把锋利的壁纸刀，横在颈动脉上，冷笑着告诉站长，枪一响，他就喷站长一身血。

站长几乎疯了，扯着嗓子吼：“一架几千万的战斗机加上一名无价的飞行员，难道比不上一条狗重要？”

专家说：“各有各的价值，都重要。”

站长无奈放下枪。专家动用私人关系，联系上了当地驻军，说明了七郎的重要性。当地驻军派来军犬支援搜寻，终于赶在夜飞训练前，在一架等待维护的运输机货舱内找到了蜷缩在简易座椅下的七郎。七郎不明白飞机会飞向哪里，但明白坐这个铁家伙回去才能找到夏阳。所长、专家以及参与搜寻的官兵们不禁感慨七郎的聪明，又为七郎的忠诚唏嘘。

韩哲对专家肃然起敬，一路上拉着脸生闷气的夏阳，脸色也缓和了许多，两人代表犬队官兵及军犬向专家敬礼致谢。专家摆摆手说："没什么，七郎是条好犬，必须保护好。"

科研所的所长闻讯赶来，陪韩哲、夏阳去医务室的路上反复解释，不切断实验犬与前训导员的情感联系，七郎无法在科研所生活下去，更不会配合实验。他们从未把特殊战斗员当成实验品，尝试使用各种办法帮助七郎恢复健康，包括输液、插饲管。但七郎不配合，自己会拔输液针头，会呕吐出灌入胃里的流食。

七郎瘦得只剩皮包骨，被绑在病床上输液，嗅到夏阳的气息，拼命挣扎起来。夏阳扑上去一把抱住七郎，哭得泣不成声，嘟囔着"七郎受苦了"，搞得陪同的所长、专家神色尴尬。

韩哲火了，破口大骂："什么时候，还流猫尿，赶紧让七郎吃东西！"

所长打开壁橱，里面琳琅满目摆满了各种犬的零食。

七郎饿了太久，只能吃流食。夏阳从橱柜中找到一包进口的小犬奶粉，冲了一点先让七郎垫垫肚子，问了厨房的位置，准备去熬粥。七郎以为又要被抛弃，一口叼住夏阳的袖子死也不撒口。所长只好派人按照夏阳口述的食谱，准备食材、炊具，让夏阳在医务室熬粥。

七郎身体并无大碍，吃过几顿饱饭，休息了两天，就能下地走路。从那一刻起，除了夏阳，七郎不允许任何人靠近，它寸步不离夏阳左右，夏阳上厕所都要跟着。

又过了五天，七郎基本恢复了健康，这也意味着再次分别的时刻就要来临。夏阳强撑笑脸，但无法隐藏哀伤的气息，七郎嗅到后情绪不稳，看不到夏阳的身影，就哀嚎着满院子寻找，找不到就会发狂，攻击一切想靠近它的人，要不就到处找地方躲藏，想要伺机冲出科研所。所长和专家认为，七郎有很强的自主意识，强行留下也不会配合实验，决定让夏阳带回犬队，由夏阳帮助科研所开展科研。

所长、专家就此征询夏阳的意见，夏阳乐得嘴角咧到了后脑勺上，想都没想就一口答应了。当事人没意见，科研所就给军犬队发了正式公函。犬队很快回复：无条件支持科研所的工作。

夏阳担心夜长梦多，履行手续后，说服韩哲带着七郎及配发的科研设备连夜离开了科研所。两人一犬坐火车，在第二天深夜返回驻地。部队已经就寝，只有不守纪律的克虎，听到七郎压低声音的吠叫，用大嘴挑开门锁，跑出犬舍来迎接他们。克虎匆匆与围着它兴奋蹦跳的七郎碰碰鼻子，就跑到韩哲面前摇尾巴示好。韩哲却视而不见，板着脸转身向宿舍楼走去。

克虎我行我素，经常惹韩哲生气，韩哲会训斥、会暴跳如雷，却从未像今天这样使用冷暴力。克虎有些蒙，茫然目送韩哲头也不回地消失在夜幕中，用大嘴拱开围着它乱转的七郎，耷拉着脑袋跑回犬舍。夏阳觉得韩哲有点小气，克虎再聪明也只是一条犬，何必与它一般见识？仔细想想又觉得不对，克虎捅娄子的水平极高，从未听说韩哲对克虎使用过冷暴力。再说，韩哲是训导专家，应该知道冷暴力会严重损害人犬之间的感情。

夏阳累了一天，大脑运转不灵，想得发蒙也没想清原因，索性不想了，安顿好七郎，打着呵欠回到繁育分队宿舍楼。韩哲从阴影中闪出来拦住去路，夏阳被吓得醒了盹，看清是韩哲，把到了嘴边的脏话咽回肚里，结结巴巴地问：“韩分队长，你怎么没休息？”

韩哲冷着脸问：“克虎什么反应？”

夏阳不解地眨眨眼说：“一直看着你，见你没回头，没给指令，挺失落的，耷拉着脑袋回犬舍了。”

韩哲面无表情地说：“以后你喂克虎。”

夏阳一怔，推辞说：“这不好吧？”

“我在请求你吗？”韩哲瞬间炸了，横眉立目地说，“我在给你下达命令！命令！懂吗？”

“懂，我懂，你消消气。”夏阳挠挠头说，“我是想给克虎讲个情，你就当克虎是个不懂事的孩子，饶了它这一次。”

韩哲点点头说：“很好。”

夏阳惊喜地问：“你原谅克虎了？”

“克虎吃饭喜欢喝水，记得准备好清水。”韩哲答非所问，说完拔腿走了。夏阳很困惑地挠着头嘟囔：“不同意应该摇头，为什么要点头说很好？”

夏阳回到班里，摇醒蔡远威销假，顺便请蔡远威帮他解惑。蔡远威睡眼惺忪打着呵欠，勉强听完夏阳复述他与韩哲的对话，要夏阳上床睡觉，明天再给他答案。夏阳也困得不行了，爬上床迷迷糊糊刚睡着，蔡远威就猛地坐起来说：“莫非韩分队想交犬？！”

夏阳迷迷糊糊地问：“交给谁？”

蔡远威拍着床板喊：“猪啊你！”

夏阳想到“冷暴力”交犬方式，立刻没了睡意。他自知没有韩哲的训导能力，不被克虎戏弄，就谢天谢地了，从没想过对“花花太岁”指手画脚、发号施令。夏阳愁得一夜没睡，听到起床号，就顶着两只熊猫眼去找克虎谈心。

早上散放，军犬都在散放场游荡排便，训导员相互说笑着打扫犬舍，犬生活区内很热闹。克虎独自坐在门口，看着无人打扫的犬舍，神情落寞。夏阳没了谈心的兴致，叹口气，打开工具箱拿工具准备打扫。克虎起身走进犬舍，用嘴叼着拴在门上的牵引索拉上门，把夏阳关在门外。

夏阳明白克虎还在等韩哲，叹口气说：“虎爷，再去跟韩分队长道个歉吧？”

克虎没吭声，耷拉着脑袋去了“卧室”。被唯一信任的人抛弃，夏阳突然觉得克虎很可怜，决定再去说情。围着营区找了一圈，才在华清池旁找到了韩哲，他似乎一夜没睡，双眼惺忪，面前丢了一地的烟头。韩哲这么痛苦，夏阳反而不知该说什么，呆呆站了片刻。

韩哲盯着地面问：“克虎在等我？”

夏阳点头说：“我觉得克虎很痛苦，韩分队长，去看看克虎吧？”

韩哲说：“没事的，它两次下部队服役，有经验，很快就好了。克虎受过伤，深秋初冬的时候会疼，一般情况下它自己能克服。如果它烦躁不安经常舔伤疤，记得去给它要止疼药。”

夏阳说：“是！”

韩哲想了想又说：“克虎桀骜不驯，我行我素。但它已经九岁了，换算成人类的年龄也算是步入老年，大半辈子养成的习惯很难改，你不用对它要求太严，就当它是个老小孩好了。”

夏阳说：“是！”

韩哲想了好一会儿，再没有什么可交代的，起身拍拍夏阳的肩膀，挤出一丝笑容说：“带犬就是带兵，严格要求、严格训练是对军犬生命的负责，带好七郎，不要让它重蹈覆辙。”

夏阳说：“是！”

韩哲走了，夏阳目送，感觉他的背影与克虎一样落寞。

成年犬一日一餐，傍晚开饭前，克虎叼着食盆去了训导分队的宿舍，韩哲避而不见，派人把夏阳喊来。夏阳出现在面前的时候，克虎终于怒了，丢下食盆，对着韩哲的宿舍悲愤吠叫。克虎情绪暴躁，夏阳担心被咬，跑去犬舍把七郎带来。就像孩子看到暴怒的父亲会被吓哭一样，七郎呜呜咽咽的喊叫声终于让克虎安静下来，丢下食盆跑回了犬舍。

夏阳打了犬粮端去犬舍，克虎用大嘴掀翻食盆，倒了犬粮，然后叼着食盆丢出犬舍。一连几天都是如此。夏阳担心饿坏了克虎，跑去向韩哲请教。

以前很注重军人仪表的韩哲，现在胡子拉碴样子憔悴，看得出他内心也很痛苦。夏阳与七郎有过短暂的分别，能体会韩哲的心情，但又不知如何劝解，挠挠头说明来意。韩哲有些解脱又有些不舍地叹口气说：“食盆上有我的气味，换个食盆吧！”

夏阳领了新的食盆，打了犬粮，带着七郎在后山找到了克虎。它换了位置，没去孤立的巨石，趴在一座不高的悬崖边上低头看着什么。夏阳循着克虎的视线看去，两条高压架空输电线从崖下经过。这两条输电线通往深山中的小镇，当年仓促上马，勘探路线不够仔细，曾被悬崖上滚落的飞石砸断，落在地上的高压线电死了附近山民饲养的跑山猪。电力部门已经另外选址架设新的输电线路，准备废弃这条线路。

想到被高压线烧焦的跑山猪，夏阳心头莫名一慌，惊愕地看着克虎。克虎收回目光，扫一眼夏阳手中的食盆，伸出舌头舔舔嘴唇，示意它饿了。夏阳赶紧放下食盆，克虎并没有胃口，胡乱吃了几口，像是在安慰夏阳，要他不要担心，更不要乱想。

夏阳担心克虎会出意外，跑去向韩哲报告。

韩哲认真地想了想说：“克虎很聪明，不能用普通犬的标准看待，但它不懂物理学，更何况它没有人类的意识，不会主动结束自己的生命。”

夏阳认为韩哲言之有理，松了口气说：“韩分队长，克虎开始吃饭了。”

韩哲失落地点点头说：“照顾好克虎，谢谢！”

克虎的移交并不成功，它虽然与韩哲形同陌路，但也不理会夏阳的指令，只是允许夏阳给它打饭，帮它打扫犬舍。说是训导员，其实更像是仆人。但老兵们却不这么认为，夏阳带回了七郎，科研所还给配发了运动摄像机、笔记本电脑，如今又成了克虎的训导员。老兵们认为夏阳天天在狗屎，不，在犬屎里打滚才有这样的好运气。眼看羡慕嫉妒恨的小气球就要爆炸了，高泽石当众宣布夏阳是科研所的编外工作人员，配合科研所开展动物行为学的课题研究，全体官兵必须无条件配合，任何阻挠、干扰科研的行为都将严惩不贷。

所谓的研究课题其实很简单：夏阳把运动摄像机佩戴在头上，如实记录七郎的生活训练，一周汇总一次，通过军网传送给科研所，至于专家们从这些视频中研究出什么，就与他无关了。

老兵们不关心研究课题，只思考“阻挠”“干扰”这两个词的含义。“阻挠”定义准确，但“干扰”的涵盖范围就广了。如果不小心在夏阳身边打了个喷嚏，是不是干扰科研，全看夏阳的心情如何了。老兵们本无恶意，只是羡慕嫉妒的心理作怪，因此准备偃旗息鼓。夏阳也适时出来装可怜，说当初克虎戏弄他的时候，好像没人管得了；现在克虎来找他，韩哲都管不了，他一个新兵能有什么办法。至于七郎，当初可是一条待报废犬，谁知道它能继承克虎的智商。

老兵们觉得言之有理，当初克虎戏弄夏阳的时候，他们的确是看着哈哈笑，当然了，想管也管不了，惹恼了克虎，他们的犬会遭殃。老兵们想到克虎，心里不免打鼓：如今夏阳人仗犬势，还有“科研所编外人员”的光环护体。老兵们决定给夏阳个面子，就坡下驴，偃旗息鼓了。

十

分别虽然短暂，但让人犬刻骨铭心。七郎更加黏夏阳，更喜欢撒娇邀宠。夏阳自知难以割舍对七郎的感情，重新规划他的军旅生涯，不仅准备陪伴七郎终生，还要把七郎带成部队不可或缺的功勋犬，避免它成为科研所的实验品。

夏阳熟读韩哲送他的训犬经验后，雄心勃勃地开始了他的功勋犬计划。七郎不负厚望，一个新的指令，只需两到三遍就能牢牢记住。七郎训练的时候，克虎经常跑来，趴在操场边昂头眺望远方，一副风轻云淡的样子，像是在思考犬生。夏阳、韩哲却偶然发现，每当七郎遇到难以克服心理障碍和完成不够顺畅的训练科目时，克虎会在散放的时候，避开“子民”的视线偷偷给七郎做示范。有了夏阳的耐心教授、克虎的言传身教，七郎的训练进展神速，其他军犬还在为十四个基本指令奋斗，七郎已经进入障碍科目训练。

一周训练结束后，夏阳把视频传送到科研所。专家看后给高泽石打来电话。他把七郎的视频与当年克虎同龄时的录像进行了对比：克虎一到两次学会新指令的概率是93%，七郎是93%—97%，七郎的智商不逊于甚至超过了克虎；而且服从性要好于克虎，自主意识要比克虎弱。

专家兴奋地说了半个小时的理论和数据，最后总结说：“高智商、服从性好、会思考的新犬种希望就在七郎身上。基于军犬队需要的是优秀的军犬，建议七郎接受并完成更多的训练科目，尽可能多地执行任务，以便把更多军事技能转变为动物本能遗传给后代。”

虽然遗传机率只有1／71，但高泽石认为曙光就在眼前，兴致勃勃地与王存伟、韩哲等人去看七郎的训练。七郎第一次被众人围观，众目睽睽之下没有怯场反而很兴奋，高标准地按指令完成了动作。高泽石带头鼓掌，夏阳很淡定，敬礼答谢。七郎傲娇地把头扭到一边，好像这点训练科目不值一提。

王存伟代表犬队党委以及科研所表扬了夏阳和七郎，并提出了殷切期望。高泽石指示韩哲，尽全力帮助夏阳。上级的要求与自己的人生规划不谋而合，又有了训导大拿的助力，夏阳感觉阳光灿烂，就连韩哲那张永远不晴朗的臭脸，都变得和蔼了许多。

满五月龄的七郎，相当于人类七八岁的幼童，不知内敛、淡定，更不懂谦虚使犬进步，抓住一切机会显摆它已经学会了更多的技能。比如散放的时候，训导员、准训导员会在犬的玩耍兴奋期训练一两次新指令。七郎听到口令，就会侧目观察，只要小犬不会或者动作不够标准，就跑过去用无可挑剔的标准动作进行示范，然后在众多小犬及人类羡慕嫉妒恨的目光注视下高昂着头离去。

夏阳开始还为七郎的虚荣心哭笑不得，很快就察觉有些不对劲儿。七郎给母小犬做示范的次数远远高于公小犬，再观察，发现七郎只在潜在的情敌在场的情况下才喜欢做示范。

才五月龄，性萌芽得也太早了吧？夏阳想起了克虎绰号的头两个字，心慌意乱地跑去向韩哲问计。韩哲答非所问，反而询问夏阳，上幼儿园、上小学的时候，喜不喜欢跟女同学一起玩，喜不喜欢向女同学献殷勤。夏阳神色庄重，矢口否认。韩哲很鄙夷地斜了他一眼，让他滚回去回忆过去。夏阳滚回散放场，认真回忆过去，认为异性相吸这条定律也适用于汪星人，这是动物本能，不是因为克虎绰号的头两个字，高悬的心也就落回肚里。

小犬散放场毗邻成年犬散放场，成年犬的训导员遵循“散放、嬉戏不忘三五动”的训练经验，偶尔会喊几声指令，促使成年犬把掌握的技能尽快转化为本能。成年犬按指令做动作，训导员会表扬；不做或者动作不标准，训导员也不强求，以免影响兴奋度，影响操课时间的训练。七郎偶然发现很多成年犬的动作还不如它，小心脏开始怦怦乱跳，小犬崇敬的目光已经无法满足它的虚荣，七郎很想去成年犬面前显摆一下它的动作。

汪星界靠实力说话。七郎对身高体壮的成年犬心存畏惧，先是在成年犬散放区边缘游荡，偷眼观察着成年犬的反应，螺旋状接近成年犬散放区的中心。七郎还是小犬，对成年犬在犬群中的等级地位不构成威胁，成年犬既没驱赶也没扑咬。七郎认为成年犬接纳了它，老实不客气地在成年犬中间钻来钻去，还与几条看起来比较面善的成年犬碰鼻子打招呼，甚至还坐在最为强壮的“奥克”面前，好奇地与它对视了一番，颇有些挑衅的意思。

奥克智商远逊于克虎，其他方面却与克虎相差无几，是犬王地位最有力的竞争者。但奥克为犬不够大气，缺乏王者之风，行事风格让人不齿，遇事喜欢怂恿其他犬冒险，它缩在后面抓机会抢功。

奥克很想教训不知天高地厚的七郎，但作为成年犬，在众目睽睽之下扑咬小犬，显得有失身份。奥克不屑一顾地转身离去，七郎越发得意，扭头眺望小犬散放场。小犬羡慕、崇敬、惊愕的目光让七郎得意忘形，听到某位训导员喊指令，立刻蹿过去做示范。

七郎的举动，在久经训练的成年犬及训导员看来很可笑。出于礼貌，训导员夸奖它是好犬，几条母性泛滥的母犬还舔了它。虽然公犬表现冷漠，但七郎认为公犬是因为动作不标准内心羞愧，才摆出一张臭脸撑面子。七郎自认它已经成为成年犬的偶像，老实不客气地高昂着头巡视成年犬散放场，挑选满意的位置，准备划出属于它的地盘。

克虎不在奥克就是老大，七郎公然挑战它的权威，奥克表面上不动声色，暗中观察七郎的一举一动。当看到七郎像条野狗一样撒尿做记号的时候，它先低吼吸引成年犬的注意力，然后对着七郎狂吠起来。众犬循着奥克的目光看去，不由得勃然大怒，小崽子竟然敢在这里划地盘！几条好事的成年犬立刻冲过去惩罚。奥克不慌不忙，环视散放场，嗅嗅空气，确认没有克虎的踪迹，这才吠叫着冲上去准备抢功。

七郎被吓蒙了，傻傻地看着几条成年犬乘风而至，寒光闪闪的獠牙快落到脖子上的时候才想起逃跑，没等转身就被扑翻在地，立刻惊恐嚎叫着求援。克虎大声吠叫着赶来，奥克立刻返回犬群，若无其事地等着看那几条扑咬七郎的成年犬挨揍。几条成年犬停止扑咬，不甘心地包围着七郎大声吠叫，像是在申明惩戒原因。

克虎才是王，王的尊严不需要其他犬维护，它很威严地吼了一声，那几条犬灰溜溜地跑回犬群。克虎似乎明白是奥克在捣鬼，扭头看去，奥克立刻躺下露出肚皮以示臣服。伸手不打笑脸人，克虎低吼两声警告过奥克，走到七郎身边用舌头安抚。

被吓蒙的七郎，这才意识到危险解除，倒竖颈毛，夹着尾巴，一路尖叫着逃回小犬散放场。见夏阳不在，转身跑去犬舍找到正在打扫卫生的夏阳，一头扎进他怀里嗷嗷哀嚎，像是受了天大的委屈。克虎跟着跑来，不满地对着夏阳大吼大叫。

夏阳不通犬语，不知克虎说些什么，跑去详细询问目击全程的训导员，这才明白是怎么回事。七郎被扑咬，夏阳负有不可推卸的责任。军犬严禁撒尿做路标、划地盘的动物本能行为，以免在执行任务过程中暴露目标。之前，夏阳把七郎当成种犬，根本没有纠正。

既然是动物本能，又没有从小纠正，夏阳担心会成为沉疴痼疾，做好了长期战斗的心理准备。出乎意料，大概是想明白成年犬咬它的原因，夏阳只是警告了几次，七郎就改了乱撒尿的毛病，但却添了一个新毛病：看见成年犬有靠近它的意图，立刻夹起尾巴想逃跑。人说“胜不骄，败不馁”，七郎却是胜时猖狂，逆时馁。夏阳又跑去问计，韩哲拉着脸把夏阳看得汗毛直立，才对夏阳身后扬扬下巴。夏阳回头看去，克虎正慢跑着巡视领地。夏阳不解地转回头，发现韩哲已经走了。

夏阳挠着头原地思考了一分钟，破解了韩哲的哑谜，再散放的时候，就拖着克虎去小犬散放场看七郎的表现。克虎对儿子的怯懦很不满，咬着牵引索强行把七郎拖到成年犬面前遛圈，一直遛了一个星期，七郎的心理阴影才逐渐消退。

七郎一天天地长大，六个半月龄时，背毛发亮，耳朵直立，柔软的胎毛中长出大量粗硬的犬毛，有了成年犬的模样。这个年龄段的小犬，相当于十二三岁的孩子，生活基本可以自理，日夜不得闲的夏阳多少可以轻松一些。

随着犬龄增长，以及训练科目的增多，小犬的性格趋于稳重，纪律性也得到增强。但七郎依旧活泼好动，对陌生事物很好奇。韩哲协助夏阳，利用急响器在七郎吃饭的时候，由远至近地在食盆旁发出声响，连续使用“非”（抑制性口令）和“来”（兴奋性口令）等方法判断出七郎的性格属于“兴奋型”（学名：强而不均衡性），不是最好的犬，但七郎的表现却令人无可挑剔。

优秀军犬只有两条标准：第一，聪明；第二，令行禁止。七郎基本满足了以上两条标准。它很聪明，一些成年犬都需要反复训练的动作，七郎只需要两三遍就能学会，而且会牢牢记住。至于令行禁止，就要看心情了。七郎有自主意识，会思考，会用各种办法达到它的目的。

七郎看过一次军犬出任务，就喜欢上了那种紧张、刺激的感觉，看到接犬执行任务的越野车开进院子，就会兴奋地立起来拼命挣绳。趁夏阳不注意就跑去添乱，叼着它的牵引绳往训导员手里塞，让训导员带它去出任务。训导员接了还好，不接牵引绳，七郎一准趴到车轮前耍赖，不达目的誓不罢休。因为七郎耍赖影响了出动速度，夏阳被高泽石狠训过两次。夏阳很委屈，也很无奈，用尽办法试图纠正，但七郎吃准了他的心理，勇于认错，坚决不改。不用说批评，夏阳口气稍微严厉，七郎立刻伏低身体亮出肚皮认错，然后就是各种卖萌撒娇，直到把夏阳逗笑为止。

夏阳很苦恼，看过视频的专家却认为七郎是他有生以来见过的最好的犬。韩哲也对七郎大加赞赏，认为七郎是一条有脑子会思考的军犬，一定会成长为智勇双全的优秀战士。夏阳很想指着专家和韩哲的鼻子责备他们：你们无休止的纵容、溺爱会让七郎变成第二条克虎——全然忘了他才是最溺爱七郎的人。

夏阳带着七郎去后山进行严肃的谈心，警告七郎，如果不好好训练，尽快成为部队急需且不可缺少的犬才，就会被送去科研所做实验。七郎很认真地听了一分钟，就跑去追蜂扑蝶，喊都喊不回来，疯够了，厚着脸皮跑回来，摇着尾巴让夏阳帮它择挂在毛上的苍耳。夏阳生气不搭理，七郎像挨了几枪一样哼哼唧唧，不到一分钟就把夏阳哼唧软了，板着脸给它择苍耳。七郎趴在地上，舒服地把大嘴放在前爪上，换个声调继续哼唧，提示夏阳手脚轻一点。

夏阳放轻手脚小心翼翼择干净苍耳，在它屁股上拍了一巴掌说：“好了，去疯吧，早晚被送去科研所！”

七郎听出夏阳的语气中多少有一丝怒气，人立起来并拢前爪敬礼讨好。

夏阳板着脸翻白眼说：“少来这套！以后我也不会吃你这一套！”

一招不灵，七郎立马换招，转着圈咬尾巴。

夏阳苦笑说：“亲，你是特殊战斗员，不是杂耍演员！”

苦笑也是笑，笑了就好，七郎遵照夏阳之前的指示，一头扎进灌木丛中继续疯。

夏阳惆怅地独自看了两次夕阳，认真回忆过去，检讨错误，总结经验，决定严格要求七郎，首先要纠正七郎爱撒娇的毛病。再上操场，夏阳刻意板着脸，用严厉口吻发出指令。善于察言观色的七郎有些不安，认真训练试图讨夏阳欢心。一个小时过去，七郎的耐心用完了，嗅嗅空气中没有夏阳发怒的气息，故态复萌，趴在地上拒绝训练。

夏阳口气严厉地吼：“七郎，立！”

七郎闭上眼睛，装作没听见。夏阳再次下达指令，七郎鼻子里喷出一股气，像是有说不出的烦恼。夏阳大步走过来提项圈，强迫七郎站起来。七郎马上使出撒手锏，侧身躺倒，亮出肚皮，四腿蹬着草地，身体像磨盘一样转起来，嘴里哼哼唧唧地撒娇。柔软的肚皮是犬的要害，训导讲义上明确指出，犬亮出脆弱的肚皮表示臣服就不能再批评，以免打击犬的自信心和对训导员的亲近。夏阳只好柔声安慰，劝说七郎继续训练。七郎见夏阳有了笑意，立刻扒着夏阳的腿站起来，大嘴伸进夏阳的衣袋去叼它最喜欢的磨牙棒。

夏阳火了，大吼："现在是操课时间！"

话音未落，七郎已经重新躺倒亮出肚皮。

夏阳吼："七郎，立！"

七郎装死狗，四脚朝天地晒起了肚皮，还歪头看着夏阳，神态极像不给买玩具就躺在地上耍赖的孩子。远远观望的韩哲溜达过来，看一眼正用狡黠眼神打量他的七郎，对夏阳使个眼色，示意跟他走。

七郎一直目送夏阳的身影消失在树丛后，才一骨碌爬起来，瞪大眼睛聚精会神地看着树丛。一般情况下只要它停止耍赖，夏阳很快就会出现。足足等了五分钟，夏阳还没有出现，七郎有些吃不住劲了，连连舔着鼻头，看着与训导员亲热嬉戏的其他小犬，气愤地连续吠叫呼唤。夏阳还未出现，七郎不想认输，耷拉着脑袋夹着尾巴，慢腾腾地围着草地小跑，不时抬头向夏阳消失的方向张望。

夏阳躲在树丛后，看着失魂落魄的七郎，不忍心地问："差不多了，我是不是可以出去？"

韩哲说："继续等着，你主动过去，七郎会认为它再次取得胜利，以后在训练中还会继续撒娇。等它过来找你，这才是心服口服的表现。"

又等了五分钟，七郎终于坚持不住，颠儿颠儿地向树丛跑来。

韩哲叮嘱说："等七郎找到你，马上开始训练，千万不要主动爱抚，一定要绷住劲儿。"

经过这次教训，七郎再也不敢在训练时随便撒娇，训练逐渐走上了正轨。小犬满七月龄的时候，高泽石组织会操，夏阳指挥七郎毫无悬念地拔了头筹。训导分队的老兵不屑一顾，认为七郎与克虎一样，都是犬界的妖孽，与普通犬没有可比性。蔡远威等繁育分队的老兵们却欣喜若狂，七郎的夺魁充分说明，繁育分队不仅能繁育、保育小犬，还能训犬！

夏阳按时上传视频，科研所专家观察了一段时间，又看了小犬会操的视频，认为普通军犬的训练科目对于七郎来说太简单了，给高泽石打电话，建议给七郎增加高难度的训练科目。高泽石正有此意，会同韩哲与王存伟商议了一下，决定挑选十个科目交给夏阳试训。这些科目训练目的不同，各有侧重。比如说跳火圈，虽然可以帮助军犬克服对火的恐惧，但表演性质浓厚，实战意义不大。三百米障碍、追踪、搜捕、搜雷搜爆等科目可看性、实战性皆佳。诸如潜伏、监视与押解、巡逻等科目，极具实战意义，但没有什么可看性。

七郎早已完成全部基础科目及部分应用科目的训练，十个科目中有七个科目算是复训，所以进展很快，用了三周完成了九个，唯独在钻火圈这个可有可无的科目上卡了壳。训练军犬跳跃火障，一般从让军犬看打火机打出的火苗，到炉火，到小堆篝火，到大堆篝火，然后跳跃火堆，最后钻火圈，循序渐进帮助军犬逐步克服对火的恐惧。七郎从小蹲在配餐室门口看夏阳给它熬粥，对火有所了解并不惧怕，但只肯远观绝不靠近。夏阳带七郎去看大堆篝火，它坐在火堆旁吐着舌头，样子很享受，但带它去跳火圈，立马转身就逃。

夏阳无奈，又跑去找韩哲问计，韩哲从未遇到过这种情况，困惑地挠着头说："按理说，犬不怕火了，应该会跳火圈啊！"

夏阳说："能不能把钻火圈这个杂耍科目取消了？"

韩哲直眉瞪眼地呵斥："什么钻火圈？这是钻跃火障！战术科目说取消就取消，你当你是谁？"

夏阳撇嘴腹诽：除非敌人都是智障，才会在战场上摆火圈让军犬钻。

老兵遇到了新问题，韩哲很重视，集合有经验的训导员集思广益。但谁也没有遇到不怕火，但不肯钻火圈的犬。蔡远威等老兵希望七郎在考核中再次夺魁，为繁育分队争光添彩，纷纷献计献策，但他们想出来的办法大多自以为是，诸如抱着七郎钻火圈等等，几乎不能用。钻火圈，不，钻跃火障的科目只好暂时搁置，夏阳带着七郎复训已经掌握的科目，自作主张地用了两周时间完成了嗅探、拒食、鉴别、搜查等几个应用科目。也就是说，七郎不满九个月就完成了全部应用科目的训练，比同龄军犬整整提前了三个月。

军犬掌握各种应用指令、动作，以及专业科目指令，其实是通过诱导形成条件反射，更多时候军犬并不明白它们做动作的目的是什么，所以某个动作如果长期不训练，军犬会忘得一干二净。或许是源于克虎血统的原因，七郎极少出现这种情况，对各项动作记忆牢固。再上操场，其他小犬是学习、训练，七郎则是复习、巩固。从训导动物方面而言，训练七郎其实没有多少乐趣，极少有机会品尝屡次失败后才能收获胜利的喜悦。当然，这种话夏阳只能在心里说说，否则会被围攻——其他犬三天学会一个指令，就会让它们的训导员欣喜不已。

自从克虎喊夏阳去看莎莎生产后，数次被训导员围攻的夏阳已经深刻领悟“木秀于林，风必摧之”的道理，所以尽量保持低调，操课时尽量延长训练时间。但七郎还是个孩子，又有一个自封为王的爹罩着，所以根本不配合夏阳的低调，完成动作标准、干净、利索，几乎无可挑剔。往往开始操课不到一个小时，七郎已经把所有的指令、动作复习了一遍。按规定，军犬按标准完成动作后，训导员必须给予适当奖励，七郎也会合理合法地拒绝训练，等着夏阳给奖励。

每到这个时候，夏阳就会纠结地想拍脑门。正常发育的小犬，会在六到八月龄时第一次发情。七郎正在这个年龄段，对游戏、零食之类的奖励没有丝毫兴趣，唯一感兴趣的就是小母犬，唯一接受的奖励就是自由活动，听到“游散”的指令，立马抖着一身缎子一样的皮毛跑去给小母犬做示范，每每引得训导员对夏阳怒目而视。

七郎的日子过得优哉游哉，蔡远威等一干繁育分队的老兵却心急如焚：七郎必须以全优的成绩提前结业，才能彰显繁育分队带犬有方，给看不起他们的训导分队以迎头痛击。蔡远威受众老兵委托提醒夏阳，钻跃火障是军犬结业的必考科目，要抓紧时间训练，需要什么帮助尽管开口，老兵们一定竭尽全力。

夏阳摘下帽子，让蔡远威看他的头皮。

蔡远威不明所以地说：“发型符合内务条令规定，头发也很干净，继续保持……”

“什么呀！”夏阳打断说，“我是让你看我头皮都快挠破了！”

“我管不着！”蔡远威很没担当地说，“你是七郎的训导员，也是咱们繁育分队唯一的训导员，就是把头皮挠没了，也要想办法解决问题！”

夏阳愁得唉声叹气。周末，上传七郎训练生活视频，专家正好在线，夏阳随口说了他的苦恼。专家很认真，说要仔细研究一下七郎的行为习惯，尽快答复。夏阳认为理论不联系实践，基本等于空口白话，根本没当回事儿，很快抛到了脑后。没想到，两天后，专家专门打来电话告知夏阳，应该把七郎当成一名少年。

夏阳对专家的话不明所以，跑去问蔡远威。蔡远威很钦佩，说专家就是专家，说话都高深莫测，然后问：“专家是什么意思？”

夏阳心说：我要是知道还问你？

按惯例，夏阳跑去问计，韩哲的回答更干脆，按专家的指示办。夏阳蒙圈了，为什么有点能力的人都喜欢打哑谜，有话为什么不能好好说？

夏阳很苦恼地端详着七郎，揣摩着如何与这位浑身长毛，满口獠牙的翩翩少年进行沟通。端详了半个小时，发现七郎刻意在小母犬面前抖着它缎子一样的皮毛，突然觉得专家言之有理。他年幼时有了新玩具、新衣服也喜欢在心仪的女同学面前显耀，难道七郎爱美，怕火燎了漂亮的皮毛才不肯钻火圈？夏阳似乎看到了解决问题的曙光，但训导有严格规定，不准使用强迫、恐吓等方式逼迫军犬训练，以免造成军犬对训练产生厌烦、恐惧心理。夏阳挠着头围着操场踱步想办法，远远看到跑去后山的克虎，眼前一亮，心里有了主意。但克虎记恨韩哲，坚决不肯与他同时出现在同一地点。夏阳跑去跟韩哲说了他的计划，韩哲同意配合夏阳的计划，稍显失落地点点头，转身离开了操场。

克虎又坐在那座不高的悬崖上，夏阳不由自主地想到悬崖下的高压线，小心翼翼地绕向克虎侧面。克虎听到脚步声，把视线从高压线上收回来，微微昂头，眯眼看着夕阳。夏阳高悬的心落回肚里，跑到克虎身边，用郑重的语气说：“黄土埋半截了，还装酷呢！”

这是夏阳调侃克虎的一贯伎俩，军犬能通过语气、气息分辨训导员的喜怒哀乐，但听不懂具体意思。克虎果然没什么不良反应，尾巴尖稍微晃了晃，算是打招呼。

夏阳忍着笑，继续用郑重的语气说：“别装酷了，抽空管管你儿子，整天就知道围着小母犬献殷勤，都快成‘花花太岁二世’了！”

克虎扭头看着夏阳，似乎感觉语气与话题不符，抖动鼻头嗅着空气。夏阳不确定他身上是否散发出让克虎不快的气息，指指操场方向说：“我和七郎在操场上等你。”

克虎耳朵抖了抖，扭头看着操场方向，它对“七郎”这两个字很敏感。

训练场上点起了几十堆篝火，一侧摆着五六个还未点火的火圈。陈梁站在操场边上，看着夏阳的身后问：“花爷呢？”

夏阳一怔，想了想，才明白他说的是克虎，不满地说：“克虎什么时候又多了个绰号，韩分队长知道吗？”

陈梁说：“你是花爷的训导员，关我们分队长什么事儿？”

夏阳说：“是韩分队长要冷暴力移交，你把气撒在克虎身上合适吗？”

陈梁自知理亏，撇撇嘴，转移话题，指着火堆说：“我们分队长指示，做好全套准备帮助你实施克火计划，下一步干什么？”

夏阳扭头看一眼后山方向，见克虎已经远远跑来，喊来七郎，带着它走进训练场。七郎并不怕火，神态自若地在篝火堆中穿行。夏阳越发觉得他的想法是对的，见克虎已经坐在训练场边上不眨眼地看着七郎，就对陈梁发出点燃火圈的手势。火圈点燃，七郎扭头就跑，刚跑出训练场，就被克虎“活捉”，咬住后颈皮拖到火圈旁。七郎先是摇尾撒娇，却引来克虎不满的吠叫，七郎立刻使出法宝，四脚朝天地躺在地上耍赖，丝毫不理会克虎愈发凶狠的吠叫声。克虎终于火了，冲上去一口叼住七郎的咽喉。

夏阳虽吓得双腿一软，拉住准备冲上去的陈梁，结结巴巴地说：“放、放心，克虎不会真咬！”

陈梁见夏阳闭着眼睛，问：“你闭着眼睛干啥？”

夏阳说：“我不敢看，有点心虚！”

“你他娘的快变成虎爷了！”陈梁火了，甩开夏阳正要冲上去营救，见克虎已经松开了嘴，于是气哼哼地退了回来。

七郎第一次挨了亲爹的揍，夹着尾巴往犬舍跑，没跑了没几步，听到克虎一声吼，立刻乖乖站住，回头可怜巴巴地看着克虎。克虎简单助跑了两步，腾空跃起，优雅漂亮地钻过火圈，回头威严地吼了一声。七郎还想耍赖，摇着尾巴哼唧着不想跳，直到克虎亮出牙齿伏低身体做出准备攻击的姿态，这才不情愿地哀叫着，助跑腾空越过火圈。

陈梁惊得瞠目结舌，转身抓住夏阳的肩膀问:“你是怎么跟克虎沟通的？”

“我又不会汪星语，怎么沟通？”夏阳解释说，“专家说克虎有一定的自主意识，有一定的思维能力。”

陈梁一脸的不相信，上下打量着夏阳问：“真的？”

夏阳耸耸肩：“信不信由你。”

克虎拆穿了七郎的伎俩，明白了怎么回事的夏阳多少有些生气。七郎察言观色，找不到撒娇耍赖的机会，换了招式，哀嚎着挡在夏阳身前展示它被燎的皮毛。有过前车之鉴，夏阳自然不会给七郎耍赖的机会，稍作抚慰，夸奖了“好犬”，仍指着火圈下达了“跳”的指令。七郎大失所望，大声吠叫表达着不满跑去执行指令。

收操后，憋了一肚子气的七郎甩下夏阳自顾自地向犬舍走去，夏阳嫌它训练时滚了一身的土，强行拉去华清池洗澡。七郎浸湿皮毛，爬上岸用力抖毛甩了夏阳一身水。夏阳故作狼狈，七郎感觉出了口恶气，这才眉开眼笑地跑回了犬舍。

同龄犬中，七郎第一个完成训练，并以全优的成绩通过了考核。蔡远威等繁育分队的老兵如愿以偿，但训导分队的老兵却不认可，他们一致认为是犬好，与训导技术没有任何关系，夏阳一个从未带过犬的新兵能带领七郎取得优异成绩更是充分说明了这一点。言外之意，只要能看懂训导讲义的人就能把七郎带出来。

夏阳很郁闷，他被克虎、七郎欺负了九个月，这一点充分证明他具备忍辱负重、坚韧不拔、顽强奋斗的意志品质，以及爱犬如命、视犬如友的优秀训导员素质，还有认真学习、不耻下问的工作作风，这么多的优点，怎么就没人看到呢？训导员们被羡慕嫉妒恨的负面情绪遮蔽了双眼也就罢了，为什么高泽石、韩哲这些首长、领导也看不到呢？郁闷归郁闷，但经历了几次风波的夏阳已经成熟了许多，跑去安抚根本不需要安抚的七郎，反复阐述“出头的木椽先烂”，这正是“厚积薄发”“一飞冲天”的机会等等，借机安慰自己。

“是金子总有一天会发光的”，夏阳的自我克制很快有了收获。鉴于军犬的战斗职能已经向反恐、特种作战等领域发展，上级把滑降、爆破两个科目交给军犬队进行试训，为全军军犬施训编写教材。

滑降还好说，主要是训导员与军犬的配合，调整好背犬滑降的装具，再帮助犬克服对发动机巨大轰鸣声的恐惧，很快就能完成训练。

爆破科目就充满了不可预见的危险，第一次试训就把众人惊出一身冷汗，估计军犬把拉燃导火索的炸药包当成了玩具，准备带回家继续玩耍，叼着哧哧冒烟的炸药包就冲向训导员。幸亏炸药包里只有配重没有炸药，否则军犬、训导员连同指导训练的高泽石、韩哲等人已经以身殉职了。

韩哲召集有经验的训导员开军事民主会，爆破是全新科目，训导员积累的经验完全用不上，说不出个所以然。韩哲建议由夏阳带领七郎试训爆破科目，摸索出初步经验，再由其他军犬试训积累更多经验，进而完成教材的编写。训导员们虽然明白这是最好的办法，但多少有些异议。第一，七郎智商高，从它身上获取的经验不一定适用于其他军犬。第二，按照部队传统，急难险重任务，历来是党员、骨干上，轮不到夏阳这个新兵，尤其是爆破科目存在着流血牺牲的可能，更不能让夏阳先上。

军事民主会没能形成决议，韩哲按程序上交问题。高泽石反复考虑后，认为韩哲的建议可行，七郎智商高，有自主意识，懂得规避危险，相对于其他军犬而言，七郎试训爆破科目的风险性要低一些。

高泽石亲自向夏阳下达任务，讲明爆破科目存在一定的危险性，要求做好计划，认真施训。夏阳不像影视、文学作品里描写的那些革命战士具备大无畏、不怕死的革命精神，当晚梦中在不同地点、环境被不同的方式无数次炸得粉身碎骨。

第二天，夏阳顶着两个熊猫眼去找韩哲问计，但只在训导分队宿舍楼门口站了站，就返回了宿舍。事关生死，韩哲也很想与夏阳探讨一下施训的方法和步骤，从窗口看到夏阳来而复返，就打发陈梁去问问怎么回事。夏阳回答：“韩分队长如果转业了，我去问谁？”韩哲听了陈梁的复述，沉默了片刻，才有些担忧地说：“也好！”

韩哲担忧，训导员们心里更加没底。三天后，夏阳带着七郎上了训练场，韩哲及训导员们不约而同地前去围观。夏阳的施训没有什么新奇之处，同样是把整个科目分解成若干个动作逐一训练。但他向众人展示了一种全新的训导方式。拉燃导火索，需要军犬用前爪按住炸药包，用嘴拉燃拉火管后迅速撤离，这个动作是军犬爆破科目中最难训练的一部分。夏阳学着军犬的样子，跪在地上双手按住炸药包，用嘴拉燃导火索，只做了两遍示范，七郎就学会了这个动作。训导员们照葫芦画瓢地试了一下，发现这种训导方法很有效，他们的犬很快就学会了这个动作。部分训导员对夏阳的轻视有所减少，甚至有些期待他能完成试训任务。

又过了三天，七郎完成了全套分解动作的训练，在夏阳的指挥下进行第一次爆破训练。衔取炸药包、隐蔽接敌、在指定位置安放炸药包，都完成得无可挑剔。问题出在“拉燃导火索”这个动作上，七郎第一次看到哧哧燃烧的导火索，好奇地端详片刻，准备当作玩具收藏，叼着炸药包跑回来让夏阳帮它带回犬舍。七郎的表现让人失望，训导员们开始为夏阳、七郎的生命安全担忧。

夏阳却跑去请示高泽石能否实爆。韩哲正在向高泽石报告七郎的第一次试训结果，没等高泽石说话，先拍了桌子，怒斥夏阳胡闹。夏阳却解释说，他只想让七郎知道炸药包是干啥的。高泽石觉得有点意思，就让夏阳说了训练计划，感觉计划可行。但实爆毕竟有生命危险，高泽石与王存伟碰了头，商议了一番，决定支持夏阳。

高泽石亲自组训，先组织兵力在爆破训练场上挖了若干个避弹坑，训练之日还要对场地实施戒严，无关人犬严禁入内。为保证夏阳、七郎的生命安全，又要达到声光训练的要求，炸药包内只装填50克TNT炸药并加长了导火索。

高泽石、王存伟等人如临大敌，夏阳的心态却很轻松。试训的时候，七郎果然兴奋地把冒着烟的炸药包叼回来。导火索燃速每秒一厘米，夏阳见导火索还长，接过炸药包逗着七郎玩儿。高泽石等人还好，只是在心中暗骂夏阳神经大条，蔡远威却急得差点扑上去抢炸药包。

等导火索燃烧得差不多了，夏阳才抓牢七郎的项圈，用力把炸药包扔了出去。七郎还以为在玩捡球游戏，兴奋地绷紧身体作势欲扑，炸药包“轰”

一声炸响，操场上顿时尘土飞扬，硝烟弥漫。七郎吓得藏到夏阳身后，探出头来，惊愕地看着随风飘荡的硝烟。

夏阳用运动摄像机全程记录了实爆过程，为了强化七郎对炸药包的认识，特意陪着七郎看了一天的试训录像。七郎明白它准备当玩具收藏的炸药包能轻易要了它的小命，再上训练场，态度坚决地拒绝衔取炸药包。这个结果在夏阳的预料之内，他陪着七郎跑流程，拉燃导火索后快速跑回隐蔽点隐蔽，很快让七郎明白，拉燃导火索后赶紧跑回去找夏阳就不会被炸。

夏阳完成了军犬爆破的试训任务，在韩哲的指导下编写好教材。高泽石随意抽取了十条军犬进行试训，有八条军犬完成了训练，剩下的两条因协调性不好，无法完成拉燃导火索的动作停训。高泽石对 80% 的成功率很满意，毕竟是特种科目，士兵也不可能人人都成为特种兵。

高泽石签字上报教材，夏阳成为犬队有史以来，第一位第一次带犬就为全军军犬训练编写教材的训导员。面对殊荣，夏阳诚惶诚恐，等了几天没见老兵们“反扑”，心中愈发忐忑，缩在班里不敢见人。蔡远威冷眼瞧着夏阳连续几天坐立不安，感觉到了火候，才告诉他别把老兵想得太龌龊，他们只是羡慕你能得到克虎的青睐。数次被“围攻”“打击”，夏阳心理有创伤，虽对蔡远威的话不以为然，但还是鼓足勇气走了出去。出乎意料，老兵们对他很热情，甚至可以用“亲昵”形容。

喜从天降，夏阳却有点蒙，抱着七郎的脖子，跟克虎对视了五分钟，终于为老兵们亲昵的态度找到了原因。他与七郎完成爆破训练，多少也算在死亡线上了走了一遭，用行动取得了老兵们的认同，在心理上，老兵们已经把他当成了战友。

十一

两个月后，七郎的同龄犬也结业了。大部分由参加集训的训导学员带回原部队服役，剩余部分暂时留在犬队等待用犬部队派人接收。随着训导学员返队，准备退役的老兵开始交接工作，向继任训导员移交军犬。老兵们舍不得部队，舍不得军犬，更明白此生与爱犬可能不会再见，所以军犬队的气氛有些伤感。

克虎只在基层部队服役过两次，大部分时间在军犬队度过，对这种伤感的气氛很熟悉也很敏感，它停止去后山思考犬生，终日与七郎相伴，就像父亲陪伴着即将离家入伍的孩子。

没事的时候，克虎会偷偷眺望训导分队的宿舍楼，可等韩哲出现在视野中，它又会扭头避开。夏阳感觉克虎像个放不下面子的孩子，有心帮它与韩哲恢复关系，数次带着七郎去找韩哲，希望克虎能借机下台。但克虎执拗，从不肯接近训导分队的宿舍楼。

各分队宣布退伍名单后，高泽石请驻地的邮政局上门服务，帮助退役老兵把不能随身带走的私人物品邮寄回家。邮政局的上门服务车开进营区，克虎变得心慌意乱，装作巡视领地，围着训导分队的宿舍楼打转，反复嗅探是否还有韩哲的气息。这是它与韩哲决裂后，第一次巡视训导分队。训导员们欣喜不已，认为这是克虎重回韩哲麾下的前奏。韩哲却暗中哭了一鼻子，他明白克虎在担心什么。

韩哲不想让克虎担心，整理好宿舍，刻意给克虎留了门。克虎趁韩哲组织训练“无暇分身”的机会，查看了韩哲的宿舍，见一应物品摆放整齐，没有打包邮寄的迹象，这才稍稍放心。但每天早上游散，仍会偷偷溜到训导分队宿舍楼的下风处，嗅到韩哲的新鲜气息后才会离去。

直到退役老兵全部离队，各部队接犬训导员陆续来队，克虎这才松了口气，重新把注意力放在七郎身上，它并不知道，士兵退役和军官转业根本不在一个时间段内。

分犬就像选兵，各部队都希望优中选优带走最好的犬。为了避免争执，军犬队分犬有着约定俗成的规矩，各部训导员到齐后，集体抽签分犬。部分先期到达的训导员看到满操场的军犬，哪还有心思在招待所休息，聚集在操场边上对待分配犬品头论足，虽不一定能抽到心仪的军犬，但过过眼瘾也是好的。

克虎、七郎长得并不出众，既不高大威猛也谈不上健壮，属于体态匀称的中等体型。这种体型最适合服役，混在犬堆里并不引人注目，夏阳也刻意藏拙，从不在接犬训导员面前训练七郎，所以接犬训导员谈论的焦点从未落到七郎身上，即使偶然看到夏阳带了两条犬，众人也没太在意，军犬队嘛，有的是军犬，一人带两条也不算什么。

提心吊胆地过了两天，夏阳藏拙的企图还是被戳破了。边防 C 团的军犬黑豹年迈，经上级批准后由退役的训导员带回家乡赡养，派一位名叫李小军的上等兵来接新犬。李小军名字 low，脑子也不够用，下车不去招待所，背着背囊直奔操场，掏出一张克虎的照片，对照着满操场的军犬找了半天，就像看到明星的“粉丝”一般，大呼小叫地直奔克虎。

克虎冷冰冰的眼神和在唇边微微露出的尖牙，让李小军原地定格，结结巴巴地说：“克虎，我入伍晚，你不认识我，但你一定认识这个，老班长说你一定认识。”

李小军从裤袋中掏出一枚鹅蛋大小的苏式手雷。

夏阳吓了一跳，心说：我去，这是哪里来的愣头青，拿手雷当见面礼！

克虎似乎认识这枚手雷，歪头看了看，竟然走了过去，对李小军微微摇摇尾巴，叼过手雷。李小军先是瞠目结舌，接着手舞足蹈，像个傻瓜一样自言自语：“我的天，克虎向我摇尾巴了，我的天啊。老班长说得没错，克虎一定会记得我们，一定会。”

说着，李小军竟然红了眼圈。先是用手雷当见面礼，接着又哭又笑，夏阳偷眼看去，见李小军的反常举动已经引起几名接犬训导员的注意，连忙低咳提醒。

李小军的礼节礼貌很到位，立正敬礼，大声说：“班长，对不起，我失态了。”

夏阳尴尬说：“别别，我不是班长，我是大学生士官，入伍就是下士军衔，咱们是一年兵。”

克虎懒得叼着手雷，塞进夏阳裤袋，让夏阳帮它拿着。夏阳有些心虚地掏出手雷查看，发现只是个雷壳，为了不碰伤牙齿，雷壳外还细心地缠了一层棕色的橡胶绳。

李小军解释说：“这个手雷是克虎的战利品，我听老班长说，我们团长见克虎很喜欢，特意请示上级同意，拆除引信炸药后给克虎当玩具。克虎走的时候忘记带了，老班长特意让我给克虎带来。”

夏阳见几名接犬训导员已经向他走过来，想赶紧结束话题，连忙说：“谢谢你……还有你的老班长。”

李小军伤感地说：“老班长退伍了，他一直念叨克虎……”

“我还有事儿，有时间再聊。”眼看着接犬训导员越走越近，夏阳带着七郎、克虎拔腿就走，李小军不死心地追上来：“班长，我能摸一下克虎吗？求你了！”

夏阳苦笑说：“你应该知道‘花花太岁’的脾气……”

李小军瞬间拉下脸来，厉声问：“你叫克虎啥？”

“花花太岁啊！”夏阳奇怪地说，“全队都知道这是克虎的外号。”

李小军就像一枚落地的炮弹一样爆炸了，涨红着脸，挥舞着手臂，扯着嗓子大吼：“你们竟然给功勋犬起外号，你们竟然敢侮辱克虎，你们知道克虎救了我们多少人的命吗？”

克虎声名远播，接犬训导员们久仰大名，再看夏阳的眼神就变了，能带神犬的训导员肯定不是一般人。几名接犬训导员直勾勾地盯着他直奔过来，夏阳以为犯了众怒，见势不妙拔腿就逃。李小军不依不饶追上来拉扯，引得克虎、七郎龇牙咧嘴地威胁。

接犬训导员们又是一惊，心说：我去，一人带双犬，这个兵绝对是高手中的高手。克虎是神犬，咱不敢想，但另一条犬，无论如何也要搞到手，带神犬的高手带出来的犬绝对差不了！

接犬训导员们一窝蜂地冲上去，对夏阳、克虎、七郎围追堵截，嘴里喊着：“别误会，我们只是想请教一下训导经验。”

夏阳心说：少来这套，你们一撅屁股，我就知道你们想干啥。夏阳决定分头突围，随手指点了两个方向，二犬一人分头冲向三个方向，撕开训导员们薄弱的包围圈，转眼间跑得不见踪影。人犬配合如此默契，足以证明犬聪明，服从性好，而且绝对训练有素。接犬训导员们认为七郎来历非凡，一番打听得知七郎竟是神犬克虎的后代，而且智商不逊克虎，立刻口水滴答响，恨不得马上把七郎抱回部队。

当晚，老同学、老战友、老上级等等轮流给高泽石、王存伟打电话，请求、要求或强求他们支持某某部队工作，七郎一定要分配到某某部队。高泽石、王存伟不厌其烦，关了手机，一众老字开头的人物打座机，拔了座机线，他们就打军线电话。军线通联上级，高泽石、王存伟不敢拔，气得把夏阳喊去训了一通。夏阳有苦难言，他不仅接电话，还接到一堆联谊、请教训导经验的邀请，更有训导员找他认亲戚，自称是夏阳的表哥。李小军那个愣头青更过分，提着一大张白纸跑去宿舍，声称不取得夏阳的谅解，他们团长会毙了他，要写血书给夏阳道歉。

夏阳带着七郎东躲西藏，接犬训导员们围追堵截，严重干扰了军犬队的训练、生活秩序。高泽石火冒三丈，集合接犬训导员宣布纪律，要求严格遵循军人的一日生活制度，再敢恣意妄为，取消分犬配额。

接犬训导员们消停许多，但神犬后代的诱惑太大了，一些肩负特殊任务的部队，开始强调任务的艰巨性、特殊性和重要性，请求军犬队挑选一批优秀军犬，让他们单独抽签。这个理由表面上冠冕堂皇，但谁都明白范围越小抽中七郎的概率越高，即使抽不中七郎，能与七郎比肩的军犬肯定优秀。普通部队自然不会同意，强烈要求一视同仁。于是，争夺七郎的战场转移到了队部。高泽石、王存伟避而不见，张榜公布今年可分配军犬名单，以示公平公正。七郎也在名单上，但特别注明，七郎担负科研任务，暂不列入分配计划，何时分配，由科研所决定。争夺七郎无望，各部队这才偃旗息鼓。

夏阳、七郎不用再东躲西藏，克虎就时常找夏阳要手雷壳，叼去僻静的地方，静静地看着，似乎在回忆过去。夏阳看到这一幕，又想起李小军听说克虎外号后的激烈反应，认为克虎在边防 C 团一定有一番惊心动魄的经历，更想弄清楚克虎眷恋边防 C 团，又不肯在边防 C 团服役的原因。

夏阳去找李小军，李小军却因心中有愧刻意躲避。他已经知道克虎“花花太岁”的外号当之无愧，夏阳也是位称职的训导员。争夺七郎的纷争给夏阳添了很多麻烦，起因与他多多少少有些关系。

跑得了和尚跑不了庙，夏阳直接跑去招待所把李小军堵在房间里，说明了来意。李小军说，克虎当年执行的任务还没有解密，当事军官、老兵转业、退役，大多离开了边防 C 团，还在服役的因有纪律也不肯多说。他只知道克虎比人还要机灵，救过很多人命。

夏阳无奈之下，只好跑去队部查阅克虎的档案。关于克虎在边防 C 团执行任务情况，档案中含糊其辞，只说军犬克虎在执行重大任务中表现出色，记二等功一次。和平年代，军人立二等功的情况都不多见，更何况是军犬，想必当年的任务足够惊险。

克虎档案中的寥寥数笔，把夏阳勾引得像瘾君子看到了“4号”，有心去问韩哲，又担心勾起韩哲的悲伤情绪，就在夏阳犹豫不决的时候，韩哲突然悄无声息地走了。

早上游散，克虎照例跑去训导分队宿舍楼，扇动鼻翼没有嗅到韩哲的气息，却嗅到一丝酒精的味道。克虎是老特殊战斗员，知道酒精可以破坏嗅源。宿舍楼中无故喷洒酒精，只有一个可能，韩哲不辞而别了。

克虎镇定地用巡视速度小跑到宿舍楼门口，酒精的味道越发浓郁，还夹杂了一丝紧张的气息。克虎停住脚步，循紧张气息看去，门口的自卫哨兵紧张到手足无措，挤出一脸僵硬的笑。克虎经常来训导分队，从没有发现哨兵看到它会紧张。克虎明白它的判断正确，但还是去了韩哲宿舍。

宿舍中弥漫着刺鼻的酒精味道，韩哲的私人物品不见了，只剩下桌、椅、床等营具。克虎试着嗅探，营具、门窗，就连地面都喷洒了酒精，韩哲很绝情，没有给它留下一丝嗅源。

克虎被酒精气味刺激得打了两个响鼻，去宿舍楼外呼吸新鲜空气，突然发现营区大门紧闭，高泽石等官兵如临大敌，把它团团围住。夏阳战战兢兢地走在前面，手里还拿着牵引索，看样子是想控制它。克虎对众人视而不见，小跑到夏阳面前，咬住衣襟扯了两下，示意夏阳跟它走。夏阳用目光请示，见高泽石点了头，跟在克虎身后回到了韩哲的宿舍。

克虎前爪扒着窗台，用大嘴碰碰把手。夏阳按照克虎的要求打开窗户通风，然后静静地陪着一声不吭如雕塑般呆坐的克虎。

高泽石等得不耐烦了，在门口探头观察，克虎立刻亮出牙齿低声咆哮。高泽石看一眼大开的窗户，缩回头去，在楼道里喊:“夏阳当心，克虎在找嗅源，它想去找韩哲，控制住它！”

“明白！”夏阳拿着牵引索凑到克虎身边，眼睛瞄着项圈随时准备出手。克虎瞥了夏阳一眼，咬住牵引索扯了扯，示意可以给它戴上。

夏阳羞得面红耳赤，低声说：“克虎，你是老兵，知道纪律的严肃性，可不敢违纪……”

克虎不耐烦地扯扯牵引索，似乎让夏阳少扯淡。夏阳这才闭嘴，红着脸给克虎戴上了牵引绳。

酒精气味消散，克虎仔细嗅探每一个角落，在床边卧下，低吠了一声。床板上干干净净，夏阳拉开床，夹在床板与墙壁之间的一把牙刷掉在地上。牙刷刷头湿润，应该是韩哲在床板上整理行李时遗落的。克虎仔细嗅了嗅，确认是韩哲的牙刷，叼在嘴里转身出了宿舍。高泽石见克虎项圈上挂着牵引索，摆摆手，挤在楼道中的士兵让开一条去路，克虎旁若无人地穿过人墙甬道，直接回到了犬舍。

克虎卧在地上，盯着面前的手雷壳和牙刷整整三天不吃不喝。夏阳抚慰、聊天，能想到的办法都用了，克虎依旧不思饮食。夏阳心急如焚，跑去向高泽石发牢骚，抱怨韩哲不讲人情，走得太突然。高泽石要夏阳不用太担心，这是克虎第三次与韩哲分开，有上两次的经验，相信它很快就能挺过来。

夏阳仍不满地抱怨说：“这一次分别有可能就是永别，能一样吗？克虎能不伤心吗？”

高泽石说：“韩哲也舍不得，走的那天，盯着克虎的犬舍抽了大半宿的烟，天亮才恋恋不舍地走了。”

夏阳理解韩哲的心情，但不同意他的做法，不满地说：“就是不愿意告别，总要给克虎留下点纪念，至于喷酒精破坏嗅源吗？”

高泽石说：“韩哲有苦衷，克虎极具科研价值，如果循嗅源去找他，路上有个三长两短，谁能负责？”

夏阳明白韩哲的做法是正确的，但情感上仍不能接受，不满地嘟囔：“换作我，一定会跟克虎道别。”

高泽石笑着摇摇头说：“训导员不仅是军犬的战友，还是军犬的教员和指挥员。就像你我的关系，如果战争来临，到了必须牺牲的关头，明知道你会牺牲，我一样会命令你冲上去！依你现在的心态，如果七郎必须牺牲，你会下令吗？”

夏阳知道他不会，十有八九他会代替七郎冲上去，不由得怔了怔，低头说：“队长，我懂了。”

高泽石拿出一封信说："韩哲写给你和克虎的。"

夏阳接过信，闻到一股淡淡的酒精味道，暗中撇撇嘴，回到犬舍给克虎读信。信中，韩哲就不辞而别向克虎、夏阳道歉，恳请夏阳照顾好克虎。信末尾的一句话让夏阳有些感动，他拍拍克虎，等克虎扭头看着他才说："韩分队长对你说：克虎，我的好兄弟，我们来生再见。"

克虎面无表情地扭过头去，继续看着手雷壳和牙刷，像是没听见。

早上散放，夏阳给七郎打扫完犬舍，赶紧返回克虎的犬舍。克虎正坐在门口等夏阳，看到他跑来，叼起摆在面前的手雷壳，眼睛看着地面上的牙刷，一个椭圆，一个细长，它没法同时叼住。夏阳帮克虎拿着牙刷，疑惑地跟在它身后去了干休所。

几条养老的军犬倚老卖老像家犬一样放肆地大声吠叫，犬界靠实力说话，克虎没搭理那几条对它不构成威胁的老朽军犬，等夏阳推开沉重的大门，径直跑进了干休所。

负责照顾老军犬的训导员赵志峰听到吠叫声，从宿舍跑出来，喜笑颜开地跟克虎打招呼："虎爷，我这地儿，您轻易不来，今儿这是怎么了？"

克虎充耳不闻，叼着手雷壳闷声前行，夏阳拿着牙刷亦步亦趋。

赵志峰疑惑问："你们唱的这是哪一出？"

夏阳指指克虎："我跑龙套，你问主角！"

克虎跑进军犬墓地左右张望一番，跑上一道缓坡回头眺望远方。夏阳跟着跑上去，循克虎视线看去，眼角就有点潮了，这个位置可以清晰看到韩哲住过的训导分队宿舍楼。

克虎用前爪在地上刨了个深坑，把手雷壳放进去，夏阳一怔，回头再看那一排排军犬的墓碑，后背发凉，连忙说："克虎，你想干什么？千万不能干傻事。"

克虎充耳不闻，从夏阳手里叼过牙刷放进坑里，填土埋上，离开干休所直奔后山，跑上悬崖，静静地眺望营区。夏阳想到悬崖下的高压线，心惊胆战地凑上去，偷偷抓住克虎的项圈。克虎突然昂头嗷嗷哀嚎，声音悲怆，大颗的眼泪顺着它的眼角滚落。

夏阳心头就像被大锤重重砸了一下，瞬间红了眼圈。

克虎像是与过去告别，埋葬了代表它辉煌的手雷壳和代表它对韩哲情感的牙刷，号啕一场后恢复了饮食。但它不再巡视领地，不去后山思考犬生，更不会去找母犬，除了协助夏阳训练七郎，大部分时间都趴在犬舍里发怔，样子就像迟暮的老人。

夏阳想起克虎埋在墓地里的手雷壳、牙刷，又想到悬崖下的高压线，心里就一阵阵地发慌，忍不住向蔡远威报告，他担心克虎自杀。

蔡远威最近在自学哲学，告诫夏阳："你相信上帝，于是就有了上帝。你相信神犬，于是就有了神犬。相信不等于迷信，懂吗？"

夏阳心急如焚，不想配合蔡远威活学活用，跑去干休所找赵志峰，劈头就问："你相信军犬会自杀吗？"

赵志峰说："信！"

夏阳问："为什么？"

赵志峰说："老军犬去世，干休所的犬都跟着哭。军犬是无言的战友，除了不会说话，它们什么都懂。"

夏阳松了一口气说："看来迷信的不仅我一个。"

赵志峰问："什么意思？"

夏阳说："克虎的精神状态不对，我担心它会跳崖自杀。"

赵志峰毫不犹豫地点点头说："按照克虎的行事风格，有这个可能。"

夏阳顿有知己之感，连忙说："干休所是去后山悬崖的必经之路，如果老军犬吠叫，你一定出来看看，如果克虎独自去后山，立刻通知我。"

赵志峰说："我责无旁贷。"

夏阳堵死了克虎去后山的路，心中依然莫名发慌，回到班里请示蔡远威，请求批准他去克虎的犬舍住宿。

蔡远威重申："相信不等于迷信。"

夏阳说："万一呢？出了事谁负责？"

蔡远威哑然，军犬意外死亡是重大事故，别说他，就是高泽石也担不起这个责任。蔡远威转换了一下思维，暂时把克虎当成了有自杀倾向的人，考虑片刻说："如果克虎想自杀，你去守着，反而会激化矛盾。如果人求死，你就是不眨眼地盯着，他也能找到机会自杀，死都不怕，还有什么能阻拦他？"

夏阳觉得言之有理，问：“我该怎么办？”

蔡远威双手一摊说：“别说想自杀的犬，我连想自杀的人都没有遇到，我哪儿知道怎么办？”

夏阳无计可施，明知道越级报告违反纪律，但考虑再三，还是决定向高泽石报告。高泽石带犬多年从未听说过军犬自杀，但克虎智商超群，好多行为用现今的动物行为理论根本无法解释。高泽石不敢掉以轻心，会同王存伟打电话与科研所的专家商议。专家认为，克虎虽然聪明，但不具备人类的思维，不可能主动结束生命。这是它与韩哲的第三次分别，之前不会自杀，这次也不会。专家的话让夏阳吃了一颗定心丸，又暗中观察了几天，克虎除了萎靡不振再无其他不良反应，高悬的心也就落回肚里。

克虎日渐消瘦，形容枯槁，隔着皮肤肋骨清晰可辨。高泽石几次去探望，克虎都没让进门，低吼着亮出牙齿赶他走。克虎可以不训练，不执行任务，但高智商的新犬种对部队意义重大。高泽石找到夏阳，希望他能想办法帮助克虎焕发活力。克虎现在的样子让夏阳很揪心，他也想带着克虎遛遛弯、跑跑步。但在克虎心中，韩哲是它唯一的上级和指挥员，夏阳只是可以信赖的朋友，它无视夏阳的任何命令。

高泽石集合有经验的训导员集思广益，用尽了所有能想到的办法，食物、玩具诱导，牵来发情的母犬进行美色诱惑，甚至把伺机争夺犬王的奥克牵来，在犬舍门口撒了一泡尿——在犬界这是对犬王的蔑视，是严重的挑衅行为，但克虎依然没有任何反应，趴在床上就像行将入土的老朽。

高泽石等人忧心忡忡，夏阳心急如焚，建议通知韩哲回来看望克虎。高泽石反复权衡后拒绝了夏阳的建议：一来，韩哲已经转业，不可能长期陪伴克虎；二来，克虎埋葬手雷壳和韩哲的牙刷，是在向过去告别，很可能韩哲来了也不会起到作用。高泽石要求全队上下齐心协力，尽快帮助克虎恢复健康，并命令何雨晟放下手头工作，担任克虎的全职健康医生，每日进行体检。配餐室根据体检情况为克虎专门配餐，夏阳尽量带克虎多活动。王存伟也宣布，哪位同志能帮助克虎恢复，他代表队党委向上级为该同志请功。众人殚精竭虑，但克虎依旧萎靡不振。

十二

军犬队编写的军犬实用爆破教材，在各个犬队试训后成绩优秀，上级又把十二个实战应用科目的试训、编写教材任务交给军犬队，时间共计十二个星期，八个星期完成试训并接受考核验收，剩下的四个星期用于教材编写。

时间紧，任务重，高泽石、王存伟集合军犬队全体指战员召开动员大会，号召指战员勇挑重担，勇当先锋。夏阳认为七郎厚积薄发的机会来了，请求领受追踪、搜捕、探雷、侦察、突击、特种爆破六个科目的试训任务。训导员们哗然，高泽石、王存伟也认为夏阳有些托大。士兵可以用意志征服残酷的训练，但军犬不同于士兵，需要维持训练兴奋度，不能进行长时间的高强度训练。军犬的一天操课，真正用于训练的时间不会超过五个小时。也就是说，三十个训练小时就要完成一个新科目，这其中还包含用作巩固记忆的循环训练时间，即使对智商超群的七郎，这也是严峻的挑战。高泽石、王存伟要夏阳重新考虑一下。夏阳抱着一鸣惊人的想法，拒绝好意，当众立下军令状，完不成任务，愿意接受任何纪律处分并移交七郎、克虎，从此不再担任训导员。

一共十二个试训科目，第一次带犬的夏阳拿走了最有难度的六个，这明显是在打脸。训导员们一致认为夏阳不知天高地厚，等着看他摔跟头，部分训导员开始打接收七郎的主意。夏阳竭尽全力替韩哲照顾克虎，陈梁对他印象不错，私下跑去告诫他不要逞能，现在后悔还来得及。夏阳感谢了陈梁的好意，然后信心十足地呵呵一笑。陈梁不知夏阳的信心从何而来，心中就起了涟漪，反复思考后认为唯一的可能，是韩哲给夏阳留下了绝招。训导员们很认可陈梁的分析，有人懊悔当初为什么没抱着韩分队长的大腿死缠烂打地要绝招。

陈梁冷笑讥讽说："用劲儿用错了地方，白在训导分队待了这么多年，不知道克虎是韩分队长的命门吗？想要绝招，先去抱住克虎的大腿！"

于是，满腹羡慕嫉妒恨的训导员们一致认为夏阳是个心机男，善于扮猪吃老虎。部分训导员暗中观察夏阳训练七郎，意图偷师学艺，但结果让他们失望，夏阳的训导方法与他们别无二致。

训导员们很失望，夏阳却很高兴，试训新科目的任务竟然让萎靡不振的克虎焕发了活力。七郎喜欢在克虎面前显摆卖弄它新学的技能，克虎从未见过这些战术动作，混沌的眼睛中闪过一丝亮光。夏阳认为这丝亮光中有惊奇、不服气的成分，果不其然，第二天一早，克虎就跑上操场看训练。

新科目是基本科目和应用科目的组合，能用到很多之前学过的动作。比如排雷，军犬嗅到 TNT 炸药的气味，确定地雷位置后，会在地雷侧后方卧倒示警，这个动作来自排爆训练中的“发现爆炸物”。克虎熟悉的动作，如果发现七郎动作不标准，它会像以前一样主动上前示范。遇到夏阳训练七郎新战术动作、走新科目流程，克虎会把注意力放在夏阳身上暗中学习。

正常情况下，与老训导员分别后的军犬只要走出犬舍，走上操场，就意味着内心创伤基本痊愈。但克虎依旧萎靡不振，夏阳想到克虎多日不思饮食可能营养不良，找到何雨晟查看了克虎每日的体检报告，克虎的饮食日渐增加，正趋于正常，健康状况向好。夏阳搞不清克虎精神不振的原因，不禁有些焦虑，直到一次夜间上哨，无意中看到克虎在空无一人的训练场上偷偷练习新科目中的战术动作，才明白克虎萎靡不振——不，应该是英雄迟暮的无力感。

九岁的克虎，相当于人类的五十七岁，已经无法完成高难度的战术动作。克虎盯着训练器械发怔，就像一名渴望走上战场一展身手的老兵，却发现自己已经老得扛不动枪了。夏阳看着克虎落寞的背影满眼是泪，心中为克虎的遭遇愤愤不平。

夏阳向高泽石报告克虎在暗中学习新战术动作，高泽石高兴地说：“很多应用科目都是克虎自学的，这是恢复精神健康的好迹象。”

夏阳不想指责高泽石等人荒废了克虎，委婉提醒说：“克虎从不炫耀它的技战术能力，这说明它没有把完成战术动作当成讨好的技巧。”

高泽石明白夏阳想说什么，长叹一口气说：“克虎天生就是一名战士，本应战功彪炳，是我荒废了它的一生。我知道你为克虎抱不平，但我们是军人，必须着眼于国防安全。一个有着高智商的新犬种，对部队意义重大，克虎为此做出的牺牲，我和各级首长都记在心里。克虎百年后，一定会给它一个公正客观的评价。”

夏阳理解高泽石的苦衷，心中怨气消散许多，问道：“队长，克虎为什么不愿意在边防 C 团服役？”

高泽石说：“因为保密级别的原因，我只能告诉你，边境上重新恢复平静后，克虎才变得不安心服役。”

夏阳想了想说：“克虎想要挑战自己，想过战士才有的生活。”

高泽石点点头说：“夏阳，你爱犬懂犬，照顾好克虎。”

夏阳暗中观察，发现克虎似乎服老了，不再偷偷训练自己，精神也慢慢好转，散放的时候，偶尔回应七郎对它的扑咬，与七郎嬉戏一番。同样在关注克虎的高泽石，认为克虎很快就会重振雄风，叮嘱奥克的训导员看好奥克，不要让奥克挑衅，以免发生伤犬事故。多少还有些担心的夏阳见状，彻底把心放回肚子，全身心地投入对七郎的训练。

八周后，上级首长前来考核验收。首长在主席台就座后没有看到克虎，笑问：“咱们的王呢？”

克虎不屑繁文缛节，一般等众人就座坐后，它才会跑到主席台一侧观看演习，如果视线不好，偶尔也会上主席台。军犬随意乱跑，意味着部队管理有问题，高泽石、王存伟担心影响不好，曾对首长解释过克虎的王者心态，没想到首长竟还记得。

高泽石起身东张西望，看到克虎坐在操场一角，丝毫没有前排就座的意思，就对首长解释说：“克虎的训导员韩哲转业，它这段时间心情不太好。”

首长点点头说：“我带过犬，理解。开始吧！”

这次考核，以反恐演习的形式进行，包含试训的十二个实战化应用科目以及其他应用科目。夏阳与七郎大出风头，他背负七郎与特战分队从直升机上滑降，引导七郎找到嗅源循迹追踪，很快追上渗透入市区伺机制造恐怖袭击的恐怖分子。

恐怖分子被迫遁入居民区，七郎嗅探、搜捕确定恐怖分子隐藏位置后卧倒示警，特战分队隐蔽疏散周边群众后准备强攻。恐怖分子见挟持人质无望，仓皇逃往郊区，为迟滞特战分队的追击速度，沿途布置雷场、埋设自制爆炸物。

七郎嗅探到 TNT 炸药以及黑火药的气味，一个不落地指明埋设位置，特战队员迅速排雷继续追击。恐怖分子仓皇遁入山洞负隅顽抗，七郎佩戴好摄像头，在夏阳的指挥下，利用敏锐的嗅觉、听觉，避开恐怖分子的哨兵，潜入山洞实施侦察，迅速查明恐怖分子的人数、武器装备以及防御布置。

特战分队根据七郎获取的视频情报，制订好计划发起强攻。七郎一马当先，在夏阳的指挥下，隐蔽接近恐怖分子的哨兵，飞身而起扑倒哨兵，死死咬住护颈。哨兵本想高声示警，但被七郎的大嘴扼住喉咙，只发出两声低低的呜呜声，就被跟上来的特战队员俘虏。通过哨兵的口供，特战队员进一步确定了洞内情况，随即发起强攻。恐怖分子见大势已去，大部分缴械投降，只剩两名头目携带大量炸药遁入山洞深处，威胁要与特战队员同归于尽。

特战分队假意答应恐怖分子的要求退出山洞，又是七郎叼着一枚军犬专用的震爆弹潜入，安置在头目隐蔽的位置附近，拉燃后悄悄退出。两名头目被爆炸的震爆弹震得头晕目眩，失去战斗能力，被特战分队生擒，为进一步打击恐怖组织留下了情报来源。

演习胜利结束，首长很满意，盛赞军犬队是一支特别能吃苦、特别能战斗、特别能攻坚的队伍。如此高的评价，让军犬队上下精神振奋，高泽石、王存伟当场下令加菜会餐，慰劳部队。

收操后，夏阳带着七郎去找克虎。克虎正盯着演习场上的各种训练器材发怔，不知在想什么，七郎欢叫着跑到它身后才缓缓回头。夏阳隐约看到克虎的目光中似乎包含着一丝生无可恋的情绪，心中不由得一紧，定睛细看。克虎已经满目慈祥地看着七郎，就像父亲看着炫耀考试得了一百分的孩子，它用大嘴轻轻拱翻七郎，像细心的母犬一样，轻轻舔着七郎。夏阳更加不安，心跳莫名加速，怔怔地盯着克虎，连开饭号都没听见。

蔡远威跑来，远远就放缓脚步，见克虎没有驱赶，才小心翼翼走到夏阳身边，见他脸色不好，问：“怎么了？”

夏阳说：“克虎爱抚七郎的动作很粗鲁，从没像今天这样温柔，我感觉有些不对，可又不知哪里不对。”

蔡远威观察了一下，指指七郎说：“如果克虎有什么不对，身上会有不良气息，瞒不住七郎的鼻子。”

夏阳见七郎眯着眼睛，嘴里还在哼哼唧唧，看样子很舒服，心中稍安。

蔡远威说：“赶紧把七郎带回去，准备开饭！”

夏阳喊克虎一起回犬舍，克虎没理会，自顾自地走了。

夏阳见克虎围着营区边缘跑，心中的不安感越发强烈，犹豫着说：“班长，这是韩分队走了之后，克虎第一次巡视领地，我感觉有点不正常，我想陪着克虎。”

蔡远威说：“这是克虎恢复健康的好兆头，你担心什么？今晚会餐，你是主角儿，全分队的老兵都在等着你，必须要去！”

仿佛是要安慰惴惴不安的夏阳，部队唱饭前一支歌的时候，巡视领地的克虎中途拐过来，站在队尾昂头呜呜叫着，跟着部队合唱了一曲。陈梁等训导员也认为这是好兆头，围住夏阳祝贺他成功接犬。夏阳惴惴不安地强撑笑颜，蔡远威担心陈梁等人误解，替夏阳解释，说克虎变化大而且突然，夏阳被吓到了。陈梁等人大笑，说夏阳没经验，多带几条犬就好了。

高泽石、王存伟重点表扬了表现突出的夏阳和七郎，又勉励全体官兵再接再厉，为军犬队争取更大的荣誉。部队不准饮酒，两人以水代酒敬了夏阳。有领导带头，训导分队、繁育分队以及其他分队的老兵轮番向夏阳“敬酒”。

夏阳受宠若惊之余又有三分小得意，很快忘记了不安，回敬各位老兵。气氛越发融洽热烈之际，繁育分队的哨兵跑来，凑到夏阳耳边低声说了句什么，夏阳瞬间脸色发白，“嗷”地怪叫一声拔腿就跑。

高泽石问：“哨兵，你跟夏阳说了什么？”

哨兵说：“赵志峰来电话找夏阳，说克虎去后山了。”

克虎常去后山，高泽石、王存伟不知夏阳为什么发慌，两人疑惑对视。

蔡远威连忙站起来解释说：“夏阳一直担心克虎会出事儿，所以有些紧张。”

王存伟问：“出事？克虎能出什么事儿？”

蔡远威觉得军犬自杀就是个笑话，有些难以启齿，犹豫一下说：“夏阳担心克虎会自杀。”

果不其然，陈梁等训导员哄笑起来，笑问蔡远威军犬会怎么自杀，上吊、喝药，还是割腕？

高泽石猛然想起夏阳曾对他提起悬崖下的高压线，大吼：“闭嘴，还愣着干什么，都给我跟上去！”

夏阳想全速飞奔，但却因心慌意乱脚下发软，接连摔了两跤，急得大吼：“七郎，来！”

犬舍，七郎正扒着栅栏门等开饭，隐约听到夏阳的呼唤，虽然听不清喊的什么，但能感觉到夏阳语气慌乱，赶紧用鼻梁挑开挂在锁环内充当门锁的铁丝，拱开栅栏门，循声找到夏阳。

夏阳慌乱指着悬崖方向吼：“七郎，拦住克虎，去！”

七郎对“克虎”这两个字很敏感，扇动鼻翼嗅到克虎浓浓的气息，循着气味飞奔而去。

克虎站在悬崖上，眺望军犬队营区，盯着营区的大门细看，那里是韩哲唯一可以离开营区的通道。七郎、夏阳一前一后飞奔而来，夏阳高喊着指令：“克虎，非，非！来，来！”

克虎回头向夏阳热烈地摇动尾巴，又温柔地对着七郎叫了几声，像是叮嘱又像是告别，然后对天长嚎，声音苍凉，包含着绝望，还有不甘与不舍。

夏阳听懂了克虎的长嚎，大声嘶嚎：“克虎，不要啊！不要啊！”

克虎看一眼夏阳身后飞奔而来的高泽石等官兵，回头注视着即将沉入地平线的夕阳，助跑，加速，凌空跃起，就像要扑入夕阳的怀抱。片刻，闪电一样夺目的电弧光从崖底腾空而起，照亮沉沉暮色，像是为克虎的一生画上了一个绚丽夺目的句号。

十三

上级派来了工作组，调查后认定，克虎失足坠崖触电身亡，这是一起因管理不善引发的亡犬事故。夏阳作为克虎的训导员负有不可推卸的责任，给予记大过处分。高泽石、王存伟作为军政主官负有管理责任，给予警告处分，并在党委会做出检讨，代表军犬队写出整改措施。

夏阳接受处分，但不能接受工作组的调查结论，指着工作组大吼：“放屁，你们放屁！克虎是英雄，它怎么可能失足坠崖！克虎是自杀的，它是委屈死的！”

高泽石命令蔡远威把夏阳拖回班里反省，又与王存伟一起向工作组道歉，说夏阳心疼得昏了头。工作组的首长们大都带过犬，理解夏阳的心情，反而叮嘱高泽石、王存伟不要为难夏阳。

克虎的葬礼庄重简朴，军犬队全体官兵为它送行。夏阳坚持把克虎与手雷壳和牙刷葬在一起，说那里是克虎自己选好的墓地，还坚持把墓碑对着营区大门，那里是韩哲离去的方向，如果韩哲回来，克虎第一时间就能看到他。高泽石、王存伟满足了夏阳的要求，工作组的首长代表上级发表了讲话，给予克虎极高的评价。克虎曾服役的边防C团和某仓库专门发来了唁电，对于军犬来说，这是史无前例的尊重。

众人离去后，夏阳带着七郎在克虎墓前坐了好久。七郎嗅到坟茔中有克虎的气息，哀嚎着想要把克虎刨出来。

夏阳抱着七郎的脖子说："七郎，你要坚强，要争气，你爸爸在用生命为你铺路，懂吗？"

七郎盯着墓碑上克虎的照片，呜呜咽咽，泪如雨下。

当晚，月满时分，七郎在犬舍中对着月亮悲嚎，百犬响应，像是为克虎送行。

黎明时分，高泽石找到一夜未眠的夏阳说："韩哲回来了，在克虎墓前坐了一夜。他想见你，但情绪有些激动，如果你不愿意可以不见。"

夏阳冷着脸说："见，为什么不见！"

韩哲双眼通红、蓬头垢面地坐在克虎墓前，面前摆着大堆克虎爱吃的零食，看到夏阳，扑上来揪着衣领愤怒质问："你是怎么照顾克虎的？"

夏阳瞪着血红的眼睛盯着韩哲，冷冷地说："克虎是自杀的，是你们逼死的！"

韩哲愤怒地举起拳头。

高泽石厉声说："韩哲，控制好你的情绪！"

韩哲收起拳头，愤愤地推开夏阳。

夏阳扭头看着高泽石说："队长，逼死克虎，你也有份！"

高泽石神色黯然，盯着克虎的墓碑看了好一会儿，伸手使劲儿揉脸，再放下手，双眼已经哭得通红，叹口气说："一条身怀绝技智商超群的军犬，本应在战场上冲杀立下赫赫战功，却被当作种犬和研究对象圈养了大半生，此生无趣，去了也罢。”

夏阳说：“队长，圈养不会让克虎绝望，它玩世不恭、桀骜不驯，其实是在反抗，一直在反抗。”

高泽石点点头，以示认同。

夏阳接着说：“克虎绝望，除了无法接受被最信任的训导员抛弃，还有它等来了可以重现辉煌的机会，却发现自己已经老了，老得无法完成新的战术动作。”

韩哲脸色煞白，颓然无力地坐下，痴呆呆看着克虎的墓碑，喃喃道：“克虎才九岁，一直都很强壮。是我的错，是我害了克虎，我不该不辞而别，它一定是太伤心不思饮食，体力不足才无法完成新动作。”

夏阳说：“队长、韩分队长，克虎一直等到我们赶到才跳的崖，我想它这么做是有深意的。”

高泽石说：“有什么想法，直说。”

夏阳说：“我想，克虎用死警示我们，不能让七郎重蹈覆辙。”

高泽石点点头说：“这个教训很深刻。”

韩哲一直盯着克虎的墓碑，使劲儿咬住嘴唇忍住哭声。高泽石摆摆手，带着夏阳到干休所外等候。韩哲堵住嘴闷闷的号啕声随风飘来，声音压抑就像老牛悲鸣。

夏阳听得脊梁发凉，愧疚地问：“队长，我的话是不是太重了？”

高泽石摇摇头说：“你刚才说的那些话，我们心知肚明。但我们是军人，在国家、军队和国防安全面前，唯有牺牲个人。克虎是特殊战斗员，如果它在天有灵，一定会理解、原谅我们。”

夏阳为他的自以为是羞愧低头，高泽石拍拍他的肩膀说：“克虎虽然没有认你是训导员，但它把你当作最信任的朋友。带好七郎，让克虎瞑目。”

夏阳立正，郑重地说：“是，我会帮助七郎成为最优秀的功勋犬！”

韩哲步履沉重地走出干休所，来到夏阳面前，想要说什么，嘴唇蠕动了半天，叹口气才说：“虎子白跟了我大半辈子，我没有你懂它。”

夏阳说：“韩分队长，克虎是战士，它只愿意在你的指挥下效命疆场，至死只认你是它的训导员，我只是它的朋友。”

韩哲说：“懂了。战友，战士和朋友。可惜我穿了十几年的军装，带了十几年的犬，现在才真正明白这两个字的含义。”

夏阳涨红着脸说：“韩分队长，我没有教训你的意思，我只是想宽慰你。”

韩哲说：“无论哪种意思，我都要说声谢谢。我不在的时候，你多带七郎来看看克虎，陪它说说话。克虎独自睡在一边，我怕它寂寞。”

夏阳说：“你放心，我会带着七郎常来。”

韩哲扭头看着高泽石说：“队长，我走了。”

高泽石说：“不去队里看看？”

韩哲苦笑摇头。

高泽石说：“不去也罢，记得来看克虎。”

韩哲点点头走了，勾肩驼背，仿佛悲伤耗干了他的精气神。

夏阳担忧地问：“队长，韩分队长以后还会带犬吗？”

高泽石没有回答，对着韩哲的背影说：“韩哲，脱了军装，你也是个兵！当兵的可以被打败，但不能被打垮！”

韩哲怔了怔，挺胸抬头，走得大步流星。

第二章

丛林

一

边防C团管控的二百多公里边境线，大部分被原始热带雨林覆盖。三连在2号地区例行巡逻，发现有马帮进出雨林的痕迹。连长派一个班带了一条军犬进雨林调查，发现这伙人径直穿过次生林，走进原始雨林，向边境方向前进。

越过国境，向西北方向走上六七十公里，就进入“金三角”地区的边缘地带。虽然地形、地貌利于武装割据，但因背靠中国边境，缺少战略纵深，极易被围歼，所以活跃在“金三角”地区的各股武装势力极少涉足，属于武装、权力的真空地带，俗称“小三角”。

八年前，鹞子武装贩毒团伙占据“小三角”地区，以此为基地武装越境贩毒，与边防C团周旋了三年多的时间，才被彻底打掉。也正是源于此，边防C团是全军为数不多有侦察连编制的团级单位之一。

大多数人印象中的热带雨林，其实是生长在原始林外围的次生林。原始雨林的树木普遍高达数十米，树冠交织封顶，花朵、果实全部长在树冠外侧的向阳面。林中晨昏不分，方向难辨。除了被雷击后烧出的空地，很难见到干爽的地面。因难见阳光，地面上几乎寸草不生，被千百年落叶枯枝腐烂后形成的泥沼覆盖，能没顶的泥潭星罗棋布，如果不慎滑入被污泥吸住，只有死路一条。如果携带的饮水、食物不足，不设法爬上胸径十几米、高达数十米的大树顶端采集食物，唯一的结局就是被活活饿死。边民雨林生活经验丰富，进入次生林如履坦途，但视原始林如地狱，除非必要，从不轻易涉足。时逢雨季，原始林的环境更加险恶。三连长感觉事态严重，认为极有可能是贩毒分子，随即上报团作战值班室，请求侦察连协助调查。

这些年，随着国际、国内禁毒力度的持续增强，以及冰毒等化学毒品的冲击，“金三角”地区海洛因的产量持续走低，达到百年来的最低点。国内对海洛因的需求减少，加之C团暴揍鹞子的影响还在，C团防区内已多年未发现武装毒贩的踪迹。

侦察连连长苏鹏接到协助三连调查的命令，没太当回事儿，认为是有人盗伐珍贵林木，在武侦排、技侦排、火力排各调了一个班组成侦察分队，准备去给盗伐分子收尸。但进入原始林后，却隐隐感觉不对。

原始林树冠封顶，因缺少阳光，地面上几乎没有植被，不像次生林灌木丛生、藤葛攀缠，需要挥刀开路，会留下明显痕迹。但这伙人似乎不担心被追踪，人、马随意便溺，沿途生火做饭、驱蚊的灰烬也没有掩埋，明目张胆地直插边境。侦察分队拍摄了踪迹的图片、视频，通过数据链接传回团作战室。

C 团团长罗启明心中莫名不安，给市禁毒支队打了个电话，得知毒品价格大跌，怀疑有大量毒品经不明渠道涌入。罗启明放下电话，立刻通过无线电用密语命令苏鹏提高警惕，做好与武装毒贩遭遇的准备，又命令侦察连做好战斗准备，随时为侦察分队提供支援。

因要搜索前进，侦察分队用了四天时间才穿过原始雨林，抵达国境线。为防火和便于巡逻，在国界我方一侧开有宽约四十米的防火带，得到阳光哺育的植物疯长，灌木深可齐胸，葛藤交织缠绕，仿佛拉起一张立体的大网，要想通过必须挥刀开路。苏鹏带着侦察分队隐蔽在林中，沿防火带平行前进，在 171 号界碑附近发现一条横穿防火带通往境外的小路。

热带雨林中的植物生长速度快，新开出的小路用不了一个星期就会消失无踪，小路还在，说明开路时间不到一周。苏鹏根据路面上新旧不同的脚印、马蹄印、马粪判断，这伙人出入境走的是同一条路，人数六至八人，马匹是耐力强善走山路、险路的滇马，数目十四匹左右。他们用不到一周的时间，在原始林中往返二百多公里，行进速度不逊于受过残酷训练的雨林侦察兵。苏鹏判断，这是一伙有着丰富雨林生存经验、组织严密、有一定战斗力的毒贩，反毒战斗很可能硝烟再起。

侦察结果传到团作战室，罗启明心中的不安越发强烈，反复看了几遍侦察分队传送回来的视频、照片，对政委任志林说："现在物流方便，自加热方便食品、驱蚊药水随处都能买到，没必要生火做饭、驱蚊。防火带宽不过四十米，挥刀砍路要比架开藤蔓浪费时间。尤其是马匹不戴粪兜接粪，任由马粪撒了一路，成为侦察兵追踪的路标。政委，我感觉来者不善，颇有些挑衅的意思。"

任志林沉默了一会儿才说："毒贩求的是财，他们很清楚挑衅部队的后果。"

罗启明指点作战室大屏幕上标注毒贩行军路线的地图说："毒贩一人双马轮流骑乘，可以休养马力，长时间快速行军。为了缩短行军距离，他们走的几乎是直线。原始林树冠封顶，沟壑纵横，地形复杂，对 GPS 等高技术设备有一定的影响，使其功能得不到充分发挥。所以，他们会识图用图，能熟练使用指北针辨别方向。这些特征让我想起了一个人。"

罗启明敲击键盘，从电脑中调出一张地图投送到大屏幕上，与标有毒贩行军路线的地图进行对比，两张地图上的行军路线几乎相同。

罗启明说："这是鹞子团伙被消灭前使用的最后一条运毒通道。当年，鹞子一共掌握了十七条运毒通道，他们偏偏选了鹞子被击毙的这条路，而且刻意留下痕迹让我们发现。"

任志林问："你怀疑鹞子还活着？"

"或许是当年鹞子团伙溃散的雇佣兵。"罗启明咧嘴笑道，"我已命令侦察分队驻守原始林，管他是谁，敢越境就坚决打掉，还边境安宁。"

两周过去，侦察分队三次抓住越境贩毒马帮的踪迹，但别说消灭，就连毒贩的毛都没抓到一根。苏鹏被罗启明骂得狗血淋头，苦恼地屈指对比敌我优劣。装备方面不用说，毒贩实力再雄厚也比不过一国之力，侦察兵的高新装备不是毒贩可比拟的。作为陆军特种作战指挥学院毕业的高材生，苏鹏坚信战术战法、兵力布置、火器配置方面远胜贩毒分子。至于雨林作战经验，在这方面苏鹏更有自信，他是广西上思人，从小在雨林中长大，了解雨林就像了解他自己。

方方面面都占优，但毒贩却如有神助，每次都在伏击圈外停住脚步，迅速退出国境。苏鹏在没有绝对把握抓住毒贩的情况下，不敢下令实施火力拦阻，在边境上开枪，弹头、弹片落入邻国境内都有可能引来外交纠纷，这也是边境反毒斗争的难点之一。

明知有埋伏，但一而再、再而三地越境，挑衅的味道很浓。任志林认同罗启明之前的分析，并有了与罗启明同样的感觉：鹞子极可能还活着，而且东山再起，来找 C 团寻仇了。侦察分队连续受挫，罗启明担心失了锐气，在侦察连抽调两个班的兵力配军犬一条，组成第二侦察分队，并亲自带领第二侦察分队进了林子。

罗启明见苏鹏蓬头垢面，神情颇为沮丧，面无表情地问："进了林子，你就变成猴子了？"

苏鹏进雨林就像回家，猴子既是他的乳名，也是C团官兵对他的尊称。苏鹏听不出是批评还是表扬，盯着罗启明发怔。

罗启明又问："你嘴上面是什么？"

苏鹏不解地摸摸鼻子，看到李小军带着军犬"泰格"站在队列中，眼睛一下亮了，兴奋地说："狗，毒贩有狗！原始林密闭，空气流动缓慢，狗能嗅到我们的气味！"

罗启明补充说："还有声响，寂静环境里，犬能听到一公里外的声音。"

罗启明、苏鹏带着第二侦察分队在原始林中蹲了三天，侦察分队埋设在155界碑附近的电子传感器被触发，贩毒马帮再次由老位置越境。挑衅的意图很明显，苏鹏气得脸色发青，呼哧呼哧地喘粗气。

罗启明盯着单兵电脑屏幕显示的地形图说："看看你这点儿出息，几个毒贩子，至于这样？"

苏鹏尴尬挠头。

罗启明说："说说你的想法。"

苏鹏说："一班派出一个战斗小组护卫军犬前出侦察，余部在侧翼伴随前进。锁定贩毒小组位置后，一班迂回穿插断敌后路，我带二班从正面发起进攻。"

罗启明说："两个要求：一、务必全歼；二、务必保证我方零伤亡。执行。"

三名侦察兵呈"品"字队形把李小军和泰格包在中间，向155界碑方向走了不到十分钟，十二点方向隐约传来马蹄有节奏地蹚动泥沼的哗哗声。泰格突然停止前进，扭头盯着十点方向。

李小军低声说："如果有人逼近，泰格会卧倒示警。十有八九是犬！"

战斗小组的组长指着泰格问："能行不？"

"说什么呢！泰格可是军犬！"李小军指指十点方向，低声说："袭！"

泰格疾如闪电，飞身跃过一道齐胸高的板状根，众人只听到一声倒地的"扑通"声，就再无声音。

组长问："打掉了？"

李小军不确定地摇摇头，低声呼唤，但泰格始终没有回应。三名侦察兵与李小军组成菱形队形，严密警戒着前后左右，小心翼翼地靠上去，却发现泰格倒在地上一动不动。李小军上前试试鼻息，又摸摸颈动脉，立刻无力瘫倒，眼泪滚滚而下。

泰格身上没有血迹和出血点，像是被重击头部或窒息而亡，犬没有这个能力，能做的只有人。小组长打手势示意准备战斗，众人据枪搜索各自警戒角度。

李小军泪眼蒙眬，隐约看到九点方向的雨林深处，像是有东西闪着微光，擦去眼泪拉下夜视仪看去，绿油油的画面中，是一条犬发白的身影。

那条狗似乎知道李小军在看它，昂头呜呜嚎了两声。不远处的马蹄声随之混乱起来，向境外方向滚滚而去，眼看着伏击再次无果而终。李小军和三名侦察兵愤然据枪瞄准，但那条狗懂得利用地形，在板状根、粗大树干间跑"S"形，很快没了踪影。

李小军气得大吼："混蛋，老子早晚宰了你！"

雨林深处传来那条狗呜呜的嚎叫声，李小军脸色铁青，三名侦察兵虽不懂犬，但也听出嚎叫声中充满了嘲讽和不屑。

侦察兵装备有数字单兵系统，可以通过头盔上的摄录系统向后方同步传输战场实况。罗启明最初的判断与小组长相同，能在无声无息中击毙凶猛的军犬，此人战斗力非同一般。他命令苏鹏带领一个侦察班赶来支援。

苏鹏带队反复搜查，除了那条犬留下的脚印之外一无所获。再次检查泰格尸体，发现颈部两侧各有两条间隔距离相等的片状压痕，不像手指更像犬牙齿所留。

为了弄清泰格牺牲的原因，罗启明命令军医检查泰格的尸体，军医初步判断是机械性窒息死亡，确认颈部两侧可见片状的压痕是犬的牙齿所留。解剖后，证实了军医的判断：泰格颈部皮下和肌肉、甲状腺及其周围组织出血；喉头软骨及舌骨骨折；右心及肝、肾等内脏淤血；肺淤血和肺气肿；内脏器官的浆膜和黏膜下点状出血。

泰格竟然是被犬扼颈窒息致死！

C 团给泰格这位无言的战友极高的礼遇，罗启明、任志林共同主持了它的葬礼，党委成员以及没有战备执勤任务的官兵全员参加。葬礼庄严肃穆，李小军却因与泰格感情深厚，哭得稀里哗啦，边哭还边念叨，像位上坟的农村大娘。罗启明性子刚硬，最见不得军人哭，眼泪救不活战友，更不能给战友报仇，何况李小军瘫坐在泰格墓前一把鼻涕一把泪的，的确有损军人形象，忍不住训斥了两句。李小军这才止住了眼泪。

李小军哭得泪眼蒙眬，没能看清犬的样子，幸亏他也穿戴着数字单兵系统，摄像头忠实记录下了一切，经过技术处理可以分辨出扼死泰格的是一条狼犬，具体品种因林中昏暗图像模糊暂时无法分辨。罗启明反复查看前出小组数字单兵系统摄录的视频，未发现有训导员带领、指挥该犬，现场也只有该犬留下的脚印。

这条犬独自前出侦察，为了麻痹前出侦察的战斗小组，为贩毒小组撤退争取时间，竟然扼死而不是咬死泰格，撤退时还会做战术动作，利用地形地物隐蔽前进，罗启明认为它受过严格训练，智商不逊于克虎。任志林同意罗启明的分析，侦察分队无法躲过这条犬的鼻子，不消灭或捕获它就无法发挥 C 团人员及装备方面的优势，难以全歼武装毒贩。对付犬最好的武器就是犬，但泰格的牺牲证明这条犬有着非凡的战斗力和智商，如果军犬再次牺牲，会助长贩毒组织的嚣张气焰，打击 C 团的士气。

两人一筹莫展之际，办公桌上的电话响了，总机询问罗启明，有人自称是他的老朋友，是否转接过来。罗启明有些疑惑，既然是老朋友，应该打他手机或者打座机，怎么会打去总机？他拿着听筒说了声“转过来”，然后打开了免提。

电话那头的人说话声音嘶哑尖厉，就像铁钉刮擦铁板，他说：“老罗，人生三大喜，升官发财死老婆。你当上了团长，这是一大喜，也不告诉老朋友一声，当年要不是我，你早脱掉军装回家了。”

罗启明说：“我朋友多，一时想不起你是哪位，麻烦你提醒一下，帮了我什么忙？”

电话那头的人说：“贵人多忘事，当年咱们可是在林子里周旋了三年。”

罗启明一怔说：“鹞子？”

鹞子说："是我，听罗团长语气，很吃惊啊！"

罗启明说："不是吃惊，是惊喜，按照你的说法，我升官发财的机会又来了。"

鹞子呵呵笑道："你我部下已经四次碰面，罗团长，我感觉有可能会是惊吓。"

罗启明也呵呵笑了一通说："惊喜也好，惊吓也罢，咱们林子里见。"

鹞子说："也好，咱们在林子里碰个头，如果罗团长愿意，我保你升官发财。"

鹞子挂了电话。

任志林抄起电话要打给公安局，让他们协助追查电话来源。

罗启明摆手制止说："鹞子敢打电话就不怕追查，网络电话、IP 电话随便用一个，就能让警方无法追踪。"

任志林放下电话说："鹞子做了功课，他对你情况很了解。"

罗启明说："这不难，驻地上，随便找个老百姓问问，都知道 C 团的团长姓罗，政委姓任。"

任志林说："我是说，鹞子目标是你，他想报仇。"

罗启明毫不在意地笑笑："或许是障眼法，转移我们的注意力，方便他暗中运毒。"

苏鹏在门外喊："报告！"

罗启明说："进来！

苏鹏带着李小军进门，向两人立正敬礼后说："团长、政委，李小军要我带他来，向你报告情况。"

李小军瞬间涨红了脸，抓耳挠腮，欲言又止。罗启明想到在泰格葬礼上训斥过李小军，以为他是来认错的，好言抚慰了几句。任志林也夸奖他立足本职带出了一条好犬，C 团随后会为泰格请功。一提到泰格，李小军就又红了眼圈，罗启明拉下脸来想发火。

苏鹏赶紧催促说："李小军，赶紧说正事儿。"

李小军绘声绘色地说起了七郎，七分真实三分想象。罗启明却入了戏，连声追问："是在咱们团服役过的克虎？！七狼是克虎的后代？！七狼的智商比克虎还要高？！”

李小军连连点头说：“是的，没错！”

罗启明兴奋地说：“鹞子，我看你往哪里跑！政委，咱们一定要把七狼要来！”

任志林说：“同意！”

李小军趁着团长、政委高兴，连忙说：“团长、政委，我想去接七狼！”

任志林说：“可以。”

李小军说：“我想当七狼的训导员！”

罗启明说：“可以！”

李小军兴奋得脸色更红，连声说：“谢谢团长，谢谢政委。”

二

时间是医治一切创伤的良药。三个月后，夏阳再想起克虎，不再悲愤，有的只是惋惜。官兵们也习惯了没有克虎的生活，只是在他们口口相传下，克虎逐步被神化，基本等同于汪星人的杰出代表“哮天犬”。若干年后，仍能吸引官兵们的女友、准女友们，慕名前来为克虎扫墓。

犬界不可一日无主，克虎逝去不久，军犬们尊奥克为王，唯独七郎不服气，为捍卫克虎的犬王地位与奥克持续争斗。奥克不如克虎桀骜，更不会像克虎那样目中无人，有训导员在场，会给七郎留三分情面，如果训导员不在，就会下死口，数次把七郎送去军犬医院缝针。但七郎和它爹一样，性格高傲、执拗，屡败屡战，颇有不死不休的架势。

上午操课，夏阳带七郎训练，队部通信员跑来传达命令，高泽石、王存伟要集体与他谈心。军政主官集体与士兵谈心，事情一般小不了。夏阳把贼眉鼠眼偷瞄奥克的七郎关进犬舍，跑去队部会议室。

王存伟让夏阳看了上级同意边防 C 团请领军犬七狼的批复件，高泽石向他传达了边防 C 团的缉毒情况，然后就移交七狼还是夏阳带领七郎前往边防 C 团执行任务，征询夏阳的意见。夏阳回答得很干脆，他要带着七郎去 C 团。

高泽石重申，缉毒一线斗争残酷，人、犬都有牺牲的可能，要夏阳做好思想准备。夏阳的话很中肯，说不怕是假的，但身为军人、军犬，该牺牲的时候就要牺牲。

夏阳认为七郎摆脱实验品命运的机会来了，离开会议室，径直跑去犬舍向七郎报喜。李小军站在犬舍外，用灼热的目光看着七郎。在训导员眼中这是一种极不礼貌的行为，感觉类似于盯着别人的老婆流口水。夏阳不满地干咳了一声，李小军扭过头来，目光中有一丝歉意，更多的是熊熊烈焰般的兴奋，那种买彩票中了五百万才会出现的兴奋。李小军亲历七郎之争，虽然碍于新兵身份没敢动用罗启明，相对于其他训导员的疯狂，表现得也还算矜持，但他带领七郎建功立业的欲望不亚于任何人，甚至更强烈。

夏阳异常不满，一盆冷水泼过去："队长、政委同意我带七郎去C团。"

李小军眼中的烈焰只剩下几簇火苗，不甘心地问："那我呢？"

夏阳说："不知道，或许会让你另外接一条犬。"

李小军眼中的火苗彻底熄灭，留恋地看一眼七郎，推说要代表C团去给克虎扫墓，低着头恹恹地走了。

军犬队给C团发了公函，称坚决服从上级命令，但七狼肩负科研任务，为保证科研的持续性，决定由训导员夏阳带军犬七狼借调至C团，完成任务后迅速归建。罗启明、任志林回函，以C团的名义尽全力保证夏阳、七狼的安全，但雨林特殊的地理环境决定作战主要依靠丰富的生存、战斗经验，极易以弱克强。建议李小军担任副训导员，作为接替夏阳指挥七狼的预备人员。军犬队回函，同意了C团的建议。

命令下达，夏阳带着七郎去墓地与克虎告别。墓碑前，摆着一个松柏枝叶、鲜花编成的花环，挽联上写着"边防C团全体官兵敬挽"。军人扫墓一切从简，默哀、敬礼即可。克虎下葬的时候，C团发来唁电，如今又送来花环，可见克虎在C团官兵心中的地位。

花环旁立着一束露珠未干的野花和一些克虎爱吃的零食，夏阳知道韩哲来过。他常来看克虎，半夜来黎明走，从不肯与犬队官兵多接触。克虎去世后，七郎有些讨厌韩哲，嗅嗅花束上有他的气味，想叼走丢了，被夏阳制止了。

夏阳盘腿坐在克虎墓前，七郎在他身旁趴下，大嘴放在前爪上，有些哀伤地看着墓碑上克虎的照片。夏阳拿出一袋牛肉干，平分成三份，摸摸七郎的头说：“老规矩，一人一份儿。”

七郎起身，在墓碑下刨坑，刨出不少牛肉干。七郎缺少玩伴，但不屑与其他同龄犬玩耍嬉戏，因与奥克冲突，成年犬又不肯接纳它。或许在七郎心中，克虎还活着，它想克虎了就跟夏阳要牛肉干，叼着跑来看克虎。开始，夏阳还远远跟着，一次听到七郎呜呜嚎哭，明白七郎已经长大了，懂得在日常生活中克制情绪，它很孤独，需要倾诉，需要调节情绪。从那以后，七郎再来看克虎，夏阳就不再跟随。

夏阳把克虎那份牛肉干放进七郎刨好的坑内埋好，重新坐下，在他那一份儿里捡了一粒牛肉干丢进嘴里慢慢嚼着，七郎也在自己那一份儿里叼了一粒慢慢嚼。

一人一犬吃完了牛肉干，夏阳起身看着克虎的照片说：“克虎，我跟七郎要去你曾服役的边防C团执行任务，这或许是七郎改变被圈养命运的机会，如果你在天有灵，保佑七郎平安。”

七郎听到它的名字，抬头见夏阳看着克虎的照片，就对着墓碑低低叫了一声，像是告别，又像是让克虎等着它凯旋的好消息。

李小军远赴千里接犬，却给他接来一位上级，还要充任搬运工帮夏阳搬运大堆军犬专用的数字化装备。身为副训导员，必须配合夏阳工作，听从夏阳指挥。李小军满腔怒火但只能生闷气，甚至不敢冷言冷语，七郎嗅到不善的气息会让他看牙齿。

一天一夜的火车，闷闷不乐的李小军总共说了不到十句话，好不容易熬到驻地火车站，看到罗启明、任志林等团首长早已在月台上等候，李小军不由得更加郁闷，一句话都不想说了。

罗启明一贯没大没小，常与战士们一起摸爬滚打，高兴了还跟战士们开玩笑。李小军见怪不怪，但任志林也跟着发疯，作为军政主官亲临火车站迎接也就罢了，竟然通过军代处协调直接把车开上了月台，这可是迎接高级首长的待遇，怎么能用来迎接军犬？！还有那些跟来的校官，一群中校、少校动手搬运七郎的装备，搞得车上、车下的群众，拔着脖子到处找“大官儿”。这样真的不好，应该交给士兵去做。

还有团长罗启明，竟然不讲尊卑，没丝毫首长的威严，觍着脸往七郎面前凑。被七郎吼了，竟然笑嘻嘻地套近乎说：“一看就是克虎的后代，高傲、聪慧、勇猛，七狼一定能打胜仗！”

夏阳竟然纠正说：“是郎，杨六郎的郎，新郎的郎，不是狼群的狼。登记军籍时，管理员写错了。”

罗启明说：“咱们七郎是士兵，肯定不能用狼字。”

任志林也没风度地连连点头说：“郎比狼要好，无言的战友，特殊战斗员，应该用郎字！”

罗启明说：“政委有水平，总结得好！”

李小军站在一旁简直要疯了，在心里严肃地挨个批评：“团长同志，你可以平易近人，但拜托顾忌一下C团官兵的情绪，你嘴上的哨兵又溜号了！一看就高傲、聪慧、勇猛，你是怎么看出来的？政委，你也是，平常不怒自威的气势哪里去了？郎比狼要好，军籍档案上登记的是‘狼’字好不好？你是政委啊，能不能讲讲原则，有点组织纪律性？还有你夏阳，懂不懂尊重上级？军人的礼节礼貌哪里去了？真应该送去C团新兵营回回炉！”

李小军郁郁寡欢地跟在众人身后上了车，回到营区，郁闷又多了一分。苏鹏带着孙成毅等侦察连的班、排骨干在路旁肃立迎接，虽然用审视的目光打量着七郎和夏阳，但这也是迎接。他带泰格去侦察连报到的时候，别说迎接，连个帮忙搬装备的都没有。

七郎虽没有自封为王，但早已习惯了“太子”的定位，无视各种注视它的目光，下车后昂头嗅嗅空气，轻轻挣绳。夏阳以为七郎要排便，就请示罗启明、任志林。罗启明很大度地说：“快去快回，苏连长还在等你们回连队！”

七郎直奔营区正门，用前爪挠挠紧锁的大门，示意夏阳开门。部队严禁不请假外出，刚到新单位就要搞特殊，夏阳脸上有些挂不住，看到几名哨兵脸上明显有鄙视的神色，扯了一下牵引绳，告诫七郎注意言行。七郎却卧倒示警，呼呼呜呜地发泄不满。

夏阳看着哨兵带班员说：“班长，七郎示警，需要出营区，我刚来，该向谁请示？”

带班员说：“你等着，我去帮你请示！”

军犬卧倒示警，只有两种可能，一是发现爆炸物，二是发现了毒品，无论哪一种都事关重大。带班员飞快地跑去请示罗启明、任志林。

李小军趁夏阳不在，向罗启明、任志林显摆七郎的特种武器、装备，寻求首长关注，医治被冷落造成的心灵创伤。军犬的作战领域由警戒、侦察逐渐向反恐、特战领域延伸，军工部门根据实际需求研制了一批犬用数字化装备送交犬队试用，准备根据试用意见进一步完善后定型列装。诸如犬用摄像头、犬用电台、衔取式声像侦察仪等等装备全军独一份，罗启明、任志林别说见，听都没听过，两人饶有兴致，不时指点某个装备，询问具体用途。

普通士兵很少有与团长、政委长时间交流的机会，李小军兴奋得满脸通红，根据装备功能、诸元，脑补了部分使用场景，口若悬河地把罗启明、任志林听得连连点头。在一旁肃立的部分侦察兵骨干听得兴致盎然，仿佛看到神犬后代披挂全套数字化装备，在他们的带领下杀得鹞子团伙屁滚尿流。

李小军深为自己的口才、一路苦背装备诸元的先见之明得意，抬头无意中看到苏鹏、孙成毅一脸讥诮地看着他，心里不禁咯噔一下，赶紧低头。

苏鹏失望地摇摇头，低声说："知错不改，兵龄不长，兵油子挺厚。"

孙成毅说："连长放心，回头我给他刮油。"

带班员跑来请示。和平年代，营区门口哪会有什么爆炸物？罗启明盯着犬用装备，心不在焉地点点头赞同。任志林也只是随口叮嘱带班员，驻地是少数民族聚居区，夏阳不熟悉民族政策，他要全程陪同。

七郎出了营区，直奔一名在路边摆摊卖米粉的小贩，卧倒示警。

夏阳说："这个人有问题！"

带班员挠挠头说："这位老乡一直在营区门口摆摊，老熟人了。"

小贩有些心虚，瞟一眼带班员腰间的手枪枪套说："你们团长都吃过我的米粉，赶紧把你的狗弄走，影响我生意，我去你们团长那里告你！"

夏阳充分信任七郎，问带班员："你管不管？"

带班员为难地说："即使有问题也归派出所管，咱们没有执法权。"

夏阳努努嘴，七郎飞身跃起扑倒小贩，用大嘴撕开他的上衣口袋，一个小小的锡纸包跌落在地上。锡纸包太小，七郎叼不起来，夏阳捡起来，打开看一眼白色的粉末说："像是海洛因。"

带班员接过闻了闻说：“没错，是海洛因！”

小贩慌了，盯着带班员的枪套说：“我听人说，汤里放上这个东西会很鲜，我就买了一点。同志，同志，我错了。”

带班员火了，骂道：“混蛋，你想害我们吸毒啊！”

夏阳说：“我听说过熬汤放罂粟壳，从没听说过放海洛因。你一碗米粉才几个钱，放海洛因，你倒是舍得！”

夏阳指指汤锅说：“七郎，嗅！”

七郎放开小贩嗅嗅汤锅，对夏阳摇摇尾巴，示意没有发现。

夏阳说：“你汤锅里没有海洛因。”

小贩爬起来，撒腿就跑。

夏阳说：“袭！”

七郎冲上去扑倒小贩，一口含住他的喉咙。

小贩连声大喊：“我说，我全说。前街的史二娃知道我吸毒，他每天给我一包‘4 号’，要我盯着你们，只要看到你们带着枪出去就通知他。我知道有鬼，可我卖米粉的钱不够我过瘾……”

带班员用手台上报，罗启明、任志林联系了当地派出所，警察很快赶来带走了小贩。七郎刚到营区就立功，被罗启明好一通表扬。任志林也当众表示要为七郎请功。侦察兵们反应平淡，或许认为神犬克虎的后代有这样的表现很正常。夏阳也很不谦虚，说七郎只是牛刀小试，现在请功为时过早，等完成任务再说。七郎很认可夏阳的看法，吠叫两声以示同意。

苏鹏等人把夏阳和七郎接到了侦察连，安排好宿舍，把七郎的装备登记入库，命令李小军带夏阳去犬舍，然后就该干啥干啥去了，既没有欢迎仪式，也没有介绍夏阳与侦察兵们认识。苏鹏等人的不冷不热让夏阳摸不到头脑，想问李小军，但他那张脸像是冰山，夏阳索性闭上了嘴。

警方顺藤摸瓜抓到了史二娃。审讯后得知，史二娃也吸毒，没有固定收入，以贩养吸。但边防 C 团的驻地只是一个人口不多的偏僻小镇，瘾君子基数小，贩毒所得难以支撑他每日毒品需求。上线介绍他认识了一个愿意低价供毒的中年男人，但要求他监视边防 C 团。中年男人行踪诡秘，史二娃只见过他一面，其后一直电话联系，提供的毒品也是根据中年人提供的隐藏位置，由他自己去取。

警方按照史二娃提供的手机号码，用技术手段对中年人进行定位，发现他在境外靠近我国边境的位置。警方试图诱入境内逮捕，命令史二娃以急需补货为由进行联系。中年人显然已经得知史二娃被捕，嚣张地在电话中教训警察说："什么年代了，还玩这一套，要学会与时俱进，要紧跟时代步伐。"

中年男人这么快得到消息，只有一种可能，在C团驻地附近还有他的眼线。

消息反馈到C团，罗启明、任志林基本可以确定中年人来自鹞子团伙。罗启明谢绝了警方协助C团清除贩毒组织眼线的好意，以及加强营区周边管理的建议，反而请来新闻媒体对七郎勇擒毒贩的事迹进行报道，而且反复强调七郎是神犬"克虎"的后代。记者们虽不知克虎是何方神圣，但还是按照任志林的要求在各自报道中写明了克虎、七郎的血缘关系。

侦察连的犬舍泰格曾经住过，到处都有它的气味，傲娇的七郎有些不喜，围着犬舍转了一圈，在卧室门外趴着。

夏阳问："犬舍没打扫？"

李小军说："已经很干净了。"

夏阳说："我不瞎。"

"泰格刚走，我下不去手，要弄你自己弄。"李小军说完，气咻咻地走了。

夏阳从挎包中拿出了气味消除剂，想了想，又放了回去。气味是泰格留在这世上不多的痕迹，如果七郎牺牲，他也不愿意别人抹掉七郎的气味。

军犬到了长期服役的新单位，需要在训导员的陪伴下适应环境，一般不会直接执行任务。第二天一早，夏阳按规定去犬舍带犬熟悉营区。

李小军军容严整，站在犬舍门口大吼："立正！"

夏阳本能立正，扒着栅栏门迎接夏阳的七郎被吓了一跳，愤怒地吼李小军。

李小军充耳不闻，神态威严地说："夏阳同志，我奉命向你交代热带地区带犬行动的注意事项，希望你牢记在心，严格遵守，保证无言战友的生命安全以及身体健康。第一，雨林中，侦照器材功能受限，军犬是侦察分队、巡逻分队的耳目，训导员即使付出生命的代价，也必须保护好军犬。第二，雨林闷热，要保证军犬有充足饮水，并注意帮助军犬散热，以免军犬中暑。气温超过40度，除非极特殊情况，必须休息。第三，营区外、公众场合，严禁大声呼喊犬的名字。第四，除营区外，任何地域，严禁军犬脱离训导员视线单独活动。完毕！”

夏阳偷偷撇嘴。

李小军吼：“有问题，喊报告，撇什么嘴？”

“报告！”

李小军说：“讲！”

夏阳说：“我对第三条、第四条不理解，陌生人呼喊军犬的名字，军犬不会回应。追击等情况下，军犬极有可能脱离训导员视线。”

李小军说：“八年前，在与鹞子武装贩毒团伙作战行动中，我团六连携军犬雄风与禁毒支队在交通要道上设卡联检。毒贩趁人多混乱，偷偷接近正在休息的雄风，呼喊着雄风的名字，消除犬的警惕心理，趁机把伪装成网球的遥控炸弹丢向雄风后引爆，雄风当场牺牲。”

夏阳愕然道：“毒贩对军犬搞恐怖袭击？”

李小军说：“我说过，军犬是巡逻分队、侦察分队的耳目，有军犬在，毒贩无所遁形。所以毒贩高价悬赏鼓励亡命之徒刺杀军犬、训导员。你作为神犬后代的训导员，悬赏价格应该高一些。这就是你牢记第三条的理由。还是在与鹞子的作战行动中，团部犬队军犬拉克追击毒贩过程中脱离训导员视线误入陷阱被俘，两日后身负炸弹返回寻找训导员。经辨认，拉克身上所负炸弹为遥控起爆，在寻找引爆毒贩无果的情况下，为避免更大伤亡，只能击毙拉克。侦察连配属军犬大熊，被毒贩使用发情母犬诱出野营营地后击伤，失去行动能力……”

夏阳怒道：“毒贩的目标是训导员？”

李小军点点头，说：“训导员上去营救也是白白送死，只能给军犬一个痛快。”

夏阳愤然，但作为训导员，他明白军犬负伤后会找训导员寻求保护，只有重伤失去行动能力才会停留在原地。雨林中后送困难耗时漫长，犬的医疗救护远远比不上人，也没有犬的专用血库，抢救成功率极低，与其看着犬痛不欲生，不如给它一个痛快。

夏阳叹口气，大声说：“我会牢记并严格遵守注意事项。”

李小军说：“我作为副训导员，会随时监督。”

李小军横跨一步让开位置，让夏阳把七郎带出犬舍，由他充当向导，四处走动，熟悉营区及周边环境。

三

三天适应期结束，苏鹏把夏阳喊到连部通知他，早上及上午七郎训练，下午七郎休息，他要接受强化训练。

“强化训练”在部队中意味着残酷训练，但夏阳并没有太在意。训导员及军犬属于加强侦察连力量的配属单位，侦察专业技术只需“必知”，训导专业、步兵共同科目他早已“必会”。

苏鹏盯了夏阳三分钟，把他看得手足无措，才问：“怕不怕死？”

夏阳说：“怕！但我是军人，如果需要，我会毫不犹豫地去牺牲。”

苏鹏呵呵一笑说：“嘴皮子不错。”

夏阳努力压制心中的不满，立正说：“我会用实际行动证明自己。”

苏鹏又是呵呵一笑说：“我拭目以待。孙成毅！”

“到！”在门外等候的武侦排排长孙成毅推门而入。苏鹏说：“带他进行四周的适应性训练。”

孙成毅不满地瞥了夏阳一眼问：“林子里怎么办？”

苏鹏说：“团长调三连封控，我们撤回营区休整。”

孙成毅更加不满地扫了夏阳一眼说：“我们全连为啥要等他一个人？”

苏鹏说：“什么屁话！这是团首长对我们的爱护。兵油子长厚了，我给你刮刮？”

孙成毅连忙说：“连长，我是担心那伙儿毒贩被三连干掉……”

苏鹏说：“那也是我们 C 团的荣誉。该干什么干什么去！”

孙成毅先带夏阳去领装备。丛林侦察兵的单兵装备众多，繁杂琐碎，夏阳还要测试数字化单兵系统与七郎的犬用数字化系统是否兼容。等两人走上操场，全副武装的李小军已经纹丝不动地站了一个多小时。地处南方，气温本来就高，再加上烈日曝晒，李小军汗流浃背、面红耳赤，摇摇欲倒。夏阳对李小军严于律己的优良作风，以及通过他体现出来的C团战斗力钦佩不已。

孙成毅却冷冷地说："耍什么宝，装什么蒜？把你在其他单位挣表现的那一套给我收起来！再让我发现你玩儿虚的，立马打背囊走人！"

李小军被配属给侦察连没多久，多少有给孙成毅留下好印象的想法，当着夏阳的面被戳穿，脸红得就像猴屁股。

夏阳、李小军按照孙成毅的命令在树荫下列队。

孙成毅板着脸站在两人面前开始长篇大论："热带山岳雨林地区，山高坡陡，沟深谷狭，林密草深，气候湿热，晴雨无常，虫兽繁多，疾病流行。高达80%的植被覆盖率、起伏的地形，对光学侦察器材、夜视器材、热成像系统、雷达等高技术侦察设备有一定的影响，使其功能得不到充分发挥，比原有效果降低20% ~ 50%。另外，因地形复杂、交通不便、通信不畅，后方难以及时向前沿提供兵力、火力支援以及物资、弹药补给。转运伤员只能依靠前方抽调兵力自行后送，难以维持长时间或高强度作战。综上所述，雨林作战，技术装备难以提供绝对优势，无法形成向我方的单向透明，仍要依靠优秀的生存能力、高超的技战术水平、丰富的作战经验、默契的配合，以及顽强的作战意志才能赢得胜利。我连处于反毒斗争的前线，随时面临着你死我活的战斗，为此我奉命对你二人进行为期四周的适应性训练。"

李小军因带犬协助侦察连执行任务，接受过雨林侦察训练。他原以为是要协助孙成毅训练夏阳，心里还想着如何借机让夏阳知难而退好独霸七郎，听孙成毅说他也要训练，不由得一脸愕然，觉得孙成毅搞错了。刚想喊"报告"，孙成毅冷冰冰横了他一眼，李小军吓得赶紧闭嘴。

夏阳终于明白不被侦察兵接受的原因——侦察兵对他的技战术水平没信心。雨林作战，技术装备及人的视力、听力受阻，战斗往往发生于极近距离，极需单兵敏锐的观察力、迅速的反应能力、超强的战斗力以及相互之间的默契度和配合能力。这一切恰恰是夏阳所不具备的。分队中有了夏阳这块短板，往大处说有可能造成全军覆没的后果；往小处说，不具备雨林生存经验的夏阳会拖累全队，即使不小心磕伤扭伤，也会致使任务中止。雨林中交通不便，后送伤员完全靠人背肩扛，后送一名伤员至少需要四名士兵搬运和护送，如果有两人负伤，一个十二人编制的特种战斗班，就会失去战斗力。

夏阳说：“报告教员同志，我会用实际行动赢得战友们的信任。”

孙成毅对空口白话不感冒，不置可否地说：“四周内，确保你不在的情况下，七郎无条件服从李小军的命令和指挥。”

夏阳愤然：“你要把我的犬给李小军？”

孙成毅说：“是部队的犬，不是你的犬！”

夏阳又说：“七郎需要一个有经验的训导员……”

孙成毅问：“你天生就有训导经验？”

夏阳顿时语塞。李小军欣喜若狂，不由自主地咧着嘴笑。

孙成毅说：“李小军，笑屁啊！闭上嘴，我都看见你胃里的早饭了。”

孙成毅看着夏阳说：“念你是外单位来的，我就多跟你解释两句。雨林小白死得快，多一个就多一份撑到任务完成的希望。”

李小军虽进过林子，但仍被孙成毅的话吓到了，脸色发白，紧张地吞口唾沫。

孙成毅问：“怕了？”

李小军大吼：“不怕！”

孙成毅问夏阳：“你呢？”

夏阳说：“怕，但我是军人，必须履行……”

孙成毅吼：“废话多，我问你什么答什么！”

夏阳吼：“不怕！”

孙成毅拉着脸，掏出秒表说：“夏阳，武装越野。李小军，俯卧撑。开始！”

孙成毅的命令没头没脑，没有规定数量、时间。夏阳只能驴推磨一样地围着操场一圈圈跑步。

李小军趴在地上奋力做着俯卧撑，很快力竭，双臂打颤，连忙说：“报告，做不动。”

孙成毅拔出刺刀倒插在地上，刀尖指着李小军胸膛。

李小军吓得脸色苍白，奋力挺直双臂撑起身体，颤声说：“孙排……会出人命的，我真撑不住了。”

孙成毅不急不慌地说：“傻不拉几地杵在太阳底下就是好兵了？”

李小军低头看着距离胸膛越来越近的刀尖，汗如雨下，再次奋力挺起打弯的双臂，颤声说：“孙排，我错了，我只想给你留下好印象，我再也不敢了。孙排，救命，我真撑不住了。”

孙成毅依旧不紧不慢地说：“弄虚作假，投机取巧，不说实话，小小年纪一肚子花花肠子，与其战场上被你害死，不如现在先把你解决了。”

李小军吓得脸色发白，双臂剧烈颤抖，感觉马上就要脱力，撅着屁股想爬起来。孙成毅在他屁股上踩了一脚，李小军身体一沉，刀尖几乎挨上胸膛。

李小军吓得汗毛倒竖，脸色更白了，奋力撑起身体，颤声问：“孙排，你来真的？”

孙成毅说：“你以为呢？”

李小军怒吼：“我就是想挣个表现，我罪不至死，我不服！”

孙成毅说：“操场是用来训练的，想挣表现去战场。你还能喊不服，被你拖累死的战友去哪里喊冤……”

李小军说：“你就不怕上军事法庭吗？”

孙成毅说：“咱们团肩负反毒任务有伤亡指标，我听说今年的指标还没用呢！”

李小军红着眼大吼：“姓孙的，我做鬼也不放你！”

孙成毅说：“少来这套，要是鬼能报复人，我早就玩完了。”

夏阳最初以为孙成毅训练严苛，但看到李小军摇摇欲倒，胸膛距离刀尖越来越近，孙成毅仍无中止的意思，毛骨悚然地飞奔过去拿开刺刀。李小军轰然倒地，大口喘息。

孙成毅按停秒表，目光森然，问：“知道影响训练的后果吗？”

夏阳愤然道：“这是训练？！李小军差点死于非命！”

孙成毅问：“他死了吗？”

夏阳说：“要不是我及时……”

孙成毅突然大吼：“回答我的问话！”

夏阳毫不示弱地大吼：“没有！但我不能见死不救！”

孙成毅阴森森地笑笑，扭头对李小军吼："装什么死狗，继续训练。"

李小军大口喘息着，翻身用双臂撑起身体，做好俯卧撑的预备姿势。孙成毅对夏阳努努嘴，示意他把刺刀放回原位置。李小军用眼睛余光看着刺刀锋利的刀尖，脸色越发苍白，全身不由自主地打颤。

夏阳说："孙排……"

孙成毅大吼："队列纪律哪里去了？我让你说话了吗？"

夏阳吼："报告！"

孙成毅说："讲！"

夏阳说："排长同志，李小军体力耗尽，继续下去会出训练事故。"

孙成毅问："李小军，怕死吗？"

李小军犹豫了一下，心虚地说："不怕。"

孙成毅再次努嘴，示意夏阳把刺刀放回原位置。夏阳怒目而视，原地站着不动。

孙成毅说："李小军，大声一点儿，夏阳听不到！"

李小军悲愤吼："不怕！"

孙成毅讥讽说："夏阳，听到没有，人家不领你的情。"

夏阳看一眼李小军颤抖的双臂，把刺刀倒插在面前，俯身做好俯卧撑的预备姿势说："李小军不行了，我替他！"

李小军被感动得热泪盈眶，孙成毅一脸讥诮地凑过来，拔出李小军的刺刀倒插在他胸前，然后按下秒表继续计时。李小军被吓得几乎崩溃，盯着刺刀全身打颤，眼泪夺眶而出。

孙成毅身上立刻爆出一股让人毛骨悚然的杀气，语气冷得掉冰碴，低吼："侦察连的兵流血流汗不流泪，敢掉一滴眼泪，就给我滚！"

李小军收泪，奋力撑起身体。

孙成毅在夏阳面前蹲下，笑吟吟地问："你对C团了解多少？对山岳雨林作战了解多少？对特种战术了解多少？对李小军又了解多少？"

夏阳微微一怔，孙成毅所述他基本不了解，仔细想想他的确有些冲动，别说是以纪律严明、官兵一致闻名于世的人民解放军，世界上任何一支正规军也不会用士兵的生命开玩笑。

夏阳说："孙教员，对不起，我只是担心李小军的安全，刚才有些冲动。"

孙成毅冷笑说："一肚子青屎，也敢自以为是。念你是其他单位调过来的，给你提个醒，管好嘴，摆正位置，别用冲动当理由，不懂可以问，不会就去学，用实际行动去赢得尊重。否则，别说你带的是七狼，就是带了七头狼，也给我打背囊滚蛋，明白吗？"

夏阳吼了"明白"，顿了一下，又喊了"报告"，得到允许后说："七郎是杨七郎的郎，不是野狼的狼。"

孙成毅怔了怔，忍不住笑道："承压能力不错，我喜欢！"

夏阳不明所以，一脸茫然。

孙成毅见李小军的胸膛距离刀尖越来越近，大吼："这点压力都扛不住，还想进林子，给我撑起来！"

李小军挺直双臂撑起身体，孙成毅笑嘻嘻地问夏阳："懂了吗？"

夏阳反问："懂什么？"

孙成毅问："你能撑多久？"

夏阳低头看看胸前的刀尖说："没尝试过胸前放刺刀，应该能坚持二十分钟。"

孙成毅说："差远了。李小军，告诉夏阳，你能坚持多久。"

李小军神色惊恐地盯着胸前的刀尖，颤声说："孙排，我坚持不住了。"

夏阳恍然大悟说："报告，我懂了！李小军还能坚持，这是抗压训练。"

李小军扭头怒目而视，牙齿咬得咯咯响。

孙成毅说："聪明，我喜欢。以后就要这样，遇事多思考，多想想为什么，通过蛛丝马迹迅速做出正确的判断。雨林内情况复杂且多变，作为侦察兵必须用这种思维解决问题。"

孙成毅扭头看眼摇摇欲倒的李小军，蹲到他身旁说："你新兵营的班长告诉我，你最高纪录是三十六分钟。"

孙成毅举起秒表让李小军看眼时间，接着说："你一共撑了不到十五分钟，中间被夏阳打断，你还借机休息了一分钟。"

李小军面红耳赤，看眼胸前的刀尖，低声说："孙排，我……我害怕，吓得手软了。"

孙成毅说："何止害怕，你几乎崩溃，竟然怀疑我会杀了你。这点压力就让你质疑指挥员的人品以及命令，可见你生性多疑，有被迫害妄想心理。你很难相信别人，也难以取得别人的信任。你会成为特战分队中随时都会爆炸的炸弹，有你在，战友无法全身心投入战斗。"

李小军惊愕道："孙排，你要赶我走？"

孙成毅说："如果你不尽快改正，我会向上级建议撤销你副训导员的职务。"

李小军急切地说："孙排，我一定改，我保证……"

孙成毅失望地摇头说："你白在C团待了。"

李小军讪讪说："是，请孙排看我行动。"

孙成毅看着夏阳、李小军说："四周的时间说多不多，说少不少，课余时间出不出小操随你们的意，但不达标，我不会放你们进林子。告诉你们一句名言：战场上，唯一可以依靠的只有战友。希望你们能成为让我们可以依靠的战友。"

孙成毅这种脱离常规的训练方式，让夏阳颇有些雾里看花的感觉，似乎别有深意又不知深意在哪里。李小军则是惊恐、后怕，脑海中倒插在胸前的那把刺刀，因手打滑、胳膊抽筋等各种原因，一次又一次地刺入他的胸膛。牺牲在反毒斗争一线是烈士，倒在训练场上只能是事故。两人不想壮志未酬身先死，更不想成为训练事故的牺牲品，认为有必要去连部向苏鹏反映一下情况。

苏鹏埋头在他的笔记本上写写画画，夏阳、李小军吭吭唧唧欲盖弥彰地反映完情况，苏鹏足足晾了他们五分钟，才头也不抬地问："我听说你们因为犬闹不团结？"

苏鹏看似询问，暗中却是批评。夏阳还算淡定，他服役的军犬队属于后勤保障单位，总共百十号人，官兵数量一半对一半，上下级关系不像基层部队这么分明。边防团可是实打实肩负作战任务的基层部队，要想打胜仗，首要的就是纪律、服从，所以等级森严，李小军不免又被吓了一跳。

苏鹏没听到回答，抬头看着二人。

李小军结结巴巴说："报告连长……好像有点儿……"

夏阳说:“报告连长,目前还是心中不满,属于潜意识,没有因此影响工作、训练。”

苏鹏低头继续写写画画着说:“送你们一句话:战场上,唯一可以信任的只有战友。去吧!”

两人离开连部,李小军困惑地问:“一个是依靠,一个是信任,我们该听谁的?”

夏阳说:“我想原话应该是:战场上,唯一可以信任、依靠的只有战友。连长、孙排长在合伙敲打我们呢!”

李小军想了想说:“我明白孙排残酷训练我们的目的了。”

夏阳说:“操场上流血,战场上流汗!”

李小军点头说:“操场上刺刀顶着胸膛训练,战场上即使被枪顶着脑袋,我也不会害怕。”

夏阳瞥了李小军一眼,嘴角微翘,露出一丝笑意。

李小军红着脸解释说:“听老兵说,贩毒小组里都是雇佣兵,好多还是各国退役的特种兵,作战经验丰富。所以……我有些害怕,每次进林子,大脑都是一片空白。”

夏阳说:“其实,我比你更怕。”

李小军:“那你笑是几个意思?”

夏阳说:“我不会充硬汉。”

李小军郁愤:“你可真会聊天。”

夏阳说:“别生气,这段时间,我帮你与七郎搞好关系,尽快让它接受双人指挥。”

李小军没有惊喜,也没有夏阳想象中的欢呼雀跃,反而目露疑惑。

夏阳问:“不相信?”

李小军说:“你态度转变太快,我觉得你别有目的。”

夏阳说:“我只有一个目的,希望七郎能活着完成任务。”

“明白了。”想到险恶的丛林战场、牺牲的泰格,李小军神色黯然。

四

夏阳与李小军的强化训练过得没滋没味。“必知”只在开训那天讲过，“必会”从来不练，每天的训练科目大同小异，均是心理素质、意志力训练。夏阳咬牙苦挨拼命训练，但他的汗水却未能赢得认同，侦察兵们依旧对他不冷不热。

夏阳带着李小军一起照顾、训练七郎，尽力培养李小军与七郎之间的感情。七郎曾与夏阳有过短暂分别，对刻意接近的李小军心生警惕，时常龇牙咧嘴地威胁恐吓。李小军逆来顺受，每每笑脸相迎。七郎见夏阳热情依旧，没有冷淡它的意思，逐渐默认了李小军的存在。

万里长征虽然刚迈出第一步，但李小军认为有了第一步的成功，第二步会更加顺利，在独掌七郎的梦想激励下，怀着百折不挠屡败屡战的信心，用尽浑身解数讨好七郎。但七郎态度冷淡，大多数时候对他视而不见，偶尔扫他一眼，眼神中也满是冷漠，就像在看一块会动的石头。李小军趁夏阳不在试着指挥七郎，口气温柔，七郎充耳不闻，该干啥干啥；口气稍加严厉，七郎立马皱起嘴唇请他欣赏锋利且雪亮的牙齿，而且还会用轻蔑的眼神打量着他，就像在说：小样儿，就你也想指挥我？李小军感觉七郎就是一座有着七窍玲珑心的冰山，焐不热暖不化，撞得他头破血流。

信心百倍的李小军很快偃旗息鼓，夏阳只好亲自出马，不顾七郎鄙夷的眼神，摆事实讲道理，试图说服七郎，同意分享它给予夏阳的忠诚。夏阳口沫横飞絮絮叨叨，反复阐述作战不同于训练，双人指挥不仅是为了更好地完成任务，更是为了保护它的安全。七郎不肯听他和尚念经，心情好就勉强应付一下，趴在那里闭着眼睛神游天外；心情不好起身就走，与夏阳玩儿躲猫猫。

夏阳江郎才尽，只好去请教高泽石和科研所的专家。他们的结论与夏阳的分析大同小异：非冷暴力移交的军犬，再见到老训导员仍会服从指挥，新老训导员同时在场的情况下，军犬会根据感情亲疏、威信高低分出主次，选择服从某一个训导员的命令。简而言之，感情不到位，七郎根本没把李小军当成训导员，至多把他当成了生活助理。

夏阳如实转达并询问军犬生活助理李小军同志是否有解决办法。

李小军沮丧不已，哀怨道：“顶礼膜拜，成吗？”

夏阳笑骂：“扯淡！”

李小军说：“那怎么办？”

夏阳也没好主意，挠头想了半天说：“我们按照接犬程序走，你继续给七郎打饭。”

李小军目光灼灼，盯着夏阳问：“七郎已经吃过我打的饭，该进行第二步了。你准备暴力移交，还是冷暴力移交？”

夏阳白了李小军一眼说：“还没过河就想着拆桥，什么人品！”

李小军说：“那我们又回到了起点，你还有招吗？”

两人大眼瞪小眼，第一次感觉犬太聪明了也让人头疼。

成年犬一日一餐，夏阳、李小军跟随侦察兵们看完《新闻联播》，跟孙成毅打了招呼，一前一后地去了犬舍。七郎趴在门口等开饭，牺牲的军犬泰格曾住过这间犬舍，到处都有它的气味，傲娇的七郎有些不喜，除了睡觉，其他时间它很少进犬舍。

七郎得意地睥睨愁眉苦脸的李小军，看到夏阳皱着眉头从他身后闪出来，嘴唇蠕动着有念经的趋势，站起来准备去卧室。

李小军忙喊：“七郎，别慌，夏阳今天不念经。”

七郎将信将疑地站住，微微晃着尾巴看谁进门，如果是夏阳，它会主动去叼食盆，这是犬对训导员的尊重和信赖。李小军刻意放缓脚步走进犬舍，希望得到与夏阳的同等待遇，但七郎对他视而不见，摇头摆尾地跑出去讨好夏阳。

夏阳不满地问：“你嫌我烦是吧？”

七郎立刻打岔，人立起来伸舌头舔夏阳的下巴，提示它饿了，现在是开饭时间。

夏阳溺宠地推开七郎的头说：“少打岔。老实交代，是不是嫌我烦？”

七郎立马躺下亮出肚皮认错，忽闪着眼睛打量夏阳。

夏阳无奈笑道：“无赖，越来越像你爹，去吧，去吧！”

七郎爬起来，讨好地晃晃尾巴，颠儿颠儿地跑去散放场。

夏阳目送七郎离去，回头见李小军提着食盆盯着犬舍卧室发愣，不由得问：“看什么呢？”

李小军回头说：“我想重新粉刷犬舍，消除泰格留下的气味。”

彻底抹除泰格留在这个世上的痕迹，如同抛弃牺牲战友的遗物，夏阳理解李小军的心情，但口气仍有些鄙夷地问：“你舍得？”

李小军叹口气说：“舍不得，但我想给泰格报仇。如果泰格在天有灵，一定会原谅我。”

夏阳微微一怔，有些同情李小军，叹口气说：“你给七郎的太多太快了，轻易得到的东西，一般都不会珍惜……”

夏阳被自己的话提醒，眼前突然一亮说：“我似乎有办法了！”

李小军疑惑问：“似乎？”

夏阳说：“你先去打饭，让我想想。”

七郎昂着头在散放场上散步，身后尾随着一群士兵对它评头论足，这几乎是他们每日例行的科目。七郎听不懂他们在说什么，但能嗅到他们身上散发着谄媚气息。这种气息，它跟随克虎巡视领地时，曾在军犬以及部分士兵身上嗅到过，这或许是对王者尊敬才会散发出来的气息。七郎很享受这种感觉，学着克虎的样子刻意保持高傲的姿态，对身后的仰慕者视而不见。

夏阳拉着脸走上散放场，七郎的粉丝们讪笑着一哄而散。七郎远远察言观色，见夏阳皱着眉头，担心他会念经，赶紧跑去一边躲着。夏阳坚定地认为，克虎之所以目无纪律自封为王，就因为在C团服役期间，士兵们的谄媚助长了它的王者心态。夏阳担心七郎重蹈覆辙，对它的粉丝群颇为不满，从没给他们好脸色。

李小军端来一盆标准狗粮，又端来一盆清水，喊了声“开饭”。七郎这才像大爷一样慢悠悠跑来，偷眼见夏阳脸色不善，赶紧埋头吃饭。

夏阳不满地说：“礼节礼貌哪里去了？”

七郎充耳不闻，乜眼偷觑。

夏阳说：“别学着你爹自封为王，你爹为了你……”

眼见七郎耷拉着脑袋、尾巴有逃跑的趋势，李小军赶紧把夏阳拉到一边，劝说：“消消气，七郎就是个熊孩子，哪知道什么是王，它跟战士们玩呢！”

夏阳气咻咻地说：“你看它什么态度，我没说两句，它就想走！”

李小军说："你天天念叨，也不换个花样，我听着都烦。"

夏阳也感觉自己有成为长舌妇的苗头，尴尬地挠挠头说："泰格的玩具还有吗？"

李小军点点头，反问："七郎没玩具？"

夏阳说："明天我们去给泰格扫墓，你把玩具带上。"

李小军困惑地问："这就是你想出来的新办法？"

夏阳点头。

李小军惊愕道："精神感召只适用于人，七郎再聪明也没有人的思维逻辑能力。"

夏阳说："七郎常独自去给克虎扫墓，我不知道它心里想些什么，但我觉得这是个办法。"

李小军说："那好吧！明天我们去给泰格扫墓。"

C 团肩负反毒任务，常与武装毒贩作战，先后牺牲了十多条军犬，官兵们在山上选了块向阳的坡地，给无言的战友建了墓地。踏上通往军犬墓地的小路，李小军想起牺牲的泰格，神情肃穆，眼中隐隐有泪光。夏阳理解他的心情，也没有劝说。七郎不时打量李小军，搞不懂他身上为什么会有犬的气味，而且与犬舍里残留的气味一样。

夏阳给雄风、拉克、大熊、泰格等军犬扫墓，逐一脱帽默哀。李小军想起泰格被恶犬活活掐死，不禁潸然泪下。七郎愕然看着李小军，夏阳在克虎墓前也这样哭过，它看一眼墓碑上泰格的照片，嗅嗅李小军身上犬的气味，理清了李小军与泰格的关系，他的犬和克虎一样，去了另一个世界。

七郎觉得有必要像可怜夏阳一样可怜一下李小军，趁夏阳不注意，偷偷溜到李小军面前，晃晃尾巴舔舔他脸上的泪痕。李小军受宠若惊，愣在那里，半天没缓过神来。

看了满眼的夏阳满腹心酸，父亲送心爱女儿出嫁时才会有的那种酸。虽然七郎态度不亲昵，动作敷衍潦草，但想到以后要与人分享七郎的忠诚，在那一瞬间，夏阳仍有暴揍李小军的冲动。可七郎不能再走克虎的老路，要成为不可或缺的军犬，就要不停地执行任务，遇到不同的训导员。夏阳努力深呼吸调整好心态，以免身上散发出不良的气息被七郎察觉，然后拿出一袋牛肉干分成了四份，摆在墓碑前。七郎疑惑地看着夏阳，显然不认为李小军有资格分享牛肉干。

夏阳指指泰格的照片说：“泰格，咱们队里出来的犬，你应该认识。”

七郎没什么反应，它一直跟着夏阳、克虎混，对其他犬几乎没什么印象。

夏阳指指李小军说：“他是泰格的训导员。”

李小军配合地拿出一根制式的磨牙棒，七郎嗅了嗅，颇为不屑地昂起头。

看不起人可以，但不能看不起犬，这是训导员的共识。李小军怕得罪七郎，直眉瞪眼地吼夏阳：“它几个意思？”

夏阳说：“显摆。它的磨牙棒比制式的要好很多。”

李小军神色黯然，看了看墓碑上泰格的照片，遗憾地说：“当时想给泰格买个好磨牙棒，感觉价格贵没舍得，现在后悔也晚了。”

李小军懊悔地叹口气，看着七郎说：“对不住，误会你了。”

夏阳见七郎忽闪着眼睛偷眼看他，假装没看见，把头扭向一边。七郎向李小军晃晃尾巴以示接受道歉，然后赶紧低头在泰格墓碑前刨坑掩饰慌张。夏阳帮它把一份牛肉干放进刨好的坑里，七郎从李小军手里抢过磨牙棒丢了进去，盯着夏阳帮它掩埋好，懒洋洋趴下，叼起一粒牛肉干慢慢嚼着。

李小军惊诧地问：“七郎在祭奠泰格？”

夏阳说：“搞不清楚汪星人怎么想。我猜不一定是祭奠。我常带七郎去看克虎，它会把克虎那份牛肉干埋在克虎墓前，或许是习惯，也有可能是对前辈的尊敬。”

李小军想了想，补充说：“还有惺惺相惜，战友之间的。”

夏阳点点头，示意李小军吃牛肉干。李小军的手伸了一半，就在七郎的逼视下僵在半空。夏阳对李小军求援的目光视而不见，在他的那份牛肉干中捡了一粒，吹干净七郎刨坑时溅上去的浮土，丢进嘴里慢慢嚼着。

李小军明白，要想摆脱生活助理的定位，必须要在七郎心里建立权威，于是慌慌张张地拿了块牛肉干，土也没吹就丢进嘴里使劲儿嚼着。七郎不屑地看着李小军，眼神就像在看偷东西的小毛贼。李小军被激怒了，瞪着七郎，学着夏阳的样子捡了一粒牛肉干，吹净浮土丢进嘴里慢慢嚼着。七郎没能吓住李小军，没趣地把目光投向牛肉干，找粒比较中意的叼进嘴里。

夏阳戏谑地问："七郎，我还不知道你会吓唬人，跟谁学的？"

七郎嗅出夏阳身上不良的气味，恼了，掉转身子用屁股对着夏阳，用力摇晃尾巴，扫得尘土飞扬。夏阳拉着李小军故作狼狈地跑开，七郎满意地呜呜叫了两声，低头继续对付属于它的那份牛肉干。

扫墓回来，七郎似乎明白牺牲的泰格值得它尊敬，没留在门口晒太阳，晃着尾巴径直进了卧室。

夏阳语气发酸地说："熊孩子可能接受你了。"

李小军认为幸福来了，心中不免憧憬独自指挥七郎驰骋沙场，晚上做梦都笑醒了几回。但现实依旧骨感。趁夏阳不在的时候，李小军试着给七郎下达了"坐"的口令。七郎犹豫一下，缓缓坐下，屁股还没着地，就慌慌张张站起来，东张西望不停扇动鼻翼嗅探空气中的气息，似乎担心被夏阳撞见。

七郎的犹豫，让李小军无法确定他是否摆脱了生活助理的定位。直到七郎无意中发现李小军正在被"虐待"，跑上操场恐吓了孙成毅，夏阳、李小军才彻底放了心，这是军犬保护训导员才有的行为。想到即使自己牺牲，七郎也能继续建功立业，夏阳自怜之余不由得长松了一口气；而李小军与他心态完全相反，心中独掌七郎的小树苗正难以遏制地茁壮成长。

罗启明接到苏鹏成功实现一犬双训导员的报告，跑上操场指着夏阳、李小军问孙成毅："练得怎么样了？"

孙成毅立正说："报告团长，已完成心理承压训练、体能训练，准备进入侦察专业技术训练。"

罗启明说："带他们跟着你的武侦排进次生林训练，带上七郎所有的装备，缩短犬与侦察分队的磨合期，尽快形成战斗力。另外，要做好战斗准备，鹞子可能会在次生林露面。"

孙成毅神色为难，欲言又止。在野战部队只有技战术水平不过关、老实憨厚的士兵才会送去学训导，训导员的地位在部分士兵眼里等同于炊事员。经过突击训练，李小军勉强达到普通士兵的标准。来自后勤保障单位的夏阳枪都没打过几次，自保尚且困难，如何能跟雨林老手作战？

罗启明呵斥说："皱什么眉，有困难就说！"

孙成毅说："报告团长，没有困难，我一定保护好他们。"

罗启明满意地点点头说："抓紧时间准备，明天一早出发！"

罗启明说完，摆摆手示意孙成毅不用报告，自顾自地走了。

苏鹏与C团绝大多数军人一样对罗启明发自内心地尊敬，执行他的命令不会打一丝折扣，亲自带着夏阳、李小军去了军械库，七郎自然要跟着去添乱。

夏阳不满地暗中瞥眼孙成毅，"保护"这两个字对于军人来说是耻辱。但自家事自家知，他那半瓶子醋进了林子，不用说侦察兵，就是李小军也能轻松放翻他。七郎嗅到夏阳身上散发出来的气味，用爪子挠挠他的腿，支棱着耳朵，绷紧肌肉尽力展示它的膘肥体壮，示意有它在夏阳不用担心。

夏阳撇嘴低声说："少来，你也是第一次进林子。"

进了军械库，七郎大爷一样监视着夏阳、李小军给它收拾装备，看到夏阳把几套犬用输液器放进背囊，赶紧跑过去叼出来扔在一边，它绝食的时候被这东西扎过，滋味不太好受，看到急救犬用血浆袋上有针头也想叼走扔了。

夏阳推开它说："你要去打仗，有可能负伤，这是救命的东西，少添乱，一边蹲着去！"

七郎悻悻地去一边蹲着，看到夏阳把输液器和血浆袋放回背囊，不满地哼哼唧唧。

夏阳说："闭嘴，不准嘟囔！"

七郎停止哼哼，吐出舌头哈哧哈哧地喘粗气，见苏鹏正好奇地打量它，立刻找到了出气口，毫不示弱地回瞪。

苏鹏笑道："我又没骂你，瞪我干什么？"

七郎眨眨眼，觉得言之有理，傲娇地把头扭到一边。

苏鹏乐了，说："有点意思，像克虎！"

夏阳闻声抬头问："连长，你见过克虎？"

苏鹏说："当然见过，我入伍就在侦察连，哦，那时还叫侦察排，鹞子过来以后才扩编为侦察连。"

夏阳看一眼苏鹏左胸的资历章，计算一下他的军龄，心中有了主意。七郎的装备太多，夏阳分了工，他负责携带战斗装备，李小军负责携带生活装备，两人背负小山一样的背囊走出军械库，碰上来领取技术装备的孙成毅。

孙成毅惊愕问道："你们这是要搬家吗？"

夏阳说：“报告，这都是必需装备。”

李小军补充说：“还有三分之一没有带。”

孙成毅经常带队进林子巡逻，时常会有军犬配合，C团军犬的装备极其简单，只有食宿用具和一些必需药品，他不相信又有些震惊地吞口唾沫，扭头见苏鹏对他点头，示意确实还有三分之一的装备没有携带，咧嘴笑笑，进了军械库。

夏阳低声说：“我感觉孙排笑得古怪。”

李小军苦着脸说：“进林子要徒步行军。”

夏阳一愣，接着庆幸地说：“幸亏罗团长有先见之明，让我们两个带七郎。”

夏阳把七郎的装备放回班里，去服务社买了包好烟，去了连部。

苏鹏看一眼他手里的烟说：“林子里烟味散得慢，容易暴露目标，戒了。”

夏阳说：“连长，我不会吸烟，这是给你的。”

苏鹏戏谑地问：“用一包烟贿赂我，是不是有点少？”

夏阳说：“连长误会了，我只是想跟你聊聊克虎。”

苏鹏一怔，蹙眉说：“涉密，不该知道的不问，回去休息！”

夏阳急切地说：“连长，我是克虎的训导员，不，应该是朋友或者兄弟。韩分队长转业以后，我是克虎唯一信任的人，我能体会它的痛苦，但却束手无策，眼睁睁看着它结束自己的生命。我想知道克虎在C团经历了什么，明天一早我就要进林子，有可能会牺牲……”

苏鹏打断夏阳说：“不用担心，我们会保护好你和七郎。”

夏阳说：“我不怕牺牲，我更相信战友，但我只是想了解克虎，不想七郎重蹈覆辙。”

苏鹏说：“克虎是一名渴望战斗的士兵，我只能告诉你这么多。”

夏阳哀求说：“我想了解我的兄弟，仅此而已，求你了连长。”

苏鹏盯着夏阳想了想说：“等着，我去请示团长、政委。”

苏鹏跑去团部向罗启明、任志林如实转述了夏阳的请求。

罗启明怔怔地问：“夏阳说克虎是自杀的？”

苏鹏说：“是，但我觉得不可能。”

罗启明叹口气说：“我了解克虎，夏阳没有说谎。政委，鉴于夏阳曾是克虎的训导员，又肩负科研任务，我建议告知克虎的相关经历。”

任志林点点头说：“我也了解一些情况，可以作为补充。”

夏阳在罗启明的办公室待到了深夜，通过罗启明的叙述、任志林的补充，他脑海里有了一个精彩且充满着牺牲的精彩故事。

五

八年前，鹞子占据小三角地区，以此为基地拉起一支两百多人的队伍武装贩毒。鹞子担心引起地方武装的警惕，给他的队伍起名为押运队，没使用连、排、班等军事味道浓郁的名称。以“小组”为基本单元，由六人和十二匹善于翻山越岭的矮脚公马组成，重金招揽雨林作战经验丰富，战术、战法相对先进的雇佣兵、退役特种兵为组长，熟悉环境、地形的当地猎人为副组长，装备突击步枪、冲锋枪、轻机枪、榴弹发射器等便于在视听受限的雨林中作战的自动武器。

鹞子有着极强的反侦察能力和战术意识，运用特种作战中小股多群的渗透战术跨境运毒。每次运毒十至一百千克，一般十至二十个运毒小组同时在不同地段渗透入境。毒品携带方式随机，有时平均分至各组，有时临时指定几个或者一个小组携带。运毒时间、越境地点飘忽不定，有时一星期两次，有时一两个月没有动静。

运毒小组一人双马，轮流骑乘，人员、马匹长时间保持充沛体力，能在泥沼遍地的原始雨林中长途快速机动。入境后，马不停蹄，人不离鞍，到位即刻返回，往返用时不会超过二十四小时。如与边防 C 团的巡逻队、伏击分队遭遇，C 团人少，就用电台、卫星电话呼叫附近小组，集中兵力强行冲卡；C 团人多，则向其他小组通报遭遇的位置后一哄而散，分头撤退，如有必要，可以丢弃马匹、毒品。雨林中视线、听力受限，一个人钻入雨林就像一滴水汇入大海，极易逃脱围捕，人员、毒品几乎没有大的损失。偶然损失几千克毒品，鹞子也不以为意，每次越境运毒，只要有四分之一的毒品到达目的地，他就能收支平衡。

鹞子有成为枭雄的潜质，会管理，对部下恩威并举。平时，他与部下同甘共苦；战时，尽量靠前指挥，如有必要，能身先士卒。贩毒所得他留下一半，其余当作奖金，按贩毒功劳大小分给部下，所以押运队颇具战斗力，与其他武装贩毒组织火拼鲜有败绩，即使对上C团也敢硬抗，吃了亏，还总想找回来。放眼金三角地区，武装割据的地方武装敢打正规军，但从来不敢招惹解放军。鹞子声名鹊起，俨然是一颗正在冉冉升起的军事新星，他借机软硬兼施吞并其他武装运毒团伙，成了小三角地区的霸主。

地方武装之所以默认甚至乐见鹞子的存在，是因为：第一，小三角地区地理环境恶劣，交通不便，因物产不丰、土地贫瘠，几乎没有住民，即使贩毒利润丰厚，鹞子也无法就地征召士兵扩充部队，两个连的兵力对他们不构成威胁。鹞子也有自知之明，势力范围仅限于贫瘠的小三角地区，用实际行动表明，他无意武装割据，只想贩毒赚钱。

第二，在金三角地区，实力就是王法，没有军力做后盾，只有被屠戮、奴役的命运。各股地方武装虽被迫做出不种植、不制作、不贩售毒品的承诺，但仅靠种地、博彩和出售木材难以维持庞大军力所需开支，暗中贩运毒品几乎是公开的秘密。鹞子越境运毒成功率高，多股地方武装暗中以低廉的价格向其提供毒品以及枪支弹药补给。这样做好处多多，不用自担风险，并与制贩毒品撇清关系，如有必要，还可以把鹞子抛出去当替罪羊。

鹞子的运毒战术让C团很头疼，感觉就像大象打蚂蚁，有劲儿没处使。分兵守面，兵力不够，且雨林环境险恶，部队无法长期潜伏；打点，又无法掌握运毒小组的活动规律及确切的运毒路线。加大巡逻力度、组织伏击分队游猎，击溃多，歼灭少，又因运毒小组随机携带毒品，能否缴获毒品全靠运气，难以形成对鹞子的实质性打击，反而助长了他的嚣张气焰。

C团采纳时任团副参谋长的罗启明的建议，调集全团军犬配属到雨林巡逻队、伏击分队，利用军犬敏锐的嗅觉、听觉帮助巡逻队、伏击分队先敌发现并确认当面运毒小组是否携带毒品。短期内效果显著，但鹞子很对找到了应对办法。先是对军犬、训导员进行高额悬赏，“色诱”、投毒、恐怖袭击，无所不用其极。另外，针对军犬重新调整了战术及兵力配置，每次越境梯次布置 8 至 10 个小组，一个运毒小组携带少量毒品在前佯动，2 至 3 个小组在其侧后隐蔽跟随作为火力支援，后方还有 4 至 6 个小组占领有利地形建立阵地作为接应。佯动组引诱出军犬后，如目标清晰，由狙击手或枪法好的射手打掉。如犬与部队混在一起，佯动组就与火力支援组集中火力打掉军犬，在接应组的掩护下迅速撤回境外。

边防 C 团连续损失十多条军犬后，被迫把剩余军犬撤出了雨林，并向上级请求补充军犬。命令到了军犬队，高泽石等人虽认为军犬训练周期漫长，补充困难，不能把特殊战斗员当成一次性消耗品，但也明白必须服从大局，所以把刚刚完成训练的克虎派到了 C 团。那时的克虎小荷才露尖尖角，但头上已经隐隐有了“神犬”的光环，C 团上下都认为会是强有力的支援。克虎不负众望，第一次跟随巡逻队进雨林就颠覆了所有人对犬的认知。它死死抓着牵引绳，试图把它控制在身边的训导员追得满林子乱窜，在泥浆没踝甚至没膝的泥水中狂奔，强度远远大于五公里越野跑。训导员很快筋疲力尽扑倒在泥水中，闭着眼睛准备以身饲犬，等了半天，没等到狗牙锁喉的剧痛，侧耳听听周边也没有动静。训导员小心翼翼地睁开眼睛，没看到克虎的身影，还以为克虎只是不适应雨林环境一时犯浑。训导员原路返回，很快与赶来的巡逻队碰上头，队员们把头摇得像拨浪鼓，异口同声说，克虎并没有回来。这可是高智商犬种的种子犬，要是有个三长两短……训导员慌了神，又是喊名字，又是吹犬哨，巡逻队也不巡逻了，帮着一起找，折腾了大半天连克虎的影子也没看到，无奈之下只好据实上报。

团长、政委、参谋长等人瞠目结舌，心说，果真是智商超群，知道进林子有生命危险，提前当了逃兵。大家都是心说，副参谋长罗启明却扯着嗓子喊，这货不会是叛逃了吧？众人又是一愣，克虎如果越境，保不齐会引起外交纠纷。外交无小事，参谋长调集兵力进雨林搜寻克虎，政委指挥基指的一干参谋、干事制定整补措施，团长赶紧打电话请示汇报。

罗启明工作能力和捅娄子的水平同样突出，属于“两头冒尖”的军官，被军分区司令员、政委放在副参谋长的位置上磨性子，准备委以重任。和平年代，团级部队没有副参谋长的编制，副参谋长这个职务完全是为罗启明量身打造，没有具体分工，哪儿需要去哪儿，随时充当救火队队长。团基指忙得一塌糊涂，罗启明没有具体分工插不上手，又不好意思干看着，感觉克虎虽然聪慧，但毕竟是受过严格训练的军犬，逃跑行为太过反常，就跑去办公室给军犬队打电话。

罗启明嘴上的哨兵长期溜号，说话不经大脑，说克虎可能叛逃了。电话那头的高泽石被吓出一脑门子冷汗，赶紧派人找韩哲问情况。那时候的韩哲还没被克虎搞抑郁，属于心直口快的阳光型青年军官，跑进高泽石办公室激动地抡着胳膊喊："C 团污蔑，我就说不能把克虎交给那个傻瓜……"

罗启明要等消息，高泽石没挂电话，气得拍了桌子指着韩哲吼："再敢侮辱兄弟部队，我让你去山上照顾老犬！"

韩哲立刻老实了，高泽石按下电话免提说："你向罗副参谋长详细报告。"

韩哲这才看到电话没挂，涨红着脸赶紧道歉。

罗启明却感觉韩哲性格与他相似，第一印象非常之好，在电话中说："没啥，没啥，有兴趣来 C 团吗？"

韩哲有些蒙，心说：不是说克虎叛逃吗，怎么说到我头上了？

高泽石也有点跟不上罗启明的思路，提醒说："罗副参谋长，韩哲是克虎的训导员。"

罗启明赶紧切入正题："克虎为什么要跑？"

韩哲说："克虎有一定的自主能力，也就是说它会思考，我敢保证克虎没有越境，它去熟悉地形或者侦察敌情了。让训导员在原地等着，有情况克虎会来报告。"

罗启明说："嗯，我觉得也是，谢谢。"

罗启明说完就挂了电话，高泽石、韩哲一脸的讶异，两人都认为需要一番解释，才能让罗启明理解克虎的行为，没想到他对犬的认知程度这么高。由此，韩哲对罗启明有了知音之感，想到如果在 C 团能与克虎朝夕相处，有一段时间还动了去罗启明麾下效力的心思。

罗启明回到基指复述了韩哲的分析，团长、政委气得满脸涨红，认为军犬队在推卸责任——自己跑去侦察，克虎是哮天犬吗？罗启明无视团长、政委的愤怒，补刀说："说不定真去侦察了，既然没有办法，就不如听韩哲的，死马当作活马医。"军语要求准确、清晰、言简意赅，严禁可能、大概等词语，更何况是死马当作活马医？团长认为有必要让司令员听听罗副参谋长的军语，拨通军分区作战室电话，要罗启明向司令员汇报。罗启明当然不敢跟司令员说死马当作活马医，只以副参谋长的身份提供建议，认为有可行性，并请求去一线指挥，临机处理突发情况。司令员认为，事发至今，这是唯一可行的建议，批准了罗启明的请求。

罗启明在雨林里陪着训导员和巡逻分队喂了大半夜的蚊蠓，黎明时分，克虎裹着满身泥水跑回来。训导员欣喜若狂，抱住克虎的脖子挂上牵引索，想把它拖出雨林。罗启明见克虎龇牙咧嘴地想咬人，样子似乎很焦急，一把推开训导员，蹲下平视着克虎的眼睛，很认真地问："克虎，有情况？"

巡逻队员愕然，他们第一次看到人与军犬这样交流。训导员被推了个屁股蹲，坐在泥水里，不满腹诽：不懂装懂，克虎莫非能回答？

克虎歪着头打量罗启明，可能感觉罗启明肩膀上星星最多，或是因为帮它把那个傻瓜训导员推开，所以对罗启明有些好感，临时选定他为训导员，咬住他的衣襟拖了拖，示意跟它走。

罗启明一挥手，带着巡逻队跟在克虎身后向雨林深处走去。开始士兵们多少有些狐疑，克虎再聪明也是犬，即使能分清敌我，循迹找到敌人，但它不可能懂战术，不会看地形，如果被带进伏击圈，那娄子可就捅大了。训导员认为他是克虎的直接上级，负有领导责任，有必要向指挥员提供专业的意见和建议，刚走到罗启明身边，没等开口，克虎先回过头来，眼神冰冷，皱起嘴唇让他看雪亮的牙齿。罗启明乐了，用食指指指克虎，然后用拇指指指身后，用手势告诉训导员：克虎不想看见你，给我去后边待着。罗启明不听谏言，训导员满怀悲愤，认为这次任务最好的结果是犬死人伤。但随着行军速度不断加快，最后几乎是在小跑，训导员就忘了悲愤，瞠目结舌地看着在前面颠儿颠儿小跑的克虎。

罗启明是雨林作战的老手，如果他自认第二，C 团没人敢称第一。但即使他担任尖兵，也无法赶上克虎的前进速度。热带山岳雨林地区地形复杂，原始林树冠封顶，林中晨昏难辨，入目之处全部是数人难以合抱的树干和高达一两米的板状根，因缺少参照物，极易迷失方向，要依靠指北针定向。地面看似平坦，枯枝败叶下是千百年落叶枯枝腐烂后形成的泥沼，人落入其中，没有外力帮助很难挣脱出来。因缺少明显参照物，大部分死亡泥潭地图上没有标注，即使经验丰富的侦察老兵也只能记个大概位置。所以，以往雨林行军，尖兵不敢远放，均保持在干队的目视范围内，小心翼翼地搜索前进，这也是C团难以先敌发现，发现后难以全歼的原因之一。

刚开始，不仅是巡逻队，就连罗启明也心存疑虑，不敢放开步子跟随克虎。但随着克虎一次次带队绕过死亡泥潭，队员们疑惑尽消。罗启明更如发现新大陆般地惊奇，想到韩哲说过克虎会思考，一路上饶有兴致地观察。克虎侧耳聆听什么，他也跟着听；发现克虎嗅探地面绕过死亡泥潭，他认为死亡泥潭与泥沼的气味不同，为验证他的判断，还刻意趴下闻了闻泥潭的气味。

克虎带着巡逻队跑了一个小时，在一道缓坡下停止前进，看着一点方向坡顶上的一道板状根卧倒。罗启明摆手示意巡逻队卧倒警戒，带着训导员匍匐前进到克虎身边。两人等了好一会儿，见克虎只是竖起耳朵盯着一点方向，再没有任何动作。

罗启明忍不住与克虎耳语："克虎，那边有情况？"

训导员忍不住想提醒罗启明，军犬只能听懂指令，刚说了个"副参谋长"，罗启明、克虎同时闪电般扭头恶狠狠地看着他。训导员吓得赶紧闭嘴。

又等了足足五分钟，克虎耳郭指向一点钟方向的板状根，开始悄无声息地蠕动，不时停止前进，等待片刻，再次开始蠕动。罗启明一怔，感觉克虎的动作很像狙击手渗透接敌时的战术动作，不由得扭头向身后的干队看去。巡逻队的狙击手也在观察克虎的动作，见罗启明回头，连忙左手握拳放在眼窝上，然后指指一点方向，示意有狙击手。

罗启明忙招手示意狙击手上前。两人跟在克虎身后，用了半个小时蠕动到五十多米开外的板状根后，狙击手把潜望镜物镜露出板状根顶端，把着目镜看了看一点方向，就一脸错愕地把潜望镜递给了罗启明，然后不由自主地伸手想爱抚克虎。克虎立刻无声地皱起嘴唇，请狙击手欣赏它雪亮的牙齿。

罗启明透过潜望镜看去，一点方向，约七十米的望天树下，一堆枯枝败叶中伸出一根伪装成枯树枝的枪管，正在横向缓慢平移，对方的狙击手似乎听到了动静，正在搜索目标。在狙击手侧前方，十一点、两点位置各有一个六人小组，以倾倒的树木、坑洼地为依托，建立菱形防御阵地。四个尖角位置各有一名毒贩据枪警惕搜索着各自的警戒角度，轻机枪手、加挂榴弹发射器的突击步枪手留在中间位置，随时准备为接敌尖角提供火力支援。两个阵地中的轻机枪手都在大口抽烟，刻意仰头把烟吐到空中。香烟不属于雨林中的气味，换作其他军犬，会循着气味扑向两个菱形阵地，位于两个阵地中间靠后位置的狙击手击毙军犬后，两个菱形阵地再以交叉火力压制住 C 团的巡逻队，掩护狙击手撤退。雨林中视听受限，失去军犬引导，又有狙击手的威胁，巡逻队无法全速追击，两个六人小组只要使用基本的交替掩护战术，很快就能与巡逻队脱离接触。

罗启明惊喜不已，也想爱抚克虎，见克虎不耐烦地皱起嘴唇请他看牙，转而跷起了拇指，克虎微微晃晃尾巴尖以示接受恭维。

搞清敌情，战斗就没了悬念。C 团的狙击手一枪打掉毒贩的狙击手，在他枪响的同时，两名榴弹手把两发榴弹分别打进武装毒贩的两个菱形阵地。毒贩本能地隐蔽、翻滚着转移阵地，两名机枪手趁机从缓坡顶端露头，分别负责一个菱形阵地，一口气打光一个弹鼓，立刻缩头隐蔽。被火力压制住的毒贩听到两挺机枪同时停止叫唤，庆幸 C 团实战经验不足，不知交替换弹鼓，抬头准备还击时才发现上了当。巡逻队早已一分为二，分别从两翼迂回到位，距离他们的阵地只有二三十米。雇佣兵明白被俘后的最好结局也是在监狱中度过余生，悍不畏死地举枪反抗，结果可想而知。

这是 C 团与鹞子团伙交手以来打的第一个歼灭战，克虎也一战成名，坐实了“神犬”的称号，成了官兵们围观的重点目标。但只限于远观，除了训导员、罗启明，克虎不允许人随便靠近。罗启明很喜欢克虎，花样翻新地买零食，克虎就是在那段时间学会了吃冰激凌。

在克虎的帮助下，C 团连续打掉鹞子多个越境运毒小组。鹞子从逃回去的毒贩口中得知克虎的情况，很快调整了战术，每次集中二三十个小组从不同地段同时越境，遇到军犬，打掉军犬扭头就逃，没有遇到军犬就快马加鞭一路急行。克虎不是哮天犬，无法在短时间内横穿百十公里的原始林，虽然在克虎的帮助下，每次出击总能打掉一两个运毒小组，缴获一定重量的毒品，但这点损失对于鹞子来说只是合理损耗，难以伤筋动骨。

堂堂的边防团愣是让一伙儿毒贩折腾得没了招。分区司令员、政委带着相关人员来 C 团指导检查，当时的团长、政委以及负责指挥作战的参谋长感觉没脸见人，臊眉耷眼地不敢与首长对视。唯独副参谋长罗启明满脸的不在乎，还极为少见地提着暖瓶不停给司令员、政委的茶杯里续水。

政委说：“不错，副参谋长这个职务的确可以锻炼人，罗启明同志竟然学会尊重上级了。”

罗启明少见地赔笑脸说：“谢谢政委鼓励。”

罗启明又去给司令员倒水，司令员知道这家伙十有八九心里有谱了，捂着茶杯盖说：“无事献殷勤，想干啥？”

罗启明说：“没啥，没啥。尊重上级，政委刚表扬了我。”

司令员说：“少跟我来这一套，有话说，有屁放！没话没屁，去你座位上蹲着。”

罗启明说：“我有三个请求，如果司令员、政委批准，我保证把鹞子团伙斩草除根。”

鹞子团伙躲在境外，我军不可能出境作战，斩草容易除根难。司令员、政委很感兴趣地打量着罗启明。

团长连忙起立说：“司令员、政委，罗副参谋长曾建议使用‘小股多群对小股多群，温水煮蛙’的战法，我们一致认为有损军威、国威……”

司令员说：“哦，如此说来，你们 C 团正在扬我军威、国威？”

团长面红耳赤。

司令员扭头见罗启明一脸讥诮的笑，骂道：“还有脸笑，你不是 C 团的一员啊？说说你的想法。”

罗启明挺胸抬头，郑重地说：“第一，我全权负责对鹞子武装贩毒组织的作战、指挥，各级首长不得干涉并无条件保障。第二，因要小股多群对小股多群，所以我团侦察排扩编为侦察连，以弥补特战兵力的不足。第三，雨林中机动困难，需要直升机保障，以便实施蛙跳战术断其退路，在我境内全歼毒贩。”

司令员用手指叩叩桌子提醒说：“罗启明，我让你说战术、战法，没让你提条件。”

罗启明早有准备，拿出他的书面作战计划，一式两份分别交给司令员、政委。两人看完后，简单交换一下意见，又通过电话请示了军区首长，基本上同意了罗启明的三个请求。之所以说基本上，是因为司令员、政委分别从军、政角度进行了调整和补充。C团没有场站，直升机全程保障不现实，如需支援，从附近空军或陆航场站调配，二十分钟即可抵达C团。边境反毒作战，极易引起外交问题，鉴于罗启明是一把善于捅娄子的好手，分区李参谋长会来C团监督指导。

罗启明走马上任，先请求分区司令员、政委出面与公安缉毒支队、武警部队协调，秘密封锁从国内进入边防C团防区的通道，监控国内接运毒品的毒贩，顺藤摸瓜理清毒品销售网络，等待时机发起总攻，一举打掉鹞子和国内的贩毒网络。

接着，他扯了虎皮当大旗，把团长、政委、参谋长指挥得团团转。团长要在三天内抽调一个营的精兵强将，组成一百个三人潜伏小组，每组除单兵武器装备外，另装备电台、摄影摄像器材、电子警戒侦察装备，所需不足由团长负责向上级请领。政委出面，与公安、禁毒部门联系，索要有关鹞子及其骨干的一切情报。参谋长负责选拔人员扩编、训练侦察连，务必在两个月内形成战斗力。

C团上下忙得人仰马翻，罗启明一头扎进作战室，研究地图，完善作战计划。他排除雨林中人马无法通行的悬崖峭壁等特殊地形后，把剩余区域划分成 f 个四平方公里的监控区。每个监控区由两个潜伏小组负责，在各自区域内广布声响、震动传感器，利用电子装备弥补兵力不足。一组进入雨林潜伏监控，一组在后方休整，定期轮换，以保持长久战斗力。

政委那边很快有了消息，鹞子刚刚崭露头角，警方不久前才把他纳入视线，几乎没有有价值的情报，只有一张鹞子的照片。罗启明把照片分发给每一名参战人员，命令发现鹞子立刻上报。

三天后，一百个潜伏小组组建装备完毕。为隐蔽意图、方便轮换，钻出作战室的罗启明带着全部潜伏小组以驻训的名义开赴雨林边缘的驻训点。当晚，第一批五十个潜伏小组在夜色掩护下秘密进入雨林，张开一张无形的电子警戒网；剩余五十个潜伏小组在驻训点休整训练，并做好进入雨林换防的准备。

热带山岳雨林地区，山高林密，沟壑纵横，峡谷中河流湍急，看似到处都是路，其实能供马帮穿行的极为有限。运毒小组不断触发电子警戒网，闯入潜伏小组的眼帘。各潜伏小组严格执行罗启明的命令，不暴露，不攻击，只观察记录运毒小组的兵力构成、火器配备以及行军规律、特点。

一个月后，几十条运毒路线清晰地出现在 C 团作战室的地图上，兵力编制、火器配置也完全被 C 团掌握。鉴于这几十条运毒路线均要横渡碍摆沧，罗启明命令大部分潜伏小组撤到驻训点休整、训练并作为预备队。雨林中常驻 22 个潜伏小组，其中，碍摆沧以南 12 个小组必要时可以组成作战分队查漏补缺，打击携带毒品返回的运毒小组；碍摆沧北岸一线布置 10 个小组，重点监控隘口、渡口等必经之路。

两个月过去，侦察连组建完毕并形成了战斗力，通过监控交通要道也基本掌握了鹞子团伙的活动规律，万事俱备，本应雷霆一击，罗启明却开始剑走偏锋。那段时间，每次鹞子的运毒小组分散入境，在基指坐镇的军分区李参谋长都会急出一头汗。

罗启明不仅要落实运毒小组的数量，还要每一个武装毒贩的清晰照片。如果在渡口还好，河面上没有树木阻挡视线，光照度也好，潜伏小组可以躲在隐蔽位置用长焦镜头逐一给武装毒贩拍大头照，然后通过数据链传送到基指。

但在昏暗的林子里耗时就长了，相机感光度调高了，照片模糊；感光度低了，只能看出个人影。林间空地光照度倒是好，可那些领队的雇佣兵都是雨林战老手，都知道林间空地就是死地，万一对面林子有狙击手，进入林间空地只能当活靶子。

潜伏小组只能暗中尾随，等运毒小组途中休息时隐蔽靠近拍照，那些猎人又成了拍照的巨大障碍。潜伏小组隐蔽接近途中，如不慎发出声响，惯用鸟叫、野兽叫掩盖，这一招糊弄雇佣兵没问题，但极易被猎人识破，他们熟悉当地环境，了解飞禽走兽的习性，知道这一带有什么鸟兽活动，什么鸟兽不会在这一带出现。如果鸟叫声不对，要么引来一顿劈头盖脸的弹雨，要么就眼睁睁看着运毒小组玩命奔逃，还用卫星电话通知其他运毒小组这一带有埋伏。每次运毒小组入境，不折腾五六个小时别想拍完毒贩们的照片。

罗启明在基指收到毒贩照片，反复审看确认鹞子没有入境，才会让参谋给陌生面孔的毒贩建档，熟面孔的毒贩要与上一次入境的照片进行对比，服装、发型、胡须长短，任何不同都要记录下来。

建档完毕，罗启明才会给缉毒支队打电话，询问毒品价格、涨跌情况，然后替鹞子的会计算账，这次运毒的毛利多少，成本多少，纯收入多少。计算出结果，就盯着地图开始犹豫，嘴里还念叨：打掉这个行不行？打掉那个行不行？

一般情况下，到了这个时候，急脾气的李参谋长就坐不住了，会站起来喊："罗启明，作为指挥员要当机立断，不能贻误战机。"罗启明会不急不慌地说："不急，不急，运毒小组单边至少要走十二个小时，我们还有时间。"

李参谋长咬着牙等上一个小时，一般情况下，罗启明仍在盯着地图犹豫。李参谋长会气得起身踱步，故意把皮鞋踩得嘎吱嘎吱响，提醒罗启明赶快下决心。罗启明会提醒说：参谋长，脚步轻一些，我需要思考。李参谋长虽怒不可遏，但分区司令员、政委已经同意不干预罗启明指挥，他作为参谋长更不好违反。

李参谋长耐着性子问："这次要打掉几个？"

罗启明说："来了 16 个运毒小组，如果他们采用平均携带毒品的方式，打掉 13 个，就能让鹞子轻微亏本。如果一组或几组携带就……"

李参谋长抢过罗启明手里的小红旗插在地图上，标示出需要歼灭的 13 个运毒小组，然后说："先打掉他 13 个，如果缴获毒品不能让鹞子亏本，把克虎调去南岸，配合预伏部队查漏补缺。"

罗启明连连摇头："不行，不行，我方地形占优，便于发挥火力，一不留神，就把这 13 个小组全歼了。鹞子没来，不能下狠手，我要温水煮蛙。"

李参谋长怒道："你这锅洗澡水什么时候能开？"

罗启明说："不急，不急，很快，很快。"

李参谋长咬牙切齿拂袖而去，继续踱步，继续把皮鞋踩得嘎吱嘎吱响。

这一幕，在很长一段时间里反复上演，台词根据越境运毒小组数量略有调整，情景大同小异。偶尔有一次不吵，习惯看他们争吵的参谋们反而感觉少了点儿什么。

李参谋长认为罗启明还在煮洗澡水，鹞子却感觉在下油锅。自从C团实施罗启明的温水煮蛙战术以来，运毒小组的成功率从没达到四分之一，每次距离盈利就差那么一点点。地方武装提供给他的毒品价格很低，但要先款后货，如有损失，鹞子只能自己承担。而且，罗启明不以杀伤有生力量为作战目的，只要不负隅顽抗，就会把雇佣兵甚至马匹赶回来消耗他的财力、物力。看似亏损不多，人员装备损失也不大，都在接受范围之内，感觉也就是多跑一趟的事儿，但日积月累，鹞子的腰包日益干瘪，几乎被打回原形。

鹞子对罗启明的战术束手无策，想找人参谋，真正受过系统培训、具备指挥能力的军官不会屈身于他一个小小的押运队。手下的退役特种兵都是兵或士官，实战经验丰富，一线作战、班组对抗都没有问题，涉及团营级别的战术、战法，也只能说个大概。曾有个在某国特种部队服役过的雇佣兵主动建言，战术战法很到位，但要有C4I、数据链、高空无人机、单兵无人机辅助，单兵也要数字化。如果不是担心被群起而攻之，鹞子有心掏枪毙了这个建言者。上亿美元的装备，自己要是有这些钱，还他娘躲在深山老林里贩什么毒？

鹞子自知贩毒没好下场，即使不被C团击毙，地方武装感觉他够肥了也会对他找碴动刀子，所以他早已准备好了退路，用钱开路给他和妻子以及两名心腹办好了T国国籍，并在当地购置了房产、商铺，可以舒舒服服地过完下半生。鹞子手头的钱已经不够支付雇佣兵的基本佣金，本想借老婆怀孕待产的名义送走妻儿，然后带着心腹卷款跑路，可没等他付诸行动，心腹就向他反映，雇佣兵已经盯上他和家眷。

雇佣兵用命换钱，拿不到应有的酬劳不会放过他。鹞子暂时放弃逃跑的想法，盘算着如果卖掉名下资产，支付雇佣兵基本佣金后还略有剩余，能在金三角地区开家饭馆、超市之类的小店自食其力。但仔细想想，又放弃了这个想法。他名声在外，即使能放下身段自食其力，在别人眼里也是功成身退，免不了敲诈勒索，地方武装也不会放过他这头替罪羊，一定会逼着他继续运毒，与其替人卖命，不如给自己卖命。思来想去，鹞子这才发现，罗启明悄无声息地把他推上了绝路，而且他只能按照罗启明的想法出牌。

鹞子醒了盹，当初悄悄贩毒多好，非要去招惹边防C团。小股多群，说白了就是游击战，人家可是游击战的老祖宗。

功名利禄害死人！鹞子多少有些后悔，但他不想死，踌躇几天后终于下定决心：生死有命，富贵在天！既然不能回头，那就一路走下去。鹞子决定绝地求生，除了自产的一百多千克毒品，他留下商铺，处理了名下大部分资产，又筹集资金从地方武装手里购买了五十多千克毒品，准备一次性运送过境。成功了，不仅能堵上亏空，剩下的钱足够他逍遥后半生。如果失败，还可以趁着混乱卷了毒品，利用雨林做掩护，摆脱雇佣兵和 C 团伏兵，远遁他乡，隐姓埋名过完后半生。

鹞子把用作逃命资本的现金贴身放好，把妻子留在营区安抚人心，暗中叮嘱等他出发后，找机会溜走。为了不引起部下警惕，方便妻子逃跑，鹞子宣布亲自出马跨境运毒，他把两百千克毒品平均分配二十个运毒小组，留下两个小组看守营地，其余兵力全部运动至边境地区，随时准备越境接应。

鹞子亲率一个运毒小组，与十九个运毒小组一起趁夜色从不同地段同时越境。在边境线一侧隐蔽观察的 C 团潜伏小组立刻觉得不对劲。C 团严格执行罗启明的作战计划，只要己方没有伤亡，且运毒小组主动放弃毒品和武器装备，尽量不杀伤有生力量，放其返回消耗鹞子。雇佣兵早已摸到规律，越境后快马加鞭一心赶路，能把毒品送到目的地或带回境外最好不过，遇到阻击，东西扔了一哄而散，反正佣金不会少，装备鹞子给补充。但这一次，运毒小组一改往日的狼奔豕突，小心翼翼地齐头并进。另有约一个连的兵力，也隐蔽运动到境外靠近我国境线一侧，观望待命。

接到潜伏小组的报告，罗启明、李参谋长一致认为，鹞子露面了。

鹞子心态犹豫，想活命，想继续过人上人的生活，但脚下这片土地随时都会化作沸腾的开水煮熟他这只青蛙。黎明时分，二十个运毒小组相继接近碍摆沧南岸，准备渡河。鹞子盯着湍急的河水，脑海里蹦出一串成语：半渡而击、乌江自刎、破釜沉舟……此时的碍摆沧，对于心态摇摆的鹞子来说，无疑是生与死的界河。

碍摆沧是当地少数民族语言，翻译成汉语就是傻子河，意思是说只有傻子才敢过的河。河面不宽，水深及胸，但河底全部是两岸山体崩裂后滚落的大石，起伏不平，暗礁密布，人马渡河如果被湍急水流冲倒，或踩入大石间的缝隙，轻则骨折，如果头部撞上岩石，几乎没有生还的希望。

鹞子点上一支烟，盯着河面沉思：渡河艰难，耗时漫长，如果C团半渡而击，或者等全部小组过河后发起攻击，后果可想而知。即使他毫发无伤地返回境外，无钱无人也难以东山再起，最好的结果是给地方武装当替罪羊，打着自己的旗号替别人贩毒。更何况，他惹恼了C团，能不能活着回去不得而知。留得青山在，不愁没柴烧，活着才是根本！鹞子把烟头弹进河里，扫一眼北岸的雨林，命令各小组停止渡河准备，迅速收缩间隔集中返回，以防C团伏兵中途拦截。

接到北岸潜伏小组的报告，基指内顿时鸦雀无声。罗启明盯着地图沉思，李参谋长又开始踱步，脚步很重，皮鞋发出沉闷的嘎吱声。

20个运毒小组，每组都有轻机枪、榴弹发射器，总兵力120人，相当于一个配属机炮排的加强连。C团在碍摆沧以南，只有一个加强排的兵力，其中还有两个三人小组在边境附近监视鹞子留在境外的那一个连。如果集中南岸所有兵力，占据有利地形，不计伤亡，勉强能达到迟滞毒贩撤退速度、等待主力围歼的战术目的。但如果境外的那一个连越境支援，南岸的加强排腹背受敌，结果可想而知。

不打，如果鹞子就在越境的20个小组内，放任他返回境外，一年多的心血、几十次的战斗付之东流不说，再把他引入境内的希望很渺茫。即使后续加大对越境运毒小组的打击力度，也只能斩草，难以除根。C团将会陷入被动，反毒战斗会变成漫长的持久战。

罗启明盯着地图，摸出一支烟点上，三口抽完，摔了烟头伸手去拿直通分区作战室的保密电话。

李参谋长按住罗启明的手问："打？"

罗启明说："打！一切后果由我承担。"

"你职务低，背不动这么大的锅。"李参谋长推开罗启明，拨通电话，向司令员言简意赅地汇报情况，以及面临的困难。司令员要李参谋长按下免提，问罗启明有几成把握打掉鹞子。

罗启明说："如果能有三架直升机支援，有五成把握。"

司令员说："我给你三架直升机，一个要求，打掉鹞子！"

政委在电话中说："不要有负担，放开手脚去打，一切后果由我和司令员承担！”

李参谋长在一旁说：“还有我。”

罗启明很感动，嘴唇蠕动了几下，立正说：“保证完成任务！”

罗启明一声令下，雨林中就乱了套。在碍摆沧以北地区的伏击分队快速向碍摆沧前进，准备渡河追击。在北岸准备趁毒贩渡河时拍照的七个潜伏小组同时现身，轻重武器一起向对岸招呼过去。二十个运毒小组认为C团有埋伏，立刻放弃集中，分头向边境线狂奔。C团部署在碍摆沧南岸的加强排，按战斗力强弱，雨林生存、作战经验是否丰富，划分成二十个小组，老兵每人负责监视一个运毒小组，新兵两人负责一个，与各运毒小组相向而行，根据基指通报的各运毒小组坐标预判行军路线，在其必经之路上建立监视哨，寻找鹞子准确位置。在原始林外驻训点休整的各潜伏小组，抽调精兵强将组成三个排，每排配属一条军犬，前往机降场准备乘直升机实施蛙跳战术，切断鹞子的退路。其余各潜伏小组徒步强行军，抢渡碍摆沧，每三组负责控制南岸的一个监控区。

三架加挂火箭巢、扬声器的直升机呈“品”字形降落在机降场上，随士兵在场外等候登机的克虎立时兴奋起来，它对这几个扯着嗓子大吼而且能飞的铁疙瘩很感兴趣。那时候的克虎还年轻，没自封为王，城府不深，更不懂什么王者之风，汪汪大叫着想近前一窥究竟，但被心急火燎的训导员强行拖进了机舱。

直升机腾空而起，克虎被隆隆的发动机声吵得头昏脑涨，趴在地上用前爪不停地按下直立的耳朵，示意训导员帮它堵上。毕竟是真枪实弹的实战，训导员紧张得面无血色，在心里联想各种牺牲的方式，以及追悼会上他所能享受的哀荣。训导员被他丰富的联想、对未尽人生的留恋等各种情绪感染得热泪盈眶，根本没有注意到抓耳挠腮的克虎已经拉下狗脸，眼光不善地上下打量着他。

克虎忍不住大声吠叫提醒，训导员拭去满眶的热泪，以为克虎耳朵痒痒，随手替它挠挠耳朵，旋即再次陷入沉思。是可忍，犬不可忍。克虎被这个憨蠢的训导员激怒了，龇牙咧嘴地咆哮起来。泪眼蒙眬的训导员立刻想起在雨林里被克虎追咬的一幕，脑海里又多了一种牺牲的方式：被自己的犬咬死。

克虎懒得再与这个憨蠢训导员打交道，用力甩头挣脱握在他手里的牵引绳，跑到罗启明面前趴下，用前爪按了按耳朵。罗启明立时懂了，指指身边的空位，克虎跳上去坐好。罗启明把它抱在怀里，双手替它掩着耳朵，头挨着头透过舷窗一起看风景。聪明犬就是要找聪明人，克虎满意地耷拉着舌头摇晃着尾巴，还没忘了横一眼神色尴尬的训导员。

三架直升机飞临边境线，在我方一侧悬停。国境线外侧的雇佣兵们见机身两侧短翼下悬挂的火箭巢瞄着他们，内心颇为不满：太不公平了！你们中国兵太欺负人了！我们连迫击炮都没有，你们怎么把直升机整过来了！

士兵们听不到雇佣兵内心的呐喊，三架直升机投下滑降索，各滑降两个战斗班，然后载着剩下的一个战斗班及配属军犬，沿着国境线分段巡逻。悬挂在机腹下的扬声器，开始用中英语播放通告："……负隅顽抗者，一律击毙。缴枪投降者，我军保证人身安全。活捉或击毙罗子者，依据我国法律从轻处理……"

直升机远去，发动机轰鸣声、通告声逐渐消失，负责指挥滑降分队的中尉慢悠悠地走到国境线旁，眯眼打量着摆出战斗姿态的雇佣兵，冷不丁大喊："有种开枪，没种滚蛋！"

雇佣兵用命换钱好勇斗狠，但远没有拿着轻武器与直升机对抗的勇气，本就胆怯，中尉冷不丁的一声大喝，把一名雇佣兵吓得手一抖扣动了扳机。也亏得这名雇佣兵反应快，扣扳机的同时抬高了枪口，子弹全部打在国境外一棵数十米高的望天树树干上。

枪声一响，雇佣兵们担心被反击，本能卧倒。中尉站着没动，还悠然背手，看着那颗挨子弹的望天树，异常遗憾地咂咂嘴。雇佣兵的头儿顺着中尉的视线看看望天树，再看看对面抱着枪冷笑的中国士兵，一脸的恍然大悟，一挥手带着雇佣兵们拔腿就走。

那名走火的雇佣兵追上来不解地问："队长，怎么撤了？"

雇佣兵的头儿咬牙切齿地上来就是两脚，扯着嗓子吼："中国兵不开第一枪，懂吗？今天要是有一颗子弹飞过去，咱们一个都走不了。"

中尉沮丧、懊悔地看着雇佣兵们快速后撤，一名士兵跑过来，不满地把热像仪塞在他手里说："副连长，你用力过猛了！"

中尉举起热像仪看去，镜头中一片白亮的人影正飞速远离边境。

中尉尴尬地挠挠头说：“娘的，无胆鼠辈，太不经吓唬。”

鹞子带着他所在的运毒小组，骑马跑到边境附近，听到直升机发动机的轰鸣声及广播声，明白罗启明为他烧了一年多的这锅温吞水终于沸腾了。鹞子心情懊丧，后悔不该感情用事冒险入境。身后的两名心腹轻声低咳，向他丢眼色示意看身后。鹞子勒住胯下的栗色马，假装观察环境寻找道路，暗中观察身后。三名雇佣兵面色不善，手指搭在扳机上，目光不时瞟向他们身上装有毒品的背包。

鹞子向两名心腹使个眼色示意提前动手，没等他们手碰上枪，三名雇佣兵已经据枪瞄准了他们。

鹞子示意心腹放下枪，举起双手问：“你们想把我交出去？”

雇佣兵的组长摇头说：“你欠我们钱。”

鹞子对两名心腹使个眼色，三人卸下装有毒品的背包丢给雇佣兵。组长努努嘴，示意鹞子先走。

鹞子笑道：“都是老江湖，要退一起退。”

鹞子与两名心腹担心雇佣兵打黑枪，不敢背对他们，相互掩护着下马。三名雇佣兵也相互掩护着下马捡起背包，两拨人牵着各自的马盯着对方，同时小心翼翼地后退。就在鹞子和两名心腹分别闪到板状根、树干后的同时，三名雇佣兵也找到隐蔽物，双方几乎同时开火，目标均是对方的马，而且不约而同地大喊：“鹞子在这里！”双方的目的相同：打掉对方的马，迟滞对方的逃命速度，缠住被枪声引来的追兵，为自己逃命创造机会。

但雇佣兵毕竟在血泊里滚过几遭，反应速度、战场经验远胜于半瓶子醋的鹞子等人。没等鹞子等人转移射向，雇佣兵打来的枪榴弹已经落地爆炸，激飞的弹片打在周边树木上“哚哚”作响，一枚弹片擦着鹞子的左肋飞过，割开一道十多厘米长的伤口。

三名雇佣兵听到鹞子负伤后的惨叫声，立刻用火力压制住两名心腹，利用树木、板状根隐蔽身形，交替掩护着快速远去，边跑边喊：“鹞子在这里，鹞子负伤了！”

一名在附近心急火燎搜索目标的 C 团老兵听到枪声、喊叫声，欣喜若狂地赶过来。其实，如果鹞子不火拼，耐心隐蔽到天黑，极有可能冲出国境。C 团在碍摆沧南岸只有一个加强排的兵力，不到四十人的兵力要分头监控二十个运毒小组，大部分老兵都在单兵行动。雨林中视线不良，加之又是预判路线，缺少助手，没有电子侦察设备辅助，很多士兵都丢失了目标。

C 团老兵缩在一棵大树的板状根后，看着三名雇佣兵狼奔豕突跑来，一时有些发蒙，不知该开枪阻击，还是放他们过去尾随跟踪。雨林中植被茂盛，视线受阻，搜索目标主要依靠听力，交战距离近，突发性交火概率高。所以，雨林行军，一般采用放出尖兵搜索前进的方式，尽量放轻脚步以免弄出声音。老兵疑惑地挠挠头，仔细想想，认为只有被 C 团追击，雇佣兵才不怕暴露目标跑得屁滚尿流。老兵决定拦截，一个短点射放倒跑在最前面的一名雇佣兵。另两名雇佣兵反应神速，就近翻滚到树后，接着子弹哗哗地泼过来。

雇佣兵很有战斗经验，轮番射击老兵隐蔽的板状根和出口，实施火力压制，不给老兵还击和撤离的机会。一名射击，另一名快速向老兵的阵地逼近。弹尽，另一名立刻接替射击，掩护之前射击的雇佣兵向老兵阵地逼近。

老兵抱着枪缩在被打得木屑横飞的板状根后，开始还撇着嘴冷笑，但迟迟听不到雇佣兵背后传来枪声，这才明白他判断失误，雇佣兵身后根本没有追兵。老兵心里有些发慌，趁雇佣兵点射的空当，抽冷子探头看了一眼，两名雇佣兵距他不足四十米，马上就要进入投掷手雷的距离。

老兵明白自己玩大了，咧咧嘴，嘟囔道："我去，不跟你们玩了！"

老兵缩在板状根后，甩手丢出两枚手榴弹，趁雇佣兵俯身隐蔽、火力中断的空当，蹿出阵地，边跑边用电台通报位置呼叫增援。在附近巡逻的一架直升机立刻赶过来，"咣咣"打了几发火箭弹炸开封顶的树冠，机载战斗班滑降而下。两名雇佣兵立刻扔了武器跪地举手投降，声称要戴罪立功，知道鹞子在哪里。

枪声刚刚传来的时候，鹞子侧耳听了听，镇定自若地让两名心腹给他清洗包扎伤口。鹞子的崛起伴着一路的血腥，火拼贩毒马帮，多次与 C 团交手，也算是打仗的老手。他会听枪，通过枪声基本可以判断出交火双方的兵力，C 团的零星兵力不足为患，即使呼叫支援，等大部队赶过来，他早已经远走高飞了。但随后听到直升机发射的火箭弹爆炸声，鹞子就有些不淡定了，心说，好意思说是人民军队，随意发射火箭弹就不怕引起森林大火吗？

鹞子示意心腹不用缝合伤口，用敷料压住伤口止血，然后胡乱包扎一下，说："C 团肯定带了狗，消灭嗅源，分头走，营地碰头！"

两名心腹把处理伤口剩下的酒精、碘酒洒在他们骑过马匹的马鞍上，忠肝义胆地抽出军刀在胳膊上割了一刀，把流出的血洒在地上，与鹞子的血迹混在一起，洒上酒精，然后分头向不同的方向跑去。

那个时候，军犬还没有特战装备，先后赶到的两名训导员冒险用背包带把军犬绑在背上从直升机上滑降，在先期到达的士兵护送下赶到鹞子与雇佣兵火拼的现场。两条军犬嗅嗅栗色矮脚马尸体上的马鞍，被酒精味、碘酒味刺激得不停打响鼻。两名训导员试着下达"踪"的口令，但两条军犬神色茫然。两名雇佣兵见 C 团士兵们看他们的目光不善，担心被迁怒，赌咒发誓地说，鹞子骑的就是栗色马，如果有一句谎话，可以当场毙了他们。

雇佣兵要的是钱，犯不着用命掩护鹞子逃跑。罗启明接到地面指挥员的报告，立刻带着克虎乘坐直升机赶来，滑降后就忙不迭地跑去现场亲自审问雇佣兵，进一步确定鹞子的去向。

克虎老老实实一动不动配合滑降，等训导员双脚落地，立刻挣扎着让训导员放它下来。训导员刚松开背包带，克虎立刻跳下来，晃着大尾巴，兴致勃勃地端详在空中垂直拔高的大铁鸟。

训导员心急火燎，想拉它去现场，手还没碰上项圈，克虎就皱起嘴唇让他看牙。训导员吓得缩回手去，急得原地转圈。克虎目送铁鸟远去，才意犹未尽地昂头嗅嗅空气，找到罗启明的气味，自己颠儿颠儿地跑去现场。罗启明已经等得不耐烦，目光凌厉地打量着训导员。

训导员紧张地吞口唾沫，指指若无其事的克虎说："副参谋长，克虎……要看直升机……那个……它又想咬我。"

周围警戒的士兵们立刻皱起眉头，不满地打量着扬扬自得的克虎。

罗启明说："克虎，下不为例，再敢威胁上级，我关你禁闭！"

克虎毫不在意，吐着舌头东张西望。

训导员愕然，这哪里是批评，明明是纵容。士兵们用怜悯的目光打量训导员，心说：你的犬找了个很强硬的后台，可怜的娃儿，自求多福吧！

训导员下口令，命令嗅探。克虎不搭理，昂着头看罗启明，目露期盼，前爪还很兴奋地乱踏。

罗启明疑惑地问："克虎，什么意思？"

训导员苦着脸说："副参谋长，克虎好像在等你下令。"

罗启明眼睛一亮，还很兴奋地"哦"了一声，指指栗色马尸上的马鞍说："嗅嗅。"

克虎听话地跑过去嗅嗅马鞍，被酒精味道刺激得打了个响鼻。克虎放弃马鞍，昂头嗅嗅空气，以栗色马尸为中心螺旋状跑圈，逐步扩大搜索范围，很快跑到鹞子待过的树后，嗅嗅地面上的血迹，昂头嗅嗅空气中残留的气味，不慌不忙地螺旋状跑圈，继续扩大搜索范围。

此处距离边境不足五公里，士兵们担心鹞子逃出国境，心急如焚，焦急的目光在克虎与训导员身上扫来扫去。

罗启明强压心头的焦急，注视着克虎问："克虎在干什么？"

训导员说："好像在搜索嗅源。"

军语中严禁使用"好像""可能"之类的词语。训导员见罗启明脸显愠色，眉毛都快立了起来，慌忙解释说："军犬训导讲义、训练大纲中没有这个动作，我也是推测。"

克虎似乎找到了嗅源，停住脚步，面向鹞子逃离的方向，回头看着罗启明，前爪乱踏，示意他跟上来。

罗启明兴奋地表扬训导员说："克虎找到嗅源了，你的推测正确！"

训导员困惑地说："不对呀！军犬锁定嗅源，应该低声吠叫示警，或者……"

罗启明打断说："雨林作战，依靠听力搜索目标，克虎都比你聪明！"

训导员难以认同罗启明对他智商的评价，分辩说："不吠叫示警，那应该卧倒示警。"

罗启明口气不屑地说："全都是烂泥，脏不脏啊？克虎都比你讲卫生。"

训导员接连被怼，心中愤懑，但仍尽职地说："副参谋长，克虎肯定锁定了目标，但不一定是鹞子。"

罗启明看一眼急得前爪乱踏的克虎说："我相信克虎。"

罗启明留下两名战士看押雇佣兵，带着剩余兵力跟了上去。克虎步履轻松地跑在队伍前面，摇头摆尾东张西望，样子虽像在游散，但前进速度很快。雨林中空气流动缓慢，随着逐步远离酒精气味源，另外两条军犬也找到了嗅源，不断兴奋挣绳，想与克虎一样跑去队伍前面担任尖兵。

训导员对待自己的犬，就像护犊子的上级对待部属，会为自己的犬争取一切立功的机会。两名训导员轮番向罗启明请求放犬。罗启明眼一瞪说："吵什么吵，需要的时候，自然会让你们上！"两名训导员立刻拉下脸腹诽罗启明护犊子。

跑了两公里左右，克虎突然停住脚步，昂头扇动鼻翼嗅嗅空气中的气味，缓慢地晃着大尾巴，疑惑地打量着身前的泥水。罗启明以为克虎正在搜寻嗅源，抬手示意部队停止前进，以免打扰克虎。跟随干队行进的两条军犬却直立起来用力挣绳，兴奋地低声吠叫，示意发现了目标。罗启明见两名训导员眼巴巴地看着他，满眼的乞求，想到犬多力量大，摆手示意放犬。两名训导员解开牵引绳，两条军犬如离弦之箭一般蹿了出去。

克虎正伸长脖子嗅探身前的泥水，听到脚步声，回头见两条军犬飞速蹿上来，惊愕地低声吠叫，示意它们停止前进。但那时的克虎一直在忙着执行任务，加之 C 团的军犬都在各个阵地和边防连里，没有集中驻扎，根本没有机会建立权威，两条军犬根本没有理会。克虎迎上去想咬住项圈拦住它们，但两条军犬同样久经训练，灵活地从克虎两翼迂回过去。

克虎看一眼两名冷眼旁观的训导员，愤怒地低吠一声，卧倒在泥水里。这是发现爆炸物的示警动作，两名正在腹诽克虎抢功的训导员立刻毛骨悚然地连身喊停。但那两条犬已经冲进了克虎反复端详的那片泥水里，一条军犬的前爪蹚中泥水水面下的鱼线，一枚手雷的撞针杆从泥水中弹了出来。

罗启明惊诧失声："诡雷！卧倒！"

士兵们迅速卧倒。克虎察觉到危险，拔腿向罗启明飞奔，一边跑一边大声吠叫示警，那两条好奇地打量撞针杆的军犬立刻拔腿跟了上来。

罗启明盯着克虎，大吼："克虎，卧！"

两名训导员也各自命令他们的犬卧倒避弹。

克虎刚刚卧倒，泥水中的手雷爆炸了，激飞的弹片打中了克虎身后那两条没能及时卧倒的军犬。听到军犬的惨嚎，两名训导员心疼得昏了头，爬起来准备上去救护。

罗启明一把按住他们，低声喝道：“混账，不要命了！”

雨林中视线不良，伏击方会趁诡雷爆炸、对方队形混乱的时候实施火力突袭。罗启明趴在地上，不顾军犬的哀嚎，仔细观察周边便于对方隐蔽和发挥火力的位置。不远处的克虎竖起耳朵，听到周边没有动静，坐起来甩去身上的泥水，对着罗启明低吠一声。

罗启明低声说：“安全！注意警戒！”

士兵们起身跪姿据枪警戒，罗启明与三名训导员迅速扑上去查看军犬伤情。克虎毫发无伤，它身后的两条军犬，一条腹部被弹片割开，肠子都流了出来，一条被弹片打断了后腿，把头埋在训导员怀里不停哀嚎。两条军犬急需手术，但被打散的武装毒贩在雨林中狼奔豕突，为了军犬和训导员的安全，罗启明只得再次分兵，命令两名士兵护送训导员后送负伤军犬去滑降场。

克虎是追踪鹞子的唯一希望，而且鹞子不会只埋设一枚诡雷，罗启明不顾士兵的反对亲自保护克虎，与吓得脸色苍白的训导员一左一右地把克虎护在中间，一起走在队伍的最前面。

克虎似乎也被爆炸的手雷吓到了，步履迟缓，还扇动鼻翼嗅探空气，不时被硝烟刺激得打着响鼻。罗启明心中焦急，脚步不由自主地加快，很快超过克虎走到前面。走过诡雷爆炸的位置，克虎嗅嗅空气，突然蹿上去一口咬住罗启明的衣襟，对前方的泥水扬扬大嘴，然后卧倒，示意有爆炸物。

身后的士兵无声下蹲，跪姿据枪警戒。罗启明抽出枪通条，平着放入脚下的泥水中，边向前移动边轻轻上挑，一条做绊线的鱼线被挑出水面。罗启明顺着鱼线找到压在石块下的一枚苏式手雷，插牢保险销，剪断绊线。

罗启明见手雷引信口有松动的痕迹，用力扭开拔出引信，立刻惊出一头的冷汗：这枚手雷被改造过，火帽直接与起爆管连接，拉出保险销，瞬间就会爆炸，根本没有延迟时间。

罗启明看一眼身后六七米外诡雷爆炸的位置，低声骂道：“狗日的鹞子，有点意思。”

罗启明对鹞子的评价颇为中肯，雨林作战经验丰富的老手才会如此布雷。

没经过改造的手雷一般延迟三到四秒爆炸，杀伤半径五到六米。三到四秒的时间，搜索前进的士兵能走出三到四米的距离，士兵们穿着厚重的军靴，又是蹚着泥水前进，蹚中绊线脚上没什么感觉，仍会继续前进，直至蹚中第二道瞬发爆炸的诡雷引信。此时，干队的前半部分全部在两枚手雷的杀伤半径内。即使小分队派出尖兵，也难以摆脱诡雷的威胁。雨林中视听不良，战斗距离一般在五六十米，不会超过一百米，所以尖兵距离干队一般在二三十米，走在干队前面的士兵仍有可能被第一道诡雷的弹片命中。如果有两人负伤，一个九人编制的步兵战斗班就会彻底失去战斗能力。雨林山岳地区，山高林密，地形起伏，后送伤员极其困难，一名失去行动能力的伤员至少需要两名士兵搬运，而且还需要兵力护送。

克虎直立起来，前爪蹬在罗启明身上，嗅嗅他手中的手雷。

罗启明摸摸克虎的头低声说："好样的，救了我一命，回去再奖励你。"

克虎听懂了，开心地眯起眼睛，舔舔罗启明的脸，开始螺旋状搜索，显然担心还会有诡雷。

罗启明抬手示意部队原地警戒，看着克虎说："好样的！"

训导员羡慕地说："副参谋长，表扬克虎，应该说'好犬'。"

罗启明不置可否，训导员大着胆子说："克虎，好犬！"

克虎充耳不闻，连耳朵都没抖一下。战士们低声哄笑，训导员神色尴尬，用羡慕嫉妒恨的眼神看着罗启明。

罗启明似乎感到目光的压力，回头看着训导员："克虎是你的战友，懂吗？"

训导员怔了怔，似乎找到了带克虎的真谛，连声说："副参谋长，谢谢，谢谢！"

诡雷爆炸声传来的时候，鹞子精神一松立刻瘫坐在泥水里，大口喘息着在心中读秒。十秒钟过去，还没有爆炸声传来，鹞子苦笑起来，很想学古人的样子，说声"我命休矣"。但鹞子想活，不会放过生的希望，他用手雷、鱼线布置了几道诡雷，勒紧包扎伤口的绷带，拄着树棍快步离去，边走边摘下身上的零碎，奋力丢到远处，破坏单一嗅源。

鹞子背着步枪，一手拄着一根枯树枝当拐杖，一手按着伤口，走得步履蹒跚。他的伤口过长又没有缝合，敷料压迫非但没有止血反而吸饱了血。远处的大树忽远忽近，鹞子明白这是失血过多造成的眩晕，但只能用力晃晃脑袋赶走眩晕，咬着牙继续向前走，他很清楚克虎不好对付，极有可能会追上来。

鹞子走后不到十分钟，克虎就摇头摆尾地跑来，远远站住，看一眼鹞子埋设诡雷的那片泥水，回头看跟上来的罗启明。

这次训导员的脑子动了起来，兴奋地说："克虎的动作和刚才一样，一定有诡雷！"

罗启明早已抬手示意部队停止前进，原地警戒，对这个萌蠢的训导员极度无语，虽然心中怒火翻腾，但现在是实战，每个人的精神压力都很大，如果他再以副参谋长的身份进行呵斥，会给训导员造成不必要的精神压力。

罗启明闭嘴不语，老兵们却不会客气，一名老兵呵斥说："废话多，现在是作战，没人听你分析，以后发现情况直接说结果！"

训导员窥到指挥克虎的门径，很是兴奋，根本没有在意老兵的呵斥，见克虎在打量他，立刻拔出枪通条自告奋勇地要去排诡雷。

训练和实战都分不清，果真萌蠢，罗启明笑着摇摇头，摆手示意一名老兵上前排雷。有克虎帮着找位置，老兵快速排除了几道手雷制作的诡雷。克虎昂头嗅嗅空气，再次螺旋状跑圈搜索。罗启明认为还有诡雷，示意士兵原地警戒不要乱动。但看到克虎叼来指北针、空弹匣等乱七八糟的零碎，扔在他面前都成了堆，罗启明忍不住破口大骂："狗日的鹞子，真不要脸！"

克虎又叼着一个攀登用的八字环跑来，与其他零碎丢在一起。

罗启明忍不住问："克虎，鹞子在迟滞我们的追击速度，能不能直接追击？"

克虎没理会罗启明，摇摇尾巴继续螺旋搜索。

罗启明心急如焚，喘着粗气，来回踱步。

训导员小心翼翼地说："副参谋长，太复杂的话，克虎听不懂。"

罗启明恍然大悟，懊悔地一拍脑门问："那该怎么下指令？"

训导员说："没有这样的指令。"

罗启明愠怒，目光凌厉如刃。

训导员感觉他快要被切成碎块了，结结巴巴地说："有多个嗅源，克虎要逐一排除，才能找到鹞子……”

罗启明担心一张嘴，各种呵斥会喷薄而出，于是闭紧嘴巴，用手势示意训导员闭嘴。

鹞子担心被追兵锁定前进方向，走着“S”形，距离边境线忽远忽近。克虎带着罗启明等人跟在他屁股后面捡了一路零碎，直到捡到一顶防蚊帽后，前进速度才再次加快。鹞子把这么重要的雨林装备都丢了，估计身上已经丢无可丢了。雨林中的蚊蠓成群成团，尤其是原始林边缘和次生林中的蚊蠓如飞来乌云，能把动物叮咬得发疯。盘踞金三角地区的军阀、地方武装，最残酷的刑罚就是把人剥光绑在蚊蠓出没的雨林中，一夜之间就能把人吸成肉干。

克虎与其他军犬不同，锁定目标后不会胡乱吠叫，随着距离目标越来越近，它的脚步也越来越快，最后几乎是在狂奔。罗启明意识到鹞子就在不远处，挥手示意准备战斗。士兵们立刻拉开散兵线，打开枪支保险，紧跟在克虎身后撒腿狂奔。

边境线我方一侧伐出了一道四十米宽的防火带，次生林木长得密密麻麻。鹞子很清楚这道几十米宽的防火带，对于他来说就是生与死的界线，毕竟在血水里滚过几遭，他不会像初出茅庐的愣头青一样一头扎进次生林。他跪坐在原始林边缘，一边打量着次生林，寻找省力、快捷的通过路线，一边不慌不忙地重新包扎伤口，更换浸透鲜血的敷料，用绷带紧紧绑缚压迫止血。调整好身上的装备，防止被树枝藤蔓钩挂影响前进速度，又用防蚊网包住头脸等裸露的皮肤，戴好手套，用绳索把开山刀绑在右手上。

鹞子收拾利索，侧耳听听空中没有直升机发动机的轰鸣声，屈身溜到雨林边缘暗中观察两翼，确认没有中国兵的身影，挑了点海洛因抹在牙龈上，赶走失血过多带来的眩晕感，这才和身挤进次生林。鹞子很有雨林行进的经验，含胸缩背，把步枪抱在怀里，用枪身护住伤口，侧身向着前进方向，能挤过去，绝不挥刀开路。

五分钟！鹞子横穿大半个防火带，距离界碑不足两米的时候，背后传来急促奔跑的脚步声，喝令他站住与鸣枪警告声几乎同时响起，听声音不足百米。鹞子咧嘴笑了，屈身弯腰，减少被子弹命中的概率，把开山刀的刀刃向前贴在左膝外侧，奋力向右上方一撩，斩断拦路的几根藤类植物，一步跨过国境线，闪到界碑后隐蔽起来。

重兵追击，立体围堵，能奈我何，老子活了！鹞子背靠界碑喘匀了气，忍不住开心大笑了一通，然后缓缓站起来，慢慢转身，手扶着界碑，笑吟吟看着飞奔而至的罗启明。

一名士官气咻咻据枪瞄准，鹞子挺胸抬头做巍然不动状。他很清楚，中国军人以一丝不苟的遵章守纪闻名于世，虽然脚下的土地属于三不管地带，而且被地方武装非法控制，但中国军人绝不会让他们的子弹越境。

果不其然，罗启明按下士官的枪口，笑吟吟看着鹞子说："好走不送，欢迎再来！"

罗启明笑颜如春，鹞子却如坠冰窟，莫名发慌，有些大难临头的感觉。眼前的这位与他印象中的中国军官大相径庭，打仗喜欢玩阴的不说，恃强凌弱到令人发指。人家 M 国政府军与上千人的地方武装干仗，担心被别人说胜之不武，羞答答地派来一架直升机助阵。这位倒是好，一动就是三架直升机。

鹞子很想指着罗启明的鼻子大骂：我就是个毒贩好不？我一共才不到二百人的武装好不？你能要点脸不？但鹞子不敢骂，甚至不敢回话，万一惹恼了眼前这位，他再恃强凌弱一回，下令开枪可怎么办？

鹞子不眨眼地盯着罗启明，小心翼翼地缓缓回退。

罗启明笑问："瓜娃子，跟谁学的倒着走路？"

鹞子不敢回嘴，依旧缓缓后退。

罗启明又问："担心我打你黑枪？"

鹞子不由自主地点点头。

罗启明拉下脸骂道："狗日的，你也配？！快滚！"

鹞子心中怒吼：你狗日的弄了三架直升机对付我，还说我不配？你好歹也是正规军，要是雷霆一击我也认了，你竟然带着一个团跟我两百人玩温水煮蛙，就你这德行，肯定不会打黑枪，一准打黑炮！

一架直升机由远而近急速飞来，正咬牙切齿腹诽的鹞子瞥了瞥机身两侧悬挂的火箭巢，懊恼地一巴掌拍在自己嘴上，心说，乌鸦嘴说啥啥灵，打黑炮的来了！

鹞子慌慌张张后退，不小心被树根绊了一脚，摔了个四脚朝天，伤口被扯动，疼得全身无力。咬着牙刚爬起来，罗启明关切地说：“别慌，赶紧把伤口缝了，我还等着你再来呢！”

鹞子一瘸一拐地退了几步，对着罗启明比画一下中指，飞速闪到板状根后。罗启明伸手要过热像仪看去，鹞子白亮亮的人影在各个板状根间闪跃腾挪。

罗启明自语：“瓜娃子，跑这么快，不怕加速失血吗？”

一名士官不甘心地问：“副参谋长，就这么让鹞子走了？”

罗启明毫无首长形象地反问：“莫非你想让我挥师越境？”

士官挠挠头说：“可……”

罗启明说：“渴？渴你就喝水，跟我喊什么？”

罗启明与士兵打成一片，时常插科打诨，士兵们早就习惯了。

士官说：“副参谋长，我是有点不甘心，这口气憋得我难受。”

罗启明说：“可不能憋坏了，林子里还有不少喽啰，赶紧去撒撒气。”

士兵们见他一副胸有成竹的样子，认为一定还有后手，相互打趣着准备进林子找毒贩们撒气。

克虎没有国境的概念，不知士兵们为什么要走，拦住罗启明的去路，前爪焦急乱踏，眼睛中满是期盼，好像在说：“赶紧的，打猎去！”

罗启明摸摸它的头低声说：“咱们不能越境追捕，只能放他跑了，没办法。”

克虎疑惑地歪头看看罗启明，扭头看着境外，前爪兴奋踢踏，跃跃欲试。罗启明赶紧抓住项圈，扭头吼训导员：“发什么呆？控制好克虎！”

克虎停止踢踏前爪，温顺地晃着尾巴，亲昵地用头蹭蹭罗启明的裤腿，用行动告知罗启明，它已经明白越境追击不可为。

罗启明不由得放松警惕，松松抓住项圈，咧嘴笑着说：“跟聪明犬打交道，就是省心！”

拿着牵引索走来的训导员却发现克虎眼睛中闪过一丝得意，嘴角上翘，一副阴谋得逞的样子，不由得倒吸一口冷气，慌忙大喊：“副参谋长，抓紧……”

克虎显然知道训导员想干什么，他“副”字刚出口，就猛地一甩头，摆脱罗启明的控制，沿着鹞子开出来的小路，一溜烟跑到了境外。罗启明一直追到界碑旁，目送克虎的身影消失在雨林中，懊恼地在训导员屁股上踢了一脚，扯着嗓子吼：“混蛋，没上过学啊？不知道言简意赅啊？回去给我写一万遍‘抓紧’！”

训导员捂着屁股哭丧着脸说：“是！……可是，副参谋长，你不能打人……”

罗启明眼睛一瞪，又想起脚，训导员吓得赶紧跳开。

罗启明瞪着眼吼：“躲什么躲？过来！”

训导员捂着屁股摇头说：“副参谋长，我知道错了……疼……”

罗启明喊：“混账，赶紧把克虎喊回来！”

罗启明、训导员站在边境线旁喊得声音嘶哑，克虎也没有露面。

克虎越境是既成事实，属于外交事件。至于如何处理，不是罗启明一个团副参谋长能够决定的，军分区也无权处理，只能如实上报外交部。

罗启明情绪焦躁，就像一个随时都会爆炸的炸药包，阴沉着脸沿着边境线来回踱步。训导员就像根木桩戳在那里，举着热像仪观察境外雨林，每隔一两分钟就要向罗启明报告，没有发现克虎的身影。每报告一次，罗启明的脸色就阴沉一分。其他士兵担心无意间引爆炸药包，躲在一边观望。

克虎一去就是两天，焦急等待的罗启明在国境线旁踩出了一条小路。围捕行动战果辉煌，只有零星的毒贩依仗熟悉地形逃脱了围捕。但 C 团上下颇有度日如年之感，罗启明这个炸药包反复爆炸，逮谁喷谁，司令员也照怼不误。直到克虎返回，罗启明炸药包上的导火索才彻底熄了火。

克虎负伤而归，脚步蹒跚摇摇欲倒，从进入视线到国境线不足两百米的路，它足足走了五分钟。罗启明命令士兵把哭喊着要越境接应克虎的训导员拖下去，大声给克虎加油鼓劲。克虎想让罗启明放心，费力地晃动着尾巴。

罗启明扯着嗓子乱喊：“好孩子，不摇了，留着力气走路！”

克虎前爪越过国境线，就无力地瘫软倒地，罗启明抱起克虎，疯了一样地向机降场狂奔。路过鹞子整理装备时待过的位置，克虎无力地挣扎着要下来。罗启明放下克虎，张开双臂小心翼翼地保护着。克虎嗅嗅空气，循迹找到鹞子丢弃的敷料包，上面血迹已经干涸，颜色黑红。克虎嗅了嗅，从嘴里吐出一块脆骨状的东西丢在敷料上，抬头看着罗启明，得意地晃了两下尾巴就昏了过去。

罗启明命令士兵收好克虎叼回来的脆骨和鹞子丢弃的敷料，抱着克虎狂奔到机降场。从等候直升机转运到克虎脱离危险，罗启明的炸药包无数次爆炸，骂战士，喷飞行员，就连团长、政委也被他以组织抢救克虎不利为由给喷了个满头满脸。

但没人抱怨，大家甚至理解罗启明的失态。经过军医辨认，又以沾染鹞子血液的辅料包为样品进行了 DNA 检测，确定克虎叼回来的脆骨是鹞子的喉骨组织。被咬掉喉骨，又在交通不便的深山老林，鹞子几乎没有生还的可能。警方内线也很快送来消息，当日鹞子营区大乱，武装毒贩相互火拼抢夺毒品，当初被鹞子吞并、打散的武装贩毒团伙也卷土重来趁机围攻。鹞子的妻子在火拼中身亡，两名心腹用一匹矮脚马驮着鹞子尸体突围后不知所踪。由此可以确认已全歼鹞子的武装贩毒组织。克虎在境外干了些什么，怎么格杀的鹞子，不得而知，但功劳无可争议，这样的功臣怎么能不全力抢救，怎么能责怪罗启明失态?

克虎的伤势严重，一枚手雷破片擦着克虎左前腿后侧打进了胸腔，伤口已经发炎，急需手术。但手术需要全麻，驻地宠物医院条件简陋，根本没有动物呼吸机。同样关注克虎伤势的军分区司令员、政委出面与地方政府协调，地方领导得知克虎的事迹后全力支持。克虎一路绿灯进了市医院的手术室，用上了专门为它改造的呼吸机。

手术很成功，克虎的生命力很顽强，麻醉消失后就知道对围观它的医生、护士摇尾巴以示感谢。两天后，就能下地散步。C 团上下、军分区首长，以及犬队等人这才松了一口气。

克虎返回 C 团休养，来看望它的官兵络绎不绝，带来的各种零食几乎堆满房间。那个萌蠢的训导员得意扬扬，趾高气昂地充任秩序维护员，敢得罪他，一准看不到克虎。他甚至还假公济私，克虎至少看到三次，他在非探视时间收取礼物后把士兵放进病房来围观它。

在克虎眼里，罗启明才是真正了解而且会照顾它的人。罗启明很细心，打电话咨询了韩哲，然后亲自跑去买来食材细心熬了肉粥，端来给它滋养身体。那个萌蠢的训导员只会喂它零食，如果它不吃，就塞进自己嘴里。克虎决定以后跟着罗启明混，那个萌蠢的训导员，让他去当秩序维护员好了。

克虎的伤口很快愈合，罗启明遵照犬医医嘱时常带着克虎四处散步，帮助它尽快恢复体力。那段时间，只要罗启明带着克虎露面，官兵们就会蜂拥而至，簇拥着罗启明、克虎一起散步，顺便盛赞罗启明的慧眼识珠以及克虎的聪慧、勇猛。萌蠢的训导员渴望沾沾光被簇拥盛赞一番，甚至想过取代罗启明带着克虎散步，但罗启明毕竟是上级，他有心无胆，只能试着靠近克虎，每每引来低吼威胁。训导员只能接受克虎给他安排的工作，跟在众人身后维护秩序，时常被调皮的士兵们取笑，每次都以“我是克虎的训导员，必须陪伴”为由进行回击。说这句话的时候，训导员声音很大。罗启明岂能不知他的小心思，但充耳不闻，训导员的心思没用在犬身上，点不醒，只能等着他自己醒盹。

上级对克虎越境事件的处理决定很快下达到 C 团，虽然外交部照会 M 国外交部门，取得该国谅解，但出于对 M 国主权的尊重，仍把克虎越境事件列入机密，严禁谈论传播。军分区党委本着惩前毖后的原则，给了前线指挥员罗启明警告处分。罗启明对此毫不在意，能歼灭鹞子，别说警告处分，再重一点他也认了。萌蠢的训导员对此甚为羡慕，不以为耻反以为荣，认为他才是神犬的训导员、指挥员，负有主要责任，最应该被处分，并为此向团党委申诉。罗启明终于压不住火了，一通臭骂，萌蠢的训导员才醒了盹，想尽办法讨好克虎，但那时克虎已经无心在 C 团继续服役，开始装病绝食。

六

密集恐怖症患者看到次生林会发疯！这是夏阳看到次生林的第一反应。密密麻麻的植物铺陈开来，如同打了激素一样疯狂生长争夺生存空间，入目之处一片绿色，看不到一丝裸露的土地。乔木高大笔挺没有分枝，奋力把枝叶伸向光照充分的上层。绞杀类植物吸附乔木树干攀援到上层，网状根膨大愈合变成网状茎，绞杀充当支柱的乔木。难以到达上层空间的藤本植物攀附在其他植物上，左牵右绕拉起一张大网占领横向空间，拼命寻找从树冠空当中散落下来的阳光。树木、藤本植物上又长满了附生植物，就像是毛茸茸的绿毛怪。

阳光猛烈炽热，夏阳站在树荫下感慨说：“丛林法则！”

身旁，李小军神色紧张脸色发白，低声嘟囔：“无知者无畏。”

七郎则是好奇，想去探险，支棱着耳朵兴奋地晃着尾巴，不停地用前爪扒拉夏阳。

夏阳正在感慨大自然的强大，复习进化论的细节，不耐烦地说：“去吧，去吧，别走远！”

七郎箭一般蹿了出去。孙成毅溜达过来，傻乎乎地站在阳光下，望着七郎的身影笑得很诡异。夏阳有些心虚，感觉要有事发生，想了想还是决定把七郎喊回来。没等他张嘴，七郎癫狂地甩着脑袋跑回来，脸上毛少的部位挂着十几条扭曲蠕动的蚂蟥，就像《加勒比海盗》中戴维·琼斯的胡须。

夏阳心疼得几乎失去理智，怒不可遏地怒视孙成毅。七郎感觉气氛不对，暂时忘了脸上的蚂蟥，摆出战斗姿态，斗志昂扬地向孙成毅展示牙齿。

孙成毅骂了声“白痴”，摸出一小瓶精盐丢给夏阳，对七郎脸上饱胀肥大的蚂蟥努努嘴。抹上精盐，蚂蟥卷曲脱落，但盐水刺激得伤口生疼，七郎不耐烦地抬起前爪去扒拉脸上的蚂蟥。

李小军忙喊：“会发炎，别让七郎扯！”

夏阳赶紧抱住七郎脖子，李小军接过盐瓶，涂盐的动作熟练利索，一看就是老手。

夏阳愤愤地低声说：“你也是七郎的训导员！”

李小军低声说：“我被蚂蟥咬过，泰格没有，它没来得及进次生林就牺牲了。”

夏阳怔了怔说：“对不起。”

李小军咧嘴笑笑说：“没什么！”

孙成毅被晒得大汗淋淋，仍傻乎乎地站在阳光下，看两人忙完了，笑吟吟地指指自己的鼻子。夏阳一脸茫然，李小军却一拍大腿说：“坏了，鼻子里也有！”

夏阳一把抓住七郎的大嘴检查鼻孔，七郎盯着夏阳的手，瞬间成了斗鸡眼，不满地哼唧着抱怨夏阳动作粗暴。七郎鼻孔深处有两条身体已经肥胀起来蚂蟥，位置太深，没办法抹盐，李小军连连摇头，示意没有办法，夏阳急得抓耳挠腮。

孙成毅又骂了声白痴，溜达过来，仍站在阳光下说：“七郎跟着你们算是倒了八辈子血霉，赶紧给它搞点儿水。”

李小军赶紧从背囊中拿出七郎的帆布折叠水盆，注入清水。

孙成毅抽出刺刀凑到左手食指上，夏阳秒懂——血腥气可以引出嗜血的蚂蟥，不由得对他好感大增，赶紧说：“孙排，我来。”

孙成毅也没推让，夏阳拔出自己的刺刀割破手指，把血滴入水中，等水的颜色微红，命令七郎：“嗅嗅。”

嗅探是为了追踪。七郎嗅到水中的血腥气里包含着夏阳的气味，困惑地看着站在它面前的夏阳，突然感觉鼻孔中有东西蠕动，便用力打了个响鼻，喷出两条肥大的蚂蟥。七郎被吓了一跳，看看蠕动的蚂蟥，又看看水盆里泛红的水，再看夏阳的眼神就更加困惑了。它搞不清楚从鼻孔里喷出的虫子是哪里来的，甚至怀疑夏阳是不是会变魔术，或者在开玩笑。

夏阳说：“以后不要乱嗅，懂吗？”

七郎晃晃尾巴示意明白，但仍是一脸的困惑。

苏鹏路过，看一眼站在阳光下的孙成毅，冷不丁飞起一脚。孙成毅闪身躲开，堆起一脸的笑。苏鹏拉着脸瞪了孙成毅一眼，不紧不慢地走了。夏阳对 C 团的印象越发糟糕，感觉全团上下都没个正形。

夏阳、李小军对孙成毅的无私帮助表示感谢，孙成毅表示不用客气，带着一脸期待的微笑目光灼灼地看着什么。两人面面相觑之际，苏鹏远远地喊：“孙成毅，你想加个八公里跑？”

孙成毅这才指指他们头顶上的树叶，笑嘻嘻地说：“两位上眼。”

夏阳、李小军抬头看去，一片肥大的叶子背面密密麻麻爬满了蚂蟥，想到树叶就在头顶上，两人毛骨悚然地看眼对方，立刻相互指着喊叫起来：“你脖子上有蚂蟥！”

两人这才明白孙成毅为什么宁可在阳光下曝晒，也不躲进树荫，暗恨苏鹏的那一脚踢得没有诚意。

孙成毅犹不满足地取笑说：“印象深刻吧？”

夏阳、李小军立正说：“深刻！”

孙成毅怪模怪样地笑笑，施施然走了。

李小军帮夏阳抹盐清除蚂蟥，夏阳讥讽说：“这就是你们C团的作风？”

军人视荣誉为生命，事关集体荣誉，李小军胸中怒火翻腾，但事实胜于雄辩，嘴唇蠕动了半天才说：“孙排是为我们好，这样印象深刻。”

夏阳说：“提醒一声会死吗？”

李小军说：“我都说了，亲身体验印象深刻，下次才不会犯类似错误。雨林险恶，稍有不慎就有生命危险……”

“狡辩！”夏阳打断李小军，对七郎努努嘴说，“七郎遇到生命危险怎么办？”

李小军怔住，半晌才羞赧地说：“孙排是有点那啥了，他们不愿意说，我们只能多问了。”

夏阳不满地乜了他一眼，李小军慌忙说：“咱们是为了七郎！”

“说了半天，就这句有用！”夏阳夺过盐瓶，帮李小军清理蚂蟥。

苏鹏面冷心热，虽然对带着两个菜鸟进雨林颇有怨言，但还是特意集合全队，集体做进雨林的准备工作。夏阳、李小军学着老兵的样子，扯下军衔装进贴身衣袋，在军靴、肩膀等位置涂抹硫黄皂，把裤腿装进袜筒，绑紧军靴靴带，扎紧袖口，戴好防蚊帽，放下面罩。

人没问题了，夏阳开始担心七郎，给它腿脚涂抹上硫黄皂，又披上犬用雨衣。七郎嫌闷热，用大嘴扯下来还给李小军，让他收进背囊。

孙成毅凑过来说：“七郎身上有毛，问题不大，看紧点儿，别让它到处乱钻，多注意它的脸部。”

夏阳立正说：“是！”

孙成毅厌烦地皱着眉头说：“你是不是怕对方不知道我是军官？对方可是有狙击手！”

夏阳慌忙恢复常态，腹诽：看年龄，看你对我抖威风的神态，狙击手也能知道你是军官。

孙成毅听不到夏阳的心声，但能看到李小军正在心虚地东张西望，冷冷地说：“看什么看？就你那点儿醋，连瓶子底儿都盖不过来，还想找到狙击手？”

夏阳继续腹诽：您的醋多，那您怕什么？

李小军问："孙排，敌人有狙击手？"

孙成毅冷笑："就几个毒贩子，也配当我们的敌人？"

夏阳傲然说："就是，几个武装毒贩只配给我们练练手。"

孙成毅说："看看人家夏阳。"

李小军不快地瞥眼夏阳，紧张地吞口唾沫问："孙排，真有狙击手？"

孙成毅点点头说："你们和七郎也是首要目标。"

李小军担心自己的生命安全，紧张到目光都没了焦点，呆呆地不知在想些什么。夏阳则忧心忡忡地看着七郎，担心它的生命安全。

孙成毅不动声色地睃了他们一眼，摸出两包夜用型卫生巾说："连长送你们的鞋垫。毒贩有狗，替换下来的不要到处乱丢，仔细收好。"

徒步行军要保护好脚，兵们常用卫生巾充当一次性鞋垫，但毕竟是女性的私密用品，两人面红耳热赶紧收好，扭头想跟苏鹏致谢，却发现老兵们目光灼灼地看着他们，只有苏鹏昂首打量着不远处的树冠，不知他在看什么。

"连长说了，好好训练就是对他的感谢。"孙成毅把两人的视线拉回到他身上，对夏阳眨眨眼说，"我以私人身份送你个礼物。"

李小军羡慕地看着茫然、惊愕的夏阳，腹诽：溜须拍马，都得偿所愿了，还装什么装？！

孙成毅把一盒避孕套塞给夏阳，鬼祟地低声说："关键时刻再用。"

夏阳感觉天雷滚滚：C 团兵已经没溜儿到没边了，且不说荒山老林里没有艳遇，即使有，我们都是军人好不？再说，我是守身如玉的好青年，老实到现在都没有交女朋友，你怎么能给我这种东西，还是在众目睽睽之下？

夏阳茫然，扭头看李小军。这家伙扭头看着一边，咬着嘴唇在忍笑，显然心中大快。

孙成毅说："夏阳怎么这副表情，乐傻了？"

夏阳尴尬地说："不是……孙排长，这……这林子里怎么会用到这个？"

孙成毅很开心地问："你准备怎么用？"

夏阳还没从震惊中清醒过来，大脑暂时短路，丝毫没有留意孙成毅及李小军诡异的笑，低声解释说："我虽然没有女朋友，但我是成年人，只有男女那个啥的时候才会用到这个。”

孙成毅得偿所愿地咧嘴大笑，夏阳心说：“上当了！”

果然，孙成毅夸张地大喊：“你脑袋里装了些什么，这是七郎的防水鞋！”

李小军与老兵们齐声大笑，笑声大得惊起了飞鸟。

苏鹏失望地摇头说：“蠢货！”

夏阳气急败坏，不敢跟老兵们发火，愤愤地瞪着李小军说：“你早就知道！”

李小军笑着说：“第一次带犬进林子的训导员都被这样戏弄过。”

夏阳愤然说：“太过分了！”

孙成毅笑道：“这就急了？跟你开玩笑呢！”

夏阳说：“你觉得我需要吗？”

老兵们瞬间安静下来，冷冷打量着夏阳，七郎察觉到老兵身上散发出来的怒气，挡在夏阳身前龇牙咧嘴地低吼威胁。

苏鹏没有调解的意思，冷冷地喊了声“按计划出发”。

老兵们立刻拉开队形，两名老兵组成尖兵组居前，三名老兵组成后卫组居后，轮流倒退行进观察后方。其余老兵分处左右两翼，把指挥人员、通信人员、重武器手以及夏阳、李小军和七郎护在中间。七郎感受到战斗气息，马上进入战斗状态，站到夏阳左侧，支棱起耳朵，警惕地看着周边密不透风的树林。

苏鹏指指夏阳挂在腰间的牵引绳问：“不用？”

夏阳说：“七郎已经进入战斗状态，不会乱跑。”

苏鹏狐疑地点点头，做了个搜索前进的手势。老兵们送弹上膛，打开保险，枪托抵肩，含胸缩背，尽量减小被弹面积，手指搭在扳机护圈上，枪口指着各自警戒角度缓步向前。

“战斗行军，任务开始了？！”夏阳与李小军对视一眼，手忙脚乱地打开步枪保险。

孙成毅在他身后下口令：“关保险！”

夏阳关上保险，回头低声问：“孙排，老兵们……”

孙成毅目光中裹着轻蔑，抬起右手勾勾食指做扣动扳机的动作，示意老兵武器的保险在手指上。

夏阳为被戏弄恼怒，不想曲意奉承，冷冷地说：“我从某部电影里看过这个动作，你模仿得不错！”

孙成毅被气笑了，盯着夏阳说：“新兵蛋子，想找死吗？”

夏阳毫不示弱地说：“想！”

孙成毅的笑容一点点消失，眼神越来越冷，李小军想劝说，但又不知该如何劝，急得抓耳挠腮。

苏鹏低声说：“惊飞落鸟，全队跑八公里。注意观察老兵动作，学习如何行军。”

苏鹏严格遵循军语言简意赅的标准，前半句命令孙成毅闭上嘴巴，后半句是在给夏阳、李小军下达命令。孙成毅偃旗息鼓，观察着左、前、右三个方向上的战斗小组，随时准备提供火力支援。夏阳、李小军认真观察老兵的行进动作。

尖兵组的两名尖兵一前一后布置：前者负责找路，能不挥刀开路绝不挥刀，以免留下痕迹；后者按前者留下的标记清查可疑位置，排除可能存在的诡雷、陷阱装置。老兵们随时准备战斗，为防止脚步声过大，避免枪身大幅度晃动影响射击精准度，采用小碎步行军，一步不会超过五十厘米。在默数步数以便计算行军里程的同时还要观察警戒角度，留意空中、树上，防止惊动落鸟；避开吐着信子的毒蛇、爬满蚂蟥的树叶；还要留意脚下，不踩苔藓以免留下脚印；不踩枯枝以免发出声响；遇到松软地面，后者踩着前者脚印通过，以免留下众多脚印暴露实际兵力。

这太难了！夏阳感觉自己头大如斗。

孙成毅见夏阳神色呆滞，半张着嘴巴，明白他被惊到了，很开心地继续施压，凑到夏阳耳边低语：“这只是行军，下面还有很多科目：搜索、侦察、捕俘、伏击与反伏击；各种地形条件下，班、组及单兵的进攻、防守与撤退；无线通信、数据通信的互通互联；方向的辨认及识图、用图、标图……”

夏阳偷眼看苏鹏没有制止他们说话的意思，低声说：“孙排，我服了，侦察兵不是想干就能干的，你们有足够的理由排斥我。”

孙成毅说：“孺子可教也！”

夏阳谦虚地说："谢谢。"

孙成毅没想到夏阳这么快就能醒盹，又占了便宜，眉开眼笑地谦虚说："其实也没啥，只要不蠢，舍得卖力气，磨烂两套作训服，都能成为雨林侦察兵。"

夏阳摇头说："我认为，侦察兵是智慧与技战术的完美结合。"

孙成毅跷起拇指说："大学生就是有文化，总结得好！"

苏鹏突然插嘴说："你也是大学生。"

孙成毅嬉皮笑脸地说："连长，你也是。我在给夏阳增强信心！"

苏鹏横了孙成毅一眼说："你是军官，是排长，少嬉皮笑脸。"

孙成毅依旧嬉皮笑脸地说："是，坚决执行连长指示。"

大休息的时候，老兵们仍处于警戒状态，保持队形原地休息，见孙成毅与夏阳低声说笑，明白杀威棒打得很成功，转变了对待夏阳的态度，询问一些与军犬有关的常识性问题，借机搭话，但对李小军依然不理不睬。

苏鹏也走到七郎面前说："表现不错！"

七郎昂头看着夏阳，用目光请示是否可以给苏鹏面子。

夏阳点头说："你伴随行军没有乱跑，连长表扬你呢！"

七郎看着苏鹏，嘴角上翘，晃晃尾巴表示感谢。

苏鹏笑道："七郎还会笑啊！"

李小军抢着说："被连长表扬，七郎能不开心吗！"

夏阳被老兵接纳，李小军有些吃味儿，但刻意强调他副训导员的作用，只能适得其反。苏鹏有些失望，见夏阳欲言又止，有提醒李小军的意思，指指一旁的大树说："夏阳，我们聊两句。"

李小军羡慕地目送苏鹏、夏阳离去，回头困惑地看着对他视而不见的老兵们，虽身处人群，仍有形单影只之感。

苏鹏刻意放慢脚步跟在夏阳身后，见他有样学样地观察树冠，确认没有危险后，才走到树荫下，满意地点点头问："通了？"

夏阳说："通了。孙排长开我玩笑，是对我的认同，认为我能成为侦察兵，至少不会拖后腿。"

苏鹏没吭声，目有期待，夏阳明白是让他表决心，补充说："连长，我会用实际行动表决心。"

苏鹏笑道：“适应能力不错，身上有点C团的兵味了。”

夏阳看一眼形单影只的李小军说：“连长，李小军……”

苏鹏明白夏阳想说什么，打断说：“把不合格的士兵送上战场，是草菅人命。毒贩还没有过来，他还有时间醒盹。”

夏阳说：“可他已经来了，毕竟是实战。”

苏鹏笑了笑说：“如果到时他还没醒盹，我们只能不抛弃不放弃。七郎是顺利完成任务的重中之重，你要尽快跟上侦察兵的步伐。”

夏阳感觉苏鹏厚此薄彼，刻意培养李小军，却给他压担子。但也明白这是对他的信任，连忙说：“保证完成任务。”

苏鹏点点头，也不多言，转身返回。

夏阳跟上去说：“连长，我能请教个问题吗？”

苏鹏说：“问。”

夏阳说：“为什么咱们团喜欢七郎多过我和李小军？”

苏鹏说：“不是喜欢，是认同。”

夏阳想了想问：“因为克虎？”

苏鹏说：“与克虎无关。忠诚、正直、勇敢、一往无前是军人的美德，军犬做到了。”

夏阳恍然大悟，决定把这句话当作他与七郎的座右铭，有着军人美德加上相应的技战术水平，一定能实现梦想，帮助七郎成为部队不可或缺的功勋犬。

下午六点，侦察分队爬上一道缓坡，这里林木稀疏，相对干燥，苏鹏下令宿营。孙成毅等人卸下沉重的背囊，轻装去搜索周边，布置哨位、电子警戒装置，确保营地安全，苏鹏带着夏阳等人替老兵搭单兵帐篷。

孙成毅溜到夏阳身边说：“以前我们进林子，不见月亮不宿营，不下大雨不支帐篷，知道这次为啥不一样了？”

夏阳说：“连长担心我和李小军体力不支。”

孙成毅把夏阳领上了道，赶紧挖坑说：“傻乎乎的，赶紧去拍个马屁啊！”

夏阳看一眼围着苏鹏团团转的李小军说：“孙排，你不厚道，给我挖坑。”

孙成毅咧嘴笑了，在夏阳肩膀上重重拍了一掌说：“不错，咱C团的兵要的就是这个劲儿！”

夏阳从未负重长途行军，肩膀被背囊肩带压肿了，疼得龇牙咧嘴。

孙成毅不屑地说：“弱不胜衣。”

夏阳苦笑道：“快三十公斤了，哪有这么重的衣？”

孙成毅说：“习惯就好了。搭完帐篷，检查一下脚，有水疱赶紧处理了，要不然明天你别想走路。”

夏阳说：“谢谢！”

“废话多！”孙成毅起身走了。

七郎找李小军要了它的帐篷，用大嘴叼着背带拖过来，坐在一边监督夏阳给它支好，见夏阳要去给布置哨位的老兵搭帐篷，上前咬住他的衣襟往雨林里拽。它对雨林很好奇，想去探险，但夏阳不允许它单独活动。

夏阳推开七郎说：“急什么，搭完了帐篷再去。”

七郎扑在帐篷上用身体压住，不让夏阳搭。

夏阳说：“非！”

七郎四脚朝天亮出肚皮认错，但没有起身的意思。

夏阳说：“少来这套。我警告你，这是实战，你最好快点进入状态！马上让开！”

七郎压着帐篷，晃着尾巴，忽闪眼睛。

夏阳虽对钻进七郎鼻孔中的蚂蟥心有余悸，但这是他的第一次长途行军，走得腰酸腿疼，巴不得早点搭好单兵帐篷休息，无奈只好拖着七郎找到一丛叶子上有蚂蟥的灌木，火柴棍大小的蚂蟥感受到人犬身上散发出来的热量，缩成一团，从叶子上噼里啪啦地掉下来。

夏阳捡了一条说：“嗅嗅。”

七郎嗅嗅蚂蟥，困惑地看着夏阳。

夏阳把蚂蟥放在手背上吸血，七郎看着身体迅速膨胀起来的蚂蟥，认出是从鼻孔里喷出来的虫子，愤然低声呜呜叫着恐吓。夏阳抹上精盐，踩死脱落下来的蚂蟥，对七郎说：“远离这个气味，去吧！”

七郎晃晃尾巴跑走了，围着营地螺旋状跑圈，逐步扩大搜索范围，嗅到蚂蟥的气味远远站住，回头看着夏阳，等夏阳结束忙碌抬头看它的时候，立刻卧倒，示意有蚂蟥。看到夏阳挥手示意知道了，才会继续搜巡。

李小军见苏鹏看得饶有兴致，连忙说：“七郎在帮我们找蚂蟥呢！”

苏鹏说：“我们？”

李小军说：“是帮夏阳，七郎与夏阳的感情很深。”

苏鹏说：“真诚以待，孰能无情？”

苏鹏暗指拍马屁拍不来信任，李小军面红耳赤，不再围着苏鹏打转，跑去给老兵搭帐篷。

侦察兵常在林子里宿营，布置哨兵、电子警戒轻车熟路，帐篷搭了一半，老兵们陆续返回帮着支好剩下的帐篷，坐在各自的帐篷前休息，吃干粮。

孙成毅溜达到夏阳的帐篷旁问：“七郎在搜索？”

夏阳说：“一半是探险，它对林子很好奇。”

孙成毅感慨说：“之前连长说克虎会像特种兵一样螺旋状搜索，我还不信，今天总算长见识了。你说七郎这脑袋是咋长的？”

夏阳说：“大概克虎、七郎都是汪星来的妖孽。我刚认识克虎的时候，以为有人穿越钻到克虎的身体里，还特意告诉了我们班长。”

孙成毅期待地问：“然后呢？”

夏阳说：“背了两大本训导讲义。”

孙成毅嘿嘿地笑得很开心，似乎乐见夏阳吃瘪。

佩戴在左小臂上的单兵电脑突然嗡嗡振动起来，七郎也对着十一点方向低声吠叫示警。夏阳打开单兵电脑看了一眼，“噌”一下提枪站起来说：“有情况，十一点方向四号红外传感器被触发。”

孙成毅说：“冷静！镇定！夏阳同志，你不知道有种装备叫视频传感器吗？”

老兵们都在不慌不忙地看单兵电脑，夏阳尴尬地挠挠头，调整频率接收视频传感器的信号。孙成毅不耐烦地站起来，抢过单兵电脑三下两下设置成视频同步显示，丢给夏阳说：“抽空看看说明书。”

夏阳赔笑说：“谢谢孙排！”

孙成毅说：“看好七郎，不要招惹猴子。”

夏阳知道苏鹏绰号“猴子”，不禁扭头去看。

“往哪看！我说树上的！”孙成毅愠怒，踢了他一脚，拔腿就跑，边跑边说，“赶紧收拾，猴子会抢东西。”

单兵电脑屏幕上几只猴子吱哇乱叫着气势汹汹地一掠而过，气焰嚣张，看样子不好惹。夏阳学着老兵的样子把背囊等装备全部塞进单兵帐篷，拉上帐篷门上的拉锁。李小军慌慌张张地跑回来，从背囊中翻出阻止吠叫的笼嘴想给七郎戴上，七郎愤怒地甩头躲开，皱起嘴唇让他看牙。

李小军焦急地说：“夏阳，快，给七郎戴上。”

夏阳纳闷地问：“猴子很厉害？”

李小军说：“何止厉害，简直是瘟神。”

夏阳将信将疑地喊过七郎，给它戴上笼嘴。七郎不断地怒视李小军，趁夏阳不注意就在树干上磕笼嘴，想早点弄坏丢掉。

猴群转瞬即至，喽啰们吱哇吼叫着，用力晃动树枝恐吓。几只健壮的猴子应该是主力打手，不吼不叫，神态威严地蹲在猴王身边，不断张大嘴巴展示它们尖利的犬牙。

这些该死的怪物竟然学我！七郎怒了，皱起嘴唇亮出牙齿低吼示威。七郎没见过猴子，但猴子们见过军犬，知道这种四条腿的动物战斗力不弱但不会爬树，有恃无恐，风一样地蹿到临近的野芒果树上。七郎不甘示弱，冲上去迎战。猴子岂能以弱应强？蹲在树上，摘下野芒果，一通劈头盖脸砸下来，七郎很没担当地蹿到李小军身后，把他当成了掩体。猴子火力减弱，就趁机探头出来吼叫几声，再次引来凶猛的火力。

李小军用胳膊护住头脸，扯着嗓子大吼：“七郎，你这是报复！赤裸裸的报复！”

夏阳捡起野芒果还击，但双拳难敌若干手，很快被猴子的火力压得抬不起头。

夏阳、李小军、七郎被猴子揍，苏鹏带着一干老兵看得兴致勃勃，一致认为夏阳臂力不错，李小军还算有担当，七郎是个标准的熊兵。

孙成毅请示苏鹏说：“已经开火了，我们打回去吧？”

苏鹏点点头喊道：“打！”

夏阳被芒果砸得火冒三丈，听到苏鹏喊打，抄起步枪送弹上膛开保险。

孙成毅蹿过来按住他的枪说：“跟猴子动枪，真他妈有出息！用芒果！”

夏阳悻悻地放下步枪，捡芒果还击。侦察兵都练过手榴弹投准，扔出去的芒果很有准头，猴子不是对手，加之“弹药”耗尽，很快遁走。七郎狗仗人势，蹿出来对着猴群气势汹汹地大吼。

猴子的力气不小，李小军被砸得全身生疼，愤愤地说：“省省吧，以后有的你吼。”

夏阳问：“猴子还会回来？”

李小军说：“我说过不要招惹猴子！在找到新玩具之前，猴群会一直缠着我们。”

夏阳说：“不会吧！猴子已经被我们打跑了。”

孙成毅把热像仪递给夏阳，指着一点方向说：“是战术撤退。它们留下观察哨了，今晚一定会来夜袭。”

夏阳举起热像仪看去，果然看到两百米外的树冠中蹲着一个猴子的身影。

当晚，猴子如约而至，小股多群分散接近，分层布置的电子传感器被连续触发，单兵电脑接到报警信号不住地嗡嗡振动报警，吵得人无法入睡。夏阳听着附近帐篷中传来的粗重且均匀的呼吸声，很是佩服老兵们睡觉的本事。

七郎钻出它的帐篷，溜达过来，用大嘴扯开拉锁，把头伸进来，见夏阳醒着，立刻卧倒示警。

夏阳打开单兵电脑，暗绿色的夜视画面中，几个白亮的猴子身影，四足着地，溜进了宿营地。猴子竟然懂得用佯动掩护主力进攻，夏阳颇为惊愕，想到七郎也懂战术会指挥，转而感叹动物界的智慧。

夏阳按下单兵电台的送话开关，低声说：“连长，猴子进来了。”

耳机中苏鹏的声音睡意蒙眬，含含糊糊地说：“睡你的觉，它们找不到东西自己会走。”

七郎斗志昂扬，瞄着溜进营地的猴子，竖起耳朵等着夏阳的命令。但汪星人的杰出代表哮天犬，打不过猴子的杰出代表孙悟空，更何况敌众我寡？夏阳担心七郎吃亏，强行把它拖进帐篷。

帐篷里的“猴子”显然小看了树上的猴子，它们很有韧劲儿地折腾了一夜。虽然夏阳严令不准吠叫，但七郎实在气不过猴子的嚣张，忍不住哼唧了几声。

几只猴子就跑过来，轮番拍打夏阳的帐篷。

早上，夏阳顶着两只熊猫眼，拖着萎靡不振的七郎钻出帐篷，困惑地看着精神抖擞的老兵们。

孙成毅问："没睡好？"

夏阳说："猴子太能折腾了。"

孙成毅说："能吃能睡，才能战斗。今晚你把单兵电脑关了，戴着单兵电台的耳机睡觉，有情况，哨兵会呼叫。"

夏阳惊愕地问："猴子今晚还会来？"

睡眠不足的李小军钻出帐篷，打个呵欠说："来了还能抽空睡会儿。如果不来，我们整夜不能睡。"

夏阳想了想说："猴子没来，意味着有人靠近我们的营区，要去搜索？"

孙成毅说："答对了，加十分。"

猴群整整纠缠了四天，白天伴随行军，晚上整夜袭扰。七郎曾试着伏击，这群无胆匪类根本不与它纠缠，只会上树摘果子砸它。七郎虽有为汪星人正名的抱负，奈何不会爬树，只能望树兴叹。七郎没了挑战猴群的兴趣，也没了探索大自然的欲望，每天到了宿营地，趁着猴群还没来赶紧钻进帐篷补觉。晚上，在夏阳的帐篷中蜷缩成一团，把头脸藏到腹部，再用大尾巴盖住耳朵打瞌睡。

夏阳白天行军，晚上搂着七郎瞪眼看帐篷顶，两天过去，变得目光呆滞、形容枯槁。在睡觉这件事上没人能帮忙，只能靠自己调节。熬过两天，夏阳困得走路都能睡着，晚上关了单兵电脑，戴上单兵电台的耳机，再侧身用当枕头的挎包挡住另一只耳朵，也能睡上一会儿，虽然不时被猴子惊醒，但胜过整夜看帐篷顶。

黎明时分，夏阳终于睡死过去，睡梦中还在感叹终于练成侦察兵的三大神功——能吃、能睡、能战斗，却被一阵砸帐篷的砰砰声惊醒。暴怒的夏阳带着七郎钻出帐篷，发誓要教训扰人清梦的混蛋，看到苏鹏拿着一把红色的塑料舀子在砸他帐篷，立刻偃旗息鼓，这不是军用装备，附近有人！

七郎循着塑料舀子上的气息找到猴群的时候，它们正很开心地协同抢劫盗伐人的营地。指挥若定的猴王面前，蹲着几只主力猴子，头上戴着各种颜色的塑料舀子，神态威严。其他猴子，一部分佯动吸引注意力，一部分趁机潜入营地大肆抢劫，逮着什么拿什么，就连沉重的发电机也试试能不能搬上树。

盗伐林木本就是犯罪，作为罪犯哪会管猴子是不是国家保护动物？猴子当作武器的野果对罪犯造不成伤害，只能勾起更大的怒火。一名瘦骨嶙峋的中年人被猴子不知从哪儿捡来的石块砸中头部，终于压不住火，从帐篷中拿出一支双管猎枪，一枪放倒又要对他扔石块的猴子。

猎枪能打死猴子就能打死人，匆匆赶来的侦察兵们喊叫着命令他们放下武器。但人喊猴子叫，现场一片混乱，哪有人听得见？苏鹏只好命令鸣枪示警，十多支步枪的枪声响过，现场鸦雀无声。猴子们很惊诧：我只不过扔块石头，你就用枪打我。你们高级动物会玩儿枪，我认了，可能不能有点最起码的骑士精神，一下弄出这么多枪，这是要抄家灭族吗？猴王觉得没必要与没品的人纠缠，带着子民呼啸而去。盗伐林木的人们觉得侦察兵们没品：我就砍两块木头，至于兴师动众吗？还全副武装！你们人多枪多，咱认栽。罪犯们很干脆，扔了枪跪地举手投降。

七郎受过声响训练，听惯了枪声，不知道这种声音还有刺鼻的硝烟味对于其他动物来说意味着生命受到威胁，毫不客气地把赶走猴群的功劳据为己有，傲然昂头对着遁走的猴群吼了两嗓子，见猴子吓得头也不回，眨眼间跑得没了踪影，得意极了，顾盼自雄，睥睨四方。

七

七郎证明汪星人打不过猴子是谣传的时候，再次盘踞小三角地区的鹞子拿到了它的照片。照片来自互联网上七郎勇擒毒贩的图片新闻，负责外围活动的波吞看到后，打印成照片，带给了鹞子。

在小三角地区，鹞子不使用手机、不上互联网，也不准部下用，对内联系使用手台、小功率电台，对外联系使用不易定位的卫星电话，结束通话马上关机。鹞子自知在中国军方眼中，他的价值比不上一枚最廉价的制导导弹，不屑对他实施“斩首行动”。但罗启明不按常理出牌不能不防，当年他以副参谋长的身份就能调来直升机，如今成为一团之长，一时兴起弄架武装无人机收拾他也是说不准的事情。鹞子想报仇，但不会以命相搏，更不会再次与中国军人正面硬抗。“碍摆”才去招惹中国军人，虽然当年他够“碍摆”。

金三角地区没有法律，各股地方武装的头目就是王法，一句话就可以决定“臣民”的生死，不想苟延残喘，只能奋起拼搏。那时的鹞子还年轻，血气方刚的年纪，对功名利禄很热心，梦想着开疆拓土，过过“土皇帝”瘾。在生死线上逛了一遭才明白“利”是安身立命的根本，“名”这个东西在安宁社会尚且招祸，在弱肉强食、群狼环伺的金三角地区只能招来灭顶之灾，木秀于林，风必摧之。

品尝过权力的滋味，不可能再过为饱腹而拼命的生活。养伤期间，鹞子大量读书，研究中国军队，从这支军队的发展史中找到一条可行之路。伤愈后，他变卖在T国的资产充当本金，带着不离不弃的心腹波吞、昂岩果重返金三角。鹞子韬光养晦，不再招惹中国，只向金三角周边的其他国家贩毒，积蓄起一定力量后，重返地方武装不屑一顾的小三角地区，招兵买马，重建武装押运队。

群狼环伺、弱肉强食的情况下，战斗力是生存的基本保障，鹞子信心十足地展开他的整军运动。首先从兵员入手，不再使用雇佣兵，而是征召当地猎人、边民充当队员。雇佣兵用命换钱，战斗力、技战术水平高，但忠诚度差，而且价高。当地猎人、边民战斗力差，也没什么技战术水平，但熟悉雨林环境，忠诚度高。

猎人、边民去地方武装当兵，月薪不过一两百人民币，枪法好会搏击的能去赌场当保安或者给私人当保镖，每月工资也不过两三千人民币。鹞子开出月薪一千美元的价格，会让雇佣兵笑掉大牙，但对于当地猎户、边民来说，这笔钱绝对能激起他们搏命的勇气，而且对鹞子感恩戴德。

鹞子组织新兵训练队，使边民、猎人掌握基本战斗技能，提升他们的纪律意识，之后以老带新，进一步提升巩固战斗力。搞识字班，提升队员文化素质，便于理解上级意图以及基本的战术、战法，再选拔优秀人员组成教导队，由他亲自授课，以当年“四野”的“六大战术原则”为课本，等队员融会贯通会使用“一点两面、三三制、三猛、三种情况三种打法、四快一慢、四组一队”的基本战术后，返回押运队担任基层指挥员。

战略及对敌斗争策略，他依然套用书本上得来的两句话，“敌不犯我，我不犯人；敌若犯我，我必犯人”“有理、有利、有节”。战法方面，则使用游击战的十六字诀，“敌进我退，敌退我进，敌驻我扰，敌疲我打”。

经过系统训练，押运队战斗力提升很快，虽不敢与中国军队正面冲突，但在金三角地区足以自保。鹞子反守为攻，本着“有理、有利、有节”的原则打退几支武装势力的进攻，各方收起觊觎之心，默认武装押运队占据小三角地区的事实，鹞子再次站稳了脚跟。

鹞子坐在草寮的火塘边翻看七郎的照片，趴在一旁的昆马犬（中国昆明犬与比利时马里努阿犬杂交繁育的犬种）妞妞似乎听到什么动静，抬头看着鹞子。

鹞子点点头，妞妞起身走出草寮。

鹞子隔着围巾，摸摸脖子上的伤口问：“七狼的位置？”

坐在火塘对面的波吞说：“眼线发短信说，几天前，它跟着一个排的兵进了新林子。”

鹞子在原始林里跟罗启明折腾了小两年，蒙上眼都不会迷路，对次生林谈不上了如指掌，但绝对熟悉。他不想过早惊动罗启明，没有越境侦察，把喜欢杀生的妞妞打发去次生林中打猎。两年过去，妞妞佩戴着犬用 GPS 定位仪、摄像头跑遍了次生林的每一个角落，鹞子通过 GPS 定位轨迹再对照摄像头拍摄的视频，基本摸清了次生林的地形、植被等情况。

鹞子想了想问：“老林子那边什么情况？”

波吞说：“约一个连的兵力在活动。看他们的兵力布置，仍是当年的老打法，分点监控，要道伏击。鹞子，老林子里的路都被中国兵封了，咱们还继续佯动吗？”

鹞子说：“继续。他喜欢耍无赖，咱们就跟他耍到底。”

波吞搞不清佯动与耍无赖之间的联系，一脸茫然。

鹞子解释说：“罗启明是老雨林，岂能不知雨季老林子里没有作战条件？他知道我们在声东击西，试图转移他的注意力，所以始终在老林子保持优势兵力，想逼我们去新林子。”

波吞说："这是陷阱！如果我们在新林子露面，罗启明一定会调集优势兵力围攻……"

鹞子笑道："不是陷阱，是罗启明给我下的战书，他在问我敢不敢去。"

波吞说："鹞子，我们好不容易才东山再起，就不能放弃吗？"

鹞子摇头。

波吞大喊起来："昂岩果，昂岩果！"

昂岩果跑进草寮，看看两人的脸色和鹞子手里的照片，明白了怎么回事，劝道："鹞子，女人没了可以再娶，孩子可以再生，不能明知是陷阱还要往里跳。"

鹞子笑笑说："在雨林中，我就是大海里的一滴水。如果新林子是陷阱，那我就是躲在阴暗角落里的眼镜王蛇。我必须给琴莱和我们的孩子一个说法，没有她们用命保下来的美元和她们在天之灵的保佑，我活不下来。"

波吞愕然看着鹞子说："一个人去？去找死吗？！七狼不是咬伤你的克虎，或许连克虎的后代都不是，它只是罗启明诱你上钩的诱饵。为了一条狗去拼命值得吗？就是你打死它，又能怎么样？"

昂岩果补充说："鹞子，罗启明是团长，手下有的是兵，他不会在雨林中与你决斗。"

鹞子说："我会让他来的。"

昂岩果问："一定要去？"

鹞子点头说："我忘不了琴莱死不瞑目的眼睛，不去，良心不安。"

波吞说："琴莱不过是你捡来的女人！"

琴莱那双无助、绝望又不甘的眼睛，再次浮现在鹞子眼前。

鹞子怒道："琴莱救了我的命，还有你们的命，没有她用命保下来的美元、房契，我们靠什么东山再起？"

波吞扯着嗓子警告说："七狼很厉害，下车就挖了我们一个眼线，你在林子里藏不住。"

鹞子说："我对妞妞有信心。"

昂岩果无奈道："那好吧，我去给你当观察手。"

波吞说："你要带兵，我跟鹞子去。"

鹞子摆摆手说："我自己去。我不在期间，昂岩果主内，负责押运队及货物运送；波吞主外，负责情报收集、对外联络、组织货源。如果我没能回来，拿出一百万美元悬赏罗启明的人头，以后你们就是押运队的头儿。"

昂岩果说："我们现在就可以悬赏。"

鹞子说："我从生死线上滚过一遭不怕死，可我忘不了琴莱看着我的那双眼睛，八年了，我每晚都会被这双眼睛从梦中惊醒。"

昂岩果叹息，波吞却吼："该死的女人，当初就不应该救她。"

鹞子苦笑着摆摆手说："你们去吧！"

昂岩果拖着愤愤不平的波吞离去。

鹞子拖过防潮枪袋，拿出一支 M21 狙击步枪，分解后慢慢擦拭保养。

当年，鹞子逃脱围捕挣扎返回的路上，遇到一条咬断绳子跑出营地的马犬（比利时马里努阿犬）。C 团使用军犬带路连续伏击押运小组后，鹞子也搜罗了一些狗充当押运小组的耳目，但大多没经过严格训练，听到动静一通乱叫，反而容易暴露目标，很快进了部下的肚子。唯独这条马犬聪明活泼，不会乱吠，而且知道鹞子是老大，喜欢跟在他身后狐假虎威地充当保镖。鹞子觉得好玩儿，把它留下来拴在营地里当看家狗。

鹞子喊了一声，马犬对他晃晃尾巴却没有跑过来，支棱着耳朵看着他身后。鹞子闪到树后观察，身后没有人影，侧耳细听也没听到任何动静，疑惑地回头看马犬。马犬正摇着尾巴踩着小碎步徘徊，神态羞涩中有期待，似乎还有一丝畏惧，跷腿撒了点尿，向一侧跑去。鹞子有点发蒙，不明白马犬在干啥，又感觉这些动作似曾看过，拍拍因失血过多有些缺氧的脑袋，又连续做了几个深呼吸，才想起弄来的那批狗中有几条发情的母狗，求偶时才会这样。

公狗！鹞子吓得浑身一激灵，扭头向来路看去，克虎施施然从藏身的板状根后走出来，睥睨着他。军犬不会单独行动，这几乎是常识。在那一瞬间，鹞子脑海里想法很多——罗启明带队越境追上来了，用克虎带路找营地斩草除根；罗启明也在贩毒，想吞了押运队带回营地的毒品……唯独没想过克虎会单犬突进。鹞子想藏，躲不过狗鼻子；想跑，失血过多，体力不支，跑不到营地就会被克虎闻着味追上。

鹞子梦想着成为割据一方的枭雄，没想到被一条狗逼入绝境。既然求生无望，唯有拼死一搏，鹞子做好战斗准备，蜷缩在板状根后探头观察克虎身后，准备伏击跟上来的中国兵。他虽痛恨克虎，但战斗经验丰富，不会打草惊蛇，消灭中国兵的有生力量，或许能死中求生。

马犬留下的气味，让克虎很兴奋，但它没有忘了任务，犹豫不决地看一眼畏畏缩缩藏在树后的鹞子，目光变得不屑。昂头嗅嗅空气，鹞子的气味很浓，短时间内不会消散，足够充当嗅源；再说，现在不是进攻的最佳时机，它跑得再快也快不过子弹。克虎决定暂时放过鹞子，去找那条比较符合它审美的母犬聊聊犬生。

鹞子目送克虎跑去找马犬，没有鄙视，反而认为这才是狗的标准行为，甚至还有一丝喜悦。克虎去聊犬生，中国兵就没了耳目，他多了一丝死中求生的把握。

不远处树后传来克虎、马犬你侬我侬卿卿我我的声音，中国兵还没有出现。鹞子这才明白他被克虎耍了，中国兵根本没有越境。竟然被狗耍了，而且耍他的那条狗竟然就在不远处行苟且之事，鹞子恼羞成怒，顾不上引走克虎的马犬还在那边，向大树左右各打了一发枪榴弹，听到两条犬的惨叫声，兀自不解恨，提着枪追过去补枪。

大树粗大，一人多高的板状根挡住了大部分弹片，那条马犬身上只有两道被弹片割开的口子，蜷缩成一团，大声惨嚎。克虎看样子伤得不轻，地面上一溜血迹通向雨林深处。

鹞子体力不支无心追赶，更担心枪榴弹的爆炸声会引来中国兵，放过惨嚎的马犬，挣扎着返回已经乱成一锅粥的营地，开枪击毙正在追赶琴莱的雇佣兵，震慑住部下。眼见局势受控，身后突然传来窸窸窣窣擦动灌木枝叶的声音。鹞子知道身后有人偷袭，毫不犹豫地转身射击。但克虎早已料到他会开枪，潜行距他不足十米的位置才突然发起攻击，尤其是鹞子想的是人在背后偷袭，枪口指向人的胸腹位置，子弹擦着克虎的头顶飞过。没等他降低枪口，克虎凌空跃起，把他扑倒的同时一口撕开他的喉咙，毫不犹豫地转身就逃。

鹞子想打死克虎，但它竟然会跑“S”形，让他无法瞄准。他的喉咙被撕开，无法呼吸，无法呼喊，因缺氧眼前一阵阵模糊。鹞子放下枪扭头用目光向部下求援，却发现营地已经大乱。

猎人、边民畏惧鹞子的残暴，担心连累家人，雇佣兵等着发佣金。但濒死的鹞子在他们眼中没有丝毫价值，聪明的，卷点钱物赶紧跑路，胆大的，要钱不要命地相互火拼。特种兵出身的十几名雇佣兵再次显示出他们的战斗素养，聚集起来拉开战斗队形掩护几名同伴对琴莱用刑，逼问钱财下落。

琴莱不成人声地惨叫着，看他一眼，再看一眼营地外的一棵榕树，像是向他求救，又像是让他趁机赶紧逃跑。鹞子睚眦欲裂，他很清楚雇佣兵拷问用刑的手段让人痛不欲生，他想杀了雇佣兵，想呼喊琴莱舍财保命。但他连蠕动一下的力气都没有，只能眼睁睁看着琴莱被蹂躏，昏迷的那一刻甚至有一丝解脱的轻松。但琴莱那双无助、绝望又不甘的眼睛从此铭刻在他的脑海中。

再次醒来的时候，鹞子已身在L国的一家地下医院，昂岩果、波吞带着那条马犬守在他身边。或许是马犬要报不杀之恩，或许是对雨林的畏惧，它遇到昂岩果、波吞后，主动带他们返回营地找到了已经深度昏迷的鹞子。波吞当过兵，会战场救护，用匕首割掉鹞子脖子上的烂肉疏通呼吸道，简单缝合伤口止血后，与昂岩果一起用马把鹞子驮出雨林，找医生给他做了手术。

昂岩果提来一个深蓝色的双肩包，鹞子认出这是他买给琴莱的唯一礼物，他想要个儿子，带琴莱去做了B超，虽然怀的是女儿，但毕竟是第一个孩子，鹞子依然很高兴，主动买了这个包。琴莱视若珍宝，与她的金银细软放在一起。

昂岩果告诉鹞子，琴莱死了，死不瞑目，她眼睛看着营地外的那棵榕树，被拔去指甲、掰断手指的左手也指着那棵榕树。他觉得奇怪就去看了看，在板状根形成的树洞里找到了这个包，里面是鹞子的全部身家，八万美元，还有T国三处房产的房契。幸亏有了这八万美元，才支付了鹞子的医疗费。

鹞子想问问是否给琴莱收尸，却被自己发出的破哑嘶鸣声吓了一跳。波吞明白鹞子想问什么，告诉他，押运队相互火拼杀红了眼，见人就杀，没机会给琴莱收尸。

鹞子痛苦地闭上眼睛，琴莱那双无助、绝望又不甘的眼睛就浮现在脑海里。

金发蓝眼的白人医生以为鹞子为伤情绝望，宽慰说："喉咙被咬烂，辗转几百公里，仍能活下来，这是上帝对你的怜悯和眷顾，要好好活下去。你的声带受损并不严重，重新学习发声后就能恢复说话能力。"

鹞子自知作恶多端，他这种人不属于神佛保佑的对象，能活下来完全是因为琴莱用命换来的美元，还有琴莱和他们未出生孩子的保佑。鹞子下定决心要给她们一个说法，要让琴莱闭上眼睛。

但鹞子没有疯狂到把中国军队当成报复对象，他的目标是给他带来灭顶之灾的罗启明和克虎。罗启明明明有一举击退他的能力，偏偏拖得他倾家荡产，引来雇佣兵的反噬。克虎在关键时刻给了他致命一击，是间接杀害琴莱和他孩子的凶手。杀妻灭子，此仇不共戴天，此仇不能不报！

妞妞返回草寮，把叼在嘴里的一条眼镜蛇丢在火塘边。眼镜蛇还没死透，蠕动着想抬起头，鹞子捉了蛇先采了蛇毒，才剁下蛇头扒皮清脏，把蛇肉放在火塘边上炙烤。

妞妞是那条马犬的后代，至于是不是克虎的后代不得而知。鹞子在L国养伤的时候，那条马犬一窝产下九条小狗。波吞说九犬一獒，琴莱在天有灵，给鹞子送来了报仇的帮手。昂岩果认为虽是传说，但也有三分道理，母犬只有八个奶头，注定有一条小犬吃不上奶，通过竞争活下来的小犬一定很强壮。波吞却毫不留情地骂昂岩果是碍摆，浪费了琴莱的恩赐。

小狗满两月龄，波吞把九条小狗扔进空房间，先饿了三天，然后扔进去一小块肉。生存的本能迫使饿疯了的小狗相互攻击，尝到血腥味后愈发疯狂。那条想去救孩子的马犬也被波吞打死，三天后，只有一条遍体鳞伤的小狗活着走出了空房间。

那时鹞子生活不能自理，事后才听说，虽觉得残忍，但也接受了波吞的说法，这是琴莱恩赐，给他送来了报仇的帮手。那条活着的小狗是条母犬，鹞子就把准备给未出生女儿的名字给了它，起名叫作“妞妞”。

或许是九犬一獒真有其事，或许杀戮吞噬兄弟姐妹激发出了犬类深藏的兽性，体型匀称、苗条的妞妞异常凶狠，不动则罢，只要攻击就是不死不休。妞妞战斗力强悍，聪慧机警，而且对鹞子忠心耿耿，鹞子愈发喜欢，年长日久，真有几分把妞妞当作女儿宠溺的意思。

鹞子担心尖锐的蛇骨扎嘴，扯下烤熟的蛇肉喂给妞妞吃了，把七郎的照片放在它面前说：“它叫七狼，交给你了。不要轻敌，据说它很厉害！”

妞妞瞥眼照片，把头扭向一边，不屑地打个响鼻。

鹞子笑了笑说：“有信心就好。”

鹞子拿出一条嵌满钢刺的项圈，涂上刚采集的蛇毒，小心翼翼地给妞妞戴好，挂上微型摄像仪，提枪带着妞妞钻出草寮。

八

七郎支棱着耳朵侦听周边动静，为正在分配它口粮的那两个家伙放哨。苏鹏认为引蛇出洞只是搂草打兔子，能引来鹞子最好，引不来也不能耽误了正事，所以按计划展开野外生存训练。每人一块压缩干粮、一两盐，在雨林中生存五天，而且规定严禁开枪猎杀，严禁捕杀保护动物，严禁采集保护植物的种子果实。老兵必须单人采集食物，鉴于夏阳、李小军是雨林白痴，可以一起采集食物。

侦察兵们都是雨林生存老手，轻易不会动压缩干粮，抓青蛙，捕蜗牛，采蘑菇，采野果，掰棕榈芯，挖块茎，捞鱼捉鸟，餐餐能混个七分饱，时间长了不好说，但坚持十天半月没有问题。夏阳、李小军这俩雨林白痴就惨了，放眼望去觉得啥都能吃，对照野草识别手册看看又觉得都有毒而且赛氰化物，尝尝都能要了他们的小命。两人靠一块压缩干粮顶过第一天，又咬牙饿了一天，到了第三天终于扛不住了，饿得看见啥都想咬一口。

两人找到一丛叶子像芋头的植物，联手挖出根部块茎，对照野草识别手册仍觉得赛氰化物，你推我让地请对方先试吃。推让不过，两人决定一起吃，各割了一小片块茎放进嘴里，先是感觉到一点清凉，然后火烧火燎的刺痛排山倒海般涌上来，如同含了一口钢水。两人吐掉块茎，跑到小溪边玩命似的漱口，但嘴唇还是不可救药地肿了起来。

两人提着剩下的块茎，顶着两条烤肠一样的嘴唇，去问孙成毅，他们吃的这是啥。孙成毅笑到打跌，苏鹏要保持连长的形象，背对他们，肩膀耸动全身打颤，双手用力抓住大树才没瘫坐在地上。

两人当然明白苏鹏不是心疼他们才打颤，李小军只敢气愤不敢吭声，夏阳自恃借调身份，又大声问了一遍，他们吃的是啥。潜台词当然是谴责老兵对他们不管不顾。

孙成毅差点把手指头咬下来才止住笑，说：“我他娘的哪知道你们吃的是啥，感觉不能吃就不吃。雨林里那么多植物，还愁找不到吃的？”

孙成毅所言不虚，雨林中植物繁多，总能找到可以食用的。关键是夏阳、李小军这俩丛林白痴感觉啥都赛氰化物。

部队白天正常行军、训练，每天提前一小时宿营，一个小时的时间要搜集够三餐的食材，做好晚餐及第二天的早餐和午餐。夏阳、李小军对植物没有信心，转而对动物下了手。地上跑的搞不好是保护动物，而且跑得快追不上；天上飞的有翅膀不敢奢望；树上蹲着的猴子，避之唯恐不及；雨林最常见的动物是蛇和蛙，蛇那玩意儿，十条里有八条嘴里有毒牙，不敢招惹，两人决定抓蛙。

不想吃蛙的时候，蛙能跳到脚背上来，想吃蛙的时候，却踪影难觅。远听蛙声一片，到近处寂静无声。两人跟着蛙鸣东奔西走，没头苍蝇一样到处乱翻，好不容易抓到一只色彩斑斓的蛙，孙成毅不知从哪儿钻出来说，他们手里的这只蛙可能赛氰化物。两人这才明白孙成毅一直在跟着他们，不由得出离愤怒：“我们吃块茎的时候，你怎么不警告一声？”

消耗的热量与捕获的食物不成正比，两人果断放弃，偷偷跟在孙成毅身后找到一株棕榈树，学着他的样子采集棕榈嫩叶，勉强填饱肚子。

七郎不用搞野外生存，两人贪婪地看着食盆里的标准犬粮，口水滴答。七郎被他们看得浑身不自在，侧身让出食盆。俩货欣喜，对视一眼，看看四下无人，一人拿了一颗丢进嘴里尝了尝，然后就你一颗我一颗地停不下来。

七郎被抢了食盆，很郁闷，从李小军的背囊中拖出犬粮袋丢给他们。俩货饿疯了，很无耻地齐声表扬七郎是好兄弟是自己人，然后提着犬粮袋钻进单兵帐篷分赃。七郎更加郁闷，它只是想拿回食盆继续吃饭，虽然它不介意分享犬粮，但不能欺负它口不能言。七郎把头伸进帐篷监督分配，夏阳比较靠谱，没多占它便宜，给它三颗，他与李小军一颗。七郎算术方面很一般，但能分辨出大小，见属于它的那一堆犬粮比夏阳和李小军的大很多，满意地缩回头，蹲在门口放哨。帐篷里的俩货，就像掉进鱼堆里的猫，要把属于他们的那一堆犬粮，你一颗我一颗地分分清楚。

晨曦微显，七郎提前起床，用嘴拉开防蚊网门帘的拉链钻出帐篷，见无人起床，回头偷偷咬了两口防蚊帘。这个东西很烦，不方便出入。睡觉时，它会把鼻子藏到尾巴里，蚊子根本咬不到，用不着拉防蚊帘，但夏阳命令它不准私自打开，防止蛇爬进帐篷。前两天降温，夜间气温更低，有一条蛇想爬进帐篷取暖，夏阳吓得脸都变色了，咋咋呼呼地赶走了那条蛇。七郎感觉进入雨林后夏阳变傻了，它认为主要是多雨和气候潮湿的原因，夏阳的脑袋里肯定进水了：蛇爬动的声音那么大，它的耳朵那么灵，能听不到吗？它早已做好捕猎准备，抓了那条蛇给夏阳当晚餐，哦，还有那个李小军。

七郎伸个懒腰，开始例行巡视，围着营地外围跑圈，检查夜间是否有人靠近。有侦察兵气味的地方，七郎不会靠近，它知道那里有个东西，不管是人还是动物只要靠近，兵们戴在身上的那个长方形的扁盒子就会嗡嗡振动。

七郎边跑边嗅探空气中的气味，夜间应该有一只猴子来过，气味很淡，它没敢靠近营区，远远躲在一边观察，应该是只落单的猴子。猴群派出的侦察兵，一般都会溜进营区，看看有没有能顺手拿上树的物件儿，所以留下的气味会浓一些。

七郎巡视完毕，回头看看兵们还没起床，决定去打猎，给那两个饿得眼发蓝的家伙填肚子，免得他们觊觎犬粮。黎明不是打猎的好时机，夜间活动的动物已经归巢，白天活动的动物还没起床。七郎决定去沼泽地碰碰运气，那里蛙多，蛙多蛇就多。

七郎跑了没多久，就嗅到那只夜间窥视营区的猴子的气味，循气味瞄了一眼，那只蹲在树杈上的猴子立刻龇牙咧嘴地恐吓。它的牙齿磨损得很厉害，毛发稀疏，身上还有伤，是只被逐出猴群的老猴王。猴群占据着食物丰富的林地，它不敢去，只能跟在侦察兵身后，等侦察兵走后去营区找点食物残渣果腹。七郎没搭理装腔作势的老猴子，径直跑到沼泽地附近，躲在高大的板状根后侧耳倾听周边没有动静，才昂头嗅探空气。

沼泽旁有一条小溪，夜间会有动物来喝水，猛兽也会选择这里当作捕猎场。空气中气味繁杂，浓淡不一，七郎可以通过气味浓淡分辨出动物滞留的时间以及距离的远近。七郎突然嗅到一股浓浓的气味，这股气味很熟悉，让它想起犬队那些喜欢对它摇尾巴的小母犬。

犬的气味不属于雨林，七郎心生警惕，向板状根深处缩了缩，昂头仔细嗅探，四面八方都是母犬的气味，新鲜而且浓郁。母犬围着沼泽地撒尿做标记，不像是召唤公犬，反而像是故布疑阵，以免暴露隐蔽位置。七郎察觉到危险的气息，站在原地纹丝不动，眼神中充满警惕，竖起耳朵不停转动，搜索周边的可疑动静。

僵持了二十分钟，远处传来夏阳的呼唤声，七郎充耳不闻，转动耳朵继续搜索周边。果不其然，十点方向传来轻微响动，七郎循声扭头，妞妞忸怩地从一丛灌木后闪出来，妩媚地晃着已经翘起来的尾巴。

七郎假装兴奋地晃着尾巴，眼睛却盯着妞妞竖起的耳朵，夏阳每一声呼唤传来，它的耳尖都会抖动一下。它很紧张，但汪星人并不忌讳在人类面前谈情说爱，莫非刚刚成年？七郎暗中观察母犬的牙齿，它的犬牙发黄，顶部圆润。七郎的舌头从自己的牙齿上轻轻滑过，尖利的犬牙刺得舌头隐隐作痛。对面的是条老犬！紧张只能说明它不怀好意，担心被赶来的夏阳攻击。

七郎对自己的战斗力很有信心，见双方间隔距离有点远，回想一下犬队公犬讨好母犬的神态，摆出一副色眯眯的样子，伸长脖子晃动着臀部向妞妞跑去。妞妞羞涩转身，翘起尾巴，踩着小碎步逃跑。那样子与其说是逃跑，不如说是勾引。七郎配合地呜呜欢快叫着，加快脚步靠近妞妞，突然发起进攻，张开大嘴咬向妞妞的喉咙。妞妞没有躲避，反而微微侧身把颈部送上来。七郎微微一怔，见妞妞目光狡黠，不禁心生警惕，目光瞥向妞妞的项圈，这才发现项圈上嵌满了钢刺。钢刺很短，只有四五毫米的样子，不会造成大的伤害，明明起不到很好的防护作用，为什么不用长一点的钢刺？七郎感觉有阴谋，准备在妞妞的肩胛处落嘴。妞妞察觉七郎犹豫，从侧面佯攻喉部。七郎本能地阻止，歪头一口咬在项圈上，舌头、上颚被钢刺扎了几个小洞，牙也硌得生疼，根本无法继续发力咬住喉咙。

七郎被坑，恼火地松嘴，铆足力气想再咬，妞妞一骨碌躺下亮出肚皮，还对它眨眼睛。七郎一下怔住，晃着尾巴思考，要死要活地拼命呢，你咋躺下了？刚才是跟我逗着玩儿？妞妞趁机爬起来撒腿跑开，远远看着七郎，完全没了刚才的娇媚，眼神中除了冷漠，再没有任何情绪。

被坑又被耍，七郎龇牙咧嘴地猛扑上去。妞妞拔腿就逃，脚步轻快，不时回头观察。七郎被逗引得怒不可遏，加速猛追几步，突然感觉一阵眩晕，不远处的妞妞变成了两个，舌头也不由自主地耷拉下来。妞妞等的就是这一刻，转身返回，边走边皱起嘴唇亮出牙齿，就像边拔刀边走向待宰羔羊的屠夫。七郎被轻视，愤怒地展示它锋利的牙齿，却发现呼吸困难、嘴巴失控。七郎看着步步逼近的妞妞，决定叫人，仰天嗷嗷叫了两声，立刻听到夏阳在不远处的回应声。妞妞对这种打不过就喊人的作风嗤之以鼻，不屑地瞥一眼七郎，颠儿颠儿地跑走了。七郎很想追上去，但眩晕让它脚步踉跄，眼睁睁看着妞妞远去。

孙成毅与三名侦察兵全副武装，把夏阳、李小军护在中间飞奔而来。七郎还在为被妞妞戏弄恼怒，想让夏阳帮它把妞妞留下，对着妞妞逃走的方向吼了一声，立刻被自己变腔变调的声音吓了一跳。

李小军扑上来带着哭腔喊："七郎，你怎么了？"

孙成毅怒道："嚎个屁的丧，七郎被眼镜蛇咬了，赶紧抢救。"

李小军赶紧通过单兵电台呼叫营地派人送急救装备。夏阳见七郎虽有中毒症状，但呼吸没有受到抑制，属于轻微中毒，低头在七郎身上寻找伤口，准备放血排毒。七郎用头拱拱夏阳，费力地张开嘴，让他看舌头、上颚上的伤口。

夏阳见伤口轻微红肿，没有发黑坏死，松了一口气，嗔怪："你被咬了几口？傻吗你，被咬了还不赶紧躲开！"

七郎无奈地翻翻白眼，坚信夏阳脑袋上有洞，漏水了。

李小军看看七郎的伤口说："不是蛇，像是铁钉项圈扎的，我们老家散养的土狗都戴着这个东西，打架不吃亏……"

站在夏阳身边的孙成毅一下变了脸色，做手势示意噤声，一摆手，侦察兵们如临大敌，据枪搜索。孙成毅在潮湿的地面上发现了妞妞留下的脚印，招手把夏阳叫过去，指指脚印又指指七郎，询问脚印是否是七郎的。脚印明显比七郎的小一圈，夏阳摇摇头，猛然想起咬死泰格的那条狗，低声说："鹞子？"

孙成毅点点头，低声说："蛇毒暴露在空气中一个小时左右就会完全失效，鹞子可能在附近，你和李小军带七郎先回去。"

那条狗扼死泰格，击败七郎，说明它智商很高，完全有可能利用它的嗅觉、听力引导鹞子攻击。夏阳抱着七郎，李小军据枪警戒，两人一前一后，走得小心翼翼，直到遇上带队赶来支援的苏鹏，两人才松了一口气。

苏鹏把急救装备交给夏阳，留下两名侦察兵警戒，带着其他侦察兵去支援孙成毅。七郎中毒并不严重，做完皮试没等打血清，它就摇摇晃晃站起来，晃晃有些眩晕的脑袋，咬着夏阳的衣角，要求回去报仇。眼镜蛇毒会经淋巴循环吸收转移至全身，虽然七郎只是轻微中毒，但夏阳仍担心它器官受损，严词拒绝，抱回营地塞在帐篷里，算是住院观察。

七郎认为自己已经好了可以去战斗，坐在帐篷里隔着防蚊帘哼哼唧唧地向夏阳抱怨。见李小军用手术刀切掉一次性注射器顶端，改成真空抽毒器，想割开伤口抽血排毒，立刻迁怒于人，扯着嗓子吼得有声有色。夏阳这才彻底放了心。

侦察兵用热像仪几次抓到妞妞的身影，远远追在身后，试图找到鹞子。但妞妞很快察觉那个东西能找到它，迅速远遁，脱离热像仪的有效工作距离。雨林中植被茂盛，视听受限，搜索目标耳听的作用大于目视。犬的听觉是人类的 16 倍，半径一公里以内的各种声音都能分辨清楚，嗅觉人类更是无法比拟，所以妞妞想藏，就没有被侦察兵发现的可能。苏鹏放弃搜索，带队返回。但没想到，妞妞悄悄跟在他们身后，目送他们进了营地，这才晃着尾巴悄然离去。

夜幕降临，妞妞出现在国境线附近，沿着国境线横向搜索，边跑边嗅探，晃动着耳朵倾听周边动静，远远看去就像一条循着标记找路回家的土狗。妞妞搜索前进了约两百米，掉头返回重新搜索一遍，侧耳细听没有异常动静，对着境外低吠了一声。

鹞子身披吉利服，抱着缠了伪装网的狙击步枪，走到国境线旁。妞妞知道它的项圈上有毒，没有上前扑舔，摇着尾巴以示欢迎。鹞子给妞妞准备好晚饭、饮水，小心翼翼地取下摄像仪，摘下项圈，让妞妞去吃饭，他盘腿坐在一旁看摄像仪里的视频。

鹞子说："这家伙很狡猾，但还是上当了，好姑娘！"

妞妞埋头吃饭，得意地晃晃尾巴。

"好像没死啊？这家伙是中国兵的耳目，是咱们的心腹大患。"鹞子遥指着侦察兵营地方向说，“要不，咱们去看看？”

妞妞热烈地晃着尾巴。

鹞子说：“那好，就这么定了。吃完饭，睡一觉，天黑透了咱们就过去！”

九

鹞子蛰伏八年才卷土重来，必定是有了必胜的信心。罗启明搞不懂，鹞子依仗什么才敢再次与一个团对抗。消灭鹞子不是问题，但罗启明不想付出无谓的伤亡。军人倒在战场上死得其所，但倒在毒贩的枪下，不仅是不值得，而且是对军人的侮辱。

苏鹏在数字化指挥系统的屏幕上看到罗启明虎着脸，吓得心跳加速，先是报告七郎已无大碍，休息两天就可执行任务，接着检讨错误，保证不会再次发生类似情况。罗启明听完，不置可否，让他把夏阳、七郎叫来。

七郎在帐篷里蹲了一天，终于有了遛腿机会，欢天喜地地跑到露天连部，看到屏幕上的罗启明招手喊它，摇着尾巴冲上去舔了一屏幕的口水。

“武器装备是士兵的第二条生命”，更何况是金贵的自动化指挥系统，尤其是这套系统能让侦察连的战斗力呈几何倍数地增高。苏鹏心疼得脸直抽抽，但看到罗启明咧着嘴乐，敢怒不敢言。

罗启明确认七郎已经康复，这才板着脸把夏阳叫过去说：“这两天让七郎好好休息，要做好充分准备，隐藏好七郎踪迹。”

夏阳心中愤愤然：我高考成绩一般，那是态度问题，不是智商问题。不就是引蛇出洞，示假隐真，诱敌深入吗？我学动物学就不能看《三十六计》吗？我是士兵，上战场是职责，可你能不能替七郎考虑一下，它还年轻，路还长，你怎么能把它当诱饵！夏阳心里憋了一口气，但不敢惹罗启明，等结束通话后去撩惹苏鹏。

苏鹏也在找出气口，不等夏阳开腔，抢先说：“管好你的犬，口水弄坏了装备怎么办？现在是战时，懂吗？”

夏阳被憋得一窒，心说：你别把我当棒槌好不？数字化系统不怕大雨浇，七郎舔两下能坏？虽然咱们年龄差不多，但你是连长，好歹也是军校毕业，怎么能学我？你能不能有点素质？

苏鹏见夏阳一脸的懵懂，准备继续宣泄不满，兴致勃勃地问："不懂？"

夏阳决定让苏鹏闭嘴，立正后说："懂。保证不会有下次。但我不理解，为什么要隐藏七郎踪迹。"

苏鹏说："命令就是命令，理解是为了更好地执行，不理解也要执行。去吧！"

夏阳又是一窒，没能撒气反而装了一肚子气，回去就把想去撒欢的七郎塞进帐篷。七郎撒娇耍赖咬住防蚊帘不让拉上，被夏阳拒绝又被瞪了一眼，气得用屁股顶住拉上的防蚊帘使劲儿往下坐，想弄坏拉链。夏阳毫不留情，推开它的大屁股，拉上防雨帘。这下连风景也不能看了，七郎不满地低声哀嚎，声音如怨如泣。李小军就像是被枪刺捅了屁股，从远处蹿过来，给七郎拉开防雨帘。七郎明白夏阳才是老大，没有理会李小军，谄媚地向夏阳晃着尾巴。

夏阳嗔怪说："没皮没脸，越来越像你爹。"

"爹"这个字的发音，七郎听来等同于"好"或者"同意"的意思，于是心安理得地趴下，隔着防蚊帘看风景。

李小军问："咋了？"

夏阳郁愤地说："团长命令隐藏七郎的踪迹。"

李小军不解地问："那就执行呗，你耷拉着脸干吗？"

夏阳说："什么智商？"

李小军茫然："我的智商与团长的命令有什么关系？"

夏阳说："七郎被团长当成了诱饵！"

李小军眨眨眼说："你不是要让七郎成为不可或缺的功勋犬吗？机会来了！"

夏阳认为李小军的颅腔中全是肌肉，无助地仰头看天。

李小军问："你摆出一副痛心疾首的样子干啥？"

夏阳说："团长不该瞒着我们，应该告诉我们他的作战计划，哪怕是只涉及需要七郎执行的部分……"

李小军打断夏阳说："你有病！"

夏阳愕然，怒冲冲地说：“你再说一遍？！”

七郎嗅到夏阳身上的怒气，一骨碌爬起来，虎视眈眈地盯着李小军。

李小军说：“我说你有病！你是士兵，服从命令听指挥是基本守则，上级让你干啥就去干啥，有什么资格让团长向你通报作战计划？该让你知道的团长会告诉你，不该知道的就不要去问。我们都是士兵，直接上级是班长，轮不到团长给你下达命令、讲解战术。按你的逻辑，班长让你去炸碉堡，还要向你讲解一番作用、目的以及重大意义？”

夏阳自知理亏，咂咂嘴，狡辩道：“据我所知，连属重火器有自动榴弹发射器、大口径火箭筒，班里也有火箭筒，如果班长让我去炸碉堡，我会认为是挟私报复。”

“狡辩！”李小军愤然离去。

夏阳意识到自己错了，想道歉，喊了两声，李小军根本没有回头的意思，不由得黯然叹气。七郎嗅到夏阳身上忧伤的气息，呜呜两声，把夏阳的视线拉过来，转圈追咬尾巴。

夏阳明白七郎想逗他开心，苦笑说：“傻瓜，我是担心你壮志未酬身先死。”

夏阳的话太高冷，七郎听不懂。但夏阳的笑让它认为咬尾巴有作用，多转了两圈。夏阳摇头笑笑，拖过李小军的背囊翻找七郎的洗漱用品，李小军步履匆匆地走过来。

夏阳解释说：“我找七郎的干洗粉。”

李小军毫不在意地说：“连长刚才跟我谈心了。”

夏阳以为苏鹏偷听，神色有些羞恼。

李小军解释说：“我们声音有点大，连长听到了。”

夏阳松了口气，边在李小军的背囊中翻找边说：“谈心好，说明连长对你很关心。”

李小军说：“连长也提到你了。他说，你是个好训导员，但不是个好兵。我是个好兵，但不是个好训导员。”

苏鹏的话有些绕口，但夏阳瞬间明白，苏鹏在提醒他们是肩负使命的军犬训导员，是军人。

夏阳怔了怔，起身准备去连部。

李小军说：“你不用过去，连长说你爱犬，关心则乱，他很理解。他说，我们要学习望天树，向着阳光生长。”

夏阳扭头看着远处的一棵望天树感叹道：“又遇到一个有话不好好说的高人。”

李小军不满喝道：“你说啥？”

夏阳说：“雨林险恶，弱肉强食，望天树一萌芽就脚踏实地，怀着对蓝天和阳光的向往，不畏生长中的曲折与磨难，心无旁骛，勇往直前，努力向上生长，最终长成参天大树，接受阳光雨露的哺育，一览众山风光。”

李小军有些茫然地眨着眼睛说：“这是望天树精神？”

夏阳点点头说：“翻译成连长的话就是：熊兵，你想太多了，记住，你只是一个大头兵！”

夏阳对苏鹏的态度让李小军有些不满，仔细想想又深以为然：向着阳光生长的望天树根本没脑子，只知道生长。兵嘛，只能服从命令听指挥，自己东想西想只能徒增烦恼。

李小军撇嘴说：“夏阳，你也是高手。”

夏阳说：“因为苏鹏只是我遇到的高手之一。”

夏阳翻出干洗粉，把七郎拖出来洗澡。七郎对这种洗澡方式极为不喜，但自知拗不过夏阳，把头扎进帐篷里装鸵鸟，身体任由夏阳、李小军蹂躏。

孙成毅凑过来好奇问：“这是洗澡？”

夏阳说：“深层清洁，杀菌除臭。”

孙成毅羡慕地问：“人能用吗？”

雨林中闷热潮湿，兵们的衣服从没干过，身上终日滑腻腻的，除非挨着小溪驻扎才有机会冲个澡。

夏阳摇摇头。

孙成毅说：“犬的装备硬是比人好，什么时候装备部门能考虑一下人？”

这个问题不在夏阳考虑范围之内，咧嘴笑笑。孙成毅瞄一眼装鸵鸟的七郎，突然伸手轻轻戳戳它的屁股。已经有四只手在它身上忙活，猛然间多了一只手，七郎回头见是孙成毅，立刻恼了，皱起嘴唇让他看牙。孙成毅知道有夏阳在场，他不会被咬，得意扬扬地举着戳过七郎的手指走了。

李小军撇撇嘴，伸出三根手指向夏阳比画了一下。在C团，孙成毅排在李小军、罗启明之后，第三个摸到了七郎。

夏阳不以为意地笑笑，把七郎拖出来洗头脸。七郎吼退了李小军，一头扎进夏阳怀里藏起头脸，不让撒干洗粉，假咬住夏阳推它的手腕，哼哼唧唧地撒娇，把李小军羡慕得双眼喷火。

夏阳说："七郎乖，洗完澡，游散。"

七郎不再挣扎，藏在夏阳怀里，歪头看看夏阳的脸色，偷偷扇动鼻翼嗅嗅夏阳身上的气息，确认没有骗它，立刻端端正正坐好，闭眼闭嘴，任由夏阳在它头脸上撒干洗粉、揉搓。

李小军担心地说："团长命令我们隐藏七郎踪迹，犬的脚上有小汗腺，会留下气味。"

夏阳说："没事，我有办法。"

洗过澡，夏阳在七郎脚上套了避孕套，放它去游散排便。老兵们见七郎穿着水鞋跑来跑去，笑得前仰后合。七郎也对脚上的玩意儿很不习惯，几次想扯下来，都被夏阳制止了。七郎兴致索然，排了便，恹恹返回，让夏阳给它脱了水鞋，钻进帐篷生闷气。

晚上，夏阳把七郎拖进他的帐篷。为了配合夏阳执行消除七郎踪迹的命令，全队在各自帐篷里喷了防蚊花露水。终于不再被蚊虫叮咬，老兵们很快陷入沉睡，夏阳却不敢睡，那条算计七郎的犬足够聪明，说不定会摸过来引诱七郎弄出动静。

凌晨三点，是人最困倦的时刻，夏阳迷迷糊糊睡了过去。趴在他身边吐着舌头喘粗气的七郎突然抬头，支起耳朵听了听，用大嘴拱醒夏阳，扭头看着六点方向，急促地哼唧着，焦躁地前足乱踏。它要出去战斗，这是那条坑它的犬的声音。这条该死的犬临走前的那一抹目光伤了它的自尊，那眼神仿佛在看一个白痴。

夏阳用手势命令七郎不要出声，缓缓坐起来，按下单兵电台的送话开关，低声说："连长，七郎刚刚听到营地六点方向有动静，距离约一公里左右，完毕。"

苏鹏在电台那头低声问："兵力情况？"

夏阳看一眼七郎，见它状态稳定，低声说：“声响不大，应该是小股部队。”

苏鹏说：“知道了，继续监听。”

夏阳静静坐着，不眨眼地盯着七郎。足足过了半个小时，七郎的耳朵抖动几下，再次扭头看着六点方向。

一公里外的雨林中，身披吉利服的鹞子用折叠手锯锯着藤条，速度很快，刻意发出吱啦吱啦的声音。妞妞闭上大嘴用鼻子缓慢呼吸，耳郭对着侦察兵营地方向听了半天没听到动静，重新把舌头吐出来哈哧哈哧地喘粗气散热。

丛林中，军犬是作战分队的耳目，不打掉军犬，鹞子不会发起进攻。他虽然相信妞妞的战斗力，认为七狼已经毙命，但他隐隐嗅到一丝罗启明要弄阴谋的味道。鹞子不死心地做了个吠叫的手势，妞妞低吼示威。犬的听力范围在一公里左右，七郎如果活着，一定会做出回应。

妞妞竖起耳朵听了一会儿，仍没有动静，再次吐出舌头散热。雨林中潮湿闷热，犬身体上只有大汗腺，散热困难，鹞子有些心疼地招手把妞妞叫到身边，用水打湿迷彩网巾披在它身上纳凉，用手势示意妞妞原地警戒，他抱着枪无声地后退，隐入黑暗中。

晨曦，雨林中依旧喧闹，小鸟鸣叫，猴子乱吼，一头野猪出门时大概忘记带鼻子，带着它的崽子傻乎乎地冲到营地边上，看到满地迷彩帐篷，才慌乱地掉头逃离。每天这个时刻，是七郎最忙乱的时段，除了不敢招惹猴子，它要驱逐所有靠近营地的生物。但今天却被关在帐篷里，七郎认为全怪那条该死的老母狗，竟然敢低吼挑衅。虽然它恪守命令不吠不叫，但如果不是被夏阳搂住脖子，它一定会蹿出去教训那条不知天高地厚的母狗。七郎越想越气，忍不住呜呜咽咽地低声嚎叫。

苏鹏奇怪地问：“七郎不舒服？”

夏阳苦笑说：“骂街呢！”

苏鹏一怔说：“犬还会骂街？”

夏阳点头说：“跟克虎学了一身臭毛病。”

克虎在 C 团官兵的心目中地位等同于哮天犬，别说骂街，变成翩翩少年也是理所当然。

苏鹏释然，笑问：“骂谁呢？”

夏阳指指自己说："昨晚肯定是那条犬来了，它想去战斗，我没同意，气坏了。"

苏鹏笑道："这小子太没规矩了，上级也敢骂。带上它，我们去看看鹞子想干什么。"

夏阳见苏鹏、孙成毅全副武装，军靴、裤管已经被露水浸湿，不远处还有几名处于警戒状态的老兵，明白侦察兵们已经搜查过周边，就把七郎拖出来，给它穿上雨鞋以免留下气味。夏阳指指六点方向，七郎昂头嗅嗅空气中的气味，又侧耳听听动静，兴致索然，恹恹地走在前面。

鹞子在密密麻麻的植物中用刀开出了一条小路，一旁坐卧的痕迹很明显。七郎嗅嗅空气，突然蹙眉皱唇，露出牙齿愤怒低吼。

苏鹏问："有敌情？"

夏阳皱眉思索。

李小军抢着说："那条犬撒尿划地盘，这是挑衅。"

苏鹏没吭声，等夏阳回答。

夏阳说："李小军说得没错，但那条犬能击败七郎，肯定受过严格训练，军犬不会随便乱尿。我判断，它在刻意引诱七郎。"

引诱七郎前来必有目的，鹞子极有可能在附近，苏鹏立刻摆手示意原地警戒。

李小军感觉背后有人戳他，回头见孙成毅一脸戏谑，不禁红了脸。孙成毅冷冷一笑，抱着枪去了他的警戒位置。

七郎向前走了两步，昂头嗅嗅空气，又低头嗅嗅地面，回头疑惑地看着夏阳，似乎有发现，但又不知该如何表达，想了想，才缓缓卧下，看着它的十点方向。

夏阳说："连长，七郎示警，像是爆炸物。"

苏鹏目光凌厉，低声问："像是？"

军语中没有模棱两可的词，夏阳解释说："七郎动作有些犹豫，不能确定是爆炸物。"

孙成毅拿出探雷针上前搜索。七郎不用夏阳指挥，主动带路，在距离气味源不到一米的位置再次卧下示警。孙成毅取跪姿，眯眼仔细观察覆盖着厚厚一层落叶的地面，从脚前向远处一厘米一厘米地用目光搜索，看到有几片落叶微微隆起，便贴着地面轻轻吹了口气，那几片落叶微微颤动。气流通过悬空的落叶才会引起颤动，落叶下有东西！孙成毅用探雷针轻轻挑开那几片落叶，露出一条深褐色的鱼线，顺着鱼线走向，找到了藏在树后用树藤吊在树杈上的一根撞木，为了增强杀伤力，撞木上还用细藤捆绑了削尖的木棍和竹子。

苏鹏用手语命令排除陷阱。孙成毅等七郎回到夏阳身边，远远捡了段胳膊粗细的朽木丢在鱼线上，撞木带着风声撞向丢朽木的位置。七郎虽第一次见到陷阱，但距离地面只有半米的撞木让它感觉到危险，吓得连退两步，蹙眉打量着荡来荡去的撞木。

吊木陷阱的撞击高度一般在一米以上，撞击人的胸腹位置，这个陷阱的打击目标显然是七郎。夏阳、李小军惊愕对视一眼，难道鹞子知道七郎还活着？两人扭头看向苏鹏，见苏鹏不急不慌地向他们摆摆手，示意安静。

孙成毅走过来，把挑过落叶的探雷针伸到夏阳鼻子下面说："你闻闻，这是什么味儿？"

入鼻一股浓烈的骚臭味。孙成毅阴谋得逞，正要咧嘴笑，却发现夏阳一脸恼怒地盯着七郎，连忙问："咋了？"

"这是发情母犬的尿！"夏阳抓住项圈，盯着七郎的眼睛说："我说你怎么轻易中招，原来是被美色迷昏了头，你是军犬，有点素质好不好！"

七郎没有撒娇讨好，也没有伏低身体摇尾巴认错，反而愤然挣脱夏阳的拉扯，立起来抢过孙成毅手上的探雷针远远丢开，怨愤地瞪着夏阳。夏阳一怔，尴尬笑笑，伸手去摸七郎的头。七郎后退两步不让夏阳碰，不满地咿咿呜呜嘟囔着什么。

孙成毅见夏阳忙着讨好七郎，碰碰李小军，对七郎扬扬下巴问："为啥丢我探雷针？"

李小军说："七郎在表态，它对那条母犬不屑一顾。"

孙成毅说："我去，这也太神奇了！"

苏鹏说："一些犬种的智商相当于五六岁的孩子。七郎更聪明，会表达情绪没什么好奇怪的。"

夏阳赔足笑脸，七郎才接受道歉，把探雷针叼来还给孙成毅。孙成毅想借机抚摸一下七郎，在它冰冷目光的逼视下尴尬地缩回手，对夏阳说：“那啥，夏阳，问问七郎，还有陷阱吗？”

夏阳下了口令，七郎又找到了四处针对它的弹性活套陷阱，均用小树做弹力来源，对人杀伤力不足，但钢丝锯做成的活套足以切断七郎的一条腿。五个陷阱呈梅花状布置。撞木陷阱正对营区，位于十二点方向，其他四个分别在十点、两点、四点、八点位置，间隔距离不足两米。撞木陷阱主要作用是惊扰，犬受惊后易跳跃躲避，无论七郎跳向哪个方向，都会踏中活套陷阱。

夏阳脸色铁青，咬牙切齿地说：“妈的，鹞子太无耻了！”

苏鹏不以为然地笑笑说：“鹞子的伏击目标不仅是七郎。”

苏鹏招手叫来狙击手问：“如果你利用梅花陷阱伏击，你把射击位置选在哪儿？”

狙击手跪姿观察地形，指指十一点方向约两百米外一棵高耸笔直的宝石树说：“从那里射击，没有树木遮挡弹道。树后隐蔽，树左侧露枪，如果在夜间触发陷阱，趁混乱我能开两枪，然后全身而退。”

狙击手说完，意味深长地看了夏阳、李小军一眼。陷阱针对军犬，作为训导员，他们两个肯定是狙击手的首要目标。

夏阳想到如果昨晚带犬出击，有可能已经阵亡，吓得脸色苍白，试图否定狙击手的说法，给自己增强信心，急赤白脸地说：“夜间两百米，你能认出谁是训导员？再说，全队会向枪响位置实施火力压制，你怎么全身而退？鹞子只有一条命！”

狙击手看夏阳的眼神就像是在看白痴，撇撇嘴，懒得搭理他。

苏鹏问：“听说过‘寂静射杀’吗？”

夏阳没听说，反问：“是狙击战术？”

苏鹏点头说：“狙击手预先埋伏，使用能把枪口泄出气体速度降至音速以下的消声器和夜视瞄准具，发射初速小于 350 米/秒的亚音速步枪弹，射击 200-300 米距离上的目标，暴露的概率几乎为零。”

狙击手在一旁阴森森地补刀说：“40 多年前的狙击战术，老掉牙了，现在的狙击战术更厉害！”

夏阳、李小军毛骨悚然，庆幸昨晚没有带七郎出来作战，心中疯狂夸赞罗启明指挥有方，料敌于先。

夏阳说："连长，我请求以其人之道还治其人之身。"

狙击手眼睛瞬间闪亮，帮腔说："我认为夏阳同志的建议很有价值。"

苏鹏一眼把狙击手瞪回去，问夏阳："你忘了团长的命令？"

夏阳说："我不会违反团长命令。"

苏鹏点头同意，夏阳带着七郎返回陷阱场。老兵们以为夏阳要搭陷阱，扭头观望，若有期待。没想到夏阳从挎包中拿出一个手喷壶，向妞妞撒过尿液的落叶上喷洒液体。孙成毅似乎想到什么，凑过去跪在地上，鼻子凑近落叶反复、仔细地闻，没有嗅到一丝骚臭，扭头一脸惊喜地看着苏鹏。七郎蹲在一边，歪头打量孙成毅，不明白这个家伙为什么要抢它的活儿，还这么高兴。

苏鹏询问夏阳，确认喷洒气味消除剂后能彻底消除气味不会留下嗅源后，立刻命令设置视频传感器。狙击手在宝石树附近选择视野良好的位置，呈品字形安放了三个视频传感器。夏阳喷洒气味消除剂后，为检验效果，用他和狙击手的气味作为嗅源，命令七郎搜寻。

七郎没找到他们的气味，却在宝石树附近找到妞妞脚窝汗腺留下的气味。七郎很想去教训这条母犬，兴奋地回头请示，却看到夏阳指着营地方向示意返回。七郎哼唧哀求无效，耷拉着脑袋恹恹返回。

孙成毅指着一丛灌木说："让七郎去那儿摇尾巴。"

夏阳看着神情郁郁的七郎说："它正在生气，有点儿困难。"

孙成毅说："那就搞点毛。"

夏阳茫然地抓住七郎的大尾巴，捋下一小团浮毛。孙成毅捏着浮毛轻扫灌木枝上的尖刺，看上去很像七郎经过时被钩下了浮毛。

夏阳问："这是留给鹞子的？"

孙成毅说："聪明！弄得太干净了，老狐狸不会上当。"

返回营地的路上，侦察兵警惕地拉开队形搜索前进。孙成毅却擅离职守去跟夏阳聊天，范围限定在军犬在雨林战斗中的突出作用，反复阐述、讲解雨林中植被茂盛，视听受限，电子侦察、警戒装备的作用衰减严重，难以发现两百米外的目标，雨林作战经验丰富的老手甚至可以抵近至敌方几十米外不被发觉。军犬优秀的视、听、嗅能力可以弥补士兵及装备的短板，相当于一台单兵战场雷达。消除气味就能消除部分犬先敌发现的优势，这也意味着战斗力彼消己长。

孙成毅讲的是常识，夏阳莫名其妙，用目光向李小军求助，却发现李小军神色凝重、忧虑，目光中包含着迷茫，似乎在回忆这段时间他在训练上有无纰漏。夏阳又把目光投向苏鹏，他对孙成毅的违纪视而不见，虽然不停观察周边情况，但注意力似乎在夏阳身上。

夏阳挠挠头，鼓足勇气请孙成毅有话直说。孙成毅极其不好意思地挠着头，说七郎随行的高新装备众多，侦察兵们大多没有见过，他认为气味消除喷剂也属于高新装备，而且带有“高新”二字的装备数量必定稀少，稀少意味着珍贵不好索要，更担心被拒绝后没面子，所以旁敲侧击，暗示夏阳主动拿出一部分气味消除喷剂供侦察兵使用。

夏阳哭笑不得，跟卫生员要了一瓶双氧水，交给孙成毅，告诉他按3：100的比例用水稀释就是气味消除剂，打扫犬舍，处理七郎排泄物的气味，经常用到这个东西，不是什么高新装备。孙成毅尴尬了，作为侦察老兵他竟然没有观察到这个细节，虽然他几次看到夏阳拿着手喷壶喷洒，但从没想过跟消除气味挂钩。

孙成毅迁怒于李小军，责怪他这么简单有效的办法，为什么不及时通报？李小军很委屈，消除气味避免被犬跟踪，不是训导员，至少不是副训导员该考虑的问题，而且明文规定消毒、清洁必须使用“84 消毒液”，他用双氧水是违反规定。孙成毅不管这些，为解尴尬，嘟嘟囔囔地骂了他一路。

回到营地，七郎雨鞋也不脱，直接钻进帐篷生闷气，夏阳喊也不理。军犬的战斗力易被情绪左右，夏阳忧心忡忡，李小军表示他与夏阳一样忧心忡忡。言外之意，作为副训导员，他没资格去向连长反映情况。夏阳只身去了连部，向苏鹏委婉表达，最好的防御是进攻。

苏鹏欣赏夏阳的委婉，让他向雨林表达十遍。夏阳对着雨林深处大喊了十遍“最好的防御是进攻”，引来远处猴群嘶吼回应。七郎蹿出帐篷侧耳细听，确认那群红屁股的家伙没过来，白了无事生非的夏阳一眼，钻回帐篷继续生闷气。

夏阳担心再次被苏鹏欣赏，简单明了地报告说：“刻意压制斗志，会减低犬的兴奋度，影响下一步执行任务。我众敌寡，建议主动发起进攻。”

雨林中，军犬是侦察分队的眼睛、耳朵和追踪专家，鉴于夏阳初涉雨林，又是七郎的训导员，苏鹏耐着性子给他补课，讲解雨林作战的基本特点及战术。虽我众敌寡，但敌暗我明，鹞子一个人进入雨林，就如一滴水融入了大海，想找到他无异于大海捞针。鹞子有犬相助，伏击之类的常用战法难以奏效，伏击分队反而有可能被鹞子反伏击，带来不必要的损失。把鹞子这滴水引到火炉边烤干，是目前最为行之有效的战法。

夏阳深以为然，但不想放弃，挠挠头说：“如果放手让七郎去战斗，说不定能打掉那条母犬，有七郎引路，追踪找到鹞子不是问题……”

孙成毅提枪走来打断夏阳说：“如果？说不定？你是不是没有必胜的把握？！”

夏阳说：“孙排长，战场上瞬息万变，怎么可能有必胜的把握？我只有必胜的信心。”

孙成毅说：“少跟我卖弄，看过两本军事杂志就以为能运筹帷幄了？守都守不好，还想主动进攻，死在鹞子手里很光荣吗？”

夏阳有些跟不上孙成毅的思路，目光茫然。

苏鹏神色黯然，补充说：“团长说过，平时，细节决定成败；战时，细节决定生死。敏锐的观察力，是侦察兵必备的基本素质之一。我们久经训练，自诩是优秀的雨林侦察兵，却没有发现你在用无味的双氧水做气味消除剂，如果能早点发现，七郎不会负伤。团长说得对，和平得太久了，我们都已经忘记了战争的样子。”

孙成毅瞥一眼苏鹏，大大咧咧地说：“连长，沮丧啥？团长说过，千次演习比不上一次实战。获取实战经验的机会来了，我们应该高兴。”

夏阳明白苏鹏、孙成毅的意思，是说侦察分队实战经验不足，仔细想想，他与七郎也没有实战经验，他身为训导员，对犬最为了解，却从未想过把气味消除剂转化为侦察分队的战斗力。七郎虽心智如妖，但缺乏实战经验，仍被鹞子的犬算计，如果钢刺项圈上涂的是氰化物，七郎早已牺牲。

夏阳心悦诚服地说：“团长高瞻远瞩，我们的确缺乏实战经验。”

苏鹏冷冷地瞥了他一眼。

夏阳说："我实话实说，没拍马屁的意思。就像刚才发现的那些陷阱，演习中没人敢用，七郎难以获取经验，如果上了战场必然吃亏。"

苏鹏点点头以示认同。

孙成毅笑道："你和七郎有福，赶上了实战，好好珍惜吧！"

夏阳想着"团长说过"回到他的帐篷，没等李小军开口，劈头就问："苏连长很崇拜罗团长？"

李小军一怔，说："全团大多数官兵都崇拜罗团长，怎么了？"

夏阳说："罗团长智勇双全，应该向他学习，可是我感觉有点个人崇拜的嫌疑。"

李小军得意地说："每一支战斗力强悍、傲视群雄的部队都有自己的魂，这个魂就是指挥员的思维、意志和精神。魂，懂不？与个人崇拜无关。作为C团的一员，必须要有C团的魂。"

夏阳愕然道："这是你说的？"

李小军说："第二句是我说的，第一句是政委说的。"

夏阳问："C团的魂是悍勇，'狭路相逢勇者胜'？"

李小军说："错！是忠诚、本分。身为军人，只会严于律己，不会打仗，不能保家卫国，还有个屁用！"

振聋发聩！千里马不驯！夏阳一瞬间找到克虎桀骜的原因，克虎身上有C团的魂，它想要的是本分，是血染战袍拼死搏杀沙场尽忠。忠诚、本分，铁骨铮铮以血报国，这才是军人本色。

夏阳把七郎拖出帐篷，解下它的项圈，郑重用刀刻上"忠诚本分"四个字。七郎忘了生气，疑惑地打量着夏阳，似乎不明白他为什么要破坏装备。

李小军身为训导员，从不认为"犬"这个字眼有污蔑的意思，但夏阳把C团军魂刻在七郎项圈上，心中隐隐不快，沉声问："你什么意思？"

夏阳说："忠诚、本分，是我和七郎终生的奋斗目标和行为准则。"

第二天凌晨，被露水打湿皮毛的妞妞出现在陷阱场附近，翘着尾巴漫无目的地东游西逛，不时嗅嗅地面，就像觅食的野狗。昆马犬其貌不扬，数量稀少，大多数人会把妞妞当成杂种土狗。一般的毒贩、地方武装不会在意一条杂种野狗在附近出没，甚至希望能靠近些，好抓了下汤锅。缉毒部队、特种部队警惕性高一些，但对土狗不会太在意，所以妞妞的侦察经常事半功倍。

妞妞昂头，微风从正前方吹来，拂过湿润的鼻头，带来一阵清凉。身在下风处却未嗅到昨晚它留下的尿液气味，妞妞不确定是自然消失还是被人为消除，有些困惑地走着“之”字形路线，一点点靠近陷阱场，仍没有嗅到尿液气味，便用后腿搔搔颈部通知身后的鹞子，然后若无其事地沿陷阱场外围跑圈，寻找异常响动、气味。

鹞子闪到左侧的一棵大树后，把狙击步枪贴着大树右侧缓慢无声地伸出去，手指轻压扳机，透过热像瞄准镜搜索，半个小时过去，除了妞妞白亮的身影，再没有任何热源信号。铝膜伪装服可暂时屏蔽热源信号，但屏蔽时间只有二十分钟。鹞子狐疑地看眼妞妞，试着吹了两下超声波犬哨。妞妞踟蹰一阵，才缓缓走着“之”字形向陷阱场走去。

妞妞嗅觉、听力敏锐，对危险极为敏感，多次帮助鹞子死里逃生。它的犹豫让鹞子有些迟疑。丛林环境险恶，猎人、猎物随时都会调换角色。鹞子观察妞妞的脚步，虽然缓慢，但不散乱，没有迟疑停顿。鹞子微微松了口气，卸下笨重的背囊，脱下累赘的伪装服，做好快速撤离的准备，只抱着狙击步枪，悄无声息地跟了上去。

妞妞在鹞子曾当作狙击点的宝石树旁停止前进，嗅嗅板状根，假作跷腿撒尿做记号，示意嗅不到它昨晚留下尿液的气味。鹞子紧张的心情立刻放松，雨林中空气潮湿，早晚露水重，尿液有可能被冲淡分解了。鹞子放心大胆地运动到宝石树后，全然没有发现他已经被三个品字形布置的摄像传感器包围。

传感器拍摄的视频通过数据链传送到 C 团基指的自动化指挥系统，各种分析报告随即呈现在大屏幕上。鹞子只携带了一支 M21 SWS 半自动狙击步枪，配有 Sionics 消声器及白光、夜视、红外热成像瞄准镜，如果使用亚音速弹药，在两百米外射击，几乎听不到枪声。

雨林作战，视听受限，大多是短兵相接，交战距离一般在五六十米之内。鹞子没有带实施火力压制的自动步枪、冲锋枪作为副武器，只有难以形成火力压制的半自动狙击步枪，这说明他有信心把敌人压制在两百米外。

一名优秀的狙击手依托雨林可以化身为死神。越战时期，越军均是在雨林中鏖战多年的老兵，却被第一次进入雨林绰号“白羽毛”的美军狙击手卡洛斯在雨林中狙杀 93 名。这是有第三方认证、美国军方承认的数字。卡洛斯本人自称狙杀 300 到 400 人，罗启明相信其言不虚，战场上往往只有狙击手和观察手两人或者狙击手独自行动，有第三方在场的情况少之又少。

“妈的，难怪敢找上门来，八年的时间，鹞子把自己练成了一名优秀的狙击手！”

罗启明盯着大屏显示器上鹞子定格的身影眉头紧锁。

任志林神色凝重。鹞子有犬相助，追踪、伏击及反追踪、反伏击能力大增，如果具备相应的射击技术及伪装技术，雨林中的侦察分队会举步维艰，甚至会有重大伤亡。

罗启明命令参谋立刻拷贝鹞子的视频资料，向上级情报部门、公安、国安求援，如有必要，请求上级协调警方，通过国际刑警组织跨国搜集与鹞子有关的一切情报。

任志林通过数据链直接呼叫夏阳，询问鹞子所带犬的犬种。夏阳说是昆明犬与马里努阿犬杂交的昆马犬，继承了昆明犬、马里努阿犬的优点，忠诚、智商高、耐力强，灵活性、可训性、勤务性强，适应各种极端气候。

罗启明听夏阳语气含混、欲言又止，呵斥他说话绕弯子的老毛病又犯了。

夏阳仍含混地说：“昆马犬是我国新繁育的军警用犬种，从未出口外流。”

罗启明心头一颤，追问鹞子那条昆马犬的年龄，夏阳吞吞吐吐地说：“从皮毛、胡须、牙齿判断，大概七八岁、八九岁的样子。”

任志林见罗启明神色古怪，问：“怎么了？”

罗启明说：“八年前，克虎曾越境进入小三角地区追击鹞子。鹞子的那条犬智商出众，我怀疑是克虎的种。”

任志林觉得有点扯淡，但话到嘴边又咽了回去。虽然昆明犬繁育成功后曾向东南亚地区出口，马里努阿犬也不难找，但鹞子的昆马犬为了不暴露目标，懂得扼死泰格，还算计过智商超群的七郎，如此高的智商，用与克虎有血缘关系来解释显然更为合理。

苏鹏在电台上请求出击，罗启明用目光征询意见。

任志林说：“军事上，你做主。”

罗启明拿起送话器说："狙击手行动，其他人员及七郎原地待命。如鹞子撤退，不要追击，防止被伏击。"

有人轻轻弹了两下帐篷，正把大嘴搁在夏阳肩膀上看视频的七郎把脑袋伸出帐篷，立刻兴奋地哈哧哈哧喘粗气。夏阳伸出头去，看到狙击手蹲在帐篷门口，手里提着一支 88 式狙击步枪，背着一支 05 式微声冲锋枪，没有穿容易被枝杈钩挂的伪装服，脚上只穿着三层袜子，没有穿笨重容易发出声音的军靴。

狙击手指指七郎低声说："声像传感器监控范围有限，你及时向我提供鹞子移动的方向。"

夏阳点头，提醒说："脚上气味大。"

狙击手笑道："我袜子里面穿了七郎的雨鞋。"

狙击手起身离去，脚步轻得像是一只猫在走路。七郎想跟着去，叼来牵引绳塞在夏阳手里，夏阳不理。七郎只好卧在一边，把大嘴放在前爪上生闷气。

鹞子用望远镜仔细观察被触发的撞木陷阱，没有拖拉尸体的痕迹，撞木的尖刺上、地面上也没有血迹，仿佛是扳机故障触发了陷阱，但不远处灌木上钩挂的犬毛暴露了侦察兵的欲盖弥彰。龙生龙，凤生凤，老鼠的儿子会打洞。当爹的是条色狼，执行任务途中也没忘了去找妞妞的妈，儿子也好不到哪里去，一定是妞妞包含性激素的尿液引来七狼，触发了陷阱。

鹞子准备抵近侦察，他需要弄清七郎的真实情况——是死是伤，能否继续执行任务——这关系到他下一步如何行动，于是再次吹了两声超声波犬哨，示意妞妞继续前进。妞妞跑了两步，耳朵突然抖了两下，站住警惕地看着十一点方向，缓缓卧倒示警。

侧翼有人！鹞子抬头看一眼已经透亮的天色，招手叫回妞妞，屈身无声后撤。

狙击手看一眼单兵电脑上显示的实时图像，鹞子、妞妞已经退出了声像传感器的监视范围，轻轻按了两下送话开关。

夏阳带着七郎钻出帐篷，用牵引绳控制住速度，向陷阱场方向小跑前进。走了不到一百米，七郎突然轻轻挣绳，接着开始加速狂奔。

夏阳按下送话器说："鹞子在全速撤离！"

话音未落，耳机中传来罗启明的声音：“撤，返回营地待命！”

狙击手停止追击，立刻返回。七郎却不甘心地扯着牵引绳跟夏阳拔河，见李小军匆匆赶来，自知一嘴难敌四手，索性躺在地上耍赖。夏阳连声呵斥，它毫不在意，还忽闪眼睛，一副你奈我何的样子。夏阳一怒之下，把七郎横在肩上扛回了营地。

苏鹏等人以为七郎负伤了，急慌慌迎上来询问。

夏阳面红耳赤。

李小军尴尬地挠着头说：“七郎想去追击，耍赖不肯回来。”

孙成毅笑道：“这战斗精神也没谁了！”

七郎感觉到了善意，昂起头得意地哼哼了两声。

十

黎明，晨雾在林间飘荡。侦察分队起床，老兵分成两拨，一拨去寻找食物，一拨留在营地警戒。夏阳在单兵电脑上查看了一下电子警戒网，确认没有生物靠近营区，才把七郎放出帐篷。七郎昂头使劲儿嗅着空气，竖起耳朵雷达一样搜索周边的声音，没有发现妞妞的踪迹，失望地侧身躺下，跷着四条腿让夏阳给它穿上雨鞋，耷拉着脑袋向野战厕所跑去。自从被妞妞坑过之后，夏阳就命令它去士兵的野战厕所排便，隐藏它粪便特有的气味。

根据罗启明的命令，为配合七郎进行反狙击训练，“早饭”过后，苏鹏只留下一个战斗小组警戒营地，其余侦察兵两人一组携带传感器进入雨林搜索，迫使鹞子人犬远离营地，并在以营地为中心半径三公里的范围内架设电子警戒网，防止鹞子抵近侦察。

狙击手留下他的毛巾当嗅源，慢条斯理地“梳妆打扮”穿上吉利服，在裸露的皮肤上涂抹伪装油彩。毕竟要帮助七郎训练，夏阳作为训导员，讨好地帮他全身喷洒气味消除剂。狙击手却用审视的目光把夏阳看得莫名其妙。苏鹏在一旁翻看单兵电脑，直到电子警戒网架设完毕，才说：“他是训导员，不是狙击手，没想作弊。”

狙击手这才接过喷壶，里里外外地在武器装备上喷洒气味消除剂，就连电台耳麦、天线都没放过。狙击手把喷壶还给夏阳，伸出手示意夏阳在他双手上喷气味消除剂，夏阳想提醒他双氧水会伤害皮肤，话未出口，狙击手已经说：“2%的浓度问题不大，喷吧！”

夏阳被吓了一跳，以为狙击手会读心术，习惯性地扭头看李小军。

狙击手说：“他也是个呆瓜。”

夏阳明白，他先是呆瓜，李小军才能“也是”。他不快地说：“老兵，你骂人很有一套。”

狙击手说：“谢谢。”

夏阳说：“老兵，让我醒醒盹，谢谢！”

狙击手说：“表情。”

狙击手惜字如金，但夏阳明白，他说的是人的表情可以反映内心活动。

狙击手扭头看着李小军说：“学会面无表情，尤其是你。你恐慌的表情，会让你成为鹞子的首要目标。”

李小军吓得缩缩脖子，像是在躲避飞向头部的子弹。

狙击手说：“鹞子不会打死你，他会打你的腿，或者小腹。你意志薄弱，他需要你的惨叫声扰乱军心，或者吸引战友来营救你，为他继续狙杀提供机会。”

李小军吓得脸色苍白，但不承认意志薄弱，羞恼地瞪圆眼睛。没等他开口反驳，狙击手冷笑着说：“学不会喜怒不形于色，就在脸上抹伪装油彩，免得给自己招子弹。你爹妈把你养这么大不容易，要是牺牲了还好，残废了还要拖累家人。”

夏阳感觉狙击手有些过分，不由得蹙眉。狙击手后脑勺上像是有眼睛，回头看着他说：“我说的有错吗？你皱着眉头干吗，也想抹伪装油？”

夏阳细想，狙击手话不好听，但道理没错，咧嘴笑笑说：“老兵，我还欠缺训练，你看我实际行动。”

狙击手扭头看着李小军说：“最好动员所有人一起涂伪装油，你自己涂上更扎眼。”

正在背囊里翻找伪装油的李小军停了手，哭丧着脸不知如何是好。七郎隔着防蚊帘嗅嗅李小军身上的气味，感觉成分复杂，沮丧、愤怒、憋屈兼而有之。七郎不知是否该对狙击手发火，歪头好奇地打量着他。

狙击手谢绝了用来抵挡军犬扑咬的扩袖，说：“不用气味消除剂，我也能躲过军犬，七郎找不到我。”

夏阳心中撇嘴，脸上却没有任何表情。

狙击手满意地点点头，晾干手上的气味消除剂，抱着枪不急不慌地走了，远远看去就像个会移动的草球。

明明知道狙击手就隐蔽在以营地为中心半径一公里的范围内，但夏阳、李小军带着七郎从清晨搜寻到黄昏收操，也未能找到狙击手的踪迹。两人对七郎充满信心，一致认为狙击手作弊。

苏鹏通过电台命令狙击手返回，不到五分钟，草球一样的狙击手抱着枪返回营地，看他的步速，距离营地不会超过两百米。夏阳深知“灯下黑”的道理，而且狙击手出发前还炫耀他是揣摩他人心理活动的专家，所以重点搜索过“灯下黑”地段。夏阳扭头看李小军，他眼里也满是鄙夷。

狙击手看看两人的神色，摘下单兵电脑丢给夏阳说：“你们被击毙十一次，拷贝，还我！”

夏阳拿出科研所配发的笔记本电脑接驳单兵电脑拷贝视频，七郎从帐篷中钻出来，围着狙击手转圈，使劲儿扇动鼻翼，嗅探他身上的气息。

狙击手等夏阳拷贝完视频，要回单兵电脑，转身离去，边走边说：“七郎知道寻找线索总结经验，你们两个不如七郎。”

七郎的雨鞋还没脱，不会留下气味源，夏阳与李小军对视一眼，下了“踪”的口令。七郎似乎比他们还要心急，一溜烟地跑进雨林，等两人赶到时，七郎正坐在一处洼地旁耷拉着舌头喘粗气，样子有些沮丧。洼地不深，堆满了枯枝败叶，正中位置的落叶被清走，潮湿的地面上，有人俯卧留下的压痕。

李小军努力保持着面无表情，语气惊愕地问：“我们从这里经过几次？”

夏阳想了想说：“至少五次。但这里地形开阔，不利于撤退，狙击手把阵地建在这里，是想自杀吗？还有，谁帮他撒匀落叶遮盖吉利服，我怀疑他在作弊。”

李小军说：“老兵用钻的。”

夏阳疑惑问："钻？！"

李小军说："钻。你看下视频就明白了。老兵说，他击毙了我们十一次，这应该是他最后一个阵地。"

夏阳惊愕道："你是说，狙击手可能跟踪过我们？"

李小军说："不是可能，是一定。"

当晚，苏鹏特批夏阳、李小军不受灯火管制限制，可以彻夜看视频。准确说七郎被击毙了十一次，但失去七郎，两人在雨林中就是聋子、瞎子，被击毙只是时间问题。狙击手利用自然声响掩护行动，不仅跟踪，还有三次预判行军路线进行的伏击。整整一天，夏阳、李小军、七郎都没有脱离狙击手的视线。

十一次射击，狙击手均在两百米外开枪。这在夏阳看来，几乎是不可能的事情，雨林中植被茂盛影响射界，很难找到能看清两百米外目标的视野通道。但狙击手用实际行动证明，没有什么不可能，而且为了显示公平，每次射击时他都会模仿枪声，声音不小于安装消声器发射亚音速弹药的 M21 狙击步枪发出的枪声，两人一犬竟然没有丝毫察觉。

狙击手竟然还有时间和心情挂置好摄像头给他们录制"狙击教学片"，边示范边讲解新鲜落叶与陈旧落叶的区别，如何晾干潮湿的落叶消除色差，如何用细树枝支撑吉利服撒匀落叶后再钻入吉利服下隐蔽，如何利用自然声响转移、行进，如何利用干燥的树枝、坠落的水果设置不引起敌人警惕的声响警戒装置以及转移敌人的注意力。

最让两人沮丧的是，正在被两人一犬追踪的狙击手还展示了颇为耗时的狙击专用战术动作"蠕动"，他隐蔽在一棵大树后，利用风吹树冠、鸟鸣等自然界声响作掩护，用十分钟的时间，向右侧蠕动了八十厘米，找到射界瞄准了七郎，而五十米外的两人一犬毫无察觉。

视频太长，七郎看了一会儿就烦了，跑去一边打盹儿，心灵几乎没有受到摧残。夏阳、李小军的自信心却被彻底击碎，两人甚至觉得进入雨林就是给鹞子送菜。但身为军人肩负使命，即使牺牲也要完成任务，两人喊了半天的"忠诚""本分"鼓舞士气，自我感觉似乎没有任何作用。

第二天，继续捉迷藏。夏阳、李小军带着七郎进入雨林，根据视频中获取的经验，搞得风声鹤唳草木皆兵，小心翼翼地搜索到中午仍未发现目标。天气炎热，两人担心过度疲劳影响七郎的兴奋性，找了个荫凉的地方休息，顺便偷吃几颗犬粮补充体力。七郎似乎听到了什么，拉拉夏阳的衣角，向营地跑去。

夏阳、李小军跟在七郎身后跑回营地，狙击手已经卸下装备正在洗脸、擦身，七郎冲上去嗅探，没有找到它想要的有着特殊气味的嗅源，却被汗臭味熏得打了个响鼻，悻悻躲开。

狙击手说："七郎，近墨者黑，你快成白痴了。"

七郎似乎听懂了，龇牙咧嘴地威胁。

狙击手把单兵电脑丢给夏阳，讥讽说："还没到中午，你们两个已经破了昨天的纪录，明天是不是准备在家就把纪录破了？"

夏阳、李小军汗颜，两人返回帐篷把视频拷贝到电脑中，盯着看了半天，仍是没有头绪。想到整个侦察分队在给他们当训练手，不由得如芒在背。

苏鹏接到罗启明用北斗手持台发来的短报文命令：差不多了。苏鹏明白罗启明是说鹞子要熬不住了，但这份只有四个字的命令，让他觉得团长很懒，仔细想想又觉得这是对他的信任，以及战略上对敌人的蔑视，堂堂的边防团侦察连连长对付鹞子，已经是抬举他了！

中午，苏鹏宣布结束野外生存训练，补充能量增强体力。饥肠辘辘的侦察兵并没有大快朵颐，仍靠野菜、巧克力充饥，肉类、米饭几乎没碰。减少蛋白质、碳水化合物的摄入是为了减小体味及排泄物的臭味，这是敌后侦察前的必需步骤，雨林中空气流动慢，浓重的体味、粪便臭气会暴露行踪。夏阳感觉侦察分队准备行动，果不其然，饭后，侦察兵开始用肥皂水清洗武器装备，清除擦枪油的气味。

行动即将展开，狙击训练却毫无进展，两人忧心忡忡地去了连部，苏鹏一声不吭地对狙击手努努嘴。

"观察。"狙击手指完了眼睛，又指指头说，"动脑。"

李小军茫然，夏阳立刻有了冲进雨林深处扮演司令员的冲动：故弄玄虚很爽吗？为什么有话不能好好说？

狙击手看两人一脸的白痴状，决定多说几个字，问："你们与七郎，谁聪明？”

两个白痴立刻觉得狙击手是同类，瞠目结舌地看着他。狙击手波澜不惊，但抖动了两下的眉梢，暴露了他正在努力制怒。

夏阳连忙说：“我们。”

狙击手说：“那你们为什么跟在七郎屁股后面？”

李小军愕然，腹诽：按您的意思，我应该走在七郎前面，我和七郎到底谁是犬？

夏阳脑海里倒是闪过一丝亮光，似乎明白了狙击手的意思，但没能抓住。狙击手感觉他的思维水平正飞速向白痴靠拢，摆摆手让他们把七郎带过来。

于是，两人一犬参观装备展。狙击手、观察手的装备琳琅满目，足有两百种，铺陈开来摆满了帐篷前的空地。除了武器装备，竟然还有折叠手锯、绳锯、改锥、锤子、凿子、剪子、手摇钻、暖宝宝、尿不湿等工具和日用品。

夏阳拿起一个装满海绵的塑料袋问：“这是什么？”

狙击手没吭声，观察手说：“尿袋。”

夏阳厌恶地丢下，偷偷在腿上擦手。

狙击手说：“在雨林中发现海绵或密封塑料袋，狙击手可能就在附近。”

李小军赶紧记在小本子上，夏阳见狙击手冷眼看他，指指脑袋说：“我记在脑子里。”

狙击手没吭声，开始与观察手一起整理装备。夏阳明白狙击手不是向他显摆装备，不眨眼地盯着，看他们把所有金属物品用衣物、布袋包裹，防止碰撞后发出声音，整理好背囊，用一根儿臂粗细的树棍抽打各处，检查是否会发出异常声音。

仅仅整理背囊的细致入微，就让夏阳感觉狙击手这种生物不好对付。李小军盯着狙击手，表情很复杂，主要有两种：恍然大悟和目瞪口呆。七郎竖着耳朵，歪头看着狙击手，想不通他为什么要虐待背囊，用大嘴拱拱瞠目结舌的夏阳，向他要答案。夏阳不知如何才能让七郎明白，这是检查是否会发出异响，挠头想办法。狙击手努努嘴，七郎警惕地看着跑去拿夏阳背囊的观察手，喉咙中呜呜发声，请示是否咬这个小偷。夏阳吓得赶紧抓住项圈，拍胸抚背安抚。

观察手把他与夏阳的背囊放在七郎面前用树棍敲打，夏阳的背囊叮当乱响，他的背囊没有一点声音。七郎眼睛一亮，晃晃尾巴示意明白了。

观察手板着脸说："鹞子有犬。"

夏阳红着脸说："我重新整理。"

狙击手问："你们发现了什么？"

夏阳还没习惯狙击手没头没脑的问话，想了想才说："为防止发出异响，你们的背囊上没有卡扣、魔术贴，只有带子和扣子。"

李小军补充说："伪装服上有魔术贴，但目的是方便快速穿脱。"

狙击手不置可否，上装备背背囊，披上伪装服，与观察手一前一后向雨林中走去。夏阳、李小军赶紧带着七郎跟了上去。

狙击手懒得搭理夏阳、李小军，刻意贴着一丛灌木走过后停止前进。

观察手负责讲解，托着被碰断的嫩枝说："断口的反方向，就是目标的前进方向。你们要注意观察，为七郎搜索提供准确方向。"

七郎挤过来嗅嗅折断口流出来的淡绿色汁液，跑到狙击手身旁嗅嗅他蹭过灌木的裤腿。

狙击手仔细检查裤子，目视没有发现沾有树液，折了一段嫩枝仔细闻闻，只有淡淡的草汁味，疑惑地问："七郎能闻到？"

夏阳说："你裤子上可能有微量树液，或许有人闻不到的特殊气味。"

狙击手如临大敌，说："检验一下。"

狙击手躲入丛林。夏阳用树液做嗅源，七郎循气味找到一片荒草、灌木丛生的林间空地，迟疑地昂头嗅嗅空气，围着空地转圈。空地中夹杂生长着很多香茅草，散发着淡淡的柠檬香味。这有作弊的嫌疑，观察手脸上有些挂不住，正想把狙击手喊出来，七郎直扑一丛茂盛的香茅草，那丛香茅草立刻站了起来，竟然是身上插满香茅草的狙击手。

夏阳、李小军对狙击手佩服得五体投地，想不通他怎么在短短十分钟内把自己打扮成一丛难辨真假的香茅草。再看狙击手距离他们不到三十米，不由得毛骨悚然，这个距离，几乎不用瞄准，用冲锋枪打一个长点射就能要了两人一犬的小命。

狙击手困惑地看一眼七郎，舔湿手指试试风向，扯掉香茅草走过来说："七郎会测风向。”

夏阳、李小军还沉浸在对狙击手的敬佩以及被拿走小命的恐慌中，茫然地点点头。

观察手提醒说：“只要情况允许，狙击手会把阵地建在下风处。”

两人这才明白狙击手是在教授他们如何寻找狙击阵地，连忙记在小本子上。

狙击手说：“香茅草都遮盖不住，那种灌木肯定有特殊气味，记录。”

观察手跑回去用照相机拍照记录，采集枝叶夹在专门放标本的笔记本中。两人明白，这就是罗启明所说的“细节决定生死”，夏阳赶紧用摄像头拍摄记录，李小军学着观察手的样子采集枝叶做标本。

狙击手、观察手带着两人一犬远离营地，在没有噪音污染的雨林深处教授他们听声、寻踪、辨位。

所谓“听声”，是要七郎明白哪些声音是不属于雨林自有的噪声。李小军把七郎带开两百米，躲在高大的板状根后，使七郎只能听到声音。狙击手、观察手开始按照实战标准制造声音。夏阳这才明白，锯、锤、凿、剪、钻等木工工具竟然是雨林狙击手的必需装备。使用这些工具，可以剪枝，割草，伐木，修建隐蔽所，制作伪装服，清理遮挡视线的枝叶，在树木、板状根以及地下凿出射击孔，还可在粗大树干上钻孔安装脚镫，把大树变成天然的瞭望阵地。

狙击手很有耐心，动作非常缓慢，时间以小时为单位，半个小时才用手摇钻在树干上钻出一个脚镫孔，两个小时才在板状根上凿出一个直径十厘米的射击孔。七郎对这些声音很敏感，听到新的声音就会跑过来看狙击手在干什么，弄清是什么工具发出的声音，又跑回去等待下一个声音。

展示完工具发出的声音，狙击手又展示了水壶、水袋不满时晃动的水声，拉开魔术贴、扯胶带的声音，以及按动电台送话开关，穿着伪装服立姿、屈身、跪姿、匍匐，以每小时五到三十米速度蠕动时发出的等等所能想到的不同声音。这是七郎从未涉及的领域，雨林中虫鸣鸟唱，背景声音嘈杂，需要仔细分辨才能听到，对它来说是新的挑战。七郎喜欢挑战，听得兴致勃勃，但数量太多，夏阳担心七郎记不住，用摄像机全程记录下影像、声音，准备当作训练资料。

“寻踪”是要寻找踪迹，主要分成目视和气味两部分。例如被碰断的枝叶、嫩芽，被折断或剪断的枝叶，被割取的草皮，被打蔫的植物，树干、石头上被蹭掉的苔藓，淋过尿液发黄的枝叶，掩埋的生活垃圾、粪便，挖掘隐蔽所遗留的土壤等等。气味相对简单，暖宝宝、尿不湿等日用品，工具上的铁锈、潮湿的衣物、皮带等等均会散发出不属于雨林的气味。

“辨位”是指选择狙击阵地的基本原则。无非是：射界开阔便于撤退；避开侧风减小弹道修正；最好是逆风位置，逆风有利于射击和隐藏气味；背向太阳；枪口一侧最好有高大板状根、崖壁等能产生回声的物体，利用回声混淆射击位置；根据人由左向右看的习惯，狙击阵地要在目标右侧，等等。最后，着重强调了狙击手的基本行动准则：第一，慢，行进速度以米 / 每小时计算；第二，静，一切行动以不发出声音为标准。

七郎再一次用行动证明了它超常的智商，只听过一次，它就记住了狙击手移动、修建阵地等等不属于雨林的声音。无声无味时，也会像克虎一样螺旋状跑圈逐步扩大搜索范围，寻找被碰断的枝叶嫩芽之类的痕迹。最让狙击手敬佩的是七郎的耐心，它竟然像猫一样长时间静卧等候狙击手发出声音。

两天过去，七郎时常把狙击手从隐蔽点揪出来，夏阳、李小军每日被“击毙”的次数也从十一次下降到了一次。

夏阳对这个成绩很满意，兴奋地说：“我与李小军分开行动，就有两次引诱鹞子开枪的机会。”

狙击手赞赏地瞥一眼夏阳说：“鹞子的首要目标是团长，但七郎是我们的耳目，只要有机会，他一定会先打七郎。当然，你们两个也是首要目标，足以代替七郎引诱鹞子开枪。”

李小军远没有直面生死的勇气和意志，明知道这是担任七郎训导员必须付出的代价，但依旧脸色发白。

夏阳想了想，突然咧嘴笑道：“我有办法让七郎独自行动，鹞子找不到训导员就不敢开枪。”

李小军似乎想到了什么，兴奋地说道：“没人蠢到与犬一命换一命，鹞子找不到伏兵，肯定不敢向七郎开枪。”

狙击手一声不吭，脸有讥诮之色。

夏阳说："不信，你可以扮演鹞子。"

狙击手提枪就走。

夏阳卸下背囊，给七郎换上专用项圈，装上摄像头、定位仪和犬用电台的耳麦，穿上带有悬挂系统的战术马甲，在一侧悬挂系统上挂犬用电台，另一侧靠近腹部的位置粘上两个毛绒绒兵乓球大小的球形声像侦察仪。汪星人喜欢球类物体，七郎也不例外，用大嘴把球形声像侦察仪从马甲上扯下来再粘上，玩得不亦乐乎。球形声像仪与马甲的粘连装置类似魔术贴，只是为防止激烈运动时脱落，刺毛一端使用了柔性材料，摘下时需要持续用力。

等了半个小时，耳机里传来狙击手通话声，他已经隐蔽好，七郎可以出发了。军靴虽然是胶底，但透过针线纳孔还是能泄露出一些气味。夏阳指指狙击手的脚印，下了"嗅嗅"的口令，七郎晃着尾巴循迹跑走了。夏阳打开单兵电脑，通过摄像头、定位仪监控七郎的行动。

七郎嗅着气味跑着"8"字形，感觉被轻视了，不快地打着响鼻。狙击手摆脱跟踪的步伐花样繁多，但本质没变。在一起混了一个多星期，你难道不知道，汪星人脚窝中的汗腺会在地面上留下气味记号，跑过和没跑过的地面一嗅便知？

七郎跑着"8"字形、"S"形、"之"字形东绕西拐，来到一棵大树下，地面上的气味消失了，想都不用想，狙击手一定是上树了。七郎哼哼了两声，通过项圈上的耳麦通知了夏阳。听到夏阳低声说"衔"，假装用嘴搔痒，扭头扯下一个球形侦察仪丢在草丛里，跑到树干另一侧丢下另一个，然后飞奔而去。

七郎的假动作没能骗过狙击手，只是不知七郎丢的什么。等七郎远去，他下树找到了两个球形侦察仪，把玩了一会儿装进衣袋，原路返回出发点。夏阳、李小军正盘腿坐在干燥地面上休息，看到狙击手返回，连忙站起来。

夏阳说："老兵，你输了。"

狙击手显然怀疑夏阳作弊，笑了笑，问："你怎么指挥七郎的？"

夏阳喊过七郎，指着项圈的上装备说，摄像头可以看到周边环境，犬用电台的耳麦能发出犬才能听到的命令声并能接收犬的声音。

狙击手说："高科技啊！输得不冤！"

夏阳指指狙击手的衣袋说："如果你是敌人，早已阵亡了。"

狙击手拿出球形侦察仪问："这东西能爆炸？"

七郎跑过来跳着脚要侦察仪，夏阳却给了它一个网球。七郎悻悻地叼去一边，咬了两口就丢给了李小军。

夏阳接过侦察仪放回背囊，重新拿了一个爆炸型的交给狙击手说："我可不敢拿老兵的生命开玩笑，这种才是杀伤型的。"

夏阳打开单兵电脑，指指屏幕上，盯着侦察仪镜头中的狙击手说："按键遥控起爆，杀伤半径七米。或者使用红外起爆方式，遥控启动红外感应器，生物进入两米半径内就会爆炸。"

狙击手把侦察仪还给夏阳说："干得不错，我输了！"

这是进入反狙击训练以来，他们得到的第一次表扬，两人兴奋不已。

狙击手凑到李小军面前说："如果我是七郎，我不会把你当成训导员，知道为什么吗？"

李小军迷茫摇头。

狙击手说："一脑袋糨糊。夏阳遇到生命危险，首先考虑的是七郎的安全，而你只考虑自己。"

李小军想说，他是副训导员，是生活助理，有夏阳在，轮不到他考虑。

狙击手摆手示意他闭嘴，然后说："战场上，唯一可以信任、依靠的只有战友，能为你挡子弹的战友。夏阳把七郎当战友，懂吗？"

李小军眼睛一亮，连声说："懂了。谢谢老兵，谢谢！"

十一

鹞子潜伏在距侦察兵营地五公里的制高点上，每天天亮前上树，天黑下树，用大倍数的观察镜整整观察了好几天。侦察兵似乎还没有进入实战状态，或者不在意被窥视，营地不仅建在林木稀疏的地段，而且没有伪装，几十个单兵帐篷公然裸露在阳光下。天亮，侦察兵把警戒范围扩大至半径三公里，两名训导员带着七郎跟在两名侦察兵身后进入雨林训练。那两名侦察兵大概是一个狙击小组，在配合七郎进行反狙击训练。鹞子对此毫不担心，人犬配合默契非一日之功。傍晚，七郎收操，侦察兵的警戒半径收缩至一公里，大量布置电子传感器后，留下少量兵力游动警戒，主力按部就班地吃饭、就寝。

侦察分队的电子警戒布置中规中矩，无懈可击，以营地为中心向边缘延伸，把圆形警戒区划分为十二等分。警戒区边缘密布电子传感器，向心逐渐减少。夜间，四名游动哨两人一组，在营地外两百米的位置游弋巡查。八百米的缓冲距离，游动哨有足够的时间弄清电子传感器被触发的原因，呼叫援兵。

树木相对稀疏的次生林不同于树冠封顶的原始林，地面上灌木丛生，树木间藤葛横缠。为便于快速运动，侦察分队在雨林中开出了十二条小路，每条小路均能对左右两个警戒分区实施支援，并能与相邻小路上的兵力夹击警戒分区内的目标。

侦察分队看似被动防御，其实完全占据了主动。鹞子对这种缩头乌龟的战术束手无策，他想到过被围追堵截，被炮火覆盖，被武装直升机轰击，并为此制订了详细的作战计划。但从未想过侦察兵竟然按兵不动，游击战的十六字诀完全用不上。

鹞子嗅到一股浓浓的罗氏无赖味道，愈发忐忑不安，不由得想起地下医院里白人医生养的老猫。那只老猫就像罗启明一样，抓到耗子，玩弄瘫软就叼去给它的崽子练手。五六只小猫玩弄一只吓破胆的耗子，它还不放心地蹲在一边等着拉偏架。鹞子感觉他就是可怜的耗子，五公里外的那群兵就是罗启明的猫崽子。鹞子很想对着那群缩头乌龟大喊：有种出来打一仗！但也清楚，这正是罗启明乐见的，狙击手是雨林幽灵，幽灵见了光只有死路一条，而且耗子跟猫崽子玩命，老猫一定会出来拉偏架。按照罗启明的无耻程度，只要抓到他的踪迹，一定会调更多的部队进林子练手，不活活累死他绝不罢手。

鹞子心烦意乱，挽起袖子在左小臂上用刀割了一道浅浅的口子，撒上细盐用疼痛强迫自己冷静。灵巧的双手，稳固有力的双臂，是狙击手精准射击的保证。鹞子左臂上只有两道浅浅的伤疤，八年血雨腥风能让他慌乱无措的时候不多。但对上罗启明，他总是不能如想象中那样淡定从容。

妞妞嗅到血腥气，跑来看眼鹞子的伤口，扭头看看侦察兵营地的方向。

鹞子苦笑道：“妞妞，我心又乱了。”

妞妞上前安慰鹞子，舔舔他的脸颊，挨着他趴下，把头放在鹞子的大腿上，安静等待。

抹过两遍细盐，伤口凝血，鹞子也冷静下来，轻轻抚摸着妞妞的头说："妞妞，你觉得围点打援怎么样？"

妞妞晃晃尾巴，哼哼两声，表示同意。

鹞子指指侦察兵营地方向说："知己知彼，百战不殆。辛苦你，再跑一趟，注意安全。"

妞妞满不在乎地打个响鼻，起身伸个懒腰，等鹞子给它戴好钢刺项圈、挂好摄像头，一头扎进雨林，兜着圈子缓缓靠近侦察兵营地，在警戒线外停止前进。即使没有异常响动、气味，敌人的警戒线也很好判断，雨林中虫鸣鸟唱蛙类聒噪，异常安静的地方，必定有人或猛兽埋伏。为了不引起警惕，妞妞虽已犬近中年，仍扮演了一把天真烂漫追蝴蝶的小母犬。

蝴蝶被撕碎，妞妞也扮够了做作的小母犬，竖起耳朵听到正前方的雨林中依然安静，没有异常的声音，脚步轻快地原路返回，在雨林中七拐八绕避开敌人视线后，找了个板状根形成的树洞，边休息，边竖起耳朵听着周边的动静。

二十分钟后，妞妞听到了七郎哈哧哈哧的粗重喘息声，还有众多士兵刻意放轻的杂乱脚步声。果然想跟踪，妞妞眼睛中有一丝得意。还是小犬的时候，鹞子就教会了它用假装撤离试探敌人的目的，一般人都会上当，屡试不爽。

妞妞溜出树洞，放轻脚步，缓缓走到一棵大树后探头观察。两个士兵把七郎护在中间跑在最前面，身后跟着一群全副武装的士兵，他们目光警惕，奔跑几乎无声，像鹞子一样紧靠粗大树木移动，做好随时隐蔽的准备，看样子很强悍。但强悍不等于颅腔里有脑子，妞妞轻蔑地打个响鼻转身就跑，故意加重脚步蹚得草叶乱响。

逆风跑了一公里，追兵仍没有加速追赶。妞妞躲在树后探头观察，那两个士兵用牵引带控制着七郎的速度，士兵们脚步稳健，不像是体力不支。妞妞准备绕到下风处甩掉"尾巴"，却发现士兵很有追踪经验，队形正面宽大，向两翼展开，至少要绕一个半径一公里的大圈子才能跑到下风处。妞妞不想浪费体力，晃晃尾巴，带着士兵、七郎继续巡山。

对付狙击手最有效的武器是狙击手。苏鹏用手语询问，狙击手微微摇头，在他看来这一带不适合狙击，地形平整开阔，林木相对稀疏，视野清晰，面对一个班的侦察兵绝不会有开第二枪的机会，除非鹞子想一命换一命。

雨林中的植被大同小异，没有明显的参照物，很难辨别方向。侦察分队跟在妞妞身后，小心翼翼地走了半个小时，孙成毅觉得不对劲儿，看一眼指北针，才发现妞妞在弧形转向。狙击手眼力好，打量周边，一下就看到了那棵曾被鹞子当作狙击阵地的宝石树。

苏鹏一摆手，侦察兵停止前进，就地隐蔽。夏阳用手势命令七郎卧倒，他与李小军一左一右把七郎夹在中间用身体护住。观察手举起热像仪帮助狙击手寻找目标，猛然发现妞妞正向雨林狂奔。

竟然会转移追兵注意力来迟滞追击速度，又遇到一个来自汪星的妖孽。侦察兵们啧啧称奇，用手语讨论是否抓回来给七郎当老婆，生上十窝、八窝的小妖孽。事关新犬种和七郎的婚姻幸福，夏阳却心情郁闷无心参与交流，作为侦察分队最懂犬的士兵，他竟然没能及时识破妞妞的伎俩，或者说训导员竟然被犬给耍了。

全速追了一公里，面前出现一片雷击后过火的林地，树冠被火烧掉，得到阳光哺育的地面植物疯长，放眼看去，到处都是齐胸高的灌木和草本植物。苏鹏担心有埋伏，抬手示意放缓追赶速度，向十点、十二点、两点方向各派出一名尖兵后搜索前进。

穿过火烧地，隐约听到潺潺流水声，苏鹏才醒过味来，命令狙击手留下鹞子的犬。狙击手心里想着给七郎找媳妇，瞄着妞妞腿部连开三枪却无一命中，引来侦察兵们一阵低低的嘘声。狙击手毫不在意，坚称他的枪法没有问题，腿部目标小只是未能命中的次要原因，主要原因是妞妞知道利用树干、灌木隐蔽前进，即使穿过狭小的开阔地也跑“之”字形规避射击，并对此甚为敬佩。侦察兵们再次低嘘，夏阳、李小军不敢嘘，暗翻白眼以示不满。

七郎循着妞妞脚窝留下的气味一路狂奔，不出所料地在小溪旁失去了踪迹。小溪宽不过三米，深不到半米，但流动的溪水足以消除妞妞的气味。苏鹏带队向上、下游各搜索了五百米，没能找到妞妞登岸的痕迹，七郎也没能找到嗅源，气得昂着头呼呼呜呜地骂街。

七郎的智商绝不逊于妞妞，实战经验却难望其项背。夏阳虽没上过战场，但能感觉到妞妞的技能、经验绝对是在血水里泡出来的，单打独斗，七郎不是妞妞的对手。

孙成毅似乎对行动失败毫不在意，饶有兴致地追问七郎在骂什么，夏阳在为七郎的安危担忧，无心回答。

李小军受过几次打击，轻易不敢出风头，见孙成毅把目光投向他，才说："我也不懂汪星人的语言，从语气上猜测，大概是骂对方缩头乌龟之类。"

孙成毅深以为然，连连点头，推了夏阳一把说："胜不骄，败不馁，方能百战不殆。"

夏阳堆起一脸的笑，心说：您说的是意志精神，与七郎面临的实际问题不相干好不？

李小军口中的缩头乌龟，就在下风处，直线距离不到两百米，正透过林木缝隙窥视他们。妞妞觉得士兵满脑子肌肉：马犬的特长之一就是令人吃惊的弹跳爆发力，它虽是昆马犬，但弹跳力仍然出众，助跑后直接跳进了雨林，哪会留下登岸的痕迹？七郎不仅蠢，嘴还贱，犬仗人势算什么本事？有种单挑，能在雨林中找到老娘就算你赢！

夜幕降临，士兵终于撤了。妞妞知道蠢兵肯定要花招，所以趴着没动，收起排汗的舌头闭上嘴缓慢呼吸，竖起耳朵仔细倾听周边动静。十多分钟后，它再次听到七郎哈哧哈哧的喘息声，天气热，七郎来回跑，肯定热坏了。妞妞昂头嗅嗅空气，随风飘来三个人的汗臭味，但没有七郎的腥味，应该是不久前洗过澡。声音逆风传送的距离近，七郎听不到它的声音，妞妞吐出舌头，哈哧哈哧喘息着排汗降温。

午夜时分，被蚊叮虫咬的士兵终于熬不住了，悄悄释放了四旋翼的单兵无人机。妞妞听到旋翼发出的"嗡嗡"声，放轻脚步向雨林中一棵独木成林的榕树跑去，那里是一群猴子的老巢。

妞妞助跑后蹬踩着气根，跃上离地三米多高的宽大树杈，蜷缩成一团，把头部和竖起的耳朵藏在腹部，用大尾巴盖住，看上去就像一只趴着的猴子。盘踞在榕树上的猴子龇牙咧嘴，嘶吼着恐吓了一番，很快偃旗息鼓，各自找根妞妞过不去的枝杈继续睡觉。

猴子都知道这条会爬树的狗不好惹，它们的老猴王只不过向它丢了几个果子，晚上睡觉的时候，就被这条狗拖下了树。老猴王很气愤，见这条狗把脖子往它嘴里送，就顺便咬了一口，却被项圈上的钢刺扎了嘴，逃上树不久就一命呜呼。新猴王指挥猴群跟它打过几架，但无论胜负，每次都要死猴子。新猴王感觉这条狗不好惹，主动退了一步。妞妞很识趣，从不主动找事。猴王也就默许它随意进出领地，但出于维持尊严的需要，每次都要恐吓、警告一番。

无人机靠近独木成林的榕树，螺旋桨的“嗡嗡”声惊动了猴群。母猴、小猴自动向猴王靠拢，几只自恃勇武的猴子下树捡石头准备反击。无人机对猴子没兴趣，围着榕树转了一圈，晃晃悠悠飞走了。

猴子上蹿下跳，摇晃树枝，嘶吼着欢庆胜利。妞妞趴着没动，偷眼目送无人机远去，听不到旋翼的“嗡嗡”声时，跳下树跑到原来隐蔽的位置，昂头嗅探，随风飘来的气味有些淡，蠢兵似乎正在撤离。

妞妞嗅不到七郎的气味，担心被伏击，竖起耳朵听到它哈哧哈哧的喘息逐渐远离，才逆风跟了上去，目送士兵、七郎过了小溪走进雨林，直到气味、声音全部消失，才伸个懒腰，转身跑进雨林。

虽然没有追兵，但妞妞仍按照老习惯漫无目的地在雨林里兜圈子，杂乱、相互交叉的足迹，足以绕昏嗅探跟踪的军犬。妞妞仍不放心，循流水声找到一条小溪，先趴在溪水中冲了个凉，顺着水流跑了两百多米才助跑跃入岸边的雨林。

妞妞越过国境线，在小三角地区的林子里兜了一圈，换了个地方越过国境，跑上制高点，隐约嗅到它尿液的气味，这是鹞子给它的位置坐标。妞妞循味跑了过去，没有看到鹞子的身影，也没有嗅到他的气味，但妞妞知道鹞子就隐蔽在附近，正在确认它身后是否有人追踪。这是久经战火多次死中求生形成的习惯，疏忽只会付出生命的代价。

妞妞趴下休息，等了十多分钟，一丛茂盛的灌木轻轻晃动，鹞子的手从枝叶中伸出来。妞妞等鹞子的手缩回去，估摸着做好了射击准备，才迎着灌木跑过去，以免追踪者趁势突击。妞妞绕到灌木后，找到被茅草丛遮挡的出入口，钻进了隐蔽所。

隐蔽所狭小低矮，一角放着鹞子的背囊和妞妞的食盆，地上分门别类堆放着竹管、树杈、细树棍、绳子、钢丝、鱼线等等制作陷阱的材料。妞妞七拐八绕地跑到鹞子面前，等鹞子摘下项圈、摄像头，吃饱喝足后爬上用雨披、旧军装铺好的犬床，舒服地蜷缩成一团酣然入睡。

鹞子用了两个小时在电脑上看完了妞妞拍摄的视频，情况和他预计的差不多，中国兵隐真示假想引他露面，装备先进，战术中规中矩，但缺乏实战经验，还是一群菜鸟。鹞子的自信恢复了一些，认为他有资格让中国侦察兵明白什么是丛林游击战。

妞妞其实没能躲过单兵无人机的搜索，它蜷缩起来假扮猴子躲避红外侦察的技能让夏阳颇为惊诧，强烈要求击毙这个妖孽。狙击手认为击毙妞妞，鹞子一定会远遁，一口拒绝。夏阳退而求其次，要求继续跟踪，又被观察手拒绝，他认为侦察分队暴露的短板足够增强鹞子速战的决心，再让他知道我军的红外热像仪已经轻巧到可由单兵无人机携带，估计会被吓跑。夏阳还想据理力争，狙击手却不想跟他啰唆，下令返回。夏阳虽然义愤填膺，但只能服从命令。

苏鹏召集全体人员观看单兵无人机拍摄的视频，众人对妞妞躲避红外侦察的技能颇为赞赏。当着训导员的面夸别的犬好，这是讥诮，是嘲讽，是可忍孰不可忍？李小军站出来，表示这其实是条件反射，对七郎来说没有难度，只是小菜一碟。为证明他所言不虚，还要指挥七郎做示范，多少有些显摆他已经成为神犬第二指挥员的意思。

七郎没能咬到妞妞，心情有些郁闷，但不介意展示它的聪慧。观察手启动无人机后，李小军命令七郎卧下，帮它调整好卧姿。只用了三遍，七郎听到无人机旋翼发出的“嗡嗡”声，就会卧倒蜷缩成一团。众人虽认为这属于神犬的正常表现，但仍齐声表扬了“好犬”。七郎的虚荣心得到了极大的满足，扬扬得意地绕开李小军找夏阳要奖励。夏阳摸出块牛肉干丢给神色尴尬的李小军，示意由他奖励。七郎根本不领情，皱起嘴唇让李小军看牙。

这次任务本来就是练兵兼实战，以获取难得的实战经验。苏鹏多少有些庆幸，鹞子有两把刷子，是名合格的陪练手。总结会气氛热烈，总结经验、教训，深刻且简单明了：第一，轻敌。低估了鹞子犬的智商，更没有想到它有丰富的实战经验。第二，七郎经验不足，疲于应付，不能掌握主动，需要训导员引导、训练。第三，观察不够细致，没能及时发现鹞子的犬佩戴有摄像头，用七郎假死引蛇出洞的意图已经暴露。第四，以我想敌，没能及时对鹞子用犬试探的意图做出正确判断，追踪过程中未能发觉鹞子的犬摆脱跟踪的意图。苏鹏补充了第五条：夏阳、李小军要尽快实现对七郎的双人指挥。

夏阳、李小军垂头丧气，五条经验教训，他们占了四条半，身为侦察分队中最了解犬的两名训导员却被鹞子的犬耍得团团转。

孙成毅呵斥说："遇到点儿挫折就垂头丧气，难成大器。知道不足，就用训练去弥补，耷拉着脸给谁看？"

夏阳、李小军满脸的苦涩，行动已经开始了，即使有时间训练，可实战经验去哪里获取？

孙成毅明白他们在想什么，提醒道："你们和七郎谁是犬？"

夏阳、李小军蒙了，且不说犬与人体型上的不同，两条腿与四条腿的区别一望便知。

话说到这个份上，两人仍没醒盹，孙成毅做仰天长叹状，骂道："一对白痴，这辈子也别想摸到侦察兵的门槛！"

苏鹏无奈，操刀上阵说："你们是训导员，是七郎的指挥员，必须掌握相应的技战术能力，引导、指挥七郎以长克短。但你们却依赖七郎，甚至希望七郎身上不断出现奇迹，直至完成任务。"

李小军眼睛雪亮，一脸的恍然大悟。夏阳也有醍醐灌顶之感，但更多的是想去扮演司令员骂人：为什么不能有话直说？为什么要故弄玄虚？为什么要云山雾罩？你们是军人，不是万事靠忽悠的神棍，什么都要靠弟子去"悟"。

苏鹏从夏阳的表情上知道他在腹诽，冷冷一笑说："'不抛弃，不放弃'，是指平时，没人会带着白痴上战场。"

夏阳愕然道："这么长时间，你们一直在考察我？"

"没错，看你是不是白痴，会不会把我们拖累死。我可没有兴趣用生命帮助你成长。"孙成毅顿了一下，接着说，"军人的生命同样无价，可以为英勇的战友挡子弹，但浪费在猪队友身上，只会让猪队友帮助敌人消灭更多的战友。"

夏阳释然，冷静地问：“我们想知道考察结果。”

苏鹏、孙成毅望向狙击手，看样子是想让他回答。

狙击手说：“我的名字，彭志宇。”

观察手举手说：“臧一洋。”

夏阳问：“为什么现在才让我们知道你们的名字？”

彭志宇说：“之前你们只是擦肩而过的训导员甲、训导员乙，现在你们是我的战友。”

夏阳笑了，捅捅忐忑不安的李小军说：“我们通过了。”

十二

深夜，熟睡的夏阳被七郎拱醒，睁眼看到七郎警惕地看着五点方向，前爪兴奋乱踏，明白是鹞子的犬来了。帐篷外，有人低声说话。夏阳钻出帐篷，见彭志宇、臧一洋坐在帐篷门口，正在往穿了橡胶袜子的脚上套厚棉袜，苏鹏正低声向他们交代着什么。

夏阳把探头探脑的七郎推回帐篷，拉上防蚊帘，蹑手蹑脚地凑过去，没话找话说：“连长，鹞子的犬来了，五点方向。”

彭志宇面有讥诮之色，望着他笑，一口白牙亮晶晶反射着幽幽月光，夏阳微微脸红。

苏鹏说：“可能是袭扰，五区的哨长带一名游动哨正在摸情况。”

夏阳说：“连长，我想带七郎去试试训练成果。”

苏鹏不置可否地说：“回去休息，等待命令。”

夏阳赖着没走，帮彭志宇、臧一洋喷完气味消除剂，又帮他们检查了着装，见他们抱枪坐在各自帐篷门口休息，暂时没有出动的意思，才蹑手蹑脚地原路返回。走到帐篷门口突然想到什么，舔湿手指试风向，五点方向是逆风。声音逆风传输距离近，七郎能听到声音，鹞子的犬至少迫近到八百米以内。夏阳隐隐感觉有些不对，但一时又说不出来，正绞尽脑汁地苦思冥想，李小军从帐篷中探出头问：“我们动吗？”

夏阳摆手示意暂时不会出动，轻手轻脚地钻进帐篷，打开单兵电脑，调出五点方向声像传感器拍摄的画面。绿油油的夜视画面中，妞妞白亮的影子东跑西颠，仍扮作觅食的野狗。夏阳调出地形图，两个代表游动哨兵的红点距离妞妞已经不到两百米。这个距离对于宠物犬来说绝对安全，但对于受过严格训练身处战场的军犬，这个距离意味着死神已经举起了镰刀，即使不撤离也应卧倒示警。夏阳抬头看一眼仍虎视眈眈地盯着五点方向的七郎，如果再有其他可疑声音，七郎会卧倒示警。

夏阳挠挠头，再看单兵电脑，地形图上代表妞妞的白点正匀速向警戒区外移动。夏阳愈发不安，但又说不出原因是什么。

妞妞的身影消失在十一点方向的一株大树后，伴着“咔哒”一声轻响，游动哨哨长拉下钢盔上的双目夜视仪看去，绿油油的画面中，妞妞正跷着后腿撒尿。

哨长不知妞妞听到了拉下夜视仪的“咔哒”声，正在给鹞子发信号，轻蔑地低声说：“野狗！”

话音未落，挂在树干正面的一枚遥控震爆弹突然爆炸，伴着沉闷的爆炸声白光夺目。在双目夜视仪过载自动停止工作前，增益变强后亮度更高的白光仍刺入了眼睛，哨长眼前白茫茫一片。哨兵没使用夜视仪，未被完全迷盲，但视线模糊，隐约看到一对绿油油的眼睛飞速逼近，端起步枪估摸着打了一个点射。子弹擦着妞妞的头顶飞过，妞妞丢下衔在口中的遥控震爆弹转头就跑。

哨兵的枪声未散，一点方向微弱的枪口焰一闪，伴着“噗”的一声闷响，一发子弹飞来命中他的右肩。哨兵边向左侧的大树后翻滚，边低吼：“一点方向，狙击手。哨长，向右移动！”

鹞子从树后闪出来跪姿据枪，透过夜视瞄准镜瞄准向右侧翻滚着找隐蔽的哨长，扣动扳机。哨长的左腿上爆出一团血花，身形只是一顿，咬牙继续向右侧的树后翻滚。鹞子再次开枪，哨长右肩中弹。

哨兵悲愤交加，“嗷”地怪叫一声，左手提枪想要冲出去。

哨长明白鹞子想让他当诱饵，狙杀来营救的战友，边摸索着向右移动边低吼：“隐蔽好，不要给鹞子当诱饵，向连长报告！”

哨兵丢下步枪，泪流满面，用左手按下送话开关，低声说：“五区报告，我方位一点方向，狙击手一名。哨长、哨兵重伤，失去战斗能力。”

鹞子没有继续射击，任由哨长缓缓移动至树后，长吹了一声超声波犬哨，妞妞再次从十一点方向的树后蹿出来，把一枚枚遥控震爆弹叼进警戒区，电子传感器被连续触发。

苏鹏盯着屏幕上胡乱投放遥控震爆弹的妞妞说：“鹞子知道我们要去营救，在布置闪光雷场。不要使用夜视器材，孙成毅带一个战斗小组从六点通道向鹞子身后迂回断其退路，我带一个组从四点通道佯动，掩护彭志宇从正面靠上去。如鹞子撤退，不要追击。”

夏阳牵着七郎蹿上来说：“连长，对付军犬最好的武器就是军犬，让我们上去！”

苏鹏厉声说：“待命！”

夏阳央求说：“连长……”

孙成毅打断夏阳，呵斥道：“鹞子的目标就是七郎。打掉七郎，我们失去耳目，胜利的天平就会向鹞子倾斜。我最后一次警告你，服从命令，明白吗？”

夏阳立正说：“明白。”

苏鹏一摆手，与孙成毅各带一个六人小组分头向左右跑去。

狙击手对战，开枪的机会可能只有一次。敌暗我明，为了便于行动，彭志宇开始轻装，脱下伪装服，卸下身上不必要的装备，只带了一支 88 式狙击步枪和一支 05 式微声冲锋枪，弹匣都没有多带。

彭志宇起身原地跳跃了几次，确认身上的装备不会发出声音，指指耳麦说：“夏阳，让七郎帮我听着点儿，有什么动静，及时通知。”

夏阳说：“是！彭老兵，祝你凯旋！”

彭志宇咧嘴笑笑，悄无声息地走进雨林。臧一洋开始给自己轻装。

夏阳愕然道：“臧老兵，你也要上去？”

臧一洋笑道：“看老彭的运气了。”

夏阳茫然问：“作战靠运气？！”

臧一洋说：“没错！两个势均力敌的狙击手打架，靠的就是运气，枪一响，不是鹞子就是老彭。”

臧一洋说得简单，但想到与彭志宇有可能永别，夏阳不由得心跳加速。

震爆弹的爆炸声，以及不属于雨林的硝烟气味，让虫蛙闭嘴，野兽、夜鸟远离，周边安静得让人感觉身在太空。孙成毅小组沿六点方向的小路狂奔，为减小脚步声，他们脱去笨重的军靴，只穿袜子的双脚被遍地的枯枝、荆棘扎得鲜血淋漓。出了警戒区，横缠的藤葛、伸手不见五指的夜色让疾如奔马的战斗小组变成了蠕动的蜗牛。只穿袜子的脚脚步声轻微，但是否能躲过犬的耳朵不得而知。侦察兵们担心鹞子故技重施，没有使用夜视仪，只能摸索前进。

尖兵把枪夹在右腋下，先用左手探摸前方是否有横缠挡路的藤葛，再蹲下探摸落脚之处是否有引起杂音的东西，才会迈出一步。孙成毅暗自后悔没有带上七郎，优秀的军犬会绕开挡路的藤葛，闻到预埋的诡雷、陷阱，尖兵只需留意脚下不发出杂音。

前进速度慢如蜗牛，侦察兵心急如焚，气喘如牛。尖兵不由得加快脚步，探摸得敷衍潦草，穿着袜子的脚尖蹚上了一根紧绷的细线。没等他出声示警，正前方十五米，一枚照明地雷爆炸，伞式照明弹升空，方圆五百米的区域亮如白昼。不使用杀伤地雷，反而使用照明雷，鹞子的目的不言而喻。

孙成毅脸色发白，大吼：“原地隐蔽！”

侦察兵们明白夜间暴露在亮光里会成为活靶子，在照明弹升空的同时已散开找隐蔽。一名侦察兵敏捷地闪到身旁的大树后，感觉脚下似乎踩到了什么。没等他反应过来，一根小腿粗细绑满尖利竹签的树干带着风声从半空中荡下来，横拍在他的大腿上，尖锐的竹签透腿而过。

侦察兵闷哼一声，咬牙低喝：“弹力陷阱，注意脚下！”

其他侦察兵立刻卧倒，用枪通条、探雷针探查身边地面，迅速向负伤的侦察兵靠拢。

孙成毅按下送话开关，低声说：“连长，有雷场，我组一名负伤。”

照明地雷升空的那一刻，苏鹏已命令探雷开辟通道。尖兵跪在地上用探雷针一寸寸探扎地面，挑拨落叶枯枝，前进速度就像蚂蚁爬。

五号警戒区的哨兵用嘴配合左手胡乱包扎好右肩的伤口，听到哨长的呼吸声愈发微弱，低喊两声没有听到回应，拉下双目夜视仪看去，哨长大半个身体已被滚烫的鲜血浸透，在暗绿色的画面中散发着诡异的白光。

哨兵按下送话开关低声说：“五号警戒区报告，哨长失血过多昏迷，请求救护。”

耳机中传出苏鹏的声音：“狙击手报告位置。”

狙击手在电台那头说：“距离一百五十米，需要十分钟。”

耳机中再次传来苏鹏的声音：“哨兵救护，注意安全。”

哨兵先投出一枚烟雾弹，等烟雾腾起，估计鹞子已经据枪瞄准，又把一枚震爆弹甩到烟雾带外侧，立刻闭眼低头，等爆炸声响过，立刻蹿向哨长隐蔽的大树，给他止血包扎。

鹞子躲在树后，背靠着板状根，等背后的白光闪过，才松开帮妞妞掩耳的双手，妞妞有些不耐烦地抖着发痒的耳朵。

鹞子低声警告说：“他们有震爆弹，当心你的耳朵。”

妞妞满不在乎地哼哼两声，再次抖抖耳朵，把耳郭对准五点方向，示意有人靠上来了。

鹞子咧嘴冷笑，低声说：“两翼迂回，中央突破，用了几十年，也不知道换换。”

妞妞晃晃尾巴表示同意。

鹞子拿出遥控起爆器按下按钮，一百多米外，捆绑震爆弹撞针杆的伞绳被一枚微型雷管炸开，撞针杆弹了出去。彭志宇听到声音，立刻就近闪到树后，背靠大树闭目张嘴，双手掩耳，心中默数三秒。刚放手睁眼，前方不远处，又传来微型雷管的爆炸声和撞针杆落地的“啪嗒”声。

彭志宇骂了一句，狼狈转身，用屁股对着声音方向，等白光闪过，立刻按下送话开关低声说：“狙击手报告，鹞子的犬能听到我的声音，靠不上去。”

两翼被迟滞，前进速度缓慢，什么时候到达指定位置还是未知数，现在中路也被完全压制。一个班的侦察兵竟然被一名毒贩子弄得束手无策，苏鹏心乱如麻，一阵血气上涌。夏阳的声音突然从耳机中钻出来：“连长，干扰鹞子犬的听觉！”

苏鹏眼前一亮，按下送话开关说：“三班与军犬组警戒营地，二班进入五号警戒区制造声响，掩护狙击手。”

一个班的侦察兵穿着军靴，用力跺着地面，呐喊着冲进五号警戒区，边跑边鸣枪。二班长背着心理战用的单兵扩音器跑到夏阳面前说：“让七郎喊两声，吸引鹞子的犬的注意力。”

夏阳说：“好主意！”

李小军清楚只有夏阳在场的情况下，他才能享受指挥七郎的乐趣，赶紧从二班长手里接过话筒送到七郎嘴边说：“叫！”

七郎汪汪叫了两声，被扩音器中吐出的巨大声浪吓得连退两步，听清是它的声音，立刻来了兴趣，对着话筒又叫了两声，歪头侧耳听听五点方向的动静，立刻兴奋地前足乱踏，对着话筒呜呜嚎叫起来，声音中充满了兴奋。

二班长疑惑地问：“夏阳，咋回事，七郎咋学狼叫？”

夏阳说：“鹞子的犬肯定回应了，声音没它大，七郎得意呢！”

七郎再次改变叫声，对着话筒咿咿呜呜。

二班长说：“这个我知道，是骂街呢！”

李小军说：“错了，是骂阵呢！”

二班长说：“对对，是骂阵！”

鹞子傻眼了，五号警戒区里像是藏了一个正在鏖战的战场，枪声、喊声、脚步声，还有中国军队特有的只要声音大不要音调准的喊歌声。身旁，妞妞颈毛倒竖，四腿挺立，绷紧全身肌肉，对着营地方向愤怒咆哮，吼得声音都变了调。鹞子连声制止，一贯听话的妞妞今天却充耳不闻，也不知侦察兵用了什么招挑逗得妞妞怒不可遏。

鹞子担心妞妞的吼声暴露目标，说：“妞妞，我换个地方，你吵够了，过来找我。”

妞妞忙着吵架，晃晃尾巴示意明白。鹞子苦笑着提枪转移阵地。

彭志宇借声音掩护运动到位，占领射界开阔的阵地，他没有采用更利于保存自己的卧姿，而是使用了利于转移射向的跪姿。

彭志宇按下送话开关说：“找不到目标，我需要诱饵。”

哨兵的声音第一个透过耳机钻进耳孔：“我来。”

不打掉鹞子，哨长、哨兵都走不了，其他侦察兵没有争抢。

彭志宇侧耳听听妞妞愤怒的咆哮声，按下送话开关说：“我需要精确射击，至少能威胁到鹞子的犬。”

哨兵说：“哨长的枪上挂有榴弹发射器。”

彭志宇说：“很好。报告震爆弹、烟雾弹数量。”

哨兵说：“震爆弹三枚，烟雾弹一枚。”

彭志宇说：“间隔三十秒扔两枚震爆弹，然后向鹞子的犬打一发枪榴弹。”

哨兵从树后扔出的震爆弹落地爆炸，白光闪过，鹞子疑惑地据枪瞄准哨兵隐蔽的大树，夜视瞄准器中，又一枚震爆弹打着旋从树后飞出来。鹞子赶紧低头闭眼，用手捂住夜视瞄准镜的物镜，防止光过载停止工作。等白光闪过，再次据枪瞄准，透过夜视瞄准镜猛然看到树后伸出一支加挂榴弹发射器的95式步枪，指向妞妞吠叫的位置。

鹞子倒吸一口冷气，毫不犹豫地扣动扳机。就在扣动扳机的那一刹那，心头一凛，慌忙缩头，左前方飞来的一发子弹带飞他的奔尼帽，在头顶上犁出一道血沟。鹞子后撤一步，闪到树后，屈身就往雨林深处跑。

彭志宇扔下狙击步枪，拖过倒背在身上的05微冲打了一个长点射，伴着沉闷的吭吭声，一长串曳光弹擦着鹞子隐蔽的大树飞过。哨兵从树后闪出来，按照曳光弹指明的位置，由近至远一口气打了三发枪榴弹。

枪榴弹一发接着一发地在身后爆炸，距离越来越近，鹞子毛骨悚然地跑着“之”字形加速狂奔，一边用力吹着超声波犬哨召唤妞妞，一边连续按下遥控起爆器。

妞妞之前投放在五号警戒区内的震爆弹连续爆炸，夺目的白光此起彼伏。猝不及防的彭志宇被迷盲，眼前白茫茫一片，立刻卧倒翻滚到事先看好的一棵大树后。哨兵也被闪光迷盲，但他不想隐蔽，把枪托夹在左腋下，用左手摸索着装填枪榴弹，估摸着鹞子的位置，又打了一发，听到耳机里传来彭志宇的怒吼声，才悻悻地退回树后。

夏阳的耳机中传出苏鹏命令他前出协助彭志宇的命令，翻出七郎的防弹衣给它穿上，这玩意儿死沉，还不透气，七郎颇为不喜，夏阳粘上左面的魔术贴，它偷偷用嘴扯开右面的。

夏阳火了，指着帐篷吼：“这是实战，不想去战斗，就去帐篷里待着。”

七郎脸皮厚，蹬着夏阳的大腿直立起来，舔舔他的脸。

臧一洋在一旁给七郎配音说："小鬼，别生气嘛！"

夏阳直眉瞪眼地喊："老兵，我们的人生死未卜，你还有心情开玩笑？！"

臧一洋拉下脸说："吼个屁啊！没点儿必死的决心上什么战场？战友牺牲了，提枪去报仇，要是眼泪能救活战友，老子现在就给你哭一个泪雨滂沱！"

夏阳一下怔住，臧一洋言之有理，但他从感情上无法接受，憋得脸通红。

臧一洋说："瞪着我干毛？赶紧去执行任务！"

李小军扑上来抢牵引绳，低声说："前面情况不明，你的作用比我大，我先上！"

夏阳说："正是因为危险，我才要上。"

李小军还想坚持，臧一洋又吼："你俩在拍电影吗？连长给谁下的命令谁上，赶紧的！"

夏阳夺回牵引绳，带着七郎嗅了彭志宇的装备。七郎认为要去追那条该死的母犬，抬头看着夏阳，满眼困惑，但夏阳没有更改命令，下了"踪"的口令。七郎认为要先找到彭志宇，再去咬母犬，侧耳听听，母犬的脚步声正在远去，声音已经很微弱了，忙不迭地蹿了出去，夏阳没留神，差点被拽了个跟头。

彭志宇隐蔽在树后，远远听到夏阳的奔跑声和七郎哈哧哈哧的喘气声，立刻按下送话开关低声说："安静，鹞子可能还在附近。"

脚步声立刻消失，七郎的喘息声依旧，夏阳双手抓住牵引绳，拉着犁地老牛一样奋力向前的七郎走到彭志宇身后低声说："彭老兵，鹞子可能带着犬走了。"

彭志宇疑惑地问："可能？"

夏阳指指四爪挠地奋力向前挣绳的七郎说："估计已经到了它听力的极限，所以才会这么着急。"

彭志宇问："极限是多远？"

夏阳舔湿手指试试风速说："逆风，风速每秒三米左右，距离我们至少八百米。"

七郎突然安静下来，用大嘴扯开魔术贴，脱下防弹衣，让夏阳帮它拿着。

夏阳说："现在可以肯定，鹞子和犬都走了。"

彭志宇通过电台向苏鹏报告："鹞子已经撤退，行进速度很快，应该没有负伤。”

苏鹏很谨慎，通过电台命令：“四点方向的孙成毅小组返回警戒区原地警戒；六点方向的小组搜查排除警戒区内的遥控震爆弹；狙击手原地警戒，掩护二班救护伤员；军犬组返回营地待命。”

夏阳有些疑惑地问：“彭老兵，我们为什么不追击？”

彭志宇反问：“为什么我们只有三人负伤？”

雨林地形复杂，山高坡陡，又是雨季，路面湿滑难行，后送一名伤员需要4名战士抬担架，还要有相应兵力护送。侦察分队由下辖两个12人编制的特种战斗班的武侦排加一个12人编制技侦班组成，算上苏鹏、夏阳、李小军，共有39人。如果后送3名伤员，侦察分队实际减员要超过一半。

夏阳说：“鹞子在消耗我们，他的撤退路线上一定有陷阱、诡雷。”

彭志宇说：“不错，会用脑子想问题了。”

夏阳得了表扬，咧嘴笑笑，带着七郎原路返回。大概是吵架赢了，七郎兴致颇高，挺胸抬头，雄赳赳气昂昂，阔步向前。

夏阳说：“七郎，胜不骄，败不馁，懂不？”

七郎没吭声，敷衍潦草地晃晃尾巴，示意它懂。

夏阳又说：“你是战士，要服从命令听指挥，不能总想逞匹夫——不，逞匹犬之勇。战斗是集体行动，要有战术战法，要配合默契，用最小的代价换取最大的胜利……”

七郎的好兴致消失殆尽，觉得夏阳越来越像长舌妇，尤其是有外人在，也不知给它留点面子，咿咿呜呜地哼唧着反驳。

夏阳不满地说：“我刚说两句，你就顶嘴，不像话！”

七郎回头白了夏阳一眼，好像在告诉夏阳：你那两句对人类而言都有点长。

夏阳说：“哎呦，还翻我白眼，反了你了！”

七郎昂头呜呜大叫，盖住夏阳的声音。

夏阳大声说：“不许犟嘴！”

夏阳的声音大，七郎呜呜的声音更大。

彭志宇满脸微笑，目送一人一犬比着嗓门远去，按下送话开关说：“夏阳，鹞子像你一样爱犬，为了掩护犬不惜暴露位置。”

夏阳在电台中说：“知道的，不然犬不会和他配合得默契无间。”

C 团作战室里的气氛沉闷，罗启明、任志林通过数字化单兵系统上的摄像头全程观看了侦察兵与鹞子的第一次交锋，结果让人心情压抑，侦察分队三人负伤，鹞子安全撤离。

罗启明说：“和平得太久了，我们的指战员缺乏实战经验。”

任志林说：“这就是你要上去的原因？”

罗启明说：“只是其中之一。我想称称鹞子的斤两，如果分量够，我准备迫使他把武装调入境内，让各营连都上去练练手，弥补我们实战经验不足的短板。”

一名参谋走来，立正报告说：“团长，上级协调警方通过国际刑警组织与金三角周边各国警方取得了联系，获取了部分鹞子的情报。”

罗启明接过参谋送来的一份报告，翻看了一下，交给任志林，叹口气说：“现在看来不可能了，鹞子是个优秀的狙击手，这八年他就没闲着。”

八年时间，鹞子使用了十多个名字，用得时间最长的是“乔治”，根据这个名字查到的出入境记录以及活动地点推测，他参加了雇佣兵组织，并且在中东地区某国打过一年多的仗，狙击技术应该就是在那段时间训练出来的。

其余的名字，诸如巴松、威猜、吞钦、吴钦基、单他纳信等等用时很短，一般侦察阶段使用，作案后弃用。从名字上看，足迹遍布金三角地区的周边三国。每一个化名下面都有一两宗乃至几十宗命案，每次均是中远距离狙杀，除了五年前的几宗命案多开了两枪，以后的都是一枪毙命。狙击地点涉及城市、乡村、野外，最多的还是在雨林。

八年前，鹞子的两百人枪，在金三角地区只能算是有了安身立命的资本，无论是在周边各国政府还是众多地方武装眼里都是蝼蚁。周边各国对大股地方武装的情报搜集尚且有心无力，哪会搜集鹞子的情报？等中国警方交换了情报，这才把鹞子挂上了钩。六成被他狙杀的人曾参与抢劫鹞子的营地，其余的虽原因不明，但应该是挡了他重新崛起的路。

罗启明说：“这件事我有责任，当初鹞子被击毙的结论太过武断了，所以……”

任志林打断罗启明问：“所以，你必须上去？”

罗启明：“当然，这要经过党委同意。”

任志林合上报告，交给参谋入档，指指自动化指挥系统的大屏幕说：“数据传输只有不到一秒的延迟，与你抵近指挥没有区别，而且在基指你掌握的情况更全面。”

罗启明不快地说：“好吧！”

任志林说：“关于这次行动，我有个建议，供你参考。”

罗启明说：“政委，请讲。”

任志林说，既然轮战的希望渺茫，他建议基指不过多干预，只负责查漏补缺。让侦察分队抓住这次难得的机会放手去打，从失败中找不足，获取更多的实战经验。

罗启明惊诧地说：“我的政委同志，已经伤了三名战士。”

任志林说：“毒品存在一天，禁毒斗争就要持续一日。今天的伤亡，是为了以后的少伤亡、零伤亡。这点道理，你难道不明白？”

罗启明当然明白，向苏鹏转达了任志林的建议，但却无法抹去萦绕在心头的那一抹苦涩。当年，他从上级那里要来提干名额，留下苏鹏等几名参加围剿鹞子战斗的老兵当种子。这几颗种子生根发芽，茁壮成长，带出了一大批骨干，军区组织对抗演习，C 团一个边防团的侦察连对上某集团军特战旅派出的特战连也能打得平分秋色。一次实战胜过百次演习，但和平年代哪会有更多的实战？侦察连乃至 C 团，包括他罗启明的实战经验只限于对付小股多群的群狼战术，对鹞子这种幽灵般的独狼战术毫无经验。实战啊，失败意味着要付出血的代价。战士们还年轻，人生刚刚开了个头，罗启明不想看到伤亡，如果可能，他愿意单枪匹马与鹞子鏖战。

清晨，孙成毅、彭志宇带了一个六人战斗小组把夏阳、李小军、七郎护在中间，去搜查了鹞子的狙击阵地。地面上的血迹，以及被子弹穿了两个眼的奔尼帽证明鹞子负伤，他预设了撤退通道，挡路的藤蔓、灌木被锯得似断不断，轻轻一碰就会断开，难怪昨晚跑得飞快。鹞子负伤，总算挽回一丝颜面，孙成毅脸色好看了一些。

鹞子应该使用了气味消除剂，除了血腥气和奔尼帽声的气味，现场再没有其他味道。七郎螺旋状跑圈搜索，找到一丛被碰断嫩枝的灌木，直挺挺站在那里盯着看。

夏阳扳过七郎的大头，看看它的表情说："七郎表情疑惑，前面有问题。"

孙成毅问："犬有表情？"

彭志宇说："有。喜、怒、哀、乐，好奇、疑惑，还会扮呆卖萌，表情丰富。"

竟然对外人卖萌，夏阳、李小军都有些吃味儿，七郎有些尴尬，向前走了两步，让他们看它肥硕健壮的臀部。

夏阳很想告诉孙成毅，作为侦察兵，必须有敏锐的思维、雪亮的双眼，观察，仔细观察！

孙成毅似乎听到了夏阳的心声，补充说："七郎没对我卖萌，它当我是牙医，只会让我看牙。"

彭志宇和两名侦察兵留下警戒并保护军犬组。孙成毅带着四名侦察兵沿着鹞子的撤退通道排雷，短短 70 米，排除了 13 个陷阱，起出了 8 个子弹雷。夏阳不由得庆幸昨晚没有追击，不然七郎和更多的侦察兵都会负伤。

子弹雷构造简单，只需要两块木板，一根钉子，一截竹管和一颗子弹，便于大量制作和埋设。踩中后，脚掌或大腿会被击穿，失去行动能力。鹞子摆明了要消耗侦察分队的兵力，肯定会大量使用子弹雷。孙成毅赶紧通过电台向苏鹏报告。

苏鹏派侦察兵以小组为单位搜索周边，发现了两处用手雷与子弹雷混布的雷场。一处在湿滑陡坡边缘的一棵小树上，手雷用伞绳绑在树枝上，塞上了微型拉发雷管，拉火线绑在相邻的树上。如果侦察兵上坡，因脚下湿滑必然拉小树借力，小树弯曲，紧绷的拉火线拉燃雷管炸断伞绳，手雷就会沿陡坡滚落，三秒钟的延迟足够侦察兵们找隐蔽，但所有便于隐蔽的地方都埋设了子弹雷。

另一处在挡路的藤蔓上，布置方法大同小异，只是绊发线换成了细钢丝，布在挡路的藤蔓下面，等着侦察兵挥刀开路或者撩起藤蔓。

孙成毅大骂鹞子卑鄙，苏鹏却有些挠头。三名伤员伤势严重急需手术，调直升机后送不现实，在雨林中开辟机降场工程量巨大，仅靠侦察分队难以完成。悬停吊运伤员虽然可行，但鹞子如果有大口径狙击步枪，悬停的直升机和吊在半空中的伤员都是活靶子。派人徒步后送，鹞子不用狙击只需沿途埋设子弹雷，超过两人负伤，后送队就会失去行动能力。全员后撤带着伤员行动不便，而且路途遥远敌暗我明，鹞子只需在中远距离击伤五六名侦察兵，就能把侦察分队留在雨林中。呼叫增援，兵力多了，鹞子会逃回境外；兵力少了，鹞子肯定会故技重施，用伤员消耗增援兵力。走不得，只能打。但追击没有方向，伏击又不知鹞子从哪里来，大范围预伏守株待兔肯定能等到鹞子，但兵力又不够。派狙击手游猎，鹞子有犬，耳目灵敏，狙击手反而会成为被游猎的对象。

走不得，打不着，只能固守，但这样被鹞子零敲碎打，侦察分队很快就会失去战斗力。苏鹏感觉有点像笨牛打老鼠，有劲儿没处使，皱着眉头，围着他的帐篷一圈圈踱步。三名伤员面带愧色，仿佛是他们拖累部队。

苏鹏想着怎么收拾鹞子，任志林却在思考如何收拾再次要求带队接应侦察分队的罗启明。鹞子想围点打援，围点打援并非是什么高深的计谋，可它的厉害之处就在于你不得不救。任志林盯着大屏幕上的地图蹙眉沉思，他很清楚罗启明进入雨林就会忘记团长身份，兴致勃勃地充当悍卒，而能找出一万种理由让任志林对他无可奈何。

任志林瞥眼摸着下巴作看地图状的罗启明，怎么看怎么觉得他扬扬得意，等着同意他进林子。身为团长，总想着去一线作战，任志林认为罗启明闲得蛋疼，很想时光倒流回到当年，以班长的身份命令他做俯卧撑，消磨掉他旺盛的精力。

罗启明斜眼表情严肃的任志林，决定继续给他施加压力，拿起送话器说："苏鹏，报告伤员情况。"

苏鹏的身影出现在大屏幕上，声音从扬声器中传出来："报告团长，伤势严重，48 小时内必须手术。"

罗启明说："做好撤退准备，我派一连接应你们。"

三十几人的侦察分队竟然被鹞子一个人打得灰溜溜撤出雨林，这不仅是丢 C 团的脸，整个中国人民解放军的脸都被丢光了。

苏鹏愕然说："团长，这……"

罗启明斜眼任志林，打断说：“这什么这？你有更好的办法吗？”

苏鹏沮丧地说：“报告，没有。”

扬声器中突然传出夏阳的声音：“连长，我们不用撤退，我可以帮助狙击手打掉鹞子……”

罗启明立刻拉下脸来，喝道：“谁在说话？”

夏阳出现在大屏幕上说：“报告团长，是我。我可以通过犬用电台遥控指挥七郎，协助彭老兵搜索鹞子。”

罗启明斜眼看已经面露微笑的任志林说：“胡闹。这是作战，不是试验新战法的训练场。”

夏阳说：“报告团长，我没有胡闹，彭老兵可以证明，我的办法绝对可行。”

任志林伸出手，盯着罗启明笑，罗启明不甘心地把送话器交给任志林。

任志林问：“遥控指挥半径是多少？”

夏阳说：“不少于一公里。我准备保持在五百米以内。第一，雨林中植被茂盛，难以扫清射界，狙击距离不会超过两百米。五百米的距离，我足以保证自身安全，不会拖累彭老兵行动。第二，如遇到通过语音、视频无法处理的情况，我能及时抵近指挥七郎。”

任志林说：“很好！”

任志林满脸微笑地把送话器还给郁郁不快的罗启明，示意由他下达命令。

罗启明抬腕看眼时间说：“苏鹏，现在是 7 时 22 分，24 个小时后，一连会进入雨林接应你们后撤。”

苏鹏对着分系统的摄像头吼了声“是”，放下送话器，回头拍拍夏阳的肩膀，对他翘起了拇指。

孙成毅说：“夏阳表现不错，同志们赞一个！”

侦察兵们跷起拇指，低声说：“夏阳，好样的！”

七郎觉得这个场合不能少了它，挤到夏阳身前要表扬，等侦察兵们给它赞了一个，立刻心满意足地晃起了尾巴。

夜色中，在狙击手的枪口下撤退，是在找死。鹞子断定侦察分队不会连夜后撤，在小溪里蹚着溪水走了一公里。上岸后又绕了大圈子返回隐蔽所，睡了一觉，又给自己弄了顿早餐，隐约听到直升机的轰鸣声，以为侦察分队要后送伤员，赶紧提枪蹿出隐蔽所，却发现直升机扔下一包东西，原路返回了。

鹞子疑惑地爬上大树举起望远镜，立刻变了脸色。

直升机扔下来的是一麻袋钢钉，营地中堆放着一捆捆不知什么时候伐来的竹子，一旁用竹管做成的子弹雷半成品堆成了一座小山，侦察兵正在完成最后一道工序，用钢钉钉穿竹板做撞针板，等装满各自的挎包，就以小组为单位分头进入警戒区，由边缘向心布雷，只在六点方向留下一条狭长通道，等着他送上门。

各小组离开营地，七郎从帐篷中跑出来，竖起耳朵围着营地转圈踱步，侦听周边是否有异常声响。彭志宇、臧一洋各抱着一支 88 式狙击步枪，不眨眼地盯着七郎，准备根据七郎的反应随时增援。

鹞子有些后悔使用子弹雷，受到启发的侦察分队有条件大量制作子弹雷，埋满半径一公里的警戒区。电子传感器与子弹雷混布，他无法潜入警戒区排雷，更不能让妞妞去冒险，如果妞妞负伤，他会失去耳目，胜利的天平将会倒向侦察兵。

明知道六点方向的预留通道有埋伏，鹞子仍带着妞妞急匆匆赶过去。他没有大口径狙击步枪，只有一支有效射程八百米的 M21 狙击步枪，如果不抓住最后的作战机会，只能眼睁睁看着直升机运走伤员并送来增援兵力，他的复仇计划将全盘落空。

鹞子没有在绕路、兜圈子，直线插了过去，走完五公里的路仍用了一个多小时。鹞子多少带着侥幸的心理先去了相邻的五号警戒区，妞妞虽然远远卧倒示警示意有爆炸物，但一脸茫然地东张西望，不停扇动鼻翼嗅着空气，警戒区边缘到处都是侦察兵、子弹雷的气味，它无法分辨出子弹雷的具体位置。

侦察兵已退入警戒区纵深布雷，影影绰绰的身影在林木间显隐，距离约四百米。雨林中植被茂盛，射界不清，四百米的距离很难命中目标。鹞子放弃开枪袭扰的打算，举起望远镜观察。部队布雷有着严格规定，必须详细记录地雷坐标位置，战斗结束后要逐一排除，防止误伤群众。鹞子试图通过埋雷痕迹找出布雷规律，找到潜入路线，却发现他的想法很天真，在遍地的枯枝败叶中找子弹雷拇指粗细的雷坑无疑是大海捞针。

最后一丝希望也破灭了，鹞子苦苦一笑，抚摸着妞妞的头说："咱爷俩又要去拼命了，怕吗？"

妞妞似乎听懂了，回头看着鹞子，眼神傲然，还有一丝狠戾。

鹞子低声说："不怕就好，让他们尝尝咱爷俩的手段。"

鹞子拿出卫星电话打给波吞，命令他携一部分兵力继续在境外与原始林中的 C 团部队对峙。昂岩果携主力沿边境向次生林方向移动，做出随时越境突袭侦察分队的态势。昂岩果明白鹞子准备拼命，陈兵边境扰乱罗启明战斗决心只是次要目的，主要目的是以优势兵力迫使侦察分队不敢追击，接应鹞子撤回境外。

昂岩果在电话那头强烈要求带精干人员越境支援。

鹞子苦笑道："我们的兵力只是罗启明的零头，他巴不得我们全部越境。单人目标小，方便脱身，懂了吗？"

昂岩果退而求其次，央求鹞子不要硬扛，留得青山在，不愁没柴烧，得到鹞子明确的答复，这才挂了电话。

在原始林中待命的三连派出一个班的兵力，在我国境一侧跟随昂岩果带领的押运队主力平行移动，并把位置、坐标通过电台实时传送给基指。

罗启明盯着自动化指挥系统大屏幕上显示的地图，遗憾地嘟囔："单兵技术还有点意思，战术、战法怎么就没一点儿长进？政委，我判断押运队主力是佯动，主要目的是接应鹞子撤回境外，你那边可以动了。"

任志林点点头，拿起听筒拨打电话。

鹞子带着妞妞小心翼翼地绕到六点方向，距离警戒区两百米，妞妞突然停止前进，死死盯着前方。鹞子就近闪到树后隐蔽，露出一只眼睛观察，伴着一阵窸窸窣窣的声音，七郎昂着头得意扬扬地从灌木、茅草中钻出来，身上穿着防弹背心，项圈上挂有各种鹞子不知道用途的装备。

妞妞实战经验丰富，知道蹿过去攻击七郎会影响鹞子的射界，龇牙咧嘴地低吼挑衅，想引诱七郎主动攻击。七郎眼神睥睨，打量它两眼，昂头呜呜嚎叫，声音与昨晚吵架时的一模一样。吵架吵赢了，也是胜利，妞妞被激怒，颈毛倒竖，猛地向前蹿了两步，听到超声波哨声，才清醒过来，悻悻地停住脚步，对着七郎愤怒咆哮。妞妞的叫声很大，但七郎没打算比嗓门，斜眼看着妞妞继续呜呜嚎叫。那眼神很贱，连鹞子都看懂了：昨晚吵架我赢了！

军犬不会单独活动，肯定有狙击手或者更多兵力在七郎身后隐蔽，等着他暴露，鹞子不敢开枪，飞速观察前方及两翼寻找可疑踪迹。狙击手之间的战斗，只有一枪的机会，彭志宇同样不敢开枪，趴在七郎身后不远处的一丛灌木后，透过枝杈缝隙耐心寻找鹞子的位置。两人不敢开枪，只有两条犬在对骂，本应残酷的战斗场面就变得有些可笑。

七郎突然住嘴，转身原路返回，脚步轻快，一副得胜回朝的样子。鹞子心头一颤，以为他暴露了，赶紧缩到树后隐蔽，隐约听到发射枪榴弹的嗵嗵声，这才明白罗启明的兵和罗启明一样，他们就没想和他单打独斗。

鹞子喊了妞妞，转身就跑，35 毫米的枪榴弹接二连三地在身后落下爆炸。鹞子飞身扑倒妞妞，用身体护住，横飞的破片带着尖利的啾啾声凌空飞过，落在树干上，噼噼声响成一片，身边的灌木枝杈乱飞，仿佛被机枪扫射似的。

鹞子反手把一枚烟雾弹扔到身后，一发子弹带着破空声擦着他头顶飞过。鹞子清楚他已经被狙击手盯上，抱着妞妞疯狂翻滚到树后，等烟雾弥漫挡住狙击手的视线，松开妞妞屈身就跑。两翼侧后响起急促的脚步声，身后隐约传来七郎急促的叫声，显然是听到了脚步声在指明射向。鹞子带着妞妞闪到树后隐蔽，又是三发枪榴弹，两发落在身后的空地上，一发下落时被树冠触发引信凌空爆炸。空爆的枪榴弹没有杀伤死角，鹞子吓得毛骨悚然，跟在妞妞身后全速狂奔。

鹞子蹿出雨林，跑进一片林间空地，白亮亮的阳光让他不由自主地眯起眼睛。鹞子舔湿手指测出风向，带着妞妞横穿空地，蹿入下风处的雨林，躲在一棵倒塌的朽木后抱枪闭目，让眼睛适应林间的昏暗。

卧在他身旁的妞妞，突然抬头看着十一点方向，鹞子卧倒，把朽木上的树洞当作射击孔，透过瞄准镜寻找七郎的身影，只有打掉追兵的耳目，他才有脱身的希望。

追兵很快跟了上来，隔着阳光铺陈的空地，对面雨林中影影绰绰的身影如同魑魅魍魉。鹞子手指预压扳机，缓慢调整呼吸。七郎的身影没有出现在瞄准镜中。孙成毅却抱着加挂榴弹发射器的自动步枪，明目张胆地走出雨林，站在空地边缘不急不慢地发射枪榴弹。他显然得到了彭志宇的帮助，榴弹落点无一不是最佳的狙击阵地。其他追兵也一分为二，在左右两翼挨着林间空地向他迂回。

鹞子恨得牙齿咬得咯咯响，却不敢开枪。虽然他枪上装了消音器，使用的也是亚音速弹，但有经验的狙击手根据弹道仍能判断出他的射击位置，届时，子弹、枪榴弹会铺天盖地地打过来，他没有兴趣一命换一命。

鹞子暗骂罗启明的兵与罗启明一样无耻、无赖，打个手势，带着妞妞蠕动着缓慢后撤一段距离，躲入追兵的射击死角。用榴弹爆炸声做掩护，带着妞妞拔腿狂奔，跑了没十米，身后传来七郎得意的吼叫声，枪榴弹追着打过来，显然它听到了脚步声，在向追兵示警。

妞妞颈毛倒竖，嘴里呜呜低吼着，不时回头看眼身后。鹞子侧耳细听，身后传来七郎得意且嘲讽的叫声，显然想激怒妞妞回去跟它打架。

鹞子暗骂："人无赖，犬无耻！"

鹞子指指前方低声说："妞妞，快！"

妞妞有些迟疑地看身后，眼神中满是战斗的欲望。

鹞子低声说："妞妞，不要上当，他们人多，快！"

妞妞愤怒地对身后低吼了一声，加速飞奔而去。

鹞子快速用开山刀挖出一个雷坑，用刀柄夯实坑底，埋入一枚子弹雷，用落叶做好伪装，起身追赶妞妞。

七郎、彭志宇转瞬即至。七郎嗅到子弹雷附近，鹞子的气味浓郁，显然曾经停留，跑过去仔细嗅了嗅，闻到竹管的青涩味和铜壳子弹的腥味，马上卧倒，示意有子弹雷。鹞子意在迟滞追击速度，彭志宇不想浪费时间排雷，用一面小三角旗标明位置跟在七郎身后继续追击。

夏阳通过七郎佩戴的摄像头看到了这一幕，通过电台问："彭老兵，鹞子有气味消除剂，为什么不用？"

彭志宇按下送话开关低声说："逃命呢，哪有时间喷消除剂？"

夏阳说："可是……这不等于留下路标吗？"

彭志宇说："不埋雷就没有嗅源了吗？"

孙成毅带领一个班的侦察兵尾随在彭志宇身后，随时准备提供火力支援，听到彭志宇、夏阳在电台中聊天，不耐烦地低声呵斥："作战行动，严禁占用通信频道。”

鹞子边跑边真真假假地布雷。有些地形七郎可以探查有无诡雷，但复杂一点的地方，彭志宇不敢让七郎去冒险，更担心鹞子就在附近埋伏，只好停止前进，等待孙成毅带队赶上来。比如挡路的山藤上明目张胆地拉根鱼线，侦察兵见鱼线紧绷，担心是弹力诡雷，不敢剪断，顺藤摸瓜在鱼线一头找到一块吊着的石头。湿滑陡坡的小路末端横放一根树棍，一端绑着鱼线，延伸进路边的草丛，直接滑下去最节省时间，但势必会触动树棍。追击分队摆开警戒队形，掩护孙成毅挖好脚窝下去，再次顺藤摸瓜，发现鱼线绑在一丛灌木的主干上。

鹞子成功迟滞了追兵的速度，立刻找隐蔽，举着大倍数的观察镜看身后。七郎竟然独自出现，站在那儿，得意地昂着头东张西望。在鹞子印象中，七郎根本没有独自行动的能力，他调大倍数仔细观察，它防弹背心左右两侧各挂有一部电台，看样子一部是普通的语音电台，另一部一定是数据台，确保视频数据同步传输，不会因通话产生延迟。项圈靠近耳朵的半圆形物体应该是耳麦，悬挂在项圈下方靠近胸部的肯定是摄像头，它刻意昂着头不是因为得意，显然是担心挡住镜头。

鹞子扭头看眼卧在身边虎视眈眈盯着七郎的妞妞说：“七郎的训导员在遥控指挥，它没你聪明。”

妞妞得意地哼哼了两声，声音有点大，七郎立刻扭过头来。

鹞子低声说：“走，咱们去峡谷跟他们玩儿。”

鹞子跟在妞妞身后跑了几步，回头见七郎颠儿颠儿地跟了上来，立刻咧嘴笑了。

远远跟在后面的夏阳发现与七郎的通信时断时续，连忙请求抵近指挥。

苏鹏在指挥分系统上调出地形图，一前一后行进的两个红点是七郎和彭志宇，身后五十米呈菱形布置的十个红点是随时准备提供火力支援的孙成毅分队，他们已经翻过 795 高地，一路下坡走进了 4 号峡谷。4 号峡谷地势低洼，雨季常暴发山洪，高大乔木难以扎根，多是低矮灌木、茅草和竹林，视野、射界相对清晰，便于狙击手活动。

苏鹏招手叫过臧一洋说：“鹞子的押运队在国境外向营地移动，我们主力不能动，你带两个人护送军犬组上795高地指挥七郎，注意警戒，保护好他们的安全。另外，鹞子有可能穿过4号峡谷向原始林逃窜，你带上反器材狙击步枪，协助彭志宇击毙鹞子。”

臧一洋说：“明白！”

苏鹏转向夏阳、李小军说：“你们很清楚军犬的重要性，没有我的命令严禁进入4号峡谷。”

夏阳看一眼单兵电脑上的地形图说：“连长，4号峡谷宽约三公里，远超五百米的遥控指挥半径，我请求进入峡谷。”

李小军说：“夏阳不能去，七郎只认他是训导员，位置无可替代。我携带通信设备进入峡谷建立中继台，如果需要，可以协助夏阳指挥七郎，请连长批准。”

苏鹏拍拍李小军的肩膀说：“不错，这才是我们C团的作风，执行！”

夏阳赶到795高地的时候，地形图上代表七郎的红点将要抵近峡谷的中间线。夏阳、臧一洋找了个视线良好的林木空隙，举起望远镜居高临下地瞭望。峡谷两侧靠近林地的山坡上是茂盛的竹林，靠近谷底是宽约两百米的灌木林，密密麻麻长满了两米多高的灌木，边缘堆积着被洪水冲来的朽木，谷底被没人顶的茅草淹没，看不到一丝裸露的地面。人走进茅草地看不见踪影，只有摇晃的茅草尖，以及走过后向两侧倒伏茅草形成的小路，留下有人通过的痕迹。

走在最前面的是妞妞和鹞子，鹞子应该在尾随妞妞前进，他们身后只留下一条小路。间隔不到三百米的应该是七郎，左侧后跟随的肯定是彭志宇。再其后，呈菱形前进的，是孙成毅带领的那一个班，他们分成了四个三人小组，看住后路，并随时准备给彭志宇提供火力支援，并向两翼包抄。

如果鹞子抢先爬上对面山坡，居高临下，通过晃动的草尖就能找到彭志宇等人的位置。臧一洋急眼了，提着沉重的反器材狙击步枪拔腿向山下竹林跑去，边跑边喊：“保护好军犬组，我要用远程火力把鹞子捂在峡谷里。掩护孙排抵近，用密集火力干掉他。”

李小军目测一下距离说：“夏阳，已经超过五百米的遥控半径了，我要下去建中继，准备抵近指挥。”

夏阳说："保重，注意安全。"

李小军点点头，在一名侦察兵的护送下向山下飞奔。

夏阳指着林地边缘靠近竹林的位置，对另一名侦察兵说："老兵，我们抵近到那里可以吗？"

侦察兵在单兵电脑上调出地图看等高线，夏阳所指位置在795高地边缘，点点头说："再向前就要请示连长。"

夏阳说："老兵，谢谢。"

那名侦察兵说："我叫张子骥。"

张子骥性格活泼，与其他侦察兵在一起有说有笑，但跟夏阳在一起却脸上挂霜。夏阳初以为他紧张，可他眼睛里全是期待和兴奋。夏阳有些奇怪地扫了他一眼，跑到林地边缘利索地架设好设备。

茅草丛生缠绕，七郎前进速度缓慢，暂时不需要指挥。夏阳侧目打量跪姿据枪警惕观望四周的张子骥，暗暗撇嘴，腹诽他装酷。

张子骥后脑勺上好像有眼睛，头也不回地问："你盯着我干什么？"

夏阳被吓了一跳，尴尬挠头。

张子骥说："目光是有压力的，懂吗？"

夏阳说："我又学了一手。张老兵，能聊两句吗？"

张子骥退回到夏阳身边，警惕地观察着四周，等夏阳说话。

夏阳说："张老兵，我感觉你挺热情的。"

张子骥沉默片刻说："我们没想过你会来，而且赖着不走。"

夏阳怒了，低声质问："赖？！"

"我听连长说，克虎没有训导员，它照样与部队配合得很好。"张子骥顿了顿，接着说，"实战不好玩，会死人的。"

夏阳说："我不怕死。"

张子骥说："那是你的事儿，我们不想内疚。"

夏阳说："我是军人，保家卫国是我的职责，不需要你内疚。"

张子骥摇摇头，指指山下拨开茅草奋力前进的侦察兵说："他们牺牲是为国尽忠，是尽军人本分，我只会悲伤不会内疚。你不同，你是炮灰，现在也是。"

夏阳怒不可遏，但无法反驳，咬牙切齿地说：“我有军人的血性，我有军人的勇气。”

张子骥说：“炮灰的定义就是只有血性、勇气，没有技战术。关键问题，是你没有意识到自己是炮灰，总想干点什么，我不想你拖累死战友，甚至想过行动前是不是先把你干掉。”

夏阳指指自己的脑袋说：“来啊！现在也不晚！”

张子骥说：“能耐不大，脾气不小，小样儿！谁敢杀战友？我也就是想想，不过，后来你表现还不错。”

夏阳问：“你们告诉我名字，是表示对我的认同。”

张子骥点点头：“你这么认为也可以。其实，我是担心万一阵亡了，你哭泣的时候只能喊老兵，感觉像全体老兵都阵亡了一样，不吉利。”

夏阳咬着牙说：“你要是阵亡了，我一定不会哭。”

张子骥说：“这不好吧？革命战友牺牲了，至少也要哭两声意思意思。你要是阵亡了，我一定会哭。”

夏阳气得脸色铁青，咬着牙不吭声。

张子骥瞥眼夏阳说：“鉴于你后期表现不错，有个兵样子，提醒你一句，部队是国家的暴力机器，养着我们是为了保家卫国。想要融入这个群体，就要改变自己，达到一个兵的标准。”

夏阳说：“赳赳武夫？”

张子骥问：“你其实想说粗鲁武夫是不是？”

夏阳不由自主地点点头。

张子骥说：“我是大学生，连长、排长、臧一洋都是，咱们连大学生多了去了。有知识、有内涵，不是像你一样掉书袋子，端着架子装作高人一等的酸秀才。”

夏阳愕然问：“我有吗？”

张子骥说：“非要‘之乎者也’才算有吗？说话绕弯子，总想让人心领神会，没有上下级观念，从没以下级的身份去理解上级的意图，总是从平级甚至上级的角度去揣测上级意图。穿上军装就要发挥主观能动性，思维不能停留在大学生时代，要学会用兵的思维去考虑问题，不能只是服从命令听指挥。”

夏阳想了想，深以为然地点头，感觉受益匪浅，想起身敬礼表示感谢。

张子骥赶紧拉住说：“自家人，不来这一套。再说，你要谢等战斗结束后去谢连长，是他让我与你谈谈。他说你以后肯定会带着七郎去各个部队服役，早点醒盹，对你和七郎都有好处。”

夏阳有些疑惑，他来C团接触最多的是孙成毅和彭志宇，最应该找他谈心的应该是他们两个。

张子骥见夏阳目露疑惑，挠挠头说：“孙排说他脾气大，担心搂不住火熊你。彭老兵说，他嘴笨。我平常话就多，连长就让我跟你谈。”

夏阳说：“谢谢你，等战斗结束后，我要向全连表示感谢……”

臧一洋的枪声打断了夏阳的话，反器材步枪的枪声巨大，在峡谷中回荡，两侧雨林中群鸟惊飞。妞妞、鹞子所在位置的茅草尖儿停止晃动，身后的茅草却剧烈晃动起来，七郎、彭志宇、孙成毅等人在全速追击。

妞妞、鹞子短暂停顿了一下后再次开始前进，在茅草跑“之”字形不现实，他们仍在直线前进，但速度忽快忽慢，让臧一洋不好计算提前量。臧一洋看不到目标，只能通过晃动的茅草尖判断鹞子的大概位置，根据前进速度按照屈身、跪姿两种前进姿势开枪射击。实施火力拦截为主，碰运气击毙鹞子为辅。

打完一个弹匣十发子弹，妞妞、鹞子已经过了中间线，跑到了反器材步枪的射程极限，这个距离上，弹着点散布过大，难以对他们形成威胁。臧一洋提着枪往竹林边缘跑，准备占领制高点继续实施火力拦截。他隐隐感觉不对，鹞子的前进速度太快了，只有屈身前进才能跑出这样的速度。但他至少有三发子弹是按照屈身姿势打的，而且他在瞄准镜中看到，子弹就像镰刀一样割断了晃动的茅草。

臧一洋按下送话开关说：“孙排，鹞子的前进速度太快了，我感觉有些不对……”

夏阳的声音突然从耳机中冒出来，打断了他的话：“彭老兵，把鹞子的帽子给七郎！”

夏阳盯着面前的电脑屏幕，看到彭志宇把装有鹞子奔尼帽的密封袋伸到七郎面前，连忙按下犬用电台的送话开关，下了“嗅嗅”的口令。屏幕上显示着七郎佩戴的摄像头的画面，先是靠近了地面，接着又抬起来对准茅草。

夏阳立刻变了脸色，按下单兵电台的送话器问：“彭老兵，七郎什么反应？”

彭志宇说：“茫然。”

夏阳对着送话器大吼：“鹞子人犬分离了……”

夏阳盯着茅草地上的十几条小路突然怔住：茅草丛中密不透风，走不上五十米就会闷出一身大汗，气味消除剂起不到任何作用。七郎嗅不到鹞子的味道，唯一的可能是鹞子根本就没进茅草地。

张子骥反应比夏阳快，按下送话开关低声说：“鹞子没进茅草地，很可能隐蔽在竹林、灌木林一带……”

夏阳隐约听到三点方向“叮”的一声轻响，在张子骥的通话声中不甚清晰，侧耳细听再无动静，扭头张望，猛然看到一枚手雷正凌空飞来。

“手雷，隐蔽！”

夏阳大喊着和身扑向张子骥，想用身体为他挡住弹片，却被张子骥一把按在身下。就在手雷落地前的一刹那，张子骥单手持枪对着三点方向扣动了扳机。

枪声、爆炸声同时响起。白光夺目，爆炸声震耳欲聋。爆炸的是一枚震爆弹，夏阳、张子骥被巨大的声波震得头晕目眩，双耳失聪，眼前的画面定格在爆炸声响起前的那一刻。鹞子捂着左大臂从树后闪出来，一脚踢昏张子骥，又不解气地拔出手枪对着张子骥左臂打了一枪。

响亮的枪声，在夏阳听来，如同远在天边，他咬牙抵抗着眩晕，还没等他把枪口指向枪响方向，他的步枪就被踢飞了，接着下巴上挨了重重的一脚，眼前一黑昏了过去。

爆炸声响起的时候，臧一洋对着送话器吼了两声，没有听到夏阳、张子骥回应，扔下沉重的反器材狙击步枪，摘下背着的冲锋枪向身后狂奔。

耳机中传来孙成毅的声音：“报告鹞子犬的位置。”

臧一洋对着送话器吼：“夏阳遇袭！”

孙成毅吼：“通报位置！”

五百米的上坡路，等他赶过去，战斗早已结束，而且他可能还会被鹞子伏击。臧一洋闪到树后，通过电台通报位置。话音刚落，茅草地中飞出三发枪榴弹，呈品字形落在妞妞周围，接着又是三发，爆炸的气浪把泥土、撕烂的茅草抛到空中。

六发枪榴弹炸出一块方圆五六米的空地，臧一洋摘下反器材狙击步枪，瞄准镜调到最大倍数看去，没有看到尸体，只看到一丛被破片削倒的茅草上有一片血迹。

臧一洋按下送话开关报告：“未发现尸体，爆炸区域十一点位置有血迹，疑似鹞子的犬负伤。”

耳机中立刻传来苏鹏的声音：“李小军前出指挥七郎，协助彭志宇击毙昆马犬。二班一组，支援彭志宇，防止鹞子返回救犬。孙成毅带二组返回，会同臧一洋支援夏阳。”

十三

黄昏，夏阳醒来，发现他四肢被反绑，鹞子把他扛在肩上。夏阳弓身勾头想去咬鹞子的耳朵，被直接掼在地上，摔得七荤八素，嘴像死鱼一样张合了几下，才把一口气吸进肺里。鹞子把夏阳拖到一棵合抱粗的孤立大树旁，用五毫米粗的钢丝绳把他绑在树上，用夹头锁死。

夏阳喊：“鹞子？！”

鹞子从树后探出头，看着夏阳。

夏阳说：“有必要吗？”

鹞子笑嘻嘻地说：“听你的口气，七郎应该咬不断钢丝绳。”

夏阳说：“我是劝你打消挟持人质谈判的心思，我军不会与恐怖分子谈判。对哦，你好像连恐怖分子都不是，只是个武装毒贩，那我军更不会与你谈判。”

鹞子说：“挺镇定啊！知道我不会杀你？”

夏阳说：“我们团长不会来……”

鹞子说："说得是啊！万一你们团长不来，那我岂不白忙活了？"

鹞子从他的背囊中翻出夏阳的单兵电台，按下送话开关说："罗启明，你的兵要跟你说话。"

鹞子把送话器放在夏阳嘴边说："来吧，跟你们团长问声好。"

夏阳闭嘴不吭声。

鹞子笑嘻嘻地一拳打在夏阳腹部，夏阳疼得一声闷哼。

耳机中立刻传出罗启明的声音："鹞子，我警告你，不要虐待我的士兵。"

鹞子笑嘻嘻地说："他不说话，我有什么办法。"

鹞子说着，又是一拳。

夏阳咬紧牙关，一声不吭。

罗启明显然听到了击打肉体沉闷的响声，耳机中再次传出罗启明冰冷的声音："鹞子，不要挑战我的底线。"

鹞子笑了，拔出军刀在夏阳脸颊上割了一个口子，撒上细盐，用手指用力揉搓伤口。夏阳疼得眼泪滚滚，咝咝倒吸冷气，但仍咬着牙一声不吭。

鹞子对着送话开关说："罗团长，你带的兵不错啊，意志坚强！"

罗启明问："你干了什么？"

鹞子笑呵呵地说："挑战你的底线啊！我在他脸上割了道口子，撒了点盐，还帮他揉了揉。"

罗启明说："很好，我知道了。我会尽快赶来与你见面。"

罗启明结束通话，主动关闭了通信频率。

"没意思。"鹞子扔下单兵电台，从背囊里倒腾出一堆爆破器材，组装成一个爆破背心，用钢丝绳绑在夏阳身上，用夹头螺丝锁好。

夏阳问："你准备躲起来？"

鹞子说："我是狙击手，当然要隐蔽起来。"

夏阳又问："遥控起爆，还是定时起爆？"

鹞子说："信息时代了，谁还用那么老套的玩意儿？"

鹞子从背囊里拿出一个犬用马甲，指指上面的起爆器说："心跳感应式起爆器，只要没有妞妞的心跳声，或者妞妞距离你超过五百米，你身上的炸药就会起爆。"

夏阳被吓了一跳。遥控起爆还能实施电子干扰，屏蔽遥控信号；定时爆破更好解决，遥控排爆车靠过来，一发水弹就能解决问题。鹞子别出心裁，把妞妞的心跳当成起爆源，这他妈的就无解了。犬的耳目、嗅觉灵敏，别说五百米，一公里外就能听到动静。雨林中茂盛的植被阻挡射界，根本没有远距离狙击的条件，即使有，估计也没人敢下决心，谁也无法保证一公里外飞来的子弹，只击伤不击毙，而且还要确保妞妞失去行动能力。

夏阳眨眨眼说："这玩意上世纪八十年代就有了，不怎么好用，经常失灵，万一把我炸死，你别想见到我们团长。"

鹞子说："哦，你还真提醒我了，你觉得用遥控比较好？"

夏阳连连点头说："遥控好。你的目标又不是我，我可不想把命拴在妞妞身上。"

鹞子笑道："孩子，跟我玩这一套，你还嫩了点儿。雨林狙击，战机稍纵即逝，必须全神贯注，我可不想分心，让你们的狙击手找到机会。"

夏阳说："我又学了一招，下次想办法干扰你的注意力。"

鹞子说："你有一半的机会，如果罗启明来了，我会放你走。"

夏阳说："我觉得我有百分之百的机会，跟你多玩儿几次。"

鹞子感觉与嘴硬的夏阳聊天无趣，把犬哨衔在嘴里吹了一下，召回在附近放哨的妞妞。夏阳见妞妞叼着一个毛茸茸的东西，还以为是它打了什么猎物，到了近前才看清叼的是它的半截尾巴。妞妞伤得不重，除了尾巴被枪榴弹破片削断，臀部还被削掉一块核桃大小的皮，露出鲜红色的肌肉。

妞妞把尾巴放在鹞子面前，一脸的哀怨。

鹞子叹口气说："妞妞，打断了，接不上。"

妞妞似乎听懂了，悲愤地嚎叫两声，龇牙咧嘴地瞪着夏阳。

鹞子说："不能咬要害。"

妞妞蹿上来，在夏阳小腿上一口接着一口地咬，边咬边愤怒嘶吼。夏阳收起被捆绑的双腿，把妞妞踹了个跟头。妞妞嘶吼着冲上来，对着夏阳的喉咙张开大嘴。

夏阳闭目，等了半天，脖子上没有牙齿入肉的痛感，睁开眼睛，鹞子、妞妞双双看着他，眼神同样充满了戏谑。

鹞子说："妞妞知道你还有用，逗你玩呢，我的犬还不错吧？"

夏阳没吭声，用凶狠的眼神盯着妞妞，试图再次激怒它。

鹞子拉下迷彩网巾，露出咽喉部位的伤疤说："我劝你最好别激怒妞妞，当心妞妞照样给你来一下。"

夏阳讥诮说："呵呵。"

鹞子摇摇头，担心夏阳再踹妞妞，找了两根树棍，像打夹板一样绑住他的双腿关节，让他的双腿不能弯曲。

鹞子没有使用麻醉药，直接给妞妞缝合伤口，妞妞疼得低声嘶吼，但一动不动。

夏阳冷不丁大喊："好！好犬！"

鹞子被吓得手一抖，一人一犬双双扭头怒视，夏阳得意扬扬，一脸微笑。

妞妞等鹞子给它缝合好伤口，帮它穿上起爆背心，叼着尾巴去挖坑掩埋。鹞子脱下上衣，处理左大臂上的伤口。张子骥仓促开枪，子弹只在左臂上犁出一道血沟。

夏阳又冷不丁大喊："哎呀！怎么就没打断呢？"

鹞子又被吓了一跳，冷冷地问："是你自己闭嘴，还是我帮你？"

夏阳立刻闭嘴，但满眼的戏谑。

鹞子把自己收拾利索，伺候妞妞吃完饭、喝过水，提着背囊、狙击步枪进了雨林。夏阳偷眼见妞妞眯眼打盹，咬住水袋的吸嘴吸了水，偷偷往胸前的爆炸装置上吐，试图让爆炸装置短路。喷了半袋水，爆炸装置仍正常工作，抬头见妞妞正满脸戏谑地看着他，这才想到现在是雨季，雨林中一天三场雨难得看到晴天，鹞子肯定有所准备。

夏阳恼羞成怒，破口大骂。妞妞起身伸个懒腰，慢悠悠走了过来，在他大腿上咬了一口。妞妞没有干掉他的打算，夏阳主动结束不礼貌行为，但妞妞冷冷看他一眼，低头又是一口。

夏阳怒吼："死狗，我不骂了，你还咬？！"

话音未落，妞妞又是一口。

夏阳赶紧闭嘴，妞妞挨着他的腿卧下，隔三岔五咬上一口权当解闷。这种无赖行径，让夏阳突然想起了克虎，盯着妞妞端详了半天，从面容上看不出什么，但眼神中的得意、戏谑与克虎如出一辙。

夏阳说："妞妞，客气点儿，我可是你爹的上级……"

妞妞用犬牙回答，在夏阳脚踝上咬了一口。

夏阳仰头看天，心中怒吼：克虎，你大爷的，妞妞一定是你孩子，你这条到处留种的花犬！

七郎回到营地，没能找到夏阳，从众人怜悯、内疚以及忧愤的目光中明白夏阳不是扔下他跑了，而是出事儿了。然后就开始发疯，拖着抓住牵引索不撒手的李小军围着营地转圈，嘶吼着要去找夏阳，把李小军累得口吐白沫，才卸掉一点儿怒气，蹲在夏阳的帐篷门口冷冷打量着侦察兵们。看苏鹏、孙成毅的眼神尤其冰冷，而且还有一丝狠戾，不时往两人咽喉上瞄。两人被看得毛骨悚然，从李小军口里得知，这货竟然认得军衔，显然是把他们当成了罪魁祸首。苏鹏、孙成毅知道被犬咬了白咬，不想招惹七郎，相约前去道歉，苦口婆心说了半天，七郎只是皱起嘴唇让他们看牙。

七郎已经具备战士的思维，明白体力对战斗的重要性，估计快到了开饭时间，把食盆叼出来丢给李小军，自己跑去游散。这个动作有重新认训导员的意思，李小军在为夏阳安危担忧的同时，心中多了一丝喜悦。七郎在侦察兵的野战厕所中排过便，跑回来吃饭，嗅到李小军身上有高兴的气味，火了，用大嘴拱翻了食盆，接着又拱翻了水盆，钻进夏阳的帐篷生闷气。

鹞子根本没想隐藏行踪，与罗启明通话后才关闭了夏阳的定位装置，技侦班释放中型无人机过去侦察，他也没有干扰。苏鹏开始还以为鹞子憋着什么坏，等看了无人机用高倍摄像头拍摄的视频，这才明白鹞子是有恃无恐。心跳感应起爆的爆炸装置不是问题，彭志宇有信心击伤鹞子的犬，使其失去行动能力。但鹞子预设战场却让人头疼，孤立大树周边地形复杂，处处都是狙击阵地，根本无法判断鹞子藏在哪里。不击毙鹞子，彭志宇投鼠忌器，根本不敢打犬。

罗启明联通侦察分队的自动化指挥分系统，列席参加他们的战情分析会。此次行动，战斗目的简单，营救夏阳，击毙或活捉鹞子。敌情一目了然，一人一犬一支 M21 狙击步枪，雨林狙击战距离不超过两百米。讨论来讨论去，除了鹞子隐蔽的阵地，他的犬也成了无法解决的难题，它不会擅离职守，不会服从其他人指挥，声响驱离也不可取，谁知道鹞子急眼后会不会杀了夏阳。会开了不到十分钟，就陷入了沉默。

长时间的沉默，让罗启明有些不耐，他叩叩送话器，点苏鹏的名。

苏鹏起立对着镜头说："报告团长，我正在考虑解决方案。"

孙成毅不等点名就站起来说："报告团长，我暂时没有好的办法，需要时间考虑。"

其他侦察兵赶紧低头，不敢与屏幕上的罗启明对视。

李小军犹豫了半天才鼓足勇气站起来，见侦察兵们的目光如同探照灯般照过来，顿时有些紧张，结结巴巴地说："报……报告，可以让……七郎……麻醉鹞子的犬。"

罗启明听得直皱眉。

李小军更加紧张，比画着说："我是说……鹞子……犬的那种项圈，带刺的……"

苏鹏眼前一亮，似乎摸到了李小军想表达的意思，拍拍他的肩膀，鼓励说："你的想法很好，我觉得可行，整理一下语言，仔细向团长报告。"

李小军得到了鼓励，脸上紧张的神色消退了一些。

罗启明不失时机地鼓励说："大胆说，如果办法可行，我和政委给你请功！"

李小军心理创伤快速愈合，说话变得流利："报告团长，犬之间战斗喜欢咬颈部，我们可以用急救镇痛针改造七郎的项圈，麻醉鹞子的犬。"

苏鹏说："团长，我认为李小军的办法可行，犬的咬合力完全可以压破镇痛针真空药管，即使针头未能扎入口腔肌肉，药液喷入口中仍可让犬短暂失去意识及行动能力。"

罗启明皱着眉头不吭声，遥控指挥七郎的极限距离只有五百米，惊动鹞子的犬会引起鹞子的警惕，难保鹞子不会再来一次声东击西。

苏鹏问："李小军，七郎可以自主行动吗？"

李小军与七郎接触时间短，犹豫一下说："不确定。"

苏鹏也不吭声了，皱着眉头沉思。

彭志宇站起来说："团长，连长，我们只穿防水袜子，使用蠕动步伐前进，犬在四百米外听不到脚步声。我和臧一洋消除气味后，分头从两个方向摸上去，抵近至五百米范围时，放七郎自由行动，如果能配合狙击组营救最好不过，即使不能配合，也会干扰鹞子注意力，而且能够确保七郎安全，找不到狙击手，鹞子不敢轻易开枪。”

孙成毅说：“团长，连长，我补充一点，每个方向各跟随一个六人战斗小组，全部使用加挂榴弹发射器的自动步枪，狙击手判断出鹞子大概的隐蔽位置后集中火力轰击，掩护狙击手击毙鹞子。”

罗启明说：“所需麻醉项圈、武器装备两小时内补充到位，你们继续完善作战计划，上报基指！”

苏鹏等人立正说：“是！”

直升机再次临空，吊下一个装备箱，然后吊走了四名伤员。鹞子手里有夏阳没想去阻止，但没有看到罗启明的身影，让他多少有些焦躁。这两年，中国在国际上的影响力越来越大，金三角周边各国很愿意配合中国打击武装贩毒组织。几千人枪的地方武装不好打，搞不好就打成持久战，一般采用拉拢分化的方式，等分崩离析后再挨个收拾。对押运队这种小股武装，往往小题大做摆出狮子搏兔的架势，减少伤亡是次要目的，主要目的是杀鸡骇猴。鹞子估算一下时间，政府军动员兵力完成部署，至少还要二十四个小时的时间，决定再给罗启明五个小时，如果还不露面，他就带着妞妞返回境外休整，等待时机卷土重来。

一个小时后，打盹的妞妞突然站起来，凶巴巴地盯着两点方向，皱起嘴唇亮出犬牙低吼威胁。隐蔽在雨林中的鹞子有些奇怪，妞妞一般不会大动作示警，以免引起敌人的警惕，扭头看去，七郎得意扬扬地从灌木丛后跑出来，远远站住与妞妞对视。它像是偷跑出来的，穿着防弹作战背心，却没有挂载犬用电台，靠近腹部的位置粘着几个十厘米长短类似球头手杖样子的东西，脖子上也只有一条普通的军用帆布项圈。

七郎昂头看一眼被捆在树上的夏阳，又看看守在一旁虎视眈眈的妞妞，决定屈服，侧身躺下亮出肚皮，不停忽闪眼睛。妞妞冷眼观望，既没有拒绝，也没有接受。七郎爬起来，低头曲背恭顺地摇着尾巴，颠着小碎步向妞妞靠拢。妞妞威严地吼了一声，警告它不要得寸进尺。七郎停住脚步，焦急地原地转了两圈，远远看了夏阳一眼，开始螺旋状跑圈，兜着圈子一点一点地向夏阳靠拢。

妞妞龇牙咧嘴地摆出咬夏阳喉咙的架势，七郎立刻远离；只要妞妞的嘴离开，它马上返回。妞妞出离愤怒，想驱赶七郎，担心夏阳被救走；去找鹞子要命令，又会暴露他的隐蔽位置。妞妞在夏阳腿上狠狠咬了一口，想用惨叫声迫使七郎滚蛋，但就像咬了木头，夏阳一声不吭，连眉头都没皱一下。情况复杂了！妞妞对七郎这种无赖打法束手无策，只能怒气冲冲地看着七郎转圈推磨。

鹞子同样束手无策，他不信七郎是自己跑出来的，侦察分队的狙击手一定就在附近。他开枪打七郎会暴露位置，吹超声波犬哨指挥妞妞，七郎也能听到，同样会暴露位置。鹞子只能腹诽：罗启明无耻，他的兵无赖，他的兵带出来的犬更无赖！

七郎跑了两圈，似乎想到新办法，突然站住，屁股对着鹞子隐蔽的方向，面向捆绑夏阳的大树叫了两声。军犬发现目标，应该面向目标卧倒示警，但鹞子心头仍是一颤。妞妞从树旁探出头来，七郎立刻故技重施呜呜嚎叫起来，显摆它吵架的胜利。妞妞备感无聊地伸个懒腰，缩回头去。虽然妞妞没有示警，但鹞子的不安感却愈发强烈，很想转移阵地，但又感觉有一双眼睛在盯着他。

苏鹏带着孙成毅、李小军组成指挥所，移动到距离孤立的大树一公里外的制高点上，方便观察指挥。

李小军放下望远镜，低声说："七郎找到鹞子了，在七郎背对的四点方向。"

孙成毅把望远镜转向七郎，它面对孤立大树，夏阳、妞妞的身影完全被树干挡住。

孙成毅没能亲临一线，情绪焦躁，不客气地低声说："扯淡，孤立的大树枝杈稀疏，根本藏不住人。"

李小军说："军犬察觉到危险，在没有训导员伴随保护的情况下，不会对着目标吠叫。"

苏鹏按下送话开关，低声说："彭志宇，李小军认为七郎面向孤立大树吠叫，是在隐蔽示警，判断鹞子在四点方向，你怎么看？"

耳机中传来彭志宇的声音："七郎的四点、十一点方向，各有一个视线良好的狙击阵地。但我支持李小军的判断，鹞子在下风处的四点方向。”

孙成毅说：“鹞子从四点方向根本看不到目标。”

彭志宇说：“营救行动必须实时掌握人质情况，最好从前方、左右两翼接近目标，鹞子在目标后方隐蔽最为有利。”

苏鹏按下送话开关说：“技侦班释放单兵无人机侦察，观察夏阳反应。彭志宇向四点方向前进，臧一洋转向十一点方向，等待攻击命令。”

单兵无人机嗡嗡叫着从树冠上方飞过，鹞子紧张的心情多少有点放松，如果七郎找到了他的位置，摸上来的应该是狙击手，而不是单兵无人机。通过瞄准镜观察，机腹下悬挂的不是热成像探头，紧张的心情又放松了一分。在雨林中，目视观察都难以找出隐蔽的狙击手，更何况是无人机摄像侦察？

无人机旋翼发出的嗡嗡声越来越大，妞妞撩起眼皮看一眼快要落在它头顶上的无人机，起身一口含住了夏阳的喉咙。无人机吓得嗡一声拔高，夏阳却知道妞妞不敢咬死他，一脸贱笑地鼓嘴吹它的眼睛。妞妞嘴上加了一分力，夏阳嘴上吹气的力度也加了一分。妞妞无奈闭上眼睛，感觉夏阳嘴部、颈部的肌肉蠕动，似乎在无声说些什么，无人机的旋翼声也在加大，显然正在降低高度。妞妞想观察一下，刚睁开眼睛，又被夏阳吹了一口气。妞妞火了，嘴上不断用力，夏阳被扼得双目凸起，呃呃怪叫，无人机立刻拔高远离。妞妞一直等到听不清无人机旋翼的嗡嗡声才缓缓松嘴。

苏鹏在单兵电脑上看了无人机拍摄视频，夏阳用口型对着镜头反复说着：“四点。”

孙成毅说：“夏阳确认七郎发现鹞子在四点方向，我建议行动！”

苏鹏点点头，按下送话开关说：“二组袭扰，掩护一组前进。”

十一点方向，臧一洋和尾随在身后的六名侦察兵稍稍加快了行进速度，落脚的力度也稍微加大，刻意弄出一些微弱的声响。四点方向，彭志宇以及六名侦察兵仍采用狙击战术中的蠕动步伐，先观察落脚点，再拿去落叶、枯枝，轻轻按压地面，确认不会发出异响，才会向前移动一步。四个小时，他们只前进了六百米。这个速度让侦察兵备受煎熬，但彭志宇认为还是太快了，如果时间允许，他宁可按照一分钟一米的步速前进。

差点被扼死的夏阳，喘匀了气，就开始破口大骂，目的不是泄愤，是想干扰妞妞的听觉。妞妞感觉夏阳很贱，他的词汇量极为有限，就“死狗”“傻狗”“没尾巴狗”三个词，不住气地反复骂。词汇量匮乏，语调单一，妞妞听得只想打瞌睡，几次听到十一点方向有可疑动静，刚刚竖起耳朵准备聆听分辨的时候，夏阳就会冷不丁地突然大喊它的名字，每次都把妞妞吓得颈毛倒竖，等再次侧耳聆听，那个可疑的声音早就不见了。人没闲着，狗更没闲着，七郎不住气地呜呜嚎叫骂街，时不时作势欲扑，等妞妞做出反应，又转身跑开。妞妞愤怒咆哮，却引来夏阳极为欢快的笑声，以及七郎充满胜利意味的嚎叫声。妞妞感觉胸中的怒火如同沸腾翻滚的熔岩，从肺部喷出来的气烫得鼻尖生疼。

听到枪榴弹出膛的“嗵嗵”声、破空声，七郎咆哮着冲向妞妞，不到两秒的时间就蹿入了鹞子的射击死角。妞妞明白它被一人一犬合伙耍了，高声吠叫示警，怒不可遏地迎上七郎，低头侧身把钢刺项圈送向七郎的大嘴。七郎向侧面一跳，避开钢刺项圈，张嘴在妞妞缠住绷带的尾巴上咬了一口。妞妞疼得“嗷”一声怪叫，回头就咬，猛然看到七郎有样学样把项圈送上来，项圈表面上微微露出的注射针尖在阳光下反射着寒光，赶紧闭嘴甩头躲避，七郎却和身撞了上来。妞妞感觉脸颊上、大嘴上微微刺痛，一些苦涩的液体还喷进了嘴里。

妞妞本想在毒发身亡前干掉七郎，却发现它失去了对嘴巴的控制，眩晕一阵接着一阵地袭来。七郎兴奋嚎叫着冲上来，一头撞倒摇摇晃晃的妞妞，用前爪拨开钢刺项圈，舔舔嘴唇准备下嘴。妞妞绝望地看着七郎雪亮的犬牙、血红的舌头，等着属于它的致命一击，却听到夏阳喊了声“非”！

七郎不甘心地在妞妞脖子上轻咬一口，摇头摆尾地跑走了。妞妞身体麻木，努力昂头看去，七郎正在使劲儿摇着尾巴舔夏阳的脸。远处鹞子的阵地已经被炸成了一片火海，鹞子说不定已经死了，妞妞从鼻孔中喷出一股粗气，缓缓闭上眼睛。

七郎用大嘴从背心上扯下球形装备，叼着球头把短棍插进钢丝绳与树干的缝隙中，使劲儿咬了咬球头，退后一步，短棍“啪”的一声轻响炸断钢丝绳。夏阳挣脱束缚，在七郎的防弹背心上拆下一块十厘米见方的陶瓷防弹板，当作防爆挡板插在腰部，用球形装备炸断钢丝绳，脱下爆炸背心。

枪榴弹的爆炸声仍在持续，但听不到枪声、喊声，也没有看到侦察兵的人影，鹞子还没有被击毙。夏阳解开绑缚双腿的绳子，匍匐过去抓住项圈把妞妞拖回树后，脱下它身上的遥控起爆背心，连同爆炸背心一起远远丢开。解下项圈，摸摸它的颈动脉，妞妞心跳平稳有力，看样子麻醉药没有过量。夏阳长松一口气，见七郎眼神幽怨地看着他，显然对他救护妞妞有些不满，连忙抱住它的大头吧唧吧唧亲了两口，七郎立刻开心地回舔了他一脸口水。

夏阳、七郎合伙跟妞妞吵架的时候，鹞子感觉这次十有八九要输，等枪榴弹落地爆炸，最后一丝侥幸也消失了。鹞子连续吹犬哨，指挥妞妞转移，但始终没有看到妞妞身影，看样子凶多吉少。鹞子苦笑，上次是克虎最后一击让他全军覆没，这次是七郎把他永远留在这片林子里。投降只能在监狱中等待死亡，鹞子不想受煎熬，借硝烟掩护迅速转移阵地。

侧后方响起自动步枪清脆的叫声，子弹怪叫着从身旁飞过，枪榴弹几乎踩着他的脚后跟落下，听枪声追兵已经逼近至两百米。鹞子掏出遥控器，弹钢琴般按下全部按键，身后布置在两百米内的几十枚震爆弹、手雷、烟雾弹以及塑胶炸药包同时起爆。白光频闪，烟雾弥漫，合抱粗的大树被炸药炸断，轰然倒地，密集的破片扫飞灌木的枝叶又打在树干上，像是有几百只啄木鸟同时在工作，冲击波把枯枝败叶扬到空中，纷落如雨。

彭志宇等人停止追击，就地隐蔽。鹞子借硝烟、烟雾掩护，转向两点方向，抓着缠绕在树干上的藤蔓，沿背向孤立大树的树干爬上一棵几十米高的大树。树上狙击没有退路，只有死路一条，但鹞子没想活，罗启明没来，他要带着七郎一起去地狱。

鹞子躲在浓密的枝叶中观察孤立大树。不远处扔着爆破背心和起爆背心，妞妞、七郎、夏阳都不见了。在没有接到他被击毙的消息前，夏阳不会带犬移动，肯定隐蔽在板状根后。

鹞子摇了摇头，给狙击步枪换上装满穿甲弹的弹匣，从怀里掏出卫星电话，拨通昂岩果的号码说："我回不去了，撤吧，别忘了发悬赏。"

听筒中传来一阵炮弹的爆炸声和直升机隆隆的发动机声。

鹞子问："T 国，还是 M 国？"

昂岩果说："M 国。我们被包围了，他们用直升机运来了一个加强连。

波吞那边也被围住了。”

鹞子笑道：“这是下了血本，娘的，打地方武装也没见他们动直升机。”

昂岩果说：“地方武装有单兵防空导弹。可惜我们势力小，有钱都没人卖给我们。”

鹞子说：“现在后悔也晚了，你们降了吧！下辈子咱们再做兄弟，一起干票大的，拜了！”

鹞子丢了电话，立刻据枪瞄准。电话落在厚实的板状根上，啪的一声脆响摔得粉碎。两个耳朵尖儿先从孤立大树的板状根后露出来，接着七郎露出眼睛，贼溜溜地看着卫星电话落地的位置。鹞子冷冷一笑，扣动了扳机。

夏阳听不到电话摔碎的声音，但七郎突然抬头的那一刻，立刻感觉不妙。7.62 毫米的钢芯步枪弹能打穿十五厘米厚的砖墙，十几厘米厚的板状根更不在话下。夏阳和身挡在七郎身前，一发子弹穿透板状根擦着他的耳边飞过，激飞的木屑在他脸上、脖子上刮出十几道细细的口子。接着又是一发，穿透板状根，从后背钻进了胸腔。

夏阳无法呼吸，眼前一阵阵发黑，抱住要冲出去的七郎，指着仍在脚下昏睡的妞妞下达口令：“守住！”

夏阳的声音严厉，七郎停止挣扎，趴下盯着昏睡的妞妞。

对枪声异常敏感的彭志宇听到第一声沉闷的枪响，就盯着鹞子所在方向寻找目标，但他没有关注树冠，除了二战时期的日军，他从未听说过狙击手会上树。直到听见第二声枪响，他才确认鹞子在树上。不到两百米的距离，几乎不用精确瞄准，伴着他的枪声，鹞子一头从树上栽了下来。

听到七郎焦急的吠叫声，彭志宇等人一股脑儿地向孤立大树跑去，没有人去看鹞子，即使没有一枪毙命，从几十米高的地方摔下来也没有生还的希望。

侦察兵们赶到的时候，夏阳已经昏迷。侦察兵赶紧推开要给夏阳舔伤口的七郎，拖走睡在他脚下的妞妞，扯开衣服检查伤口。子弹打入胸腔，形成了气胸，但没有贯通，意味着内脏损伤不会太严重。彭志宇松了口气，赶紧封闭伤口加压包扎，扎穿刺针引流，从针孔喷出一股股泡沫状的血液，夏阳终于恢复呼吸，缓缓睁开眼睛。七郎立刻冲上来，拱开彭志宇，在夏阳脸上一通乱舔。

十四

妞妞蹚着溪水，小跑前进，隐约听到身后出来七郎的脚步声。它加速跑了几步，直接跃到岸边的灌木丛后，透过枝杈缝隙观察。七郎从林子中跑出来，嗅嗅空气，左右张望一下，沿着溪岸向它跑来，边跑边观察岸边的灌木、草丛。

妞妞抬头看它藏身的灌木，顶端有一根嫩枝倒向它藏身的方向，肯定是后腿不小心扫倒的，自从尾巴被打断后，它跳跃就掌握不好空中的平衡。妞妞起身就跑，七郎听到脚步，跳过小溪追了上来。

那天，妞妞被直升机发动机巨大的轰鸣声惊醒，见侦察兵忙着把夏阳吊上直升机，七郎在忙着给侦察兵添乱，妞妞趁没人注意偷偷溜走，循气味找到了鹞子。他已经被装进了收尸袋，身上散发出一股钻鼻子的腥味。它跟着鹞子东拼西杀，知道只有死尸才会有这种味道。妞妞拖不动鹞子，只能独自离去。

鹞子死了，妞妞成了无家可归的野狗，它不知该去哪里，只好拖着七郎继续兜圈子。妞妞跑上一道碎石遍地的山脊，举目眺望，漫山遍野郁郁葱葱。这片雨林中有吃不完的猎物，它也知道那里的水喝了不会生病，但身后那个膘肥体壮的吃货会抢走它的所有猎物。妞妞回头看一眼颠儿颠儿跟上来的七郎，心中愈发郁闷，这条狗越来越难缠。妞妞用小溪消除气味，它会观察岸边的灌木、草丛寻找踪迹。带它去踩猎人们设下的陷阱，它端详了半天妞妞留下的脚印，感觉不清晰，小心翼翼地绕开，嗅着气味又追了上来。最可气的是，妞妞好不容易打了一只兔子大小的鼷鹿，没等下嘴，它就冲了上来。妞妞已经八岁，相当于人类的五十岁，年老体衰，又没了钢刺项圈，哪里是它对手？眼睁睁看着猎物被抢走。这货肯定不会打猎，饿疯了，连骨头都嚼碎吞了。从它的吃相上妞妞就能看出来，这货肯定吃是犬粮长大的，不先吃肉厚的内脏，却对着骨头多的脑袋下嘴。从此以后，它饿了就来抢妞妞的猎物。妞妞现在是野狗，自知身份卑微，打了猎物先让它吃，没想到它吃饱了还抢，不吃，找个地方丢了，故意让妞妞饿肚子。妞妞气不过，找机会又跟它打了一架，这货懒得撕咬，一个劲儿地把项圈往妞妞嘴里送。妞妞被麻醉过一次，哪里敢咬，只好落荒而逃。

妞妞忍不住吼了一声，让它滚远点儿。七郎充耳不闻，得意扬扬晃着头跑过来，端详妞妞微微打颤的腿、瘪瘪的腹部，抬头皱起嘴唇让妞妞看牙。妞妞有些心虚，身上有伤，腹中空空地跑了两天，早已体力不支，这个时候打架，如果输了，连逃跑的力气都没有。妞妞想立马逃走，但山脊上遍地碎石跑不快，两侧地形陡峭，林木稀疏，没有隐蔽处，难以脱离它的视线，很快就会被追上。

妞妞决定拼死一搏，伏低身体，皱唇亮牙，低声嘶吼。七郎晃着尾巴不紧不慢地围着它转圈，目光从腹部飘向咽喉，好像在找从哪里下嘴。妞妞试探攻击，这次七郎没有把项圈往它嘴里送，看样子想正面击败它。

妞妞与七郎两次交手，知道这货不怎么会打架，刻意低头暴露后颈部。七郎果然冲上来一口咬住，妞妞猛跳起来，两条后腿用力蹬在它的肚子上。这货一骨碌爬起来，故作轻松地继续转圈寻找机会，但它不停踩踏的后腿告诉妞妞，这货肚子很痛。七郎眨眨眼，学着妞妞的样子低头引诱，妞妞避开它准备弹踢的后腿从侧面冲上去。七郎猛抬头，坚硬的额骨撞在妞妞的下巴上，妞妞疼得本能抬头，被七郎叼住咽喉凌空甩了出去，重重地摔在坚硬的碎石上，疼得全身打颤。妞妞挣扎着爬起来，冲上去与七郎缠颈撕咬，没两个回合，又被咬住颈部摔了出去。

妞妞无力再战，悲愤长嚎。猛冲过来的七郎突然站住，歪头奇怪地打量妞妞——它在军犬队后山上听克虎也这么叫过。妞妞征战一生，不想向这个膘肥体壮的愣头青亮肚皮表示臣服，挣扎站起来，高昂着头亮出喉咙，等着七郎来咬。

七郎围着妞妞转了一圈，轻轻咬住后颈皮，拖了两下，示意妞妞跟它走。妞妞挣脱出来，眼神惊惧茫然。七郎晃了晃尾巴，表示没有恶意。妞妞回头看看身后，抬头看看茫茫雨林，眼神更加茫然。七郎等得不耐烦了，一口咬住后颈皮，拖着妞妞拔腿就走。妞妞甩头挣开，七郎有些恼怒，见妞妞已经走了，嗅嗅自己脚窝汗腺中留下的气味，确认路没错，扬扬得意地跟了上去。

返回的路上，七郎仍然抢猎物，但会留一半给妞妞，还要昂头看着妞妞吃完，仿佛是它的赏赐，希望妞妞能充分感受到它的友善。

不再追逐，相互间有时间观察，妞妞不知道夏阳昏迷前给七郎下达了“守住”的口令，认为七郎之所以对它紧追不舍，是因为七郎不会捕猎。这货捕猎只会傻追，从猎物上获得的能量远没有消耗的多，让它留在雨林里早晚饿死。这货不仅笨，而且好奇、傻大胆，一点儿捕猎技巧也不会，就敢去逗弄眼镜蛇。

七郎打心底认为妞妞就是条野狗，但这并不能阻止它向妞妞学习雨林生存经验，尤其是喝了看似干净的水，不停腹泻以后，七郎坚定地跟在妞妞身后，妞妞做什么它做什么，妞妞不去干的事儿，哪怕是百爪挠心也坚决不去。

罗启明在作战室等了三天还没有接到七郎返回的消息，再也坐不住了。这次任志林没有阻拦他去一线，只是给他配了两名侦察兵当警卫员。行动结束，配属的直升机已经归建，罗启明徒步赶到营地，水都没顾上喝一口，就劈头盖脸地开始喷人，先喷苏鹏，再喷孙成毅，最后喷李小军，立功的事儿也不提了。李小军三天几乎水米没打牙，拿着牵引索在林子里找了三天。彭志宇觉得有必要替他说句公道话，刚张嘴就被骂了个狗血淋头。

侦察分队集体闭嘴，罗启明找不到泻火对象，就到处挑毛病，某某某的脚太臭，某某某的牙太黄，某某某打呼噜的声音就像直升机在他耳边降落。苏鹏担心首长急火攻心，精神上出点什么问题，跟组织上不好交代，找孙成毅商议了一下，排了一个挨喷表，军官、骨干挨个去找团长接受洗礼。他作为连长，排在第一个。

第六天凌晨，小鸟还没醒，李小军先醒了，怔怔地钻出帐篷，扯着嗓子喊：“七郎回来了，七郎回来了！”

罗启明第一个钻出帐篷，踮脚环视，没有看到七郎的身影，扭头就喷李小军。李小军兵龄短，接受洗礼少，还没练成铁布衫，往常一喷就木，但今天的表情极为丰富，欲言又止，抓耳挠腮。罗启明见李小军对他挤眉弄眼，以为他在短时间内练成了铁布衫，暗自揣测是不是这段时间喷人的火力太猛了。

李小军问：“团长，我能喊一声吗？就一声！”

罗启明刚做过自我检讨，觉得不应该喷一个上等兵，应该去喷苏鹏，点头同意。

李小军吸足一口气，扯着嗓子喊起来：“七郎！”

喊声响亮悠长，在山谷中回荡，惊起飞鸟一片。

罗启明更加愧疚，以为把李小军喷出了毛病，正琢磨如何道歉，就听到七郎的吠叫声。

李小军迎着声音狂奔，罗启明紧随其后，躲在帐篷里避喷的苏鹏等人也蹿出来跟了上去。

七郎得意扬扬地颠着小碎步出现在众人面前时，李小军扑上去就要挂牵引索。

罗启明吼："七郎回来了就不会跑，你挂什么牵引索？"

李小军就抱着七郎的脖子哭："你违反纪律，不假外出，犯了这么大的错误，你还得意啥？"

七郎搞不懂这个家伙为什么喜欢抱着它哭，还把鼻涕蹭在它漂亮的皮毛上，一头拱翻李小军，昂着头得意地晃着尾巴。

李小军看一眼七郎的表情，说："团长，七郎一定干了啥，它得意极了。"

罗启明说："七郎，你得意啥呢？"

七郎叫了两声，妞妞从灌木丛后走了出来，面无表情，打量众人，眼神空洞，没有任何感情色彩。

李小军惊呼："是鹞子的犬！"

罗启明说："别喊，全力表达我们的善意，夏阳说妞妞极有可能是克虎的后代，不能流落到境外去。"

孙成毅说："团长，怎么表达，我说它也不懂啊？"

罗启明说："笑，高兴地笑！"

于是几十个兵一起咧嘴对妞妞笑。不少兵对妞妞的印象还停留在阴险狡诈上，笑容有些诡异尴尬。妞妞有些担忧，犹豫着不敢过来。七郎则莫名其妙，不明白为什么要望着妞妞傻笑。

罗启明对七郎说："七郎，你都把妞妞带到家门口了，不能让它跑了。"

七郎一脸茫然。

李小军微笑着望着妞妞，低声提醒说："团长，太长了，七郎不好理解。"

罗启明对妞妞扬扬下巴说："七郎，去！"

七郎颠儿颠儿地跑过去，咬住妞妞的后颈皮拖到众人面前。李小军解下七郎的项圈，试着给妞妞戴上，又挂上了牵引索，妞妞没有反对，表现得很顺从。七郎咬住牵引索带着妞妞去营地，众人哄笑起来。

孙成毅说："七郎不会是给自己找了媳妇吧？"

罗启明说："少扯淡，妞妞是七郎的姐！"

七郎对它把妞妞带回来很是得意，去看望夏阳的时候，重复了一遍雨林中的戏码，舔了夏阳一脸口水，才心满意足地回头看身后。夏阳很配合地问了"啥情况"，七郎才把妞妞叫进了病房。夏阳好一番表扬，充分满足七郎的虚荣心后，赶紧给队里打了个电话。

当晚，高泽石和科研所的专家就赶到C团，在罗启明的陪同下直接去了犬舍。或许是七郎把妞妞当成它的子民，又或许是担心战利品被带走，看到专家走来，用大嘴拱了拱妞妞，妞妞就顺从地躲进了卧室。

七郎对高泽石、罗启明的到来表示了热烈的欢迎，对专家视而不见，跟在身后进了卧室，警惕地打量着专家，很担心他把妞妞带走。妞妞就像个泥塑，任由专家摸摸捏捏检查身体，只是用注射器采血样的时候，妞妞从他咽喉扫过的那抹眼神，让专家不由自主地打了冷战。

给妞妞检查完身体，专家有些失望地说："昆马犬不能二代杂交，而且妞妞已经过了生育的最佳犬龄，失去了繁育种群的价值。还有，我感觉妞妞心理方面有问题。"

罗启明说："警方转来了M国的审讯记录，据昂岩果、波吞交代，妞妞吃了它的兄弟姐妹，被鹞子培养成了杀戮机器，在腥风血雨中长大，杀过人。"

专家叹口气说："即使是克虎的后代，但也失去了研究、繁育价值，而且有可能伤人，我建议……"

高泽石说："不用说了。枪没有罪，有罪的是扣动扳机的人。妞妞过了大半辈子苦日子，让它在犬队养老。"

夏阳在C团休养了一个多月，带着七郎、妞妞返回了军犬队。走之前，夏阳特意带着七郎、妞妞去给泰格扫墓。李小军没去，他虽然明白错不在妞妞，但仍无法同时面对泰格和杀死泰格的妞妞。

第三章

高原

一

夏阳曾是“文青”，认为青藏高原是涤荡灵魂的人间天堂，心向往之。但身临其境，觉得还是看着图片心向往之为好，这里只是地球第三极，氧气都不管够。

西藏的山太大，一座连着一座，跑在盘山路上的军用越野车远远看去，如同在巨石上蠕动的蚂蚁。夏阳如今也是老兵了，很想坐出一副挺胸抬头的军人坐姿，但严重的高山反应让他只能蜷缩在越野车后座上半张着嘴缓慢悠长地深呼吸。独自占据后备厢的七郎又在哈哧哈哧地喘气。夏阳伸出手去准确地抓住它的大嘴，听到悠长而缓慢的深呼吸声才松开手。

七郎把头伸过座椅靠背，看一眼半死不活的夏阳，一脸的鄙夷。几个小时前，徐康越说了句：“这里已经是西藏了！”这货就疯了，又蹦又跳，还喊，还张开双臂想把太阳搂在怀里。徐康越和驾驶员蹲在一边笑得很大度、欣慰，看夏阳的目光、眼神，好像在看盛赞他们家房子装修有格调的邻居，但身上却散发出不怀好意的气味。七郎好心提醒，竟然被这货一把推开，说不要打扰他接受洗礼。

徐康越又一脸坏笑地在后视镜里瞄夏阳，这个家伙是个上尉，不大不小的官儿，七郎很想咬他一口，但不想给夏阳惹麻烦，只是皱起嘴唇让他看牙。驾驶员也不是好人，夏阳都已经装死狗了，他还把车开得这么快，过回头弯都不减速，把轮胎磨得吱吱叫。

一山过四季，山脚竹林苍翠，山顶残雪未化。越野车开到道班门口，还未停稳，一条藏獒吼叫着蹿了出来，吼声沉闷有力。七郎自诩膘肥体壮，可车窗外的那个家伙足足比它大了一圈。只不过有些不服气地哼唧了两声，藏獒就扒着车人立起来，隔着车窗嘶吼亮牙。

一看就是没有坐过车的土狗，隔着车窗，连口水都喷不到脸上，就是吼破喉咙也没用。七郎轻蔑地打个响鼻，还没说“不服，一会儿打一架”，这货就像夏阳一样疯了，围着车转圈，找不到进来的门，就对着轮胎下了嘴。驾驶员按了两下喇叭。院子里出来一位养路工，揪着这货的后颈皮，拖去院子旁用铁链锁上。七郎觉得这货憨蠢如猪，很容易对付，不满地对多事儿的驾驶员哼唧了两声。

徐康越说:“这个道班是两百公里内唯一的人烟,我们要在这里解决午饭,天黑前赶到哨所。”

夏阳强撑着爬下车，打开尾箱门让七郎下来游散、排便。徐康越跟着下车，不眨眼地看着七郎。道班背阴的围墙墙角还有些未化的残雪，七郎没见过这东西，好奇地溜达过去。那条藏獒就开始嘶吼威胁，挣得铁链嘎嘎响。“都被拴起来了，还不老实。”七郎不满地教训了它两句，立刻感觉心慌气短，脚下像是踩了棉花。七郎低头看看脚下的地面,很坚硬,感觉这事儿有些诡异,赶紧跑去找夏阳。

夏阳又捏着它的大嘴让它缓慢悠长地呼吸，那种心慌气短、脚下发软的感觉消失了。七郎看看夏阳发紫的嘴唇，这大概就是他们说的高山反应。夏阳拧开水壶让它喝用红景天泡的水,他自己也喝。这水不好喝,一股子木头味,甜不甜咸不咸，七郎偷偷拱翻过一次水盆，被夏阳好一通骂。它偷眼看看夏阳在不眨眼地盯着它，只好耐着性子喝完怪味道的水，才拱翻了水盆。

夏阳说：“你能上高原，不代表你不会高反，懂不？”

徐康越蹿了过来，急赤白脸地：“七郎高反了？严重吗？”

夏阳说：“有一点儿，不严重。”

徐康越松了口气说：“千万照顾好七郎，这次上山实验不能半途而废，藏狗不堪用，前方哨所等着用犬！”

夏阳说：“徐连长放心，从生理结构上说，昆明犬能上高原。七郎一个星期前就开始喝红景天，即使高反也不会有严重后果。”

“好,这样就好!”徐康越嘴上说好,但他身上散发出来的气味告诉七郎,他根本不信夏阳的话。

徐康越、驾驶员的午饭是方便面，夏阳的要丰盛一些，道班小卖部的老板用高压锅给煮了挂面，窝了鸡蛋，还有几根青菜。两盒方便面、一碗青菜面条，老板收了徐康越三十块钱。虽然他解释说青菜金贵，但七郎觉得他不是好人，身上散发出来的气味，明显是占了便宜才有的喜气儿。

七郎在戏弄藏獒，不时哼哼两声，被铁链拴着的憨货听到了就不停地吼。老板以为又有客人上门，一趟趟地出去看，每次出去都要踹那个憨货两脚。

夏阳病恹恹地没注意，徐康越似乎知道它在捣鬼，望着它笑，眼睛亮晶晶的。这种人好对付，七郎对他晃晃尾巴尖儿，他就乐得见牙不见眼，当作什么都没看到。

天黑透的时候，越野车跑完两百公里的砂石路，开进了卓里拉边防连营区。这里海拔超过四千五百米，夏阳被高反折磨得生不如死，瘫在后座上一动不动。七郎隔着车窗看列队欢迎的官兵，用大嘴拱拱半死不活的夏阳，示意他去开车门。夏阳挣扎了半天没能爬起来，还是驾驶员打开的尾门。

夏阳头疼欲裂，站立不稳，与几位阵地长相互自我介绍后，徐康越就结束了简短的欢迎仪式。夏阳高反严重，礼节不太周到，忘了给四号阵地的阵地长敬礼。七郎及时查遗补缺，直立起来代替夏阳敬了礼。

七郎感觉夏阳快要病死了，贴心地把夏阳和它的背囊从车上拖下来，唬得四个阵地长一起拥上来帮他们拿背囊，也不管七郎能不能听懂，一叠声地说："刚上高原，不能剧烈运动，当心高反。"

犬舍里没有安装氧气管道，即使有那玩意儿，七郎自己也摆弄不来。徐康越专门为夏阳和七郎准备了房间，并命令卫生员临时充当七郎的保健医生，还准备了一大堆的犬用医疗器械。七郎进门就被吓了一跳，还以为是另一家科研所，要不是因为夏阳病得快要死了跑不动，它很想拖着他赶紧撤。

卫生员神色紧张地杵在电脑旁背军犬高反症状，边背边打量七郎，还想掰开它的嘴观察，被它虚咬一口，才吓得缩回手去。何雨晟出现在电脑屏幕上，假模假式地穿着白大褂，就怕别人不知道他可以拿着针到处扎犬。何雨晟眉开眼笑地摆着手打招呼，七郎转身用屁股对着他，准备回去继续让妞妞咬他，上次他给妞妞打针，被妞妞追得上了树。妞妞没军籍，不怕挨处分，也不怕关禁闭，它在犬舍里一趴就能趴一天。

何雨晟开始装权威，一项一项地问夏阳：七郎有没有气喘，有没有牙龈发白，有没有不愿意移动、眩晕、不停留口水、无故呕吐、发烧、干咳、脉搏加快、脸部和足部发肿、昏睡、突然倒地、鼻子出血、视网膜出血……

夏阳强撑着一项项回答，否定一项，卫生员在记录表上打一个叉。在一旁盯着看的徐康越看着越来越多的叉叉，嘴裂得越来越大。七郎感觉何雨晟他们都瞎了，起身在摄像头前溜达了一圈，充分展示自己膘肥体壮，徐康越愈发笑得见牙不见眼。

徐康越认为这条军犬上高原一定能够成功，要留下来见证发生奇迹的一刻。卫生员认为他是七郎的保健医生，理所当然地也要留下来。

七郎很愤慨：夏阳跟着它去过丛林，那边雨水大，把他的脑袋浇漏了，这里光秃秃的连点绿色都看不到，你们脑袋又没漏，装什么傻？夏阳这货原来是文青，看个月亮都能看得泪眼蒙眬，就因为穿着军装，这货才咬牙死扛着充硬汉，你们还想留一夜，想要这货的命吗？

七郎起身吼叫着赶人，虽然感觉脚下发软，还是摆足了架势，吼得地动山摇。卫生员就是个尿货，看它亮牙，就吓得落荒而逃。徐康越毕竟是军官，要镇定一些，拿出两瓶速效救心丸交给夏阳，反复叮嘱，这药人犬共用，但能不吃就不吃，能不吸氧就不吸氧，让身体自我调节，尽快适应高原。

房间里没了外人，夏阳立刻脱下硬汉的伪装，抱着头咿咿呀呀地唱歌。七郎见电脑屏幕上何雨晟一脸的坏笑，分格小画面里显示着房间内的情况，就把摄像头叼在嘴里，看着电脑屏幕上自己红彤彤的嗓子眼，装作听不懂何雨晟在喊它别闹。直到何雨晟喊“心服口服”，才把摄像头插回去，扭头见何雨晟一脸的贱笑，就在镜头上舔了两口，分格画面一片模糊，何雨晟这才老实了。

这一夜，七郎没睡好，腾云驾雾地跑了一夜，头疼头晕，还梦到追着克虎咬它尾巴，睁开眼睛克虎又不见了。头疼头晕的感觉不好，但七郎很想见到克虎，闭上眼睛努力地睡。但克虎快要来的时候，就会被夏阳打断。这货被憋醒了好几回，每次醒来都像被丢上岸的死鱼，呼哧呼哧地喘息，直勾勾地看着挂在床头的氧气面罩。七郎不想克虎被他赶走，把面罩叼给他，让他戴上好好睡。这货不接，夸奖了“好犬”，倒头躺下，不过一个小时又会被憋醒。

哨所的作息制度和军犬队不一样，天亮了好一会儿，才听到士兵们出操跑步的脚步声。没人来敲门通知他们出操，就意味着可以睡到自然醒。七郎感觉有些乏，很想多睡一会，但想到来了新单位要先熟悉环境，爬起来舔醒了夏阳。一夜之间，这货眼窝深陷，嘴唇上满是白色的死皮。七郎用大嘴拱拱桌上泡着红景天的军用搪瓷茶缸，这货也不知说声“谢谢”，捧起来一饮而尽，吐出一口粗气，才算回了神，下床洗漱。

山上早晚气温低，走出温暖的房间，七郎被冰凉的空气刺激得打了个响鼻。早在等候的卫生员兴高采烈地迎上来，把抱在怀里的大衣递给夏阳，充当向导陪他们熟悉阵地。

哨所的营区在山顶上，侧面有个小山头做屏障，挡住国境线那边人的视线。两边夜间上哨的人数差不多。昨天夜里，七郎仔细听了听，我们这边士兵穿的是制式军靴，鞋底花纹一样，脚步声大同小异；那边的脚步声杂乱一些，好像军靴品种不一样。

收操的士兵闪到路边让路，满眼的惊喜。七郎原来很享受这种感觉，在丛林走过一遭后就厌烦了，他们嘴上说犬是无言的战友，心里还是把犬当成傻瓜，傻瓜只能干傻事儿，不干傻事儿，他们脸上就会有这种表情。七郎昂着头走过，没给他们好脸色，身后果然传来他们啧啧称奇的声音。

卫生员带路，走上通往山口的边贸公路。山体陡峭，凿开四五米的山体，才形成五米宽的路面，按规矩要靠右走，卫生员让夏阳、七郎靠左挨着山体走。夏阳、七郎好奇地走到路右边探头看了一眼，吓得都退了两步，近五十度的山坡直达山脚，落差超过三千米。卫生员说，有一年冬天，四号阵地的阵地长就在这条路上滚了坡，直接滚到了谷底的小湖旁，等找到的时候人都冻硬了。

夏阳惊愕地问："为什么不设路标？"

卫生员苦笑着说："这里是风口，吹过来的雪会填满每一处坑洼，把大山抹成一个光洁的平面。"

七郎嗅嗅地面上士兵们留下的繁杂气味，感觉它能解决这个问题，就用大头碰了碰正昂头打量山体解尴尬的夏阳。这货却把它当成了出气口，问道："你见过雪吗？"

想想一路上翻过不少四五千米的山口，看到过不少雪，又改口说："你见过四五米深的雪吗？"

就好像他见过一样——七郎打个响鼻，不想搭理这个脑子进水的家伙。

公路穿过山口绵延伸向远方，四个阵地沿着与公路交叉的山脊一字排开，左侧是兵们俗称"山口"的二号阵地和四号阵地，右侧是一号和三号阵地。

在靠近山口一侧的山脊上修了一个小广场，被一道齐腰高的铁丝网一分为二，中国、W 国各占一半。

W 国士兵看见有人，哈喽哈喽地打着招呼凑上来，缠着夏阳、卫生员聊天，一名留着夸张小胡子的少尉）偷偷凑近七郎。

卫生员低声提醒说：“小心小胡子，他是情报官。”

夏阳低声说：“没事，七郎知道怎么做。”

隔着国境线交流，那就属于外交场合，只能使用本国官方语言。两国士兵各怀心思，鸡同鸭讲。

七郎见小胡子拿出相机准备给他拍照，故作好奇地凑上去，一口叼了相机转身跑开。

小胡子立刻大喊：“嗨，你们的狗抢了我的相机！”

七郎跑去广场边松开嘴，看着相机落在山口里的柏油路面上摔得四分五裂，晃着尾巴跑回来跟夏阳要表扬。

几名 W 军官兵立刻义正辞严地说着什么，想来是在谴责夏阳或者七郎。

边防连的哨兵气冲冲地走出岗亭，手里拿着一个平板电脑，指着小胡子呵斥说：“你，手越境了，要不要看视频？！”

小胡子满脸微笑地说：“你的狗，很可爱！”

夏阳说：“我觉得你很丑，是不是也可以越境？”

小胡子充耳不闻，赔笑说：“相机很贵的。”

夏阳微笑说：“要不要赔偿啊？”

小胡子说：“不用。把储存卡还给我就好，谢谢。”

夏阳说：“不客气。回头我删除与我军有关的数据后，交由上级，经我国外交部照会你国后，择机择情转交给你。”

夏阳的话有点长，一名缩在后面的军官看样子是翻译，在小胡子耳边低语几句，小胡子立刻咧着嘴笑道：“不用还了，太麻烦了！”

夏阳笑笑说：“还不还，你说了不算，现在说说你手越境事件。”

几名 W 军立刻一脸的茫然，以示听不懂夏阳在说什么，说笑着转身离去。

七郎用大头使劲儿地蹭夏阳的腿，夏阳指着四号阵地说：“最远到那里，不许乱跑，去吧！”

七郎早就等烦了，晃着尾巴转身就跑。

哨兵箭步从岗亭中蹿出来说：“夏阳，犬去了那边，可是大事件！”

夏阳说：“放心，七郎知道铁丝网的意义，碰都不会碰。”

除了小广场上，其他位置的铁丝网网眼很小，七郎钻不过去。但哨兵还是用手台通知了沿途哨兵，留意七郎的动向。

卫生员目送七郎远去，回过头来欣喜地说：“七郎跑得好快，看来能留在咱们连了。”

海拔超过四千五百米，只有一些低矮的草本植物能够生长，缺少植被的山体成百上千年地被阳光曝晒、风化，破裂成一个个巨石组成的乱石堆。非战时没人愿意走昏暗潮湿的运兵通道，士兵们在乱石堆中间清出一条小路，铺上了水泥板。

七郎沿小路跑来，停住脚步，警惕地打量着乱石堆。山上风大，它在上风头嗅不到乱石堆中的异常气味，但隐隐感觉到一丝危险的味道。七郎昂头看看前方四号阵地上飘扬的国旗、耸立的哨兵，回头看看远远跟上来的夏阳、卫生员，不知道危险来自哪里。

七郎小心翼翼地向前走了两步，打量着左右山坡上被苔藓染成铁锈色的巨石，试着吠叫了两声。从巨石后露出一只偌大的黑色狗头，垂耳，短嘴，眉骨上有两点褐色皮毛，两颗獠牙露出嘴唇，居高临下俯视七郎，眼神睥睨。七郎过惯了集体生活，认为它也是在边防连服役的军犬，摇摇尾巴试着打招呼。那条狗视而不见，跳上大石伸懒腰，一条接着一条的大狗从石头后跳出来，足足有十几条，仿佛每块大石后都藏着一条狗。它们大多长得一个样子，黑背棕腿，垂耳四眼，脏得不像话。只有最高处那条黑白花的身上干干净净，虽然身在高处，但它畏畏缩缩的样子和胆怯哀怨的眼神告诉七郎，那条犬不是头儿，应该是被群殴的对象，最先露头的那条黑狗才是头儿。

黑狗跷腿撒了点儿尿宣示主权，见七郎没有落荒而逃，从石头上利索地蹦下来拦住去路，龇牙咧嘴地俯身低吼，它的小弟在两侧山坡上嘶吼助威。

这是群野狗，不管什么品种的军犬都不会拦路打架，更不会宣示主权。七郎第一次见到藏狗，很想试试它的斤两。但也知道现在不是打架的好时候，刚刚试着跑了一小段路，那种心慌气短的感觉又来了。

卫生员健步如飞地赶来，指着领头的大狗说："总统，滚蛋！"

总统一定认为七郎在犬仗人势，轻蔑地扫了它一眼，高昂着头，带着手下得意扬扬地离去。七郎感觉自尊心受到了严重伤害，刚想冲上去，项圈被赶上来的夏阳一把抓住。

夏阳还没适应高原生活，跑了没几步已经喘得说不出话来，扶着膝盖喘了半天才腾出嘴来问："哪来的这么多藏狗？"

卫生员说："自己跑来的。各阵地上的残汤剩饭全部归它们。"

夏阳问："养着它们看家？"

卫生员说："待的时间久了，能听出咱这边人的声音，有异常动静才会叫。"

夏阳问："W 军那边有吗？"

卫生员说："原来有，后来来了几个什么民族的兵喜欢吃狗肉，杀了两条，其余的就跑到咱们这边来了。"

夏阳没听说过W国人吃狗肉，问卫生员，他也不清楚，摇头说："说不上来。他们那边的兵员杂，民族多。"

夏阳、卫生员来到四号阵地，部队正列队唱歌准备开饭，总统领着那群藏狗在士兵身后列队，昂头呜呜嚎叫，一起跟着唱。

夏阳忍俊不禁说："军犬队的犬都没有饭前一支歌。这群家伙不错，知道遵守一日生活制度！"

卫生员说："拉倒吧。这群家伙性子野，跟人不亲近，除了开饭，平常连个影子都见不到。"

夏阳好奇地问："那谁给它们起的名字？"

"只是为了好认，谁看到新来的狗谁随口给起一个，叫得顺口，大伙就能记住；不顺口，过几天不知谁就给换了一个。"卫生员指点在食堂外等饭吃的藏狗介绍说，"领头的那个之前叫了好一阵的'憨子'，不知怎么后来就叫成了'总统'，黑白花的那条是'花姑娘'，挨着它的那条明明是条公狗，不知怎么就给叫成'二丫'了……"

夏阳、卫生员是连部人员，可以在四个阵地上就餐，两人跟在队伍后面进了食堂。除了犬粮、牛肉干，七郎对其他食物没兴趣，坐在门口端详那群藏狗。总统趴在地上合眼打盹，其余的家伙无组织无纪律，不停地你咬我我咬你，屁大的工夫已经打了好几架，打输了的一概去咬缩在最后面的花姑娘泄愤，对方亮肚皮表示臣服仍照咬不误。花姑娘每次夹着尾巴远远跑开，再偷偷跑回来眼巴巴看着摆在食堂门口的泔水盆。

炊事员把一桶泔水倒进泔水盆，总统冲过来咬走想下嘴的藏狗，看一眼泔水盆里的几块骨头，抬头盯着七郎，眼中寒光闪现。划地盘，就为了吃泔水？！七郎不屑地打个响鼻，走出食堂，卧在阳光里晾晒被晨露打湿的皮毛，斜眼看着扑在泔水盆里连撕带咬吃相恶劣的总统。

犬群中按实力排座次，所有犬吃饱喝足跑去找地方晒太阳睡觉，花姑娘才畏畏缩缩地凑上来，舔盆底儿剩下的那点儿泔水。七郎站了起来，花姑娘吓得夹着尾巴跑开，见七郎头也不回地进了食堂，这才小心翼翼地跑回来。

七郎跑到夏阳身旁，看到他的餐盘饭菜还多，看样子刚刚开吃，扭头看卫生员的也差不多，跑到洗涤槽前拦住士兵，人立起来看他们的餐盘。部队严禁浪费，更何况是补给困难的高原地区，士兵的饭菜吃得很干净，餐盘里只有一点菜汤。

卫生员愕然问："七郎在干吗？"

夏阳走到食堂门口，看一眼舔泔水盆的花姑娘，转身去了操作间，站在门口问："老兵，还有泔水吗？"

炊事员瞄一眼看士兵餐盘的七郎，脸上的表情很丰富，大概在揣测七郎的犬粮是不是被夏阳吃了。

夏阳说："七郎想给花姑娘弄点儿吃的。"

炊事员立刻释然道："那个受气包，天天吃不饱。桶里还有点儿，估计不够它吃的，中午我多留点，单独喂它。"

夏阳谢过炊事员，提着泔水桶出了食堂。花姑娘夹着尾巴扭头就跑。夏阳倒了泔水，喊了它几声，花姑娘才慢慢凑过来，开始狼吞虎咽。犬王才能独享食物，总统嘶吼着跑来，想赶走破坏规矩的花姑娘。夏阳、七郎异口同声地吼了一声，总统有些迟疑。它不怕七郎，但不敢得罪管它饭的士兵，对着花姑娘吼了两声，气哼哼地转身走了。

饭后，卫生员陪着夏阳、七郎去一号、三号阵地熟悉环境，路过乱石堆，七郎不时扭头看山坡。夏阳、卫生员循着它的视线看去，总统趴在石头后面，露出脑袋，眼神阴鸷地盯着七郎。

卫生员说："总统盯上七郎了。"

夏阳说："等七郎适应了高山环境，让它知道天外有天。"

卫生员愕然道："我可听说，军犬不准斗殴。"

夏阳说："是军犬之间不准斗殴。"

卫生员说："总统打架很凶！"

夏阳说："躲不过去。这里是总统的领地，七郎越是躲，它越是挑衅，火憋大了下嘴没个轻重，早打早平安。"

卫生员挠挠头说："你是训导员，七郎的事儿你拿主意，连长、指导员那里要不要报告一声？"

夏阳点点头说："回头我去报告。"

二

高原上没有光污染，空气洁净。夜幕降临，站在小广场上看星星，是夏阳每日例行的功课。七郎不是"文青"，它喜欢卓里拉的雾。感觉有微风掠过鼻尖，七郎知道雾要来了，丢下仰头看星星的夏阳，冲上二号阵地制高点，迎风肃立。风势疾如下山虎，推着堆积在山脚的乳白色雾气，如万骑卷高冈，奔上山脊淹没七郎，又沿着它身后的山坡俯冲下去，整个卓里拉山口瞬间淹没在雾气中。七郎很喜欢这种中流砥柱劈波斩浪的感觉，兴奋地打个响鼻，扭头对着小广场方向低吠一声，听到白茫茫的雾气中传来夏阳的回应声，转身小跑着沿国境线巡逻。

来哨所不到一个星期，七郎就主动接过了每日晚间的例行巡逻任务，两个多月来雷打不动。士兵们认为七郎知道他们夜间在浓雾中巡逻不安全，主动分担危险，夸奖它是好犬、好兵。夏阳却当众揭穿七郎的目的，他告诉兵们，七郎或许是在巡视领地，还说卓里拉这片领地上所有的动物都是它的臣民。但除了花姑娘，七郎从来就没把总统带领的那群藏狗当成臣民，七郎武断地认为，夏阳脑袋里的水，永远不会干了。

铁丝网外侧，传来小石子滚落的声音。七郎扭头看去，果然又是小胡子，他从雾气中钻出来，带着一脸的谄笑，让它看手心里的几粒牛肉干。这货肯定看到它跟夏阳要牛肉干了。自从摔了他相机以后，这货想了无数花招诱惑它越境，最可笑的一次，竟然弄来一条漂亮的小母犬想使美犬计。犬队漂亮的小母犬多了去了，如果想要，跟夏阳打个招呼，他就会颠儿颠儿跑去安排，谁稀罕这小母犬？可是总统喜欢，半夜偷偷溜了过去，占足便宜不说，还咬断绳子把小母犬带了回来。会晤的时候，对面的一个军官没皮没脸地要那条小母犬，徐康越没跟他们客气，说总统是野狗，没军籍，不归部队管，想要狗，去跟总统要。

小胡子在铁丝网那边跟着七郎一路小跑，不停地吹口哨，展示他手里的牛肉干。七郎感觉录得差不多，昂头亮出挂在项圈上的摄像头。小胡子知道摄像头拍摄的视频会同步传输到边防连的指挥系统中，立刻后退，消失在浓雾里。七郎不屑地打个响鼻，这货脑袋里肯定装满了水，牛肉干也就能诱惑花姑娘，那条傻狗，肚子就像个无底洞，什么都吃。

七郎巡查完二号阵地防区内的铁丝网栅栏，没有发现问题，顺着战壕跑去一号机枪巢。这里是二号阵地的夜间观察哨。七郎在紧闭的铁门上挠了两爪，一名上等兵拉开门堵住门口不让进，想让它敬礼。七郎瞥一眼他的军衔，张嘴在他腿上轻咬了一口。上等兵立刻嘶嘶哈哈地让路，不满地嘟囔，你给谁谁谁敬礼了，还给谁谁谁摇尾巴了。七郎很想告诉他，兵们喜欢吹牛，懂不？

七郎扒着射击口想看看对面的情况。上等兵明知道它的前爪没有举望远镜这个功能，仍把高倍夜视望远镜递了过来，见七郎又盯着它的小腿，这才悻悻作罢，打开平板电脑，让它看夜视探头拍摄的视频。

七郎巡查完四个阵地回到连部，见徐康越提着手电筒向外走，知道他要去查哨，就昂头让他看看项圈上的摄像头，示意已经巡查完毕，徐康越看视频就可以了。

徐康越不领情，问："你是连长，我是连长？各有职责，懂不？"

徐康越来队探亲的老婆、女儿今早走了，他的唠叨病看样子要复发。七郎担心被抓去听他讲条令，赶紧晃晃尾巴示意懂。

徐康越阴谋没有得逞，搓摸着下巴说："学乖了，夏阳教的？"

七郎耷拉着脑袋贴着路边想溜，徐康越不依不饶地横跨一步挡住去路。换作别人，七郎早就烦了，在他小腿上留下两排牙齿印儿都是轻的。但徐康越是领地上人类的头儿，轻易不能招惹。七郎做好被拉去听他絮叨的心理准备，乜眼偷瞧，见徐康越若有期待，立刻直立起来敬礼。

徐康越乐了，一本正经地还了礼："七郎，这段时间礼节礼貌不到位啊。空了，去我那儿，我给你讲讲条令。"

七郎假作没听懂，耷拉尾巴赶紧溜。

徐康越没事就来犬舍找七郎，要么就把七郎抓去连部学条令。条令只是个由头，大部分时间要听他絮叨琐事。七郎要巡逻领地，要去逗弄小胡子，要关心各阵地上的伙食，解决花姑娘的肚子问题，还要找总统打架，忙得要死，哪有时间听他絮叨？但夏阳叮嘱说，边防连生活枯燥寂寞，战士们可以扯淡聊天。徐康越是头儿，没人喜欢跟头儿扯淡，所以他非常寂寞。七郎作为史上有名的好犬，最优秀的特殊战斗员，应该理解徐康越的苦衷，帮助他排除寂寞，克服心理障碍。

夏阳说这番话的时候，表情郑重，口气恳切，擂鼓般的心跳却逃不过七郎的耳朵。全连就他和七郎不用上哨、守点儿，空闲时间最多，七郎不去学条令只能他去。虽有死道友不死贫道之嫌，但七郎还是接受了夏阳的恭维，肩负起治疗领地上人类首领疾病的重任。

不仅徐康越需要治疗，七郎发现这里的士兵普遍木讷不善言辞，还有些神神叨叨的。一号阵地上有个兵，有空就往山下跑，徒步往返十几公里，就为了往阵地上种棵树苗，明知海拔高树活不了，他仍乐此不疲，说是为了大雪封山的时候能看到点绿色。四号阵地上有个军士长，三十大几了还没女朋友，团长爱人把侄女介绍给他，喊了多少次不下山，被团长爱人拧着耳朵下山见了面，回来后整天咧着嘴傻笑，逮谁跟谁说姑娘贤惠漂亮，就是不知道给姑娘打电话。他傻，姑娘不傻，主动给他打电话，他问人家姑娘有事吗。姑娘羞得直接挂了电话，他觍着脸跑去问夏阳这是咋回事儿。夏阳惊得下巴差点掉到地上，问他，你不知道姑娘为什么给你打电话？他说，知道。夏阳担心下巴掉地上摔坏了，赶紧用手托着继续问，那你还问人家有事吗？他说，这就是来找夏阳的原因，他不知道该怎么跟姑娘聊天。他看小说、电视剧学了几招，也演习过，但接到姑娘的电话就全忘了。夏阳吼他说，聊天啊，实在没话题，说天气不错都行啊！话都不会说，当兵都当木了。他说，能聊的天早就聊完了，大伙儿都不吭声，他自言自语会被送去精神病医院，会聊天才有鬼！夏阳就不吭声了，还红了眼圈。七郎觉得他们挺傻的，可以去找那群藏狗玩儿。徐康越家属来队，山上没有小朋友，七郎不屑哄孩子，他的女儿天天漫山遍野地追着那群藏狗玩儿，花姑娘跟她处得不错，经常从她手里骗东西吃。

总统又在远处山坡上嚎叫挑衅，七郎决定明早游散的时候去跟它打一架。快到夏阳宿舍的时候，看到花姑娘缩在墙角探头探脑，肚子瘪瘪的，看样子又是一天没混上饭吃。七郎怒其不争，不满地吼了一声，它立刻蹿过来，没羞没臊地舔七郎的下巴要饭吃。

七郎无奈，只好带它去找夏阳。挠了两下门，夏阳明白是啥意思，提着民用犬粮出来，倒在门侧的食盆里。花姑娘摇摇尾巴表示感谢，扑上去吃得不抬头。

卫生员跟出来说："下午我在三号阵地看见过花姑娘，炊事员给它留了饭啊？"

夏阳咧嘴笑着说："泔水有犬粮好吃吗？"

七郎嗅到夏阳身上戏谑、无奈的气息，扭头见花姑娘正偷眼瞄它，立刻明白是怎么回事，火了——这才吃了几天饱饭，嘴就吃刁了！扑上去咬，花姑娘立刻躺在地上亮出肚皮以示臣服，但嚼犬粮的嘴就没停，还忽闪眼睛，明显就是敷衍！七郎颇为无奈地吼了花姑娘一声，跟在夏阳身后进了宿舍。

刚刚九月中旬，山上夜间的气温已经降到了零下，营房的房顶上铺满了太阳能，打开阀门就能供暖，所以房间里很暖和。卫生员扯下烤在暖气片上的毛巾，帮它擦被露水打湿的皮毛。毛巾干硬，被七郎瞪了一眼，才嬉笑着揉软了。

七郎从背囊中翻出钢刺项圈，丢在夏阳面前，伸长脖子让他换下装备项圈。

单说打架，七郎绝对是个新手，从小在军犬队里长大，打架的机会不多，跟克虎学的那几手，碰上一般的野狗兴许还能应付一气，但野生藏狗群等级森严程度不逊于狼群，要靠实力才能吃饱肚子，七郎对上从小在搏杀环境中长大的总统，前前后后打了七八架，胜少负多。尤其炊事班的泔水就是活命的根本，总统作战意志远比只是想打架的七郎顽强。夏阳无奈，只好帮助七郎作弊，给它戴上了钢刺项圈，这才勉强打个势均力敌。

夏阳把钢刺项圈塞回背囊，拿着皮项圈让它看刻在上面的“忠诚、本分”四个字。字太丑了，惨不忍睹。七郎扭头，又被夏阳抓住大嘴扭回来，批评它快要变成野狗了，一天到晚就知道打架。这话有失偏颇，它从来就没在操课时间去找总统打架。

不让去打架，估计着明天会有任务，七郎戴着皮项圈自己回了犬舍。老兵了，一日生活制度根本不用麻烦夏阳。不出所料，犬舍的栅栏门又被关上了。这群兵，从连长到炊事员个个闲得蛋疼，天天拿它逗闷子，七郎吼了一声，游动哨兵溜达过来，一脸贱笑地问“干啥”。七郎瞄他小腿，哨兵假装没看见，一脸的期待。七郎决定满足他的要求，牙还没挨上裤子，哨兵就哎呦哎呦地喊疼，无视七郎鄙夷的眼神，笑嘻嘻地解释说：“天冷，腿都冻木了。”

游动哨要是能把腿冻木了，徐康越能让你一天保持二十个小时的满头大汗。七郎懒得跟他逗闷子，用前爪挠挠门，催促他开了门，想把花姑娘让进犬舍——天冷了，睡在外面不舒服。哨兵关上犬舍门说：“花姑娘不能进。”七郎晃晃尾巴讨好，哨兵说：“少来这套，规定就是规定。”七郎恼火地请他看牙。哨兵不屑一顾地说：“吓唬谁呢？你去找夏阳，还是我去？”哨兵软硬不吃，花姑娘习惯了逆来顺受，找了个背风的地方蜷缩成一团准备睡觉。七郎无奈，瞪了哨兵一眼，自己跑进犬舍。

清晨，天依旧蓝得不像话，但徐康越说要下雪了，封山前要去巡逻边境，所以营区里有些忙乱。大概夏阳在整理装备，散放时间快过了，还没来犬舍。七郎自己散放，围着营区跑了几圈，去士兵卫生间排了便，喊过在洗漱的士兵帮它冲水，然后去找夏阳。

宿舍里有股红景天的味道，七郎见卫生员正往它的水袋里灌红景天泡的水，上去一嘴抢过来，咬住吸嘴，用前爪踩水袋往外挤水。

七郎时常向卫生员展示它的尖牙利齿，卫生员不敢抢水袋，讨要说：“七郎，你要跟着巡逻分队上去，海拔五千多呢！乖，不闹，这是药，防高反。”

七郎不搭理，继续踩水袋挤水，猛然嗅到一股不快的气息，斜眼看去，夏阳果然在扮死人，脸板得像块石头，这才悻悻地把水袋还给卫生员，耷拉着脑袋去找夏阳，不出所料地被弹了脑崩，下手不重，这货又在假装生气。

夏阳给它换上装备项圈，穿上马甲，只挂了摄像头和数据电台，海拔高不宜多负重。至于遥控指挥，夏阳跟鹞子学会了用超声波犬哨，只是这玩意儿发出的声音人听不到，他总是担心哨子坏了。七郎心有余悸地看着夏阳衔着犬哨用力吹了两下，转身一尾巴抽在这货脸上——试哨子就试哨子，用这么大的劲儿干吗，震得耳朵嗡嗡响。

夏阳挨了抽，知道哨子没坏，这才心满意足地指着它的鼻子说：“我们第一次上山，你不准胡闹，服从命令听指挥，懂吗？”

生死线上都走了几遭，能不知道军事行动的重要性？七郎鄙夷地瞥眼故作严肃的夏阳，胡乱地晃晃尾巴示意明白。

巡逻分队爬上雪线，气温降到零下十度，一阵山风掠过，天空变成了铅灰色，雪花纷纷扬扬地飘落下来。徐康越环视周边雪山顶上没有旗云，又用电台向后方要了情报，确认没有暴风雪，这才松了口气，嘟囔着说：“没有大风吹散云层，雪至少会下三天，今天大雪封山比去年早了半个月。”

海拔高，脚下湿滑，士兵们步履艰难地挣扎前行，弯腰弓背如同犁地的老牛。唯独七郎兴致很高，它有生以来第一次看到飘落的雪花，用鼻尖接了，好奇地看着雪花一点点融化。

雪盖过脚面的时候，巡逻分队走到巡逻终点，再往前，是兄弟连队的防区。徐康越确认没有异常，指挥士兵用摄像机记录了周边情况，下令找个背风的地方大休息，吃午饭后折返。

徐康越的判断很准确，大雪断断续续地下了三天，在边贸公路上堆起了一米多厚的积雪。雪后，山脚吹起的微风经过狭窄山谷的加速，风势逐渐变得强劲，裹着积雪狂奔到卓里拉山口，撞上高耸陡峭的横断山脉，风速骤减，裹起的积雪纷纷扬扬落下，抹平山坡上的沟沟坎坎，把卓里拉哨所变成雪原孤岛，为期六个月的封山季正式到来了。

老兵们经验丰富，除了必需的巡逻，从来不往山边上凑。徐康越恨不得一天三遍揪着夏阳的耳朵叮嘱，看好了七郎，看不到路的地方不要去，看似平坦的平地，很可能是悬空的雪层，一脚踏空，他要通知团部派人去落差三千米的谷底给夏阳和七郎收尸。如果引起雪崩，只能先在雪堆下躺半年，等明天开春才能重见天日。

能看到路的地方只限于营区，边贸公路上的积雪厚达三四米，阻断了连部与阵地之间的交通。四个阵地完全被大雪覆盖，相互之间串个门都要走坑道。除了偶尔有寂寞到发疯的士兵会抡着铁锹铲雪，没人会去做无用功。无论开出多远的路，一夜之间，就会被吹进山口的积雪抹平。

夏阳无所谓，住在山势陡峭稍有不慎就会引发雪崩的山顶上，能在营区内遛遛腿就心满意足了。七郎却快要憋疯了，花姑娘虽然没有跟着总统去阵地，选择留在连部，但花姑娘对自身的定位是奴仆，跟七郎玩不到一起去，七郎想撕咬玩耍，它只想躺在地上亮出肚皮以示臣服。七郎让夏阳给它戴上钢刺项圈，没事就对着阵地方向嚎叫，邀请总统过来打架。总统偶尔回应几声，但从不过来，大雪抹平了山坡，谁知道哪里会藏着要命的沟坎。

七郎无聊透顶，想打通通往阵地的道路，刚在雪层下掏了个洞，就被夏阳抓回去狠狠骂了一通，还被关了一天的禁闭。等七郎无聊到四脚朝天，横在路上晒太阳的时候，夏阳才感觉事态严重，赶紧向徐康越报告，解释了半天什么是自主意识、思维能力。徐康越这才明白七郎和其他军犬不一样，和他老婆那条窝在家里半年不出门都没问题的吉娃娃更不一样，必须给七郎找点事情排除寂寞。

大雪封山，积雪薄的地方都有一米多深，不用巡逻边境，训练也仅限于在营区里走走队列，除了站哨、政治学习，士兵们可干的事情都不多，更何况是犬?

徐康越想了半天，也没想到帮助七郎排除寂寞的办法，拿着望远镜仔细观察公路内侧岩壁上的积雪，雪层不厚，雪面没有软化形成颗粒状“糖雪”，发生雪崩的概率极小。徐康越决定让七郎打通连部与阵地之间的联系。连部的兵们早就闲得蛋疼，终于找到事情可做，一夜之间就做出上百面用来当路标的小红旗。

安全起见，徐康越集合连部人员拉着夏阳腰间的安全绳，夏阳担心七郎陷入雪坑被项圈牵拉窒息，特意给它换上了背负式牵引绳，但七郎仍把钢刺项圈叼出来让夏阳给它戴上。

徐康越专门搞了出发仪式，连部人员为夏阳、七郎送行。阵地上除了哨兵，全员出来迎接，搞得W军很紧张，他们阵地上反射阳光的亮点，告诉夏阳至少有十架望远镜在盯着他和七郎。

夏阳与徐康越敬礼握手告别，怀着壮士一去不复返的悲壮心情踏上征程。七郎低头嗅着雪面，轻松地晃着尾巴，颠儿颠儿地一路小跑，就像是在游散，哪有一丝出征的悲壮？不到十分钟已经跑出了一百多米，要不是夏阳刻意用牵引索控制速度，估计七郎早已到达阵地。

徐康越和士兵们看得目瞪口呆，卫生员挠挠头，忍不住骂了句脏话说："我X，今年再也不怕有人生病了。"

往年冬天，阵地上有士兵生病，连部都要派出精干士兵护送卫生员，用几米长的竹竿探扎积雪，开辟小路，一米一米地前进，清晨出发，天黑才能到达阵地。但风吹来的积雪，用不了几个小时，就会让新开辟出来的小路消失得无踪无影。卫生员只能住在阵地上，除非连部有人生病，才会冒险返回。

夏阳踩着齐裆深的雪向前蠕动，还要插旗标路，忙得不可开交，见七郎的样子信心十足，索性放开牵引索。七郎一溜烟地跑向路尽头，急得团团乱转。夏阳看到四名战士扯着四角展开的一床被子，跑到三四米高的山崖下鼓励七郎往下跳，这才明白七郎走的是公路内侧高处的山体。

夏阳赶到的时候，几名阵地长带着部分战士用铁锹在积雪上拍打出通往山崖的阶梯，其他战士手拉手挡在七郎与总统中间，阻止它们打架。总统颈毛奓开，像是一头雄狮，估计是被气疯了。天上刚飘雪花，它就带着部下来阵地窝冬，把连部留给七郎。没想到七郎竟然冒着雪崩的危险过来抢饭吃，这边的饭就这么好吃吗？

七郎探路的主要目的就是打架，夏阳让士兵们让开，七郎、总统撞在一起，瞬间打成了一团。七郎善于总结经验，又有项圈相助，感觉不对，就把项圈往总统嘴巴里送，把总统搞得束手束脚。快要被憋疯了的七郎终于找到发泄精力的机会，越战越勇，加之围观的士兵们扯着嗓子给七郎加油，总统心慌意乱，扭头就走。七郎此行只是为了打架，对藏狗群的王位不屑一顾，没有追击，昂着头接受士兵们给它的欢呼。

从此以后，七郎就成了连部与阵地之间的交通员。之前，连部与阵地之间开会只能使用电视电话会议系统，现在有了七郎，只要不是极端恶劣天气，全部改在连部举行，窝在阵地里的阵地长们也乐意出来溜达溜达。夏阳陪着七郎接送了两次阵地长，七郎就明白了“开会”这个词的意思，听到这两个字就跑去阵地上接来四名阵地长，然后在连部列席会议，会议结束后再送阵地长返回。

徐康越也刻意给七郎找点事情做，上级来个什么不需要紧急传达的命令、指示，一般不用电话，写在纸上装进茶叶罐，挂在七郎项圈上，指指阵地，七郎就颠儿颠儿地送过去，回来就翻夏阳的衣袋，拿牛肉干奖励自己。七郎乐此不疲，没事就去连部趴着等活儿。

没有会议，没有信件可送，七郎寂寞了，就从背囊中叼出钢刺项圈，让夏阳给它戴好，跑去找总统打架。三天一小打，五天一大打，次数多了，总统虽智商不高，但也明白七郎对它狗王的位置没有兴趣，对泔水更没有兴趣。你死我活的心态淡了，胜负也就变得不重要，打架逐渐成了解闷儿的游戏。

时间久了，七郎和总统似乎达成了某种协议，总统和它的部下不来连部，七郎也不在阵地上久留，偶尔花姑娘跟着七郎跑去阵地，藏狗们也不会扑咬。领地对犬是唯一性的，除非臣服，不会允许其他犬涉足。夏阳为此专门联系了科研所，专家也有些不解，想了半天才说：“只有两种可能：一是，七郎为了排除寂寞，把总统等藏狗当成了领地上陪它解闷的角斗士；二是，七郎把总统当成了朋友，允许它们在领地上借住。”

冬至，全连以阵地为单位分头包饺子。徐康越拿着一小把韭黄走进炊事班，战士们的嘴里立刻噙满了口水。驻地海拔高，气温低，地面以砂石为主，种不活蔬菜。徐康越带着战士们在晒衣服的阳光房里搭了双层塑料薄膜大棚，从山下背来泥土，装在花盆、脸盆里，种花一样地种活了一点蔬菜。这点蔬菜还不够全连官兵塞牙缝，主要作用是调剂病号饮食，次要作用是观赏兼望梅止渴。封山后，官兵日常食用的蔬菜只有老三样，萝卜、白菜和海带，时常有战士端着餐盘蹲在大棚里，看一眼鲜红的西红柿咬一口萝卜，把萝卜当西红柿吃。夏阳也去试过，没成功，看西红柿，嘴里是萝卜味，看黄瓜，嘴里还是萝卜味。当然收获还是有的，口水分泌比较多，另外磨炼意志，需要极大的意志力，才能克服在西红柿上咬一口的冲动。

徐康越把一小把韭黄分成了五份，拿出一份交给炊事员，把剩下的四份绑成一捆，喊了声“七郎”。

七郎拱开棉帘子跑进来，花姑娘不敢进炊事班，在门口探头探脑。

徐康越看看桌上的韭黄，又看看七郎的项圈，搓着手说：“天冷，菜会不会冻坏？是不是把马甲穿上？”

夏阳说：“连长，战术马甲没有保温功能。不到一公里，七郎来回也就十多分钟，菜不会冻。”

徐康越说：“挂在项圈上，会不会掉？会不会搓弄坏？”

炊事员说：“连长，你这是咋了？一个叶片不折地送过去，还不是要剁碎了包饺子？”

徐康越一怔，咧着嘴大笑说：“我硬是被一把韭黄弄魔怔了，多大点儿事啊？夏阳，交给你了！”

话说得豪气，但仍斜眼看着夏阳。夏阳明白蔬菜金贵，小心翼翼地装进塑料袋，又套上一层塑料袋，系在七郎项圈上，指指阵地方向，七郎转头就跑。

徐康越担心韭黄被碰坏，忙不迭地帮七郎掀开棉帘子，看着七郎带着跟屁虫，撒着欢往阵地跑，连声喊：“七郎，七郎，你给我慢点儿，慢点儿！”

人多手快，饺子下锅，徐康越就端着餐盘站在锅边等，连长带头，兵们立刻跟上，把锅围得水泄不通。七郎见士兵们口水滴答，以为有什么好吃的，扒着锅台看锅里翻滚的饺子。自从摔了 W 军的摄像机、打通道路以后，七郎在边防连官兵心里的地位直线上升。徐康越说：“夏阳，让七郎尝尝。”夏阳用筷子夹了一个饺子，七郎嗅嗅就没了兴趣。夏阳趁机把饺子塞进自己嘴里，烫得嘶嘶哈哈，仍是一脸陶醉地喊着“好吃”，引来一片嘘声。花姑娘在门口探头探脑地凑热闹。这货什么都吃，但徐康越没舍得给饺子，用剩饭拌上菜汤加了两块罐头肉，说是让它跟着过节。

饺子吃了一半，通信员急慌慌跑来喊：“连长，团司令部电话，有紧急任务。”

徐康越端着饺子就往连部跑，食堂里的欢声笑语立刻消失，士兵们狼吞虎咽，吃完饺子拔腿就走。

夏阳纳闷地捅捅身边的卫生员问：“W 军有动作？”

卫生员摇摇头，一脸焦虑地指指窗外正在滴水的屋檐。夏阳一怔，跟着变了脸色。

边防连所在的边防团负责管控一百多公里的边防线，下辖的十几个哨所沿着陡峭山脊线一字排开。大雪封山后，数条横亘的峡谷、山口把哨所割裂成一个个孤岛，相互无法支援。今年提前半个月封山，气温较高，表层融化的雪水渗入雪层会减少积雪的附着力，极易形成雪崩。雪崩虽对哨所影响不大，但足以切断交通线，令后方无法支援。

通信员把夏阳喊去连部的时候，徐康越正铁青着脸转圈骂娘。卓里拉边防连驻地左翼 4079 高地上有一个班哨，代号“8 号哨”，由一名排长带着九名战士驻守过冬。五个兵闲得蛋疼，趁排长不注意，自发搞抗寒训练，光着膀子在雪地里打滚，结果集体发高烧，三个已经烧成了肺炎，药品用光，急需支援。山下上不来，只能就近向边防连求援。

8 号哨与边防连的驻地同在一条山脊上，中间横亘一条落差两千米的峡谷，相距九公里左右。冬季风大，山脊线上的积雪不会超过三十厘米，峡谷纵切山脉形成风口，又在背风面，谷内积雪不会超过半米，沿途行军难度不大。但 4079 高地位于高山台地上，山峰陡峭，如同在台地上修建的金字塔，底部积雪又被狂风掏空，触动雪层极易形成雪崩。

徐康越说：“人上不去，强行攀登，极易触发雪崩，团里决定把任务交给七郎，有什么困难，现在提出来。”

夏阳说：“连长，我需要 8 号哨所提供声光信号，给七郎指示前进方向。”

徐康越说：“山谷回声会引发雪崩，只能提供光信号。还有吗？”

夏阳说：“没有了。”

徐康越皱眉。夏阳知道徐康越希望他能说保证完成任务，瞥眼地图上 4079 高地上密密的等高线说：“连长，如果现场条件不允许，仍强行命令七郎攀登，只会增加不必要的牺牲。”

徐康越明白夏阳说得对，撇撇嘴说：“几个熊兵，该送他们上军事法庭！我送你们上去。”

初冬是雪崩多发季节，长途行军人越少越好，以免触发雪崩。徐康越、夏阳、卫生员加上七郎组成了一个救援小组。藏狗在高原上繁衍生息，对未知危险极为敏感，花姑娘畏惧地夹着尾巴咬住牵引索，不让七郎上山脊，被七郎咬了一口，扭头大着胆子咬住衣襟拖夏阳，又被一把推开。花姑娘急得团团乱转，咿咿呜呜哀叫着目送救援小组拄着雪杖、穿着雪鞋，一步步爬上山脊，终于忍不住追了上去。夏阳认为花姑娘只会添乱，想赶它回去，徐康越却让花姑娘留下，说是藏狗封山季也能翻山越岭，或许能帮上忙。

山脊上狂风号叫，雪面上裸露着一块块大小不一的石头。花姑娘跑去小组前面，踩着露出雪面的石头，走得小心翼翼，遇到必须踩雪面的位置，踩在石头上俯身仔细嗅探，有时候会落脚，有时会退回来重新找路。夏阳、七郎没有高寒山地的行军经验，走了没多远，一人一犬先后落入雪窝，游泳一样挣扎着就近爬上岩石。

夏阳心有余悸地看一眼没顶的雪窝，问："连长，这可怎么走？"

"你跟七郎别乱跑，踩着我的脚印走！"徐康越用安全绳把三人串成一串，他走在前面开路，让卫生员断后，把夏阳和七郎夹在中间。

徐康越刻意踩着花姑娘的脚印走，一路顺利，几乎没有遇到雪窝。夏阳感觉奇怪，扒开花姑娘落脚的雪地，找到一些苔藓，才明白花姑娘懂得用苔藓气味的浓淡，判断雪层的厚薄。夏阳让七郎嗅嗅苔藓，又分别嗅嗅有花姑娘脚印的雪面和没有脚印的雪面，走出不到三百米，七郎就学会了如何判断雪层的薄厚。

七郎服从性好，纪律性强，按照夏阳的指示方向前进，不会像花姑娘那样由着性子前后左右地乱跑。救援小组的前进速度越来越快，夏阳感觉他走进了真空地带，无论如何拼命呼吸，仍感觉没有把空气吸入肺里，眼前一阵阵发黑。

夏阳突然说："我 X，为什么不装备摩托雪橇？！"

在山势陡峭沟壑纵横的破碎山体上开摩托雪橇，等于找死。

徐康越呵斥说："闭嘴！"

夏阳又说："我 X，高原上的士兵就不是人吗？舍不得装备摩托雪橇，给个雪橇总行吧？我训练总统拉雪橇……"

徐康越怒喝："我让你闭嘴！"

夏阳声音提高了一个八度说："给副滑雪板也成啊！"

徐康越怒了，猛地站住，回头怒视。夏阳目光没有焦点，直愣愣撞在徐康越身上，一屁股坐倒，拿着雪杖当滑雪杆比画着说："坐着滑雪也不错啊，就是有点慢！"

卫生员摘下夏阳的墨镜，看看他的眼睛，又掀开防寒面罩看看他的嘴唇，拿出揣在怀里的便携式氧气瓶给他吸了几口氧。

夏阳一下醒过盹来，迷茫地问："我怎么坐着？大休息了？"

卫生员说："你缺氧后的反应很有特色，别人头疼、头晕、昏迷，你说心里话。"

徐康越戴着面罩、墨镜，看不到表情。

夏阳有些心虚，拉着卫生员低声问："我说啥了？"

徐康越说："你想在这里开摩托雪橇，训藏狗拉雪橇，还想滑雪。起来，我们要抓紧时间，夜间行军太危险，天黑前，我们必须返回。"

卫生员把便携式氧气瓶递给夏阳，指指自己的背囊说："感觉不对就吸氧，我这里还有很多。"

夏阳点点头，接过氧气瓶揣在怀里。

上山容易下山难，虽有花姑娘、七郎探路，但徐康越担心踩松雪层引发雪崩，把登山绳拴在牢固的岩石上，一段段走着"之"字形下山，等穿过峡谷抵达 4079 高地，已经接近下午四点。

临近黄昏，气温降低，徐康越拍开表面融化又被冻硬的雪壳子，把胳膊深深插入积雪，拔出来看看袖子上水渍说："还好，雪层很厚，表层融水渗透只有三十厘米左右，准备吧！"

徐康越用电台与 8 号哨所取得联系，指示位置，那名排长举着一面镜子向山下反射阳光。夏阳喂七郎吃了些犬粮，喝过水，把药品挂在项圈上，指着反射阳光的镜子，下了"去"的口令。

七郎的腿没入积雪，身体一耸一耸游泳一样向着反射光艰难前进。花姑娘嗅嗅雪面，闻不到苔藓、枯草的气味，明白雪层很厚，原地停住脚步向七郎张望，看到七郎蹬落的积雪顺着冻硬的雪面哗哗流下来，吓得连连后退。

虽然渗水层只有三十厘米，但如果松动下滑，冲击力会推动更深的雪层，直至形成雪崩。三人立刻转移到一块巨石旁，举起望远镜观察七郎上方、下方的雪层，如果有明显并逐渐加大的裂缝，那就是雪崩的前兆，只能召回七郎，重新找路。

花姑娘似乎知道如果发生雪崩，支援小组身旁的那块巨石极有可能挡不住成千上万吨积雪的冲击，远远逃开，跳到一块大石上，眺望奋力前进的七郎，急得团团转，吠叫召唤七郎返回。

担心叫声引发雪崩的徐康越却吓得脸色发白，攥了个雪团扔了过去，低声让花姑娘滚蛋。花姑娘避开雪团，站在石头上看着七郎，急得踩着碎步，咿咿呜呜地哀叫。夏阳拦住要上前赶走花姑娘的卫生员，提着犬粮走过去。出乎意料，怕人的花姑娘这次没跑，哀怨地看着夏阳低声哀叫，似乎想让夏阳把七郎喊回来。

夏阳双手捧着犬粮，喂给花姑娘吃了，低声说："好孩子，七郎是战斗员，必须完成任务，你去帮帮它。好吗？"

花姑娘似乎听懂了，但目光中有恐惧、有焦急，转了两圈跳下大石，沿山脚横向跑动，找到一块顶部露出雪面的岩石，退后几步，助跑后跳到那块岩石上，观察一下周边，用前爪挖洞钻到雪下，很快在一块岩石旁露头。

徐康越一下乐了，说道："纵向移动对雪层的破坏要小于横向移动，岩石等于是锁住雪层的桩子，好办法。"

夏阳连忙吹了一下犬哨，对回头看他的七郎指指跳到另一块岩石上又开始挖洞的花姑娘。看到花姑娘从雪下钻出来爬上岩石，又向它挖洞前进，速度比它要快得多，七郎瞬间明白了怎么回事，抬头张望一下，瞄准上方一块露出地面的岩石顶部，开始低头挖洞。

徐康越跑到七郎蹚出的雪沟旁按了按冻硬的渗水层，又用双臂环抱住一块积雪向下拉了几下，试了试雪层的摩擦力，感觉发生雪崩的可能性越来越小，微微松了口气，咧嘴乐了，低声说："七郎的智商快要赶上人了，看一眼就能学会。"

夏阳说："七郎的智商比人差远了，估计是被危险逼的，犬对危险的预感能力比人类要强得多。只不过，七郎明白它是战斗员，必须完成任务。"

徐康越说："七郎是个好兵，我会向上级为它请功。"

夏阳说："我代七郎谢谢连长。"

黄昏临近，夕阳把雪面照成了一片金黄，徐康越看眼时间，有些担忧地问："天黑前，能到达吗？"

夏阳吸了几口氧气，促使发木的大脑运转起来，盯着山坡想了想说："我需要这面山坡的照片。"

徐康越一怔，懊悔地在自己脑袋上拍了一巴掌，抄起电台送话器联系哨所，照片很快通过数据台传输到他的单兵电脑上。夏阳从背囊中翻出反射镜，对照照片上的岩石位置，反射阳光指挥七郎。花姑娘蹲在岩石上，好奇地晃着尾巴看着面前晃动的光斑。七郎知道光斑来自反射镜，回头张望，见夏阳手指它的上方，回头见光斑落在一块看不到岩石的雪面上，离开岩石开始刨雪挖洞。花姑娘看眼一侧露出雪面的岩石顶部，犹豫了一下，还是跟上了七郎。

有夏阳帮助找路，七郎的前进速度很快，夕阳没入雪山前，它成功把药品送上了 8 号哨所。夜间在山脊雪原上行军太危险，徐康越带着夏阳、卫生员挨着巨石拍打出挡风的雪墙，准备就地宿营。海拔太高，没处去找干柴生火取暖，三人吃了点儿自加热单兵干粮，钻进睡袋挤在一起准备睡觉。电台中突然传出 8 号哨所哨长的呼叫声，夹杂七郎愤怒的咆哮声。

哨长说："七郎不肯吃我们给它做的饭，叼了一块生肉，想要下山，谁阻拦咬谁。"

徐康越疑惑地问："军犬受过拒食训练，不吃哨所的饭可以理解，但七郎叼生肉干吗？"

夏阳说："七郎不吃生肉，应该是给我们准备的。"

徐康越有些感动地说："七郎对你忠诚，好兵！"

夏阳指指自己说："忠诚、本分，是我们的行为准则。"

徐康越说："能做到这四个字，就是当之无愧的优秀军人。"

徐康越爬出睡袋，检查了一下雪层，通过电台对哨长说："积雪已经冻硬了，让七郎下来，不能让它饿着肚子！"

哨长用一包牛肉干和一小袋用蜡煮透的木块换下了七郎嘴里叼着的硕大生肉块，那块肉随即又被花姑娘叼走了。这货吃了一大盆肉罐头拌米饭，根本吃不下那么大一块生肉，但仍叼着不撒口。七郎想让它帮忙带些牛肉干，刚挂在脖子上，它就扯下来三口两口吞进肚里，又赶紧叼起那块生肉。七郎愤怒地吼了两声，这货立刻躺下亮肚皮，但死活不肯放下叼在嘴里的肉。七郎无奈，叼着一袋蜡木块让哨长帮忙绑在花姑娘的脖子上，这货仔细嗅了好几遍，才叼着生肉跟在七郎身后跑出哨所。

士兵们与七郎挥手告别后就被哨长赶回了哨所，再冻病几个，这个哨所就要瘫痪了。山上，哨长举着夜视望远镜目送七郎、花姑娘下山。山下，徐康越、夏阳、卫生员等着迎接，一架夜视望远镜在三人手里传来传去。

七郎、花姑娘顺着它们打通的雪洞原路返回，身影不时在岩石顶上出现。一个小时后，七郎裹着一身雪扑进夏阳怀里，被夸奖了一通好犬、好孩子，又把它冰凉的爪子塞进大衣里焐暖了，这才跑过去把叼着生肉藏在一边的花姑娘揪出来，让夏阳解下花姑娘脖子下的蜡煮木块。

这种木块原本是老式炊事车用来引燃煤炭的，用硬杂木高压蜡煮，易燃耐烧好保存，五百克蜡煮木，小块燃烧能烧两个多小时左右。老式炊事车撤装以后，库存的蜡煮木块配发到驻高原部队，用来野外应急取暖做饭，各个哨所都有储备。七郎、花姑娘带来两公斤木块，足够救援小组烧到天亮。微弱的火光带来的不仅仅是安全感，还有热量。夏阳伺候七郎吃过晚饭，三人两犬挤在挡风的雪墙后熬了一夜，第二天下午顺利返回卓里拉边防连。

事后，徐康越和 8 号哨所哨长先后给七郎请功，上级给予七郎嘉奖一次。没能立功，徐康越为七郎抱不平，冒着生命危险救了三名战士的生命，怎么着也要给个三等功。夏阳赶紧拦住准备在电话上跟团长吵架的徐康越，告诉他，军犬的奖励含金量高，七郎在丛林里打了一大仗，也只不过记三等功一次，这次任务给嘉奖，已经是超常奖励了。徐康越虽然放弃了与团长吵架的打算，但仍为七郎抱不平，认为军犬也是特殊战斗员，奖励应与解放军指战员看齐，并声称要给军委写信，建议修改军犬的奖惩条令，放低奖励门槛。

三

冬季，卓里拉的天气只有两种：下雪和不下雪。下雪的时候，铅灰色的天空像是筛子，雪花纷纷扬扬，累了，就停一会儿，然后继续下。不下雪的时候，刮风，刮得天蓝得发假，顺便把更多的雪拍在山坡的迎风面上。

每天的扫雪代替了体能锻炼，准确说应该是推雪，卓里拉的雪太厚，扫不动，需要两人一组用推板推。今天扫了，一夜的大风就会重新把积雪堆满营区。战士们很喜欢扫雪，干点活儿可以排除寂寞，如果能搞到筋疲力尽，还能幸福地睡个好觉。但扫雪只限于营区和七郎在公路一侧峭壁上开出来的那条小路，其他的地方不能扫，徐康越担心雪崩。

下过五场雪，电灯开始忽明忽暗。地处边远，海拔高，山势陡峭，边防连还没有连通国家电网，要靠山下团部的水电站供电。冬季是枯水期，发电量不足，等电灯彻底熄灭，边防连的发电机开始昼夜不停地工作，电力优先保障阵地上的装备用电，至于照明、娱乐，只能靠光伏板。

夏阳很快明白 8 号哨的那五个兵为什么要在雪地里打滚，他在很长一段时间里也有这种冲动——雪原孤哨的生活太寂寞了，准确说应该是枯燥。上高原之前，夏阳做过功课，对封山季寂寞、枯燥的生活有所了解，虽不以为然，但还是进行了一些准备工作。身临其境，才明白这种寂寞、枯燥是精神上的，需要强大的意志力去克服。

放眼望去，山上只有一种景色：雪，把所有山峰都抹成高高矮矮的圆锥体，白茫茫反射着阳光刺眼的白雪。然后是静，让人发疯的寂静，远离人世，仿佛太空中的寂静，听不到一丝噪声。山上没有树木，没有架空电线，凹凸的岩石缝隙也被大雪抹平，连呜呜的风声都听不到。每天早上开窗透气时，寒风钻过窗户缝隙的呜呜声，对夏阳来说都如天籁。

徐康越是老高原，尽力帮助士兵们排除寂寞，想尽办法让士兵们忙起来。但冬季高原上没有活动场地，文娱活动只限于室内，稀薄的氧气含量也不宜进行大运动量训练，更多的时候要靠士兵自己排除寂寞。

枯燥、寂寞的生活可以使人专注于工作。上山前，夏阳对这句话深以为然，很不理解守点士兵们为什么不利用封山季学习或者干点对自己有益的事情。他在电子书里塞满了小说，还把考研课本、资料背上了山。大雪封山后，才明白这句话过于理想化了。群体中长大的人难以克服与世隔绝带来的孤独感，夏阳看小说让他身临其境，更加想念城市的喧闹，学习让他回忆大学生活，恍惚、恐慌，心情烦躁，根本无法专注某一件事情，夜晚总是莫名惊醒。夏阳眼窝深陷，卫生员给了他一颗安眠药。夏阳睡了一个好觉，再要，卫生员不给了，说是封山季刚刚开始，还有的日子熬，要夏阳找点事情做。

心不定，什么事情也做不下去。夏阳决定训犬排除寂寞，这是他最娴熟、最拿手的工作，不用心定也能完成。场地小，无法训练大科目，但七郎对坐、卧、立、来、去这些科目不屑一顾，练上两次就不肯配合。夏阳把花姑娘当成了目标，但野生的花姑娘对人类没有依赖感，而且保持着必要的警惕。夏阳试着用食物诱导，花姑娘会吃，但要等他远离食物，确认安全后才会去吃，吃完了不认账，对夏阳大多数口令充耳不闻，唯一能听懂的就是开饭。无论何时何地，只要夏阳喊“开饭”，花姑娘就不知从哪儿钻出来，口水涟涟地看着他，百试百灵。夏阳认为食物诱导行之有效，决定迎难而上，把花姑娘训练成编外军犬，并为此制订好训练计划，请示徐康越批准。

徐康越说：“藏狗群是野生的，性子像狼多过狗，虽然花姑娘温顺、与人亲近，但训练它的可能性不大。”

徐康越见夏阳面有狐疑之色，喊了声：“开饭！”

花姑娘不知从哪儿蹿出来，远远地看着徐康越流口水。

徐康越说：“能让藏狗群有反应的只有‘开饭’这个词，其他的词不是听不懂，是它们不想搭理我们。你要是想训藏狗，等开了春，我帮你弄条藏狗崽子，你从小培养，或许能成功！”

夏阳拒绝了徐康越的好意，他已经明白，藏狗群与哨所的关系，有些像远古时期狗与人类的关系，狗群负责在部落外围放哨，人类负责让狗群填饱肚子，这种关系只是为了维持生存，狗群对人类没有任何忠诚可言，如果掌握了绝对优势，狗群甚至会为填饱肚子向人类发起进攻。

七郎也很寂寞，花姑娘这个逆来顺受的跟屁虫对它不敢有一丝忤逆，想跟它玩耍，它只会躺在地上表示臣服。跟总统打架，也越来越没意思。七郎三天两头地去找总统较量，逐渐学会了如何跟犬打架。两边势均力敌，本应该打得热火朝天，但总统明白七郎对犬王地位没有觊觎之心，更何况七郎拿打架解闷儿，总统很是无奈，疲于应付。干巴巴地咬来咬去，七郎感觉无趣，可不打架日子更无趣，隔三岔五还是要去找总统。打久了，打架就成了礼仪表演，站在那儿你咬我一口，我咬一口，感觉就像在互致问候。士兵们兴致索然，不再围观。没了他们的喝彩加油，七郎、总统连问候的兴趣都没了，见面象征性地对吼一声，然后各自趴下无聊地想心事。

七郎无聊到再次四脚朝天晒太阳的时候，夏阳也形容枯槁。卫生员向徐康越报告，说夏阳和七郎得了封山综合征。徐康越带着夏阳、七郎上了山，花姑娘跟在七郎身后翻过山脊，见徐康越在一块巨石下摸索出一截粉笔，在石头上画了对号，知道要去喇叭口，晃着尾巴回去了。

喇叭口是远古地震形成的山裂，在背风面，积雪刚刚没过膝盖，不会形成雪崩，山脚也是荒无人烟的山地。徐康越找了块露出雪面的石头，扫去浮雪坐下，指指对面耸立的山峰说："喊出来就不烦躁了，喊吧！"

夏阳吸足了气，一长声吼到缺氧，头晕目眩，一屁股坐在雪地上。七郎也跟着吼，刚吼了半声"汪"，对面山峰上的积雪开始滚落，很快形成一个小小的雪崩。七郎对它吼声的威力充满了疑惑，见夏阳正在努力调整呼吸，回头看徐康越。

徐康越不知该怎么与七郎对话，挠挠头站起来，吼了一声。喇叭一样向两侧张开的山体，把徐康越的声音放大，送到了对面山峰上，再次引起了一次小小的雪崩。七郎立刻来了兴趣，挤开徐康越，跳到他坐的岩石上，扯着嗓子使劲儿"汪"，"汪"几声就停下看看对面山峰有没有雪崩。

智商低的要求低，夏阳智商高，要求也高，对着对面山峰喊："为什么没有电？我想看电视，看电影！"

徐康越重新找块石头坐下，看着夏阳的背影说："花几千万为咱们这百十号人架条输电线路，一场雪崩就没了，你觉得值吗？"

夏阳吼："地埋线路！"

徐康越说："海拔高，没植被，开春融雪，山体会塌方。"

夏阳吼："发电机。"

徐康越说："咱们一个连哨，一天二十四小时发电，一个封山季，需要六十多吨柴油。驻军不能影响驻地居民生活，大宗物资要靠内地往上运输。咱们团就大大小小有十几个哨点，全西藏有多少哨点？你算算需要多少个汽车团才能保障用油？”

夏阳吼：“光伏！”

徐康越说：“你不是在用嘛。山顶上能安全架设光伏板的地方都架了，能保证照明用电已经不错了，想当年……”

夏阳带着哭腔吼：“为什么不修路？”

徐康越说：“年年塌方，年年修。我不知道川藏线一年要花多少钱，从县城通往咱们哨所的边贸公路，一年最少也要扔进去几百万，也幸亏咱们国家现在有钱，搁在以前，雪化干净了，还要修一个多月的路，才能跟山下取得联系。如果塌方严重，路修得慢，咱们只能吃干菜。”

夏阳号啕起来，扯着嗓子吼：“我想吃青菜！”

徐康越说：“今晚，萝卜、白菜管够。”

夏阳吼：“我要吃西红柿炒鸡蛋！”

徐康越说：“可以。只要你生病，但自虐不算。”

夏阳吼：“我想吃水果！”

徐康越说：“没问题，今晚多给你半个苹果。”

夏阳泪流满面，回头看着徐康越说：“他妈的，在西藏守边防太苦了。”

徐康越说：“不苦，要当兵的干吗？”

夏阳说：“太折磨人了，还不如打一仗，我去炸碉堡、堵枪眼。”

徐康越说：“美死你！咱们一线哨所，想牺牲都要看着表计算时间，等支援部队上来才能死。”

夏阳说：“我为什么要来这里！”

徐康越说：“当兵的有的选吗？来了就好好干，有困难就想办法克服。我看七郎项圈上刻的那四个字就挺好，当兵的必须忠诚、本分。还有怨气吗？还有就继续喊！”

夏阳拭去眼泪，吸足了气，继续啊啊号叫。七郎不想声音被夏阳盖过，扯着嗓子汪汪，喊着喊着就呜呜嚎叫起来。

徐康越腾一下站起来，铁青着脸说：“夏阳，别让七郎哭！”

明明是嚎叫，怎么成了哭？夏阳以为听错了，疑惑回头，徐康越怒吼：“耳朵聋了？不准七郎哭！”

夏阳连声喊“非”。

眼看着对面山峰上的积雪再次松动，正在兴头上的七郎又呜呜了两声，再次制造了一次小小的雪崩，心满意足地闭上嘴，这才嗅到来自徐康越身上愠怒的气息，立刻回头皱起嘴唇让他看牙。

徐康越厉声说：“记住，在山上七郎不准哭！”

夏阳茫然地说了“是”。

夏阳、七郎被徐康越莫名的愤怒搞得没了喊叫的情绪，跟在他身后原路返回。

徐康越走到大石旁，擦去对号说：“以后烦了闷了，就去喇叭口喊，如果这里有对号就是有人，不要过去。”

夏阳去过几次喇叭口后，恐慌感逐渐消失，静下心来，才发现士兵们有着各自的办法排除寂寞：能聊的早就聊完了，士兵们大多单独活动，一天写几十封家信的，写小说的，倒着背书的，做手工的，甚至还有绣花的。

夏阳与卫生员也不怎么聊天，夏阳看书，卫生员天天摆弄封山前采集的各种植物叶、茎，说是研究药理，还开方子，煎了药，自己不敢喝，想让七郎尝尝，被七郎赶到上铺待了一个上午。双脚落地，就端去让花姑娘品尝。花姑娘嗅嗅暗黄色的液体，从此远离卫生员。卫生员给自己鼓了许久的劲儿，也没敢喝他苦心煎制的良药，一次次把药泼进雪堆。没人多事指责，卫生员自己采集的药材，花自己工资买的固体燃料，虽然涉嫌浪费，但能排除寂寞。

雪一场接一场地下，日子一天一天地熬。正午，屋檐开始滴水的时候，兵们脸上逐渐有了喜色。马上就要开春了，举着望远镜看山下，雪线已经退到了三千米以下，山腰的积雪融尽，露出了边贸公路的黑色柏油路面，山脚的草地、树林已经绿意盎然，估计再过一个月就能开山。被束缚了一冬的士兵们蠢蠢蠕动，好事的悄悄往山下溜达，想去山腰的公路路面上坐一坐，享受一会儿没有雪的时光。融雪季节易发雪崩，一刻不停的大风仍把不知从哪里吹来的积雪往山坡上拍，徐康越暴跳如雷，把那几个想去享受没雪时光的熊兵打发到阵地上去赏雪，再次重申，除早上未化冻的时段外，其他时间只准在营区内活动。七郎找总统打架，也只能在早上去，而且必须经过徐康越的批准。

眼看春天就要来了，军营中充满了春意，花姑娘却开始给大伙儿添堵，半夜跑上山脊，对着 6 号哨方向呜呜嘶嚎。月圆夜，七郎如果有了兴致，也会对着月亮嚎上几嗓子，夏阳认为这是一种返祖现象，对此不以为意。卫生员却是异常恐慌，从上铺直接跳下来就往外跑，慌乱得差点跌了一跤。夏阳以为卫生员喝了他自己开的药在闹肚子，忍着笑抱着卫生员的大衣跟了上去。出了宿舍，才发现士兵们都已经起来了，站在院子里，神色焦虑地昂头看着山脊上的花姑娘。

上士薛俊是连部里兵龄最长的兵，抱着几根镐把跑出杂物间，低喝："来几个人！"

几名老兵冲上去，提着镐把跟在薛俊身后往山脊上跑，接近山脊就拉开两翼迂回包抄、中央突击的战术队形，屈身向山脊上隐蔽前进。

夏阳感觉薛俊的目标是花姑娘，但不明白他们为什么要针对花姑娘，把大衣递给卫生员问："老兵不喜欢狗嚎叫？"

卫生员白了夏阳一眼说："不知道狗哭兵死的诅咒吗？"

夏阳愕然道："薛老兵他们想干什么？"

卫生员说："宁可狗死，也不能兵死！"

夏阳爱犬，急了，想追上去阻拦，卫生员一把拖住说："这事儿你管不了！"

夏阳挣不脱拉扯，大喊："站住，不能打狗！"

院子里的士兵齐刷刷回头怒视，夏阳视而不见，继续大喊："花姑娘，快跑，快跑，他们要杀了你！"

徐康越猛地拉开房门，探头出来喊："鬼喊什么？想引发雪崩啊！"

夏阳说："连长，他们要打死花姑娘。"

徐康越一声不吭，缩回头去，"嘭"一声关上了门。

卫生员说："连长也是兵。"

夏阳担忧地向山脊看去，花姑娘已经跑得不见踪影，薛俊等人提着棍子无功而返。院子里的士兵们注视着夏阳，目光不善。

夏阳毫不示弱地说："这么看着我干吗？狗哭兵死，这是什么狗屁逻辑！我们是军人，信仰唯物主义。"

卫生员冷冷地说：“这与信仰有他妈的一毛钱的关系？如果雪崩，信什么都要死！狗哭兵死，这是一代代边防军人口口相传的经验，你说迷信也好，说陋习也好，你信不信无所谓，反正我信。我查过资料，动物对来自大自然的危险异常敏感。”

夏阳一脸的讥诮，冷笑说：“狗哭兵死，是动物科学吗？在残酷的自然环境下人如蝼蚁，我能理解你对大自然的畏惧，但……”

卫生员说：“但什么？但不能迷信是吗？震前动物有预兆，密切监视最重要。牛羊骡马不进厩，猪不吃食狗乱咬。冰天雪地蛇出洞，大鼠叼着小鼠跑。这是国家地震局发布的地震预兆顺口溜，你认为这是迷信？”

夏阳说：“地震不同于雪崩，即使相同，花姑娘及时预警更是有功无过。”

卫生员说：“我说过，这是诅咒。”

夏阳说：“诅咒不是迷信吗？”

薛俊走到夏阳面前，冷冷看着他问：“战友的生命，在你眼里比不上一条狗？”

夏阳怒道：“你不要偷换概念……”

徐康越的房门再次拉开，他探出头来低喝：“穷折腾什么？都给我滚回去睡觉！”

士兵们冷冷地横了夏阳一眼，三三两两地返回宿舍。

清晨，七郎起床后准备去找总统打架，发现跟屁虫一样的花姑娘不见了，营区中气氛也有些诡异，半路上转弯去找夏阳。卫生员正在与夏阳斗鸡一样地对视，看见七郎，赶紧起身离开宿舍。卫生员明白，如果夏阳心里有收拾他的想法，被七郎嗅到气味，一定会对他下嘴。

七郎大嘴拱拱郁闷的夏阳，挺胸抬头展示它的膘肥体壮，示意有问题交给它。夏阳觉得这件事儿跟七郎说不清楚，它也没能力解决，马上就要开饭了，薛俊一定还会下手，必须尽快让徐康越制止薛俊。

夏阳去连部，喊了“报告”，还敲了门，房间内没有回应。七郎听到连部内有呼吸声，向夏阳抖了抖耳朵。夏阳明白徐康越不吭声是在默许薛俊打狗，在连部外犹豫一阵，决定带着七郎去搅局。

薛俊、卫生员还有几名士兵果然拿着棍棒隐蔽在炊事班周围，见夏阳赶来，知道他要搅局，无不怒目以视。七郎嗅到不善的气息，立刻皱唇亮牙，喉咙中呜呜低吼示威。

卫生员说："夏阳，请你把七郎带回犬舍。"

夏阳一声不吭，原地不动。士兵们敢打狗，但不敢打军犬，更何况，他们在无聊时看遍了七郎在丛林中的战斗录像，知道七郎跟狗打架不行，对付人却是高手，专咬喉咙。

卫生员愤然瞪了夏阳一眼，向连部跑去。时间不长，通信员跑来，对夏阳说："连长请你把七郎带回犬舍。"

徐康越用了"请"字，说明他心中有愧。夏阳想迫使徐康越出来制止错误行为，一声不吭地站在原地。人仗犬势，没人敢把夏阳拖走，卫生员、通信员只能悻悻离去。

开饭哨响，部队集合，徐康越仍没有出现。夏阳站在原地，没有去列队，冷冷注视着隐蔽的薛俊等人。士兵们打量夏阳的眼神各异，但鄙视、怒视的少，更多的是不解，关系好的还上前劝说："一条野狗而已，至于吗？"唱过饭前一支歌，士兵们进入食堂开饭，徐康越仍未出现，夏阳有些绝望了。

炊事员把泔水倒入泔水盆，喊了开饭，转身回了食堂。食堂外的空地上空无一人，花姑娘不知从哪里钻了出来，似乎嗅到了危险的气息，脚步迟疑，不停嗅探着空气中的气味。夏阳扭头向连部看去，仍未见到徐康越的身影，心情就由绝望变成了愤怒。

花姑娘前足乱踏，进进退退，目光不时瞟向泔水盆，终于经不住食物的诱惑，一步步向泔水盆走去。薛俊、卫生员等人冲了出来，花姑娘扭头想跑，但被抡得呜呜作响的棍棒封住了去路。花姑娘愤怒嘶吼、哀嚎，薛俊等人全然不顾，快速收缩着包围圈。

七郎火了，想冲上去营救花姑娘，却被夏阳一把抓住了项圈，直立起来大声咆哮。

夏阳回头向连部看去，徐康越仍未出现，不由得义愤填膺，怒喝："最后一次警告你们，让花姑娘走！"

薛俊等人充耳不闻，夏阳松开抓着项圈的手，指着薛俊等人说："七郎，袭！"

夏阳的口令让七郎微微一怔，“袭”的口令只用于敌人，但薛俊他们穿着与夏阳一样的军装，而且又没向夏阳进攻，七郎不确定是否该对他们下嘴。只是稍一迟疑，薛俊的棍子已经落在了花姑娘的身上。花姑娘的惨叫声让七郎立刻冲了上去，飞身扑倒薛俊，大嘴含住了他喉咙，薛俊吓得全身僵硬，立刻丢开棍子。七郎转身跃起，又扑倒了卫生员。

花姑娘脱离了包围圈，但吓得慌不择路，在营区里乱窜。

夏阳看到更多的士兵跑出了食堂，指着山脊喊:“七郎，带着花姑娘，去！”

七郎带着花姑娘向山脊跑了几步，回头看一眼呈弧形兜上来的士兵们，突然拐弯向阵地跑去，花姑娘紧紧跟了上去。薛俊和几名老兵提着棍棒追了上去，卫生员怒视夏阳，蠕动着嘴唇想要说些什么，看到夏阳双眼血红，吐口粗气跑去打电话。

七郎带着花姑娘沿小路跑到阵地，只有三四名士兵提着棍棒跑上来堵截，更多的士兵只是在冷眼旁观。听到动静的 W 军士兵也跑上小广场观望。七郎扑倒一名堵路的士兵，再次带着花姑娘突围。几名士兵担心七郎越境，堵住了通往小广场的路，七郎带着花姑娘向四号阵地跑去。

路过乱石堆，七郎高声吠叫求援。总统从石头后露头，看一眼提着棍棒追来的士兵们，立刻带着群狗扭头就跑。七郎无奈而又愤怒地吼了两声，见总统跑得像只被猎狗追的兔子，四号阵地中跑出几名士兵向它们冲来，只好带着花姑娘跑上与国境线平行的巡逻小路。

边防连没有清理巡逻小路上积雪的能力。七郎带着花姑娘在齐腰深的积雪中扑腾了半天，只跑出去百十米，眼看着追兵越来越近，扭头看眼国境上被积雪掩埋了一半的铁丝网，加快四肢挠动速度，爬上一道陡坡。这里的雪刚刚没膝，七郎助跑几步，跃入路旁的积雪中，勉强露出脊背，没等它回头吠叫，听到身后“扑通”一声，花姑娘也跟着跳了下来，傻乎乎地看看它，又茫然地看看铁丝网。七郎火了，一口咬住这货的后颈皮拖回小路，昂头对着铁丝网顶部叫了两声，再次跃入雪地。花姑娘终于明白了，退后几步全速助跑，踩着七郎露出雪面的脊背，猛地跃过，凌空蹿过铁丝网，落到 W 国国境内。

追赶的士兵们转身就往小广场跑，站在小广场 W 国一侧围观的 W 军，知道士兵们来要狗，立刻一哄而散。

打狗失败的老兵们不敢找七郎的麻烦，围住了夏阳。

薛俊说：“你训的好犬，竟然帮助花姑娘越境叛逃。”

花姑娘是野狗，从没听说野狗有国籍，更何况花姑娘本来就是从 W 国跑过来的，跑回去也只是为了逃生。夏阳虽胸中怒火翻腾，但花姑娘已经脱险，所以咬着牙一声不吭。七郎嗅到夏阳身上散发出来的怒气匆匆赶来，微微皱起嘴唇露出獠牙，凌厉的目光在几名老兵身上扫来扫去。七郎真的怒了，目睹老兵对花姑娘痛下杀手，出于军犬的本分，七郎尚能克制，但他们来找夏阳晦气，这已经踩到了它的底线。

薛俊扫眼七郎说：“夏阳，管好你的犬，不然……”

七郎就是夏阳的命，薛俊不知他已经再次踩了底线，还得意地掂掂手里的镐把，冷笑了两声。

夏阳感觉胸中的怒火就如翻滚的岩浆，盯着他的眼睛问：“不然会怎么样？”

老兵们被夏阳身上蓬勃的杀气吓了一跳，他们只是迁怒于人，没想也不敢把七郎怎么样，薛俊也只是出于思维惯性，吓唬一下在他眼里还是新兵的夏阳。

薛俊恼羞成怒地说：“夏阳，我警告你……”

夏阳充耳不闻，冷冰冰地说：“我在问你，不然会怎么样？说！”

七郎身体紧绷，龇牙咧嘴，低声嘶吼，冰冷的目光盯着老兵的咽喉。老兵们努力压制心中的恐惧，强撑着与夏阳对视。

徐康越终于出现了，厉声说：“敢动七郎一根汗毛，我扒了你们的军装。都给我滚回去写检查！”

几名老兵明显长松一口气，转身想走，但七郎呜呜嘶吼的威胁声把他们钉在了原地。

徐康越把目光投向夏阳，夏阳视而不见，盯着薛俊说：“想动七郎，先踩着我的尸体过去。”

薛俊愠怒，勉强挤出一丝微笑说：“好，我知道了。”

夏阳摆摆手，七郎收起獠牙安静地坐下，目送几名老兵尴尬离去。

徐康越说：“夏阳，你也回去，就纵犬扑咬战友一事写出书面检查。”

夏阳对各打五十大板的处理方式不满，回到宿舍没写检查，上床压铺板。七郎把参与打花姑娘的士兵当成了敌人，把卫生员赶出宿舍，蹲在夏阳床头充当哨兵，谁也不让靠近。薛俊本无恶意，只是迁怒于人，没想到夏阳反应这么大，询问卫生员才知道踩了夏阳的底线。薛俊毕竟是老兵，约了那几名参与打狗的老兵结伴前去道歉，七郎见夏阳用被子蒙着头没有起来的意思，立刻龇着牙把他们赶了出去。

入夜，七郎跑出宿舍游散排便，回来后用大嘴扯开夏阳的被子，舔舔他的下巴要饭吃。夏阳伺候七郎吃过饭，正想把它带回犬舍，好让卫生员回来休息，隐约听到了花姑娘的嚎叫声，与世隔绝的山顶上没有一丝噪音，呜呜的嚎叫声音量不大，但入耳清晰。

夏阳推开一道窗缝偷窥，院子里有不少士兵在焦躁踱步，不时向花姑娘嚎叫的方向张望。夏阳无奈地叹口气，关好窗户，用纸袋装了些民用犬粮，交给七郎，指指花姑娘嚎叫的方向说："去告诉花姑娘，不要叫了，W 国那边说不定也信狗哭兵死。"

七郎跑上小广场，哨兵就从岗亭中出来，虎视眈眈地看着它。对面小胡子带着几名 W 军士兵也从宿舍中溜达出来，站在那里向小广场张望。七郎担心花姑娘被打，离开广场向四号阵地跑去。路过乱石堆，总统从石头后蹿出来低叫着打招呼，声音中充满了歉意。雪原上，只有这里能给狗群提供过冬的食物，它不是军犬，没有配给，哪敢得罪军人？七郎不想搭理这个软骨头，充耳不闻地昂着头跑过。总统不满地哼哼了两声，跳下石头蜷缩起来继续睡觉。

七郎跑上巡逻小路的陡坡，跳进积雪，扑腾到铁丝网旁，丢下纸袋低吠两声。蹲在石头上嚎叫的花姑娘箭一般跑了过来，咬住七郎从铁丝网缝隙中递过来的纸袋，咬烂后狼吞虎咽，边吃边回头警惕地张望站在宿舍外的小胡子。小胡子对它越境似乎非常满意，特意给它准备了热食，但花姑娘已经对人产生了恐惧，没敢去吃，整整一天没吃东西，饿坏了。

花姑娘吃过饭，慌慌张张蹿进了夜色。七郎返回夏阳宿舍，跟他打过招呼，自己回了犬舍，在夏阳宿舍里它只能趴在冰凉的地板上，肚子不舒服。

夏阳站在宿舍门口，喊："七郎走了，回来休息。"

卫生员没回来，徐康越来了，手里端着一碗西红柿鸡蛋面，面上还卧着几根绿油油的青菜。夏阳嘴里噙满了口水，贪婪地瞄了一眼，坐回床上一声不吭。

徐康越把面放在桌上说：“给你的，吃吧！”

夏阳明白这是徐康越代表全连在向他变相道歉，但仍说：“我没生病，不能吃病号饭。”

徐康越笑笑说：“知道你爱犬，我也知道花姑娘无辜。身为连长，我应该及时制止，可我说不出口。”

夏阳疑惑问：“担心狗哭兵死的诅咒？”

徐康越神色黯然，苦涩地说：“诅咒是扯淡！我宁可相信是战士们对大自然的畏惧，面对大自然时无能为力的恐慌。在高原上，我们的生命太脆弱了。汽车团有名老兵，在高原上开了十几年的车，连剐蹭事故都没出过，退役前最后一次上高原，在五千多米的米拉山口上换了个轮胎，动作过猛，心脏因负担过大骤停，一口气没上来，牺牲了。八连比咱们还偏远，团里的水电站送不上电去，自己有个小水电站，冬季溪水结冰，八连长带着两个兵去砸冰，脚下一滑，跌下山谷，第二年开春，雪化了才找到遗体。12号哨的驻地被藏族老乡称为“度折拉”，意思是邪恶的地方，地势低洼，下雪后，山风刮来的积雪能没到房檐，但地势险要，我们必须据点扼守。去年，夜间突降大雪，哨兵上房顶清理积雪，失足滑下房顶，落入悬崖，直到牺牲前一直在大喊下雪了。要不是有战士被惊醒，及时上房清理积雪，露出房顶上的通风口，估计一个排的兵都会在睡梦中被闷死。咱们连的老指导员夜间查哨，就在路边站了不到十秒钟，就被一阵大风推下悬崖，一直滚落到落差三千多米的沟底。咱们下不去，团部连夜派人挖了三天，找到他时，遗体都已经冻得……”

徐康越说不下去了，双手捂脸使劲地揉搓着，夏阳内疚地拧了毛巾递过去。

徐康越没有接，摆摆手说：“我没哭，每年都有人牺牲，太多的牺牲，哭不过来。我知道犬对自然灾害异常敏感，哭叫是在向我们示警。但6号哨方向，五十公里内有五个哨所，老百姓知道有危险可以撤，可以躲，但我们不能走不能躲，必须像钢钉一样扎在边防线上。日复一日地生活在死亡的阴影下，心理压力巨大，随时都有可能崩溃。薛俊他们是担心狗哭会成为压垮骆驼的最后一根稻草，所以才会去打狗。虽然是掩耳盗铃，但他们还是做了，只是为了片刻心安。这样做，其实有些可笑。”

夏阳心头一颤，瞬间明白，大雪刚刚封山的时候，他的焦躁恐慌，不仅是源于寂寞，还有对生活在死亡阴影下的畏惧。在四千多米的雪域高原上，人的生命脆弱得如同雪面上无根的枯草，随时都会被大雪覆盖，被卷入风中，消失得无影无踪。

夏阳说：“连长，我懂了。我觉得一点都不可笑，我不知该说什么。虽然现在我是边防连的一员，没上高原前，我从未想过会在死亡的阴影下生活这么久。我和七郎在丛林有过实战，恐惧只在打响前的那一刻，枪一响就忘了什么是死亡。但在这里，每时每刻都要面对死亡，铁打的汉子也会心慌。”

徐康越苦笑说：“无知者无畏，其实我不想点破，让你能生活得快乐一些。”

夏阳站起来立正说：“连长，谢谢你。是我错了，我会向老兵们道歉。”

徐康越说：“不用道歉。初上高原的兵，在打狗这件事上，很多人反应比你还要激烈。这件事责任在我，我会向战士们讲明，吃饭吧！”

徐康越离去，夏阳嚼蜡般把面条吞下肚，花姑娘的嚎叫声再次在夜空中回荡。夏阳第一次感觉狗的嚎叫声让他心情极度烦躁，很想跑到 W 国那边抓住花姑娘给它戴上笼嘴。

夏阳主动向薛俊等老兵道歉，他们嘴上说着没什么，但花姑娘抽风似的嚎叫声，仍然让他们焦躁不堪。夏阳明白，他们出于对七郎的喜爱、尊敬，在努力克制着去残杀汪星人的欲望。七郎对自然灾害似乎不敏感，对花姑娘的嚎叫感到莫名其妙，并对因它嚎叫令营区气氛诡异大为不满，时常对着花姑娘嚎叫的方向咆哮几声，但七郎的咆哮只能让花姑娘安静片刻。

卫生员明白夏阳无法接受他们打狗，天天在夏阳耳边唠叨：七郎是军犬，比花姑娘还要敏感，七郎为什么不叫？该死的花姑娘为什么就不能闭上嘴？夏阳很想告诉他，老天很公平，给了七郎超常的智商，不可能再给它对自然灾害超常的敏感。但看到卫生员扭曲的面孔、发红的双眼，知道他已经被狗哭兵死的诅咒折磨得快要崩溃了，索性闭上了嘴。

花姑娘对着 6 号哨方向嚎哭了三天，小胡子有些纳闷地询问我们在广场的哨兵，得知狗哭兵死的诅咒，对花姑娘越境的得意就变成了沮丧。小胡子用裹了毒药的牛肉投喂。但花姑娘对人类产生了警惕，只吃七郎送来的犬粮。小胡子带人准备围捕，还没等动手，嗅到危险气息的花姑娘就从小广场上溜了回来。

小广场的哨兵专门打电话请示徐康越，如何处理花姑娘。徐康越打开电视电话会议系统，集合分散驻守在各阵地上的士兵，郑重宣布，打狗无法制止灾害发生，从现在开始边防连禁止因狗哭打狗。

花姑娘又对着 6 号哨方向哭叫了一天，声音比以往都要凄惨，惨嚎到半夜突然停止了嚎哭。夏阳、卫生员对视一眼，意识到可能灾害已经发生了，两人心知肚明，但谁也不肯说出来，翻来覆去地在床上烙了一夜的饼。

徐康越披衣坐在床上，焦虑地大口吸烟，不时看一眼桌上的电话。

凌晨，电话铃响了。部队还未起床，这个时候来电话一定有紧急情况，徐康越犹豫了一下，抓起听筒放在耳边，就变了脸色。

6 号哨雪崩了！

四

6 号哨是一个排哨，蹲在山尖上，山势陡峭，易守难攻，四周全是坡度八十度以上的悬崖峭壁，扼守着一道南北走向的山口，隔着一道东西走向的峡谷与 W 军对峙。山口虽不通公路，只有一条勉强称得上路的骡马道，但周边都是海拔七千米以上的雪山，是唯一可以由此向我侧后迂回的通道。6 号哨的主阵地在山口右翼海拔稍低的山脊线上，驻扎着两个加强班。山口左翼是陡峭主峰，面积狭小，只能用钢筋混凝土浇筑出一个二十多平方米的类似高脚屋的钢混堡垒，如同手指尖上的一颗黄豆，由五名战士驻守，既是前沿哨位，也是支援主阵地的火力支撑点。

6 号哨是著名的风口，终年风力六级以上，大风吹来的积雪在山口内堆积起厚达几十米的雪层。每年冬季封山，前哨与主阵地就会被大雪分成两个遥遥相望的孤岛。

雪崩发生在 6 号哨的前哨上，两名站哨的士兵被突发的雪崩推入峡谷，跌落在落差三十多米的突出山体上，赶来营救的三名士兵搀扶着两名负伤的战友返回途中再次触发雪崩，五名士兵被雪流推入鹰嘴崖一侧的峡谷，四名士兵当场牺牲，重伤的战士沿谷底小溪爬到了水电站，用电话与团部取得了联系。

雪崩发生在主峰左翼，位于右翼的主阵地并未看到雪崩，发现对面 W 军哨所异动，用电台联系前哨却无人回应，意识到前哨可能出了问题，组织突击组数次冒险尝试，均无法通过积雪厚达数十米的山口。

哨所就是前沿阵地，一刻也不能失控，团长组织兵力由山下支援，翻过鹰嘴崖后的山体完全被大雪覆盖，不仅目视无法分辨道路，数次探查不仅未能找到通往前哨的骡马道，反而触发了一次小型雪崩，幸亏准备充分，才没有再次造成人员伤亡。束手无策之际，团长猛然想起七郎曾给 8 号哨送过药，一个电话打到卓里拉边防连，命令七郎前去支援。

徐康越端着望远镜观察了半天周边雪情，决定趁早上气温低，积雪冰冻，沿边贸公路靠山体一侧徒步走到海拔三千米的融雪线附近，与团部来接他们的运兵车会合。

七郎要负重登高，卫生员作为七郎的医生必须随行。6 号哨对面的 W 军有增援迹象，七郎不仅要参与搜救，还要担负对失控前哨的侦察任务。夏阳除了背负自己的装备，还要背负七郎的装备，徐康越担心夏阳体力不支，喊上冬季高原活动经验丰富的薛俊作为保障人员。

天边露出鱼肚白，救援小组在军靴外面套上防滑钉，拄着雪杖出发。徐康越没让战士们送行，夏阳认为这样挺好，士兵们强装笑颜反而让他有一去不回的感觉。花姑娘知道七郎能保护它的安全，回归后寸步不离七郎左右。但它对薛俊颇为畏惧，远远缀在救援小组身后。

薛俊问：“夏阳，让花姑娘跟着吗？”

夏阳不认为野狗会跟着救援小组上车，随口说：“随它吧，愿意跟就跟，上次去 8 号哨，它帮了不少忙。”

薛俊回头看着花姑娘微笑，然后才指指前方说：“花姑娘，去领路！”

花姑娘再次被士兵接纳，立时兴奋起来，谄媚地晃着尾巴，摇头摆尾地跑到了队前。七郎显然对花姑娘卑贱的姿态大为不满，低吠呵斥，但花姑娘毫不在意。

薛俊见夏阳目瞪口呆，问道：“是不是感觉花姑娘没有尊严？”

夏阳苦笑着，摇摇头说：“我感觉花姑娘会审时度势。”

徐康越说：“也不全是这样，或许你和七郎的关心，让花姑娘感到温暖，它才选择继续留在我们连。”

夏阳茫然看看周边被大雪覆盖的群山问：“W 军也在打它，花姑娘能去哪儿？”

薛俊说：“可以去其他哨所，几十公里的雪路，对藏狗来说不是问题。只要它不继续哭，没人会把它怎么样。”

夏阳问：“薛老兵，你们之前只是想驱赶花姑娘？”

见薛俊没吭声，夏阳就明白了，抓不着就是驱赶，被抓到了只有消灭。

积雪仍近一米厚，融化又冰冻的雪面一下接一下地撞击着大腿，夏阳轻轻按了按，疼得龇牙咧嘴，估计已经青紫了。三公里的路走了足足两个小时，救援小组赶到的时候，团里派来的运兵车已经等候多时。夏阳打开尾门，七郎轻车熟路地跳上车。花姑娘想上车又担心被困住，跑到车边又远远跑开。试了两次，没等徐康越等人厌烦，七郎先烦了，跳下车蛮横地咬住后颈皮，把花姑娘拖过来交给夏阳，自己跳上了车。夏阳揪住花姑娘的后颈皮，一手托着后腿，把哀嚎挣扎的花姑娘送上车。七郎很默契地冲过来，一口咬住后颈皮，把想跳下车的花姑娘拖进车厢。

运兵车一路奔驰，为了争取时间，直到车头前形成雪墙实在无法前进的时候，才让救援小组下了车。由此，还要徒步两公里多才能到达海拔四千米的鹰嘴崖。路上积雪不厚，救援小组步履匆匆，夏阳逐渐跟不上队伍。薛俊抢过夏阳的背囊，卫生员担心他缺氧断片，主动挡在右侧，防止他失足跌落悬崖。

薛俊疑惑地问：“来了有多半年了，还没适应？”

夏阳指指自己的胸部说：“在丛林，肺叶被子弹打了个眼儿。”

徐康越惊愕回头，欲言又止，回头继续赶路。

薛俊说：“肺部有伤，还上高原，找死吗？”

话不好听，但夏阳知道他是好意，指指跑在前面的七郎说：“队里送犬上过高原，有几条犬得高原病去世了，让七郎自己上来，我不放心。”

如果七郎得了高原病，夏阳不是犬医，起不到什么作用。薛俊不理解夏阳的做法，鼓鼓嘴，但最终没有吭声。

卫生员说：“七郎已经适应了高原气候，你肺部有伤，不宜在高原上久留，等开了山，赶紧下去吧！”

夏阳笑了笑，没有回应。

团前指就在鹰嘴崖背面，已经顶到了最前沿，正面就是雪崩现场，已被雪崩推下来的积雪封死。临近中午，融化滴落的雪水逐渐汇集成涓涓水流。抵近指挥的团长把手插入身边的积雪，融化的雪水已经渗到雪层底部，立刻命令突击分队撤到安全位置。在鹰嘴崖正面铲雪开路的一个排，刚刚撤到鹰嘴崖背后，伴着一声轰响，一次小雪崩推下的积雪就再次堵死了鹰嘴崖，十几个小时的努力付之东流。

团长问：“其他突击分队的情况？”

参谋长报告：“从右翼攀登的一、三分队突击失败，已返回出发位置。左翼的二分队，停留在牛蹄子窝，等待夜间雪层封冻后再次尝试攀登。6 号哨主阵地报告，W 军哨所已经集中全部兵力对我观察。”

救援小组匆匆赶来，没有打扰参谋长报告，立正等候。

夏阳低声问：“连长，W 军观察我们干什么？想动手？”

徐康越说：“W 军不敢动手。观察是为了掌握我们的救援能力以及反应时间，为战时做准备。”

团长转身说：“不排除先我一步进入前哨，窃取情报的可能。”

徐康越立正敬礼：“报告，团长同志，卓里拉边防连救援小组奉命赶到，请指示。”

团长还礼说：“原地休息，雪层封冻后出发。”

徐康越说：“是。”

团长把目光投向七郎说：“你就是七郎啊？小伙子长得很精神，今晚就看你的表现了。”

七郎晃了晃尾巴。团长笑了笑，伸手摸头，徐康越心头一紧，刚想阻止，团长的手已经落在了七郎的大头上，还抚摸了两下。徐康越脸上的表情变成了惊愕。

团长察觉徐康越神色异样问：“怎么了？”

徐康越说：“团长，七郎很给你面子，它现在还不让我碰，别说抚摸了。”

团长问夏阳：“有这样的事儿？”

夏阳尴尬地说：“报告团长，七郎认识军衔，对校官很尊敬。”

团长不信军犬会认识军衔，指指徐康越说：“你再试试。”

七郎头没动，斜眼看着徐康越伸过来的手皱唇亮牙。参谋长快步走来，好奇地伸手摸摸七郎的头顶。

团长一直板着的脸上有了一丝笑意，打量着夏阳说：“竟然会拍马屁，跟谁学的？”

夏阳苦着脸说：“团长，七郎跟克虎学的，跟我没关系。”

参谋长说：“团长，6 号哨主阵地报告，W 军增援哨所，一个班携带观测通信器材上了阵地，阵地后还有人起立坐卧，6 号哨位于寒暖流的交汇处，冬季每天下午会起大雾，我担心 W 军趁机行动。”

团长说：“命令 6 号哨主阵地加强监视，如发现 W 军有越境企图，不必请示，直接鸣枪警告。”

参谋长快步离去，团长对徐康越摆摆手说：“你们抓紧时间去睡一会儿。”

救援小组找了背风向阳的地方，钻进睡袋合眼打盹。七郎趴在防潮垫上眼睛滴溜溜乱转，看看夏阳的脸色，又看看跑来跑去到处乱闻的花姑娘，看样子很想跟上去，被夏阳喝了一声“非”，郁郁不快地蜷缩成一团，用大尾巴盖住鼻子眯眼打盹。花姑娘跑到鹰嘴崖正面，看了看填满山崖的雪墙，扭头就跑，足足跑出去五六百米，才找了块石头跳上去晒太阳，看样子是被雪崩吓坏了。

夜幕降临，夏阳被摇醒，睁开眼睛，满山雾气弥漫。参谋带人送来已经加热好的干粮和纸笔、电筒，低声说：“警卫排还在开辟通往雪面的通道，还有时间，你们给家人写点什么吧！”

参谋没明说，但这个时候，能写的只有遗书。夏阳嘴里叼着电筒，在稿纸上写了一句“爸爸，我爱你”就停了笔，不知再写什么，盯着稿纸发呆。

七郎好奇地凑过来，看一眼稿纸，抬头舔舔夏阳的脸颊。夏阳想起独身一人把他拉扯大的父亲，抱住七郎的脖子，一低头，眼泪啪嗒啪嗒地流下来。

薛俊捅捅卫生员低声问："夏阳不是打过实战吗，怎么反应还这么大？"

卫生员摇摇头："可能是我们无知者无畏吧！"

徐康越使个眼色，薛俊在身旁积雪上砸了一拳，拳头入雪四十厘米就停住了。

薛俊刻意大声说："雪冻得很硬，几乎没有再次雪崩的可能。"

夏阳明白薛俊是在安慰他，在七郎皮毛上拭去眼泪，抬头说："我没事，突然就想起我爸爸了。"

夏阳收起稿纸，开始给七郎准备晚饭。

徐康越问："不给家人写点什么？"

夏阳说："不写了。我和七郎还有很长的路要走，必须完成任务活着回来。"

徐康越想了想，丢了纸笔站起来说："这话说得给劲儿。不写了，我们一起完成任务活着回来。"

薛俊和卫生员闻声也不写了，丢了纸笔，起身整理装备。

花姑娘嗅到犬粮的香味跑了过来，吃完夏阳给它倒的一些犬粮，扭头远远跑开，看样子不准备跟着上山。

夏阳从背囊中拿出犬用装备，七郎明白要去执行任务，立时兴奋得双足乱踏，等穿上战术马甲，挂上了全副装备，自觉地跑来跑去，感觉哪里不对，就跑回来让夏阳帮助它调整；还跑去前指扒着桌子看通信参谋调试信号，把它身上视、听、热成像信号接入前指的指挥系统。

气温降到零下以后，警卫排从鹰嘴崖正面掏出一条通往雪面的雪洞。突击队准备出发的时候，花姑娘突然冲了上来，大着胆子咬住七郎的后颈皮，想把七郎拖回去。七郎凶巴巴地吼了两声没起作用，用力咬了一口，花姑娘哀叫着逃开，又蹿上去咬住夏阳的袖子往回拖。花姑娘很聪明，它知道把夏阳拖回去，七郎就会跟着回去。

狗对自然灾害异常敏感，花姑娘的举动让突击队员心跳加速，神色有些慌乱。送行的团长、参谋长努力保持着微笑，但笑容怎么看怎么僵硬。

夏阳抚摸着花姑娘的头，低声说：“好孩子，乖，松开。我们是军人，必须去执行任务，你乖乖地留在这里等我们。”

花姑娘咬着袖子不松口，呜呜哀叫着死命往后拖夏阳。薛俊烦了，跑上来抬脚就踹。花姑娘最怕薛俊，今天似乎也不管用，转圈躲着薛俊的脚，咬着夏阳的袖子死不松口。夏阳无奈，对七郎招招手，花姑娘怕七郎，没等七郎靠近，就松开夏阳的袖子，远远跑开呜呜哀鸣。

雪崩后的积雪结构松散，遇到外来破坏极易再次诱发雪崩。为了保障成功登顶，一个加强班兵力组成的突击分队分成三部分出发。七郎担任尖兵先行出发；夏阳、徐康越等人组成的尖兵小组与七郎间隔一百米尾随前进；一个侦察班组成战斗小组，准备处理突发情况，间隔一百米尾随尖兵小组前进。

各组人员全部钻过雪洞，徐康越摆手示意出发。七郎嗅探着雪面缓慢前进，夏阳对照单兵电脑屏幕上显示的地形图，不时通过犬用电台调整七郎的前进方向。

雪崩推下来的积雪、岩石堆积成厚达十几米的雪层。积雪干湿混杂，浸透雪水的积雪冻成了坚硬的冰块，被干雪覆盖的地方，一脚下去深可齐腰。最可怕的是，被积雪掩埋的巨大岩石没有受到雪崩冲击力的一侧会形成雪洞，不慎掉落其中，摔伤、扭伤算是走大运，触动支撑岩石的冰层，会被下滑的岩石活活挤死。

七郎走得小心翼翼，苔藓、岩石、泥土气息浓郁的地方，反复试探，无法确定安全的地方会自己绕路。虽有七郎探路，但徐康越仍不放心，有些雪壳子犬能过去，却无法承载人的体重。他命令尖兵小组挂上安全绳，与薛俊轮流走在最前面，用雪杖捣刺雪面，如同通过雷区般缓慢前进，一个小时过去，走了不到八百米。

徐康越亲眼目睹七郎、花姑娘给 8 号哨送药，无条件信任七郎，对前进速度很满意，认为不出意外情况，午夜前后一定能到达前哨。跟随在后面的战斗小组却急出一脑子门汗，组长几次通过单兵电台催促夏阳命令七郎加快前进速度。夏阳不想与组长争吵，在七郎再次绕开的位置用雪杖捣了两下，雪壳子碎裂，落入四五米深的雪洞底部。小组长这才闭上了嘴。

七郎晃着尾巴横向跑来跑去，突然卧倒示警。徐康越抬手示意，救援小组以及身后的战斗小组立刻拉开战斗队形。夏阳在单兵电脑上调出七郎摄像头拍摄的视频，只有一片平坦的雪地，没有发现异常。

夏阳匍匐前进，与七郎会合。七郎狐疑地用前爪挠了挠冻硬的雪面。夏阳在雪面上砸了一拳，疼得龇牙咧嘴，拂去表面的积雪，才看清是浸透雪水的积雪冻成的坚硬冰面，用力按了按冰面，感觉能承力，起身想通过，刚抬起左脚，就被七郎咬住背囊，拽得一屁股坐在雪地上。

雪杖捣不动坚硬的冰面，夏阳拔出刺刀抡圆胳膊，只在冰面上扎了两下，冰面“咔嚓”一声裂开塌陷下去，伴着连续不断的断裂声，坍塌的冰面向两翼延伸，摔落到底部的大块冰板激起阵阵雪雾，轰轰的声音在山谷中回荡。

夏阳往回疾奔了几步，呼吸就跟不上了，眩晕一阵阵袭来，连忙指着鹰嘴崖喊：“七郎，去！去！”

七郎没有单独逃生，反而拖着夏阳一起跑。

尖兵小组原地没动，夏阳也跑不动了，索性一屁股坐下，指着鹰嘴崖让七郎去逃生。七郎根本不理会，反而卧在夏阳身边。夏阳急得大吼，七郎毫不在意，把头伸到夏阳手下，让它摸头，气得夏阳在它屁股上拍了一巴掌。

徐康越说：“不想走就留下吧。如果雪崩，它也跑不到鹰嘴崖。”

夏阳叹口气，嗔怪说：“傻犬！”

徐康越说：“忠诚、本分，七郎做到了，是个好兵！”

七郎从徐康越身体气味上判断出是在表扬它，得意地晃着尾巴，瞟了夏阳一眼。

轰鸣声停止，雪雾消散。七郎先上去探路，然后把尖兵小组带了上去。眼前是一道宽三四米、长达数百米，几乎横跨山体的雪裂。徐康越拉下头盔上的摄像头拍摄视频，向前指报告情况。

薛俊紧张地吞口唾沫问：“夏阳，刚才你啥感觉？”

夏阳说：“差点尿在裤子里。你呢？“

薛俊说：“出发前，幸亏没喝水。”

两人扭头用探寻的目光看卫生员。

卫生员说：“尿了一点儿，幸亏憋住了，要不然得找地方换内裤。”

三人都想笑，但无论如何也笑不出来，嘴咧得像是要哭。天气预报说明天仍是晴天，这么大的雪裂，融雪极有可能引发雪崩。前面还不知有什么情况，如果黎明前不能到达前哨，他们很可能就要永远留在这片山坡上。

雪裂两侧表面和横切面的雪层冻得坚硬，暂时不会坍塌。徐康越微微松了口气，带着夏阳、七郎寻找可以通过的路径。雪裂两翼末端的雪面虽没有坍塌，但谁也不敢保证雪面下没有裂缝。那里已经靠近悬崖，积雪承重差，无法通过。

不能绕路，唯一的办法就是横渡。如果翻越，挠动承力雪层，极有可能引发雪崩。徐康越在单兵电台里喊了一声，战斗组的组长抱着气动锚钩发射器上来准备架绳桥，沿着雪裂来来回回找了近一个小时，才勉强找到可以充当桥桩的岩石，向雪裂对面连续发射了几次，但岩石上没有棱角，锚钩根本无法着力。

眼见着时间一分一秒过去，徐康越急得满头大汗，见夏阳双手举着冰块往对面雪地上扔，扭头看看对面的桥桩，捡了冰块扔过去，帮助夏阳找到一块雪面坚硬的位置。

组长明白夏阳想干什么，有些担心地问："七郎行不行？"

夏阳说："七郎没有训练过这个科目，我不敢保证。"

组长扭头说："徐连长，这是最后一个气瓶了，如果……"

徐康越说："如果什么？架绳桥是唯一通过雪裂的办法，七郎行不行都要架设！"

组长再次发射，一拉绳子，锚钩再次从岩石上滚落。夏阳跟组长要了备用抛射绳，在身旁充当桥桩的岩石上绕了一圈，用锚钩钩住绳子。演示了两遍，七郎就明白了，助跑几步越过雪裂，叼着抛射绳缠在充当桥桩的岩石上，用锚钩钩住绳子。

组长惊愕说："我去，这哪儿是狗，简直就是个小人儿！"

夏阳纠正说："犬！请给七郎必要的尊重。"

徐康越在桥桩上拴好抛射绳说："哪来这么多屁话，赶紧的！"

组长利索地爬过绳桥，重新拴好抛射绳，架好了绳桥。突击分队越过雪裂，七郎不时回头张望。夏阳拉下双目夜视仪看去，见是花姑娘，跑到雪面坚硬的位置，喊了两声，花姑娘试了几次，在七郎不满的催促声中，才鼓足勇气跳过雪裂。徐康越很高兴，说是胆小鬼敢跟上来，前面应该没有什么危险了。

徐康越的判断完全正确，虽然过雪裂耽误了两个小时，但随后的路上有惊无险。午夜时分，突击分队顺利登顶，在距离 6 号哨前哨七百米左右的位置停止前进。山顶空气稀薄，雾气相对淡一些，目视可以看到顶峰上黑黝黝的哨所。这里距发生雪崩的初始位置不远，表层积雪已被雪崩推走，乱石间的积雪深不到一米。几块巨石的迎雪面有几米高箭头状的积雪，可见雪崩推动的雪层厚度、冲击力惊人。

徐康越命令突击分队在一道峭壁下略作休整，他带领战斗组组长隐蔽在乱石后，举着望远镜观察地形，制订作战计划。侦察兵们嚼着巧克力整理武器装备，做好战斗准备。夏阳给七郎、花姑娘喂食、喂水，补充体力。七郎虽不喜红景天的味道，但知道长痛不如短痛的道理，三口两口喝完，拱翻水盆以示不满。花姑娘嗅嗅味道，扭头吞雪解渴。

徐康越、组长屈身跑到峭壁下集合侦察兵，分配作战任务。七郎要首先登顶，对哨所实施侦察。夏阳给七郎挂载球形视听侦察仪和遥控起爆的球形炸弹。汪星人对球形物体有着狂热的偏爱，七郎把视听侦察仪扯下来，衔在嘴里再粘上，正玩得不亦乐乎，突然用大嘴碰碰夏阳，面向十点钟方向卧倒示警。花姑娘也有了反应，夹着尾巴缓缓倒退，龇牙咧嘴地低声嘶吼，样子像是遇到了猛兽。

夏阳用手语示警，指指十点钟方向。侦察兵们无声打开保险，据枪瞄准十点钟方向。徐康越按下电台送话开关询问情况，6 号哨主阵地报告："未见 W 军离开阵地向我方移动。"

夏阳低声说："连长，看花姑娘的反应，像是猛兽。"

徐康越说："刚刚雪崩，野兽不会过来，应该是 W 军上来了。"

徐康越带队掩护夏阳、七郎绕过峭壁。七郎在雪地上找到几行犬的脚印，从行进方向上看，应该上过哨所又沿着面向峡谷的山坡原路返回。面向峡谷的山坡坡度只有四十度左右，相对面向鹰嘴崖的山坡算不上陡峭，藏狗、经过训练的犬都可以上来。徐康越举起夜视望远镜顺着脚印向山下看了一眼，把望远镜交给夏阳说："十一点方向！"

夏阳举起望远镜看去，五百米外，两条圣伯纳犬一前一后正踩着露出雪面的岩石下山，身上没有穿战术马甲，但项圈上似乎挂着什么东西。夏阳试着吹了两声犬哨，两条圣伯纳犬停住脚步，好奇地回头张望，两条犬的项圈下都挂着一个硕大的方盒子。

夏阳说："没有背负数据电台，项圈上好像是录像式摄像仪，我感觉不像是 W 军军犬，不过绝对不是野狗。"

徐康越说："好像？感觉？"

夏阳说："如果是摄像仪，个头未免太大了。没有明确嗅源，也没有犬用电台，也没看到人指挥，它们是怎么上来的？"

徐康越说："搜救犬需要明确嗅源吗？"

夏阳尴尬闭嘴，把望远镜递给徐康越，又吹了两声犬哨，两条圣伯纳犬再次回头张望。徐康越用望远镜看一眼方盒子说："W 军的东西笨重，他们的数码相机的个头不比单反相机小。这么大的犬能上来，说不定 W 军也摸上来了。战斗组跟我走，这里交给尖兵组！"

战斗组要突入哨所搜查，如果使用震爆弹、手雷，极易引发雪崩。夏阳在七郎马甲上扯下两枚球形视听侦察仪递给徐康越说："扔进室内可以侦察情况。"

徐康越把球形侦察仪装进口袋，带着战斗组，顺着圣伯纳犬留下的脚印向前哨摸去。

两条圣伯纳犬似乎有十足的信心逃脱追捕，跑得不紧不慢。夏阳指了指它们，七郎立刻追了上去，夏阳、薛俊、卫生员紧随其后，花姑娘犹豫了一下，还是跟了上来。

融化的雪面冻成了坚硬的雪壳子，下面是深可及腰的积雪。七郎在露出雪面的岩石上如同走梅花桩，但跳跃的速度远远比不上奔跑，与两条圣伯纳犬之间的距离始终保持在四百米左右。花姑娘雪地行进的经验要比七郎丰富，看到七郎过不去的时候，会主动帮助七郎找出可以落脚的岩石，但它畏惧圣伯纳犬硕大的体形，不敢甩开七郎去追击。

犬走不快，三人走得更是踉踉跄跄，腰部、胸部被坚硬的雪壳子撞得生疼，还不时被掩埋在雪层下的岩石绊倒。眼看着越追越远，薛俊急了，端起微声冲锋枪打了点射，微声冲锋枪的有效射程只有两百米，子弹不知飞到哪里去了，连落点都没有看到。

枪声微弱，但犬的耳朵灵敏，远在五六百米外的两条圣伯纳犬似乎没有受过训练，一起站住，好奇地回头观望。花姑娘在裸露的石头上蹦跳，嗅嗅脚下的石头，舍近求远，跳进积雪，扑腾到另一块石头上去，还颇为畏惧地瞄一眼它踩过的石头。

夏阳蹚着齐腰深的积雪加速冲上去，在石头上抹了一把，放在鼻子上，立刻嗅到一股子尿臊味。军犬不会随意撒尿留标记，那两条圣伯纳犬不是军犬！夏阳举起微声冲锋枪对天射击，圣伯纳犬果然停下脚步回头观望。

夏阳愤怒地说："对人毫无戒心，W 军把高山救援犬弄上来了。W 军怎么呼唤犬？"

薛俊说："这我哪儿知道？"

卫生员也连连摇头。

谷底可能有 W 军接应，三人不敢浪费子弹。夏阳吹口哨，圣伯纳犬没反应；吹犬哨，七郎跟着一起回头；喊了声"good dog"，圣伯纳犬站住晃着尾巴，回头疑惑地打量夏阳，但喊过几次，也失去了作用。无奈，三人只好轮流开枪，吸引圣伯纳犬的注意力，迟滞它的速度。

前进五百米，乱石减少，积雪变厚，一些灌木枝杈露出雪面，夜色中黑黝黝的针叶林隐约可见。两条圣伯纳犬沿着它们上山时用身体蹚出来的雪沟，不慌不忙地向山下跑，不时回头看看追上来的七郎，友好地晃晃尾巴。

打仗呢，没想跟你交朋友。七郎被搞得有点发蒙，回头张望。圣伯纳犬蹚出的雪沟距离森林只有三四十米，随时可以撤入森林。林中情况复杂，如果 W 军有埋伏，三个人冲进去都不够人家塞牙缝。

夏阳按下电台送话开关，低喝："七郎，袭！"

七郎回头见夏阳指着圣伯纳犬，立刻沿着雪沟加速追了上去。三人跑入雪沟的时候，七郎已经逼近了两条圣伯纳犬。花姑娘颇为畏惧，留在后面踏着碎步不敢上前。两条憨厚的圣伯纳犬停住脚步，奇怪地看着气势汹汹追来的七郎，昂着头晃着尾巴，准备与七郎碰碰鼻头打招呼。七郎迟疑了一下，猛地扑上去，咬住一条圣伯纳犬的咽喉把它扑倒。另一条圣伯纳犬吓得转身就跑。或许是圣伯纳犬的友好让七郎感觉不好下嘴，只是含住喉咙嘶吼着，威胁圣伯纳犬不要乱动。

夏阳按下送话开关，连声说：“七郎，衔，衔！”

七郎有些茫然，打量着嘴下的圣伯纳犬，这么大块儿显然衔不了，唯一可以衔的只有挨着脸颊的方盒子，于是松开咽喉，一口咬住方盒子。身高马大的圣伯纳犬起身就跑，拖着死咬着方盒子不松口的七郎跑出去十几米。七郎四腿蹬地，身体后坐，晃着头用力撕扯，终于扯开方盒子与项圈相连的锁扣。挣脱束缚的圣伯纳犬立刻加速狂奔。

夏阳按下送话开关说：“七郎，吐，吐！袭！”

七郎丢下方盒子，回头见夏阳指着那条已经跑远的圣伯纳犬，立刻拔腿顺着雪沟追了上去。泥犬也有三分火气，刚刚摆脱七郎的圣伯纳犬见七郎又追了上来，回头呲牙咧嘴地准备战斗。七郎怒吼一声，吓住圣伯纳，趁机从它头上跃过，飞奔而去。圣伯纳犬有些茫然地看一眼远去的七郎，回头对着跟上来的花姑娘低吼。

花姑娘毫不犹豫地跳出雪沟，绕过圣伯纳犬去追赶七郎。憨厚的圣伯纳犬彻底被搞蒙了，茫然地看着追上来的夏阳等人。这家伙应该见过枪，看到薛俊端枪对准了它，这才醒过盹来，转身逃跑。

夏阳伸手捂住薛俊冲锋枪的准星说：“犬和枪一样，不是我们的敌人，使用、指挥它们的人才是。”

薛俊收枪，撇撇嘴说：“这家伙个太大了，不赶走它，谁敢去拿摄像仪？”

夏阳尴尬地挠挠头说：“对不起，误会你了。”

薛俊指着七郎说：“你跟我客气啥？赶紧去指挥七郎，还有一个呢！”

夏阳、卫生员去追赶七郎，薛俊捡起方盒子摆弄。盒子是全封闭的，正面正中位置有一个一角硬币大小的摄像头。摄像头精巧，盒子笨重，薛俊有些奇怪地用刺刀撬开，嗷地怪叫一声，把盒子抛向远处，转身追赶夏阳，边跑边按下电台送话开关低吼：“夏阳，盒子里有遥控起爆的自毁装置，装置复杂，短时间内无法排除，从重量上判断装药量不小于一百克。W 军可能就在附近，随时可能引爆。放弃盒子，带着七郎往森林跑！”

七郎已经追上了另一条圣伯纳犬，正在奋力撕扯项圈上的方盒子。夏阳吓得亡魂直冒，按下送话开关，大吼：“七郎，吐，吐！去，去！”

七郎松开盒子，扭头见夏阳指着侧翼的森林，刚刚跳出雪沟。伴着一声巨响，圣伯纳犬被炸得粉身碎骨，爆炸的气浪一下把七郎凌空推了出去。花姑娘吓得夹着尾巴远远跑来。接着身后又传来一声巨响。

夏阳、卫生员沿着雪沟向七郎飞奔，耳机中传来徐康越的呼叫："尖兵小组，报告情况，哪里爆炸？"

夏阳一心狂奔，卫生员按下电台送话开关说："连长，W 军犬用摄像盒里有自毁装置，我组无伤亡，七郎可能……可能牺牲了！"

徐康越说："爆炸有可能诱发雪崩，你组立刻撤入森林。"

卫生员这才注意到雪面在缓缓蠕动，拉着夏阳往侧翼的森林跑。夏阳一把甩开，又被赶上来的薛俊抓住，与卫生员合力拖着他向森林跑去。

夏阳奋力挣扎，嘶吼："放开我，我要去救七郎！"

薛俊吼："足足两百米，等你跑过去，雪崩就成形了，你和七郎谁也活不了！"

夏阳嘶吼："让我和七郎一起死，放开。"

薛俊一拳擂在夏阳肚子上，破口大骂："狗日的，七郎可能已经牺牲，你爹妈把你养这么大，就是为了让你去陪葬吗？"

夏阳一下怔住，摸摸衣袋里只写了五个字的遗书，甩开薛俊、卫生员的手，奋力向森林跑去，边跑边流着眼泪张望，期望七郎能够站起来。远远跑开的花姑娘跑了回来，叼住七郎的项圈往森林里拖。

夏阳立刻收起眼泪，大喊："加油，好姑娘，加油！"

死亡的阴影逼出了三人的潜力，在齐腰深的积雪中连滚带爬，只用了不到五分钟就蹿进了森林。林子里的积雪刚刚没膝，夏阳爬起来就向花姑娘狂奔，嘴里狂喊着"好姑娘，加油"。薛俊从挎包中掏出攀登绳，追上去把一头甩给夏阳说："扎上安全绳！"

积雪如同黏稠的液体缓缓流淌，轰轰作响。花姑娘立足不稳，在积雪中奋力挣扎，惊恐哀嚎，但死死咬着七郎的项圈不松口。夏阳腰上扎着安全绳，助跑几步飞身扑进雪中，手脚并用挣扎着靠过去，一手抓住七郎的项圈，一手去搂花姑娘的脖子。花姑娘仰头避过，爬到夏阳的背上，奋力一跳，落入森林边缘的积雪中，四腿奋力挠动几下，脱离深雪层，脚尖刚刚挨上地面，立刻向森林深处跑去。薛俊、卫生员用安全绳把夏阳拖进林子，林间地面起伏，乱石铺陈，三人为保证安全合力抬起七郎，踩着花姑娘的脚印玩命狂奔。

身后轰鸣声大作，积雪激流般涌向峡谷，森林边缘碗口粗细的松树被雪中裹挟的岩石撞断，倒入雪中，瞬间不见踪影。雪崩带起的狂风卷着雪沫子，如同出膛的炮弹撞进林子，瞬间炸开，雪雾弥漫，衣衫猎猎。

三人毛骨悚然，踏着没膝的积雪，直线跑上林中高地上才停住脚步。薛俊据枪警戒，掩护夏阳、卫生员抢救七郎。他双腿发软，靠着大树才勉强站稳，心有余悸地喘了阵粗气，通过电台向徐康越报告情况。

七郎身上没有外伤，心跳有力，呼吸正常，只是被震晕了。卫生员担心七郎脑供氧不足，赶紧挂上犬用呼吸器。七郎吸了几口氧，睁开眼睛，晃晃悠悠地站起来。夏阳这才松了一口气，先是拥抱了薛俊、卫生员，转身又抱着七郎、花姑娘一通乱亲，把卫生员看得直咧嘴。

山势不是很陡峭，加上积雪有冻层，雪崩很快停止。清醒过来的七郎协助三人沿森林边缘搜索，没有发现有人进入的痕迹。但恰到好处的引爆让三人困惑不已，报告上去，徐康越和前指也有些困惑。两条圣伯纳犬去过前哨，战斗小组进去的时候，它们留在地板上的脚印还没干。这两个家伙明显没经过专业训练，没去前哨阵地，只在生活区打转，吃了士兵们的零食，又在厨房干掉了半盆剩饭。不知为什么，它们对战士们用来背水的背负式水桶很感兴趣，从厨房拖到了门口，看样子准备带走，估计是装满水的水桶太重，最终还是放弃了。

自从与前哨失去联系后，6 号哨主阵地不间断地监视对面的 W 军哨所，没有发现有 W 军进入峡谷。中国、W 国两方的哨所隔着一道宽约两公里的峡谷相互监视，这个距离上，除了犬用电台，夏阳想不到还有什么办法能指挥犬。七郎作为汪星界的妖孽尚无独自行动的能力，更何况那两条憨厚的圣伯纳犬?

薛俊分析说:“W 军士兵没有越境，他们在阵地上注视着我们的一举一动。这里应该是他们的预定起爆点，雪崩会把所有痕迹打扫得干干净净，让我们拿不到任何证据。如果犬被堵在前哨内，他们照样会引爆。虽然我没有仔细观察方盒子里的电子元件，但我相信元件上绝对不会有任何的 W 国痕迹。”

夏阳、卫生员赞同薛俊的判断，报告上去，前指看法与薛俊基本相同。夏阳向前指报告了他的担忧。时间不长，前指发来一张主阵地拍摄的照片，照片上对面哨所的 W 军手持地面激光目标指示器照射我方；并告知，前哨重伤的战士报告，封山前，前哨的一个背负式水桶滚落到峡谷，被在峡谷底部巡逻的 W 军指挥军犬拖走。前指询问夏阳，这两者能否实现对圣伯纳犬的指挥？夏阳释然：地面激光目标指示器稍加改造就能发出犬目视可见的光点，受过训练的犬会跟随光点向目标前进；驻守前哨的士兵轮流背水做饭，背负式水桶有他们的味道，完全可以作为吸引圣伯纳犬进入前哨的嗅源，难怪两个家伙想把水桶带走。

排除了 W 军士兵越境的可能，此次事件暂告一段落，后续工作事关外交，要交由上级处理。前指把标好返回路线的地图发到了三人的单兵电脑上，命令薛俊带队沿森林绕路返回。雪崩后的雪面太危险，没必要登顶后原路返回。

五

增援行动结束后，上级给夏阳、七郎各记三等功一次。七郎不清楚三等功意味着什么，但战士们身上散发出来的羡慕、喜悦气息，告诉它奖章是个好东西，想叼去犬舍藏起来，被夏阳抢过去替它保管。

开山后，上级把夏阳、七郎调到乃巴拉边防连。这里的战备情况与卓里拉边防连大同小异，也是一个下辖四个副连级阵地的边防连，隔着一道峡谷与 W 军对峙。但生活条件要比卓里拉好得多，乃巴拉背靠草甸草原，阵地在海拔四千米的山脊上，连部在山脚，海拔只有三千八百米。山势不陡，交通方便，每天早晚都有长途大巴车路过。冬季封山期，只有两三个月，遇到紧急情况，用铲雪车开路，越野车挂上防滑链就能开上山。

乃巴拉哨所的位置居中，夏阳明白上级把他和七郎放在这里，大抵是想把七郎当作高山救援犬用。上级对 6 号哨的支援行动很重视，从下到上开了一连串的经验总结会，七郎的数字化系统记录下的视频被拷贝了无数份，当作训练经验分发到各个用犬单位和军犬队。夏阳所在的犬队，已经对军犬展开高山救援的针对性训练。

乃巴拉哨所没有口岸，对面的 W 军生活更加单调、枯燥。驻地上也有一群狗，十多条的样子，大头目叫二黑。夏阳问过，不知是谁给起的名字，只有二黑没有大黑。乃巴拉背靠草原，除了封山季都有牧民放牧，狗群活动区域大，食物不依赖边防连的泔水，领地意识不强，接纳新成员的态度很宽容。花姑娘跟着夏阳、七郎来了乃巴拉，只对着二黑摇了摇尾巴就被纳入了群体，时常跟着狗群跑得三五天不见踪影。七郎寂寞的时候，戴上钢刺项圈去挑衅，二黑不屑地带着狗群呼啸而去，过上三五天，跟着狗群返回的花姑娘会给七郎送来半只血肉模糊的獭子。二黑在用食物向七郎表明它的态度，不用打架，泔水留给你吃，不够还有獭子。七郎打架只是为了解闷儿，挑衅了几次，每次都会收到不同小动物血肉模糊、残缺不全的尸体。除非必要，七郎只吃犬粮，把尸体送给夏阳，他也不吃，要么丢给狗群，要么挖坑埋了。时间一长，七郎不想再收尸，也就断了打架的念头，时常去跟二黑聊聊天。二黑不介意它的狗群中多上一个尖耳朵的家伙，但它的部下对七郎这个外来品种敬而远之，能躲就躲。七郎对照军容镜里的自己，很快找到了不受欢迎的原因，把花姑娘拖回来陪它解闷。但花姑娘向往自由，不愿被约束，转眼的工夫就会跟狗群跑得不见踪影。

七郎的年龄相当于人类的而立之年，不再是呆萌的汪星翩翩少年，网球之类的小把戏只能偶尔耍耍，耍多了会对着还把它当成孩子的夏阳发脾气。七郎需要排解寂寞，夏阳不再刻意限制它的活动。七郎很快形成了自己的一日生活制度：早晚巡视连部及一至四号阵地；上午训练复习掌握的科目；下午自由活动，先去打扰夏阳发呆，然后去看看哨所放养的那几只愚蠢的羊——它们总是往牧民的草场里跑——随后去温室大棚里趴一会儿，地里上了粪，气味不好，但空气湿润，高原上的空气太干燥了。夏阳有了女朋友以后，担心晒出高原红，不知从哪里打听来的鬼办法，经常几天不洗脸，说是保护皮肤。七郎喊他来大棚，他嫌气味不好，不肯。傍晚，要去帮士兵们把那几只蠢羊赶回连部，那几个家伙总想跑去跟牧民的羊群在野外露营。晚上的时间好打发，吃过饭后，上床睡觉。

夏阳的女朋友是老家住同一个单元的邻居，幼儿园的老师。小县城日子平淡，不像生活节奏快的大城市，住了五六年还不知道对门邻居姓什么。热心肠的大妈们听说夏阳没有女朋友，就当起了红娘。姑娘喜欢宠物，对夏阳情况还算满意，父亲就打电话介绍了姑娘的情况。夏阳感觉被枯燥、单调的生活磨得有些木讷，担心会像卓里拉的那位军士长那样问人家姑娘有事吗，所以给姑娘写了一封信，好好卖弄一下文采，并随信附上一张他与七郎的合影。

这个年代，写信足以成为新闻。夏阳早年是个不谙世事的文青，心里住着一个搔首弄姿的酸秀才，长衫一袭，古书一卷，古松下，背手吟风咏月，即可慰藉平生。夏阳字斟句酌地写了信，自认文采艳惊四座，但等了一个星期还没回信，夏阳认为是姑娘被他的文采惊到了。又等了一个星期，姑娘还是没有回信。夏阳就认为自己用三天时间写了一封信，还是有收获的，至少那三天过得很充实。又过了一个星期，夏阳终于收到了姑娘的回信，虽刻意遣词造句但文笔生涩。夏阳再回信，文笔就趋于自然。估计姑娘古代小说看多了，渴望绣楼中的小姐生活，竟乐此不疲地与夏阳鸿雁传书，越聊越黏糊，郎情妾意的味道愈发浓郁。

国家富强，边防部队的生活保障日渐提高，只要条件允许，大多架设了基站，大雪封山期间通信都不会中断。兵们大多打电话，所以连里的信箱就成了夏阳的专用信箱。

七郎数次看到夏阳拿着信纸发呆、傻笑，想想这货吃饭、睡觉，作息情况正常，高原上气候干燥，脑袋里即使进水也应该干了。嗅嗅信纸，洒了香水，味道淡雅，探头看看，密密麻麻的方块字一个也不认识，吼了两声。这货醒过盹来，开始读信，听不懂，但有人哼唧总比发呆好，七郎听得很认真，权当是解闷。

边防的生活单调寂寞，女朋友照片什么的都会公开。士兵们只听父辈说起过写信，对姑娘来信很感兴趣，强烈要求公开，被夏阳婉言拒绝，几个调皮的就偷拆姑娘的来信。津津有味地读完，觉得这是个不错的办法，寂寞了随时可以拿出来品味一番，于是要求各自的女朋友写信。女朋友的回复大同小异，说可以录音、录视频，写信这事儿太 low，小娘不干。士兵们的女朋友不肯配合，姑娘的来信显得弥足珍贵，想看的人愈来愈多。

士兵们只想着法不责众，但没想到人仗犬势。夏阳算着姑娘该来信了，就让七郎去连部拿。士兵们不拆信，只是过过手，都能被七郎闻着味找到，虽然七郎不咬人，但龇牙咧嘴地吓人。另外，士兵们指望着七郎陪着上夜哨分担寂寞，无论如何也不能得罪。士兵们无法分享夏阳的快乐，只能眼馋地看着他对着信纸傻笑。

估计是姑娘的绣楼闺梦醒了，要求与夏阳视频，用的理由很牵强，说是想看看七郎。部队规定，在符合保密要求的前提下，在个人支配的时间内，可以使用智能手机。夏阳经上级批准后开通了手机上网功能，跟姑娘视频聊天。夏阳感觉自己快要变成青灯古刹里的老和尚，喜静，喜欢自己想心事，不喜被打扰，所以为聊天做好了充分的准备工作，但姑娘出现在屏幕上的那一刻，他似乎重新回到尘世，那种莫名的喧闹扑面而来，让他烦躁不堪，数次想问姑娘有事吗，以便早早结束聊天。幸亏七郎这货是个话痨，与姑娘聊得很开心，高吠低呜有问有答，只是不知它与姑娘聊的什么。姑娘很喜欢七郎，用它的照片当作手机屏保，取代夏阳的照片，还截图发给夏阳看。夏阳能想象到姑娘向闺蜜、好友介绍他的话，由“这是我男朋友”，变成了“这是我男朋友带的犬”，但没有吃醋。他很清楚，姑娘只会嫁给他，七郎顶多也就混个伴郎。

冬季大雪封山的时候，七郎一般在连部蹲点，电话铃一响，它就开始对接电话的通信员察言观色，嗅探有无紧张气息。如果通信员不在，它会跑出去吼叫着喊人来接电话。通信员乐得清闲，时常擅离职守，让七郎代替他守电话。七郎没多久就学会了接电话，听到电话铃响，用大嘴把听筒叼到一旁，还要低吠两声，大概是要让对方等一等，然后才跑出去吼叫着喊通信员回来。时间一长，好多单位都知道乃巴拉有条会接电话的军犬，没事就打电话与七郎聊两句。七郎懂礼貌，有问必答，至于说是的什么，完全靠对方自行脑补。

七郎在等待出击命令，它知道电话铃响过之后，它就有可能披挂整齐奔赴战场，它渴望激情如火的生活，想去雪山上救援、战斗。但夏阳知道七郎机会渺茫，国家富强了，不会再让边防部队用意志坚守边境，正在大力改善哨所的基础条件，为了给 6 号哨通上公路，不惜炸掉了鹰嘴崖，花了近千万才在陡峭的山坡上修出了四公里的路。

夏阳、七郎在乃巴拉边防连待了三年，给七郎过完五周岁生日，连里派人到犬队接回一条接受过高山救援训练的军犬。夏阳、七郎胜利完成使命，要归建返回犬队。边防连全体相送，七郎很有礼貌地与全体官兵逐一握手、告别。兵们知道极有可能此生无法再见到七郎，感情脆弱地掉了眼泪，惹得夏阳犯了文青病，哭得一塌糊涂。二黑也带领狗群前来送行，花姑娘把半只不明品种的小动物尸体扔上了车，大抵是要夏阳、七郎在路上吃，刚刚收泪的夏阳又哭了一鼻子。

按惯例，上下高原都要检查身体。离开三年，七郎仍对何雨晟有敌意，不时请他看牙。七郎身体健康，只是有些轻微醉氧，休息几天就能完全恢复。夏阳的身体却出了问题，他的左肺被子弹贯通，功能不全，加上高原缺氧，心脏负荷加大，长期高负荷造成心脏轻微膨大，不宜剧烈运动，已经不适合继续服役。这是夏阳意料中的结果，上高原前检查身体，军医就建议他不要上去。

虽然是夏阳自己坚持要上高原，但高泽石还是很愧疚，问他是否后悔。

夏阳反问："七郎现在是不是部队不可或缺的军犬？"

高泽石说："是。七郎会继续去执行任务，把技能转化成本能，刻入基因，传给下一代。"

夏阳说："那我不后悔。"

高泽石给了夏阳两个选择：第一，退役，他已经帮助夏阳联系好了一家地方宠物训练学校；第二，继续留队，但只能担负低强度的繁育任务，不能再训练军犬，也不能带领七郎去执行任务。

其他都好说，唯独不能带七郎，夏阳有些无法接受，怔了一会儿说："我需要时间考虑。"

高泽石说："去探家吧！归队后，告诉我你的决定。"

高泽石神色忧虑，欲言又止，似乎有事未说，但没给夏阳询问的机会，转身走了。刚刚归队就打发他探家，夏阳心里发慌，把七郎托付给蔡远威，去队部开了探亲证，直接去了长途汽车站。夏阳的家乡是一个算不上繁华的县级市，距离军犬队只有五百公里，坐大巴六七个小时就能到达。

夏阳回到家，才明白高泽石为什么给他两个选择，为什么要让他探家。父亲脑血栓造成偏瘫，失去工作能力，生活几乎无法自理。女朋友主动上门照顾，父亲有了主心骨，担心影响夏阳工作，坚持不肯通知夏阳。春节的时候，高泽石、王存伟打电话慰问，听夏阳父亲说话含混不清，细问之下，才得知实情。夏阳父亲再三恳求，高泽石、王存伟想到大雪封山，夏阳即使得知病情也无法返回，只能干着急，才答应替他保密。

姑娘常常与夏阳视频聊天，刚刚见面的尴尬劲儿过去，就恢复了活泼、爽朗的性子，就像过了门的媳妇一样接待登门来看望夏阳的老邻居。夏阳在山上待得久了，有些木讷，手足无措，笑容生硬，接人待物远远比不上姑娘。老邻居们在一栋楼里住了十几年，看着夏阳长大，自认是长辈，没有责怪夏阳，反而跟夏阳的父亲说，这门亲事挺好，性格互补，小日子才能过得美满，让夏阳的父亲等着享福。夏父乐得见牙不见眼。

夏阳买了礼物拜访了未来的丈人、丈母娘，就去了高泽石帮他联系的百顺宠物学校。姑娘明白夏阳有了退役的打算，主动陪同兼实地考察。宠物学校的基础条件不错，离家也不远，夏阳主动露了两手训导技术，老总就乐得眯起了眼睛，承诺夏阳的工资待遇按公司最高级别训导员的标准发放。

夏阳在家里待了五天就返回了军犬队，告诉高泽石，他选择退役。高泽石说，对个人、家庭还有军队来说，这都是最好的选择。

队里派来接犬的训导员名叫杜磊，是陈梁班里的兵，入伍未满两年，扛着上等兵军衔，爱说爱笑，性格有点二。从杜磊身上，夏阳似乎看到了当年他的影子。七郎似乎知道夏阳要丢下它走了，对突然出现的杜磊不热情也不排斥，态度还比不上李小军，但接纳程度要比李小军高，不到一个星期，杜磊已经可以替代夏阳指挥七郎。杜磊显然听过克虎、七郎的传说，知道这两位“爷”刁难训导员的超高水平。能在短时间内被七郎接纳，杜磊对此很得意，喜欢昂着头在训导员们面前踱来踱去。夏阳没想到如此轻松地完成交犬，心里泛酸之余又有些不舍的伤感。七郎反应不大，只是偶尔会在犬舍中发呆。

鉴于夏阳本人和家庭的实际情况，上级批准夏阳提前退出现役。高泽石宣布命令后，夏阳在夜深人静的时候抱着七郎哭了一鼻子，郑重地告诉它退役原因，希望七郎原谅。七郎反应仍很平淡，晃着尾巴舔干净了夏阳的泪水。

夏阳没有像韩哲对待克虎那样对待七郎，当着它的面收拾行李，打包邮递。七郎会帮忙叼东西，帮不上忙的时候，就静静地看着夏阳忙碌，眼神中时常有哀怨。夏阳不想把悲伤传递给七郎，想笑着与七郎分别，所以私下里痛哭，在七郎面前仍努力保持着微笑。

离队前的早上，夏阳给七郎洗过澡，带着它去了干休所。妞妞在干休所养老，仍是刚来犬队时的样子，神态冰冷，缩在犬舍墙角，目光警惕地打量着周边。见是夏阳、七郎，才起身走过来，隔着栅栏门与七郎碰碰鼻头，向夏阳晃晃尾巴。三年不见，妞妞老得厉害，犬牙圆钝，胡子发白，但眼睛还算清亮。

夏阳打开栅栏门，妞妞迟疑着不肯出来。赵志峰已经退役，现在负责照顾老军犬的是一名入伍不满两年的上等兵。

夏阳虎着脸问他："你把妞妞怎么了？"

上等兵苦笑着说："班长，妞妞不合群，散放的时候总是跟犬打架。"

夏阳说："那你就关它禁闭？谁给你的权力？"

上等兵说："班长，误会了。干休所都是老犬，不怎么讲规矩，它们合伙欺负妞妞，所以妞妞不怎么愿意出犬舍。"

"不合群就让妞妞单独游散。"夏阳见上等兵犹豫，问，"需要我向队长请示？"

上等兵说："队长，还有转业的韩哲分队长常来带妞妞去看克虎，队长交代过，让妞妞单独散放，但妞妞不肯出来。"

夏阳说："妞妞原来的主人是名毒贩，被我们击毙了，所以它对我们缺乏信任，有些畏惧。人有罪，犬无罪。你善待它，慢慢感动它，好吗？"

上等兵说："明白了。班长放心，我一定照顾好妞妞。"

夏阳说："辛苦你了，谢谢。"

妞妞见夏阳向它伸出手，警惕地后退一步。夏阳蹲下看着它的眼睛说："妞妞，不怕，这里就是你的家，以后七郎会常来看你。"

妞妞看看对它晃尾巴的七郎，又看看微笑的夏阳，试探着想走出犬舍。一条老犬扒着栅栏门对着妞妞吠叫，七郎冲过去吼退了老犬，妞妞明显放松了一些，慢慢走出犬舍。

夏阳给妞妞洗澡、吹干，梳理好皮毛，见妞妞精神状态好了许多，从衣袋中拿出一袋牛肉干问："我们去看克虎？"

妞妞对克虎没什么印象，眼神冷漠，但晃了晃尾巴表示同意。

夏阳擦拭了克虎的墓碑，把牛肉干分成了四份，七郎埋好了属于克虎的那一份儿，舔了舔墓碑上克虎的照片，才趴下慢慢吃着属于它的那一份儿。妞妞三口两口吃完牛肉干，起身跑去了散放场，小跑着兜圈子。夏阳没有制止，妞妞不像七郎从小跟着克虎长大，对克虎没有什么感情，更不明白坟墓的意义。刚来犬队的时候，夏阳带妞妞给克虎扫墓，妞妞反应冷漠，吃完了它的那一份牛肉干，还想吃克虎的那一份儿。今天没吃，应该是高泽石、韩哲常带它来给克虎扫墓的结果。

夏阳不知该说些什么，只是在克虎墓地呆坐。七郎静静地趴在一边陪着它。妞妞好像有发泄不完的精力，还在散放场上跑圈。

蔡远威带着杜磊走来，蔡远威说："夏阳，时间差不多了，跟克虎告别吧！"

夏阳的眼泪一下滚了出来，抚摸着克虎的墓碑说："克虎，对不起，我没有完成承诺，没能陪着七郎走完军旅生涯。"

蔡远威说："夏阳，你把七郎带成了功勋犬，它还会去继续执行任务，一直到走完军旅生涯。克虎不会怪你，走吧！"

夏阳起身给七郎挂上牵引索，交给杜磊说："照顾好七郎，多带它来看看克虎、妞妞。"

杜磊说："你放心吧！"

夏阳不想七郎重蹈覆辙，坚持让七郎送行。高泽石担心七郎脱队，在营区门口预伏兵力，随时准备拦截，杜磊也把牵引索死死缠在了手上。但告别的场面出乎所有人意料，七郎直立起来，蹬着夏阳的胸膛，舔干净他脸上的泪水，然后静静地站在杜磊腿旁，目送他登车离去，然后头也不回地拖着杜磊去了散放场。

七郎从小跟着夏阳长大，这样的表现让人诧异，蔡远威等老兵为夏阳感到不值，一把屎一把尿地拉扯大，分别的时候竟然如此冷漠。陈梁却认为七郎身上有莎莎的基因，或许继承了莎莎的温顺，又或许成熟了，长大了，本就是妖孽，可能明白军犬的身份，理智克制住了冲动。

七郎表现得老实顺从，高泽石命令杜磊松开牵引索。等结束散放，看到七郎自己跑回了犬舍，高泽石就撤掉了营门口的预伏兵力，心里却隐隐有一丝担忧，但又说不清为什么担忧，惴惴不安地回到办公室。营门哨兵打电话报告，七郎跳过伸缩门跑出了营区，杜磊正在追赶。高泽石终于明白不安的原因：七郎一直在装乖骗人，它在找机会逃去找夏阳。高泽石打电话通知陈梁带犬支援，放下电话就往外跑。

七郎已经不见了踪影，杜磊正茫然地站在公路上哭着喊七郎，被带着莎莎赶来的陈梁劈头盖脸地骂了一通，才收起眼泪，指明七郎踩过的地面。陈梁指挥莎莎很快找到七郎的气味，沿路追了下去。嗅探前进消耗体力快，匆匆赶来的高泽石又打电话调来三条犬和两台越野车担任保障任务，军犬轮流嗅探，累了可以上车休息，以便长时间保持军犬的兴奋度。

有迹可循，找到七郎只是时间问题，高泽石这才松了口气，询问七郎怎么跑的。

杜磊说："七郎回犬舍的时候，垂头丧气，走得很慢。我以为夏老兵走了，它在伤心，所以没有催促。等它磨磨蹭蹭走进生活区，其他训导员早就把犬带回犬舍后回宿舍了。七郎见生活区就我一个训导员，扑倒我，拔腿就跑。"

夏阳接到高泽石电话的时候，已经到了长途汽车站，挂了电话就开始发疯，骂杜磊是猪，骂陈梁不会带兵，还要留下找七郎。

蔡远威问："找到以后呢？"

夏阳立刻哑了火，他不能带走七郎，再一次的分别只能增添悲伤。夏阳把他的毛巾扔进车站门口的垃圾箱，扛了一箱瓶装水准备上车。蔡远威一脸的讥诮，他知道夏阳的目的。

夏阳急道："不能大意，七郎有实战经验。"

蔡远威摆摆手，示意夏阳上车。城市里哪儿有那么多的小溪，他不相信七郎能摆脱众多军犬的围追堵截。

夏阳扛着瓶装水上了大巴车，又退了下来，直愣愣看着蔡远威说："班长，我退役了，你太冷漠了吧？"

蔡远威说："少他妈的跟我来这一套，克虎、七郎在犬队一天，你的根就在犬队二十四小时。"

夏阳挨了骂，心情反而舒畅了，咧嘴笑笑，扛着瓶装水上了车。

目送夏阳乘坐的大巴车发车，蔡远威打电话向高泽石报告了情况，然后在夏阳丢毛巾的垃圾桶附近蹲守，等着七郎送上门。

六

七郎在通往市区的山间公路上狂奔，夏阳留下的气味很淡，往来车辆带起的风更加快了气味消散的速度，夏阳的气味时断时续。跑过一个上坡的急转弯，夏阳的气味又断了，七郎加速追上一辆减速过弯的皮卡车跳进后斗，不停昂头嗅探，乘车走了五六公里仍未找到夏阳的气味。七郎有些着急，扒着驾驶室人立起来，见前方没有岔路才缩回车厢——夏阳是坐车走的，离不开公路。

七郎不时抬头紧张地观察车后。虽然刚洗过澡，身上的气味不大，没了脚部汗腺留下的气味，军犬无法追踪，但没有岔路，如果高泽石他们乘车追赶，只要被发现，它几乎没有跑掉的可能。

两辆军用越野车出现在视线中，车速很快，不停按着喇叭让挡路的车让路。车窗大开，各有一条犬探出头来嗅探。犬队的车追上来了，七郎吓得蜷缩在车厢里一动也不敢动，不由自主地呜呜哀声哼唧，闭上眼睛等着被抓。

车速减缓，接着停了下来。七郎嗅到一股浓烈的汽油味，睁开眼睛看到头顶上有罩棚，猛地站起来。加油员吓得尖叫一声，丢了油枪扭头就跑。皮卡车驾驶员也跳下车，瞠目结舌地看着它。

七郎跳下皮卡车，跑出加油站，立刻嗅到来自军犬、高泽石等人身上的浓郁气味，小心翼翼露头观察，两台军车已经跑得不见踪影。七郎立时兴奋起来，回头对着正在向加油员解释什么的皮卡车驾驶员叫了一声，晃晃尾巴以示感谢，转身循气味追了上去。

繁华喧闹的市区让七郎有点发蒙。它第一次进城市，很多规则都不懂，想过马路，引来一阵急刹车声和急促的喇叭声，还有人咒骂它死狗。七郎蹲在路边琢磨着怎么才能过去，不时有人用手机给它拍照，样子很惊奇，就像是看到了外星人。七郎很奇怪，一路上它看到很多人牵着狗，为什么他们要惊奇？街对面的灯亮了，好像在指挥人过马路，七郎区分不出颜色，转而观察人，等车流停止，跟着人流过了马路，跑进一个街心花园，赶走两条跑上来向它摇尾献媚的宠物狗。有人问它爸妈去哪里了，七郎只听夏阳说过爹，不知道“爸妈”两个字是什么意思，吠叫了两声，告诉那人没听懂。那人笑着说带它去找爸妈。七郎感觉这人不怀好意，转身就跑。得赶紧去找夏阳，他脑袋肯定又进水了，也不知道留下点嗅源，幸亏还有高泽石帮忙。

七郎跑到长途汽车站附近，躲在一条小巷的巷口，探头探脑地观察散发出夏阳气味的垃圾桶。但它不敢过去，浓烈的柴油尾气中混杂着军犬身上的腥味，还有高泽石、蔡远威等人的气味，虽然有点淡。这群家伙明显实战经验不足，出发前就应该使用气味消除剂，到达后再使用，完全失去了意义。

七郎花了半个多小时，围着长途汽车站出口兜了一个圈子，找到了夏阳的气味。路过一个十字路口的时候，它明明跟随人流过的马路，但指挥交通的交警还是冲过来想抓住它，还用手机给它拍照，又对着手台大呼小叫，显然是高泽石跟他打过招呼。城里车太多，没办法走“8”字形路线摆迷魂阵。七郎只能搭车，隐蔽脚部散发的气味，折腾到傍晚，才出了市区，沿着公路跑了不到两公里，夏阳的气味又不见了。

这条公路上岔路口众多，每一个路口都要螺旋跑圈搜索。七郎清楚夏阳乘车散发出来的气味很快就会消散，所以不敢耽误时间，气味繁杂的路口要仔细搜索，气味单一的撒点尿做标记，如果前面找不到夏阳的气味，回头再来仔细搜索。

夜幕降临，七郎再次嗅到夏阳的气味，循味在路边找到一个矿泉水瓶，嗅嗅塞在瓶口揉成一团的面巾纸，气味很浓，夏阳应该把面巾纸在腋窝里夹了很长时间。夏阳肯定是沿着大路走的，如果拐弯，他应该把瓶子扔在岔路口。七郎很满意，夏阳脑子里没水，知道给它留下路标。

七郎在路上撒尿做过标记，叼着瓶子跑了一阵，看到不远处有村庄，跑了一通交叉“8”字，准备绕晕追上来的军犬，跳进用来给稻田灌水的水沟，蹚着不深的积水跑到村旁，挖坑埋好瓶子，溜进了村子。

炊烟袅袅，村子里弥漫着饭菜的香味。饥肠辘辘的七郎溜达了许久，才找到一户没有起院墙的人家，赶走正在吃饭的土狗，埋头就吃。没吃几口，就听到女人惊奇的喊叫声，接着一个小伙子探头看它一眼，缩回头去，不长时间提着一副渔网跑出来。七郎扭头就跑，小伙子扔出来的渔网扣在了饭盆上。

七郎跑出村子，身后就传来摩托车的轰鸣声，回头看去，另一名小伙子驾驶摩托车载着那名提着渔网的小伙子追了上来。七郎有些厌烦地哼唧了两声，跳过路边沟跑进树林，等两名小伙子冲进树林，七郎就从另一侧蹿出来，跑回公路，咬破了摩托车的轮胎。两名小伙子徒步追了一段，就咒骂着停住了脚步。

夏阳的车上了高速公路，七郎蹿过收费站跑了没多久，一辆警车亮着警灯追上来，把它赶下高速路。车上跳下来的那两名警察拿着防暴叉想抓它，还打了一发网枪。七郎玩命狂奔，幸亏在高速公路护栏网上找到一个破洞钻了出去，才摆脱了他们。七郎担心警察设伏，不敢原路返回，沿着护栏网继续前进。

深夜，七郎跑进高速公路旁的一个小镇，抢吃的那点儿狗饭早就消耗完了，必须找点东西填肚子。两条肮脏瘦小的土狗扳倒一个垃圾桶在吃着什么。七郎凑过去晃尾巴示好，两条土狗护食，呜呜低吼，呲牙咧嘴地威胁。七郎又饿又累，一路上还被人抓，终于压不住火了，冲上去三口两口放翻了它们，两条土狗夹着尾巴跑到不远处，对着它大声吠叫。垃圾桶恶臭熏天，七郎用前爪扒拉出一些残羹剩饭，忍着恶心吞进肚子，勉强吃了个半饱。耳边响起杂乱的脚步声，循声看去，那两条土狗喊来了一群帮手。这群家伙完全不讲规矩，狗王没出来跟七郎单挑，反而吼叫着带着群狗一哄而上。好犬不跟群狗斗，七郎扭头就跑。

沿着护栏网走了一个多小时，再次嗅到夏阳的气味，七郎感觉像是看到了夏阳，心安定下来，隔着护栏网，哀怨地对着路边排水沟里的矿泉水瓶呼呼呜呜地述说完路上受到的委屈，蜷缩成一团，守着夏阳的气味睡着了。

莎莎和其他三条军犬都被七郎的迷魂阵绕晕了，它们的智商比不上七郎，不知道用自己脚窝留下的气味判断是否走过这条路线，来来回回地走着“8”字在原地兜圈子。几名跑来看热闹的老乡指着莎莎说：“天擦黑的时候，一条这样的狗进过村子。”

陈梁带着莎莎在水沟旁找到七郎埋好的瓶子，又循着七郎的气味找到那名小伙子的家。小伙子不说抓七郎的事儿，只强调军犬咬坏了他摩托车的轮胎。直到高泽石赔偿了损失，他才领路帮助莎莎重新找到了七郎的气味。

夜间，车辆在高速公路慢速行驶极易出事故，高泽石命令保障车和三条军犬留在收费站待命，他和陈梁带着莎莎徒步追赶了一夜。天亮的时候，找到了七郎露营的位置，莎莎又开始走“8”字兜圈子。陈梁带着莎莎前进两百米，再次嗅探，莎莎仍然走“8”字形路线。七郎这次摆的迷魂阵比上次还要大，半径至少有五百米。一夜未睡，人尚可坚持，但莎莎早已疲惫不堪，不时趴下撒娇耍赖，咿咿呜呜地哀求休息。陈梁心疼不已，挠挠头，鼓足勇气建议乘车前进五公里再搜索七郎的踪迹。

高泽石焦躁地看眼空中密布的乌云，说：“你能确定七郎向着正确的方向行进？如果偏离方向，跑去出五公里，去哪儿找七郎的踪迹？”

陈梁无法确定七郎的前进方向是否正确，但他确定雨水会冲刷掉所有气味，咬牙命令莎莎继续嗅探。好在保障车很快赶到，三条军犬同时投入搜索，争取在降雨前突破迷魂阵找到七郎。车辆不能长时间在高速公路上停留，高泽石命令陈梁把累得跳不上车的莎莎抱上车，带车去前面的服务区休息。

服务区里有人牵着宠物犬散步，七郎皮毛还算干净，戴着精致的项圈，所以人们把它也当成了散步的宠物犬，由着它在服务区里东游西逛四处嗅探。包子、馒头、油条、茶叶蛋的香味，引得七郎口水涟涟腹响如鼓，站在早点摊旁犹豫了很久，还是打消了抢一顿早餐的念头——毕竟是军犬，要有组织纪律性。

服务区面积很大，一时半会搜索不完。七郎肚子很饿，想找点东西吃，垃圾桶不敢去翻，一条哈士奇推翻了垃圾桶，被保洁阿姨直接追上了车。七郎昂头嗅嗅空气，循着垃圾腐烂的气味向藏在角落里的垃圾房跑去。接近垃圾房，浓重的酸臭味中似乎有夏阳的气味，七郎停住脚步，使劲儿嗅了嗅，循着气味在垃圾房后找到了塞着面巾纸的矿泉水瓶，又在瓶子旁找到夏阳埋起来的面包、火腿肠。七郎满意地哼哼了两声，填饱肚子，叼着满是夏阳气味的矿泉水瓶准备丢进垃圾房，不能给追踪的军犬留下嗅源。转过垃圾房，猛然看到犬队的两台越野车驶入服务区，七郎丢了矿泉水瓶，加速助跑，跃过服务区低矮的护栏网，玩命狂奔。

莎莎吠叫示警，面向七郎逃离方向卧倒。陈梁一眼看到眯着耳朵向树林狂奔的七郎，把莎莎抱下车，追了上去。莎莎疲惫不堪，一米半高的护栏网，跳了三次才跳过去，几乎是被陈梁拖拽着向前奔跑。陈梁无奈，只能松开牵引绳让莎莎慢跑，他一路狂奔赶到树林，树林内外都没有七郎的影子。伴着几声闷雷，稀疏雨点落下，很快大雨倾盆。奋力赶上来的莎莎找到七郎的气味，只跑了一个小小的“8”字形，就茫然看着陈梁，大雨已经冲散了七郎的气味。

陈梁在身旁的大树上擂了一拳，扯着嗓子大喊：“七郎，你这个混蛋，我知道你在附近，给我出来！”

七郎没在附近，沿着路沟跑得像只被犬追的兔子，一口气跑出去三四公里，回头见没有军犬的踪影，昂头嗅嗅空气中充满了泥土的腥味，这才放慢了速度，蹚着齐膝深的雨水慢慢走。顺水飘来的矿泉水瓶与夏阳当路标的水瓶一模一样，七郎上前嗅了嗅塞在瓶口的面巾纸，已经被雨水浸透，夏阳的气味若有若无。

七郎叼着瓶子继续前进，很快发现它迷路了。前方是一个三岔路口，路沟有涵洞相连，也是三岔的，它叼着嘴里的瓶子，肯定是夏阳丢在路口当路标的，却被水流冲离了位置。其他地方的路标也会被冲走，七郎有些绝望，昂头使劲儿嗅探空气，试图找到一丝夏阳的气味，但鼻孔中充满了泥土的腥气。

夏阳早已经到家，几乎一夜没睡，清晨起床后，就如同困兽一样团团乱转，不停地给蔡远威打电话。得知驻地降雨，跟父亲打了声招呼，借了朋友的摩托车，原路返回，没头苍蝇一样地沿途寻找七郎。女朋友远比夏阳有办法，发动闺蜜、朋友一起发朋友圈、发微博。

夏阳用了五天的时间，骑着摩托车回到军犬队，又从犬队跑回家，一路上喊累了，就吹犬哨，不顾众人白眼，不停地把有他气味的矿泉水瓶丢在路边。回家吃了顿饱饭，睡了一觉，不顾父亲、女朋友的劝说，又骑着摩托车出发寻找七郎。

众媒体时代，人都无所遁形，更何况智商远远比不上人的七郎？收到女朋友转发网友拍的照片，看着手机屏幕上瘦骨嶙峋泥猴一样叼着矿泉水瓶的七郎，终于看到希望的夏阳停下摩托车，捂着脸号啕大哭一场。

随着热心网友不断发来照片，夏阳画出了七郎的行进路线。虽然七郎前进速度缓慢，数次折返，但始终没有远离高速公路，穿村过镇，边寻找食物，边向着夏阳的家乡行进。

夏阳骑着摩托车，沿着七郎的踪迹一路寻找。虚弱不堪的七郎曾在一家养牛场当过几天警卫，代价就是一天两顿饱饭，休养了几天，叼着它的瓶子悄无声息地走了。还曾帮养猪专业户放过跑山猪，早上把猪赶上山，傍晚上山咬着耳朵把不愿意下山的跑山猪牵回猪圈。

七郎最后的踪迹出现在一家跑山鸡饲养场，距离夏阳家乡只有一百多公里。它的突然出现，曾让鸡场老板如临大敌，以为鸡群要遭殃了，七郎却从山上驱赶出几名偷拿鸡蛋换零钱的孩子。七郎的毛遂自荐很成功，当上了鸡场警卫。老板很喜欢七郎，待其如家庭成员，看到七郎项圈刻的字，猜测可能是走失的军犬，上网搜索，看过网友们转发的寻犬启事，才知道他收养的警卫名字叫七郎。老板想留下七郎，等部队来领走，但七郎只是想用劳动换取食物，从未信赖老板，察觉老板有控制它的意图，立刻叼着它的瓶子逃之夭夭。

鸡场地处丘陵地带，多年来封山育林，植物密集繁茂。夏阳喊哑了嗓子，高泽石调来六条犬，甚至把妞妞也带了来，整整搜索三天也未能找到七郎的踪迹。夏阳绝望了，认为七郎会死在这片丘陵里。高泽石虽有些绝望，仍安慰夏阳，说七郎可能走远了，让夏阳回家去等，一定能等到七郎。

夏阳回家，天天坐在单元门口等七郎，半个月过去，等得彻底绝望，女朋友陪着他哭了一场，失去七郎的阴影也就淡了。军犬队也准备给七郎建衣冠冢，以纪念、表彰它的功绩。夏阳去宠物学校报到上班，父亲生病，他必须要挑起家庭的担子。

周末，郁郁寡欢的夏阳不愿意出门，女朋友来家里陪着他聊天。夏阳有一句没一句地应付着，夏阳的父亲看不下去，训了他两句，夏阳就从沙发上蹦了起来，直愣愣地盯着房门，要父亲不要说话，突然冲了出去，嘴里还喊着：“七郎，七郎来了！”

父亲以为夏阳疯了，女朋友也被吓了一跳。

夏阳拉开房门，揉了揉眼才认出坐在门口挠门的是七郎。它瘦得皮包骨头，枯干的毛发脏得赶了毡，项圈也不见了，脖子上套着一圈细铁链，看样子是被人控制住又跑了出来。七郎不知道夏阳为什么发呆，吠了一声，夏阳的眼泪就滚了下来，一把抱住七郎，哭喊着："傻蛋，傻孩子。"

七郎认为这才是久别重逢应有的反应，满意地一头拱倒夏阳，拼命地晃着尾巴舔他的脸。夏阳抱着七郎又哭又笑，惹得女朋友跟着掉眼泪。

父亲拄着拐，拿出一封鞭炮递给夏阳说："咱家的娃儿回来了，赶紧放炮，辟辟邪！"

夏阳和女朋友把七郎泡在浴缸里换了两次水，才把它洗干净。吃过牛肉馅的接风饺子，夏阳带着七郎去宠物学校检查身体，除了严重的营养不良，七郎身体还算健康。吃过几顿夏阳熬的肉粥，重新变得活蹦乱跳。夏阳重新做了一条项圈，女朋友的父亲懂篆刻，自告奋勇地在项圈上刻上了"忠诚、本分"四个字。

高泽石只给了七郎一个星期的假。这一个星期，七郎过得很开心，每天跟着夏阳上下班，兴致来了，会像克虎那样帮着夏阳训练宠物犬。

犬队的越野车停在楼下的时候，七郎躲进了卫生间，呼呼呜呜地哀嚎。

父亲一声接一声地叹气。

女朋友哭得一塌糊涂，问夏阳："就不能留下七郎吗？"

夏阳摇头说："七郎是军犬，是特殊战斗员，不是宠物。"

夏阳把不愿意下楼的七郎抱下了楼，抱上了车，给它戴上项圈说："七郎，休假结束，该归队了。我有空就去看你，好不好？"

七郎站起来，用前爪搂住夏阳的脖子不肯松开。

夏阳狠心地把七郎推进车厢，关上门。七郎挠着车窗，呼呼呜呜嘶嚎。越野车远去，夏阳转身，泪如雨下。

七

七郎回到犬队的三年时间里，执行过很多类型的任务，跟着特种部队反恐维稳，协助武警单位安保排爆，还去仓库当过一段时间的警戒犬。

或许陈梁说得对，七郎身上有莎莎的基因，又或许满足了七郎的战斗激情，虽然有足够的资本桀骜，但从未像克虎那样目无纪律。年满八岁回犬队养老时，坚持住在军犬生活区，不肯去干休所，是唯一的一次违反规定。

七郎的养老生活，也有它独特的一日生活制度。老犬不用训练，早晚游散时间长。早上，它一般会跑去干休所看望老迈的妞妞。晚上，一般在散放场撩惹心仪的母犬，它还肩负着繁育种群的任务。白天，它自己会复习一遍军犬科目，只是年龄大了，动作笨拙，用时比较长。周末的时候，如果夏阳没来，它会向杜磊要牛肉干，带着妞妞去看克虎。

七郎九岁的时候，妞妞去世了，蜷缩在角落里无声无息地走了，样子就像它每天睡觉的姿势。高泽石叹口气说："犬太聪明了也不好，走了也好，总算解脱了。"

妞妞不是军犬，不能葬在军犬墓地，高泽石亲自选了块面向西南方向的山坡葬了妞妞。妞妞属于丛林，那里才是它的故乡。

周末，七郎看过克虎后，会去看妞妞，偶尔会哀嚎。杜磊听多了神犬的故事，认为七郎是在为去世的姐姐悲伤，却被蔡远威喷了一脸的唾沫星子："英雄惜英雄，妞妞是七郎唯一佩服的犬。"

妞妞去世后，七郎变得郁郁寡欢，不再去撩惹母犬，时常望着高原方向发呆。

高泽石叹口气说："都是克虎的种，渴望着战斗。妞妞走了，不能再消磨七郎了，我们送它上高原！"

七郎先去了卓里拉，四年的时间，连里的兵已经换了一茬，只有为数不多的老兵还认识七郎。徐康越已经转业，由四号阵地的阵地长接任连长。七郎去乱石堆找总统，吼了两声，一条它从未见过的藏狗率领着狗群从乱石后蹿出向它示威。连长告诉七郎，总统去年冬天死了。七郎巡视了一至四号阵地，特意沿它当年在大雪中开出的小路，回到了连部，自己跳上了车。

高泽石陪七郎去了乃巴拉，刻意留在车上没下车，如果七郎不想留下，他想再次请求上级批准夏阳收养七郎。

乃巴拉边防连的官兵就像迎接探家归队的战友一样欢迎七郎，问七郎吃了没，找了几个老婆，生了几堆娃儿，是不是已经当爷爷了。七郎感觉很温暖，对着山上吼了几声。这群狗也换了狗王，花姑娘还在，但似乎不记得七郎了，瞄了一眼，跟着狗群走了。七郎不满地吠叫了两声，它也只是回了回头。

七郎决定留下，跑出哨所，直立起来向高泽石敬礼告别。

高泽石还了礼，对连长说："照顾好七郎，拜托了！"

越野车开出去很远，高泽石从后视镜里看到七郎还在直立着敬礼，就狠狠地在胸口捶了一拳说："老子下辈子不带犬了！"

乃巴拉的士兵们就像对待老小孩一样照顾七郎，但七郎就像一个严于律己的老兵，早晚巡逻阵地，夜间跑去前沿陪着哨兵一起站哨，大雪封山的时候，主动开路打通阵地与连部的道路。士兵们偶尔会有七郎在照顾他们的感觉。当然，七郎也会老夫聊发少年狂，时常跟着藏狗群厮混，跑去当当牧羊犬。

七郎有手机，夏阳的老婆给买的，一家人每周一次视频聊天，雷打不动。夏阳和他老婆，还有那个牙牙学语的儿子都很絮叨，事无巨细什么都要跟七郎说。

连里手巧的战士用羊皮给七郎缝了个手机袋，挂在项圈上。七郎的前爪不好用，电话响了，会找士兵帮它接。七郎电话少，视频聊天多，一般情况下，接电话的士兵要帮着七郎拿着手机，方便它聊天。七郎有它的微信群，加了全连所有的家属和准家属。指导员本意是想让七郎分担他的工作，但七郎不怎么会做思想工作，比较擅长哄孩子，电话那头的孩子伸出几个手指，它就会叫几声，很是配合。

七郎十二岁那年的冬天，夜间很少去上哨，缩在犬舍里挨着暖气打盹儿。

连长说："七郎老了，怕冷。现在封山，材料上不来，等开了春盘个火坑，七郎明年好过冬。"

指导员说："行。盘火炕的钱咱俩一人一半。"

乃巴拉封山期短，临近开山，正是雪崩多发季，对面的W军哨所突然增兵，并开始往前沿阵地上运送建筑材料。这一段边境尚未正式画界，连长担心W军强行在我方实际控制区内修筑暗堡、搞蚕食，派出一组哨兵前出观察监视。

连里气氛紧张，七郎恢复执勤，吃住都在前沿观察哨，日夜陪着哨兵上哨。连里通往观察哨的小路全部在山崖下，一侧就是几十米的悬崖，狭窄陡峭。夜间，估计时间差不多，七郎会来连部接连长或者指导员去观察哨查哨，完了，再领路送回连部。

天气回暖，海拔稍低的草甸草原上已经有了拱开积雪扯草吃的牦牛，积雪融化在小路崖顶上，冻成了胳膊粗细的冰溜子。团里终于打通了被大雪封住的公路，赶来增援的一个连在草原上驻扎下来。

W 军见我方有了准备，先把增援撤了下去，过了几天见我方用几台卡车运来大量的建筑材料，又把他们的建筑材料运了下去。W 军偃旗息鼓，连里也准备撤回观察哨。

七郎就牺牲在最后一次给指导员带路去观察哨查哨的路上。崖顶上的冰溜子断裂掉落，七郎飞身撞倒指导员，避开了冰溜子，自己却失足滑下了山崖。连长带着士兵们赶来营救，指导员号啕着，顺着绳子爬下悬崖把七郎背了上来。

七郎胸骨、脊椎摔断，呼吸困难，抽搐着用前爪挠着它的手机袋。七郎的手机已经摔坏，连长明白七郎想要找夏阳，用自己的手机叫通夏阳。七郎努力地抬起头，舔了舔屏幕上泪流满面的夏阳，眼神就凝固了。眼睛微微眯着，就像它小时候被夏阳顶在头上那样，眯着眼睛像是在笑。

七郎笑着离开了这个世界，估计是想告诉夏阳：这一生遇到你，我不后悔……

尾声

西藏，初冬，海拔四千米的广袤高寒荒漠。

孤零零的乃巴拉哨所前，几名退伍军人列队，他们统一穿着没有军衔符号的旧迷彩服，左胸佩戴着各自的军功章。夏阳站在排头，怀里抱着一个军绿色的骨灰盒，盒盖上阳刻军徽，五角星鲜红，“八一”两字金黄。

远处山坡上，大片的风马旗飘荡摇曳，感觉像在轻抚没有一丝杂质的蓝天。

蔡远威低声说：“听说经幡每舞动一次，等于诵经一遍。”

夏阳抚摸着骨灰盒上的军徽说：“七郎在聆听，它喜欢这片土地。”

简陋蜿蜒的盘山公路上开来一辆长途大巴，裹着一路风尘，停在哨所门口。退伍军人从车上抬下一块用毛毡仔细包裹的大理石墓碑。

高山缺氧，墓碑沉重，两鬓已有白发的高泽石大口喘息，胸膛起伏像是拉动的风箱。夏阳上前接替。

高泽石看一眼他怀中的骨灰盒，摇头说：“在这世界上，七郎把你当作唯一的亲人，你送它最后一程。”

夏阳瞬间红了眼圈，咬着嘴唇点点头，抱着军绿色的骨灰盒向哨所走去。退伍军人抬起沉重的墓碑，默默跟在他身后。

一队军人在哨所大门外列队，上尉军官声音悲怆，一声“敬礼”，喊得撕心裂肺。军人们注视着军绿色的骨灰盒，庄严敬礼。

夏阳低头，大颗眼泪滴落，落在军徽上的泪珠晶莹剔透，反射着阳光，就像七郎的眼睛。

夏阳看得痴了，喃喃自语：“七郎，七郎……”

上尉指着哨所后的山坡大声报告：“首长同志，七郎的墓地在那儿，向阳，视线好，能看到雪山、草地，还有四号阵地……”

夏阳冷冷的目光投过来，上尉尴尬闭嘴。

高泽石还礼后说：“走吧！”

上尉一挥手，战士们拥上来抬墓碑。

高泽石摆手制止说：“七郎会天天守着你们，让我们送它最后一程。”

战士们退了下去，像礼兵一样护卫在送葬队伍的左右。

七郎的墓地俯视着山腰的哨所，远处的草甸牧场，更远处与蓝天白云相连的皑皑雪山。军人与退伍军人在墓地前列队，夏阳表情沉痛地盯着挖好的墓穴、已经安放好但仍用毛毡裹着的墓碑发怔。

高泽石看一眼神色尴尬的军人们，低声提醒说："这里的景色很美，哨所的同志们用心了。"

夏阳点点头，红着眼圈问："队长，七郎会不会寂寞？"

高泽石叹口气说："为国戍边，军人和军犬付出的不仅仅是青春年华。"

夏阳怔了怔，转向哨所的军人们，立正敬礼说："战友们，辛苦了，向你们致敬，我代七郎谢谢你们！"

驻守在荒原上的军人远离人烟，一般都很木讷不善言辞，只是长松一口气，憨厚地笑笑。连长、指导员代替众人还了礼，解开包裹墓碑的毛毡，墓碑上镶嵌着军犬七狼的照片，镌刻着碑文——"老兵七狼之墓"。

夏阳惊诧地说："连长、指导员，老兵这个称谓太重了，七郎担不起。"

连长说："七郎为国尽忠，没什么担不起的。"

指导员问："我想代表哨所对七郎说句话，可以吗？"

夏阳点了头说："说吧！"

指导员面向墓碑立正，吸足了气，大吼："为国尽忠，老兵不死！"

夏阳顿时泪如雨下。

高泽石眨眨眼把眼泪憋回去，扯着嗓子吼："敬礼！"

军人与退伍军人抬手敬礼。

夏阳轻轻把骨灰盒放入墓穴，低声说："七郎，这一生遇到你，我不后悔。永别了！"

［全文完］

漠北狼

本名刘洪涛，曾用笔名“我是特种兵”。中国视协、四川省视协会员，成都市作协会员。著有长篇小说《兵王》《兵道》《国家英雄》等。创作长篇电视剧剧本《反击》《雪域雄鹰》《突击，再突击》等。

以书相连

战友小宝

产品经理｜曹俊然　装帧设计｜王　易
执行印制｜梁拥军　总 监 制｜于　桐

图书在版编目（CIP）数据

战友小宝 / 漠北狼著 . -- 杭州 : 浙江文艺出版社，2018.8

ISBN 978-7-5339-5367-6

Ⅰ . ①战… Ⅱ . ①漠… Ⅲ . ①长篇小说 – 中国 – 当代 Ⅳ . ① I247.5

中国版本图书馆 CIP 数据核字 (2018) 第 175503 号

战友小宝
ZHANYOU XIAOBAO
漠北狼 著

责任编辑 金荣良
装帧设计 王 易

出版发行 浙江文艺出版社
地 址 杭州市体育场路 347 号 邮编 310006
网 址 www.zjwycbs.cn
经 销 浙江省新华书店集团有限公司
果麦文化传媒股份有限公司
印 刷 河北鹏润印刷有限公司
开 本 660 毫米 ×960 毫米 1/16
字 数 412 千字
插 页 2
印 张 22.5
印 数 1-8000
版 次 2018 年 8 月第 1 版 2018 年 8 月第 1 次印刷
书 号 ISBN 978-7-5339-5367-6
定 价 49.00 元